Cidade das garotas

Elizabeth Gilbert

Cidade das garotas

tradução
Débora Landsberg

Copyright © 2019 by Elizabeth Gilbert

Grafia atualizada segundo o Acordo Ortográfico da Língua Portuguesa de 1990, que entrou em vigor no Brasil em 2009.

Título original
City of Girls

Capa
Grace Han

Preparação
Lígia Azevedo

Revisão
Luciane Helena Gomide
Jane Pessoa

Dados Internacionais de Catalogação na Publicação (CIP)
(Câmara Brasileira do Livro, SP, Brasil)

Gilbert, Elizabeth, 1969-
  Cidade das garotas / Elizabeth Gilbert ; tradução Débora Landsberg. – 1ª ed. – Rio de Janeiro : Alfaguara, 2019.

  Título original: City of Girls.
  ISBN: 978-85-5652-086-9

  1. Romance norte-americano I. Título.

19-25996   CDD-813

Índice para catálogo sistemático:
1. Romances : Literatura norte-americana   813
Maria Paula C. Riyuzo – Bibliotecária – CRB-8/7639

[2019]
Todos os direitos desta edição reservados à
EDITORA SCHWARCZ S.A.
Praça Floriano, 19, sala 3001 — Cinelândia
20031-050 — Rio de Janeiro — RJ
Telefone: (21) 3993-7510
www.companhiadasletras.com.br
www.blogdacompanhia.com.br
facebook.com/alfaguara.br
instagram.com/editora_alfaguara
twitter.com/alfaguara_br

Para Margaret Cordi...
meus olhos, meus ouvidos, minha amiga querida

*Você fará bobagens,
mas faça com entusiasmo.*
Colette

CIDADE DE NOVA YORK, ABRIL DE 2010

Outro dia recebi uma carta da filha dele.

Angela.

Pensei em Angela muitas vezes ao longo dos anos, mas foi apenas nossa terceira interação.

A primeira foi quando fiz o vestido de casamento dela, em 1971.

A segunda foi quando ela me escreveu para contar que seu pai havia falecido, em 1977.

Agora Angela escreveu para me avisar que a mãe morreu. Não sei muito bem como esperava que eu recebesse a notícia. Talvez imaginasse que eu perderia as estribeiras. Mas não acho que foi malícia da parte dela. Não é do feitio de Angela. Ela é uma boa pessoa. E, o que é mais importante ainda, é uma pessoa interessante.

Fiquei tremendamente surpresa ao saber que a mãe de Angela durou tanto tempo. Achava que tinha morrido séculos atrás. Deus bem sabe que todo mundo já se foi. (Mas por que a longevidade de alguém ia me surpreender, se eu mesma me apeguei à existência como uma craca ao casco de um barco? Não tem como eu ser a única velha ainda cambaleando pela cidade de Nova York, se recusando terminantemente a abandonar sua vida e seu imóvel.)

Foi a última linha da carta de Angela que mais me impressionou.

"Vivian", escreveu Angela, "como minha mãe faleceu, será que agora se sentiria à vontade para me dizer o que você era do meu pai?"

Pois bem.

O que eu era do pai dela?

Só ele poderia responder à pergunta. E como nunca optou por falar a respeito com a filha, não cabe a mim contar o que eu era dele.

Posso, contudo, contar a Angela o que ele era para mim.

1

No verão de 1940, quando eu tinha dezenove anos e era uma idiota, meus pais me mandaram morar com minha tia Peg, que tinha uma companhia teatral em Nova York.

Eu tinha acabado de ser dispensada da Vassar College por nunca ter comparecido às aulas e ter sido reprovada em todas as provas do primeiro ano. Não era tão burra quanto minhas notas davam a entender, mas parece que não estudar de fato não ajuda. Pensando agora, não consigo me lembrar totalmente do que fazia durante aquelas muitas horas em que deveria estar em sala de aula, mas — eu me conheço — imagino que estivesse tremendamente preocupada com a aparência. (Lembro, sim, que naquele ano eu estava me especializando no "topete invertido" — uma técnica de penteado que, embora infinitamente importante para mim e bastante desafiadora, *não fazia muito o estilo Vassar.*)

Nunca me encaixei na Vassar, embora houvesse lugares onde se encaixar ali. Existiam inúmeros tipos de garotas e turmas na faculdade, mas nenhuma instigava minha curiosidade, tampouco eu me via refletida em alguma delas. Havia revolucionárias políticas que usavam calças pretas sérias e debatiam sob fomento internacional, mas eu não tinha interesse no assunto. (Continuo não tendo. Embora reparasse nas calças pretas, que achava curiosamente chiques — mas só se os bolsos não ficassem protuberantes.) E havia garotas que eram audaciosas exploradoras acadêmicas, destinadas a se tornar médicas e advogadas muito antes de tantas mulheres fazerem esse tipo de coisa. Devia me interessar por elas, mas não me interessava. (Não conseguia diferenciá-las, para começar. Todas usavam as mesmas saias de lã disformes que pareciam feitas de casacos velhos, e isso simplesmente me desanimava.)

Não que a Vassar fosse *totalmente* desprovida de glamour. Havia medievalistas sentimentais com olhos de corça que eram lindas, e garotas artísticas com cabelos longos e presunçosos, fora algumas do tipo socialite puro-sangue com perfil de galgo italiano — mas não fiz amizade com nenhuma delas. Talvez porque percebesse que todo mundo naquela faculdade era mais inteligente que eu. (Não era apenas paranoia juvenil: defendo até hoje que todo mundo ali *era* mais inteligente que eu.)

Para ser sincera, eu não entendia o que estava fazendo na faculdade, além de cumprir um destino cujo propósito ninguém se dera ao trabalho de me explicar. Desde a primeira infância, tinham me dito que eu estudaria na Vassar, mas ninguém me dissera o motivo. Aquilo tudo era *para quê*? O que eu deveria tirar dali? E por que eu morava naquele repolho daquele dormitório com uma futura reformista social fervorosa?

De qualquer forma, àquela altura eu já estava cansada de aprender. Já tinha passado anos na Escola Emma Willard Para Garotas, na cidade de Troy, estado de Nova York, com seu brilhante corpo docente só de pós-graduadas pelas "Seven Sisters" (as sete universidades femininas de elite dos Estados Unidos), isso não bastava? Estudava em colégio interno desde os doze anos, e talvez sentisse que já tinha cumprido minha pena. Quantos livros mais uma pessoa tinha que ler para provar que conseguia ler um livro? Eu já sabia quem era Carlos Magno, então achava que podiam muito bem me deixar em paz.

Além disso, não muito tempo depois de iniciado meu condenado ano de caloura na Vassar, eu descobrira um bar em Poughkeepsie com cerveja barata e jazz ao vivo madrugada adentro. Tinha descoberto um jeito de escapulir do campus para o bar (meu sagaz plano de fuga envolvia uma janela de lavabo destrancada e uma bicicleta escondida — eu era o tormento do porteiro da residência estudantil), o que tornava impossível absorver conjugações latinas logo cedo, porque geralmente estava de ressaca.

E havia outros obstáculos.

Todos aqueles cigarros para fumar, por exemplo.

Resumindo: eu estava ocupada.

Portanto, de uma turma de trezentas e sessenta e duas moças inteligentes da Vassar, acabei classificada como a número trezentos e sessenta e um — fato que levou meu pai a comentar, horrorizado: "Deus amado, o que essa *outra* garota fazia?". (A pobrezinha contraíra pólio, ficamos sabendo depois.) Então a Vassar me mandou para casa — atitude razoável — e solicitou com gentileza que eu não retornasse.

Minha mãe não tinha ideia do que fazer comigo. Não poderíamos nos considerar próximas. Ela era uma amazona entusiástica, e dado que eu não era um cavalo nem fascinada por eles, nunca tivemos muito o que conversar. Eu a envergonhara tanto com meu fracasso que minha mãe mal conseguia olhar para mim. Ela tivera um desempenho ótimo na Vassar, muito obrigada. (Turma de 1915. História e francês.) Seu legado — bem como suas generosas doações anuais — tinha garantido minha entrada naquela instituição santificada, e olhe só o que havia acontecido. Sempre que ela passava por mim nos corredores de casa, assentia como uma diplomata. Educada, mas fria.

Meu pai tampouco sabia o que fazer comigo, embora estivesse ocupado gerenciando sua mina de hematita e não se preocupasse muito com o problema que era a filha. Eu o decepcionara, verdade, mas ele tinha preocupações maiores. Era um industrial isolacionista, e a guerra na Europa assombrava o futuro de seus negócios. Imagino que estivesse distraído com tudo aquilo.

Meu irmão mais velho, Walter, estava fazendo coisas notáveis em Princeton. Só pensava em mim para reprovar meu comportamento irresponsável. Ele nunca tinha cometido nenhuma irresponsabilidade na vida. Era tão respeitado pelos colegas no internato que seu apelido era — e não estou inventando — "o embaixador". Agora estudava engenharia porque queria melhorar a infraestrutura para ajudar as pessoas mundo afora. (Some-se ao meu catálogo de pecados que eu, em contrapartida, não tinha sequer certeza de que sabia o que a palavra "infraestrutura" significava.) Apesar de Walter e eu regularmos em idade — apenas dois anos nos separavam —, nunca fomos companheiros de brincadeiras. Meu irmão havia deixado as coisas infantis, incluindo a minha pessoa, para trás quando tinha cerca de nove anos. Eu não fazia parte de sua vida e sabia disso.

Minhas amigas também seguiam em frente com a vida. Partiam para faculdade, trabalho, casamento e vida adulta — assuntos que fugiam ao meu interesse ou entendimento. Portanto, não havia ninguém por perto para se preocupar comigo ou me distrair. Eu estava entediada e apática. Meu tédio era tão doloroso quanto a fome. Passei as duas primeiras semanas de junho batendo uma bola de tênis contra a parede lateral da garagem enquanto assobiava "Little Brown Jug" sem parar, até que meus pais se encheram de mim e me despacharam para morar com minha tia na cidade. Francamente, quem tiraria a razão deles?

Os dois poderiam ter se preocupado com a possibilidade de que Nova York me transformasse em comunista ou viciada em drogas, claro, mas qualquer coisa seria melhor do que ouvir a filha quicar uma bola de tênis contra a parede por toda a eternidade.

Portanto, foi assim que vim parar na cidade, Angela, e foi nela que tudo começou.

Eles me mandaram para Nova York de trem — e que trem fabuloso! O *Empire State Express*, direto de Utica. Uma engenhoca de cromo brilhante que entregava filhas delinquentes. Dei meu educado adeus a mamãe e papai e entreguei minha bagagem a um homem de quepe vermelho, o que me deu a sensação de que eu era importante. Fiquei a viagem inteira sentada no vagão-restaurante, tomando leite maltado, comendo pera em calda, fumando e folheando revistas. Sabia que estava sendo expulsa, mas ainda assim… *com estilo!*

Os trens eram muito melhores naquela época, Angela.

Prometo me esforçar nestas páginas para não me alongar sobre como tudo era bem melhor na minha época. Sempre odiei ouvir os velhos se lastimando quando eu era jovem. (*Ninguém quer saber! Ninguém liga para sua Era de Ouro, seu bode tagarela!*) E quero deixar claro que tenho consciência de que muitas coisas *não* eram melhores na década de 1940. Desodorantes e aparelhos de ar-condicionado eram de uma ineficiência deplorável, por exemplo, portanto todo mundo fedia horrores, principalmente no verão, e ainda tinha o Hitler. Mas os trens eram indubitavelmente melhores. Qual foi a última vez que *você* pôde tomar leite maltado e fumar um cigarro em um?

Embarquei no trem usando um alegre vestidinho de raiom azul com estampa de cotovia, bordado amarelo no decote, uma saia moderadamente afunilada e bolsos fundos na altura dos quadris. Eu me lembro desse vestido com tanta nitidez porque, antes de mais nada, *nunca* me esqueço do que alguém está vestindo, e ainda havia costurado a peça eu mesma. E que belo trabalho eu tinha feito. O caimento — e o fato de que batia no meio da panturrilha — era insinuante e eficaz. Eu me lembro de ter posto ombreiras maiores naquele vestido, com a expectativa afoita de parecer Joan Crawford — mas não tenho certeza se funcionou. Com meu recatado cloche e minha bolsa azul emprestada da minha mãe (cheia de cosméticos, cigarros e pouco mais), eu parecia menos uma sereia dos telões e mais o que era de fato: uma virgem de dezenove anos indo visitar uma parente.

Acompanhavam essa virgem até a cidade de Nova York duas malas grandes — uma cheia das minhas roupas, todas bem dobradas como lenços de papel, e outra repleta de tecidos, adornos e materiais de costura para que eu pudesse fazer mais roupas. Também me acompanhava um caixote resistente contendo minha máquina de costura — uma besta pesada e desajeitada, complicada de transportar. Mas era minha bela alma gêmea demente, sem a qual não conseguia viver.

Portanto, ela foi junto comigo.

Aquela máquina de costura — e tudo o que trouxera à minha vida — se devia inteiramente à minha avó Morris, então vamos falar dela um instantinho.

Talvez você leia a palavra "avó" e sua mente evoque a imagem de uma senhorinha doce de cabelos brancos. A minha não era assim. Era uma coquete alta, agitada, idosa, cabelos pintados com cor de mogno, que atravessava a vida em uma nuvem de perfume e fofocas e que se vestia como que para um espetáculo circense.

Ela era a mulher mais colorida do mundo — e tenho em mente todas as definições da palavra "colorida". Vovó usava vestidos de veludo amarrotado de cores complexas, que não chamava de "rosa", "vinho" ou "azul", como o resto do público destituído de imaginação, e sim "cinzas de rosas", "cordovão" ou "della Robbia". Tinha as orelhas furadas, coisa que as moças mais respeitáveis não tinham na época, e possuía várias luxuosas caixas de joias abastecidas de um caos infinito de correntes, brincos e pulseiras baratos e caros. Tinha um figurino automobilístico para seus passeios vespertinos pelo campo, e seus chapéus eram tão grandes que precisavam de assento próprio no teatro. Gostava de gatinhos e cosméticos vendidos por catálogo; vibrava com as histórias de homicídios sensacionalistas em tabloides; e era conhecida por escrever versos românticos. Porém, acima de tudo, minha avó adorava *drama*. Ela ia assistir a todas as peças e apresentações que apareciam na cidade, e adorava filmes. Volta e meia eu a acompanhava, já que tínhamos o mesmo gosto. (Vovó Morris e eu éramos atraídas por histórias em que meninas ingênuas em vestidos esvoaçantes eram raptadas por homens perigosos com chapéus sinistros, depois resgatadas por homens de queixo altivo.)

Eu a amava, claro.

O resto da família, contudo, não. Minha avó constrangia todo mundo menos eu. Constrangia sobretudo sua nora (minha mãe), que *não* era uma pessoa frívola e que nunca deixava de se assustar com a sogra, a quem ela uma vez se referiu como "aquela eterna adolescente".

Mamãe, é desnecessário dizer, não era conhecida por escrever versos românticos.

Foi vovó Morris quem me ensinou a costurar.

Ela era mestra no assunto. (Havia aprendido com a avó *dela*, que conseguira ascender de criada imigrante galesa a afluente senhora de recursos americana em apenas uma geração, em grande medida graças à sua destreza com a agulha.) Minha avó queria que eu fosse uma perita em costura também. Portanto, quando não estávamos comendo caramelo no cinema ou lendo uma para a outra artigos de revista sobre o comércio de escravos brancos, estávamos costurando. E era um negócio sério. Vovó Morris não tinha medo de me exigir excelência. Ela dava dez pontos em uma peça de roupa e me fazia dar os dez seguintes — e se os meus não fossem tão perfeitos quanto os dela, desfazia os meus e me obrigava a repetir. Vovó me orientou quanto ao manuseio de materiais tão impossíveis quanto malhas e rendas até eu não me sentir mais intimidada por nenhum tecido, por mais temperamental que fosse. E estrutura! E enchimento! E alfaiataria! Quando eu tinha doze anos, já era capaz de fazer um espartilho (com barbatanas de baleia e tudo) com qualquer técnica exigida — apesar de ninguém além da vovó Morris ter precisado de espartilhos com barbatanas desde aproximadamente 1910.

Por mais carrancuda que eu ficasse à máquina de costura, não me desgastava sob o comando de vovó Morris. Suas críticas incomodavam, mas não doíam. Eu era fascinada o bastante por roupas para querer aprender, e sabia que ela só queria fomentar minha aptidão.

Seus elogios eram raros, mas alimentavam meus dedos. Tornei-me habilidosa.

Quando tinha treze anos, vovó Morris me comprou a máquina de costura que um dia ia me acompanhar a Nova York de trem. Era uma Singer 201 preta e reluzente, sanguinariamente potente. (Dava para costurar *couro* com ela; eu poderia ter estofado um Bugatti com aquele treco!) Nunca ganhei presente melhor. Levei a Singer comigo para o colégio interno. Ela me conferia um enorme poder naquela comunidade de meninas privilegiadas que queriam se vestir bem, mas não necessariamente tinham destreza para isso. Depois que se espalhou pela escola a notícia de que eu sabia costurar de tudo — e sabia mesmo —, as outras meninas da Emma Willard viviam batendo à minha porta, implorando que alargasse quadris, costurasse fendas ou ajustasse vestidos formais que as irmãs mais velhas haviam usado na estação anterior. Passei aqueles anos debruçada sobre a Singer trabalhando como uma metralhadora, e valeu a pena. Fiquei popular — a única coisa que interessa no internato. Ou em qualquer outro lugar, na realidade.

Devo dizer que outra razão para minha avó ter me ensinado a costurar foi meu corpo ter um formato estranho. Desde a primeira infância, sempre fui alta demais, magricela demais. A adolescência chegou e passou, e só fiquei ainda mais alta. Durante anos, praticamente não ganhei peito, e tinha um torso que não acabava mais. Meus braços e pernas eram brotos. Nada comprado em loja jamais cairia bem em mim, então era melhor que eu fizesse minhas próprias roupas. E vovó Morris — que Deus abençoe sua alma — me ensinou a me vestir de um jeito que exaltava minha altura em vez de parecer que eu andava sobre pernas de pau.

Se está parecendo que critico minha aparência, não é o caso. Só estou transmitindo os fatos relativos à minha silhueta: eu era magra e alta. E se parece que estou prestes a lhe contar a história de um patinho feio que vai para a cidade e descobre que é bonito, não se preocupe, não se trata disso.

Sempre fui bonita, Angela.

E sempre soube disso.

Minha beleza, tenho que admitir, é o motivo pelo qual um lindo homem no vagão-restaurante do *Empire State Express* ficou me encarando enquanto eu tomava meu leite maltado e comia minhas peras em calda.

Por fim, ele se aproximou e perguntou se podia acender meu cigarro para mim. Concordei, então o homem se sentou e iniciou o flerte. Fiquei encantada com a atenção, mas não sabia como retribuir. Reagi a seus avanços olhando fixo pela janela e fingindo estar absorta em pensamentos. Franzi um pouco a testa na esperança de parecer séria e expressiva, mas provavelmente só pareci míope e confusa.

A cena seria ainda mais esquisita do que parece se eu não tivesse me distraído com meu próprio reflexo na janela do trem, o que me manteve ocupada por um bom tempo. (Perdão, Angela, mas ser cativada pela própria aparência é parte do que significa ser uma garota jovem e bonita.) Constatei que nem mesmo aquele lindo estranho me era tão interessante quanto o formato das minhas sobrancelhas. Não que só estivesse interessada no bem que havia feito ao arrumá-las — embora estivesse *fascinada* com aquilo —, mas por acaso naquele mesmo verão eu tinha tentado aprender a levantar uma sobrancelha de cada vez, como Vivien Leigh em *... E o vento levou*. A prática exigia foco, como tenho certeza de que você pode imaginar. Portanto, o tempo passou voando enquanto eu perdia a noção de mim mesma no reflexo.

Quando ergui os olhos, já tínhamos parado na Grand Central Station, minha nova vida estava prestes a começar e o lindo homem já havia sumido fazia tempo.

Mas não se preocupe, Angela — haveria muitos outros por vir.

Ah! Também devo lhe contar — caso você esteja se perguntando o que foi feito dela — que minha avó Morris morreu mais ou menos um ano antes que aquele trem me deixasse na cidade de Nova York. Ela se foi em agosto de 1939, poucas semanas antes que eu começasse meus estudos na Vassar. Não foi uma surpresa — sua decadência se iniciara anos antes —, mas ainda assim a perda dela (minha melhor amiga, minha mentora, minha confidente) acabou comigo.

Quer saber, Angela? Talvez houvesse alguma relação entre isso e meu desempenho ruim no primeiro ano de faculdade. Talvez eu não fosse uma aluna tão terrível assim, no final das contas. Talvez estivesse apenas *triste*.

Só estou percebendo essa possibilidade neste instante, ao escrever.

Minha nossa.

Às vezes levamos muito tempo para entender as coisas.

2

Seja como for, cheguei à cidade de Nova York sã e salva — tão recém-saída do ovo que quase havia gema no meu cabelo.

Tia Peg ia me encontrar na Grand Central. Meus pais haviam me informado desse fato quando eu estava embarcando em Utica naquela manhã, sem mencionar um plano mais específico. Não haviam me dito *onde* eu devia esperá-la. Tampouco tinham dado um número de telefone para o qual eu pudesse ligar em caso de emergência, ou um endereço aonde ir caso me visse sozinha. Devia simplesmente "encontrar tia Peg na Grand Central", e fim de papo.

Bom, a estação era grandiosa, assim como o nome faz parecer. Também era um ótimo lugar para não encontrar alguém, então não foi nenhuma surpresa que eu não conseguisse localizar minha tia quando cheguei. Fiquei parada na plataforma durante muito tempo, com minha bagagem empilhada, vendo a estação fervilhar de gente, mas ninguém parecido com tia Peg.

Não que eu não fosse capaz de reconhecê-la. Já a encontrara algumas vezes antes, ainda que ela e meu pai não fossem próximos. (Talvez isso seja um eufemismo. Meu pai não aprovava a irmã, tampouco aprovava a mãe deles. Sempre que o nome de Peg surgia à mesa de jantar, ele bufava e dizia: "Deve ser bom, perambular à toa por aí, viver em um mundo de faz de conta e gastar à base das centenas!". E eu pensava: *Deve ser bom mesmo...*)

Peg tinha comparecido a alguns Natais em família quando eu era nova — mas não muitos, pois estava sempre na estrada com sua companhia de teatro mambembe. Minha lembrança mais forte dela era de quando eu havia ido a Nova York para uma visita rápida, aos onze anos, acompanhando meu pai em um empreendimento comercial. Peg me levara para patinar no Central Park. Me levara para visitar

Papai Noel. (Apesar de nós duas concordarmos que eu estava velha *demais* para Papai Noel, não perderia aquilo por nada, e no fundo fiquei encantada em conhecê-lo.) Tínhamos almoçado em um bufê. Foi um dos dias mais deliciosos da minha vida. Meu pai e eu não passamos a noite lá, porque ele odiava Nova York e tinha medo da cidade, mas foi um dia glorioso, garanto. Tia Peg me parecera incrível. Ela havia prestado atenção em mim como *pessoa*, não como criança, e isso é tudo para uma menina de onze anos que não quer ser vista como criança.

Mais recentemente, tia Peg havia voltado a Clinton para o funeral da vovó Morris. Sentara-se ao meu lado e segurara minha mão em sua pata grande e habilidosa. Aquilo me reconfortara e me surpreendera ao mesmo tempo (minha família não tinha propensão a segurar mãos, talvez você fique chocada em saber). Após o funeral, Peg me abraçara com a força de um lenhador e eu derretera em seus braços, vertendo um Niágara em lágrimas. Ela cheirava a sabonete de lavanda, cigarro e gim. Eu me agarrei a Peg como um pequeno coala trágico. Mas não consegui passar muito tempo com ela depois do funeral. Minha tia precisava ir embora imediatamente, porque tinha um espetáculo para produzir na cidade. Tive a impressão de que dera vexame ao desmoronar em seus braços, por mais reconfortante que tivesse sido.

Mal a conhecia, afinal.

O que se segue é a soma de tudo o que eu sabia sobre tia Peg quando cheguei à cidade de Nova York aos dezenove anos:

Sabia que ela tinha um teatro chamado Lily Playhouse, situado em algum lugar em Midtown Manhattan.

Sabia que ela não havia planejado uma carreira no teatro — arrumara o trabalho de forma bastante fortuita.

Sabia que havia se formado como enfermeira da Cruz Vermelha, um fato bastante curioso, e atuara na França durante a Primeira Guerra Mundial.

Sabia que, no decorrer do caminho, ela havia descoberto que era mais talentosa na organização de passatempos para soldados feridos do que cuidando de seus machucados. Tinha o dom, percebera, de produzir espetáculos baratos, rápidos, vistosos e cômicos em hospitais e casernas de campanha. A guerra é um negócio pavoroso, mas ensina a todos *alguma coisa*; aquela guerra específica ensinou à tia Peg como montar um espetáculo.

Sabia que Peg havia ficado em Londres por muito tempo após a guerra, trabalhando no teatro lá. Estava produzindo um teatro de revista no West End quando conheceu o futuro marido, Billy Buell — um militar americano lindo e elegante que também resolvera ficar em Londres depois da guerra para tentar uma carreira no teatro. Assim como Peg, Billy tinha "berço". Vovó Morris costumava descrever a família Buell como "asquerosamente rica". (Durante muitos anos, fiquei me questionando o que o termo queria dizer. Minha avó venerava a riqueza; quanto mais dela seria "asqueroso"? Um dia finalmente lhe fiz essa pergunta, e ela disse, como se explicasse alguma coisa: "Eles são de *Newport*, querida".) Mas Billy Buell, por mais de Newport que fosse, era parecido com Peg por ter se afastado da classe refinada na qual havia nascido. Ele preferia a aspereza e o brilho do mundo teatral a elegância e repressão da sociedade ilustrada. Também era um playboy. Gostava de "fazer graça", vovó Morris dizia, seu código refinado para "beber, gastar e correr atrás de mulheres".

Depois do casamento, Billy e Peg Buell voltaram aos Estados Unidos. Juntos, criaram uma companhia de teatro mambembe. Passaram boa parte da década de 1920 na estrada com um pequeno grupo de artistas, visitando cidades do país inteiro. Billy escrevia e estrelava os espetáculos; Peg produzia e dirigia. Os dois nunca tiveram ambições grandiloquentes. Estavam apenas se divertindo e evitavam as responsabilidades adultas mais típicas. Mas, apesar de todo o esforço que faziam para não ser bem-sucedidos, o sucesso os perseguiu e os alcançou assim mesmo.

Em 1930 — com a Depressão se aprofundando e a nação trêmula e amedrontada —, minha tia e o marido sem querer criaram um sucesso. Billy escreveu uma peça chamada *Um caso jubiloso*, tão animada e divertida que as pessoas a devoravam. Era uma farsa musical sobre uma herdeira britânica aristocrata que se apaixonava por um playboy americano (interpretado por Billy Buell, é claro). Era uma bobagem, algo leve, como tudo o que levavam aos palcos, mas foi um sucesso estrondoso. Estados Unidos afora, mineradores e lavradores sedentos de prazer catavam as últimas moedas dos bolsos para ver *Um caso jubiloso*, fazendo dessa peça teatral simples e desmiolada um triunfo lucrativo. A peça ganhou tanta força e angariou tão fartos elogios nos jornais locais que, em 1931, Billy e Peg a levaram para Nova York, onde ficou um ano em cartaz em um importante teatro da Broadway.

Em 1932, a MGM fez uma versão cinematográfica de *Um caso jubiloso* — que Billy escreveu, mas não estrelou. (William Powell atuou em seu lugar. Billy havia decidido àquela altura que a vida de escritor era mais fácil que a de ator. Escritores podem fazer o próprio horário, não estão à mercê da plateia e não há um diretor lhes dizendo o que fazer.) O sucesso gerou uma série de continuações cinematográficas lucrativas (*Um divórcio jubiloso*, *Um bebê jubiloso*, *Um safári jubiloso*), que Hollywood produziu durante alguns anos feito linha de montagem. Toda a empreitada *Jubilosa* fez uma baita pilha de dinheiro para Billy e Peg, mas também sinalizou o fim do casamento. Depois de se apaixonar por Hollywood, Billy nunca retornou. Quanto a Peg, ela resolveu fechar a companhia mambembe e usar sua metade dos direitos autorais dos *Jubilosos* para comprar um teatro grande, velho e decrépito de Nova York: o Lily Playhouse.

Tudo isso aconteceu por volta de 1935.

Billy e Peg nunca se divorciaram oficialmente. Apesar de não parecer que havia algum ressentimento entre os dois, depois de 1935 tampouco se podia chamá-los de "casados". Não dividiam a casa ou a vida profissional, e por insistência de Peg já não dividiam a vida financeira — o que queria dizer que toda a grana reluzente de Newport agora estava fora do alcance da minha tia. (Vovó Morris não sabia por que Peg estava disposta a dar as costas para a fortuna de Billy, mas dizia com patente frustração: "Peg nunca ligou para dinheiro, infelizmente".) Ela especulava que Peg e Billy nunca tinham se divorciado legalmente porque eram "boêmios demais" para se preocupar com aquelas questões. Ou talvez ainda se amassem. Porém, o amor deles era do tipo que prosperava mais quando marido e esposa estavam separados por um continente inteiro. ("Não ria", minha avó pediu. "Muitos casamentos funcionariam melhor assim.")

Só sei que tio Billy estava fora de cena na minha juventude — primeiro porque estava em turnê, depois porque estava instalado na Califórnia. Tão fora de cena, na verdade, que nunca o conheci. Para mim, Billy Buell era um mito, composto de histórias e fotos. E que histórias e fotos glamorosas eram aquelas! Vovó Morris e eu volta e meia víamos a foto de Billy nas revistas de fofocas de Hollywood, ou líamos sobre ele nas colunas de Walter Winchell e de Louella Parsons. Ficamos *arrebatadas*, por exemplo, quando descobrimos que ele fora convidado para o casamento de Jeanette MacDonald e Gene Raymond! Havia uma foto dele na festa bem ali na *Variety*, logo atrás da luminosa Jeanette MacDonald em seu vestido de noiva rosa. Na foto, Billy conversava com Ginger Rogers e seu marido na época, Lew Ayres. Minha avó apontou Billy e disse: "Aí está ele, conquistando o país, como sempre. E olha como Ginger sorri para ele! Se eu fosse Lew Ayres, ficaria de olho na minha esposa".

Examinei bem a foto, usando a lupa adornada com pedras preciosas da minha avó. Vi um lindo homem louro de smoking, cuja mão estava pousada no antebraço de Ginger Rogers, enquanto ela, de fato, sorria com deleite para ele. Billy parecia mais uma estrela de cinema do que as estrelas de cinema que o ladeavam.

Eu achava incrível que aquele homem fosse casado com minha tia.

Peg era maravilhosa, sem dúvida, mas tão *simples*.

O que diabos ele tinha visto nela?

Eu não achava Peg em lugar nenhum.

Já tinha passado tempo suficiente para que eu abrisse mão da esperança de ser encontrada na plataforma. Guardei minha bagagem com um homem de quepe vermelho e perambulei pela multidão apressada da Grand Central, tentando achar minha tia em meio à confluência. Talvez você imagine que eu tenha ficado muito ansiosa ao me ver totalmente sozinha na cidade, sem planos e sem acompanhante, mas por algum motivo não fiquei. (Talvez essa seja a marca do privilégio: certas moças bem-nascidas simplesmente não conseguem *conceber* a possibilidade de que ninguém aparecerá logo para resgatá-las.)

Por fim, desisti de vagar e me sentei em um banco perto do saguão principal da estação, bem visível, para aguardar minha salvação. E, pasme, acabei sendo encontrada.

Minha salvadora se revelou uma mulher baixinha, de cabelos grisalhos, em um terninho cinza recatado, que se aproximou de mim como um são-bernardo se aproxima de um esquiador preso — com foco e a séria intenção de salvar uma vida.

"Recatado" a bem da verdade não é uma palavra forte o bastante para descrever o terninho que a mulher usava. Tinha duas fileiras de botões e era um bloco de cimento quadrado — o tipo de peça feito para enganar o mundo, de modo a pensar que mulheres não têm seios, cintura ou quadril. Minha impressão era de que se tratava de um produto britânico. Era um horror. A mulher também usava um grosseiro oxford preto de salto baixo e um antiquado gorro verde de lã, do estilo preferido por mulheres que dirigem orfanatos. Por conta do colégio interno, pude reconhecer seu tipo: parecia uma solteirona que jantava Ovomaltine e fazia gargarejo com água salgada para ter vitalidade.

Ela era sem graça da cabeça aos pés, e era sem graça *de propósito*.

A matrona em forma de bloco se aproximou de mim com uma missão muito clara, franzindo a testa e segurando um retrato de grandeza desconcertante em uma moldura prateada ornamentada. Olhou o retrato que tinha nas mãos e em seguida para mim.

"Você é Vivian Morris?", perguntou. Seu sotaque indicava que o terninho com duas fileiras de botões não era o único artigo britânico austero que havia sido importado para aquela cidade.

Respondi que era.

"Como você cresceu", ela comentou.

Fiquei perplexa: eu conhecia aquela mulher? Talvez de quando era mais nova?

Ao perceber minha confusão, a estranha me mostrou o retrato emoldurado que tinha nas mãos. Era um retrato da minha própria família, de cerca de quatro anos antes, o que foi desconcertante. Havíamos tirado a foto em um estúdio de verdade, quando minha mãe decidira que precisávamos ser, nas palavras dela, "oficialmente documentados dessa vez". Ali estavam meus pais, aturando a indignidade de ser fotografados por um comerciante. Ali estava meu irmão, Walter, com ar pensativo e a mão no ombro da minha mãe. Ali estava uma versão mais magra e mais jovem de mim, usando um vestido de marinheira infantil demais para minha idade.

"Sou Olive Thompson", disse a mulher, em um tom que indicava que estava habituada a fazer anúncios. "Sou a secretária da sua tia. Ela não pôde vir. Teve uma emergência no teatro. Um pequeno incêndio. Ela me mandou vir buscar você. Peço desculpas pela demora. Cheguei aqui faz algumas horas, mas como minha única forma de identificar você era por esta foto, levei um tempo. Como pôde perceber."

Tive vontade de rir naquele momento e tenho vontade de rir agora, só de lembrar. A ideia daquela dura mulher de meia-idade circulando pela Grand Central com uma fotografia gigantesca em uma moldura prateada — que parecia ter sido arrancada às pressas da parede de uma pessoa rica (o que era verdade) —, fitando todos os rostos, tentando comparar a pessoa diante dela a um retrato de uma garota tirado quatro anos antes, era perversamente divertida. Como ela havia me passado despercebida?

Olive Thompson não parecia achar a situação divertida, no entanto.

Eu logo descobriria que aquilo era típico dela.

"Suas malas", Olive disse. "Reúna todas. Então pegaremos um táxi até o Lily. O espetáculo da noite já começou. Vamos, se apresse. Nada de enrolação."

Andei atrás dela, obediente — um filhote de pato seguindo a mamãe pato.

Não enrolei.

Pensei comigo mesma: *Um pequeno incêndio?* — mas não tive coragem de perguntar.

3

A pessoa só se muda para Nova York pela primeira vez na vida *uma vez*, Angela, e é algo incrível.

Talvez essa ideia não tenha nada de romântica para você, nova-iorquina de nascimento. Talvez não reconheça o valor dessa nossa cidade esplêndida. Ou talvez a ame mais do que eu, à sua maneira inimaginavelmente particular. Sem sombra de dúvida, você deu sorte de ter sido criada aqui. Mas nunca pôde *se mudar* para cá — e lamento por você. Perdeu uma das melhores experiências da vida.

Nova York na década de 1940!

Nunca haverá outra Nova York como aquela. Não estou difamando todas as Novas Yorks que existiram antes nem todas as Novas Yorks que vieram depois. Todas têm relevância. Mas esta é uma cidade que renasce sob o olhar inexperiente de todos os jovens que chegam aqui pela primeira vez. Portanto, *aquela* cidade, *aquele* lugar — recém-criada só para meu olhar — nunca tornará a existir. Está preservada para sempre na minha memória assim como uma orquídea presa em um peso de papel. Aquela cidade sempre será minha Nova York perfeita.

Você pode ter sua Nova York perfeita e outras pessoas podem ter a delas — mas essa sempre será a minha.

Não foi muito longo o caminho da Grand Central até o Lily Playhouse — simplesmente cortamos o distrito —, mas o táxi nos levou pelo coração de Manhattan, e essa é sempre a melhor forma de um recém-chegado sentir o músculo de Nova York. Eu estava toda trêmula por estar na cidade e queria olhar tudo de uma vez. Mas me lembrei de ser uma menina educada e por um tempo tentei entabular uma conversa com Olive. Ela não era o tipo de pessoa que achava que o ar precisava ser sempre preenchido com palavras, e suas respostas peculiares só me suscitavam mais perguntas — as quais imaginei que ela não estaria disposta a discutir em detalhes.

"Há quanto tempo você trabalha para minha tia?", perguntei.

"Desde que Moisés usava fraldas."

Refleti sobre isso por um instante. "E quais são suas funções no teatro?"

"Pegar as coisas que estão caindo no ar, antes que batam no chão e se quebrem."

Passamos um tempo em silêncio, deixando que *aquela* informação fosse absorvida.

Tentei outra vez: "Que tipo de espetáculo está sendo encenado no teatro esta noite?".

"Um musical chamado *A vida com mamãe*."

"Ah! Já ouvi falar."

"Não ouviu, não. Você está pensando em *A vida com papai*. Esteve na Broadway no ano passado. Nossa peça se chama *A vida com mamãe*. E é um musical."

Fiquei me perguntando se aquilo *era lícito*. Seria possível pegar o título de um enorme sucesso da Broadway, trocar uma única palavra e torná-lo seu? (A resposta a essa questão — pelo menos em 1940 e no Lily Playhouse — era: claro que sim.)

Perguntei: "Mas e se as pessoas comprarem ingresso para seu espetáculo por engano, pensando que vão ver *A vida com papai*?".

Olive respondeu, categoricamente: "Não seria uma pena?".

Eu começava a me sentir jovem, burra e irritante, portanto me calei. No resto do trajeto de táxi, fiquei apenas olhando pela janela. Era interessante ver a cidade passar. Havia coisas gloriosas para ver em todas as direções. Era uma bela noite de verão em Midtown Manhattan. Nada poderia ser melhor. Tinha acabado de chover. O céu estava violeta e dramático. Tive vislumbres de arranha-céus espelhados, letreiros em neon e ruas molhadas reluzentes. Passamos pela Times Square, onde montanhas de luzes artificiais cuspiam suas notícias incandescentes e propagandas instantâneas em mim. Fliperamas, salões com dançarinas profissionais, cinemas, cafeterias e teatros piscavam, cativando meus olhos.

Viramos na rua 41, entre a Oitava e a Nona Avenidas. Não era uma rua bonita na época e continua não sendo hoje. Naquele período, era basicamente um emaranhado de escadas de incêndio dos prédios mais importantes voltados para as ruas 40 e 42. Mas ali, no meio daquele quarteirão feio, estava o Lily Playhouse, o teatro da tia Peg — todo iluminado pelo letreiro onde se lia *A vida com mamãe*.

Ainda consigo vê-lo na minha mente. O Lily era um enorme bloco, produzido em um estilo que agora conheço pelo nome de art nouveau, mas que na época eu identificava apenas como *peso pesado*. E veja só, aquele saguão fazia um grande esforço para provar que você tinha chegado a um lugar importante. Era todo solenidade e escuridão — uma bela carpintaria, lambris entalhados no teto, azulejos de cerâmica vermelho-sangue e luminárias Tiffany antiquíssimas. Por todas as paredes havia pinturas manchadas de tabaco de ninfas com os seios à mostra cabriolando com bandos de sátiros — parecia que uma das ninfas estava prestes a se meter em apuros em termos familiares, se não tomasse cuidado. Outros murais exibiam homens musculosos com panturrilhas heroicas lutando contra monstros marinhos de um jeito que parecia mais erótico do que violento. (Tinha-se a impressão de que os homens musculosos não *queriam* vencer a batalha, se é que você me entende.) Outros murais mostravam dríades lutando para escapar das árvores, os mamilos à frente, enquanto náiades chapinhavam no rio ali perto, jogando água no torso nu uma da outra em um espírito bastante *obaaa!*. Entalhes grossos de videiras e glicínias (e lírios, claro!) subiam por todas as colunas. O efeito era bastante bordeleiro. Eu amei.

"Vou levar você direto para o espetáculo", disse Olive, olhando o relógio, "que está quase acabando, graças a Deus."

Ela empurrou as grandes portas que davam para o teatro. Lastimo relatar que Olive Thompson adentrou seu local de trabalho com a atitude de quem prefere não *tocar* em nada, mas eu fiquei mesmo foi deslumbrada. O interior do teatro era estonteante — uma velha e imensa caixa de joias, com luz dourada e evanescente. Absorvi tudo — o palco vergado, a péssima linha de visão, as cortinas carmesim robustas, o fosso da orquestra abarrotado, o teto com dourado em excesso, o lustre ameaçadoramente brilhante para o qual era impossível olhar sem pensar: "Nossa, e se esse treco caísse…?".

Era tudo pomposo, estava tudo desmoronando. O Lily me lembrava a vovó Morris — não só porque ela amava teatros antigos espalhafatosos como aquele, mas também porque tinha aquela *aparência*: velha, exagerada e orgulhosa, enfeitada à perfeição em veludo fora de moda.

Ficamos encostadas na parede dos fundos, embora houvesse muitas cadeiras vazias. Na verdade, não havia muito mais pessoas na plateia do que no palco, ao que parecia. Não fui a única a perceber isso. Olive fez uma rápida contagem de cabeças, anotou o número em uma caderneta que tirou do bolso e suspirou.

Quanto ao que se passava no palco, era desconcertante. Aquele, de fato, só podia ser o fim do espetáculo, porque *muita* coisa estava acontecendo ao mesmo tempo. No fundo do palco havia uma fileira de cerca de doze dançarinos — garotas e garotos — sorrindo loucamente enquanto lançavam pernas e braços em direção aos céus poeirentos. No centro do palco, um rapaz bonito e uma moça animada sapateavam como se para salvar suas vidas, enquanto cantavam a plenos bramidos sobre como tudo ficaria bem dali em diante, meu bem, porque você e eu estamos *apaixonados*! No lado esquerdo do palco se via uma legião de coristas, cujos movimentos e figurino as mantinham por um triz dentro da permissibilidade moral, mas cuja contribuição para a história — fosse qual fosse — não era clara. Sua tarefa parecia ser ficar de braços abertos e virar lentamente para que se pudesse absorver à vontade as qualidades amazônicas de suas silhuetas sob todos os ângulos. Do outro lado do palco, um homem vestido de vagabundo fazia malabarismos com pinos de boliche.

Mesmo para um final, prosseguia por um tempo terrivelmente longo. A orquestra continuava batucando, a fileira de dançarinos continuava chutando, o casal feliz e ofegante nem acreditava em quão *incrível* a vida deles seria, as coristas exibiam o corpo vagarosamente, o malabarista suava e arremessava — até que, de repente, com a queda de todos os instrumentos ao mesmo tempo, o giro dos holofotes e o selvagem erguer de todos os braços simultaneamente, o espetáculo terminou!

Aplausos.

Não aplausos estrondosos. Mais um chuvisco.

Olive não bateu palmas. Eu bati educadamente, embora minhas palmas parecessem solitárias ali no fundo da sala. Não durou muito. Os intérpretes tiveram que sair do palco quase em silêncio, o que nunca é bom. A plateia passou por nós respeitosamente, como trabalhadores indo para casa no fim do dia — o que de fato eram.

"Acha que gostaram?", perguntei a Olive.

"Quem?"

"A plateia."

"A *plateia*?" Olive pestanejou, como se nunca tivesse lhe ocorrido pensar no que uma plateia achava de um espetáculo. Depois de ponderar um pouco, ela disse: "Você precisa entender, Vivian, que nosso público não chega ao Lily cheio de empolgação nem vai embora tomado de euforia".

Pela forma como disse isso, a impressão era de que aprovava o esquema, ou pelo menos o aceitava.

"Vem", ela chamou. "Sua tia está na coxia."

Assim, fomos para a coxia — direto para o clamor inquieto, devasso, que sempre irrompe dos bastidores ao final de um espetáculo. Todos se mexendo, todos gritando, todos fumando, todos se despindo. Os dançarinos acendiam o cigarro um do outro e as coristas tiravam os acessórios da cabeça. Uns poucos homens de macacão arrastavam objetos de palco, mas não de um jeito que os fizesse suar. Havia muita risada alta, indulgente, mas não porque algo fosse especialmente engraçado: era só porque aquelas eram pessoas do show business, e elas são sempre assim.

E ali estava tia Peg, muito alta e forte, de prancheta na mão. Seu cabelo castanho um pouco grisalho estava cortado curto em um estilo impensado que fazia com que parecesse um pouco com Eleanor Roosevelt, mas com um queixo melhor. Peg usava uma saia longa de sarja salmão e o que poderia ser uma camisa masculina. Também usava meias azuis que iam até o joelho e mocassim bege. Se parece uma combinação antiquada, é porque era. Antiquado na época, antiquado hoje e antiquado até o sol explodir. Ninguém jamais ficou bem em saia de sarja salmão, camisa azul, meias até o joelho e mocassim.

O visual desmazelado foi totalmente aliviado pelo fato de que ela estava conversando com duas das estonteantes coristas da peça. A maquiagem de palco delas lhes dava um aspecto de glamour sobrenatural, e o cabelo estava amontoado em caracóis luzidios no alto da cabeça. Usavam roupão de seda rosa por cima do figurino e eram o retrato de feminilidade mais manifestamente sexual que eu já tinha visto. Uma das coristas era loura — *platinada*, na verdade —, com uma silhueta que faria Jean Harlow ranger os dentes com desespero invejoso. A outra era uma morena provocante cuja beleza excepcional eu já havia notado do fundo do teatro. (Mas eu não deveria receber nenhum crédito especial por ter percebido como aquela mulher em específico era assombrosa: um marciano teria notado... *de Marte*.)

"Vivvie!", Peg gritou, e seu sorriso iluminou meu mundo. "Você conseguiu, mocinha!"

Mocinha!

Ninguém nunca tinha me chamado de "mocinha", e por algum motivo aquilo me deu vontade de correr para os braços dela e chorar. Também era animador ouvir que eu tinha *conseguido* — como se tivesse realizado alguma coisa! Na verdade, não havia realizado nada mais impressionante do que primeiro ter sido expulsa da faculdade, depois chutada da casa dos meus pais e por fim me perder na Grand Central Station. Porém, seu deleite ao me ver foi um bálsamo. Eu me senti acolhida. E não apenas isso, também *querida*.

"Você já conheceu a Olive, nossa zoóloga residente", disse Peg. "Esta é a Gladys, nossa capitã de dança..."

A garota de cabelo platinado me mostrou as gengivas e disse: "Como é que você vai?".

"... e esta aqui é a Celia Ray, uma das coristas."

Celia esticou seu braço de sílfide e disse em voz baixa: "Muito prazer".

A voz de Celia era incrível. Não era apenas o sotaque forte de Nova York, mas o tom bem grave. Era uma corista com a voz de Lucky Luciano.

"Você já comeu?", Peg me perguntou. "Está morrendo de fome?"

"Não", respondi. "*Morrendo* de fome eu não diria. Mas não jantei."

"Então vamos sair. Vamos tomar litros de bebida e pôr o papo em dia."

Olive interferiu: "A bagagem da Vivian ainda não foi levada lá para cima, Peg. As malas ainda estão no saguão. O dia foi longo, ela deve estar querendo tomar um banho. Além disso, temos que passar nossos comentários ao elenco".

"Os garotos podem levar as coisas dela lá para cima", disse Peg. "Ela me parece bem limpinha. E o elenco não precisa de comentários."

"O elenco sempre precisa de comentários."

"Amanhã a gente dá um jeito", foi a resposta vaga de Peg, que pareceu não satisfazer Olive de forma alguma. "Não estou a fim de discutir negócios agora. Eu seria capaz de *matar* algo para comer, e o que é pior: estou morta de sede. Que tal a gente sair, hein?"

Parecia que Peg estava pedindo permissão a Olive.

"Hoje não, Peg", Olive disse, com firmeza. "O dia foi longo. A garota precisa descansar e se acomodar. A Bernadette deixou um bolo de carne lá em cima. Posso fazer um sanduíche."

Peg pareceu meio desiludida, mas voltou a se animar no minuto seguinte.

"Vamos subir, então!", anunciou. "Vem, Vivvie! Vamos lá!"

Aqui vai algo que aprendi a respeito da minha tia no decorrer do tempo: sempre que ela dizia "Vamos lá!", quem estivesse ao alcance de sua voz estava convidado. Peg sempre se movimentava em bando, e não era seletiva quanto a quem fazia parte dele.

Foi por isso que nossa reunião naquela noite — feita lá em cima, na parte residencial do Lily Playhouse — incluiu não só eu, tia Peg e sua secretária, Olive, mas também Gladys e Celia, as coristas. Uma inclusão de última hora foi um rapaz excêntrico que Peg agarrou quando ele se dirigia à saída dos artistas. Eu o reconheci como dançarino do espetáculo. Depois que me aproximei dele, vi que parecia ter cerca de catorze anos e precisar de uma refeição.

"Roland, vem jantar conosco lá em cima", disse Peg.

Ele hesitou. "Ah, não precisa, Peg."

"Não se preocupa, meu bem, a gente tem comida à beça. A Bernadette fez um bolo de carne enorme. Dá e sobra para todo mundo."

Quando Olive deu a impressão de que protestaria, Peg a calou: "Ah, Olive, não banque a professora. Posso dividir meu jantar com o Roland. Como ele precisa ganhar um pouco de peso e eu preciso perder um pouco, fica tudo certo. De qualquer forma, estamos quase solventes agora. Podemos nos dar ao luxo de alimentar mais umas bocas".

Fomos para os fundos do teatro, onde uma escada larga dava para o andar superior. Enquanto galgávamos os degraus, eu não conseguia tirar os olhos das duas coristas. Celia e Gladys. Nunca tinha visto beldades como aquelas. Estivera perto de meninas do teatro no colégio interno, mas agora era diferente. As meninas de teatro tendiam a ser o tipo de moça que nunca lavava o cabelo e só usava collant preto. Pensavam que eram Medeia o tempo inteiro. Eu as achava simplesmente insuportáveis. Mas Gladys e Celia eram de outra categoria. Outra *espécie*. Fiquei hipnotizada pelo glamour, pelos sotaques, pela maquiagem, pelo balanço das bundas envoltas em seda. Quanto a Roland, ele mexia o corpo do mesmo jeito. Também era uma criatura fluida, balançante. Como falavam rápido! Com quanto charme lançavam insinuações de fofocas, como bocados de confete colorido.

"Ela sobrevive só da aparência!", Gladys dizia sobre uma ou outra garota.

"Não é nem da aparência!", Roland acrescentou. "É só das *pernas*!"

"Bom, isso não basta!", disse Gladys.

"Vai bastar por mais uma temporada", disse Celia. "*Talvez.*"

"Aquele namorado dela não ajuda em nada."

"Que tolo!"

"Mas ele não para de tomar champanhe."

"Ela devia falar com ele!"

"O rapaz não está exatamente aos suspiros!"

"Por quanto tempo uma garota consegue se sustentar como lanterninha?"

"Mas andando por aí com aquele belo diamante."

"Ela devia tentar ser mais sensata."

"Ela arrumou um homem largueador."

Quem eram as *pessoas* de quem falavam? O que era essa *vida* insinuada? E quem era essa pobre coitada sendo discutida na escada? Como ia se tornar algo além de uma lanterninha se não começasse a pensar de forma mais *sensata*? Quem lhe dera o diamante? Quem estava pagando todo o champanhe que era tomado? Eu *ligava* para todas aquelas coisas! Elas importavam! E que diabos era um homem largueador?

Nunca fiquei tão desesperada para saber como a história acabava, e aquela nem tinha enredo — tinha apenas personagens sem nome, alusões a atos extravagantes e uma sensação de crise iminente. Meu coração acelerava de empolgação — e o seu também aceleraria se você fosse uma garota frívola de dezenove anos como eu, que nunca tivera um pensamento sério na vida.

Chegamos a um patamar mal iluminado. Peg destrancou a porta e deu passagem a todos nós.

"Seja bem-vinda a sua casa, mocinha", disse ela.

"Casa", no universo da minha tia, consistia no terceiro e no quarto andares do Lily Playhouse. Aquela era a parte residencial. O segundo andar — como eu descobriria mais tarde — abrigava o escritório. O primeiro, claro, era o próprio teatro, que já lhe descrevi. Mas o terceiro e o quarto andares eram a *casa*, e agora havíamos chegado.

Peg não tinha talento para decoração de interiores, percebi imediatamente. Seu gosto (se é que dá para chamar assim) pendia para antiguidades pesadas e fora de moda, cadeiras descombinadas e uma visível confusão sobre o que ia onde. Vi que Peg tinha na parede os mesmos tipos de quadros sombrios e infelizes que meus pais (herdados do mesmo parente, sem dúvida). Apenas impressões desbotadas de cavalos e retratos de quacres enrugados. Havia também uma quantidade considerável de prataria e louça espalhada pela casa que me parecia familiar, como castiçais e aparelhos de chá. Alguns pareciam ter valor, mas vai saber. Nada daquilo parecia usado ou amado. (Havia cinzeiros em todas as superfícies, entretanto, e eles, sim, pareciam usados e amados.)

Não quero dizer que o lugar era uma espelunca. Não era sujo. Só não era *organizado*. Tive um vislumbre da sala de jantar — ou melhor, do que seria a sala de jantar na casa de qualquer outra pessoa. Uma mesa de pingue-pongue tinha sido colocada no meio do aposento. Mais curioso ainda, estava diretamente situada sob um lustre baixo, o que devia dificultar o jogo.

Paramos em uma sala de estar de tamanho generoso — um espaço tão grande que podia estar abarrotado de móveis e ainda conter um piano de cauda, encostado sem cerimônia na parede.

"Alguém precisa de alguma coisa do departamento de garrafas e jarros?", perguntou Peg, se dirigindo ao bar no canto. "Martíni? Quem vai querer? Todo mundo?"

A resposta retumbante pareceu ser: *Sim! Todo mundo!*

Bom, quase todo mundo. Olive recusou e franzia a testa enquanto Peg preparava os martínis. A impressão era de que estava calculando o preço de cada coquetel até os centavos — o que provavelmente era verdade.

Minha tia me entregou um martíni em tom casual como se ela e eu bebêssemos juntas havia décadas. Era um encanto. Me senti muito adulta. Meus pais bebiam (claro que bebiam: eram brancos, anglo-saxões e protestantes), mas nunca comigo. Eu sempre tinha que dar meus goles às escondidas. Não mais, parecia.

Tim-tim!

"Vou mostrar seus aposentos", disse Olive.

Ela me conduziu por um labirinto e abriu uma porta. Então disse: "Este é o apartamento do seu tio Billy. A Peg gostaria que você ficasse aqui por enquanto".

Fiquei surpresa. "Tio Billy tem um apartamento aqui?"

Olive suspirou. "É um sinal do afeto permanente da sua tia pelo marido. Ela mantém esses aposentos caso ele precise de um lugar onde ficar quando estiver de passagem."

Não acho que eu tenha imaginado que Olive enunciou as palavras "afeto permanente" no mesmo tom em que alguém diria "urticária persistente".

Bem, obrigada, tia Peg, porque o apartamento de Billy era maravilhoso. Não tinha o entulho dos outros ambientes que eu vira — de jeito nenhum. Aquele espaço tinha *estilo*. Havia uma salinha de estar com lareira e uma bela escrivaninha de laca preta, em cima da qual ficava uma máquina de escrever. Depois vinha o quarto, com janelas com vista para a rua 41 e uma linda cama de casal de cromo e madeira escura. No chão havia um tapete branco imaculado. Eu nunca tinha pisado em um tapete branco. Junto ao quarto havia um toucador de bom tamanho com um grande espelho cromado na parede e um guarda-roupa lustroso que não continha nem uma pecinha de roupa que fosse. No canto do toucador havia uma pia pequena. O lugar era perfeito.

"Você não tem um banheiro privado, infelizmente", explicou Olive, enquanto o homem de macacão depositava minhas malas e a máquina de costura no toucador. "O banheiro compartilhado fica no corredor. Vai dividir com a Celia, que está ficando no Lily por enquanto. O sr. Herbert e o Benjamin moram do outro lado. Eles dividem outro banheiro."

Eu não sabia quem eram o sr. Herbert e Benjamin, mas entendi que em breve saberia.

"O Billy não vai precisar do quarto dele, Olive?"

"Sinceramente, duvido."

"Tem certeza? Se um dia ele precisar deste espaço, é claro que posso ir para outro lugar. O que estou querendo dizer é que não preciso de nada tão bom assim…"

Eu estava mentindo. Precisava daquele quarto e o queria com todas as minhas forças. Já havia me apossado dele na minha imaginação. Era ali que eu ia me tornar uma pessoa de relevância, decidi.

"Seu tio não vem a Nova York há mais de quatro anos, Vivian", disse Olive, me encarando daquele jeito dela — inquietante, capaz de fazer você se sentir que ela acompanhava seus pensamentos como um cinejornal. "Vai poder dormir aqui com certo senso de segurança."

Ah, que alegria!

Peguei das malas alguns artigos essenciais, joguei um pouco de água na cara, fui ao toalete e penteei o cabelo. Em seguida, voltei à bagunça e à falação da sala de estar grande e apinhada. Voltei ao mundo de Peg, com todo o barulho e novidade.

Olive foi à cozinha e trouxe um bolo de carne pequeno, servido em uma folha de alface lúgubre. Assim como intuíra antes, não haveria comida suficiente para todo mundo. Pouco depois, no entanto, ela reapareceu com frios e pão. Também arrumou meio frango, um prato de picles e alguns potes de comida chinesa fria. Percebi que alguém tinha aberto a janela e ligado um ventiladorzinho, o que não ajudava em nada a eliminar o calor abafado de verão.

"Meninos, comam vocês", disse Peg. "Peguem o que precisar."

Gladys e Roland atacaram o bolo de carne como dois lavradores. Eu me servi de um pouco de chop suey. Celia não comeu nada. Ficou quieta em um dos sofás, manuseando a taça de martíni e o cigarro com uma petulância que eu nunca tinha visto.

"Como foi o início do espetáculo de hoje?", Olive perguntou. "Só peguei o fim."

"Bom, não foi nenhum *Rei Lear*", declarou Peg. "Por um triz."

A carranca de Olive se intensificou. "Por quê? O que foi que aconteceu?"

"Não aconteceu nada propriamente dito", disse Peg. "É só um espetáculo sem brilho, mas não vale a pena perder o sono por ele. Sempre foi sem brilho. Ninguém da plateia parece ter sofrido grandes danos por conta disso. Todos saíram do teatro de pleno uso das pernas. De qualquer forma, vamos mudar de espetáculo na semana que vem, então não tem importância."

"E os recibos da bilheteria? Da matinê?"

"Quanto menos falarmos dessas questões, melhor", decretou Peg.

"Mas de quanto foi a renda, Peg?"

"Não faça perguntas cujas respostas você não quer ouvir, Olive."

"Bom, eu *preciso* saber. A gente não pode ter sempre lotações como a de hoje."

"Ah, adoro que você chame de lotação! De acordo com o cômputo verdadeiro, havia quarenta e sete pessoas na matinê desta tarde."

"Peg! Não *é o bastante*!"

"Não se aflija, Olive. O ritmo sempre diminui no verão, lembra? De qualquer forma, a gente tem a plateia que tem. Se quiséssemos atrair plateias maiores, montaríamos partidas de beisebol e não peças teatrais. Ou investiríamos em ar-condicionado. Vamos voltar nossa atenção para preparar a cena dos Mares do Sul para a semana que vem. A gente pode pôr os dançarinos para ensaiar amanhã de manhã, e até terça-feira eles já podem estar se apresentando."

"Amanhã de manhã, não", disse Olive. "Aluguei o palco para uma aula de dança infantil."

"Fez bem. Criativa como sempre, velha menina. Amanhã à tarde, então."

"Amanhã à tarde, não. Aluguei o palco para uma aula de natação."

O anúncio pegou Peg de surpresa. "Uma aula de *natação*? É isso mesmo?"

"É um programa que a cidade está oferecendo. Vão ensinar as crianças do bairro como nadar."

"*Nadar?* Eles vão inundar nosso palco, Olive?"

"Claro que não. Chamam de nado a seco. Dão aulas sem água."

"Você está querendo dizer que ensinam natação como *conceito teórico*?"

"Mais ou menos isso. É só o básico. Usam cadeiras. A prefeitura é que vai pagar."

"Vamos fazer o seguinte, Olive? Você diz a Gladys quando *não* alugou o palco para uma aula de dança infantil ou de natação a seco, aí ela pode convocar um ensaio para começar a trabalhar as danças dos Mares do Sul."

"Segunda à tarde", declarou Olive.

"Segunda à tarde, Gladys!", Peg berrou para a corista. "Escutou? Consegue reunir todo mundo na segunda à tarde?"

"Não gosto mesmo de ensaiar de manhã", disse Gladys, embora eu não tivesse certeza de que era uma resposta firme.

"Não deve ser difícil, Gladdie", disse Peg. "É só um espetáculo temporário. Dá um jeito, como você sempre faz."

"Quero participar do espetáculo dos Mares do Sul!", pediu Roland.

"Todo mundo quer participar do espetáculo dos Mares do Sul", disse Peg. "Os jovens adoram atuar nesses dramas internacionais exóticos, Vivvie. Adoram os figurinos. Só este ano já tivemos um espetáculo sobre a Índia, a história de uma donzela chinesa e a de uma dançarina espanhola. Tentamos um romance com esquimós no ano passado, mas não foi muito bom. Os figurinos não eram muito vistosos, para dizer o mínimo. Pele, sabe? É pesado. E as canções não eram nossas melhores. Acabamos rimando 'apelo' com 'gelo' tantas vezes que a cabeça chegava a doer."

"Você pode ser uma das dançarinas havaianas no espetáculo dos Mares do Sul, Roland!", Gladys disse e riu.

"Sem dúvida tenho beleza suficiente para isso!", ele declarou, e fez uma pose.

"Sem dúvida", concordou Gladys. "Você é tão pequeno que um dia desses vai sair voando. Tenho sempre que tomar cuidado para não te colocar ao meu lado no palco. Do seu lado, pareço uma vaca."

"Isso é porque você ganhou peso ultimamente, Gladys", observou Olive. "Tem que controlar o que come, ou daqui a pouco não vai mais caber nos seus figurinos."

"O que a pessoa come não tem *nada* a ver com o corpo que tem!", protestou Gladys enquanto pegava outra fatia de bolo de carne. "Foi o que li numa revista. O que importa é quanto café você toma."

"Você bebe demais", Roland bradou. "Você não sabe controlar a birita!"

"Claro que não sei controlar a birita!", Gladys concordou. "Todo mundo sabe *disso*. Mas te digo mais uma coisa: eu não teria uma vida sexual tão grandiosa se soubesse controlar a birita!"

"Me empresta seu batom, Celia", pediu Gladys à outra corista, que em silêncio tirou um tubo do bolso de seu robe de seda e o entregou a ela. Gladys pintou os lábios com o tom de vermelho mais violento que eu já tinha visto, em seguida beijou Roland com força nas bochechas, deixando marcas grandes e vivazes.

"Pronto, Roland. Agora você *é* a garota mais linda da sala!"

Roland não parecia se incomodar com a zombaria. Tinha o rosto igual ao de uma boneca de porcelana e, a meus olhos de perita, parecia ter feito as sobrancelhas. Fiquei chocada por ele nem sequer *tentar* agir como homem. Quando falava, mexia as mãos como uma debutante. Nem limpou o batom das bochechas. Era quase como se *quisesse* parecer mulher! (Perdoe minha ingenuidade, Angela, mas eu não estivera perto de muitos homossexuais àquela altura da vida. Não de homens, em todo caso. Agora, lésbicas, por outro lado — *essas* eu conhecia. Afinal, tinha passado um ano em Vassar. Nem eu era desatenta *a tal ponto*.)

Peg voltou sua atenção para mim. "Agora! Vivian Louise Morris! O que você quer fazer durante sua estadia em Nova York?"

O que eu queria fazer? Eu queria fazer *aquilo*! Queria tomar martíni com coristas, escutar conversas sobre os negócios da Broadway e entreouvir fofocas de garotos que pareciam garotas! Queria saber da grandiosa vida sexual das pessoas!

Mas não podia falar nada daquilo. Portanto, o que eu disse, brilhantemente, foi: "Queria investigar um pouco! Absorver as coisas!".

Agora todo mundo me encarava. Esperando algo mais, talvez? Mas *o quê*?

"Não sei me situar em Nova York, esse é meu primeiro obstáculo", declarei, parecendo uma idiota.

Tia Peg reagiu àquela futilidade pegando um guardanapo de papel da mesa e esboçando um mapa rápido de Manhattan. Eu gostaria muito de ter guardado aquele mapa, Angela. Foi o mapa mais charmoso da cidade que vi na vida: uma enorme cenoura torta era a ilha, com um retângulo preto no meio representando o Central Park, o símbolo do dólar na parte baixa da cidade representando Wall Street, uma nota musical no alto, representando o Harlem, e uma estrela iluminada bem no meio, representando exatamente o local onde estávamos: Times Square. O centro do mundo! Bingo!

"Pronto", ela disse. "Agora você já sabe se situar. Não tem como se perder aqui, mocinha. É só seguir as placas. É tudo numerado, mais fácil, impossível. Só não esqueça: Manhattan é uma ilha. As pessoas se esquecem disso. Se for muito longe em alguma direção, vai dar de cara com a água. Caso depare com o rio, dê meia-volta e siga na direção contrária. Você vai aprender a se virar. Pessoas mais burras que você já entenderam esta cidade."

"Até a Gladys entendeu", disse Roland.

"Cuidado, raio de sol", retrucou Gladys. "Eu *nasci* aqui."

"Obrigada!", eu disse, enfiando o guardanapo no bolso. "E se você precisar que eu faça alguma coisa no teatro, vou ficar contente em ajudar."

"Você quer ajudar?", Peg pareceu surpresa ao ouvir aquilo. Claramente não tinha grandes expectativas a meu respeito. Jesus, o que meus pais teriam lhe dito? "Você pode ajudar a Olive no escritório, se é desse tipo de coisa que gosta. Burocracia e tal."

Olive ficou pálida diante da sugestão, e receio que eu tenha tido a mesma reação. Não queria trabalhar para Olive assim como ela não queria que eu trabalhasse para ela.

"Ou você pode trabalhar na bilheteria", Peg prosseguiu. "Pode vender ingressos. Você não é muito musical, é? Eu ficaria surpresa se fosse. Ninguém da sua família é."

"Sei costurar", declarei.

Devo ter falado bem baixinho, pois ninguém percebeu que eu havia me manifestado.

Olive disse: "Peg, por que não incentiva a Vivian a se matricular na Katharine Gibbs School, onde pode aprender datilografia?".

Peg, Gladys e Celia gemeram em uníssono.

"A Olive vive tentando fazer com que nós, garotas, nos matriculemos na Katharine Gibbs School para aprender datilografia", explicou Gladys. Ela estremeceu com um horror teatral, como se aprender datilografia se assemelhasse a quebrar pedras em um campo de prisioneiros de guerra.

"Katharine Gibbs forma moças empregáveis", disse Olive. "Uma moça tem que ser empregável."

"Não sei datilografia e sou empregável!", rebateu Gladys. "Ora bolas, já estou *empregada*! Sou empregada por *você*!"

Olive disse: "Uma corista nunca está exatamente *empregada*, Gladys. É alguém que *às vezes* pode ter trabalho. Não é a mesma coisa. Sua área de atuação não é segura. Uma secretária, ao contrário, sempre acha emprego".

"Não sou uma mera corista", declarou Gladys com um orgulho irritado. "Sou *capitã de dança*. E essas sempre acham emprego. De qualquer forma, se meu dinheiro acabar, simplesmente me caso."

"Jamais aprenda a datilografar, mocinha", Peg me disse. "E se aprender, nunca conte a ninguém que sabe, senão vão obrigar você a fazer isso pelo resto da vida. Trate também de não aprender taquigrafia.

Vai ser sua morte. Depois que botam um bloco de estenografia na mão de uma mulher, ele não sai mais."

De repente, a criatura deslumbrante do outro lado da sala se manifestou pela primeira vez desde que tínhamos subido a escada. "Você disse que sabe costurar?", perguntou Celia.

De novo aquela voz grave, gutural, me pegou de surpresa. Ela também estava de olho em mim, o que achei um pouco intimidante. Não quero abusar da palavra "provocante" ao falar de Celia, mas não há como contorná-la: ela era o tipo de mulher que provocava mesmo quando não estava tentando. Retribuir aquele olhar provocante seria desconfortável, portanto só assenti e declarei, me voltando na direção mais segura de Peg: "Isso. Sei costurar. A vovó Morris me ensinou".

"Que tipo de coisa você faz?", Celia perguntou.

"Bom, eu fiz este vestido."

Gladys gritou: "*Você fez esse vestido?*".

Tanto Gladys quanto Roland correram na minha direção, como as garotas sempre corriam quando descobriam que eu tinha feito meu próprio vestido. Em instantes, os dois estavam mexendo na minha roupa como dois macaquinhos cativantes.

"Você fez *isso*?", perguntou Gladys.

"Até o *ataviamento*?", Roland perguntou.

Tive vontade de dizer: "Isso não é nada!". Porque realmente, em comparação com o que eu era capaz de fazer, aquele vestidinho, por mais complicado que parecesse, *não era*. Mas não quis soar prepotente. Preferi dizer: "Faço tudo o que uso".

Celia tornou a falar, do outro canto da sala: "Você sabe fazer figurinos?".

"Imagino que sim. Depende do figurino, mas tenho certeza de que conseguiria."

A corista se levantou e indagou: "Sabe fazer algo assim?". Ela deixou o robe cair no chão, revelando o figurino que cobria.

(Sei que soa dramático dizer que ela "deixou o robe cair", mas Celia era o tipo de garota que não tirava a roupa como qualquer mulher mortal: ela sempre a *deixava cair*.)

Seu corpo era extraordinário, mas, quanto ao figurino, era básico — duas pecinhas metálicas, parecendo roupa de banho. Era do tipo feito para parecer mais bonito a quinze metros de distância do que de perto. Tinha um short justo, de cintura alta, enfeitado com lantejoulas espalhafatosas, e um sutiã adornado por um arranjo berrante de contas e plumas. A roupa caía bem nela, mas até uma camisola hospitalar cairia bem nela. Eu teria conseguido um caimento melhor, para ser sincera. As alças estavam totalmente erradas.

"Posso fazer igual", afirmei. "As contas levariam algum tempo, mas só isso. O resto é simples." Então tive um lampejo de inspiração, como um clarão lançado no céu noturno. "Se vocês tiverem uma diretora de figurino, posso trabalhar com ela. Como assistente!"

Risadas irromperam pela sala.

"*Diretora de figurino!*", Gladys repetiu. "Você está pensando que isto aqui é o quê, a Paramount Pictures? Acha que a Edith Head está escondida no porão?"

"As garotas são responsáveis pelos próprios figurinos", explicou Peg. "Quando não temos nada que funcione para elas no nosso closet, e nunca temos, elas têm que arrumar as próprias roupas. É custoso para elas, mas sempre foi assim. Onde você arrumou o seu, Celia?"

"Comprei de uma moça. Lembra a Evelyn, do El Morocco? Ela se casou e se mudou para o Texas. Me deixou um baú cheio de fantasias. Dei sorte."

"É, deu sorte mesmo." Roland torceu o nariz. "De não pegar gonorreia."

"Ai, dá um tempo, Roland", retrucou Gladys. "A Evelyn era uma boa menina. Você está é com inveja porque ela se casou com um *caubói.*"

"Se você quiser ajudar os meninos com os figurinos, Vivian, tenho certeza de que vão adorar", disse Peg.

"Você pode fazer um figurino dos Mares do Sul para mim?", Gladys me pediu. "De uma dançarina havaiana?"

Era como perguntar a um grande chef se ele podia fazer mingau.

"Claro", respondi. "Posso fazer amanhã mesmo."

"Você pode fazer um figurino de dançarina havaiana *para mim*?", indagou Roland.

"Não tenho verba para figurinos novos", Olive avisou. "Não discutimos isso."

"Ai, Olive", suspirou Peg. "Você é muito mão de vaca. Deixe os meninos se divertirem."

Foi impossível não perceber que Celia não tirava os olhos de mim desde que começamos a falar de costura. Ficar em sua linha de visão era ao mesmo tempo apavorante e encantador.

"Quer saber de uma coisa?", ela disse, depois de me examinar com mais atenção. "Você é linda."

Para ser justa, as pessoas geralmente notavam esse fato a meu respeito mais rápido. Mas quem poderia culpar Celia por ter prestado tão pouca atenção em mim até aquele momento quando tinha *aquele* rosto e *aquele* corpo?

"Vou te falar a verdade", ela anunciou, sorrindo pela primeira vez naquela noite. "Você parece um pouco comigo."

Peço licença para ser clara, Angela: eu não parecia.

Celia Ray era uma deusa; eu era uma adolescente. No mais superficial dos termos, acho que eu entendia o argumento dela: éramos duas morenas altas com pele de porcelana e olhos castanhos afastados. Poderíamos nos passar por primas, se não irmãs — e definitivamente não gêmeas. Claro que nossos corpos não tinham nada em comum. Ela era uma pera; eu era um graveto. Ainda assim, fiquei lisonjeada. Até hoje, no entanto, creio que a única razão para Celia Ray ter me notado foi sermos um *tiquinho* parecidas, o que chamou a atenção dela. Para Celia, vaidosa como era, olhar para mim devia ser como olhar para um espelho (muito borrado, muito distante) — e não havia espelho que Celia não amasse.

"Você e eu devíamos nos vestir com roupas parecidas e sair pela cidade", disse Celia, naquele rosnado grave do Bronx que era também um ronronado. "A gente podia se meter em uns belos apuros."

Bom, eu não sabia como responder *àquilo*. Continuei ali sentada, boquiaberta como a colegial da Emma Willard que eu era até pouco antes.

Quanto à minha tia — minha *guardiã legal*, lembre-se —, escutou o convite de teor ilícito e disse: "Que ideia divertida, meninas".

Peg estava de volta ao bar fazendo outra rodada de martínis, mas àquela altura Olive pôs um ponto-final nas coisas. A temerosa secretária do Lily Playhouse se levantou, bateu palmas e anunciou: "Chega! Se a Peg for dormir tarde, não vai amanhecer melhor".

"Que droga, Olive, vou enfiar o dedo no seu olho!", disse Peg.

"Para a cama, Peg", ordenou a imperturbável Olive, segurando o cinto para dar ênfase. "*Agora.*"

A sala se dispersou. Todos demos nossos boas-noites.

Tomei o rumo do meu quarto (*meu quarto!*) e tirei mais coisa da mala. Não conseguia me concentrar na tarefa, entretanto. Sentia um barato de alegria nervosa.

Quando eu pendurava meus vestidos no guarda-roupa, Peg apareceu para verificar como eu estava.

"Ficou confortável?", ela perguntou, percorrendo o apartamento imaculado de Billy com os olhos.

"Gostei tanto daqui. É um encanto."

"É. Billy não aceitaria nada menos que isso."

"Posso te fazer uma pergunta, Peg?"

"Claro."

"E quanto ao incêndio?"

"Que incêndio, mocinha?"

"A Olive falou que teve um pequeno incêndio no teatro hoje. Fiquei me perguntando se está tudo bem."

"Ah, isso! Foram só uns cenários antigos que pegaram fogo por acidente nos fundos do prédio. Tenho amigos no corpo de bombeiros, então ficou tudo bem. Nossa, isso foi *hoje*? Meu Deus, já tinha esquecido." Peg esfregou os olhos. "Bom, mocinha. Em breve você vai descobrir que a vida no Lily Playhouse não é nada além de uma série de pequenos incêndios. Agora vamos dormir, senão a Olive vai mandar as autoridades te prenderem."

Então fui dormir. Era a primeira vez que eu dormia na cidade de Nova York, e a primeira (mas definitivamente não a última) que eu dormia na cama de um homem.

Não lembro quem foi que arrumou a bagunça do jantar.

Provavelmente Olive.

4

Duas semanas depois de me mudar para Nova York, minha vida estava totalmente diferente. As mudanças incluíam a perda da minha virgindade — uma história tremendamente divertida que vou lhe contar em breve, Angela, se você for paciente comigo mais um instantinho —, mas não se restringiam a isso.

Por enquanto, quero dizer apenas que o Lily Playhouse era completamente diferente de qualquer mundo que eu tivesse habitado. Era uma animação, cheia de vida, glamour, coragem, caos e diversão — um mundo de adultos se comportando como crianças, em outras palavras. Toda a ordem e disciplina que minha família e minhas escolas tinham tentado instilar em mim até então sumiram. Ninguém do Lily (à exceção da resignada Olive) nem sequer tentava manter o ritmo normal de uma vida decorosa. Beber e festejar eram a norma. As refeições eram feitas em horários esporádicos. Dormia-se até o meio-dia. Ninguém começava a trabalhar em um horário específico — tampouco interrompia o trabalho, aliás. Os planos mudavam de acordo com o momento, convidados vinham e iam sem apresentações formais ou despedidas organizadas, e a designação de deveres era sempre obscura.

Aprendi logo, para meu espanto, que nenhuma autoridade monitoraria minhas idas e vindas. Não tinha ninguém a quem prestar contas e não se esperava nada de mim. Se eu quisesse ajudar nos figurinos, poderia ajudar, mas não me deram um emprego formal. Não havia toque de recolher, não contavam o número de camas ocupadas à noite. Não havia zelador; não havia mãe.

Eu estava *livre*.

Supostamente, é claro, tia Peg era responsável por mim. Era minha parente e deveria cuidar de mim *in loco parentis*. Mas não era superprotetora, para dizer o mínimo. Na verdade, foi a primeira livre-pensadora que conheci. Defendia que as pessoas deviam decidir sobre a própria vida. Dá para imaginar uma coisa tão absurda?

O mundo de Peg era um caos, mas de algum modo funcionava. Apesar de toda a desordem, ela conseguia apresentar dois espetáculos por dia no Lily — uma matinê (que começava às cinco e atraía mulheres e crianças) e uma apresentação noturna (que começava às oito e era um pouco mais picante, para uma plateia mais velha e mais masculina). Também havia matinês no domingo e na quarta-feira. No sábado, ao meio-dia, havia sempre um espetáculo de mágica gratuito para as crianças da área. Olive geralmente conseguia alugar o espaço para uso da vizinhança durante o dia, mas não acho que havia o risco de alguém enriquecer com aulas de natação a seco.

Nossa plateia era a própria vizinhança, e na época, era *mesmo* uma vizinhança — em sua maioria de irlandeses e italianos, com pitadas de católicos do Leste Europeu e um bom número de judeus. Os prédios de quatro andares em torno do Lily eram abarrotados de imigrantes recém-chegados — e com "abarrotados" quero dizer que dezenas deles viviam no mesmo apartamento. Assim, Peg tentava manter a linguagem dos espetáculos simples, a fim de servir àqueles novos falantes de inglês. Isso também facilitava a memorização das falas pelos nossos artistas, que não tinham exatamente formação clássica.

Nossos shows não atraíam turistas, críticos ou o que se chama de "frequentadores de teatro". Oferecíamos diversão de classe operária a pessoas da classe operária, e só. Peg teimava em dizer que não fingíssemos que fazíamos algo além disso. ("Prefiro montar um bom espetáculo de pernas a um Shakespeare ruim", falou uma vez.) De fato, o Lily não tinha nenhuma das características que associamos à instituição Broadway propriamente dita. Não havia audições para gente de fora da cidade, ou festas glamorosas nas noites de estreia. Não fechávamos em agosto. (Já que nossos clientes não saíam de férias, nós também não.) Não fechávamos nem às segundas-feiras. Éramos mais o que antigamente se chamava de "casa contínua", onde a diversão era servida sempre, dia após dia, o ano inteiro. Contanto que mantivéssemos o preço dos ingressos comparáveis aos dos cinemas locais (que eram, junto com os fliperamas e a jogatina ilegal, nossa maior concorrência pelos dólares do bairro), preenchíamos nossas cadeiras razoavelmente bem.

O Lily não era um teatro burlesco, mas muitas das coristas e dos dançarinos tinham vindo daquele universo (e tinham a imodéstia como prova). Tampouco éramos vaudeville — apenas porque o vaudeville estava praticamente morto àquela altura. Éramos quase vaudeville, levando-se em conta nossas peças apressadas e cômicas. Na verdade, seria um exagero alegar que nossas peças eram sequer *peças*. Seria mais certeiro dizer que eram revistas — pedaços de histórias improvisadas que não eram muito mais do que desculpas para amantes se reunirem e para dançarinas mostrarem as pernas. (Havia limites ao escopo das histórias que podíamos contar, visto que o Lily só tinha três cenários. Isso significava que toda a ação dos espetáculos tinha que acontecer na esquina de uma cidade do século XIX, em um elegante salão de classe alta ou em um transatlântico.)

Peg mudava as revistas de poucas em poucas semanas, mas eram mais ou menos iguais, e sempre esquecíveis. (Como assim? Você nunca ouviu falar de uma peça chamada *Loucura saltitante*, sobre dois jovens que se apaixonam? Ora, é claro que não! Só ficou duas semanas em cartaz no Lily, e foi logo substituída por uma peça quase idêntica chamada *Segure aquele barco!*, que obviamente acontecia num transatlântico.)

"Se eu pudesse melhorar a fórmula, melhoraria", Peg me disse uma vez. "Mas a fórmula funciona."

A fórmula, para ser específica, era esta:

Deleite (ou pelo menos distraia) sua plateia por um tempinho (nunca passe dos quarenta e cinco minutos!) com uma história de amor. Ela deve ser estrelada por um jovem casal simpático que saiba sapatear e cantar, mas que seja impedido de ficar junto por um vilão — geralmente um banqueiro, às vezes um gângster (mesma ideia, figurino diferente) — que range os dentes e tenta separar nosso querido casal. Deve haver uma piranha de busto notável de olho no nosso herói, que só tem olhos para sua verdadeira amada. Deve haver um belo pretendente que tenta arrebatar a garota dos braços de seu companheiro. Deve haver um vagabundo bêbado como alívio cômico — com uma barba incipiente feita pela aplicação de uma rolha queimada na pele. O espetáculo sempre tinha no mínimo uma balada onírica, em geral rimando a palavra "lua" com "sua". E aparecia uma fileira de coristas no fim.

Aplausos, cortina, tudo de novo no espetáculo da noite.

Os críticos teatrais se esmeravam em não perceber nossa existência, o que provavelmente era melhor para todo mundo.

Se parece que estou desmerecendo as produções do Lily, não estou: eu as adorava. Daria qualquer coisa para me sentar no fundo daquele velho teatro podre e ver um daqueles espetáculos outra vez. Na minha cabeça, nunca houve nada melhor do que aquelas revistas simples e entusiasmadas. Me faziam feliz. Eram concebidas para deixar as pessoas felizes sem obrigar a plateia a se esforçar demais para entender o que estava acontecendo. Conforme Peg aprendera na Grande Guerra, quando produzira divertidas sátiras de canto e dança para soldados que tinham acabado de perder um membro ou cuja garganta tinha sido queimada por gás de mostarda: "Às vezes as pessoas precisam pensar em outra coisa".

Nossa função era lhes dar a outra coisa.

Quanto ao elenco, nossos espetáculos sempre precisavam de oito dançarinos — quatro garotos e quatro garotas — e quatro coristas, pois era isso que se esperava. As pessoas iam ao Lily por conta das coristas. Se você está se perguntando qual é a diferença entre "dançarina" e "corista", é a estatura. Coristas tinham que ter pelo menos um metro e setenta e sete. Isso *sem* os saltos e as plumas na cabeça. E se esperava que as coristas fossem muito mais estonteantes do que uma dançarina normal.

Só para confundir ainda mais, às vezes as coristas dançavam (tal como Gladys, que também era nossa capitã de dança), mas as dançarinas nunca viravam coristas, pois não eram altas ou belas o bastante, e jamais seriam. Não havia maquiagem ou enchimento capaz de transformar uma dançarina mais ou menos atraente de tamanho médio e com um corpo razoavelmente bonito no espetáculo de beleza amazona que era uma corista da Nova York de meados do século xx.

O Lily Playhouse atraía muitos artistas que estavam subindo os degraus do sucesso. Algumas das garotas que tinham começado a carreira ali depois passaram ao Radio City ou ao Diamond Horseshoe. Algumas até se tornaram estrelas. Mas o mais comum era que atraíssemos dançarinas que estavam descendo os degraus. (Não existe nada mais intrépido ou comovente do que uma Rockette envelhecida fazendo uma audição para entrar no coro de um espetáculo barato e malfeito como *Segure aquele barco!*)

Também tínhamos um grupinho de fixos que se apresentavam para as humildes plateias do Lily espetáculo após espetáculo. Gladys era um elemento base da companhia. Tinha inventado uma dança chamada "bolhe-bolhe", que nossa plateia adorava e que portanto inseríamos em todas as apresentações. E como não adorariam? Não passava de um concurso de garotas se sacudindo pelo palco com o maior sacolejo de partes do corpo imaginável.

"Bolhe-bolhe!", a plateia gritava durante o bis, e as meninas faziam sua vontade. Às vezes víamos crianças da vizinhança nas calçadas fazendo o bolhe-bolhe a caminho da escola.

Digamos apenas que esse foi nosso legado cultural.

Adoraria contar exatamente como a pequena companhia teatral de Peg se mantinha solvente, mas a verdade é que não sei. (Poderia ser o caso daquela velha piada de como fazer uma pequena fortuna no show business: começando com uma grande fortuna.) Os ingressos nunca se esgotavam e o preço era baixíssimo. Além disso, embora o Lily Playhouse fosse incrível, era um elefante branco no nível máximo, e muito *caro*. Tinha vazamentos e rangidos. As instalações elétricas eram antigas como o próprio Thomas Edison, o encanamento era problemático, a pintura descascava em todos os cantos e o teto fora projetado para aguentar um dia ensolarado sem chuva e não muito mais. Minha tia gastava dinheiro com o velho teatro decadente assim como uma herdeira generosa gastaria com o vício de um amante em ópio — ou seja, inesgotável, desesperada e inutilmente.

Quanto a Olive, sua função era tentar equilibrar o caixa. Uma tarefa igualmente inesgotável, desesperada e impossível. (Ainda consigo escutá-la dizendo "Isto aqui não é um hotel francês!" sempre que pegava alguém usando a água quente por muito tempo.)

Olive sempre parecia cansada, e por um bom motivo: era a única adulta responsável naquela companhia desde 1917, quando ela e Peg se conheceram. Logo descobri que Olive não estava brincando quando dizia que já trabalhava para Peg "quando Moisés usava fraldas". Assim como Peg, ela havia sido enfermeira da Cruz Vermelha na Grande Guerra — embora tivesse se formado na Inglaterra, claro. As duas se conheceram nos campos de batalha da França. Quando a guerra terminou, Olive resolveu abandonar a enfermagem e seguir a nova amiga na área teatral — exercendo o papel de secretária fiel e resignada.

Olive era sempre vista marchando pelo Lily Playhouse, rapidamente emitindo comandos, ordens e correções. Ela trajava a expressão tensa e martirizada de um bom cão de pastoreio encarregado de pôr ordem em um rebanho de ovelhas indisciplinadas. Era cheia de regras. Não se podia comer no teatro ("A gente não quer ter mais ratos do que gente na plateia!"). Devia haver uma *rapidez* em todos os ensaios. Nenhum "convidado de convidado" podia pernoitar. Não havia reembolso sem recibo. E o coletor de impostos devia ser sempre o primeiro a ser pago.

Peg respeitava as regras da secretária, mas apenas da forma mais abstrata. Como alguém que descuida da fé, mas ainda tem uma consideração fundamental pelo direito canônico. Em outras palavras: ela respeitava as regras de Olive sem de fato obedecê-las.

O resto de nós seguia o exemplo de Peg, o que significava que ninguém obedecia às regras de Olive, apesar de às vezes fingirmos que sim.

Consequentemente, Olive estava sempre exausta, e podíamos continuar agindo feito crianças.

Peg e Olive moravam no quarto andar do Lily, em apartamentos separados por uma sala de estar comum. Havia vários outros apartamentos lá em cima, no quarto andar, que não eram usados quando cheguei. (Tinham sido construídos pelo dono original para suas amantes, mas agora eram reservados, Peg me explicou, "a andarilhos de última hora e outros viajantes diversos".)

Porém, o terceiro andar, onde ficava meu apartamento, era onde aconteciam todas as atividades interessantes. Era onde ficava o piano — em geral, coberto de taças de bebida vazias e cinzeiros cheios. (Às vezes Peg passava perto do piano, pegava o resto da bebida de alguém e tomava. Chamava isso de "tirar os dividendos".) Era no terceiro andar que todo mundo comia, fumava, bebia, brigava, trabalhava e vivia. Era o *verdadeiro* escritório do Lily Playhouse.

Um homem chamado sr. Herbert também morava no terceiro andar. Ele me foi apresentado como "nosso dramaturgo". Criava as tramas básicas de nossos espetáculos e bolava as piadas e brincadeiras. Também era diretor de cena. E servia, segundo me disseram, de assessor de imprensa do Lily Playhouse.

"O que exatamente um assessor de imprensa faz?", eu perguntei a ele uma vez.

"Eu gostaria de saber", ele respondeu.

O mais curioso era o fato de ele ser um advogado com licença cassada e um dos amigos mais antigos de Peg. A tal licença fora cassada depois que o sr. Herbert desviara uma grande soma de dinheiro de um cliente. Peg não o recriminou, pois ele havia voltado a beber na época. "Não dá para culpar um homem pelo que faz quando está bebendo", era a filosofia dela. ("Todo mundo tem suas fragilidades", era outro de seus ditados. Ela sempre dava uma segunda, uma terceira e uma quarta chances aos frágeis e aos fracassados.) Às vezes, quando necessário, se não tínhamos um ator melhor à mão, o sr. Herbert interpretava o papel de vagabundo bêbado nos espetáculos — gerando uma compaixão natural de partir o coração.

Porém, o sr. Herbert era *engraçado*. De um jeito seco e sombrio, mas inegavelmente engraçado. De manhã, quando me levantava para tomar café, eu sempre o via sentado à mesa da cozinha com calça social folgada e camiseta. Bebia uma caneca de café descafeinado e cutucava sua panqueca triste. Suspirava e enrugava a testa debruçado sobre o bloco de notas, tentando pensar em piadas novas e falas para o espetáculo seguinte. Toda manhã, eu o fisgava com uma saudação alegre e ouvia sua resposta deprimida, que mudava de um dia para outro.

"Bom dia, sr. Herbert!", eu dizia.
"A ideia é discutível", ele talvez respondesse.
Ou, em outro dia: "Bom dia, sr. Herbert!".
"Concordo parcialmente."
Ou: "Bom dia, sr. Herbert!".
"Não compreendo o que está dizendo."
Ou: "Bom dia, sr. Herbert!".
"Não me considero à altura."
Ou meu preferido de todos os tempos: "Bom dia, sr. Herbert!".
"Ah, agora você faz sátiras, é?"

Outro morador do terceiro andar era um belo rapaz negro chamado Benjamin Wilson, compositor, letrista e pianista do Lily. Ele era quieto e refinado, sempre vestido com ternos lindíssimos. Era comum encontrá-lo sentado diante do piano de cauda, dedilhando uma melodia animada do próximo espetáculo ou tocando jazz para sua própria diversão. Às vezes tocava hinos religiosos, mas somente quando achava que ninguém estava ouvindo.

O pai de Benjamin era um respeitado pastor do Harlem, e a mãe era diretora de um colégio de meninas na rua 132. Ele era da realeza do Harlem, em outras palavras. Tinha sido criado para a Igreja, mas fora demovido da vocação pelo mundo do show business. A família já não o queria por perto, visto que estava maculado pelo pecado. Era um padrão clássico, eu descobriria, considerando muitas das pessoas que trabalhavam no Lily Playhouse. Peg acolhia muitos refugiados desse tipo.

Assim como Roland, o dançarino, Benjamin era talentoso demais para trabalhar para um veículo barato como o Lily. Mas como Peg lhe dava pensão completa de graça e seus deveres eram leves, ele continuava lá.

Havia mais uma pessoa morando no Lily quando cheguei, e a deixei por último porque foi a mais importante para mim.

A pessoa era Celia — a corista, minha deusa.

Olive tinha me dito que ela estava morando ali apenas temporariamente — só até que "botasse ordem" nas coisas. A razão pela qual Celia precisava de um lugar para ficar era ter sido despejada do Rehearsal Club — um hotel respeitável e econômico para mulheres na rua 53 Oeste, onde um bocado de dançarinas da Broadway e atrizes se hospedava na época. Mas Celia perdera sua vaga porque a haviam flagrado com um homem no quarto. Portanto, Peg lhe oferecera um quarto no Lily como quebra-galho.

Eu tinha a impressão de que Olive reprovava a oferta — mas Olive reprovava quase tudo o que Peg oferecia de graça às pessoas. Não se tratava de jeito nenhum de uma oferta palaciana. O quartinho de Celia na ponta do corredor era bem mais humilde que meu ambiente extravagante no *pied-à-terre* jamais usado do tio Billy. O refúgio de Celia não passava de uma área de serviço com uma cama dobrável e um pouquinho de chão onde podia espalhar suas roupas. O quarto tinha janela, mas a vista era para um beco quente e fedorento. O quarto não tinha carpete, ela não tinha pia, espelho ou guarda-roupa, e certamente não ficava em uma cama grande e confortável como eu.

Tudo isso provavelmente explica por que Celia foi morar comigo na minha segunda noite no Lily. Ela o fez sem perguntar. Não houve nenhuma discussão sobre o assunto: simplesmente aconteceu — e no momento mais inesperado, aliás. Em algum instante das horas sombrias entre a meia-noite e o amanhecer do Dia Dois da minha estada em Nova York, Celia entrou cambaleando no meu quarto, me acordou com uma pancada forte no ombro e proferiu uma palavra embriagada:

"Sai."

Então saí. Fui para o outro lado da cama enquanto ela desmoronava no meu colchão, tomava meu travesseiro, enrolava todo o meu lençol em seu belo corpo e caía no sono em questão de segundos.

Eu estava *empolgada*!

Tão empolgada que não consegui voltar a dormir. Não ousei me mexer. Em primeiro lugar, tinha perdido meu travesseiro e agora estava encostada na parede, desconfortável. Mas a questão mais séria ali era: qual o protocolo quando uma corista bêbada desmoronava na sua cama totalmente vestida? Incerto. Portanto, fiquei deitada no silêncio, escutando sua respiração densa, sentindo o cheiro de cigarro e perfume no seu cabelo, me perguntando como lidaríamos com o constrangimento inevitável quando a manhã chegasse.

Celia finalmente despertou por volta das sete horas, quando o sol iluminava o quarto e era impossível continuar dormindo. Ela deu um bocejo autoindulgente e se esticou inteira, ocupando *ainda mais* espaço na cama. Ainda estava totalmente maquiada e vestindo o longo arrojado da noite anterior. Estava estonteante. Parecia um anjo caído na terra direto de um buraco no chão de uma boate celestial.

"Ei, Vivvie", ela disse, piscando para se habituar ao sol. "Obrigada por dividir o colchão. A cama dobrável que elas me deram é uma tortura. Não dá mais para aguentar."

Como ainda não tinha certeza de que Celia sequer soubesse meu nome, ouvi-la usar o diminutivo carinhoso "Vivvie" me encheu de alegria.

"Não tem problema", disse. "Pode dormir aqui quando quiser."

"Sério?", ela quis confirmar. "Que ótimo. Vou trazer minhas coisas para cá hoje."

Pois bem. Parecia que eu tinha uma companheira de quarto. (Por mim, tudo bem. Fiquei honrada por ela ter me escolhido.) Queria que aquele momento esquisito, exótico, durasse o máximo possível, portanto ousei entabular uma conversa. "Me diz", comecei. "Aonde você foi ontem à noite?"

Ela pareceu surpresa por eu me importar.

"El Morocco", explicou. "Vi o John Rockefeller lá."

"Viu *mesmo*?"

"Ele é um horror. Queria dançar, mas eu estava com outros caras."

"Com quem você saiu?"

"Ninguém especial. Caras que não vão me levar para casa para me apresentar à mãe."

"De que tipo?"

Celia se recostou na cama, acendeu um cigarro e me contou tudo sobre sua noite. Explicou que tinha saído com uns garotos judeus que estavam se fingindo de gângsteres, então depararam com gângsteres judeus *de verdade*, portanto os fingidores tiveram que sumir e ela acabou com um sujeito que a levou ao Brooklyn e pagou uma limusine para levá-la em casa. Fiquei arrebatada com todos os detalhes. Passamos mais uma hora na cama enquanto ela narrava para mim — naquela sua inesquecível voz áspera — todos os detalhes de uma noite na vida da única Celia Ray, corista de Nova York.

Absorvi tudo como se eu fosse uma esponja.

Já no dia seguinte, todos os pertences de Celia haviam migrado para meu apartamento. Sua maquiagem teatral e seus potes de cremes para a pele agora tumultuavam todas as superfícies. Seus frascos de Elizabeth Arden competiam por espaço na escrivaninha elegante do tio Billy com os pós compactos da Helena Rubinstein. Seus cabelos compridos marcavam minha pia. Meu chão se tornou instantaneamente um emaranhado de sutiãs e meias-arrastão, cintas-ligas e espartilhos. (Ela tinha uma quantidade prodigiosa de roupas íntimas! Celia Ray conseguia fazer robes *se reproduzirem*.) Seus protetores de axilas usados, encharcados de suor, se escondiam debaixo da minha cama como ratinhos. Suas pinças mordiam meus pés quando eu pisava nelas.

Celia tinha uma empáfia descarada. Limpava o batom nas minhas toalhas. Pegava meus casacos emprestados sem pedir. Minhas fronhas ficavam manchadas por conta dos borrões pretos do rímel dela e meus lençóis, tingidos de laranja por sua base facial. Não havia nada que aquela garota não usasse como cinzeiro — inclusive a banheira uma vez, quando eu estava nela.

Por incrível que pareça, eu não me importava com nada daquilo. Pelo contrário, não queria que Celia fosse embora nunca. Se eu tivesse uma companheira de quarto tão interessante na Vassar, talvez tivesse continuado na faculdade. Na minha opinião, Celia Ray era a perfeição. Era a própria essência da cidade de Nova York — uma combinação fulgurante de sofisticação e mistério. Eu suportaria qualquer porcaria ou imundície só para ter acesso a ela.

De qualquer modo, nosso esquema habitacional parecia convir perfeitamente a ambas: eu podia ficar perto do glamour dela e ela podia ficar perto da minha pia.

Nunca perguntei à tia Peg se concordava com aquilo — que Celia ficasse comigo nos aposentos do tio Billy ou parecesse decidida a permanecer no Lily para sempre. Me parece uma tremenda falta de educação, pensando agora. Teria sido o ato mais básico de cortesia pelo menos esclarecer o esquema com minha anfitriã. Mas eu era autocentrada demais para ser educada — assim como Celia, claro. Portanto, fomos em frente e fizemos o que nos deu na veneta sem pensar duas vezes.

Além do mais, nunca me preocupei *de verdade* com a bagunça que Celia deixava pelo apartamento porque sabia que a empregada da tia Peg, Bernadette, acabaria dando um jeito naquilo. Bernadette era uma alma quieta e eficiente que ia ao Lily seis dias por semana para limpar a bagunça de todos. Arrumava a cozinha e os banheiros, encerava o assoalho, fazia o jantar (que às vezes comíamos, às vezes ignorávamos e para o qual às vezes convidávamos dez pessoas sem aviso). Ela também encomendava as compras, chamava o encanador quase todo dia e provavelmente cumpria outras dez mil tarefas ingratas. Além de tudo aquilo, tinha agora que limpar minha bagunça e a de Celia Ray, o que não era nem um pouco justo.

Uma vez, ouvi Olive comentar com um convidado: "A Bernadette é irlandesa, claro. Mas não é *violentamente* irlandesa, então continuamos com ela".

Era o tipo de coisa que as pessoas diziam na época, Angela.

Infelizmente, essa é a única lembrança que tenho de Bernadette.

O motivo pelo qual não me recordo de nenhum detalhe específico a seu respeito é que eu não prestava muita atenção em empregadas. Estava tão acostumada com elas que me eram quase invisíveis, entende? Eu esperava ser servida. E por quê? Por que eu era tão presunçosa e imatura?

Porque eu era rica.

Ainda não disse essas palavras, mas vamos acabar logo com isso: eu era rica, Angela. Rica e mimada. Cresci durante a Grande Depressão, é verdade, mas a crise nunca afetou minha família. Quando o dólar caiu, deixamos de ter três empregadas, duas cozinheiras, uma babá, um jardineiro e um chofer em período integral para ter apenas duas empregadas, uma cozinheira e um chofer em meio período. Isso não nos qualificava para a fila do pão, para dizer o mínimo.

E como meu custoso colégio interno havia garantido que eu nunca conhecesse ninguém diferente de mim, e imaginava que todo mundo havia crescido com um enorme rádio Zenith na sala de estar. Imaginei que todo mundo tivesse um pônei. Que todos os homens eram republicanos e que só existiam dois tipos de mulher no mundo — aquelas que estudavam na Vassar e aquelas que estudavam na Smith. (Minha mãe estudara na Vassar. Tia Peg estudara na Smith por um ano até se juntar à Cruz Vermelha. Eu não sabia qual era a diferença entre Vassar e Smith, mas pelo jeito como minha mãe falava, sabia que era decisiva.)

Eu achava que todo mundo tinha empregada. Durante minha vida inteira, alguém feito Bernadette havia cuidado de mim. Quando deixava minha louça suja na mesa, alguém sempre a limpava. Minha cama era arrumada lindamente todos os dias. Toalhas secas substituíam as úmidas num passe de mágica. Sapatos que tinha atirado com desleixo no chão eram arrumados quando eu não estava olhando. Atrás de tudo aquilo havia uma enorme força cósmica — constante e invisível como a gravidade, e tão entediante para mim quanto a própria — botando minha vida em ordem e garantindo que minhas calcinhas estivessem sempre limpas.

Talvez não surpreenda você, portanto, saber que eu não levantava o dedo para ajudar nas tarefas domésticas quando me mudei para o Lily Playhouse — nem mesmo no que dizia respeito ao apartamento que Peg me concedera com tamanha generosidade. Nunca me passou pela cabeça que deveria ajudar. Tampouco que não pudesse ter uma corista no meu quarto como bichinho de estimação só porque era minha vontade.

Não entendo por que ninguém nunca me reprimiu.

De vez em quando você vai encontrar pessoas da minha idade, Angela, que cresceram vivenciando dificuldades verdadeiras durante a Grande Depressão. (Seu pai foi uma dessas pessoas, é claro.) Mas, como todos que as rodeavam também estavam em apuros, essas pessoas muitas vezes relatam que não tinham consciência, quando crianças, de que suas privações eram incomuns.

É normal ouvir essas pessoas dizerem: "Nem sabia que eu era pobre!".

Eu era o contrário, Angela: não sabia que era rica.

5

Em uma semana, Celia e eu já tínhamos estabelecido uma pequena rotina própria. Toda vez, depois de terminado o espetáculo, ela botava um vestido de festa (geralmente algo que, em outros círculos, seria considerado lingerie) e saía pela cidade para uma noite de libertinagem e agitação. Enquanto isso, eu jantava tarde com a tia Peg, ouvia rádio, costurava um pouco e ia ao cinema ou dormir — sempre desejando estar fazendo algo mais animador.

Então, em algum horário pecaminoso da madrugada, eu sentia um cutucão no ombro e o já conhecido comando para "sair". Eu saía, e Celia desmoronava na cama, tomando todo o meu espaço, incluindo travesseiros e lençóis. Às vezes ela desmaiava no mesmo instante, mas outras noites ficava acordada, conversando embriagada até desmaiar no meio de uma frase. Às vezes eu acordava e descobria que ela segurara minha mão durante o sono.

De manhã, fazíamos hora na cama e ela me contava dos homens com quem saíra. Havia homens que a levavam para dançar no Harlem. Homens que a levavam ao cinema à meia-noite. Homens que a levavam para ver Gene Krupa no Paramount, na primeira fila. Homens que a apresentavam a Maurice Chevalier. Homens que pagavam sua lagosta à thermidor e de sobremesa sorvete com suspiro. (Não havia nada que Celia não fizesse — nada que já não tivesse feito — por lagosta à thermidor e sorvete com suspiro.) Falava daqueles homens como se não significassem nada para ela, mas apenas porque *não* significavam nada para ela. Depois que pagavam a conta, volta e meia tinha dificuldade de lembrar seu nome. Celia os usava como usava meus cremes para mãos e minhas meias — livre e despreocupadamente.

"Garotas têm que criar oportunidades", ela costumava dizer.

Quanto a seu passado, em pouco tempo o descobri.

Nascida no Bronx, ela foi batizada como Maria Theresa Beneventi. Você jamais imaginaria pelo nome, mas Celia era italiana. Ou pelo menos o pai era. Dele, ela herdou o cabelo preto lustroso e aqueles olhos escuros sublimes. Da mãe polonesa, a pele pálida e a altura.

Tinha feito um ano de ensino médio. Abandonara a escola aos catorze, depois de ter um caso escandaloso com o pai de uma amiga. ("Caso" talvez não seja a palavra certa para descrever o que ocorre entre um homem de quarenta anos e uma menina de catorze, mas era a palavra que Celia usava.) O "caso" fizera com que fosse expulsa de casa grávida. O pretendente cavalheiro havia graciosamente "se encarregado" da situação pagando o aborto. Depois, não quis mais se relacionar com ela, e retomou sua devoção à esposa e à família, deixando Maria Theresa Beneventi à própria sorte, tentando se virar no mundo da melhor forma possível.

Ela trabalhou em uma padaria industrial por um tempo, cujo dono lhe deu o emprego e lhe ofereceu um lugar para ficar em troca de frequentes "cinco contra um" — um termo que eu nunca tinha escutado, mas que Celia prestativamente me explicou que significava masturbação. (É essa imagem que me vem à cabeça sempre que escuto as pessoas dizendo que o passado era uma época mais ingênua, Angela. Penso na Maria Theresa Beneventi de catorze anos, recém-saída do primeiro aborto, sem um teto para se abrigar, masturbando o dono de uma padaria industrial para ter um emprego e um lugar seguro onde dormir. *Sim, pessoal, bons tempos!*)

Logo a jovem Maria Theresa descobriu que ganharia mais dinheiro dançando em troca de centavos do que assando pão para um pervertido. Então mudou seu nome para Celia Ray, foi morar com outras dançarinas e deu início à carreira — que consistia em apresentar sua formosura ao mundo em prol do avanço profissional. Passou a trabalhar como dançarina de aluguel no Honeymoon Lane Danceland, na Sétima Avenida, onde deixava que os homens a apalpassem, suassem nela e chorassem de solidão em seus braços por cinquenta dólares por semana, além de "presentes" por fora.

Tentou ser Miss Nova York quando tinha dezesseis anos, mas perdeu para uma garota que tocou vibrafone no palco em roupas de banho. Também trabalhou como modelo fotográfica — vendendo de tudo, de ração para cachorro a cremes fungicidas —, e foi modelo artística, vendendo seu corpo nu por horas a fio para escolas de arte e pintores. Ainda adolescente, ela se casou com um saxofonista que conheceu no curto período em que trabalhou como chapeleira do Russian Tea Room. Casamentos com saxofonistas nunca dão certo, e o de Celia não foi exceção: ela se divorciou num piscar de olhos.

Logo depois, Celia e uma amiga se mudaram para a Califórnia com o objetivo de virar estrelas de cinema. Ela conseguiu arrumar umas audições, mas nunca obteve um papel com falas. ("Uma vez ganhei vinte e cinco dólares por dia para interpretar uma menina morta em um filme de suspense", ela disse com orgulho, dando o nome de um filme de que nunca tinha ouvido falar.) Celia foi embora de Los Angeles alguns anos depois, quando percebeu que "havia quatro garotas em cada canto com o corpo melhor que o meu e sem sotaque do Bronx".

Quando voltou de Hollywood, Celia conseguiu um emprego de corista no Stork Club. Ali, conheceu Gladys, a capitã de dança de Peg, que a recrutou para o Lily Playhouse. Em 1940, quando cheguei, Celia já estava trabalhando para minha tia fazia quase dois anos — na maior estabilidade da vida dela. O Lily não era um espaço glamoroso. Por certo não era nenhum Stork Club. Do ponto de vista de Celia, o trabalho era fácil, o salário era regular e a dona era mulher, o que significava que ela não precisava passar os dias úteis se esquivando de "um patrão gordurento de mãos bobas e dedos tolos". Além disso, os deveres acabavam às dez horas. Ou seja, depois de dançar no palco do Lily, Celia podia sair pela cidade e dançar até o amanhecer — muitas vezes *no* Stork Club, mas agora para se divertir.

Como toda essa experiência de vida pode fazer sentido para alguém que alegava ter apenas dezenove anos, me diga você.

Para minha alegria e surpresa, Celia e eu ficamos amigas.

Em certa medida, é claro, ela gostava de mim porque eu era sua criada. Mesmo naquela época, eu sabia que ela me via assim, mas não ligava. (Se você sabe alguma coisa sobre a amizade entre moças jovens, sabe que uma sempre exerce a função de criada.) Celia exigia certo nível de assistência devota — esperava que eu esfregasse suas panturrilhas quando doíam, ou que escovasse vigorosamente seus cabelos. Ou então dizia: "Ah, Vivvie, meu cigarro acabou de novo!" — sabendo muito bem que eu sairia para comprar outro maço. ("Que *generoso* da sua parte, Vivvie", ela dizia quando enfiava os cigarros no bolso sem me reembolsar.)

Sim, ela era vaidosa — tão vaidosa que minhas próprias vaidades pareciam amadoras em comparação com as dela. Francamente, nunca vi ninguém capaz de se perder de forma tão profunda no espelho quanto Celia Ray. Ela podia passar séculos sob a glória do próprio reflexo, quase enlouquecida por sua beleza. Sei que pareço estar exagerando, mas não estou. Juro que uma vez ela passou *duas horas* se olhando no espelho, debatendo se devia massagear o creme para o pescoço *de baixo para cima* ou *de cima para baixo,* a fim de evitar o surgimento de uma papada.

No entanto, Celia também tinha uma doçura pueril. De manhã, era particularmente adorável. Quando acordava na minha cama, de ressaca e cansada, era apenas uma menina simples que queria se aconchegar e fofocar. Ela me contava os sonhos que tinha na vida — sonhos grandiosos e dispersos. Suas aspirações nunca fizeram sentido para mim porque não eram escoradas em nenhum plano. Sua cabeça pulava direto para a fama e a riqueza, sem mapa claro de como chegar lá — além de continuar com *aquela* aparência e presumir que o mundo acabaria por recompensá-la por aquilo.

Não era bem um plano — porém, para ser justa, era mais do que eu tinha planejado para a minha vida.

Eu estava feliz.

Acho que é possível dizer que havia me tornado a diretora de figurino do Lily Playhouse — mas somente porque ninguém me impedia de me intitular assim, e porque ninguém mais queria a função.

Verdade seja dita: eu tinha muito trabalho. As coristas e os dançarinos estavam sempre precisando de figurinos novos, e não era como se pudessem pegar roupas do closet do Lily Playhouse (um espaço desanimador de tão úmido e infestado de aranhas, com peças mais velhas e mais enrijecidas do que o próprio edifício). As garotas estavam sempre sem dinheiro, então descobri formas engenhosas de improvisar. Aprendi a comprar materiais baratos na zona das confecções ou (mais barato ainda) mais para baixo, na rua Orchard. Melhor ainda, descobri como caçar peças nas lojas de roupas usadas na Nona Avenida e fazer figurinos com elas. Fiquei muito boa em pegar roupas surradas e transformá-las em algo fabuloso.

Meu brechó preferido era um lugar chamado Lowtsky's Used Emporium and Notions, na esquina da Nona Avenida com a rua 43. Os Lowtsky eram judeus do Leste Europeu que tinham ficado na França alguns anos, trabalhando na indústria de rendados, antes de emigrar para a América. Ao chegar, se estabeleceram no Lower East Side, onde vendiam trapos em um carrinho de mão. No entanto, avançaram para o Hell's Kitchen para se tornar figurinistas e fornecedores de roupas usadas. Agora tinham um prédio de três andares em Midtown Manhattan, cheio de tesouros. Não só negociavam figurinos usados do mundo do teatro, da dança e da ópera como vendiam vestidos de casamento antigos e de vez em quando um vestido de alta-costura realmente espetacular, conseguido em algum leilão de espólio do Upper East Side.

Eu não conseguia ficar longe da loja.

Uma vez, comprei o vestido eduardiano do mais *vívido* tom de violeta para Celia no Lowtsky's. Era muito simples, e Celia estremeceu da primeira vez que o mostrei. Mas depois que tirei as mangas, cortei um V profundo nas costas, abaixei o decote e criei cintura com uma faixa de cetim grossa preta, a besta arcaica que era aquele vestido tinha sido transformada em um longo que fazia minha amiga parecer amante de um milionário. Toda mulher do salão ofegava de inveja quando Celia entrava usando o vestido — e tudo aquilo por apenas dois dólares!

Quando as outras garotas viram o que eu havia feito por Celia, quiseram que eu criasse vestidos especiais para elas também. Então, assim como no colégio interno, conquistei logo um portal para a popularidade através dos auspícios da minha fiel Singer 201. As garotas do Lily viviam me passando coisas que precisavam de remendo — vestidos sem zíper, zíper sem vestido — e me pedindo que resolvesse. (Lembro que uma vez Gladys me disse: "Preciso de um novo estilo, Vivvie! Pareço o tio de alguém!".)

Talvez soe como se eu estivesse interpretando o papel de meia-irmã trágica em um conto de fadas — sempre trabalhando enquanto as garotas mais bonitas iam para o baile —, mas eu ficava grata só de estar perto daquelas coristas. No mínimo, a troca era mais benéfica para mim do que para elas. Escutar suas fofocas era educativo — a única educação que eu ansiava receber. E como alguém sempre precisava dos meus talentos de costureira para *alguma coisa*, inevitavelmente as coristas começavam a se reunir em torno de mim e da minha potente Singer. Em pouco tempo, meu apartamento havia se tornado um ponto de reunião da companhia — pelo menos para as mulheres. (Ajudava o fato de que lá era mais bacana do que os camarins mofados do porão, além de ficar mais perto da cozinha.)

Assim, aconteceu de um dia — ainda não fazia nem duas semanas que eu estava hospedada no Lily — algumas das garotas estarem no meu quarto, fumando e me vendo costurar. Eu estava fazendo uma capa simples para uma corista chamada Jennie — uma garota vivaz e adorável do Brooklyn, com dentes separados, de quem todo mundo gostava. Ela ia sair aquela noite e reclamara que não tinha nada para usar por cima do vestido caso a temperatura caísse. Eu lhe disse que faria alguma coisa legal, e estava fazendo. Era o tipo de coisa que ia me tornar eternamente benquista por Jennie, ainda que fácil.

Foi nesse dia — um dia como qualquer outro, segundo a máxima — que as coristas ficaram sabendo que eu ainda era virgem.

O assunto veio à tona naquela tarde porque as garotas estavam falando de sexo — a única coisa de que falavam que não roupas, dinheiro, onde comer, como virar uma estrela de cinema, como se casar com um astro de cinema ou se deviam extrair os dentes do siso (como alegavam que Marlene Dietrich fizera, a fim de criar maçãs do rosto mais expressivas).

Gladys, a capitã de dança — que estava sentada no chão ao lado de Celia, em cima de uma pilha de roupas sujas da minha colega de quarto —, me perguntou se eu tinha namorado. Suas palavras foram exatamente: "Você tem alguma coisa fixa com alguém?".

Pois bem, vale a pena observar que essa foi a primeira questão com conteúdo que uma das garotas fez sobre minha vida. (O fascínio, nem preciso dizer, não era uma via de mão dupla.) Só senti muito por não ter nada melhor a relatar.

"Não tenho namorado, não", declarei.

Gladys ficou espantada.

"Mas você é *linda*", ela disse. "Deve ter alguém lá na sua terra. Você deve receber propostas de rapazes o tempo inteiro!"

Expliquei que havia frequentado uma escola só para meninas a vida toda, portanto não tivera muitas oportunidades de conhecer garotos.

"Mas você já *fez*, não é?", indagou Jennie, indo direto ao ponto. "Já foi até o fim?"

"Nunca", respondi.

"*Nem uma vez?*", Gladys me questionou, os olhos arregalados de incredulidade. "Nem mesmo por *acidente?*"

"Nem mesmo por acidente", declarei, me perguntando como era possível que alguém fizesse sexo por acidente.

(Não se preocupe, Angela — hoje eu sei. Não tem nada mais fácil do que sexo acidental depois que se adquire o hábito. Aconteceu muito comigo desde então, acredite, mas naquela ocasião eu ainda não era tão cosmopolita.)

"Você frequenta a *igreja?*", Jennie perguntou, como se fosse a única explicação possível para eu ainda ser virgem aos dezenove anos. "Está se guardando?"

"Não! Não estou me guardando. Só não tive oportunidade."

Todas pareceram preocupadas. Me olhavam como se eu tivesse acabado de dizer que não sabia atravessar a rua sozinha.

"Mas você já deu *umas namoradas*", Celia disse.

"Já deu *uns malhos*, né?", indagou Jennie. "Deve ter dado uns malhos!"

"Um pouco", eu disse.

Foi uma resposta sincera: minha experiência sexual até então era *muito* parca. Nas aulas de dança da Emma Willard — para onde de vez em quando levavam meninos do tipo com que esperavam que casássemos um dia —, eu tinha deixado que um garoto da Hotchkiss School apalpasse meus seios enquanto dançávamos. (Ou o que conseguira *achar* dos meus seios, de qualquer modo, o que exigia certa habilidade de resolução de problemas da parte dele.) Ou talvez seja generosidade demais dizer que o deixei apalpar meus seios. Seria mais correto dizer que ele simplesmente foi em frente e *os tocou*, e eu não impedi. Não quis ser rude. E achei a experiência interessante. Gostaria que tivesse continuado, mas a dança acabou e o menino pegou o ônibus de volta para Hotchkiss antes que pudéssemos ir além.

Também tinha sido beijada por um homem em um bar em Poughkeepsie, em uma daquelas noites em que escapei das zeladoras da Vassar e pedalei até a cidade. Conversávamos sobre jazz (o que significa que *ele* falava de jazz e eu o ouvia falar de jazz, porque é assim que se conversa com um homem sobre jazz) e, de repente, no instante seguinte — *uau!* Ele havia me imprensado contra a parede e esfregava sua ereção contra meu quadril. Me beijou até minhas coxas tremerem de desejo. Mas quando enfiou a mão entre minhas pernas, eu hesitei e escapei de suas garras. Naquela noite, pedalei minha bicicleta de volta para o campus com uma sensação de desassossego inseguro — tanto temendo como esperando que ele estivesse me seguindo.

Eu queria e não queria mais.

Uma história conhecida pelas garotas.

O que mais eu tinha no meu currículo sexual? Eu e minha melhor amiga na infância, Betty, tínhamos treinado versões inexperientes do que chamávamos de "beijos românticos" — no entanto, também treinamos "ter bebês" enfiando travesseiros debaixo da blusa para parecer grávidas, e o último experimento foi biologicamente tão convincente quanto o primeiro.

Uma vez, minha vagina foi examinada pelo ginecologista da minha mãe, quando ela foi ficando cada vez mais preocupada com por que eu ainda não tinha menstruado aos catorze anos. O homem deu umas boas cutucadas lá embaixo — sob o olhar da minha mãe — e então me disse que eu precisava comer mais fígado. Não foi uma experiência erótica para nenhum dos envolvidos.

Além disso, entre os dez e os dezoito anos, eu tinha me apaixonado cerca de vinte dezenas de vezes por algum amigo do meu irmão Walter. A grande vantagem de ter um irmão popular e bonito era que ele estava sempre rodeado por caras populares e bonitos. Mas os amigos de Walter estavam sempre hipnotizados demais por *ele* — o líder, o capitão de todos os times, o garoto mais admirado da cidade — para prestar muita atenção em qualquer outra pessoa na sala.

Eu não era totalmente ignorante. Me tocava de vez em quando, o que fazia eu me sentir tanto excitada quanto culpada, mas sabia que não era a mesma coisa que sexo. (Digamos apenas que minhas tentativas de autossatisfação equivaliam a aulas de natação a seco.) E entendia os fatos básicos da função sexual humana, pois tinha assistido a um curso obrigatório em Vassar chamado "Higiene", que nos ensinava tudo sem nos dizer nada. (Além de apresentar diagramas de ovários e testículos, a professora nos deu uma advertência bastante inquietante de que tomar duchas com desinfetante não era um meio nem moderno nem seguro de contracepção, plantando assim na minha cabeça uma imagem que me perturbava na época e me perturba até hoje.)

"Bom, quando é que você vai até o fim então?", Jennie perguntou. "Você já não é uma menina!"

"Você não quer conhecer um cara agora, gostar muito dele e ter que contar que é virgem", disse Gladys.

"É, tem muito homem que não gosta", comentou Celia.

"É verdade, eles não querem essa responsabilidade", disse Gladys. "E você não vai querer que sua primeira vez seja com alguém de quem você *gosta*."

"É, e se der tudo errado?", perguntou Jennie.

"O que daria errado?", indaguei.

"Tudo!", disse Gladys. "Você não vai saber o que está fazendo, vai ficar parecendo uma boba! E se doer você não vai querer chorar nos braços de um cara de quem *gosta*!"

Era exatamente o contrário de tudo o que haviam me ensinado sobre sexo àquela altura da vida. Sempre tinham dado a entender a minhas amigas de escola e a mim que um homem preferiria que fôssemos virgens. Também fomos instruídas a guardar a flor de nossa mocidade para alguém de quem não somente gostássemos, mas que *amássemos*. A situação ideal — a aspiração que todas tínhamos sido criadas para abraçar — era que só fizéssemos sexo com uma única pessoa a vida inteira, e que ela fosse nosso marido, que conheceríamos na festa de formatura da Emma Willard.

Mas eu estava desinformada! Aquelas garotas pensavam de outra forma, e *sabiam* das coisas. Além do mais, agora eu sentia uma pontada de ansiedade pela minha idade! Pelo amor de Deus, já tinha dezenove anos; o que andava fazendo da vida? E já fazia duas semanas inteiras que estava em Nova York. Estava esperando o quê?

"É difícil de fazer?", perguntei. "Digo, pela primeira vez?"

"Ah, meu Deus, não, Vivvie, deixa de ser boba", disse Gladys. "É a coisa mais fácil do mundo. Na verdade, você não precisa fazer nada. O cara faz para você. Mas você tem que começar, pelo menos."

"É, ela tem que começar", afirmou Jennie, em tom definitivo.

Celia me olhava com uma expressão preocupada.

"Você *quer* continuar virgem, Vivvie?", ela perguntou, fixando em mim aquele olhar inquietante de tão lindo. E, embora pudesse muito bem estar perguntando "Você *quer* continuar sendo uma criança ignorante, considerada digna de pena por este grupo de mulheres maduras e cosmopolitas?", a intenção por trás da pergunta era meiga. Acho que estava cuidando de mim — garantindo que eu não fosse pressionada.

Mas a verdade era que, de repente, eu não queria mais ser virgem. Nem mais um dia sequer.

"Não", declarei. "Quero começar."

"Vamos ficar muito felizes em ajudar, querida", disse Jennie.

"Você está no meio do seu período?", Gladys perguntou.

"Não", respondi.

"Então podemos começar agorinha mesmo. Quem a gente *conhece*?", Gladys perguntou.

"Tem que ser alguém legal", disse Jennie. "Alguém *atencioso*."

"Um cavalheiro de verdade", disse Gladys.

"Não um idiota", complementou Jennie.

"Alguém que tome precauções", Gladys acrescentou.

"Não alguém que seja bruto com ela", disse Jennie.

Celia anunciou: "Já sei quem".

E foi assim que o plano delas tomou forma.

O dr. Harold Kellogg morava em uma casa elegante pertinho do Gramercy Park. Era sábado, e sua esposa estava viajando. (A sra.

Kellogg pegava o trem para Danbury todos os sábados para visitar a mãe no interior.) Portanto, o compromisso do meu defloramento foi marcado para o horário extremamente destituído de romantismo das dez horas da manhã de sábado.

O dr. e a sra. Kellogg eram membros respeitados da comunidade. Eram o tipo de gente que meus pais conheciam. Aquela era uma das razões que tinham levado Celia a imaginar que ele seria bom para mim — porque éramos da mesma classe social. Os Kellogg tinham dois filhos que estudavam medicina na Universidade Columbia. O dr. Kellogg era membro do Metropolitan Club. Nas horas livres, gostava de observar pássaros, colecionar selos e transar com coristas.

Porém, ele era discreto a respeito dos casos. Um homem de sua reputação não podia se dar ao luxo de ser visto pela cidade com uma moça cuja composição física a fazia parecer a figura de proa de um veleiro (isso seria *percebido*), portanto as coristas o visitavam em casa — e sempre nas manhãs de sábado, quando a esposa estava viajando. Ele as recebia pela porta de serviço, oferecia champanhe e as divertia na privacidade do quarto de hóspedes. O dr. Kellogg dava dinheiro às garotas pelo tempo e pelo transtorno, e em seguida abria a porta para elas. Tudo tinha que terminar até a hora do almoço, pois ele tinha pacientes à tarde.

Todas as coristas do Lily conheciam o dr. Kellogg. Revezavam-se em visitas a ele, dependendo de quem estava com menos ressaca na manhã de sábado ou de quem estava precisando de um pouco de dinheiro naquela semana.

Quando as garotas me contaram os detalhes financeiros do acordo, declarei, em estado de choque: "Estão querendo dizer que o dr. Kellogg *paga* para fazer *sexo* com vocês?".

Gladys me encarou com incredulidade: "Bom, o que é que você imaginava, Vivvie? Que a gente é que pagava *a ele*?".

Escute, Angela: entendo que existe uma palavra para mulheres que oferecem favores sexuais a cavalheiros em troca de dinheiro. Na verdade, existem *muitas* palavras. Mas nenhuma das coristas com quem travei relações em Nova York em 1940 se descrevia dessa maneira —

nem mesmo enquanto pegavam dinheiro assiduamente de cavalheiros em troca de favores sexuais. Não era possível que fossem prostitutas: eram *coristas*. Tinham um baita orgulho dessa denominação, tendo se empenhado para obtê-la, e era o único título a que respondiam. Porém, a situação era simplesmente esta: coristas não ganhavam muito dinheiro, e todo mundo tem que sobreviver neste mundo de alguma forma (sapatos são caros!), portanto as garotas haviam criado um sistema de *acordos alternativos* para ganhar alguma grana extra. Os drs. Kellogg do mundo faziam parte do sistema.

Pensando nisso agora, não sei ao certo se o próprio dr. Kellogg via aquelas moças como prostitutas. Era mais provável que as chamasse de "namoradas" — uma denominação ambiciosa, ainda que um bocado ilusória, que sem dúvida também fazia com que ele se sentisse melhor consigo mesmo.

Em outras palavras, apesar de todos os indícios de que se estava trocando sexo por dinheiro (e se estava trocando sexo por dinheiro, não se engane), ninguém ali estava envolvido com *prostituição*. Era meramente um *acordo alternativo* conveniente para todos os participantes. Sabe como é: de cada um segundo suas habilidades, a cada um segundo suas necessidades.

Fico contente por termos esclarecido as coisas, Angela.

Eu não gostaria que houvesse algum mal-entendido.

"Vivvie, o que você tem que entender é que ele é maçante", disse Jennie. "Se você se entediar, não vai pensando que dar uns malhos é sempre assim."

"Mas ele é médico", disse Celia. "Vai ser correto com nossa Vivvie. Dessa vez, é só isso que interessa."

("Nossa Vivvie"! Será que já houve palavras mais reconfortantes? Eu era *a Vivvie delas!*)

Era manhã de sábado, e nós quatro estávamos sentadas em uma lanchonete barata na Terceira Avenida com a rua 18, sob a sombra dos trilhos elevados, esperando dar dez horas. As garotas já tinham me mostrado a casa do dr. Kellogg e a entrada dos fundos que eu usaria, logo depois de virar a esquina. Agora tomávamos café e comíamos panqueca enquanto me davam instruções empolgadas de última hora. Era muito cedo — ainda mais no fim de semana — para três coristas estarem bem acordadas e cheias de vida, mas nenhuma delas queria perder *aquilo*.

"Ele vai usar proteção, Vivvie", afirmou Gladys. "Ele sempre usa, então nem precisa se preocupar."

"Não é tão bom assim com proteção", Jennie explicou, "mas você vai precisar."

Eu nunca tinha ouvido o termo "proteção", mas pelo contexto imaginava que fosse uma camisa de vênus — um instrumento sobre o qual aprendi no curso de higiene na Vassar. (Tinha até manuseado uma, que fora passada de garota para garota como um sapo flácido dissecado.) Se estavam falando de outra coisa, imaginei que descobriria logo, e não ia perguntar.

"Depois arrumamos um pessário para você", disse Gladys. "Todas temos um."

(Eu tampouco sabia o que era pessário. Mais adiante, descobri que se tratava do que minha professora de higiene chamara de "diafragma".)

"Eu não tenho mais pessário!", disse Jennie. "Minha avó achou o meu! Quando me perguntou o que era, falei que servia parar limpar joias. E ela ficou com ele."

"Para limpar *joias*?", Gladys repetiu com estridência.

"Bom, eu tinha que dizer *alguma coisa*!"

"Mas eu não entendo como alguém usaria um pessário para limpar joias", Gladys insistiu.

"Sei lá! Pergunta pra minha avó, porque agora ela usa!"

"Bom, então o que é que você tem usado?", indagou Gladys. "Para se precaver?"

"Bom, nossa, agora nada… Minha avó guardou meu pessário na caixa de joias dela."

"Jennie!", berraram Celia e Gladys ao mesmo tempo.

"Eu sei, eu sei. Mas sou cuidadosa."

"Não é, não!", retrucou Gladys. "Você nunca é cuidadosa! Vivian, não seja boba que nem a Jennie. Você tem que pensar nessas coisas!"

Celia enfiou a mão na bolsa e me entregou algo embrulhado em papel pardo. Abri e vi uma toalhinha de mão branca bem dobrada, felpuda e nunca usada. Ainda tinha a etiqueta de preço da loja.

"Comprei para você", disse Celia. "É uma toalha. Caso sangre."

"Obrigada."

Ela deu de ombros, desviou o olhar e — para meu choque — enrubesceu. "Às vezes as pessoas sangram. É bom que você possa se limpar."

"É, você não vai querer usar as toalhas boas da sra. Kellogg", disse Gladys.

"Não toque em *nada* que seja da sra. Kellogg!", instruiu Jennie.

"A não ser o marido!", Gladys disse com a voz esganiçada, e todas as garotas riram outra vez.

"Aah! Já passou das dez, Vivvie", anunciou Celia. "É melhor você ir andando."

Eu me esforcei para ficar de pé, mas de repente senti tontura. Voltei a me sentar no sofá da lanchonete, endurecida. Minhas pernas quase me deixaram na mão. Não *achava* que estava nervosa, mas meu corpo parecia discordar.

"Está tudo bem, Vivvie?", perguntou Celia. "Tem certeza de que quer fazer isso?"

"Eu quero", declarei. "Tenho certeza."

"Minha sugestão", disse Gladys, "é não pensar demais. Eu nunca penso."

Parecia uma ideia sábia. Portanto, respirei fundo algumas vezes — como minha mãe me ensinara a fazer antes de dar saltos a cavalo —, me levantei e me dirigi à saída.

"Até mais tarde!", me despedi, em um clima de alegria radiante e meio surreal.

"Vamos ficar esperando aqui!", disse Gladys.

"Não deve demorar muito!", disse Jennie.

6

O dr. Kellogg me aguardava logo atrás da porta de serviço de sua casa. Mal bati e ele abriu a porta, me apressando para dentro.

"Bem-vinda, bem-vinda", disse, olhando ao redor para verificar se nenhum vizinho o espionava. "Vamos entrar e fechar esta porta, minha querida."

Ele era um homem de estatura média com um rosto comum. Seu cabelo era de uma cor normal, e usava o tipo de terno esperado em um cavalheiro respeitável de meia-idade de sua classe social. (Se sua impressão é de que me esqueci completamente de como ele era, é porque *de fato* me esqueci completamente de como ele era. O dr. Kellogg era o tipo de homem cujo rosto você esquece quando ainda está parada à sua frente, olhando direto para ele.)

"Vivian", o dr. Kellogg disse, com um aperto de mão. "Obrigado por ter vindo. Vamos lá para cima para nos situarmos."

Ele soava exatamente como o médico que era. Falava igualzinho ao meu pediatra lá em Clinton. E poderia muito bem estar ali por causa de uma infecção no ouvido. Havia algo ao mesmo tempo reconfortante e imensamente tolo naquilo. Senti uma risada se formando no peito, mas a refreei.

Perambulamos pela casa, que era decorosa e elegante, mas esquecível. Era provável que existisse uma centena de casas a poucos quarteirões dali decoradas da mesmíssima forma. Só me recordo de sofás de seda decorados com peças de crochê. Sempre detestei crochê. O dr. Kellogg me levou direto ao quarto de hóspedes, onde duas taças de champanhe esperavam em uma mesinha. As cortinas estavam fechadas — assim podíamos fingir que não eram dez horas da manhã, imagino. Ele fechou a porta.

"Pode ficar à vontade na cama, Vivian", o dr. Kellogg disse, me entregando uma taça.

Me sentei com recato na beira da cama. Meio que esperava que ele lavasse as mãos e se aproximasse de mim com um estetoscópio, mas o médico puxou uma cadeira de madeira de um canto e se sentou bem na minha frente. Ele apoiou os cotovelos nos joelhos e se curvou, como alguém cuja função é diagnosticar.

"Então, Vivian. Nossa amiga Gladys me contou que você é virgem."

"É isso mesmo, doutor", confirmei.

"Não precisa me chamar de doutor. Somos amigos. Pode me chamar de Harold."

"Poxa, obrigada, Harold", eu disse.

Daquele momento em diante, Angela, a situação se tornou hilariante para mim. O nervosismo que eu tinha sentido até então sumiu, substituído por pura comédia. Tinha a ver com o som da minha voz dizendo "Poxa, obrigada, Harold" naquele quartinho de hóspedes com uma colcha idiota verde-clara (não me lembro do rosto do dr. Kellogg, mas não consigo me esquecer daquela maldita colcha horrorosa) que me pareceu o ápice do absurdo. Ali estava ele, de terno, e ali estava eu, com meu vestidinho de raiom amarelo. Se o dr. Kellogg não acreditava que eu era virgem, o vestido amarelinho por si só deve ter bastado para convencê-lo.

A cena inteira era absurda. Ele estava acostumado com coristas, mas quem estava lá era *eu*.

"Pois bem, a Gladys me informou que você deseja que sua virgindade..." — Ele procurou uma palavra delicada. "Seja removida?"

"É isso mesmo, Harold", confirmei. "Quero que ela seja expungida."

(Até hoje, creio que essa frase foi a primeira coisa propositalmente engraçada que eu disse na vida — e o fato de dizê-la com a expressão séria me propiciou uma satisfação inesgotável. *Expungida!* Genial.)

Ele assentiu. Era um ótimo clínico com péssimo senso de humor.

"Por que você não tira a roupa", ele disse, "eu também tiro e nós começamos?"

Eu não tinha certeza se devia tirar *tudo*. Em geral, no consultório médico, ficava de "calçolas" — como minha mãe sempre chamava minhas roupas íntimas. (*Mas por que estava pensando na minha mãe?*) No entanto, em geral, no consultório eu não estava prestes a fazer sexo com o médico. Tomei a decisão precipitada de me despir totalmente. Não queria parecer uma pateta recatada. Deitei naquela colcha nauseante, nua em pelo. Com os braços junto ao tronco e as pernas duras. Como uma perfeita sedutora.

O dr. Kellogg ficou de calção e regata. Não me parecia justo. Por que ele podia ficar parcialmente vestido se eu tinha que ficar nua?

"Bem, se você fizer a gentileza de ir um pouco mais para lá, para me dar um espacinho...", ele pediu. "Pronto... Isso mesmo... Vamos dar uma olhadinha em você."

Ele se deitou ao meu lado, com os cotovelos apoiados na cama, e me olhou. Não detestei esse momento tanto quanto você talvez imagine. Eu era uma jovem vaidosa, e algo dentro de mim achou certíssimo que eu fosse olhada. Em termos de aparência, minha principal preocupação era com meus seios — ou melhor, a quase inexistência deles. Não parecia ser um problema para o dr. Kellogg, entretanto, embora estivesse habituado a uma categoria totalmente diferente de corpos. Na verdade, parecia estar encantado com tudo o que havia diante de seus olhos.

"Peitos virgens!", ele se admirou. "Nunca tocados por um homem!"

(*Bom,* pensei, *eu não diria isso.* Nunca tocados por um *adulto,* talvez.)

"Me perdoe se minhas mãos estiverem frias, Vivian", ele disse, "mas vou começar a tocar você agora."

Respeitosamente, ele de fato começou. Primeiro o seio esquerdo, depois o direito, depois o esquerdo outra vez, depois o direito outra vez. Suas mãos estavam frias *mesmo*, mas logo ficaram quentes. No princípio, senti um leve pânico e fiquei de olhos fechados, mas em pouco tempo aquilo parecia mais ao estilo: *Que interessante! Lá vamos nós!*

A certa altura, a sensação passou a ser boa de fato. Foi quando decidi abrir os olhos, pois não queria perder nada. Suponho que quisesse ver meu próprio corpo ser devastado. (Ah, o narcisismo da juventude!) Olhei para baixo, admirando minha cintura fina e a curva do meu quadril. Tinha pegado a lâmina de Celia emprestada para raspar as pernas, e minhas coxas estavam lindamente lisas à meia-luz. Meus seios também estavam lindos sob as mãos dele.

Uma mão de homem! Nos meus seios nus! *Olha só!*

Lancei um olhar furtivo para o rosto dele e fiquei contente com o que vi — as faces enrubescidas e as rugas leves de concentração. Ele ofegava, o que considerei um bom sinal de que estava conseguindo excitá-lo. E realmente era muito bom ser acariciada. Gostei do impacto que seu toque teve sobre meus seios, o fato de que a pele ficou toda rosada e morna.

"Agora vou pôr seu peito na minha boca", ele anunciou. "É padrão."

Queria que ele não tivesse dito isso. Fez com que parecesse um *procedimento*. Eu vinha pensando à beça em sexo, e em nenhuma das minhas fantasias meu amante falava como se estivesse em uma consulta domiciliar.

Ele se aproximou para enfiar meu peito na boca, conforme prometera, o que também descobri gostar — quer dizer, depois que o dr. Kellogg parou de falar. Na verdade, eu nunca tinha sentido nada mais delicioso. Fechei meus olhos de novo. Queria ficar parada e quieta, na esperança de que ele continuasse a me proporcionar aquela experiência agradável. Mas a experiência agradável acabou de repente, pois ele voltou a falar.

"Vamos adiante em etapas cautelosas, Vivian", o dr. Kellogg disse.

Deus me ajude, mas soava como se ele estivesse prestes a inserir um termômetro retal em mim — experiência que tive uma vez, quando criança, e na qual não queria pensar naquele momento.

"Ou você quer que acabe rápido?", ele indagou.

"Perdão?", eu disse.

"Bom, imagino que seja assustador para você, deitar com um homem pela primeira vez. Talvez queira que o ato seja rápido, para o desconforto acabar logo. Ou prefere que eu vá com calma e te ensine umas coisas? Do que a sra. Kellogg gosta, por exemplo."

Ah, meu bom Deus, a última coisa que eu queria era aprender sobre as coisas que a sra. Kellogg gostava! Mas a verdade era que não sabia o que dizer. Portanto, fiquei olhando para ele com cara de boba.

"Tenho um paciente ao meio-dia", ele disse, em um tom nada sedutor. Parecia irritado com meu silêncio. "A gente tem um tempinho para um pouco de namoro criativo, se for do seu interesse. Mas temos que decidir isso logo."

Como responder a uma coisa dessas? Como eu saberia o que queria que ele fizesse? Namoro criativo poderia ser *qualquer coisa*. Simplesmente pestanejei para ele.

"Esse patinho está assustado", ele disse, abrandando a postura.

Senti só uma leve vontade de matar o dr. Kellogg pelo tom paternalista.

"Não estou assustada", retruquei, dizendo a verdade. Não estava assustada — só confusa. Minha expectativa era de ser devastada ali, naquele dia, mas era tudo tão *ponderado*. Precisávamos negociar e debater cada um dos pontos?

"Não tem problema, meu patinho", ele disse. "Não é a primeira vez que faço isso. Você é muito acanhada, não é? Que tal eu ditar os rumos?"

Ele deslizou a mão até meus pelos pubianos. Espalmou minha vulva. Manteve a mão reta, como quando se dá um torrão de açúcar a um cavalo para não levar uma mordida. Ele passou a esfregar a palma ali. Não foi uma sensação ruim. Não foi uma sensação nada ruim, na verdade. Fechei meus olhos outra vez e me admirei com aquela onda fraca mas mágica de uma adorável comoção.

"A sra. Kellogg gosta quando faço isso", ele explicou — de novo, tive que parar de sentir prazer para pensar na sra. Kellogg e em seus *crochês*. "Ela gosta quando fico circulando nessa direção... e depois *nessa* direção..."

O problema, agora eu percebia claramente, era a tagarelice.

Debati internamente quanto à forma de fazer o dr. Kellogg se calar. Não podia pedir que ficasse quieto na própria casa — sobretudo quando estava fazendo aquele tremendo favor de perfurar meu hímen para mim. Eu era uma moça bem-criada, acostumada a tratar figuras de autoridade com certa deferência. Teria sido extremamente atípico da minha parte dizer: "Faria a gentileza de calar a boca?".

Passou pela minha cabeça que talvez, se eu pedisse que me beijasse, ele se calasse. Poderia funcionar. Sua boca ficaria ocupada, sem dúvida. Mas eu teria que beijá-lo, e não tinha certeza se queria. Era difícil saber qual possibilidade seria pior — silêncio e beijo? Ou sem beijo e com aquela voz enfadonha?

"Sua gatinha gosta de ser acariciada?", ele perguntou, enquanto aumentava a pressão da mão. "Sua gatinha está *ronronando*?"

"Harold", eu disse. "Será que posso pedir que você me beije?"

Talvez eu não esteja sendo justa com o dr. Kellogg.

Ele era um cara legal e estava apenas tentando me ajudar sem me assustar demais. Acredito mesmo que não queria me machucar. Talvez estivesse aplicando o juramento de Hipócrates à situação — *primeiro, não causar dano* e tudo o mais.

Ou talvez não fosse um cara tão legal assim. Não tenho como saber, já que nunca mais o vi. Não vamos tratá-lo como um herói! Talvez não estivesse tentando me ajudar, mas apenas curtindo a emoção de deflorar uma jovem virgem desconfortável e núbil no quarto de hóspedes enquanto a esposa visitava a mãe.

Ele claramente não teve problema para se excitar com a situação, conforme descobri logo, quando se afastou de mim para aplicar a "proteção" à sua ereção. Pois bem, aquele era o primeiro pênis ereto que eu via — e portanto um momento excepcional —, apesar de não ter visto muita coisa de fato. Em certa medida, porque o pênis em questão estava coberto por uma camisinha e bloqueado pela mão dele. Mas principalmente porque o dr. Kellogg estava em cima de mim em um piscar de olhos.

"Vivian", ele disse. "Resolvi que, quanto mais rápido eu penetrar, melhor para você. Nesse caso, creio que o melhor é *não* ir aos poucos. Aguente firme porque agora vou entrar."

Assim ele disse e assim ele fez.

Pois bem. Ali estávamos.

Doeu muito menos do que eu havia temido. Essa foi a parte boa. A parte ruim foi que também resultou muito menos prazeroso do que eu esperava. Pensava que o coito seria a ampliação das sensações que tive quando ele beijou meus seios e me esfregou, mas não. Na verdade, o prazer que vinha experimentando até ali, por mais fraco que fosse, sumiu de repente com a penetração — substituído por algo muito forçoso e muito descontínuo. Tê-lo dentro de mim era apenas uma *presença* inequívoca que não conseguia identificar nem como ruim nem como boa. Lembrava cólicas menstruais. Era tremendamente *esquisito*.

Ele gemia e investia. Por entre os dentes cerrados, disse: "A sra. Kellogg, pelo que sei, prefere quando eu...".

Porém, nunca descobri como a sra. Kellogg preferia, porque tornei a beijar o dr. Kellogg assim que ele começou a falar. Ajudava a mantê-lo calado, percebi. Além do mais, me dava o que fazer enquanto era penetrada. Conforme já constatamos, eu não tinha beijado muito na vida, mas imaginava como se fazia. É o tipo de habilidade que temos de aprender pondo mãos à obra, mas fiz o melhor que pude. Foi um pouco desafiador manter nossos lábios unidos enquanto ele me dava estocadas, mas o estímulo era grande: eu *realmente* não queria ouvir a voz dele.

No último instante, entretanto, o dr. Kellogg proferiu mais uma palavra.

Ele afastou o rosto do meu e gritou: "Primoroso!". Em seguida, arqueou as costas, estremeceu com vigor mais uma vez e assim encerrou.

Depois, o dr. Kellogg se levantou e foi a outro cômodo, imagino que para se lavar. Voltou e se deitou ao meu lado por um instante. Então me segurou com força, dizendo: "Patinho, patinho, que patinho incrível. Não chore, patinho".

Eu não estava chorando — não estava *nem perto* de chorar —, mas ele não percebeu.

Pouco depois, tornou a se levantar e perguntou se poderia por favor verificar se havia sangue na colcha, pois tinha se esquecido de estender um lençol por cima.

"Não queremos que a sra. Kellogg depare com uma mancha", ele disse. "Esqueci, infelizmente. Em geral, sou mais cuidadoso. Isso sugere falta de precaução da minha parte, o que é atípico."

"Ah", eu disse, enfiando a mão na bolsa, feliz por ter o que fazer. "Eu trouxe uma toalha!"

Mas não havia mancha. Não havia sangue nenhum. (Todos aqueles passeios a cavalo na infância, suponho, já tinham feito o serviço de perfurar meu hímen. Obrigada, mãe!) Para meu enorme alívio, nem senti muita dor.

"Agora, Vivian", ele instruiu, "você deve evitar tomar banho nos próximos dois dias, porque pode gerar uma infecção. Não tem problema nenhum se limpar, mas só esguiche água — não faça imersão. Em caso de secreção ou incômodo, a Gladys ou a Celia podem te recomendar uma ducha de vinagre. Mas você é uma moça forte e saudável, acho que não vai enfrentar nenhuma dificuldade. Você se saiu bem hoje. Estou orgulhoso."

Eu meio que esperava que ele me desse um pirulito.

Enquanto nos vestíamos, o dr. Kellogg tagarelava sobre o clima agradável. Eu tinha reparado que as peônias tinham florescido no Gramercy Park no mês anterior? Não, eu lhe disse, porque no mês anterior eu ainda não morava em Nova York. Bom, ele instruiu, eu *tinha* que reparar nas peônias no ano seguinte, porque floresciam por pouco tempo e depois sumiam. (Talvez pareça um comentário óbvio demais sobre meu próprio "breve florescer", mas não vamos dar ao dr. Kellogg tanto crédito em termos de poesia ou páthos. Acho que ele gostava muito de peônias mesmo.)

"Vou levar você até a porta, meu patinho", ele disse, me conduzindo escada abaixo e através da sala de estar cheia de peças de crochê rumo à entrada de serviço. Quando passamos pela cozinha, ele pegou um envelope da mesa e o entregou a mim.

"Uma prova do meu apreço", ele disse.

Eu sabia que era dinheiro, e não aguentei.

"Ah, não, não posso, Harold", declarei.

"Ah, mas você tem que aceitar."

"Não, não posso", afirmei. "Não me é *possível*."

"Ah, mas eu *insisto*."

"Ah, mas eu *não posso*."

Minha objeção, preciso lhe dizer, não era por não querer ser vista como prostituta. (Não me considere tanto!) Era mais uma questão de cortesia social profundamente arraigada. Meus pais me davam uma semanada, que a tia Peg me entregava às quartas-feiras, portanto eu realmente não precisava do dinheiro do dr. Kellogg. Além disso, uma voz interior puritana me dizia que eu não tinha feito por merecer. Não sabia muito de sexo, mas não imaginava ter propiciado muita diversão àquele homem. Uma garota que se deita de costas com os braços junto ao tronco, sem mexer nada a não ser para atacar você com a boca sempre que fala não deve ser muito divertida na cama, não é? Se eu seria paga por sexo, queria fazer valer o pagamento.

"Vivian, eu exijo que você pegue", ele disse.

"Harold, eu me recuso."

"Vivian, insisto que você não faça um escândalo", ele disse, franzindo um pouco a testa e me empurrando o envelope com força — esse momento constituindo o mais próximo que cheguei de correr risco ou me excitar nas mãos do dr. Harold Kellogg.

"Muito bem", retruquei, e peguei o dinheiro.

(O que vocês acham *disso*, meus elegantes ancestrais? Dinheiro em troca de sexo, e na linha de partida, ainda por cima!)

"Você é uma moça adorável", ele disse. "E, por favor, não se preocupe: ainda dá muito tempo para que seus seios se encham."

"Obrigada, Harold", eu disse.

"Tomar duzentos e cinquenta mililitros de leitelho por dia ajuda."

"Obrigada, vou tomar, sim", declarei, sem intenção nenhuma de tomar duzentos e cinquenta mililitros de leitelho por dia.

Estava prestes a dar um passo porta afora, mas de repente tinha de saber.

"Harold", eu disse, "posso perguntar que tipo de médico você é?"

Minha suposição era de que ele era ginecologista ou pediatra. Eu pendia mais para pediatra. Só queria resolver a aposta na minha cabeça.

"Sou veterinário, minha querida", ele esclareceu. "Por favor, mande lembranças carinhosas a Gladys e Celia, e não se esqueça de observar as peônias na próxima primavera!"

Percorri a rua voando, rolando de rir.

Corri até a lanchonete onde as garotas me aguardavam. Antes que pudessem abrir a boca, eu berrei: "*Veterinário?* Vocês me mandaram para um *veterinário?*".

"Como foi?", perguntou Gladys. "Doeu?"

"Ele é *veterinário*? Vocês falaram que era *médico*!"

"Ele *é* médico!", disse Jennie. "É o *doutor* Kellogg."

"Minha sensação era de que vocês me mandaram para ser *castrada*!"

Mergulhei no banco ao lado de Celia, colidindo com seu corpo quente com alívio. Meu próprio corpo atravessava uma tempestade de hilaridade. Tremia inteiro, dos pés à cabeça. Eu me sentia selvagem e atordoada. Sentia que minha vida tinha acabado de explodir. Estava tomada por arrebatamento, excitação, repulsa, vergonha e orgulho, e era tudo muito desconcertante, mas também fantástico. O efeito posterior foi muito mais incrível do que o ato em si. Eu não conseguia *acreditar* no que acabara de fazer. Minha audácia naquela manhã — sexo com um estranho! — parecia ter brotado de outra pessoa, mas também me parecia de uma autenticidade nunca vista.

Além do mais, olhando a mesa de coristas, tive uma sensação de gratidão tão imensa que quase fui tomada pelas lágrimas. Era *maravilhoso* ter aquelas garotas. Minhas amigas! As amigas mais antigas que eu tinha no mundo! As amigas mais antigas que eu havia conhecido apenas duas semanas antes — à exceção de Jennie, que eu tinha conhecido fazia apenas dois dias! Amava muito todas elas! Tinham me esperado! Se importavam comigo!

"Mas como *foi*?", perguntou Gladys.

"Foi bom. Foi *bom*."

Havia uma pilha pela metade de panquecas frias diante dos meus olhos, de horas antes, e agora eu as devorava com uma fome próxima à violência. Minhas mãos tremiam. Nunca havia sentido tanta fome. Não tinha fim. Encharquei as panquecas com mais calda e enfiei na boca.

"Mas ele não para de coaxar sobre a esposa!", comentei entre uma garfada e outra.

"Nem me fale!", disse Jennie. "É o grande defeito dele!"

"Ele é maçante", disse Gladys. "Mas não é um sujeito cruel, e é isso que importa."

"Mas *doeu*?", questionou Celia.

"Sabe de uma coisa? Não doeu", declarei. "E nem precisei da toalha!"

"Que sorte a sua", disse Celia. "Sorte *grande*."

"Não posso dizer que foi divertido", eu disse. "Mas não tenho como dizer que não foi divertido. Só estou contente porque acabou. Imagino que existam formas piores de se perder a virgindade."

"Todas as outras formas são piores", afirmou Jennie. "Acredite. Eu tentei todas elas."

"Que orgulho de você, Vivvie", disse Gladys. "Virou mulher."

Ela ergueu a xícara de café para mim em um brinde, e eu bati nela com meu copo de água. Nunca uma cerimônia de iniciação me pareceu tão completa e satisfatória quanto aquele momento em que Gladys, a capitã de dança, brindou a mim.

"Quanto ele te deu?", indagou Jennie.

"Ah!", exclamei. "Quase esqueci!"

Enfiei a mão na bolsa e tirei o envelope.

"Abre você", pedi, largando-o nas mãos trêmulas de Celia.

Ela o rasgou, manuseou as cédulas habilmente e anunciou: "Cinquenta dólares!".

"*Cinquenta dólares!*", berrou Jennie. "Ele costuma dar vinte!"

"No que vamos gastar?", perguntou Gladys.

"A gente tem que fazer alguma coisa especial", disse Jennie, e senti uma onda de alívio porque as meninas consideravam o dinheiro *nosso*, não meu. Espalhava a mácula da má conduta, se é que faz sentido. Também contribuía para a sensação de camaradagem.

"Quero ir a Coney Island", disse Celia.

"Não dá tempo", disse Gladys. "A gente tem que estar no Lily às quatro."

"Dá tempo", declarou Celia. "Seremos rápidas. A gente come cachorro-quente olhando a praia e volta direto para casa. E pega um táxi. Agora a gente tem dinheiro, não é?"

Assim, fomos a Coney Island com as janelas do carro abaixadas, fumando, rindo e fofocando. Era o dia mais quente do verão até então. A clareza do céu era emocionante. Fiquei apertada no banco de trás entre Celia e Gladys, enquanto Jennie tagarelava com o motorista no banco da frente — um cara que nem acreditava em sua sorte com o ajuntamento de beldades que por acaso havia trombado com seu carro.

"Que bando de corpos vocês têm, meninas!", ele disse.

"Ora, não tente nada, senhor", Jennie retrucou, mas percebi que ela estava gostando.

"Você às vezes se sente mal pela sra. Kellogg?", perguntei a Gladys, sentindo uma pontadinha de preocupação com meu ato daquele dia. "Digo, por dormir com o marido dela? Eu *deveria* me sentir mal por isso?"

"Bom, você não pode ter escrúpulos *demais*!", disse Gladys. "Senão vai passar o tempo todo se preocupando!"

E essa, receio, foi a extensão de nossas agonias morais. Assunto encerrado.

"Da próxima vez, quero que seja com outra pessoa", declarei. "Acha que eu consigo arrumar outra pessoa?"

"Mamão com açúcar", disse Celia.

Coney Island era toda ensolarada, berrante e divertida. O calçadão estava repleto de famílias barulhentas, jovens casais e crianças meladas cujo comportamento delirante se equiparava à forma como eu me sentia. Olhamos os letreiros dos espetáculos de aberrações. Corremos até a orla e botamos os pés na água. Comemos maçãs carameladas e tomamos coquetéis de limão. Tiramos fotos com um homem fortão. Compramos bichinhos de pelúcia, cartões-postais e espelhinhos de suvenir. Comprei para Celia uma bolsinha de palha fofa enfeitada com conchas e óculos escuros para as outras garotas, *além* de pagar toda a corrida de volta — e ainda restavam nove dólares do dinheiro do dr. Kellogg.

"Você ainda tem o bastante para ir jantar um bom filé!", disse Jennie.

Voltamos ao Lily Playhouse pouco tempo antes da matinê. Olive estava desesperada de preocupação com a possibilidade de que as coristas perdessem a abertura das cortinas e ficou cacarejando em círculos com todo mundo pela falta de *pontualidade*. Mas as garotas se enfiaram nos camarins e saíram instantes depois, simplesmente *secretando* paetês e plumas de avestruz e glamour.

Tia Peg também estava lá, é claro, e me perguntou, em tom meio distraído, se eu tinha me divertido naquele dia.

"Me diverti muito!", declarei.

"Ótimo", ela disse. "Você precisa se divertir, é jovem."

Celia apertou minha mão quando estava prestes a subir no palco. Eu a segurei pelo braço e me aproximei de sua beleza.

"Ainda nem acredito que perdi minha virgindade hoje!", sussurrei.

"Você nunca vai sentir falta dela", ela afirmou.

E quer saber de uma coisa?

Ela tinha toda a razão.

7

E assim começou.

Agora que havia me iniciado, queria ficar constantemente perto de sexo — e tudo em Nova York me fazia pensar em sexo. Eu tinha muito tempo a compensar, ou era como eu via a situação. Tinha desperdiçado *todos aqueles anos* sendo uma pessoa entediada e entediante, e agora me negava a ficar entediada ou ser entediante outra vez, mesmo que por apenas uma hora!

E tinha tanto a aprender! Queria que Celia me ensinasse tudo o que sabia — sobre homens, sexo, Nova York, *a vida* —, e ela me fez aquele favor com alegria. A partir daquele momento, eu não era mais a criada da Celia (ou pelo menos não era apenas uma criada): era sua cúmplice. Não era mais Celia chegando em casa bêbada de madrugada depois de uma farra desenfreada na cidade: éramos nós duas chegando em casa bêbadas depois de uma farra desenfreada na cidade.

Saímos para procurar encrenca com uma pá e uma enxada naquele verão e nunca tivemos o menor problema para achá-la. Quando se é uma bela jovem procurando encrenca em uma cidade grande, não fica difícil encontrar. Mas quando se trata de *duas* belas jovens procurando encrenca, a encrenca ataca em todas as esquinas — exatamente como queríamos. Celia e eu cultivamos um compromisso quase histérico com a diversão. Nosso apetite era voraz — não só por garotos e homens, mas por comida e coquetéis, danças anárquicas, o tipo de música ao vivo que suscita a vontade de fumar demais e gargalhar jogando a cabeça para trás.

Às vezes as outras dançarinas ou coristas começavam a noite conosco, mas raramente conseguiam nos acompanhar. Se uma de nós era tomada pela lentidão, a outra aumentava o ritmo. Vez por outra, eu tinha a sensação de que uma observava a outra para ver o que faríamos a seguir, pois geralmente não fazíamos *ideia* do que seria, só sabíamos que queríamos outra emoção. Mais do que tudo, creio, éramos motivadas pelo medo do enfado, isso tínhamos em comum. Cada dia tinha uma centena de horas, e precisávamos preencher todas ou sucumbiríamos ao tédio.

Em suma, a ocupação que escolhemos naquele verão foi *rebuliço* — e a levamos a cabo com uma infatigabilidade que até hoje surpreende minha imaginação.

Quando penso no verão de 1940, Angela, vejo Celia Ray e eu como dois pontos pretos de luxúria percorrendo uma Nova York de neon e sombras em uma busca incessante de atividade. Quando tento me recordar em detalhes, tudo parece se cruzar em uma única noite longa, quente e suada.

No instante em que o espetáculo terminava, Celia e eu colocávamos os menores vestidos possíveis e nos atirávamos de corpo e alma na cidade — correndo a pleno vapor para as ruas impacientes, já certas de estarmos perdendo algo vital e animado: *Como tiveram a coragem de começar sem a gente?*

Sempre começávamos a noite no Toots Shor's, no El Morocco ou no Stork Club, mas não tínhamos como saber onde terminaríamos a madrugada. Se Midtown Manhattan ficava muito chato e familiar, íamos para o Harlem pegando o trem A para ouvir Count Basie tocar ou beber no Red Rooster. Ou podíamos muito bem ficar de brincadeira com um bando de rapazes de Yale no Ritz, ou dançar com socialistas em Downtown Manhattan, no Webster Hall. A regra parecia ser: dance até cair, depois continue dançando mais um tempinho.

Éramos tão rápidas! Às vezes eu tinha a sensação de que era arrastada pela própria cidade — sugada por aquele rio urbano selvagem de música, luzes e festas. Em outros momentos, a impressão era de que éramos *nós* que arrastávamos a cidade, pois aonde quer que fôssemos, éramos seguidas. No decorrer daquelas noites inebriantes, ou encontrávamos homens que Celia já conhecia ou conhecíamos homens ao longo do caminho. Ou os dois. Ou eu beijava três homens lindos em sequência ou o mesmo homem lindo três vezes — às vezes era difícil saber.

Nunca foi difícil achar homens.

Ajudava o fato de que Celia Ray entrava em uma boate como ninguém. Ela lançava sua resplandecência em um salão antes de chegar, assim como um soldado lançaria uma granada no covil de um atirador, então seguia com sua beleza porta adentro e avaliava a carnificina. Só precisava aparecer, e cada fragmento de energia sexual do ambiente se juntava em torno dela. Celia passeava com a expressão mais entediada possível — arrebanhando os namorados e maridos de todo mundo nesse meio-tempo, sem fazer o menor esforço.

Homens a olhavam como se ela fosse uma caixa de biscoitos e mal pudessem esperar para começar a procurar o brinquedinho escondido entre eles.

Em troca, ela os olhava como se fossem os lambris de madeira na parede.

O que só os deixava ainda mais loucos por ela.

"Me mostra que você sabe sorrir, benzinho", um homem corajoso disse a ela do outro lado da pista de dança uma vez.

"Me mostra que você tem um iate", Celia rebateu baixinho, e se virou para olhar entediada em outra direção.

Como estava com ela, e como agora estávamos parecidas o bastante (à meia-luz, de qualquer modo, já que não era apenas da mesma estatura e coloração de Celia, mas usava vestidos justos como os dela, penteava meu cabelo como o dela, inspirava meu jeito de andar no dela e usava enchimento no sutiã para que meus seios lembrassem de leve os dela), o impacto era dobrado.

Não gosto de me gabar, Angela, mas éramos uma dupla imbatível.

Na verdade, gosto, sim, de me gabar, então deixe esta velha curtir sua glória: éramos *estonteantes*. Éramos capazes de fustigar mesas inteiras de homens só passando ao lado.

"Traz uma bebida pra gente", Celia pedia no bar, para ninguém em especial, e no instante seguinte cinco homens nos davam coquetéis — três para ela e dois para mim. Nos dez minutos seguintes, os drinques já tinham acabado.

De onde tirávamos toda aquela *energia*?

Lembre-se: da própria juventude. Éramos turbinas de energia. As manhãs eram sempre difíceis, claro. As ressacas às vezes eram impiedosamente cruéis. Mas se eu precisasse de um cochilo mais tarde, podia tirar um nos bastidores do teatro, durante o ensaio ou o espetáculo, desmaiada em uma pilha de cortinas velhas. Uma soneca de dez minutos e eu ficava revigorada, pronta para tomar conta da cidade de novo, assim que os aplausos esmoreciam.

É possível viver assim quando se tem dezenove anos (ou se finge ter dezenove anos, no caso de Celia).

"Aquelas garotas estão em vias de arrumar problemas", uma noite escutei uma mulher mais velha dizer sobre nós, enquanto cambaleávamos pela rua, bêbadas — e ela tinha toda a razão. O que a mulher não entendia, entretanto, era que problema era o que a gente *queria*.

Ah, as necessidades juvenis!

Ah, as ânsias que causam uma cegueira deliciosa nos jovens, que inevitavelmente nos levam direto à beira do penhasco ou nos encurralam num beco sem saída que criamos.

Não posso dizer que fiquei boa em sexo no verão de 1940, mas me tornei tremendamente familiarizada com ele.

E não, não fiquei boa.

Para ficar "bom" em sexo — o que, para uma mulher, significa aprender a curtir e até orquestrar o ato, a ponto de chegar ao próprio clímax —, é preciso tempo, paciência e um amante atencioso. Demoraria ainda para que eu tivesse acesso a algo tão sofisticado. Naquele momento, era apenas um jogo de números embaralhados, executado com uma velocidade considerável. (Celia e eu não gostávamos de perambular muito tempo em uma única direção ou com um único homem, pois era possível que estivéssemos perdendo algo melhor no outro lado da cidade.)

Meu desejo de empolgação e minha curiosidade por sexo me tornaram não somente insaciável naquele verão como também *suscetível*. É assim que me vejo, ao olhar para trás agora. Estava suscetível a tudo que tivesse uma vaga insinuação de erótico ou de ilícito. Estava suscetível a letreiros de neon na escuridão de uma ruazinha de

Midtown Manhattan. Estava suscetível a tomar drinques em casca de coco no Hawaiian Room do Hotel Lexington. Estava suscetível a ganhar ingressos para a primeira fila de lutas de boxe ou entrar nos bastidores de casas noturnas que não tinham nome. Estava suscetível a qualquer um que tocasse um instrumento musical ou dançasse com suficiente desenvoltura. Estava suscetível a entrar em carros com praticamente qualquer um que tivesse carro. Estava suscetível a homens que me abordavam em bares com dois copos de uísque com soda, dizendo: "De repente me vi com um copo a mais nas mãos. Não quer me ajudar, senhorita?".

Ora, sim, ficaria encantada em ajudar o senhor.
Eu era tão boa em ser prestativa com aquele tipo de coisa!

Em nossa defesa, Celia e eu não transamos com *todos* os homens que conhecemos naquele verão.

Mas transamos com a maioria deles.

A questão nunca era exatamente "Com quem deveríamos transar?" — o que não parecia ter relevância —, mas "*Onde* deveríamos transar?".

A resposta era: onde achássemos um canto.

Transamos em suítes de hotéis chiques, pagos por homens de negócios de fora da cidade. Mas também na cozinha (fechada durante a noite) de uma boate pequena do East Side. Ou na balsa onde sabe-se lá como acabávamos, de madrugada — as luzes na água borradas ao redor. No banco de trás de táxis. (Sei que parece desconfortável e, acredite, era mesmo, mas era possível.) No cinema. No camarim no subsolo do Lily Playhouse. No camarim no subsolo do Diamond Horseshoe. No camarim no subsolo do Madison Square Garden. No Bryant Park, com a ameaça de ratos aos nossos pés. Nos becos escuros e mormacentos próximos das filas de táxi. No terraço do Puck Building. Em um escritório de Wall Street, onde só os zeladores noturnos poderiam nos ouvir.

Bêbadas, de pupilas dilatadas, sangue salgado, desmioladas, leves — Celia e eu rodávamos por Nova York naquele verão em correntes de pura eletricidade. Em vez de andar, zuníamos. Não havia foco, apenas a busca constante pelo *vívido*. Não perdíamos nada, mas também perdíamos tudo. Vimos Joe Louis treinar e ouvimos Billie Holiday cantar — mas não me lembro dos detalhes de nenhuma dessas ocasiões. Estávamos distraídas demais com nossa própria história para prestar muita atenção em todas as maravilhas que se apresentavam. (Por exemplo, na noite em que vi Billie Holiday cantar, estava menstruada e mal-humorada porque o garoto de quem tinha gostado acabara de ir embora com outra. Essa é minha análise da apresentação de Billie Holiday.)

Celia e eu bebíamos demais, depois topávamos com grupos de rapazes que também haviam bebido demais — e todos nos juntávamos e nos comportávamos exatamente como esperariam que nos comportássemos. Íamos a bares com garotos que tínhamos conhecido em *outros* bares, mas flertávamos com aqueles que descobríamos no *novo* bar. Provocávamos brigas para escapar, e alguém levava uma surra fragorosa, então Celia escolhia entre os sobreviventes quem ia nos levar ao bar *seguinte*, onde o alvoroço recomeçava. Pulávamos de uma despedida de solteiro para outra — dos braços de um homem para os braços de outro. Chegamos até a trocar de par uma vez, no meio do jantar.

"Você fica com ele", Celia me disse naquela noite, na frente do cara que já a entediava. "Vou ao toalete. Não o deixe esfriar."

"Mas ele é *seu*!", retruquei, enquanto o sujeito esticava o braço na minha direção, obediente. "E você é minha amiga!"

"Ah, Vivvie", ela me disse, em tom carinhoso e compassivo. "É impossível perder uma amiga como eu tomando o cara dela!"

Tive pouco contato significativo com minha família naquele verão.

A última coisa que queria era que soubessem o que eu andava fazendo.

Minha mãe me mandava um bilhete todas as semanas, junto com o dinheiro, me pondo a par das novidades mais básicas. Meu pai tinha machucado o ombro jogando golfe. Meu irmão ameaçava largar Princeton no semestre seguinte e se alistar na Marinha, porque queria servir ao país. Minha mãe tinha vencido tal e tal mulher em tal e tal competição. Em troca, toda semana eu mandava aos meus pais um cartão contando o mesmo tipo de novidade rançosa e pouco informativa — que eu estava bem, que trabalhava muito no teatro, que Nova York era legal, e obrigada pelo dinheiro. De vez em quando eu lançava algum detalhe inócuo como: "Outro dia fui almoçar no Knickerbocker com a tia Peg. Foi muito agradável".

Naturalmente, não mencionava que nos últimos tempos tinha ido a uma médica com minha amiga, a corista, a fim de obter uma receita ilegal de pessário. (Ilegal porque na época os médicos não podiam munir uma mulher solteira de um dispositivo anticoncepcional, mas é por isso que é tão bom ter amigas que conhecem gente! A médica de Celia era uma russa lacônica que não fazia perguntas. Ela mediu meu tamanho na hora, sem pestanejar.)

Tampouco mencionei aos meus pais que tinha passado o susto de achar que estava com gonorreia (o que não era nada mais que uma infecção pélvica branda, graças aos céus, apesar da semana dolorosa e amedrontadora que levou para sarar por completo). Tampouco mencionei que tinha passado pelo susto de achar que estava grávida (o que também se resolveu com o tempo, graças a Deus). Tampouco mencionei que estava dormindo de forma bastante regular com um homem chamado Kevin O'Sullivan, apelidado Ribsy, bicheiro em uma esquina de Hell's Kitchen. (Mas também estava saindo com outros homens, claro, todos igualmente repulsivos, mas nenhum com um apelido tão bom quanto "Ribsy".)

Tampouco mencionei que *sempre* levava preservativos na carteira — porque não queria mais passar o susto de achar que estava com gonorreia e porque nenhum cuidado é demais para uma moça. Tampouco mencionei que meus namorados volta e meia faziam a gentileza de obter preservativos para mim. (Porque, veja só, mãe, só os homens podem comprar preservativos na cidade de Nova York!)

Não, não contei nada disso.

No entanto, passei adiante a notícia de que o linguado do Knickerbocker era *excelente*.

O que era verdade. Era mesmo.

Enquanto isso, Celia e eu continuávamos rodopiando — noite após noite —, nos metendo em todo tipo de encrenca, grande e pequena.

Os drinques nos deixavam loucas e preguiçosas. Esquecíamos como monitorar as horas, os coquetéis ou o nome de nossos pares. Tomávamos gim com soda e limão até esquecer como andar. Esquecíamos de cuidar da nossa segurança, já cambaleantes, e outras pessoas — em geral, desconhecidos — tinham que fazer isso por nós. ("Não cabe a você dizer a uma moça como ela tem que viver!", me lembro de Celia berrando uma noite para um cavalheiro bacana que educadamente tentava nos escoltar até o Lily sãs e salvas.)

Havia sempre um toque de perigo na forma como Celia e eu nos atirávamos no mundo. Ficávamos abertas a qualquer coisa que acontecesse, portanto qualquer coisa *podia* acontecer. Não raro, qualquer coisa acontecia *mesmo*.

Era assim: o efeito de Celia sobre os homens era torná-los obedientes e subservientes — até o momento em que não eram mais obedientes e subservientes. Ela era capaz de enfileirá-los diante de nós, prontos para anotar nossos pedidos e atender a todos os nossos desejos. Eram garotos ótimos, e às vezes continuavam assim — mas, às vezes, bem de repente, não eram mais tão ótimos. Algum limite do desejo ou da raiva masculina era cruzado, e não havia como voltar atrás. O impacto de Celia sobre tais homens era transformá-los em bárbaros. Havia um momento em que todo mundo estava se divertindo, flertando, brincando, provocando e rindo, mas então, de repente, a energia mudava e havia a ameaça não só de sexo como de violência.

Quando a mudança vinha, não havia como segurá-la.

Depois disso, era tudo quebra-quebra e roubo.

Da primeira vez que aconteceu, Celia percebeu o que estava por vir momentos antes e mandou que eu saísse. Estávamos na suíte presidencial do Biltmore Hotel, nos divertindo com três homens que tínhamos conhecido mais cedo no salão de baile do Waldorf. Eram homens com bastante grana, que claramente tinham uma ocupação dúbia. (Se tivesse que chutar, apostaria que a ocupação deles era: chantagista.) De início, estavam todos a serviço de Celia — muito reverentes, gratos pela atenção dela, suando de nervoso por ter que deixar felizes a bela garota e sua amiga. *As senhoritas gostariam de outra garrafa de champanhe? As senhoritas gostariam de pedir patinhas de siri no quarto? As senhoritas gostariam de ver a suíte presidencial do Biltmore? As senhoritas preferem o rádio ligado ou desligado?*

Eu ainda era nova no jogo, e achei divertido que aqueles brutamontes nos fossem servis. Intimidados pelo nosso poder e tal. Senti vontade de rir deles por todas as suas fraquezas: *é tão fácil controlar os homens!*

Entretanto — não muito depois de nossa ida à suíte presidencial —, a mudança veio, e Celia de repente ficou apertada entre dois dos homens no sofá, que já não pareciam servis ou fracos. Não era nada que estivessem fazendo, foi apenas uma mudança de tom, mas me apavorou. Algo tinha se alterado no rosto deles, e eu não gostei. O terceiro homem estava de olho em mim e não parecia mais estar interessado em ficar de brincadeira. A única forma que tenho de descrever a mudança no ambiente é: você está no meio de um piquenique delicioso e de repente vem um furacão. A pressão barométrica cai. O céu fica preto. Os pássaros se calam. O troço está vindo na sua direção.

"Vivvie", disse Celia, naquele exato instante, "corre lá embaixo e compra cigarro para mim."

"Agora?", indaguei.

"*Vai*", ela mandou. "E não volta."

Corri para a porta antes que o terceiro homem conseguisse me alcançar — e, para minha vergonha, fechei a porta e deixei minha amiga lá dentro. Eu a larguei porque ela mandou, mas ainda assim me senti muito mal. O que quer que aqueles homens fossem fazer lá dentro, Celia estava por conta própria. Ela me mandara sair do quarto ou porque não queria que eu visse o que seria feito com ela ou porque não queria que fizessem a mesma coisa comigo. De qualquer maneira, me senti uma criança, expulsa daquele jeito. Também senti medo daqueles homens, e medo por Celia, *e* me senti excluída. Odiei. Fiquei andando de um lado para outro no saguão do hotel durante uma hora, me perguntando se deveria alertar o gerente do hotel. Mas alertá-lo de quê?

Celia acabou descendo sozinha — sem aqueles homens que com tamanha solicitude tinham nos conduzido ao elevador no começo daquela noite.

Ela me viu no saguão, se aproximou e disse: "Bom, achei um *péssimo* jeito de encerrar a noite".

"Você está legal?", indaguei.

"Estou, estou excelente", ela disse. Então puxou o vestido. "Estou bem?"

Ela estava linda como sempre — a não ser pela mancha roxa no olho esquerdo.

"Como um sonho", declarei.

Ela percebeu que eu fitava seu olho inchado e disse: "Não fala nada, Vivvie. A Gladys vai dar um jeito nisso. Ninguém melhor que ela para cobrir olho roxo. Tem um táxi? Se um táxi fizesse a gentileza de aparecer, eu pegaria".

Consegui um táxi e fomos para casa sem dar nem mais um pio.

Os acontecimentos daquela noite deixaram Celia traumatizada? Seria de imaginar, não seria?

Mas me envergonho de dizer, Angela, que não sei. Nunca conversei com ela sobre o assunto. Tenho certeza de nunca ter visto sinais de trauma na minha amiga. No entanto, é provável que eu não estivesse procurando por eles. Tampouco saberia o que procurar. Talvez esperasse que o horrível incidente fosse simplesmente desaparecer (assim como o olho roxo) se jamais o mencionássemos. Ou talvez pensasse que Celia estava acostumada a ser agredida, dada sua origem. (Deus nos ajude, talvez estivesse mesmo.)

Havia tantas perguntas que poderia ter feito a Celia naquela noite no táxi (a começar por "Você está bem *mesmo*?") mas que não fiz. Tampouco agradeci por ter me salvado. Estava constrangida por precisar ser salva — constrangida por Celia me considerar mais inocente e frágil do que ela mesma. Até aquela noite, eu conseguira me enganar imaginando que éramos iguais — só duas mulheres cosmopolitas e corajosas, conquistando a cidade e nos divertindo. Mas estava claro que não era verdade. Eu mexia com o perigo de forma recreativa, mas Celia o *conhecia*. Ela sabia de coisas — coisas sombrias — que eu desconhecia. Sabia de coisas que não queria que eu soubesse.

Ao pensar nisso tudo agora, Angela, acho aterrador perceber que esse tipo de violência era tão corriqueira naquela época — e não só com Celia, mas também comigo. (Por exemplo: por que não me passou pela cabeça na época questionar como Gladys havia se tornado tão boa em disfarçar olhos roxos?) Imagino que nossa postura fosse: *Ah, pois é... Homem é homem!* Você precisa entender, no entanto, que isso foi muito antes de haver alguma espécie de conversa pública sobre esses temas tão tenebrosos, de modo que tampouco tínhamos conversas particulares sobre eles. Assim, naquela noite não falei mais nada a Celia sobre sua experiência, e ela também não disse qualquer coisa. Simplesmente deixamos para trás.

E na noite seguinte, inacreditavelmente, saímos *outra vez*, em busca de ação — mas com uma mudança: dali em diante, havia me comprometido a nunca sair de cena, independente do que acontecesse. Não permitiria que me mandassem sair de novo. O que Celia estivesse fazendo, eu faria também. O que acontecesse com Celia, aconteceria comigo também.

Porque não sou criança, disse a mim mesma, como as crianças sempre fazem.

8

Uma guerra estava por vir, aliás.

Já estava acontecendo, na verdade — e bastante séria. Tinha se espalhado por toda a Europa, é claro, mas havia um debate intenso dentro dos Estados Unidos sobre participar ou não.

Não fiz parte desse debate, nem preciso dizer. Mas estava acontecendo ao meu redor.

Talvez você ache que eu devia ter percebido antes que uma guerra estava por vir, mas na verdade o assunto ainda não havia chegado à minha mente. Você precisa me dar crédito por ser *muitíssimo* desatenta. Não foi fácil, no verão de 1940, ignorar o fato de que o mundo estava à beira de uma guerra na potência máxima, mas foi exatamente o que fiz. (Em minha defesa, meus colegas e companheiros também ignoravam. Não me recordo de Celia, Gladys ou Jennie discutindo o preparo militar dos Estados Unidos ou a necessidade crescente de aumentar a frota da Marinha.) Eu não era uma pessoa ligada em política, para dizer o mínimo. Não sabia o nome de nenhum membro do gabinete ministerial de Roosevelt, por exemplo. Sabia, contudo, o nome completo da segunda esposa de Clark Gable, uma socialite texana divorciada várias vezes chamada Ria Franklin Prentiss Lucas Langham Gable — um baita nome de que acho que vou me lembrar até a morte.

Os alemães invadiram a Holanda e a Bélgica em maio de 1940 — mas foi bem na época em que eu estava sendo reprovada em todas as minhas provas da Vassar, portanto, estava tremendamente preocupada. (Eu me lembro do meu pai dizendo que todo aquele alvoroço acabaria até o fim do verão porque as tropas francesas logo empurrariam os alemães de volta para suas terras. Imaginei que ele provavelmente tinha razão, porque parecia ler muitos jornais.)

Bem na época em que me mudei para Nova York — foi no meio

de junho de 1940 —, os alemães invadiram Paris. (De nada adiantou a teoria do papai.) Mas havia empolgação demais na minha vida para que eu acompanhasse a história com atenção. Estava muito mais curiosa com o que acontecia no Harlem e no Village do que com o que havia acontecido na Linha Maginot. E em agosto, quando a Luftwaffe começou a bombardear alvos britânicos, eu estava enfrentando o susto de achar que estava grávida e que tinha gonorreia, portanto, tampouco absorvi essas informações.

A história tem pulsação, dizem — mas de modo geral, nunca consegui escutá-la, nem mesmo quando estava tamborilando nos meus malditos ouvidos.

Caso tivesse sido mais sensata e atenta, talvez me desse conta de que os Estados Unidos acabariam sendo arrastados para essa conflagração. Talvez tivesse reparado mais nas notícias de que meu irmão estava pensando em se alistar na Marinha. Talvez tivesse me preocupado com o que a decisão significaria para o futuro de Walter — e para todos nós. E talvez tivesse percebido que alguns dos rapazes divertidos com os quais eu me divertia todas as noites em Nova York tinham a idade certa para ocupar a linha de frente quando os Estados Unidos inevitavelmente entrassem na guerra. Se eu soubesse na época o que sei agora — ou seja: que muitos daqueles lindos rapazes em breve estariam perdidos nos campos de batalha da Europa ou nos infernos do Pacífico Sul —, teria transado com mais deles ainda.

Se parece que é brincadeira, aviso que não é.

Gostaria de ter feito mais de *tudo* com aqueles rapazes. (Não sei direito quando acharia tempo, é claro, mas teria feito o possível para encaixar na minha agenda cada um desses garotos — dos quais muitos em breve seriam estilhaçados, queimados, feridos, condenados.)

Queria apenas saber o que estava por vir, Angela.

Queria mesmo.

Porém, outras pessoas prestavam atenção. Olive acompanhava as notícias que vinham de sua terra natal, a Inglaterra, com grande preocupação. Estava ansiosa, mas era ansiosa com tudo, portanto suas preocupações não causaram muito impacto. Olive se sentava todas as manhãs, diante de seu prato de ovos e feijão, e lia todas as matérias que podia. Lia o *New York Times*, o *Barrons's* e o *Herald Tribune* (apesar da tendência republicana), e lia os jornais britânicos quando conseguia achá-los. Até tia Peg (que geralmente só lia o *Post* por conta da cobertura do beisebol) tinha começado a acompanhar as notícias com mais interesse. Já tinha visto uma guerra e não queria ver outra. A lealdade de Peg à Europa sempre calaria fundo.

No decorrer daquele verão, tanto Peg quanto Olive se tornavam cada vez mais veementes na crença de que os americanos tinham que participar do esforço de guerra. Alguém precisava ajudar os britânicos e salvar os franceses! Elas apoiavam plenamente o presidente ao tentar obter o respaldo do Congresso para começar a agir.

Peg — uma traidora da classe — sempre amou Roosevelt. Foi chocante quando descobri isso, porque meu pai o *detestava* e era um isolacionista fervoroso. Um genuíno sujeito pró-Lindbergh, meu velho pai. Eu imaginava que todos os meus parentes também detestassem Roosevelt. Mas estávamos em Nova York, onde as pessoas tinham ideias diferentes sobre as coisas, acho.

"Estou *por aqui* com os nazistas!", eu me lembro de Peg berrar uma manhã, diante do café e dos jornais. Ela bateu com o punho na mesa em um acesso de fúria. "Já chega deles! Alguém tem que segurar essa gente! O que é que estamos esperando?"

Nunca tinha ouvido Peg tão chateada com alguma coisa, e foi por isso que aquilo ficou na minha memória. Sua reação rompeu meu ensimesmamento por um instante e me obrigou a perceber: *Nossa Senhora, se Peg está com tanta raiva assim, a situação deve estar péssima!*

Dito isso, não sei o que ela queria que eu, pessoalmente, fizesse a respeito dos nazistas.

A verdade era que eu não tinha nenhuma noção de que aquela guerra — aquela guerra distante, irritante — pudesse ter consequências verdadeiras, até setembro de 1940.

Foi quando Edna e Arthur Watson se mudaram para o Lily Playhouse.

9

Vou supor, Angela, que você nunca tenha ouvido falar de Edna Parker Watson.

É provável que seja muito nova para saber de sua grande carreira teatral. Ela sempre foi mais conhecida em Londres do que em Nova York.

Acontece que eu tinha ouvido falar de Edna antes de conhecê-la — mas só porque era casada com um belo ator de cinema inglês chamado Arthur Watson, que recentemente havia interpretado o galã em um filme de guerra britânico piegas chamado *Portões do meio-dia*. Já tinha visto fotos deles nas revistas, portanto Edna me era familiar. Aquilo era meio que um crime — conhecer Edna apenas por causa do marido. Ela era, de longe, a melhor artista dos dois, e o melhor ser humano. Mas assim são as coisas. O rosto dele era mais bonito, e neste mundo superficial um rosto bonito é tudo.

Poderia ter ajudado se Edna fizesse cinema. Talvez tivesse obtido uma fama maior na época, e talvez fosse lembrada hoje — como Bette Davis e Vivien Leigh, suas iguais sob todos os aspectos. Porém, ela se negava a atuar para a câmera. Não foi por falta de oportunidade: Hollywood bateu à sua porta inúmeras vezes, mas de algum modo ela jamais perdeu a força para rejeitar aqueles produtores de cinema bambambãs. Edna não fazia nem peças radiofônicas, pois acreditava que a voz humana perdia algo de vital e sagrado quando gravada.

Não, Edna Parker Watson era puramente atriz de teatro, e o problema das atrizes de teatro é que, quando elas se vão, são esquecidas. Se nunca a viu atuando no palco, você não seria capaz de entender sua potência e seu encanto.

Ela era a atriz preferida de George Bernard Shaw, no entanto — isso ajuda? É famosa sua declaração de que a interpretação que fez de santa Joana foi definitiva. Ele escreveu sobre ela: "Aquele rosto luminoso, espreitando da armadura — quem não a seguiria rumo à batalha, nem que fosse só para fitá-la?".

Não, nem isso transmite quem ela era.

Com minhas desculpas ao sr. Shaw, vou dar meu melhor para descrever Edna com minhas próprias palavras.

Conheci Edna e Arthur Watson na terceira semana de setembro de 1940.

A visita deles ao Lily Playhouse, assim como acontecia com muitas das pessoas que iam e vinham daquela instituição, não foi exatamente planejada. Havia um verdadeiro toque de caos e urgência. Ultrapassava até a escala de nosso caos normal.

Edna era uma velha amiga de Peg. Tinham se conhecido na França durante a Grande Guerra e logo ficaram próximas, embora fizesse anos que não se viam. Então, no final do verão de 1940, os Watson foram para Nova York para Edna ensaiar uma peça nova com Alfred Lunt. Entretanto, o financiamento da produção sumiu antes que alguém pudesse decorar uma fala sequer, de modo que a peça nunca existiu. Mas antes que os Watson pudessem navegar de volta para a Inglaterra, os alemães começaram o bombardeamento da Grã-Bretanha. Poucas semanas após iniciados os ataques, a casa dos Watson em Londres tinha sido destruída por uma bomba da Luftwaffe. Eliminada. Tudo acabado.

"Pulverizada em palitinhos de fósforo, parece", foi como Peg descreveu.

Portanto, agora Edna e Arthur Watson estavam presos em Nova York. Empacados no hotel Sherry-Netherland, que não é um lugar ruim para um refugiado, mas eles não podiam continuar se bancando lá, já que nenhum dos dois estava empregado. Eram artistas presos nos Estados Unidos, sem trabalho, sem casa e sem um trânsito seguro para seu país sitiado.

Peg ficou sabendo do drama através das fofocas do meio teatral e — é claro — disse aos Watson que poderiam morar no Lily Playhouse. Jurou que podiam ficar o tempo que precisassem. Disse que podia até colocá-los em alguns de seus espetáculos, caso precisassem de renda e não ligassem de se rebaixar.

Como os Watson iam recusar? Aonde mais poderiam ir?

Portanto, eles se mudaram — e foi assim que a guerra fez sua primeira aparição ativa na minha vida.

Os Watson chegaram em uma das primeiras tardes frescas do outono.

Aconteceu de eu estar na frente do teatro conversando com Peg quando o carro parou no meio-fio. Eu tinha acabado de fazer compras no Lowtsky's e carregava uma sacola de crinolinas de que precisava para arrumar alguns dos "trajes de balé" das nossas dançarinas. (Estávamos montando um espetáculo chamado *Vamos dançar, Jackie!* — sobre um moleque de rua salvo da vida no crime pelo amor de uma linda bailarina. Tinham me incumbido da tarefa de tentar fazer com que os dançarinos musculosos do Lily parecessem membros de uma companhia de balé de primeira linha. Fiz o que pude com os figurinos, mas as dançarinas sempre rasgavam as saias. Muito bolhe-bolhe, imagino. Agora era o momento de fazer consertos.)

Quando os Watson chegaram, houve uma pequena comoção, já que tinham bastante bagagem. Dois outros carros seguiam o táxi com os baús e pacotes restantes. Eu estava parada ali na calçada e vi Edna Parker Watson sair do táxi como se saísse de uma limusine. Pequena, magra, com quadris estreitos e seios pequenos, usava a roupa mais estilosa que eu já tinha visto em uma mulher. Estava com uma jaqueta de sarja azul-pavão transpassada, com duas filas de botões dourados marchando na parte da frente e uma gola alta enfeitada com uma trança dourada. Usava uma calça de alfaiataria cinza-escura levemente alargada embaixo e sapatos pretos lustrosos com a ponta furadinha que quase pareciam masculinos — a não ser pelo salto baixo, elegante e muito feminino. Usava óculos escuros com armação de casco de tartaruga e o cabelo curto e preto formava ondas reluzentes. Usava um batom vermelho — o tom de vermelho perfeito —, mas não estava maquiada. Uma simples boina preta se inclinava em sua cabeça com uma despreocupação lépida. Ela parecia uma militar pequenininha da tropa mais chique do mundo — e daquele dia em diante, meu senso de estilo nunca mais seria o mesmo.

Até aquele momento em que tive o primeiro vislumbre de Edna, achava que as coristas de Nova York com o esplendor coberto de paetês eram o cúmulo do glamour. Mas de repente tudo (e todos) que eu vinha admirando ao longo do verão me pareceu espalhafatoso e ostensivo em comparação com aquela mulher mignon de jaquetinha elegante, com calça de caimento perfeito e sapatos masculinos que não eram exatamente sapatos masculinos.

Tinha deparado com o *verdadeiro* glamour pela primeira vez. E posso dizer sem exagero que todos os dias da minha vida a partir de então tentei inspirar meu estilo no de Edna Parker Watson.

Peg correu até Edna e a puxou para um abraço apertado.

"Edna!", berrou, rodopiando a velha amiga. "A gota de orvalho de Drudy Lane faz uma aparição no nosso humilde litoral!"

"Peg, querida!", berrou Edna. "Você não mudou nada!" Edna escapou dos braços da minha tia, deu um passo para trás e olhou para o Lily. "*Tudo* isso é seu, Peg? O prédio *inteiro*?"

"Inteiro, infelizmente", disse Peg. "Quer comprar?"

"Não tenho nem um centavo no bolso, querida, senão eu comprava. É *um charme*. Mas olha só você, virou uma empresária! É uma *magnata* do teatro! A fachada lembra o velho Hackney. É encantador. Entendo por que você teve que comprar."

"Sim, é claro que tive que comprar", disse Peg, "caso contrário eu teria acabado rica e tranquila na velhice, e não seria bom para ninguém. Mas chega de falar do meu teatro idiota, Edna. Estou *péssima* pelo que aconteceu com sua casa. E com o que está acontecendo com a coitada da Inglaterra!"

"Peg, querida", disse Edna, e pôs a mão com delicadeza na bochecha da minha tia. "É uma infâmia. Mas Arthur e eu estamos vivos. E agora, graças a você, temos um teto para nos abrigar. Já é muito mais do que outras pessoas podem dizer."

"E *cadê* ele?", indagou Peg. "Mal posso *esperar* para conhecer Arthur."

Mas eu já o vira.

Arthur Watson era um cara lindo, de cabelo escuro, com aparência de astro de cinema e queixo saliente que, naquele instante, sorria para o taxista e apertava sua mão com excesso de entusiasmo. Era um homem forte com um bom par de ombros, bem mais alto do que parecia na tela de cinema — o que é muito anormal para atores. Tinha um charuto na boca, que de certo modo parecia um objeto de cena. Era o homem mais lindo que eu já tinha visto de perto, mas havia um toque de artificialidade em sua beleza. Um cacho garboso lhe caía sobre o olho, por exemplo, e seria muito mais atraente se não parecesse cultivado de propósito. (A questão do garbo, Angela, é que ele nunca deve parecer intencional.) Ele parecia um *ator*, é a melhor forma que tenho de descrever. Parecia um ator contratado para interpretar o papel de um homem lindo e forte apertando a mão de um taxista.

Arthur se aproximou de nós com passos largos e atléticos, então apertou a mão de Peg com o vigor que usara com o coitado do taxista.

"Sra. Buell", ele disse. "Que tremenda bondade a sua de nos dar um lugar para ficar!"

"É um prazer, Arthur", declarou Peg. "Simplesmente adoro a sua esposa."

"Eu também!", estrondeou Arthur, e deu um apertão em Edna de um jeito que parecia machucar, mas ela apenas sorriu de satisfação.

"E esta é minha sobrinha, Vivian", disse Peg. "Está comigo o verão inteiro, aprendendo a botar uma companhia teatral no chão."

"*A sobrinha!*", exclamou Edna, como se há anos ouvisse coisas fabulosas a meu respeito. Ela me deu dois beijos nas bochechas, exalando um aroma de gardênia. "Mas olhe só você, Vivian. É estonteante! Por favor me diga que não é uma aspirante a atriz e que não vai destruir sua vida no teatro, apesar de ser linda o bastante para isso."

O sorriso dela era carinhoso e genuíno demais para o show business. Edna estava me dando a cortesia de sua atenção total, de modo que meu encanto foi instantâneo.

"Não", respondi. "Não sou atriz. Mas amo morar no Lily com minha tia."

"É claro que você ama, querida. Ela é maravilhosa."

Arthur a interrompeu para esticar o braço e esmagar minhas mãos com as dele. "É um tremendo prazer conhecer você, Vivian!", ele disse. "Há quanto tempo disse que é atriz?"

Fiquei menos encantada com ele.

"Ah, não sou atriz...", comecei a dizer.

Então Edna pôs a mão no meu braço e sussurrou no meu ouvido, como se fôssemos grandes amigas:

"Não se preocupe, Vivian. O Arthur às vezes não dá a *menor* atenção, mas uma hora ele põe as ideias todas em ordem."

"Vamos tomar uns drinques na minha varanda!", convidou Peg. "Só que me esqueci de comprar uma casa com varanda, então vamos tomar uns drinques na sala de estar imunda em cima do meu teatro e fingir que estamos bebendo na minha varanda!"

"Genial", disse Edna. "Estava com uma saudade *imensa* de você!"

Algumas bandejas de martínis depois, era como se eu conhecesse Edna Parker Watson desde sempre.

Ela era a presença mais charmosa que eu já tinha visto iluminar um ambiente. Era uma espécie de rainha das fadas, com aquele rostinho radiante e olhos cinza dançantes. Nada a respeito dela era o que parecia. Edna era pálida, mas não parecia fraca ou delicada. E era tremendamente graciosa — com os ombros minúsculos e o físico esguio —, mas não parecia frágil. Tinha uma gargalhada enérgica e uma vivacidade robusta nos passos que desmentiam seu tamanho e sua cor pálida.

Imagino que se possa dizer que era uma criança não frágil.

A fonte exata de sua beleza era difícil de saber, pois suas feições não eram perfeitas — não como a das garotas com quem eu vinha farreando o verão todo. Seu rosto era bem redondo, e não tinha as maçãs do rosto substanciais que estavam tão em voga na época. Edna não era jovem. Devia ter pelo menos cinquenta anos, e não tentava esconder a idade. Não dava para saber sua idade de longe (tinha conseguido interpretar Julieta já tendo passado bem dos quarenta, eu descobriria depois, e havia escapado ilesa com facilidade), mas, ao olhar de perto, se percebia que a pele em torno dos olhos estava desmoronando em rugas finas e que o queixo amolecia. Havia também mechas grisalhas no seu cabelo curtinho e chique. Mas sua alma era jovem. Edna era muito pouco convincente como mulher de cinquenta anos, vamos descrever assim. Ou talvez a idade não tivesse relevância para ela, que por isso não projetava nenhuma preocupação com o assunto. O problema de inúmeras atrizes que envelhecem é que não querem deixar que a natureza faça o que deseja — mas a natureza não parecia ter alguma vendeta específica contra Edna, tampouco a mulher tinha queixas contra ela.

Seu maior dom natural, no entanto, era a ternura. Edna se deleitava com tudo o que via, o que provocava a vontade de estarmos perto dela, para desfrutar de seu deleite. Até o rosto normalmente sério de Olive relaxou em uma rara expressão de alegria ao ver Edna. As duas se abraçaram como amigas de longa data — pois eram exatamente isso. Conforme descobri naquela noite, Edna, Peg e Olive tinham se conhecido nos campos de batalha da França, quando Edna fazia parte de uma companhia mambembe britânica que montava espetáculos para soldados feridos — espetáculos que tia Peg e Olive a ajudavam a produzir.

"Em algum lugar deste planeta", disse Edna, "existe uma fotografia de nós três juntas em uma ambulância de campo, e eu faria qualquer coisa para rever esse retrato. Éramos tão jovens! E usávamos aqueles vestidos bem práticos, sem cintura."

"Eu me lembro dessa foto", disse Olive. "Estávamos *enlameadas*."

"Estávamos sempre enlameadas, Olive", retrucou Edna. "Era um campo de batalha. Nunca vou me esquecer do frio e da umidade. Lembram que eu tinha que fazer minha maquiagem de palco com pó de tijolo e banha? Ficava tão nervosa de atuar na frente dos soldados. Eles todos tinham sofrido ferimentos terríveis. Lembra o que você me disse, Peg? Quando perguntei: 'Como é que vou cantar e dançar para esses pobres rapazes destruídos?'."

"Misericórdia, minha querida Edna", disse Peg, "não me lembro de nada do que eu disse na vida."

"Bom, então vou te lembrar. Você disse: 'Cante mais alto, Edna. Dance com mais vigor. Olhe bem nos olhos deles'. Você me disse: 'Não ouse rebaixar esses garotos valentes com sua pena'. E foi o que eu fiz. Cantei alto e dancei com vigor, e olhei bem nos olhos deles. Não rebaixei aqueles garotos valentes com minha pena. Deus do céu, foi sofrido."

"Você trabalhou duro", disse Olive, em tom de aprovação.

"Foram vocês, enfermeiras, que trabalharam duro, Olive", disse Edna. "Eu me lembro de vocês todas com disenteria e frieira. Mas aí vocês diziam: 'Pelo menos não temos ferimentos de baioneta infectados, meninas! Levantem a cabeça!'. Que heroínas vocês foram. Principalmente você, Olive. Estava à altura de qualquer emergência. Nunca esqueci."

Ao receber o elogio, o rosto de Olive de repente se iluminou com uma expressão extraordinária. Creio que era *felicidade*.

"Edna interpretava trechos de Shakespeare para os rapazes", Peg me contou. "Eu me lembro de ter pensado que a ideia era horrível. Imaginei que Shakespeare fosse fazer os soldados arrancarem os cabelos de tanto tédio, mas eles adoraram."

"Adoraram porque não viam uma inglesinha bonita fazia meses", argumentou Edna. "Lembro que um homem gritou 'Melhor do que um passeio no bordel!' depois que fiz meu trecho da Ofélia, e ainda acho que foi a melhor crítica que já recebi. Você participou desse espetáculo, Peg. Fez meu Hamlet. Aquelas calças te caíram muito bem."

"Não *interpretei* Hamlet, só li o roteiro", explicou Peg. "Eu nunca soube interpretar, Edna. E detesto *Hamlet*. Já viu alguma produção que não te desse vontade de ir para casa enfiar a cabeça no forno? Eu nunca vi."

"Ah, achei nosso *Hamlet* ótimo", declarou Edna.

"Porque era *condensado*", disse Peg. "Que é exatamente como Shakespeare deveria ser."

"Você interpretou um Hamlet para lá de *animado*, pelo que lembro", disse Edna. "Talvez tenha sido o mais animado da história."

"Mas *Hamlet* não é para ser animado!", interferiu Arthur Watson, com uma expressão confusa.

A sala parou. Foi muito esquisito. Eu logo descobriria que esse geralmente era o efeito que Arthur Watson gerava ao falar. Era capaz de causar às mais efervescentes das conversas uma paralisia opressiva só de abrir a boca.

Todas viramos para ver como Edna reagiria ao comentário idiota do marido. Mas ela lhe sorria com carinho. "É isso mesmo, Arthur. Essa não é geralmente uma peça animada, mas a Peg pôs sua vitalidade natural no papel e trouxe muita alegria na história toda."

"Ah!", ele exclamou. "Que bom para ela, então! Mas não sei o que o sr. Shakespeare acharia *disso*."

Peg resolveu a situação mudando de assunto: "O sr. Shakespeare se reviraria no túmulo, Edna, se soubesse que me foi permitido dividir o palco com alguém como *você*". Em seguida, se virou para mim de novo e declarou: "Você tem que entender, mocinha, que a Edna é uma das maiores atrizes dessa idade".

Edna sorriu. "Ah, Peg, não toca no assunto da *idade*!"

"Creio que o que ela quis dizer, Edna", corrigiu Arthur, "é que você é uma das maiores atrizes da sua *geração*. Não de quantos anos você tem."

"Obrigada pelo esclarecimento, querido", Edna disse, sem traço de ironia ou aborrecimento. "E obrigada pela gentileza, Peg."

Minha tia prosseguiu: "A Edna é a melhor atriz shakespeariana que você vai conhecer na vida, Vivian. Ela sempre teve o dom. Começou quando era um bebê no berço. Dizem que sabia recitar os sonetos de trás para a frente antes de aprender de frente para trás".

Arthur murmurou: "Seria de imaginar que é mais fácil aprender os sonetos de frente para trás".

"Muito obrigada, Peg", disse Edna, ignorando Arthur, graças a Deus. "Você sempre foi muito bondosa comigo."

"A gente precisa achar alguma coisa para você fazer enquanto estiver aqui", anunciou Peg, dando um tapa na perna para dar ênfase. "Eu adoraria te botar em um dos nossos espetáculos tenebrosos, mas eles estão muito aquém de você."

"Nada está aquém de mim, querida. Já interpretei Ofélia com lama até os joelhos."

"Ah, mas você nunca viu nossos espetáculos! Vai ficar com saudades da lama. E não tenho como pagar muito. Sem sombra de dúvida, não o que você vale."

"Qualquer coisa é melhor do que poderíamos ganhar na Inglaterra, se conseguíssemos voltar à Inglaterra."

"Eu queria mesmo que você conseguisse um papel em um dos teatros mais respeitáveis da cidade", declarou Peg. "Tem muitos em Nova York, dizem os boatos. Nunca pus os pés em um, é claro, mas sei que existem."

"Eu sei, mas a temporada já está avançada", disse Edna. "Estamos em meados de setembro, todas as produções já estão com o elenco formado. E lembre que não sou tão conhecida aqui, querida. Enquanto Lynn Fontanne e Ethel Barrymore estiverem vivas, nunca vou conseguir os melhores papéis de Nova York. Mas mesmo assim adoraria trabalhar enquanto estiver aqui, e sei que o Arthur também. Sou versátil, Peg, você sabe disso. Ainda posso interpretar uma jovenzinha se me posicionar no fundo do palco, com a iluminação certa. Posso interpretar uma judia, uma cigana ou uma francesa. Em caso de emergência, posso fazer um garotinho. Poxa, o Arthur e eu podemos vender amendoim no saguão, se necessário. A gente pode limpar os cinzeiros. Só queremos ganhar nosso sustento."

"Veja só, Edna", declarou Arthur Watson, muito sério, "acho que eu não ia gostar muito de limpar *cinzeiros*."

Naquele dia, Edna assistiu tanto à matinê quanto à sessão noturna de *Vamos dançar, Jackie!*, e não ficaria mais encantada com nosso espetáculo horroroso nem se fosse uma criança camponesa de doze anos vendo uma peça teatral pela primeira vez.

"Ai, mas que *divertido*!", ela exclamou para mim, quando os artistas saíram do palco após as últimas mesuras. "Sabe, Vivian, foi nesse tipo de teatro que comecei. Meus pais eram músicos, e eu cresci em produções como essa. Nasci na coxia, cinco minutos antes da minha primeira apresentação."

Edna insistiu em ir aos bastidores conhecer todos os atores e dançarinos e parabenizá-los. Alguns já tinham ouvido falar dela, mas a maioria não. Para eles, ela era apenas uma mulher gentil lhes tecendo elogios — e isso já bastava. Os artistas se inflaram em torno dela, absorvendo seus generosos auxílios.

Acossei Celia e lhe disse: "Esta é a Edna Parker Watson".

"É?", retrucou Celia, indiferente.

"Ela é uma atriz britânica famosa. É casada com o Arthur Watson."

"Arthur Watson, de *Portões do meio-dia*?"

"Isso! Eles vão ficar hospedados aqui. A casa deles em Londres foi bombardeada."

"Mas o Arthur Watson é *novo*", disse Celia, fitando Edna. "Como é possível que ele seja casado com ela?"

"Sei lá", respondi. "Mas ela é incrível."

"É." Celia parecia estar em dúvida. "Aonde vamos esta noite?"

Pela primeira vez desde que havia conhecido Celia, não tinha muita certeza se eu *queria* sair. Achei que talvez preferisse passar mais tempo com Edna. Por uma noite apenas.

"Quero que você a conheça", declarei. "Ela é famosa e estou enlouquecida com o jeito como se veste."

Levei Celia até Edna e orgulhosamente a apresentei.

É impossível prever como uma mulher vai reagir ao conhecer uma corista. Coristas de figurino completo são concebidas para fazer todas as outras mulheres parecerem e se sentirem insignificantes em comparação a elas. É preciso ter uma dose razoável de autoconfiança para se ver diante da radiância luxuosa de uma corista sem vacilar, se ressentir ou se dissolver.

Mas Edna — pequenina como era — tinha exatamente esse tipo de autoconfiança.

"Você é *magnífica*!", ela exclamou para Celia quando as apresentei. "Olha só sua altura! E esse rosto. Você, minha querida, podia ser a estrela do *Folies Bergère*."

"É em Paris", eu disse para Celia, que felizmente não percebeu meu tom paternalista, porque estava distraída com os elogios.

"E de onde você é, Celia?", Edna perguntou, inclinando a cabeça com curiosidade e voltando o holofote de sua atenção plena para minha amiga.

"Sou daqui mesmo. Nova York", respondeu Celia.

(Como se aquele sotaque pudesse ter nascido em outro lugar.)

"Notei esta noite que você dança excepcionalmente bem para uma garota da sua altura. Estudou balé? Seu porte leva a crer que foi devidamente ensinada."

"Não", respondeu Celia, cujo rosto agora estava avermelhado de prazer.

"E você atua? A câmera deve adorar você. Parece uma estrela de cinema."

"Atuo um pouquinho." Em seguida, acrescentou (com bastante malícia para quem só tinha interpretado um cadáver em um filme B): "Ainda não sou muito conhecida".

"Bom, você vai ficar conhecida logo, se houver justiça no mundo. Não desista, minha querida. Está na área certa. Tem o rosto perfeito para esta época."

Não é difícil elogiar pessoas a fim de tentar conquistar seu afeto. O difícil é fazer isso *do jeito certo*. Todo mundo dizia a Celia que ela era linda, mas ninguém lhe dizia que tinha postura de bailarina treinada. Ninguém nunca lhe dissera que tinha o rosto perfeito para aquela época.

"Sabe, acabei de me dar conta de uma coisa", disse Edna. "Com toda essa animação, ainda não desfiz as malas. Será que vocês estão livres para me ajudar?"

"Claro!", Celia disse com avidez, parecendo uma menina de treze anos.

E, para meu espanto, naquele instante a deusa virou criada.

Quando chegamos lá em cima, no apartamento do quarto andar que Edna dividiria com o marido, vimos uma pilha de baús, pacotes e chapeleiras no chão da sala de estar — uma avalanche de bagagem.

"Ah, nossa", disse Edna. "Dá a impressão de densidade, não dá? Detesto incomodar vocês, meninas, mas por onde começar?"

Quanto a mim, eu mal podia esperar. Estava morrendo de vontade de pôr as mãos nas roupas dela. Tinha a sensação de que seriam esplêndidas — e eram mesmo. Desfazer os baús de Edna foi uma lição de genialidade em roupas. Percebi logo que não havia nada fortuito no tocante às peças: tudo seguia um estilo específico que eu poderia chamar de "pequeno lorde misturado com recepcionista de salão francês".

Sem dúvida, havia um bocado de jaquetas — essa parecia ser a unidade elementar de sua estética. Eram todas variações do mesmo tema — ajustadas, vistosas, ligeiramente militares no tom. Algumas tinham ataviamento de cordeiro persa, outras tinham detalhes de cetim. Algumas pareciam jaquetas formais de equitação, outras eram mais divertidas. Todas tinham botões dourados de modelos diferentes, e todas eram forradas com seda em cores brilhantes.

"Mando fazer todas", ela me contou depois de me pegar procurando etiquetas em busca de informações. "Tem um alfaiate indiano em Londres que foi conhecendo meu gosto com o passar dos anos. Ele nunca perde o interesse em fazer essas peças para mim, e eu nunca perco o interesse em comprar."

E havia as calças — inúmeras delas. Algumas eram compridas e largas, mas outras eram justas e pareciam bater no tornozelo. ("Me acostumei a usar essas quando estudava dança", Edna disse sobre o tipo curto. "Todas as dançarinas de Paris usavam calças assim, e, céus, como elas ficavam chiques. Eu chamava essas meninas de 'brigada do tornozelo fino'.")

As calças foram uma verdadeira revelação para mim. Nunca havia tido uma crença firme em calças para mulheres até ver como caíam bem em Edna. Nem mesmo Garbo e Hepburn tinham me convencido de que uma mulher podia ficar ao mesmo tempo feminina e glamorosa de calças, mas olhar as roupas de Edna de repente me levou a pensar que aquela era a *única* forma de uma mulher ficar ao mesmo tempo feminina e glamorosa.

"Prefiro calças para o dia a dia", explicou. "Sou pequena, mas meus passos são largos. Tenho que poder me mexer livremente. Anos atrás, um jornalista escreveu que eu tinha um quê de 'meninice provocante', e essa é a coisa mais legal que um homem já falou de mim. O que poderia ser melhor do que ter um quê de meninice provocante?"

Celia lançou um olhar confuso, mas entendi muito bem o ponto de Edna e adorei.

Depois deparamos com o baú cheio de blusas. Muitas delas tinham folhos peculiares ou franzidos ornamentais. Essa atenção aos detalhes, compreendi, era como uma mulher conseguia usar um terno e ainda parecer mulher. Havia uma chemise de crepe da China de gola alta no rosa mais suave que se pode imaginar, que fez meu coração doer de desejo quando a toquei. Em seguida, peguei uma elegante peça marfim da mais fina seda, com minúsculos botões de pérola no pescoço e mangas infinitésimas.

"Que blusa *impecável*!", comentei.

"Obrigada por perceber, Vivian. Você tem um bom olho. Essa blusa veio da própria Coco Chanel. Ela que me deu, se é que você consegue imaginar Coco *dando* algo de graça para alguém! Deve ter sido um momento de fraqueza. Vai ver que sofria de uma intoxicação alimentar naquele dia."

Tanto Celia como eu ficamos boquiabertas. Eu berrei: "Você conhece a Coco Chanel?".

"Ninguém *conhece* a Coco, minha querida. Ela jamais permitiria. Mas posso dizer que temos relações. Eu a conheci anos atrás, quando estava atuando em Paris e morava no Quai Voltaire. Foi quando eu estava aprendendo francês. É uma boa língua para aprender quando se é atriz, já que nos ensina a usar a boca."

Aquela era a combinação de palavras mais sofisticada que eu já tinha ouvido.

"Mas como ela é?"

"Como é a Coco?" Edna parou, fechou os olhos e pareceu buscar as palavras certas. Então abriu os olhos e sorriu. "Coco Chanel é talentosa, ambiciosa, sagaz, desprezada e trabalhadora, uma *enguia* em forma de mulher. Tenho mais medo de que domine o mundo do que tenho de que Mussolini ou Hitler o façam. Não, estou brincando. Ela é uma ótima pessoa. Só se corre perigo quando Coco começa a dizer que você é amiga dela. Mas Coco é bem mais interessante do que parece pelo que estou dizendo. Meninas, o que acham deste chapéu?"

Edna havia tirado de uma caixa um chapéu homburg. Era algo que um homem usaria, só que não usaria de jeito nenhum. Macio e em tom ameixa, adornado com uma única pluma vermelha. Ela o pôs para nós com um sorriso radiante.

"Fica maravilhoso em você", declarei. "Mas não parece com nada do que tenho visto as pessoas usarem atualmente."

"Obrigada", disse Edna. "Acho insuportáveis os chapéus que estão em voga. Não dá para aguentar um chapéu que substitui uma pilha de miscelâneas em cima da cabeça pela agradável simplicidade de uma *linha*. O homburg sempre traz a linha perfeita, se feito especialmente para você. O chapéu errado me deixa irritada e oprimida. E existem muitos chapéus errados. Mas infelizmente as modistas também têm que comer, imagino."

"Amei isto *aqui*", disse Celia, pegando um lenço longo de seda amarela e o enrolando em torno da cabeça.

"Muito bem, Celia!", comentou Edna. "Você é um tipo de moça incomum, que fica *bem* com um lenço enrolado na cabeça. Que sorte a sua! Se eu usasse dessa forma, pareceria uma santa morta. Gostou? É seu."

"Nossa, obrigada!", exclamou Celia, desfilando pelo quarto de Edna à procura de um espelho.

"Não sei nem por que eu o comprei, meninas. Deve ter sido no ano em que lenços amarelos estavam na moda. E que sirva de lição para vocês! A questão da moda, minhas queridas, é que vocês não *precisam* segui-la, não importa o que digam. Nenhuma tendência é compulsória, lembrem. E se você se vestir ao estilo do momento, vai parecer uma pessoa nervosa. Paris é ótima, mas não podemos seguir Paris só porque é Paris, não é verdade?"

Não podemos seguir Paris só porque é Paris!

Enquanto eu viver, jamais me esquecerei dessas palavras. O discurso certamente me emocionou mais do que qualquer coisa que Churchill tenha dito.

Agora Celia e eu estávamos ocupadas desfazendo um baú com objetos deliciosos de banho e beleza — artigos de *toilette* que nos deixaram extasiadas de alegria. Havia óleos de banho com aroma de cravo, álcool com fragrância de lavanda, sachês para dar cheiro às gavetas e armários, e muitos frascos de vidro deslumbrantes com instruções em francês. Era de fato *inebriante*. Eu ficaria constrangida com nosso entusiasmo exacerbado, mas Edna parecia estar genuinamente curtindo os berrinhos e guinchos de deleite. Na verdade, parecia estar se divertindo tanto quanto a gente. Tive uma sensação louca de que talvez gostasse de nós de verdade. Isso me pareceu interessante na época e continua parecendo hoje. Mulheres mais velhas nem sempre apreciam a companhia de belas jovens, por razões óbvias. Mas não Edna.

"Meninas", ela disse, "eu poderia passar horas assistindo à agitação das duas!"

E que agitação. Nunca tinha visto um guarda-roupa daqueles. Edna tinha até uma mala que não continha nada além de luvas — cada par embrulhado com carinho na própria seda.

"Nunca comprem luvas baratas ou malfeitas", ela nos instruiu. "Não é aí que se economiza dinheiro. Sempre que estiverem diante da possibilidade de comprar luvas, se perguntem se ficariam *desoladas* se perdessem uma delas no banco do táxi. Se não ficariam, não comprem. Vocês só devem comprar luvas tão lindas que, em caso de perda, partiriam seu coração."

A certa altura, o marido de Edna entrou, mas era irrelevante (por mais que fosse lindo) em comparação com aquele guarda-roupa exótico. Ela beijou seu rosto e o mandou embora, dizendo: "Ainda não tem espaço para homem aqui, Arthur. Vá tomar um drinque em algum canto e se divertir até essas meninas queridas terminarem, aí *prometo* que acho um espaço para você e sua malinha tristonha".

Arthur ficou meio amuado, mas fez o que Edna pediu.

Depois que ele saiu, Celia disse: "É bonitão, não é?".

Imaginei que Edna pudesse se ofender, mas ela só riu. "Ele é mesmo, como você diz, *bonitão*. Nunca na vida conheci alguém parecido, para ser franca. Faz quase uma década que estamos casados e ainda não cansei de olhar para ele."

"Mas ele é *novo*."

Eu teria chutado Celia pela grosseria, mas Edna, de novo, pareceu não se importar. "Sim, Celia, querida. Ele é novo. Bem mais novo que eu, na verdade. Uma das minhas maiores conquistas, talvez."

"Você não se preocupa?", Celia pressionou. "Deve ter um monte de pitéu por aí querendo seduzir seu marido."

"Não me preocupo com pitéus, minha querida. Pitéus estragam."

"Aah!", exclamou Celia, e seu rosto se iluminou por conta de algo parecido com veneração.

"Quando você já encontrou o próprio sucesso como mulher", explicou Edna, "pode fazer uma coisa divertida como se casar com um homem lindo bem mais novo que você. Pense nisso como uma recompensa por todo o trabalho duro. Quando conheci o Arthur, ele não passava de um garoto: era um carpinteiro trabalhando nos cenários de uma peça de Ibsen que eu estava fazendo. *Um inimigo do povo*. Eu interpretava a sra. Stockmann, e, poxa, é um papel maçante. Mas conhecer o Arthur deu vida às coisas para mim durante a temporada. E ele tem dado vida às coisas desde então. Gosto imensamente dele, meninas. É meu terceiro marido, claro. Ninguém tem um primeiro marido com a aparência do Arthur. Meu primeiro marido era funcionário público, e não me importo de dizer que também fazia amor que nem um funcionário público. Meu segundo marido era diretor de teatro. *Esse* erro eu não cometo de novo. E agora tem o querido Arthur, tão lindo e ao mesmo tempo tão aconchegante. Meu presente, até o fim dos meus dias. Gosto tanto dele que até adotei seu sobrenome, apesar de meus amigos do teatro terem me advertido a não fazer isso, pois meu nome já era muito conhecido. Não assumi o sobrenome de nenhum dos meus maridos anteriores, entende? Mas Edna Parker Watson soa bem, concordam? E você, Celia? Já teve algum marido?"

Tive vontade de dizer: *Ela teve muitos maridos, Edna, mas só um era dela.*

"Já", disse Celia. "Ele tocava saxofone."

"Ah, querida. Então posso supor que não durou muito tempo?"

"É, você acertou na mosca." Celia traçou uma linha no próprio pescoço para indicar, imagino, a morte do amor.

"E você, Vivian? Casada? Noiva?"

"Não", respondi.

"Alguém especial?"

"Ninguém *especial*", declarei, e algo no meu jeito de enunciar a palavra "especial" fez Edna cair no riso.

"Ah, mas você tem *alguém*, entendo."

"Ela tem alguns alguéns", Celia disse, e me foi inevitável sorrir.

"Muito bem, Vivian!", Edna me lançou um segundo olhar avaliador. "A cada instante que passa você fica mais interessante!"

Mais tarde — devia ter passado bastante da meia-noite —, Peg foi ver como estávamos. Acomodou-se na poltrona funda com uma touca de dormir na mão e ficou vendo com prazer enquanto Celia e eu terminávamos de desfazer os baús de Edna.

"Carambolas, Edna", disse Peg. "Você tem *muita* roupa."

"Isso é apenas uma parte da coleção, Peg. Você tinha que ver meu guarda-roupa de casa." Ela estancou. "Ai, meu Deus. Acabei de lembrar que perdi *tudo* o que tinha em casa. É minha contribuição para o esforço de guerra, imagino. É óbvio que o sr. Goering tinha que destruir a coleção de figurinos que cultivo há mais de três décadas como parte de seu plano para tornar o mundo seguro para a raça ariana. Não sei bem que *serventia* teve para ele, mas o triste ato está feito."

Me admirei com a leveza como enxergava a destruição de sua casa. Assim como, ao que parece, se admirava Peg, que disse: "Preciso confessar, Edna, que esperava ver você mais abalada com tudo isso".

"Ah, Peg, você me conhece bem! Ou se esqueceu de como sou boa em me adaptar às circunstâncias? É impossível alguém levar a vida remendada que eu tive e ser sentimental demais em relação às coisas."

Peg sorriu. "Gente do show business", ela me disse, balançando a cabeça com o apreço dos iniciados.

Celia tinha acabado de pegar um vestido elegante de crepe preto que ia até o chão, com gola alta, mangas compridas e um broche pequenino de pérola propositalmente descentralizado.

"*Isto* é que é roupa", comentou Celia.

"Seria de imaginar, né?", disse Edna, erguendo o vestido contra o próprio corpo. "Mas tive uma relação difícil com esse vestido. Preto pode ser a cor mais vistosa ou a mais desleixada, dependendo das linhas. Só usei uma vez e me senti uma viúva grega. Mas guardei porque gosto do detalhe do broche."

Eu me aproximei do vestido com respeito. "Posso?", indaguei.

Edna me entregou o vestido e eu o estendi no sofá, tocando-o aqui e ali, entendendo-o melhor.

"O problema não é a cor", diagnostiquei. "São as mangas. O material delas é mais pesado do que o do corpete, está vendo? Esse vestido precisava de mangas de chiffon. Ou não ter manga nenhuma, o que seria melhor para você, que é mignon."

Edna analisou o vestido e me olhou com uma expressão surpresa.

"Creio que você esteja na direção certa, Vivian."

"Posso arrumar para você, se confiar o vestido a mim."

"A nossa Vivvie costura como o diabo!", disse Celia, com orgulho.

"É verdade", confirmou Peg. "É nossa professora de figurino residente."

"É ela quem faz todas as roupas dos espetáculos", acrescentou Celia. "Ela fez os tutus que todo mundo usou hoje."

"É verdade?", perguntou Edna, mais impressionada do que deveria. (Seu gato seria capaz de costurar um tutu, Angela.) "Então você não é só linda, é talentosa também? Imaginem só! E dizem que o Senhor nunca dá com as duas mãos!"

Dei de ombros. "Só sei que tenho como arrumar isso. Também posso encurtar. Seria melhor para você que batesse no meio do tornozelo."

"Bom, parece que você sabe muito mais de roupas do que eu", disse Edna, "porque eu estava pronta para relegar o pobre coitado do vestido às cinzas. E fiquei aqui a noite inteira enchendo seus ouvidos com meu barulho e minhas opiniões sobre moda e estilo. Eu é que devia estar ouvindo *você*. Então me diga, minha querida: onde foi que aprendeu a entender tão bem um vestido?"

Não imagino que fosse fascinante para uma mulher da estatura de Edna Parker Watson escutar uma menina de dezenove anos tagarelar sobre a avó por horas a fio, mas foi exatamente o que aconteceu, e ela aguentou com nobreza. Mais do que isso — esperou cada palavra.

Em algum momento no decorrer do meu monólogo, Celia saiu do quarto. Eu só voltaria a vê-la pouco antes do amanhecer, quando desabava na nossa cama no horário habitual, no estado habitual de desmazelo embriagado. Peg acabou pedindo licença para se retirar também — depois de uma batida feroz na porta e do lembrete de Olive de que já tinha passado da hora de ela estar na cama.

Assim, acabou sendo apenas eu e Edna — encolhidas no sofá de seu apartamento no Lily — conversando madrugada adentro. A moça bem-criada que havia em mim não queria monopolizar o tempo dela, mas não consegui resistir à sua atenção. Edna queria saber tudo a respeito da minha avó e se deleitava com os detalhes de suas frivolidades e excentricidades ("Que figura! Ela devia ser personagem de teatro!"). Sempre que eu tentava desviar o foco da conversa de mim, Edna o fazia voltar para mim. Exprimia sincera curiosidade pelo meu amor à costura e ficou pasma quando eu lhe disse que poderia fazer um espartilho de barbatana de baleia se necessário.

"Então você nasceu para ser figurinista!", ela declarou. "A diferença entre fazer um vestido e fazer um figurino, claro, é que vestidos são costurados, mas figurinos são *construídos*. Muita gente sabe costurar, mas não tem muita gente que saiba *construir*. O figurino é um objeto cênico, Vivvie, assim como um móvel, e precisa ser forte. Como nunca se sabe o que vai acontecer em uma apresentação, ele tem que estar preparado para tudo."

Contei a Edna que minha avó costumava achar minúsculos defeitos nas minhas peças e exigir que eu arrumasse no mesmo instante. "Ninguém vai perceber!", eu afirmava. Mas vovó Morris dizia: "Não é verdade, Vivian. As pessoas *vão* perceber, mas não vão entender o que estão percebendo. Só vão notar que tem algo errado. Não lhes dê essa chance".

"Ela tinha razão!", disse Edna. "É por isso que sou muito cuidadosa com meus figurinos. Detesto quando um diretor impaciente diz: 'Ninguém vai perceber!'. Ah, as brigas que já tive por conta disso! Como sempre digo ao diretor: 'Se você me botar sob o holofote com trezentas pessoas na plateia me olhando fixo por duas horas, elas vão *reparar no defeito*. Vão reparar em defeitos no meu cabelo, na minha pele, na minha voz, e vão reparar, sem sombra de dúvida, nos defeitos da minha roupa'. Não é que a plateia seja mestre em estilo, Vivian: é que não tem mais nada para fazer, presa à cadeira, *a não ser* reparar nos seus defeitos."

Eu imaginava estar travando conversas adultas o verão inteiro, já que vinha passando o tempo com um grupo cosmopolita de coristas, mas aquela era uma conversa *verdadeiramente* adulta. Era uma conversa sobre trabalho artesanal, sobre perícia, sobre estética. Nunca tinha conhecido ninguém (tirando vovó Morris, é claro) que soubesse mais de confecção de roupas do que eu. Ninguém ligava muito para o assunto. Ninguém entendia ou respeitava a *arte* que havia naquilo.

Eu podia ter ficado ali conversando com Edna sobre roupas e figurinos por mais um ou dois séculos, mas Arthur Watson por fim apareceu e exigiu que o deixassem se deitar na *bendita cama* com sua *bendita esposa*, e assim deu fim ao papo.

O dia seguinte marcou a primeira manhã em dois meses que não acordei de ressaca.

10

Na semana seguinte, tia Peg já tinha começado a criar um espetáculo para Edna estrelar. Estava decidida a dar um emprego à amiga, e tinha que ser melhor do que aqueles que o Lily Playhouse tinha a oferecer atualmente. Ela não podia botar uma das maiores atrizes de sua época em *Vamos dançar, Jackie!*

Quanto a Olive, ela não tinha nenhuma certeza de que se tratava de uma boa ideia. Por mais que amasse Edna, não fazia sentido para ela, do ponto de vista comercial, tentar montar um espetáculo decente (ou mais ou menos decente) no Lily: quebraria a fórmula.

"Temos uma plateia pequena, Peg", ela explicou, "de pessoas humildes. São a única plateia que temos, e é leal a nós. Temos que retribuir a lealdade. Não podemos abandonar essas pessoas por uma peça, que dirá por *uma atriz*, senão elas podem não voltar nunca mais. Nossa missão é servir à vizinhança. E a vizinhança não quer Ibsen."

"Eu também não quero Ibsen", retrucou Peg. "Mas detesto ver a Edna à toa, e detesto ainda mais a ideia de que esteja em uma das nossas pecinhas arrastadas."

"Por mais *arrastadas* que sejam nossas peças, são elas que pagam a conta de luz, Peg. E, mesmo assim, por um triz. Não ponha isso em risco mudando as coisas."

"A gente podia montar uma comédia", Peg sugeriu. "Uma história de que o público ia gostar. Mas teria que ser inteligente o bastante para ser digna da Edna."

Ela se virou para o sr. Herbert, que estava sentado à mesa do café da manhã com seu traje habitual de calças largas e regata, fitando o nada com um olhar triste.

"Sr. Herbert", Peg indagou, "acha que conseguiria escrever uma peça ao mesmo tempo engraçada e inteligente?"

"Não", ele disse sem nem levantar os olhos.

"Bom, no que está trabalhando agora? Qual vai ser o próximo espetáculo?"

"Chama *Cidade das garotas*", ele respondeu. "Falei com você a respeito mês passado."

"O do bar clandestino", disse Peg. "Eu lembro. Melindrosas e gângsteres, esse tipo de coisa. Do que se trata exatamente?"

O sr. Herbert pareceu tanto magoado quanto confuso. "Do que *se trata?*", ele repetiu. Parecia ser a primeira vez que cogitava que uma das peças do Lily Playhouse tinha que *tratar* de algum tema.

"Deixa pra lá", disse Peg. "Tem algum papel que a Edna possa interpretar?"

De novo, ele pareceu magoado e confuso.

"Não vejo como", o sr. Herbert disse. "Temos uma menina inexperiente e um herói. Temos um vilão. Não temos uma mulher mais velha."

"Será que a menina inexperiente não pode ter mãe?"

"Peg, ela é *órfã*", respondeu o sr. Herbert. "Não dá para mudar isso."

Entendi o argumento: a menina inexperiente tinha sempre que ser órfã. A história não faria sentido se a menina inexperiente não fosse órfã. A plateia ia se revoltar. Jogaria sapatos e tijolos nos atores se a menina inexperiente não fosse órfã.

"Quem é o dono do bar clandestino no seu espetáculo?"

"O bar clandestino não tem dono."

"Bom, não poderia ter? E não poderia ser mulher?"

O sr. Herbert esfregou a testa e pareceu aturdido. Dava a impressão de que Peg tinha acabado de lhe pedir que repintasse o teto da Capela Sistina.

"Isso gera problemas em todos os aspectos", ele disse.

Olive interferiu: "Ninguém vai acreditar em Edna Parker Watson como dona de um bar clandestino, Peg. Por que a dona de um bar clandestino em Nova York seria inglesa?".

O rosto de Peg desmoronou. "Nossa, você tem razão, Olive. Que péssimo hábito esse seu de ter razão o tempo todo. Bem que podia não ser assim." Peg ficou em silêncio por bastante tempo, ponderando.

Depois disse, de súbito: "Caramba, eu queria que o Billy estivesse aqui. Ele escreveria uma peça bárbara para a Edna."

Bem, *isso* me chamou a atenção.

Foi a primeira vez que ouvi minha tia praguejar, para começo de conversa. Mas também foi a primeira vez que a ouvi mencionar o nome do marido de quem vivia separada. E não fui a única cuja atenção voltou em um estalo à mera menção do nome de Billy Buell. A sensação era de que tinham acabado de derramar baldes de gelo nas costas de Olive e do sr. Herbert.

"Ah, Peg, não", pediu Olive. "Não liga para o Billy. Por favor, tenha juízo."

"Posso pôr quem você quiser que eu ponha no elenco", disse o sr. Herbert, de repente cooperativo. "É só me falar o que você precisa e eu faço. O bar clandestino pode ter dona, claro. E ela pode ser inglesa."

"O Billy gostava tanto da Edna." Peg parecia falar sozinha. "E ele já a viu atuando. Vai saber a melhor forma de usar seu talento."

"Você não quer que o Billy se envolva em nada do que a gente faz, Peg", advertiu Olive.

"Vou ligar para ele. Só para pegar algumas ideias. Ele tem ideias para dar e vender."

"São cinco horas da manhã na Costa Oeste", disse o sr. Herbert. "Você não pode ligar para ele!"

Foi fascinante de ver. O nível de ansiedade na sala atingira um tom inegavelmente quente com a mera introdução do nome de Billy.

"Vou ligar para ele esta tarde, então", disse Peg. "Mas não dá para ter certeza de que ele vai estar acordado nesse horário também."

"Ah, Peg, *não*", Olive tornou a pedir, mergulhando no que me pareceu um desespero plúmbeo.

"É só para pegar umas ideias com ele, Olive", insistiu Peg. "Um telefonema não faz mal. Preciso dele. É o que eu disse: Billy tem ideias para dar e vender."

Naquela noite, após o espetáculo, Peg levou todos nós para jantar no Dinty Moore's, na rua 46. Estava triunfante. Tinha falado com Billy à tarde e queria contar a todo mundo as ideias dele para a peça.

Eu estava nesse jantar, assim como os Watson, o sr. Herbert, o pianista Benjamin (era a primeira vez que eu o via fora de casa) e Celia, pois estávamos sempre juntas.

Peg disse: "Agora escutem, todos vocês. O Billy já resolveu tudo. Vamos montar *Cidade das garotas*, e a história vai se passar durante a Lei Seca. Vai ser uma comédia, claro. Edna, você vai ser a dona do bar clandestino. Mas para seu refinamento natural e a história fazerem sentido no palco, o Billy disse que vamos ter que transformar você em aristocrata. Vai ser engraçado. Sua personagem vai ser uma mulher de recursos que acabou no negócio da bebida clandestina meio que por acaso. O Billy sugeriu que seu marido morreu e você perdeu o dinheiro todo na quebra do mercado de ações. Aí você passa a destilar gim e a gerenciar um cassino dentro da sua casa chique para se sustentar. Assim você pode manter as boas maneiras pelas quais é conhecida e amada ao mesmo tempo que faz parte de uma revista cômica com coristas e dançarinos, o tipo de coisa de que nossa plateia gosta. Achei genial. O Billy acha que seria engraçado se o bar fosse também um bordel".

Olive franziu a testa. "Não gosto da ideia da peça se passar em um bordel."

"Eu gosto!", rebateu Edna, radiante de alegria. "Amei tudo! Vou ser cafetina do bordel *e* dona do bar clandestino. Que deleite! Você nem imagina o *bálsamo* que vai ser para mim fazer uma comédia depois de tanto tempo. Nas últimas quatro peças que fiz, interpretei ou uma mulher destruída que assassinou o amante ou uma esposa resignada cujo marido foi assassinado por uma mulher destruída. Cansa a pessoa, o *drama*."

Peg sorria de orelha a orelha. "Vocês podem dizer o que quiserem do Billy, mas o cara é um gênio."

A impressão era de que Olive tinha *muito* a falar de Billy, mas guardou para si.

Peg voltou a atenção para o pianista. "Benjamin, preciso que você componha músicas *excepcionais* para esse espetáculo. A Edna tem um belo contrato e quero escutar essa voz enchendo o Lily da forma certa. Dê a ela músicas mais modernas do que as baladas piegas que eu normalmente te peço para compor. Ou roube alguma coisa do

Cole Porter, como você às vezes faz. Mas faça *bem*. Quero que esse espetáculo tenha ritmo."

"Não roubo nada do Cole Porter", respondeu Benjamin. "Não roubo de ninguém."

"Não? Sempre achei que sim, porque sua música *soa* bastante como a dele."

"Bem, não sei direito como encarar sua declaração", disse Benjamin.

Peg deu de ombros. "Vai ver que o Cole Porter anda roubando *de você*, Benjamin. Vai saber. Componha umas músicas incríveis, é só o que eu estou dizendo. E não deixe de dar a Edna uma que traga a casa abaixo."

Em seguida, Peg virou-se para Celia e disse: "Quero que você interprete a menina inexperiente".

O sr. Herbert parecia estar prestes a interromper, mas Peg impacientemente acenou para que se calasse.

"Não, pessoal, me escute. É um tipo diferente de menina inexperiente. Não quero que dessa vez nossa heroína seja uma menininha órfã de olhos arregalados e vestido branco. Estou imaginando nossa menina extremamente provocadora na forma de andar e de falar, que nem você, Celia, mas ainda imaculada, de certo modo. Sexy, mas com um ar ingênuo."

"Uma puta com coração de ouro", constatou Celia, que era mais inteligente do que parecia.

"Isso mesmo", confirmou Peg.

Edna tocou no braço de Celia com delicadeza. "Vamos chamar sua personagem de *pomba desonrada*."

"Claro, posso interpretar uma dessas." Celia pegou outra costeleta de porco. "Sr. Herbert, quantas falas eu tenho?"

"Sei lá!", disse o sr. Herbert, cada vez mais infeliz. "Não sei como bolar uma... pomba desonrada."

"Posso criar algumas coisas para o senhor", ofereceu-se Celia, como uma verdadeira dramaturga.

Peg se virou para Edna. "Sabe o que o Billy falou quando eu contei que você está aqui? Ele falou: 'Ah, que inveja estou sentindo da cidade de Nova York'."

"Ele *falou* isso?"

"Falou, aquele galanteador. Também falou: 'Fica de olho porque nunca se sabe o que vai acontecer com a Edna no palco: tem noites em que ela é excelente, tem noites em que é perfeita'."

Edna sorriu. "Que doçura da parte dele. Não existe ninguém que consiga fazer uma mulher se sentir mais atraente do que o Billy, às vezes por mais de dez minutos consecutivos. Mas, Peg, tenho que perguntar: você tem um papel para o Arthur?"

"Claro que tenho", ela respondeu, e eu soube naquele instante que ela *não* tinha um papel para Arthur. Na verdade, estava bem claro que havia se esquecido totalmente da existência dele. Mas ali estava Arthur, sentado com toda a sua beleza de mentalidade simplória, aguardando seu papel como um labrador aguarda a bola.

"Claro que tenho um papel para o Arthur", repetiu Peg. "Quero que ele interprete" — ela hesitou, mas apenas por um *brevíssimo* instante (talvez quem não a conhecesse nem sequer percebesse) — "o policial. Sim, Arthur, meu plano é que você faça o policial que vive tentando fechar o bar clandestino e é apaixonado pela personagem de Edna. Acha que consegue fazer sotaque americano?"

"Consigo fazer *qualquer* sotaque", declarou Arthur, zangado, e imediatamente eu soube que ele não conseguiria de jeito nenhum fazer sotaque americano.

"Um policial!" Edna bateu palmas. "E você vai ser apaixonado por *mim*, querido! Que divertido."

"Não fiquei sabendo de nenhum personagem policial", disse o sr. Herbert.

"Como não, sr. Herbert?", rebateu Peg. "O policial sempre fez parte do roteiro."

"Que roteiro?"

"O roteiro que você vai começar a escrever amanhã cedo."

O sr. Herbert parecia estar prestes a sofrer um colapso nervoso.

"Vou ter uma música?", indagou Arthur.

"Ah", disse Peg. Aquela pausa de novo. "*Sim*. Benjamin, não deixe de escrever aquela música para o Arthur que nós discutimos. A música do policial, por favor."

Benjamin olhou fixo para Peg e repetiu com um *leve* sarcasmo: "A música do policial".

"Isso mesmo, Benjamin. Como já discutimos."

"Que tal eu simplesmente roubar a música do policial do Gershwin?"

Mas Peg já estava voltando a atenção para mim.

"Figurinos!", disse com entusiasmo.

Mal a palavra saíra de sua boca, Olive declarou: "Praticamente não temos verba para os figurinos".

O rosto de Peg desmoronou. "Droga. Tinha me esquecido disso."

"Não tem problema", eu disse. "Compro tudo no Lowtsky's. Vestidos de melindrosa são coisa simples."

"Genial, Vivian", disse Peg. "Sei que você vai cuidar disso."

"Com o orçamento apertado", Olive acrescentou.

"Com o orçamento apertado", concordei. "Uso até meu dinheiro se for preciso."

Enquanto a conversa prosseguia, com todos menos o sr. Herbert se empolgando cada vez mais e dando sugestões para o espetáculo, pedi licença para ir ao toalete. Quando saí, quase trombei com um rapaz bonito de gravata larga e uma expressão bastante voraz, que estava à minha espera no corredor.

"Olha, sua amiga é sensacional", ele disse, assentindo na direção de Celia. "E você também."

"É o que nos dizem", respondi, encarando-o.

"Querem vir para casa comigo?", ele indagou, dispensando as preliminares. "Tenho um amigo que está de carro."

Eu o olhei com atenção. Era um pedaço de mau caminho. Um lobo com segundas intenções. Não era alguém com quem uma boa moça devia se enredar.

"Talvez", eu disse, falando a verdade. "Mas antes temos uma reunião para terminar, com nossos sócios."

"Seus *sócios*?", ele zombou, observando nossa mesa, com seu sortimento bizarro e vivaz de humanidade: uma corista linda indutora de doenças coronárias, um desleixado grisalho de regata, uma mulher de meia-idade alta e desmazelada, uma mulher de meia-idade baixinha e antiquada, uma mulher endinheirada com roupas elegantes, um homem de beleza notável com um perfil excepcional e um elegante rapaz negro com um terno risca de giz de caimento perfeito. "Em que área de negócios estão, boneca?"

"Somos do teatro", declarei.

Como se fosse possível sermos outra coisa.

Na manhã seguinte, acordei cedo como de hábito, sofrendo da minha típica ressaca do verão de 1940. Meu cabelo fedia a suor e cigarro, e meus membros estavam enrolados nos de Celia. (Tínhamos saído com o lobo e seu amigo, afinal — tenho certeza de que você vai ficar para lá de pasma em saber — e a noite fora cansativa. Minha sensação era de que acabava de ser pescada do canal Gowanus.)

Fui até a cozinha, onde deparei com o sr. Herbert sentado com a testa na mesa e as mãos educadamente entrelaçadas no colo. Era uma postura nova para ele — um novo fundo do poço em termos de abatimento, eu diria.

"Bom dia, sr. Herbert", eu disse.

"Estou pronto para analisar qualquer prova disso", ele retrucou sem levantar a testa da mesa.

"Como o senhor está hoje?", indaguei.

"Exuberante. Magnífico. Sublime. Sou o sultão deste palácio."

Continuava sem levantar a cabeça.

"Como anda o roteiro?"

"Seja bondosa, Vivian, e pare de fazer perguntas."

Na manhã seguinte, deparei com o sr. Herbert na mesma posição — e em várias das manhãs seguintes também. Eu não entendia como alguém conseguia ficar tanto tempo sentado com a testa na mesa sem sofrer um aneurisma. Seu ânimo nunca se levantava, tampouco seu crânio — pelo menos não que eu visse. Enquanto isso, o caderno permanecia intacto a seu lado.

"Ele vai ficar legal?", perguntei para Peg.

"Não é fácil escrever uma peça, Vivian", ela disse. "Mas o problema é: estou pedindo que ele escreva uma peça *boa*, e eu nunca tinha pedido isso a ele. Seu cérebro deu um nó. Mas penso da seguinte forma. Durante a guerra, os engenheiros do Exército britânico sempre diziam: 'A gente consegue, sendo possível ou impossível'. É assim que funciona o teatro também, Vivian. Igualzinho à guerra! Volta e meia peço às pessoas que façam mais do que são capazes. Ou pedia, antes de ficar velha e de coração mole. Portanto, sim, confio plenamente no sr. Herbert."

Eu não confiava.

Celia e eu havíamos chegado bem tarde uma noite, bêbadas como sempre, e tropeçáramos em um corpo deitado no chão da sala de estar. Celia berrou. Eu acendi a luz e identifiquei o sr. Herbert, deitado de costas ali no meio do carpete, fitando o teto, com as mãos entrelaçadas sobre o peito. Por um momento tenebroso, pensei que estivesse morto. Então ele piscou.

"Sr. Herbert!", exclamei. "O que está *fazendo?*"

"Profetizando", ele disse, sem se mexer.

"Profetizando *o quê?*", falei, arrastado.

"Ruína", ele disse.

"Então está bem. Tenha uma boa noite." Apaguei a luz.

"Esplêndido", ele disse baixinho enquanto Celia e eu cambaleávamos até nosso quarto. "Vou fazer questão de ter."

Nesse meio-tempo, enquanto o sr. Herbert sofria, o restante de nós seguia em frente com o negócio de criar uma peça que ainda não tinha roteiro.

Peg e Benjamin já tinham começado a trabalhar nas músicas, ficando a tarde inteira sentados ao piano de cauda, repassando melodias e ideias para as letras.

"Quero que a personagem da Edna se chame sra. Alabaster", declarou Peg. "Soa pomposo e tem um monte de palavras com que dá para rimar."

"Posso trabalhar com isso", afirmou Benjamin.

"No primeiro número, quando a sra. Alabaster tiver perdido toda a grana, faça uma música que dê a sensação de palavrosa, para mostrar como ela é sofisticada. Use termos maiores, para combinar."

"Ou a gente pode fazer um refrão com uma série de perguntas sobre ela", sugeriu Benjamin. "Assim: *Quem pediu a ela? Quem passou por ela? Quem se apossou dela?*"

"Querela! A Depressão atacou ela!"

"Pobre Alabaster, foi parar numa viela!"

"Até um pastor tinha mais dinheiro que ela."

"Olha só, Peg", Benjamin de repente parou o que estava tocando. "Meu pai é pastor e não é pobre."

"Não te pago para tirar as mãos das teclas do piano, Benjamin. Continua dedilhando. A gente estava progredindo."

"Você não me paga e ponto-final", ele disse, cruzando as mãos no colo. "Não me paga há três semanas! Não pagou ninguém, pelo que eu soube."

"É sério?", Peg indagou. "E você está vivendo do quê?"

"De oração. E das sobras do seu jantar."

"Desculpe, mocinho! Vou ter que conversar com a Olive. Mas não agora. Volta e começa do zero, mas acrescentando aquela coisa que você estava fazendo quando deparei com você tocando piano e gostei do que ouvi. Lembra? Naquele domingo, quando o jogo dos Giants foi transmitido pelo rádio?"

"Não faço a menor ideia do que você está falando, Peg."

"Toca, Benjamin. Não para de tocar. É assim que você vai achar. E quero que componha uma música para a Celia chamada 'Vou ser uma boa menina depois'. Acha que dá?"

"Sou capaz de compor qualquer coisa se você me alimentar e me pagar."

Quanto a mim, eu elaborava figurinos para o elenco — mas acima de tudo para Edna.

Ela estava preocupada em ser "engolida" pelos vestidos sem cintura dos anos 1920 que me via desenhar.

"Esse estilo não me caía bem na época, quando eu era jovem e bonita", Edna disse, "e não imagino que me caia bem agora que estou velha e sem graça. Você tem que me dar alguma cintura. Sei que não era moda na época, mas vai ter que fingir. Além disso, minha cintura é mais encorpada agora do que eu gostaria que fosse. Contorne esse problema, por favor."

"Não vejo nenhum problema em você", declarei, e era verdade.

"Ah, mas eu tenho. Não se preocupe: na semana anterior ao espetáculo, vou fazer uma dieta de água de arroz, torrada, óleo mineral e laxantes, como sempre faço. Vou afinar. Mas, por enquanto, use nesgas de pano para poder diminuir minha cintura depois. Se tiver muita dança, vou precisar que faça costuras *determinadas*. Você entende, não é, querida? Nada pode ficar à solta quando eu estiver sob o holofote. Minhas pernas ainda estão boas, graças aos céus, então não tenha medo de deixá-las à mostra. O que mais? Ah, sim, meus ombros são mais estreitos do que parecem. E meu pescoço é muito curto, então vá com cuidado, principalmente se me der um chapéu grande para usar. Se me deixar que nem um buldogue francês atarracado, Vivian, jamais vou perdoar você."

Eu tinha um *enorme* respeito pelo conhecimento dela das excentricidades do próprio corpo. A maioria das mulheres não faz ideia do que funciona e não funciona nelas. Mas Edna era a precisão em forma de pessoa. Dava para perceber que costurar para ela seria um grande aprendizado.

"Você está desenhando para o palco, Vivian", Edna instruiu. "Se fie mais na forma do que nos detalhes. Lembre que o espectador mais próximo vai estar a dez passos de distância. Você tem que pensar em grande escala. Cores vivas, linhas harmoniosas. O figurino é uma *paisagem*, não um *retrato*. E quero vestidos brilhantes, minha querida, mas que não sejam a estrela do espetáculo. Não me ofusque, querida. Entendeu?"

Eu tinha entendido. E, ah, como adorava aquela conversa. Adorava estar com Edna. Estava apaixonada por ela, para ser sincera. Tinha quase substituído Celia como o objeto central da minha ardente veneração. Celia ainda era empolgante, é claro, e continuávamos dando voltas na cidade, mas já não precisava tanto dela. Edna tinha glamour e sofisticação tão intensos que me empolgavam bem mais do que qualquer coisa que Celia fosse capaz de oferecer.

Eu diria que Edna era alguém que "falava minha língua", mas não era exatamente isso, porque eu ainda não era tão fluente em moda quanto ela. Estaria mais perto da verdade se dissesse que Edna Parker Watson era a primeira falante nativa que encontrei da língua que eu *queria* dominar — a do vestuário excepcional.

Alguns dias depois, levei Edna ao Lowtsky's Used Emporium and Notions para procurar tecidos e ideias. Estava meio nervosa de levar alguém de gosto tão refinado àquele bazar com barulho, materiais e cores opressores (para ser franca, só o cheiro já repeliria a maioria dos compradores de ponta), mas Edna ficou fascinada de imediato, como só quem entende genuinamente de roupas e materiais ficaria. Também ficou encantada com a jovem Marjorie Lowtsky, que nos cumprimentou na porta com a pergunta padronizada: "Posso ajudar?".

Marjorie era filha dos donos, e eu tinha passado a conhecê-la bem nos últimos meses de passeios pela loja. Era uma menina de catorze anos de cara redonda, esperta e dinâmica, que sempre usava roupas bizarras. Nesse dia, por exemplo, estava com o traje mais louco que eu já tinha visto: sapatos de fivela grande (como um peregrino em uma ilustração infantil), uma capa de brocado dourado com uma cauda de três metros e uma touca de chef francês com um enorme broche de rubi. Debaixo disso tudo, vestia o uniforme escolar. Estava obviamente ridícula, como sempre, mas era melhor não subestimar Marjorie Lowtsky. Como o sr. e a sra. Lowtsky não falavam *bem* inglês, Marjorie vinha falando por eles desde bebê. Com sua tenra idade, já conhecia o negócio melhor do que ninguém, e sabia receber ordens e proferir ameaças em quatro línguas: russo, francês, iídiche e inglês. Era uma menina estranha, mas passei a considerar sua ajuda essencial.

"Precisamos de vestidos dos anos 1920, Marjorie", declarei. "Dos bons. Vestidos de rica."

"Quer começar olhando lá em cima? Na Coleção?"

A engenhosamente intitulada "Coleção" era uma área pequena no terceiro andar onde o Lowtsky's vendia seus achados mais raros e preciosos.

"No momento, não temos verba nem para dar uma olhada na Coleção."

"Então você quer vestido de rica com preço de pobre?"

Edna riu. "Você entendeu nossas necessidades perfeitamente, minha querida."

"É isso mesmo, Marjorie", confirmei. "Estamos aqui para escavar, não para gastar."

"Comecem aqui", disse Marjorie, apontando os fundos do prédio. "As coisas mais perto da plataforma de carga chegaram nos últimos dias. Minha mãe ainda nem conseguiu olhar tudo. Quem sabe não dão sorte?"

As caixas do Lowtsky's não eram para os fracos. Eram caixas enormes de lavanderias, abarrotadas de roupas compradas e vendidas por quilo — tudo, de macacão surrado de operários a roupas de baixo tragicamente manchadas, passando por restos de estofados, material de paraquedas, blusas desbotadas de ponjê, guardanapos bordados franceses, cortinas velhas pesadas e a preciosa bata batismal de um bisavô. Revirar as caixas era um ato de fé, difícil e suado. Era preciso crer que havia um tesouro a ser achado no meio de todo aquele lixo, que deveria ser caçado com convicção.

Edna, para minha grande admiração, mergulhou de cabeça. Minha impressão era de que já tinha feito aquilo. Lado a lado, caixa a caixa, escavamos em silêncio, procurando não sabíamos o quê.

Após cerca de uma hora, de repente ouvi Edna berrar: "*A-há!*". Ao olhar para ela, vi que balançava algo com ar triunfante. E tinha razão, pois seu achado se revelou um vestido dos anos 1920 de chiffon de seda carmesim e um *robe de style* longo com apliques de veludo, adornado com pedrarias e fios dourados.

"Minha *nossa*!", exclamei. "É perfeito para a sra. Alabaster!"

"É mesmo", confirmou Edna. "E deleite seus olhos com *isto*." Ela virou a gola preta da peça e revelou a etiqueta original: *Lanvin, Paris*.

"Alguém *très riche* trouxe este vestido da França vinte anos atrás, aposto, e mal o usou, pelo que parece. Uma delícia. Vai *brilhar* no palco!"

Em um instante, Marjorie Lowtsky estava ao nosso lado.

"Então, o que as meninas acharam aqui?", perguntou a única menina de verdade que havia na sala.

"Não começa, Marjorie", avisei. Eu estava meio que brincando, de repente temerosa de que ela arrancasse o vestido de nós para vendê-lo lá em cima, na Coleção. "Siga as regras do jogo. A Edna achou o vestido na caixa, honestamente."

Marjorie deu de ombros. "Vale tudo no amor e na guerra", declarou. "Mas esse é dos bons. Só trate de enterrar debaixo de um monte de lixo quando a mamãe for passar no caixa. Ela me mata se descobrir que deixei você se safar com esse. Vou te arrumar uma sacola e uns trapos para você esconder."

"Nossa, Marjorie, obrigada", eu disse. "Você é uma menina de primeira."

"Você e eu estamos sempre de conluio", ela disse, me recompensando com um sorriso torto. "É só ficar de boca fechada. Não vai querer que eu seja demitida."

Enquanto Marjorie ia embora, Edna a fitava com admiração. "Essa *criança* disse: 'Vale tudo no amor e na guerra'?"

"Eu avisei que você ia gostar do Lowtsky's", declarei.

"Bom, eu gostei *mesmo* do Lowtsky's! E adorei esse vestido. E você, o que encontrou, minha querida?"

Eu lhe entreguei um négligé fino, em um tom fúcsia vívido, de doer os olhos. Ela o pegou, segurou-o contra o corpo e estremeceu.

"Ah, *não*, querida. Você *não pode* me botar nisto aqui. A plateia vai sofrer ainda mais do que eu."

"Não, Edna, não é para você. É para a Celia", expliquei. "Para a cena de sedução."

"Valha-me Deus. Aí, sim. Faz mais sentido." Edna deu uma olhada mais cuidadosa no négligé e balançou a cabeça. "Nossa, Vivian, se você puser aquela garota para desfilar no palco com essa peça minúscula, *vamos* fazer sucesso. A fila de homens vai dar a volta no quarteirão. É melhor eu começar logo minha dieta de água de arroz, senão ninguém vai prestar atenção no meu pobre corpinho!"

11

Completei vinte anos no dia 7 de outubro de 1940.

Comemorei meu primeiro aniversário em Nova York exatamente como você deve imaginar: saí com as coristas; demos corda para uns playboys; tomamos fileiras e mais fileiras de coquetéis com a grana alheia; fizemos tumulto nos divertindo; quando nos demos conta, estávamos tentando chegar em casa antes de o sol nascer, sentindo que nadávamos contra a corrente em meio à tagarelice.

Dormi por cerca de oito minutos, tive a impressão, e acordei no meu quarto com uma sensação estranhíssima. Algo estava errado. Eu estava de ressaca, é claro — era bem possível que ainda estivesse oficialmente bêbada —, mas, ainda assim, havia algo esquisito. Estiquei o braço para conferir se Celia estava ali comigo. Minha mão roçou sua pele conhecida. Então tudo estava normal nesse quesito.

Só que eu sentia cheiro de fumaça.

Fumaça de cachimbo.

Sentei e minha cabeça imediatamente se arrependeu da decisão. Voltei a deitar no travesseiro, dei algumas respiradas valentes, pedi desculpas ao meu crânio pela agressão e tentei de novo, dessa vez mais devagar e respeitosamente.

Quando meus olhos ganharam foco à luz fraca da manhã, vi um vulto em uma cadeira do outro lado do quarto. Um vulto masculino. Fumando cachimbo e nos olhando.

Teria Celia trazido alguém para casa? Teria *eu*?

Senti uma pontada de pânico. Celia e eu éramos libertinas, como já ficou claro, mas sempre tive respeito o suficiente por Peg (ou medo de Olive, é mais provável) para não permitir que homens visitassem nosso quarto no Lily. Como aquilo tinha acontecido?

"Imagine meu deleite", disse o estranho, reacendendo o cachimbo, "ao chegar em casa e ver duas garotas na minha cama! E tão deslumbrantes. É como se eu tivesse aberto a geladeira para pegar leite e descobrisse uma garrafa de champanhe. *Duas* garrafas de champanhe, para ser exato."

Minha mente continuava sem compreender.

Até que, de repente, ela compreendeu.

"Tio Billy?", perguntei.

"Ah, você é minha *sobrinha*?", o homem indagou, e caiu na risada. "Droga. Isso restringe bastante as possibilidades. Como você se chama, amor?"

"Vivian Morris."

"Ahhhh...", ele disse. "Agora faz sentido. Você *é* minha sobrinha. Que decepção. Imagino que a família não vá aprovar caso eu arruíne você. Talvez nem eu mesmo aprove caso te arruíne, me tornei muito moralista na velhice. Poxa vida. A outra também é minha sobrinha? Tomara que não. Ela não parece ser sobrinha de ninguém."

"Esta é a Celia", apresentei, apontando a forma linda e inconsciente dela. "É minha amiga."

"Sua amiga de um jeito bem *peculiar*", declarou Billy, em tom entretido, "a julgar pelo esquema de dormir. Que moderno da sua parte, Vivian! Aprovo com entusiasmo. Não se preocupe, não vou contar para seus pais. Tenho certeza de que achariam uma forma de botar a culpa em mim, se descobrissem."

Gaguejei: "Sinto muito por...".

Não sabia direito como terminar a frase. *Sinto muito por ter me apossado do seu apartamento? Sinto muito por ter sequestrado sua cama? Sinto muito pelas meias ainda úmidas que penduramos na lareira para secar? Sinto muito pelas manchas laranja de maquiagem que deixamos no seu tapete branco?*

"Ah, não tem problema nenhum. Não moro aqui. O Lily é filho da Peg, não meu. Sempre fico no Racquet and Tennis Club. Nunca perdi o prazo da mensalidade, apesar de ser caríssima. Lá é mais sossegado e não tenho que me reportar a Olive."

"Mas estes cômodos são seus."

"Só no nome, graças à bondade da sua tia Peg. Só passei aqui esta manhã para pegar minha máquina de escrever, que, agora que a mencionei, parece ter sumido."

"Pus no armário de roupas de cama, no corredor de fora."

"Pôs? Bem, fique à vontade que a casa é sua, menina."

"Me desculpe...", voltei a dizer, porém ele me interrompeu de novo.

"Estou brincando. Pode ficar com o apartamento. Não venho muito a Nova York, de qualquer forma. Não gosto do clima. Minha garganta fica doendo. E esta cidade é um ótimo lugar para destruir seu melhor par de sapatos brancos."

Eu tinha tantas perguntas, mas não conseguia formular nenhuma delas com minha boca seca com gosto horrível, através do labirinto rumorejante do meu cérebro cheio de gim. *O que o tio Billy estava fazendo ali? Quem abrira a porta? Por que ele estava de smoking àquela hora? O que* eu *estava vestindo? Parecia que nada além de uma anágua — e não era nem a minha, mas a de Celia. Então o que* ela *estava usando? E onde estava meu vestido?*

"Bem, já me diverti bastante", declarou Billy. "Curti minha fantasia de anjos na minha cama. Mas agora que sei que sou *responsável* por você, vou deixá-la em paz e ver se consigo um café neste lugar. Você também parece estar precisando de um, menina. Me atrevo a dizer que *espero* que você esteja se embebedando toda noite e caindo na cama com belas mulheres. Não há forma melhor de usar seu tempo. Estou orgulhosíssimo de ser seu tio. Vamos nos dar muito bem."

Ao se aproximar da porta, ele perguntou ainda: "A que horas a Peg se levanta, aliás?".

"Em geral, por volta das sete", informei.

"Ótimo", Billy disse, olhando o relógio. "Estou louco para ver sua tia."

"Mas como foi que você chegou aqui?", perguntei, tolamente.

O que eu queria perguntar era como ele havia entrado naquele *edifício* (uma pergunta boba, pois é claro que Peg faria questão de que o marido — ou ex-marido, ou o que quer que fosse — tivesse as chaves). Mas Billy tomou minha pergunta como algo mais abrangente.

"Peguei o *20th Century Limited*. É a única forma de vir de Los Angeles a Nova York com conforto, se você tiver umas bagatelas para gastar. O trem parou em Chicago, para pegar alguns tipos da alta sociedade dona de matadouros. A Doris Day passou a viagem inteira no meu vagão. Jogamos baralho enquanto atravessávamos as Grandes Planícies. Ela é uma boa companhia, sabe? Uma moça ótima. Muito mais divertida do que seria de imaginar, com a reputação de santa que tem. Cheguei ontem à noite, fui direto para o clube, fiz a manicure e cortei o cabelo, fui ver alguns ladrões, párias e vagabundos que eu conhecia, depois vim aqui pegar minha máquina de escrever e dar um oi à família. Ponha um robe, menina, e venha me ajudar a pôr o café na mesa. Você não vai querer perder os próximos acontecimentos."

Depois que consegui despertar e ficar na vertical, me dirigi à cozinha, onde deparei com o par de homens mais incomum que já vi.

Ali estava o sr. Herbert sentado à cabeceira da mesa, usando as calças e a regata tristes de sempre, o cabelo grisalho desgrenhado e incorrigível, o café instantâneo de praxe em uma caneca à sua frente. Na outra cabeceira estava meu tio Billy — alto, magro, com um smoking elegante e um bronzeado da Califórnia. Não estava exatamente sentado na cadeira, mas *descansando* nela, ocupando espaço com um ar de prazer exuberante enquanto desfrutava do uísque escocês. Havia nele um quê de Errol Flynn — se Errol Flynn não tivesse nenhum interesse em aventuras.

Em suma: um daqueles homens parecia estar indo trabalhar em um vagão de carvão; o outro parecia estar pronto para um encontro com Rosalind Russell.

"Bom dia, sr. Herbert", eu disse, seguindo nosso hábito.

"Eu ficaria em choque se descobrisse que isso é verdade", ele rebateu.

"Não consegui achar o café e não suporto a ideia de tomar café instantâneo", explicou Billy, "então resolvi tomar uísque. Na tempestade, qualquer porto serve. Talvez você queira um golinho, Vivian. Parece estar com a cabeça doendo à beça."

"Vou ficar bem depois que fizer um café", declarei, não muito convicta.

"A Peg me contou que você está escrevendo um roteiro", Billy disse ao sr. Herbert. "Eu adoraria dar uma olhadinha."

"Não tem muito o que olhar", disse o sr. Herbert, fitando com pesar o caderno que estava à sua frente.

"Posso?", Billy indagou, pegando o caderno.

"Eu preferiria que você… ah, deixa pra lá", disse o sr. Herbert, um sujeito que sempre conseguia ser derrotado antes de a batalha sequer começar.

Billy folheou lentamente o caderno. O silêncio era insuportável. O sr. Herbert olhava o chão.

"Parece que é só uma lista de piadas", comentou Billy. "Nem são piadas inteiras, apenas as conclusões. E muitos desenhos de pássaros."

O sr. Herbert encolheu os ombros, capitulando. "Se ideias melhores se apresentarem, espero ser informado."

"Os pássaros não estão nada mal, em todo caso." Billy deixou o caderno na mesa.

Queria proteger o pobre sr. Herbert, cuja reação à zombaria de Billy foi parecer ainda mais atormentado que de hábito, portanto eu disse: "Sr. Herbert, você já foi apresentado a Billy Buell? É o marido da Peg".

Billy riu. "Ah, não se preocupe, menina. Donald e eu nos conhecemos há anos. Ele é meu advogado, na verdade. Ou era, quando ainda o deixavam advogar. E sou padrinho do Donald Jr. Ou era. O Donald só está nervoso porque cheguei de surpresa. Ele não sabe bem como isso vai ser encarado pelo alto escalão."

Donald! Nunca me passou pela cabeça que o sr. Herbert tivesse nome.

Por falar em alto escalão, naquele exato momento Olive apareceu.

Ela deu dois passos cozinha adentro, viu Billy Buell sentado, abriu a boca, fechou e saiu.

Todos ficamos em silêncio por um momento depois disso. Tinha sido uma baita entrada — e uma baita saída.

"Desculpe a Olive", Billy enfim disse. "Ela não está acostumada a ficar tão empolgada de ver alguém."

O sr. Herbert voltou a apoiar a testa na mesa da cozinha e disse, *literalmente*: "Ah, lástima, lástima, lástima".

"Não se preocupe comigo e com a Olive, Donald. Vai dar tudo certo. Ela e eu nos respeitamos, o que compensa o fato de que não gostamos um do outro. Ou melhor, *eu* a respeito. Então temos algo em comum, pelo menos. Temos uma excelente relação baseada em uma história intensa de profundo respeito unilateral."

Billy pegou o cachimbo, riscou um fósforo e se virou para mim.

"Como estão seus pais, Vivian?", Billy indagou. "Sua mãe e o bigode? Sempre gostei deles. Bom, eu gostava da sua mãe. Que mulher impressionante. Ela toma o cuidado de nunca dizer nada de bom sobre ninguém, mas acho que gostava de mim. Não pergunte para ela, é claro. Vai se ver forçada a negar por decoro. Nunca tive muito interesse pelo seu pai. Um homem tão formal. Eu o chamava de 'diácono', mas só pelas costas, claro, por educação. Como eles estão?"

"Bem."

"Continuam casados?"

Fiz que sim, mas a pergunta me espantou. Nunca tinha me passado pela cabeça que meus pais pudessem ser alguma coisa *senão* casados.

"Nunca têm casos, têm? Os seus pais?"

"Meus *pais*? Casos? Não!"

"Não deve haver muita novidade na vida deles, não é?"

"Hummm…"

"Você já foi à Califórnia, Vivian?", ele perguntou, felizmente mudando de assunto.

"Não."

"Devia ir. Você adoraria. Tem um ótimo suco de laranja. Além do mais, o clima é incrível. As pessoas da Costa Leste fazem sucesso lá. Os californianos nos acham muito refinados. Nos dão o sol e a lua só por conferirmos classe ao lugar. Você conta que estudou em colégio interno e tem ancestrais que vieram no *Mayflower* para a Nova Inglaterra e vira um Plantagenet, no que depender deles. Se chegar com esse seu sotaque de sangue azul, vão te dar as chaves da cidade. Se o cara consegue jogar um tênis ou golfe passável, isso praticamente basta para que tenha uma carreira. A não ser que beba demais."

Eu estava achando aquela conversa muito acelerada para as sete horas da manhã depois da comemoração do meu aniversário. Receio que estivesse apenas encarando meu Billy, pestanejando, mas, sinceramente, estava dando o meu máximo para acompanhar.

Além disso: eu *tinha* sotaque de sangue azul?

"Como você tem se distraído aqui no Lily, Vivian?", ele indagou. "Encontrou uma maneira de ser útil?"

"Eu costuro", respondi. "Faço os figurinos."

"Que engenhosa. Você sempre vai ter trabalho no teatro se tiver competência nessa área, e nunca vai passar da idade. Não recomendo que seja atriz. E sua bela amiga? É atriz?"

"A Celia? Ela é corista."

"Esse bico é dureza. Tem algo nas coristas que sempre me parte o coração. Juventude e beleza são uma concessão *tão* breve, menina. Mesmo se você for a garota mais linda da sala agora, tem dez beldades logo atrás de você o tempo inteiro, mais novas, mais viçosas. Enquanto as mais velhas apodrecem na raiz, ainda esperando ser descobertas. Mas sua amiga vai deixar a marca dela enquanto puder. Vai destruir homem após homem em uma grande marcha da morte romântica, e talvez alguém componha músicas sobre ela, ou se mate por ela, mas vai acabar logo. Se ela der sorte, talvez se case com um fóssil rico. Não que esse destino seja algo a se invejar. Se der *muita* sorte, o velho fóssil morre no campo de golfe numa tarde agradável e deixa tudo para ela enquanto ainda é jovem para poder aproveitar. As garotas bonitas sempre sabem que termina cedo. Elas entendem que tudo é *provisório*. Então espero que ela esteja se divertindo sendo jovem e bela. Ela está?"

"Está", respondi. "Acho que sim."

Eu não conhecia *ninguém* que se divertisse mais que Celia.

"Que bom. Tomara que você também esteja se divertindo. As pessoas vão te dizer para não desperdiçar a juventude se divertindo demais, mas estão enganadas. A juventude é um tesouro insubstituível, e a única coisa respeitável a se fazer com um tesouro insubstituível é desperdiçá-lo. Portanto, aja certo em relação à sua juventude, Vivian. Esbanje."

Foi quando a tia Peg apareceu, enrolada no roupão de flanela xadrez, com o cabelo apontado em várias direções.

"Pegsy!", exclamou Billy, saltando da cadeira. Seu rosto se iluminou de alegria. Todo o ar indiferente sumiu em um piscar de olhos.

"Perdão, meu senhor, mas seu nome me escapa", disse Peg.

Ela também sorria, e no instante seguinte estavam abraçados. Não foi um abraço romântico, eu diria, mas foi *forte*. Foi um abraço de amor — ou pelo menos de uma emoção muito forte. Eles recuaram do abraço e se olharam por um momento, se segurando de leve pelos antebraços. Quando ficaram assim, percebi algo totalmente inesperado pela primeira vez: entendi que Peg era meio que *bonita*. Nunca tinha percebido. Ela tinha uma luminosidade no rosto ao olhar para Billy que mudava todo o seu semblante. (Mas não era apenas um reflexo da luz da beleza dele.) Parada sob o alcance de Billy, parecia outra mulher. Dava para ver em seu rosto um sinal da jovem corajosa que tinha ido para a França para ser enfermeira durante a guerra. Eu via a aventureira que passara uma década na estrada com uma companhia pobre de teatro mambembe. Não era só que de repente parecesse dez anos mais nova: também parecia ser a garota mais divertida da cidade.

"Pensei em te fazer uma visita, meu bem", disse Billy.

"Foi o que a Olive me informou. Você podia ter avisado."

"Não queria incomodar. E não queria que você me falasse para não vir. Imaginei que seria melhor me organizar por conta própria. Agora tenho uma secretária que cuida de tudo para mim. Foi ela quem planejou a viagem. O nome dela é Jean-Marie. É inteligente, eficiente, dedicada. Você adoraria a garota, Peg. É uma versão feminina da Olive."

Peg se afastou dele. "Jesus, Billy, você não para nunca."

"Ei, não fica brava comigo! Só estou brincando. Você sabe que não consigo me conter. Estou *nervoso*, Pegsy. Estou com medo de você me expulsar, meu bem, e eu acabei de chegar."

O sr. Herbert se levantou da mesa da cozinha, anunciou que ia para outro canto e se retirou.

Peg se apossou da cadeira dele e se serviu de um gole do café instantâneo frio. Como franziu a testa diante da xícara, me levantei para lhe fazer uma xícara de café fresco. Não tinha certeza se devia ficar na cozinha naquele momento delicado, mas então Peg disse: "Bom dia, Vivian. Aproveitou a comemoração do seu aniversário?".

"Um pouco demais", respondi.

"E já conheceu seu tio Billy?"

"Já, estávamos conversando."

"Ah, meu Deus. Tenha o cuidado de não assimilar nada do que ele disser."

"Peg", disse Billy. "Você está linda."

Ela passou a mão no cabelo curtinho e sorriu — um sorriso largo que se assentou profundamente em seu rosto enrugado. "É um baita elogio, para uma mulher como eu."

"Não *existe* uma mulher como você. Já procurei. Não existe."

"Billy", ela disse. "Deixa disso."

"Jamais."

"Então, o que é que você está fazendo aqui? Arrumou um trabalho na cidade?"

"Sem trabalho. Vim como civil. Não resisti a essa viagem quando você falou que a Edna estava aqui e que estava tentando fazer um bom espetáculo para ela. Não a vejo desde 1919. Meu Deus, amaria ver Edna. Adoro aquela mulher. E quando você contou que recrutou *Donald Herbert* para escrever o roteiro, logo quem, me dei conta de que precisava voltar para o leste e te salvar."

"Obrigada. É uma tremenda gentileza da sua parte. Mas se precisasse ser salva, Billy, eu diria. Juro. Você seria a décima quarta ou décima quinta pessoa para quem eu ligaria."

Ele sorriu. "Continuo na lista!"

Peg acendeu um cigarro e o entregou a mim, depois acendeu outro para si mesma. "No que você está trabalhando lá em Hollywood?"

"Num bando de nada. Tudo o que escrevo leva um orgulhoso carimbo de NTS: Nenhuma Tentativa de Sentido. Estou entediado. Mas me pagam bem. O bastante para eu ficar confortável. Eu e minhas necessidades singelas."

Peg caiu na gargalhada. "Suas necessidades singelas. Suas necessidades *famosas* pela singeleza. Sim, Billy, você é muito abnegado. Praticamente um monge."

"Sou um homem de gostos modestos, como você sabe", disse Billy.

"Você, que senta à mesa do café vestido como se fosse ser condecorado. Você, com casa em Malibu. Quantas piscinas tem?"

"Nenhuma. Eu uso a de Joan Fontaine."

"E o que a Joan ganha com esse acordo?"

"O prazer da minha companhia."

"Meu Deus, Billy, ela é casada. É a esposa do Brian. Ele é seu amigo."

"Adoro mulheres casadas, Peg. Você sabe disso. Na melhor das hipóteses, em um casamento feliz. Uma mulher em um casamento feliz é a amiga mais séria que um homem pode ter. Não se preocupe, Peg, a Joan é só uma amiga. Brian Aherne não corre risco com um cara feito eu."

Não conseguia parar de olhar de Peg para Billy e vice-versa, tentando imaginar os dois como um casal romântico. Não parecia que deviam ficar juntos fisicamente, mas a conversa bruxuleava e irradiava ferocidade. As brincadeiras, os golpes do *conhecimento*, a plenitude de atenção que se davam. A intimidade era mais que óbvia, mas o que *eram*, naquela intimidade? Amantes? Amigos? Irmãos? Rivais? Vai saber. Desisti de tentar entender e passei a apenas observar os lampejos brilhando entre eles.

"Eu queria ficar um pouco com você enquanto estiver aqui, Pegsy", ele declarou. "Faz tanto tempo."

"Quem é ela?", Peg perguntou.

"Quem é quem?"

"A mulher que acabou de abandonar você, que de repente te deixou tão nostálgico e saudoso de mim. Vamos lá, solta a língua: qual foi a última srta. Buell a ir embora?"

"Estou ofendido. Você pensa que me conhece."

Peg só o encarou, à espera.

"Se quer saber", disse Billy, "o nome dela era Camilla."

"Dançarina, me atrevo a apostar", disse Peg.

"Rá! Aí é que você se engana! Era *nadadora*! Trabalha em um show de sereias. Tivemos um lance bem sério durante algumas semanas, mas ela resolveu tomar outro rumo na vida e não aparece mais."

Peg caiu na risada. "Um lance bem sério de algumas semanas. Escuta só o que você está dizendo."

"Vamos sair juntos enquanto eu estiver aqui, Pegsy. Vamos deixar que alguns músicos de jazz gastem o talento conosco. Vamos àqueles bares de que a gente gostava, que fecham às oito da manhã. Não tem graça sair sem você. Fui ao El Morocco na noite passada e achei uma decepção. Eram as mesmas pessoas de sempre, entabulando as mesmas conversas de sempre."

Peg sorriu. "Sorte a sua de morar em Hollywood, onde a conversa é muito mais variada e interessante! Mas não, não, não. Não vamos sair, Billy. Não tenho mais esse tipo de durabilidade. A bebedeira não me faz bem, de qualquer forma. Você sabe disso."

"Sério? Você está me dizendo que você e a Olive não se embebedam juntas?"

"Você está brincando, mas, já que perguntou, não. Por aqui, é assim que funciona: eu tento me embebedar e a Olive tenta me impedir. É um sistema bom para mim. Não sei direito o que ela ganha com isso, mas fico muito contente em ter Olive como cão de guarda."

"Escuta, Peg, pelo menos me deixa te ajudar no espetáculo. Você sabe que essa pilha de folhas está bem longe de ser um roteiro." Billy batucou a unha manicurada no caderno lúgubre do sr. Herbert. "E você sabe que o Donald não vai conseguir transformar isto aqui em um roteiro, por mais que tente. Você não tem como arrancar isso dele. Então me deixa fazer alguma coisa com minha máquina de escrever e meu lápis azul. Sabe que eu dou conta. Vamos fazer uma grande peça. Vamos dar a Edna algo digno de seu talento."

"Shhh." Peg havia coberto o rosto com as mãos.

"Vamos, Peg. Corra esse risco."

"*Shh*", ela pediu. "Estou pensando."

Billy se calou e aguardou.

"Não tenho como te pagar", ela declarou, enfim olhando para ele novamente.

"Já sou rico, Peg. Esse talento eu sempre tive."

"Você não pode ficar com os direitos de nada que fizermos aqui. A Olive não vai aprovar."

"Você pode ficar com tudo, Peg. E quem sabe não consegue até uma grana com essa iniciativa. Se simplesmente me deixar escrever esse espetáculo para você, e se ficar bom como eu acho que vai ficar, ora, você vai ganhar tanto dinheiro que seus descendentes nunca mais vão precisar trabalhar."

"Você vai ter que deixar isso por escrito, que não está esperando ganhar nada. A Olive vai insistir. E vai ter que produzir segundo meu orçamento, não o seu. Não quero me enrolar com seu dinheiro outra vez. Nunca termina bem para mim. Essas têm que ser as regras, Billy. Só assim a Olive vai te deixar ficar aqui."

"O teatro não é *seu*, Peg?"

"Tecnicamente, é. Mas não sei fazer nada sem a Olive, Billy. Você sabe disso. Ela é essencial."

"Essencial, mas incômoda."

"Sim, mas você é diferente. Eu preciso da Olive. Não preciso de você. Essa sempre foi a diferença entre os dois."

"Pelo amor de Deus, essa Olive! Que capacidade de permanência! Nunca entendi o que foi que viu nela, além de vir correndo para te servir sempre que você tem a menor necessidade. Deve ser esse o atrativo. Suponho que eu jamais possa lhe oferecer tamanha lealdade. Sólida feito um móvel, essa Olive. Mas ela não confia em mim."

"Exato. Verdade total sob todos os aspectos."

"Francamente, Peg, não entendo por que essa mulher não confia em mim. Sou muito, muito, muito digno de confiança."

"Quanto mais 'muito' você usa, Billy, menos digno de confiança você parece. Sabe disso, não?"

Billy riu. "Sei disso, sim. Mas, Peg, *você* sabe que posso escrever o roteiro com a mão esquerda enquanto jogo tênis com a direita e controlo uma bolinha com o nariz feito uma foca treinada."

"Sem derramar nem uma gota da sua bebida no processo."

"Sem derramar nem uma gota da *sua* bebida", corrigiu Billy, levantando o copo. "Peguei do seu bar."

"A esta hora, melhor você do que eu."

"Quero ver a Edna. Ela está acordada?"

"Ela só levanta mais tarde. Deixe que durma. O país dela está em guerra e Edna acabou de perder a casa. Merece descansar."

"Então eu volto. Vou ao clube, tomo um banho, descanso e volto mais tarde para começarmos. Ei, obrigado por doar meu apartamento, me esqueci de mencionar! Sua sobrinha e a namorada roubaram minha cama e deixam as roupas íntimas jogadas por todos os lados do precioso apartamento que nunca usei. Parece que uma bomba explodiu em uma fábrica de perfume lá dentro."

"Desculpe", comecei, mas ambos fizeram um muxoxo, me interrompendo. Obviamente não tinha a menor importância. Não sei bem se *eu* tinha a mínima importância, quando Peg e Billy estavam tão concentrados um no outro. Tinha sorte de poder estar ali sentada. Me passou pela cabeça que eu devia manter a boca fechada para eu *poder* ficar.

"Como é o marido dela, aliás?", Billy perguntou a Peg.

"O marido da Edna? Fora ser burro e sem talento, não tem defeito. Diria que é espantosamente bonito."

"Disso, eu sabia. Já o vi atuar, se é que dá para chamar assim. Assisti a *Portões do meio-dia*. Ele tem o olhar vazio de uma vaca leiteira, mas estava lindíssimo com seu lenço de aviador. Como parece pessoalmente? É fiel a ela?"

"Nunca ouvi falar o contrário."

"Bem, já é alguma coisa, não é?", indagou Billy.

Peg sorriu. "É, é uma coisa incrível mesmo, não é, Billy? Imagine! Fidelidade! Mas, sim, é alguma coisa. Ela poderia estar pior, suponho."

"E provavelmente vai ficar um dia", acrescentou Billy.

"Ela acha que ele é um ótimo ator, esse é o problema."

"Ele não ofereceu ao mundo nenhum indício desse fato. Ponto decisivo: nós temos que botar o rapaz no espetáculo?"

Peg sorriu, dessa vez com tristeza. "É meio desconcertante ouvir você usar 'nós'."

"Por que isso? Sou louco por essa palavra." Ele sorriu.

"Até o momento em que você deixa de ser e ela desaparece", minha tia rebateu. "Você vai mesmo fazer parte dessa aventura agora, Billy? Ou vai pegar o próximo trem para Los Angeles assim que ficar entediado?"

"Se me aceitar, vou fazer parte. E vou agir bem. Vou me comportar como se estivesse em condicional."

"Você *deveria* estar em condicional. E, sim, temos que botar o Arthur Watson na peça. Você vai achar um jeito. Ele é um homem bonito que não é muito inteligente, então pode interpretar o papel de um homem bonito que não é muito inteligente. Foi você quem me ensinou essa regra, Billy, de que a gente precisa trabalhar com o que tem. O que é que sempre me dizia, quando estávamos na estrada? 'Se a gente só tem uma gorda e uma escada, escrevo uma peça chamada *A gorda e a escada*.'"

"Não acredito que você ainda se lembra disso!", disse Billy. "*A gorda e a escada* não é um título ruim para uma peça, sem querer me gabar."

"Você quer se gabar, sim. Sempre quer."

Billy esticou o braço e pôs a mão em cima da dela. Minha tia deixou.

"Pegsy", ele disse, e essa única palavra, a forma como ele a enunciou, pareceu conter décadas de amor.

"William", Peg disse, e essa única palavra, a forma como *ela* a enunciou, também pareceu conter décadas de amor. E décadas de exasperação.

"A Olive não está muito incomodada porque estou aqui?", ele perguntou.

Peg retirou a mão.

"Nos faça um favor, Billy? Não finja que se importa. Eu te amo, mas detesto quando você faz isso."

"Vou te falar uma coisa", ele anunciou. "Me importo muito mais do que as pessoas acham."

12

Uma semana após sua chegada, Billy Buell já havia escrito o roteiro de *Cidade das garotas*.

É um período curtíssimo para se escrever um roteiro, ou foi o que me disseram, mas Billy trabalhou sem parar, sentado à mesa da cozinha em uma nuvem de fumaça de cachimbo, tinindo constantemente na máquina de escrever até terminar. Diga o que quiser sobre Billy Buell, mas o homem sabia produzir palavras. Além disso, não parecia sofrer nem um pouco durante sua explosão criativa — nada de crise de confiança, nada de arrancar os cabelos. Ele mal parava para pensar, ou era o que parecia. Ficava simplesmente sentado ali com suas calças elegantes de lã, o suéter branquíssimo de caxemira e seus imaculados sapatos bege feitos sob medida no Maxwell's de Londres, datilografando calmamente como se ouvisse um ditado de uma fonte invisível e divina.

"Ele tem um talento monstruoso, sabe?", Peg me disse uma tarde, quando estávamos sentadas na sala de estar, fazendo croquis de figurinos e ouvindo a datilografia de Billy na cozinha. "É o tipo de homem que faz tudo parecer fácil. Caramba, ele faz parecer fácil até fazer as coisas parecerem fáceis. Produz ideias em torrentes. O problema é que em geral a gente só consegue fazer o Billy trabalhar quando o Rolls-Royce dele precisa de um motor novo, ou quando ele volta das férias na Itália e percebe que só tem umas merrecas no banco. Tem um talento monstruoso, mas também é monstruosamente propenso à preguiça. É o que acontece quando você vem da classe à toa, imagino."

"Então por que ele está trabalhando tanto agora?", indaguei.

"Não sei dizer", declarou Peg. "Pode ser porque ama a Edna. Pode ser porque me ama. Pode ser porque precisa de alguma coisa de mim e a gente ainda não sabe o quê. Pode ser porque ficou entediado lá na Califórnia, ou até solitário. Não vou analisar as motivações dele com muito afinco. Fico feliz que esteja trabalhando, de qualquer modo. Mas o importante é não contar com ele para nada no futuro. Com futuro, quero dizer 'amanhã' ou 'na próxima hora'. Nunca se sabe quando ele vai perder o interesse e sumir. O Billy não gosta quando a gente conta com ele. Se um dia eu quiser que me dê privacidade, é só dizer que preciso desesperadamente que me ajude com alguma coisa que ele sai correndo porta afora e passo mais quatro anos sem vê-lo."

O roteiro não fora mexido depois que Billy datilografara a última palavra. Não me lembro de nenhuma edição da parte dele. E o texto não tinha apenas diálogos e direções de palco: também tinha as letras das músicas que Billy queria que Benjamin compusesse.

E era um *bom* roteiro — ou pelo menos foi o que achei, de acordo com minha experiência limitada. Mas até eu entendia que a escrita de Billy era vivaz e divertida, ágil e alto-astral. Entendia por que a 20th Century Fox o mantinha na folha de pagamento, e por que Louella Parsons havia escrito em sua coluna: "Tudo em que Billy Buell toca vira sucesso de bilheteria! Até mesmo na Europa!".

A versão de Billy para *Cidade das garotas* ainda era a história da sra. Elenora Alabaster, uma viúva rica que perde todo o dinheiro na crise de 1929 e transforma sua mansão em um cassino e bordel para se manter solvente.

Porém, Billy acrescentara personagens interessantes. Agora a peça incluía a filha incrivelmente esnobe da sra. Alabaster, Victoria (que cantaria uma música cômica no início do espetáculo chamada "Mamãe é contrabandista de bebida"). Havia também um aristocrata sem um tostão furado à caça de uma mulher rica, um primo da Inglaterra interpretado por Arthur Watson, que tenta conseguir a mão de Victoria a fim de reivindicar a mansão da família. ("Não dá para botar o Arthur Watson interpretando um policial americano", Billy explicou para Peg. "Ninguém vai acreditar. Ele tem que ser um pateta britânico. E vai gostar mais desse papel, porque vai poder usar ternos mais elegantes e fingir que é importante.")

O protagonista romântico seria um menino brigão da região pobre da cidade chamado Lucky Bobby, que antes arrumava os carros da sra.

Alabaster mas depois a ajudara a montar um cassino ilegal em casa — o que resultou em ambos ficando podres de ricos. A protagonista romântica era uma corista deslumbrante chamada Daisy. Tinha um corpo perfeito, mas seu singelo sonho era se casar e ter uma dezena de filhos. (A música "Me deixe tricotar seus sapatinhos, querido" seria sua marca registrada, interpretada ao estilo de um striptease.) Esse papel, é claro, seria interpretado por Celia Ray.

No fim da peça, Daisy, a corista, terminava com Lucky Bobby e os dois se mudavam para Yonkers para ter uma dezena de filhos juntos. A filha esnobe se apaixonava pelo gângster mais barra-pesada da cidade, aprendia a manusear uma metralhadora e saía roubando bancos para financiar seus gostos dispendiosos. (Seu grande número era "Só me resta um último copo de diamantes".) O primo duvidoso da Inglaterra era expulso e mandado de volta para a terra natal sem herdar a mansão. E a sra. Alabaster se apaixonava pelo prefeito da cidade — um verdadeiro homem da lei e da ordem, que ao longo da produção tentava sem sucesso fechar o bar clandestino. Os dois se casavam e o prefeito renunciava ao cargo político para se tornar bartender. (O dueto final, que também seria o grande número de encerramento do espetáculo com o elenco inteiro, era intitulado "O nosso vai ser um duplo".)

Havia também alguns novos papéis pequenos. Billy criara um personagem bêbado puramente cômico que fingia ser cego para não ter que trabalhar, mas continuava sendo um ótimo jogador de pôquer e batedor de carteiras. (Ele convenceu o sr. Herbert a aceitar o papel: "Se você não pode escrever o roteiro, Donald, pelo menos participe da maldita peça!".) Também apareceria a mãe da corista — uma velha piranha que ainda queria os holofotes. ("Me chame de sra. Casanova" era sua música.) Haveria ainda um banqueiro tentando embargar a mansão. E um grupo enorme de dançarinos e cantores — bem maior que o nosso habitual, de quatro garotos e quatro garotas, se Billy tivesse o direito de opinar — a fim de transformar a peça em uma produção mais grandiosa e vigorosa.

Peg adorou o roteiro.

"Não sei escrever por nada neste mundo", ela disse, "mas sei reconhecer uma história incrível, e esta é uma história incrível."

Edna também. Billy tinha transformado a sra. Alabaster de mera caricatura de uma dama da alta sociedade em uma mulher de genuína sagacidade, inteligência e ironia. Ela tinha as falas mais engraçadas da peça e estava em todas as cenas.

"Billy!", exclamou Edna, depois de ler o roteiro pela primeira vez. "É uma delícia, mas você está me mimando! Ninguém mais fala nesta peça?"

"Por que tirar você do palco um tempinho que seja?", Billy disse para ela. "Se tenho a oportunidade de trabalhar com a Edna Parker Watson, quero que o mundo *saiba* que estou trabalhando com a Edna Parker Watson."

"Você é um querido", disse ela. "Mas faz muito tempo que não atuo em comédias, Billy. Fico receosa de estar ultrapassada."

"O macete da comédia", disse Billy, "é não atuar no estilo cômico. É só não tentar ser engraçada que você vai ser. Faça aquela coisa natural que vocês britânicos fazem, de atirar metade das falas como se não valessem o trabalho, e será genial. A comédia é sempre melhor quando é atirada."

Era curioso observar Edna e Billy interagirem. Tinham uma amizade genuína, ao que parecia, baseada não só na zombaria e nas brincadeiras, mas em respeito mútuo. Admiravam o talento um do outro e verdadeiramente se divertiam juntos. Na noite em que tinham se reencontrado, Billy dissera a Edna: "Muita coisa de pouca relevância transcorreu desde que nos encontramos, minha querida. Vamos nos sentar para tomar um drinque e não falar de nada disso".

Ao que ela respondera: "Para mim não existe assunto melhor para não falar, Billy, ou ninguém *com quem* eu preferiria não falar dele!".

Uma vez, Billy me disse na frente dela: "Tantos homens haviam tido o prazer de ver seus corações serem partidos pela nossa querida Edna quando a conheci em Londres, muito tempo atrás. Por acaso não fui um deles, mas só porque já era apaixonado pela Peg. Mas, em seu auge, a Edna derrubava homem atrás de homem. Era incrível de ver. Plutocratas, artistas, generais, políticos. Ela moía todos eles".

"Não moía, não", protestou Edna, enquanto sorria de um jeito que sugeria: *Moía, sim.*

"Eu adorava te ver quebrar um homem ao meio, Edna", Billy declarou. "Você fazia isso de forma belíssima. Com tanta força que eles ficavam enfraquecidos para sempre, então vinha outra mulher para recolher os cacos e dominar o sujeito. Foi um serviço à humanidade, na verdade. Sei que ela parece uma bonequinha, Vivian, mas nunca subestime essa mulher. Ela tem que ser respeitada. Saiba que existe uma espinha dorsal de ferro debaixo dessas roupas elegantes."

"Você me dá crédito demais, Billy", rebateu Edna. De novo, ela sorria de um jeito que sugeria: *Você, meu senhor, tem toda a razão.*

Algumas semanas depois, eu fazia ajustes nas roupas de Edna no meu apartamento. O vestido que tinha concebido era para sua última cena. Ela queria que fosse sensacional, assim como eu. "Costure um vestido a que eu tenha que fazer jus", foi sua instrução direta — e perdoe se me gabo, mas foi o que fiz.

Era um vestido longo composto de duas camadas de seda fofa azul-esverdeada, coberto de uma rede de pedrarias transparentes. (Tinha achado um pedaço da seda no Lowtsky's e gastado quase todas as minhas economias pessoais nele.) O vestido brilhava a cada movimento — não de forma extravagante, mas como luz refletida na água. A seda grudava no corpo de Edna sem colar *demais* (ela estava na casa dos cinquenta anos, afinal), e havia uma fenda na lateral direita para que pudesse dançar. O resultado era que Edna parecia a rainha das fadas saindo à noite para se divertir na cidade.

Ela amou, e rodopiava em frente ao espelho para captar todos os lampejos e cintilações.

"Eu juro, Vivian, você me fez parecer *alta*, apesar de não saber como conseguiu. E esse azul é de uma jovialidade revigorante. Fiquei petrificada com a ideia de que ia me fazer vestir preto e eu acabasse dando a impressão de que devia ser embalsamada. Ai, mal posso *esperar* para mostrar o vestido ao Billy. Nunca conheci um homem que compreendesse melhor a moda feminina. Ele vai ficar tão empolgado quanto eu. Vou te contar uma coisa sobre seu tio, Vivian.

Billy Buell é aquele raro tipo de homem que alega amar mulheres e *realmente* ama."

"A Celia diz que ele é um playboy", declarei.

"Mas é claro que ele é um playboy, querida. Que homem bonito digno do nome não é? Mas o Billy é de um tipo especial. Playboys existem aos milhões por aí, entenda, mas o típico é que não gostem da companhia de uma mulher para além das satisfações óbvias. Um homem que consegue conquistar todas as mulheres que deseja e que não dá valor a nenhuma delas é um tipo a se evitar. Mas o Billy genuinamente gosta das mulheres, esteja dominando elas ou não. Sempre nos divertimos muito juntos, ele e eu. Billy fica tão feliz conversando comigo sobre moda quanto tentando me seduzir. E ele escreve diálogos deliciosos para mulheres, o que a maioria dos homens não consegue fazer. A maioria dos dramaturgos não é capaz de criar uma mulher para o palco que faça algo além de seduzir, chorar ou ser leal ao marido, o que é de uma chatice tenebrosa."

"A Olive acha que ele não é confiável."

"Ela está enganada. Dá para confiar nele. Dá para confiar plenamente que Billy vai ser ele mesmo. A Olive não gosta do que ele é."

"E o que Billy é?"

Edna parou e refletiu. "Ele é *livre*", se decidiu. "A gente não conhece muitas pessoas assim na vida, Vivian. Billy é alguém que faz o que quer, e acho isso revigorante. A Olive é uma alma mais organizada por natureza, e graças aos céus por isso, senão nada aqui funcionaria. Portanto, desconfia de quem é livre. Mas gosto de estar perto dos que são livres. Eles me empolgam. O outro aspecto mágico do Billy, ouso dizer, é que ele é lindo. Adoro homens lindos, Vivian, como você já deve ter percebido. Sempre foi um prazer estar no mesmo ambiente que a beleza dele. Mas com aquele charme que Billy tem, cuidado! Se ele partir com tudo para cima, você é uma pomba morta."

Foi impossível não ficar me perguntando se Billy já tinha "partido com tudo para cima" de Edna, mas fui educada demais para seguir adiante. No entanto, tive a coragem de perguntar: "E Peg e Billy…?".

Eu nem sabia direito como terminar a pergunta, mas Edna entendeu seu teor instantaneamente.

"Você está querendo entender a natureza da união deles?" Ela sorriu. "A única coisa que posso dizer é que os dois se amam. Sempre se amaram. São parecidíssimos em termos de intelecto e humor. Um provocava o brilho do outro quando eram mais novos. Quem não fosse iniciado no gênero de espirituosidade deles, se intimidava. Ninguém sabia direito como entrar no meio. Mas o Billy venera a Peg e sempre venerou. Ser *leal* a uma só mulher seria uma limitação terrível para um cara feito Billy Buell, é claro, mas o coração dele sempre foi dela. E eles adoram trabalhar juntos, você vai ver. O único problema é que o Billy é habilidoso no caos, e não sei se a Peg ainda busca isso. Hoje, ela quer mais lealdade do que diversão."

"Mas eles ainda são *casados*?", indaguei.

Com o que eu queria dizer, é claro: *Eles ainda dormem juntos?*

"Casados segundo qual critério?", Edna perguntou, cruzando os braços e me olhando de cabeça inclinada. Já que não respondi a pergunta, ela sorriu de novo e disse: "Existem sutilezas, minha querida. Você vai descobrir, assim que ficar mais velha, que não existe praticamente nada *que não* sutilezas. E detesto decepcionar você, mas é melhor aprender de uma vez: a maioria dos casamentos não é nem um céu nem um inferno, mas um vago purgatório. Apesar de tudo, o amor deve ser respeitado, e Billy e Peg se amam de verdade. Agora, se você puder arrumar este cinto para mim, querida, e descobrir um jeito de fazer com que pare de se amontoar em torno das minhas costelas sempre que levanto os braços, vou ser eternamente grata".

Dado que o prestígio de Edna elevaria o tom da peça, Billy tinha convicção de que o resto da produção tinha que ser de qualidade equivalente à da estrela. ("O Lily Playhouse acabou de receber a papelada do pedigree", foi como descreveu a situação. "Agora o espetáculo canino é outro, crianças.") Tudo o que criássemos para *Cidade das garotas*, ele orientou, teria que ser bem melhor do que costumávamos criar.

Não seria fácil de executar, é claro, dado o que costumávamos criar.

Billy tinha assistido a algumas apresentações de *Vamos dançar, Jackie!* e não fazia segredo de seu desdém pela nossa trupe de artistas atuais.

"São um lixo, meu bem", ele disse para Peg.

"Não venha me bajular", ela disse. "Assim vou achar que está querendo me levar para a cama."

"São um lixo de vinte e quatro quilates, e você sabe disso."

"Vai direto ao ponto, Billy. Para de me adular."

"As coristas estão ótimas assim porque não precisam fazer mais nada além de serem lindas", ele disse. "Então podem ficar. Mas os atores são abomináveis. Vamos precisar de novos talentos. Os dançarinos são bonitinhos, e todos parecem ter vindo de famílias péssimas, o que eu *gosto*... mas seus pés são pesados. É uma agressão. Adoro os rostinhos vulgares, mas vamos jogar todos para o fundo e trazer dançarinos de verdade para botar na frente, pelo menos seis. No momento, o único dançarino que suporto ver dando passadas na frente do palco é aquela bicha, o Roland. Ele é ótimo. Mas preciso que os outros sejam todos do calibre dele."

Na verdade, Billy estava tão impressionado com o carisma de Roland que de início queria dar ao rapaz uma música própria, chamada "Quem sabe na Marinha?" — uma melodia que *pareceria* ser sobre um rapaz querendo se alistar na Marinha em busca de uma vida de aventuras, mas que na verdade seria uma referência astuta e velada à homossexualidade muito óbvia de Roland. ("Estou imaginando algo ao estilo de 'You're the Top'", Billy disse para nos explicar o conceito. "Uma musiquinha sugestiva de duplo sentido, sabe?") Mas Olive barrou a ideia no mesmo instante.

"Poxa, Olive", Peg implorara. "Vamos. É engraçado. As mulheres e as crianças da plateia não vão entender a referência, de qualquer forma. A história deve ser picante. Vamos deixar que as coisas sejam mais *espirituosas* dessa vez."

"Espirituosas demais para o consumo do público", foi o veredicto de Olive, e o assunto foi encerrado. Roland não ganhou uma música.

Olive, devo dizer, não estava contente com nada daquilo.

Foi a única pessoa do Lily que não se deixou levar pela empolgação de Billy. No dia em que ele chegou, ela ficou de cara amarrada, e aquilo nunca passou. A verdade era que eu estava começando a achar a dureza de Olive tremendamente irritante. A constante mesquinhez com cada centavo, o policiamento de materiais sexualmente sugestivos, a devoção obsequiosa à sua série rígida de hábitos, o pouco-caso que fazia de Billy a cada ideia astuta que ele propunha, a incessante preocupação com ninharias e a repressão geral de todo o entusiasmo e diversão eram muito cansativos.

Por exemplo, vamos ponderar sobre o plano de Billy de contratar seis dançarinos para o espetáculo além dos que normalmente ocupavam o palco. Peg concordou plenamente, mas Olive chamou a ideia de "muita confusão e pluma para nada".

Quando Billy argumentou que mais seis dançarinos dariam à peça mais ares de espetáculo, Olive declarou: "Seis dançarinos a mais é grana que a gente não tem, sem nenhuma diferença perceptível para a produção. Só os salários dos ensaios são quarenta dólares por semana. E você quer mais seis? Onde propõe que eu arrume fundos para isso?".

"Não dá para ganhar dinheiro sem gastar dinheiro, Olive", Billy relembrou. "De qualquer forma, eu te banco."

"Gosto ainda menos dessa ideia", rebateu Olive. "E não confio em você. Lembra o que aconteceu em Kansas City em 1933?"

"Não, não me lembro do que aconteceu em Kansas City em 1933", disse Billy.

"Claro que não", Peg interferiu. "O que aconteceu foi que você deixou a Olive e eu passando o chapéu. Alugamos aquela sala de concertos imensa para o enorme espetáculo de música e dança que você queria que eu produzisse, você contratou dezenas de artistas locais, pôs tudo no meu nome, então foi embora para Saint-Tropez para um torneio de gamão. Tive que esvaziar a conta bancária da companhia para ressarcir todo mundo enquanto você e seu dinheiro passaram três meses inteiros desaparecidos."

"Nossa, Pegsy, assim parece que eu fiz algo *errado*."

"Sem rancor, é claro." Ela lhe deu um sorriso sarcástico. "Sei que você sempre adorou gamão. Mas a Olive tem razão. O Lily Playhouse mal está no azul como é hoje. Não podemos correr o risco com uma superprodução."

"Naturalmente, vou ter que discordar de você", declarou Billy. "Porque, se vocês correrem o risco uma vez, posso ajudar a criar um espetáculo que as pessoas realmente queiram *ver*. Quando as pessoas querem *ver* um espetáculo, ele dá dinheiro. Depois de todos esses anos, não creio que eu precise lembrar a vocês duas como o ramo teatral funciona. Vamos lá, Pegsy, não me dê as costas agora. Quando um salva-vidas vem em seu socorro, não lance flechas nele."

"O Lily Playhouse não precisa ser salvo", disse Olive.

"Ah, precisa sim!", retrucou Billy. "Olha só este teatro! Tudo precisa de conserto e atualização. Vocês ainda usam lâmpadas a gás. Três quartos das cadeiras ficam vazias todas as noites. Vocês precisam de um *sucesso*. Vou fazer um para vocês. Com a Edna aqui, a gente tem essa chance. Mas não podemos folgar em nenhum quesito. Se a gente conseguir trazer uns críticos, e eu *vou* conseguir trazer críticos, não podemos deixar que o resto da produção pareça estar caindo aos pedaços em comparação com a Edna. Poxa, Pegsy, não seja covarde. E lembre: você não vai ter que se esforçar como de hábito nesta peça, porque eu ajudo a dirigir, que nem a gente fazia. Vamos, meu bem, aproveite a oportunidade. Você pode continuar produzindo seus espetáculos baratos e rastejar rumo à falência ou podemos fazer algo grandioso. Vamos fazer algo grandioso. Você sempre foi uma dama relaxada com dinheiro. Vamos tentar mais uma vez."

Peg gesticulou. "Quem sabe a gente não contrata só mais *quatro* dançarinos, Olive?"

"Não deixe que ele jogue um Ritz para cima de você, Peg", advertiu Olive. "A gente não pode bancar. Não pode bancar nem dois. Tenho os livros de contabilidade para provar."

"Você se preocupa demais com grana, Olive", disse Billy. "Sempre se preocupou. Grana não é a coisa mais importante do mundo."

"Assim disse William Ackerman Buell III de Newport, Rhode Island", retrucou Peg.

"Dá um tempo, Pegsy. Você sabe que nunca me importei com dinheiro."

"Isso mesmo, você nunca se importou com dinheiro, Billy", disse Olive. "Não como nós que nos esquecemos de nascer em famílias ricas nos importamos. O caso é que você faz a Peg também não se importar com dinheiro. Foi assim que arrumamos problema no passado, e eu não vou permitir que isso aconteça de novo."

"Sempre existiu bastante dinheiro para todos nós", disse Billy. "Pare de ser tão *capitalista*, Olive."

Peg riu e me falou num sussurro teatral: "Seu tio Billy se acha socialista, mocinha. Mas, fora o aspecto do amor livre, não sei se ele entende os princípios".

"O que *você* acha, Vivian?", indagou Billy, percebendo pela primeira vez que eu estava na sala.

Fiquei profundamente desconfortável em ser puxada para dentro daquela conversa. A experiência era similar a ouvir meus pais brigando — exceto que agora havia *três* deles, algo ainda mais desconcertante. Sem dúvida, ao longo dos últimos meses, tinha escutado Peg e Olive discutirem sobre dinheiro inúmeras vezes — mas, com o acréscimo de Billy à história, as coisas tinham ficado mais acaloradas. Navegar a disputa entre Peg e Olive eu aguentava, mas Billy era o coringa. Toda criança aprende a negociar delicadamente com dois adultos num bate-boca, afinal de contas, mas com *três*? Extrapolava meus poderes.

"Acho que todos vocês têm bons argumentos", declarei.

Devia ser a resposta errada, pois agora estavam todos irritados *comigo*.

Por fim, concordaram em contratar quatro dançarinos a mais, com Billy assumindo a conta. Foi uma decisão que não deixou ninguém feliz — o que meu pai poderia chamar de negociação comercial bem--sucedida. ("Todo mundo tem que se levantar da mesa com a sensação de que fez um mau negócio", meu pai havia me ensinado sem alegria. "Assim, você pode ter a certeza de que ninguém foi enganado e de que ninguém vai obter uma enorme vantagem.")

13

Aqui vai outra coisa que percebi sobre o efeito que Billy Buell tinha em nosso mundinho: com sua chegada ao Lily Playhouse, todo mundo passou a beber mais.

Muito, muito mais.

Tendo lido até aqui, Angela, talvez você esteja se perguntando como era fisicamente possível que bebêssemos mais do que já bebíamos, mas essa é a questão da bebida: a pessoa sempre pode beber mais se for verdadeiramente comprometida. É uma questão de disciplina, na verdade.

A grande diferença agora era que tia Peg bebia conosco. Se antes parava depois de alguns martínis e ia para a cama em um horário razoável — de acordo com o cronograma rígido de Olive —, agora ela e Billy saíam juntos depois do espetáculo e ficavam bêbados que nem gambás. Todas as noites. Volta e meia Celia e eu tomávamos drinques com eles antes de irmos fazer farra e arrumar encrenca em outro lugar.

Se de início me parecia embaraçoso vagar pela cidade com minha tia de meia-idade em trajes singelos, isso passou quando descobri o quanto Peg era divertida em boates — principalmente depois de tomar uns drinques. Em grande medida, isso se devia ao fato de que Peg conhecia todo mundo do ramo do entretenimento, e todo mundo a conhecia. E se não a conhecia, conhecia Billy, e queria pôr o papo com ele em dia depois de todos aqueles anos. O que queria dizer que as bebidas chegavam na nossa mesa em questão de segundos — geralmente acompanhadas do dono da casa, que muitas vezes se sentava conosco para fofocar sobre Hollywood e a Broadway.

Billy e Peg ainda me pareciam extremamente incompatíveis — ele tão lindo com seu paletó branco e cabelo escovado para trás, ela com um vestido de matrona da B. Altman e sem nenhuma maquiagem —

mas eram charmosos, e aonde quer que fôssemos sempre acabavam se tornando logo o centro das atenções.

E viviam com extravagância. Billy pedia filé-mignon e champanhe (e não raro saía desatento antes de chegar o momento de comer, mas nunca deixava de beber) e convidava todo mundo no salão a nos fazer companhia. Falava sem parar sobre o espetáculo que ele e Peg estavam produzindo e que sucesso estrondoso seria. (Conforme me explicou, era uma tática premeditada de marketing: queria espalhar a notícia de que *Cidade das garotas* estava chegando e seria bom: "Estou para conhecer um assessor de imprensa capaz de espalhar fofoca mais rápido do que eu em uma boate".)

Era tudo divertido, a não ser uma coisa: Peg estava sempre tentando ser responsável e voltar cedo para casa, já Billy estava sempre tentando fazer com que ela ficasse até mais tarde. Lembro uma noite no Algonquin em que Billy disse: "Gostaria de tomar outro drinque, minha esposa?". Vi a expressão de dor genuína cruzar o rosto de Peg.

"Não devo", ela declarou. "Não me faz bem, Billy. Me deixa organizar as ideias um instantinho e tentar ser sensata."

"Não perguntei se você *deve* tomar um drinque, Pegsy. Perguntei se você *quer* um."

"Bom, é claro que *quero*. Sempre quero. Mas que seja um mais leve, por favor."

"Devo ir direto ao assunto e pedir três drinques leves para você de uma vez?"

"Só um leve depois do outro, William. É assim que eu gosto de levar minha vida agora."

"À sua boa saúde", ele disse, levantando a taça para brindar a ela e acenando para conseguir a atenção do garçom. "Contanto que não parem de me servir, talvez eu consiga sobreviver a uma noite de coquetéis leves."

Naquela noite, Celia e eu nos desgarramos de Billy e Peg para curtir nossas próprias aventuras. Quando cambaleamos para casa na nossa hora cinzenta pré-aurora habitual, nos espantamos ao ver todas as luzes da sala de estar acesas e um quadro inesperado. Peg estava estirada no sofá — totalmente vestida, inconsciente e roncando. Estava com o braço jogado em cima do rosto e um dos sapatos chutado longe. Billy, ainda de paletó branco, cochilava na poltrona ao lado. Na mesa que os separava havia um monte de garrafas vazias e cinzeiros cheios.

Billy despertou quando entramos e disse: "Ah, olá meninas". Sua voz estava arrastada e seus olhos pareciam cerejas.

"Perdão", pedi com minha própria voz arrastada. "Não queria incomodar."

"Você não tem como incomodar *Peg*." Billy gesticulou vagamente na direção do sofá. "Ela está para lá de Bagdá. Não consegui subir o último lance de escadas com sua tia. Será que vocês podem me ajudar?"

Assim, nós três, embriagados, tentamos ajudar uma pessoa ainda mais embriagada a subir a escada e ir para a cama. Peg não era uma mulher pequena, e não estávamos no nosso momento mais forte ou mais gracioso, portanto a operação não foi fácil. Nós mais ou menos a arrastamos pelos degraus como se transportássemos um tapete enrolado — dando baques pelo caminho até chegarmos à porta dos apartamentos do quarto andar. Receio que tenhamos gargalhado como marujos de licença o tempo todo. Também receio que a viagem tenha sido desconfortável para Peg — ou que teria sido desconfortável caso estivesse consciente.

Então abrimos a porta e vimos Olive — a última cara que alguém quer ver quando está no auge da embriaguez e cheio de culpa.

Com uma olhada, ela entendeu a situação. Não que fosse difícil.

Eu esperava que nos abordasse com raiva, mas ela caiu de joelhos e aninhou a cabeça de Peg. Olive olhou para Billy e seu rosto foi tomado pela tristeza.

"Olive", ele disse. "Ei. Olha só. Você sabe como é."

"Por favor, alguém me arruma uma toalha molhada", ela pediu em voz baixa. "Uma toalha fria."

"Eu não sei como fazer *isso*", declarou Celia, escorregando junto à parede.

Corri para o banheiro e me debati até solucionar o problema de como acender a luz, conseguir uma toalha, abrir a torneira, discernir a água quente da fria, encharcar a toalha sem me encharcar junto (falhei completamente nesse passo) e achar a saída do banheiro.

Quando voltei, Edna Parker Watson já fazia parte da cena (usando um adorável pijama de seda vermelha e um robe dourado magnífico, não tive como não reparar). Ela ajudava Olive a arrastar Peg para seu apartamento. Sinto dizer que as duas pareciam já ter feito aquilo antes.

Edna pegou a toalha úmida da minha mão e a colocou sobre a testa de Peg. "Vamos, Peg, acorda."

Billy estava mais atrás, suas pernas oscilando, com a papada esverdeada. Aparentava a idade que tinha, para variar.

"Ela só queria se divertir um pouco", ele declarou debilmente.

Olive se levantou e disse, de novo naquela voz baixa: "Você sempre faz isso com ela. Sempre dá as esporas sabendo que ela precisa é das rédeas".

Por um instante, a impressão era de que Billy pediria desculpas, mas, em vez disso, ele cometeu o clássico erro dos bêbados, de cavar mais fundo: "Ah, não precisa perder as estribeiras por causa disso. Ela vai melhorar. Só quis tomar umas a mais quando a gente chegou em casa".

"Ela não é *igual* a você", rebateu Olive, e a não ser que eu tenha me enganado, seus olhos borrifaram lágrimas. "Não sabe parar depois de tomar dez copos. Nunca soube."

Edna disse com delicadeza: "Acho melhor você ir embora, William. Vocês também, meninas".

No dia seguinte, Peg ficou na cama até o fim da tarde. Fora isso, os negócios correram como sempre e ninguém mencionou o que acontecera na noite anterior.

Na noite *seguinte*, Peg e Billy foram ao Algonquin de novo e pagaram rodadas de bebida para a casa inteira.

14

Billy havia cometido o ato ultrajante de convocar audições para a peça — testes *de verdade*, anunciados em jornais especializados e tudo — a fim de conseguir uma classe mais elevada de artistas do que o Lily costumava ter.

Era um desdobramento completamente novo. Nunca tínhamos feito audições. Nossos espetáculos eram formados por meio do boca a boca. Peg, Olive e Gladys conheciam os atores e dançarinos da vizinhança bem o suficiente para conseguir reunir um elenco sem que ninguém fosse posto à prova. Mas Billy queria uma turma melhor do que acharíamos dentro dos limites de Hell's Kitchen, portanto, fizemos audições oficiais.

Durante um dia inteiro, uma torrente de aspirantes acorreu ao Lily — dançarinos, cantores, atores. Pude me sentar com Billy, Peg, Olive e Edna enquanto repassavam os aspirantes. A experiência disparou minha ansiedade. Ver todas aquelas pessoas no palco, que queriam algo *com tanta força* — tão evidente e francamente —, me deixou nervosa.

E, rapidamente, entediada.

(Qualquer coisa se torna tediosa depois de um tempo, Angela — até mesmo assistir a cenas dolorosas de pura vulnerabilidade. Principalmente quando todo mundo canta a mesma música, faz os mesmos passos de dança ou diz as mesmas falas durante horas.)

Primeiro vimos as dançarinas. Era uma garota bonita atrás da outra, se acotovelando para conseguir uma vaga no novo coral. A mera quantidade e variação fizeram minha cabeça pirar. Cachos castanho--avermelhados em uma. Cabelos louros e finos em outra. Aquela alta. Aquela baixinha. Uma draga de menina, de quadris largos, ofegante, bufante, dançante. Uma mulher que era velha demais para fazer da dança seu meio de vida, mas que ainda não tinha aposentado suas esperanças e seus sonhos. Uma garota de franja pontuda, tão violenta em seu esforço que parecia estar marchando, não dançando. Todas dançavam sem fôlego e com todo o coração. Bufavam em um pânico de sapateado e otimismo. Chutavam grandes nuvens de poeira sob as luzes do palco. Suavam e faziam barulho. No tocante a dançarinas, as ambições não eram meramente visíveis, mas também *audíveis*.

Billy fez um ligeiro esforço para envolver Olive no processo das audições, mas foi inútil. Ela estava nos castigando, parecia, mal assistindo aos trabalhos. Na verdade, lia a página de editoriais do *Herald Tribune*.

"Me diga, Olive, não achou aquela passarinha cativante?", Billy perguntou, depois que uma moça muito bonita cantou uma música muito bonita para nós.

"Não." Olive nem tirou os olhos do jornal.

"Bom, não tem problema", declarou Billy. "Seria um tédio se você e eu sempre tivéssemos o mesmo gosto para mulher."

"Gostei dessa", afirmou Edna, apontando uma beldade mignon, de cabelo preto, jogando a perna acima da cabeça no palco com a facilidade com que outra mulher sacudiria uma toalha de banho. "Ela não parece tão louca para agradar quanto as outras."

"Boa escolha, Edna", disse Billy. "Também gostei dessa. Mas você se deu conta de que ela parece com você há uns vinte anos?"

"Ai, caramba, parece mesmo, não é? É claro que ela chamaria a minha atenção. Céus, sou uma velha maçante e vaidosa."

"Bom, eu gostava de moças com essa aparência naquela época e continuo gostando", declarou Billy. "Contrata a garota. Aliás, vamos tomar cuidado para manter a estatura baixa em todo o coral. Que todas combinem com essa menina que a gente acabou de escolher. Quero um bando de mocinhas pequeninas e morenas. Não quero ninguém fazendo a Edna parecer anã."

"Obrigada, amor", disse Edna. "É um terrível desgosto ser transformada em anã."

Quando chegou a hora das audições para o protagonista masculino — Lucky Bobby, o garoto safo que ensina a sra. Alabaster a jogar e acaba se casando com a corista —, minha atenção foi miraculosa e subitamente restabelecida. Agora um desfile de rapazes bonitos agraciava o palco, se revezando para entoar a canção que Billy e Benjamin tinham composto para o personagem. ("No verão, os dias são abafados/ O camarada gosta de rolar os dados/ E se a boneca tira sua paz/ Ele rola um pouco mais.")

Achei todos os caras incríveis, mas — conforme já constatamos — eu não era muito exigente no quesito homens. Billy, no entanto, descartou um depois do outro. Um era muito baixo ("Ele vai ter que beijar a Celia, pelo amor de Deus, e a Olive provavelmente não vai querer que a gente invista em uma escada"); outro tinha muita cara de americano ("Ninguém vai acreditar que esse garoto do Meio Oeste criado à base de cereal é um menino de um bairro barra-pesada de Nova York"); outro era muito afeminado ("A gente já tem um garoto que parece garota no espetáculo"); outro era muito sério ("Isto aqui não é a igreja, pessoal").

E então, já no final do dia, saiu da coxia um rapaz alto, esguio, de cabelo preto, em um terno brilhoso que ficava um pouco curto tanto no tornozelo como no punho. Suas mãos estavam enfiadas no bolso e ele usava um chapéu de feltro enterrado na cabeça. Mascava chiclete, fato que não se deu ao trabalho de esconder ao se postar sob os holofotes. Sorria como quem sabe onde o dinheiro está escondido.

Benjamin começou a tocar, mas o rapaz levantou a mão para refreá-lo.

"Escuta", ele disse, nos fitando. "Quem é que manda aqui?"

Billy se ajeitou na cadeira ao som da voz do rapaz, com o mais puro sotaque de *Nova Yawk* — feroz, convencido e levemente satisfeito consigo mesmo.

"É ela", disse Billy, apontando para Peg.

"Não, é *ela*", declarou Peg, apontando para Olive.

Olive continuou lendo o jornal.

"É que eu gosto de saber a quem tenho que impressionar, entende?" O rapaz examinou Olive com mais atenção. "Mas se é *essa* dona aí, talvez seja melhor eu desistir logo e ir para casa, entende o que quero dizer?"

Billy riu. "Filho, gostei de você. Se souber cantar, o papel é seu."

"Ah, sei cantar, sim, senhor. Não se preocupe com isso. Também sei dançar. Só não quero perder meu tempo cantando e dançando se não preciso cantar e dançar. Entende o que quero dizer?"

"Nesse caso, vou reformular minha oferta", declarou Billy. "O papel é seu, ponto-final."

Bom, *isso* chamou a atenção de Olive. Ela levantou os olhos do jornal, alarmada.

"A gente nem ouviu a leitura dele", disse Peg. "A gente nem sabe se ele é bom ator."

"Confiem em mim", disse Billy. "Ele é perfeito. Meu instinto está dizendo."

"Parabéns, senhor", disse o rapaz. "Você tomou a decisão certa. As senhoras não ficarão desapontadas."

E esse, Angela, era Anthony.

Eu me apaixonei por Anthony Roccella, e não vou fazer rodeios, fingindo ser diferente. E ele também se apaixonou por mim — à própria maneira, e pelo menos por um tempinho. O melhor de tudo foi que consegui me apaixonar por ele no intervalo de poucas horas, um modelo de eficiência. (Os jovens são capazes desse tipo de coisa, como você deve saber. Aliás, o amor passional, executado em acessos breves, é a condição natural dos jovens. A única coisa surpreendente foi não ter me acontecido antes.)

O segredo para se apaixonar tão rápido, claro, é desconhecer totalmente a pessoa. É preciso identificar uma única característica empolgante e atirar seu coração nela, com toda a força, confiando que será um alicerce suficiente para a devoção duradoura. Para mim, essa coisa empolgante em Anthony era a arrogância. Não fui a única que reparou, é claro — aquela presunção foi o que o pôs no elenco, afinal —, mas fui a única que se apaixonou.

Veja, eu já estivera com muitos rapazes arrogantes desde minha chegada à cidade meses antes (era Nova York, Angela, eles são gerados lá), mas a arrogância de Anthony tinha um toque especial: ele *genuinamente* parecia não dar a mínima. Todos os garotos presunçosos que eu havia conhecido até então gostavam de fingir indiferença, mas ainda tinham ares de que desejavam algo, mesmo que apenas sexo. Mas Anthony não tinha fome ou anseio aparente. Lidava bem com o que acontecesse. Podia ganhar, podia perder, isso não o abalava. Se não conseguia o que desejava de uma situação, simplesmente saía de mão no bolso, inabalado, e tentava de novo em outro lugar. O que a vida lhe oferecesse, ele podia pegar ou largar.

Ele podia até pegar ou largar no tocante a mim — portanto, como você deve imaginar, não tive alternativa a não ser ficar totalmente apaixonada.

Anthony morava no quarto andar de um prédio sem elevador na rua 49 oeste, entre a Oitava e a Nona Avenidas. Vivia com o irmão mais velho, Lorenzo, chef principal do restaurante Latin Quarter, onde Anthony trabalhava como garçom quando não estava trabalhando como ator. A mãe e o pai também tinham morado nesse apartamento, ele me contou, mas ambos haviam falecido — um fato que Anthony me revelou sem sentimento manifesto de perda ou tristeza. (Pais: outra coisa que ele podia pegar ou largar.)

Anthony tinha nascido e sido criado em Hell's Kitchen. Era pura rua 49, até o âmago. Cresceu jogando beisebol improvisado na mesma rua e aprendeu a cantar a poucos quarteirões dali, na Church of the Holy Cross. Passei a conhecer a rua tremendamente bem nos meses seguintes. Sem dúvida, passei a conhecer o apartamento tremendamente bem, e me lembro dele com imenso carinho, porque foi na cama de seu irmão Lorenzo que tive meu primeiro orgasmo. (Anthony não tinha uma cama própria — dormia no sofá da sala —, mas nos servíamos do quarto do irmão quando ele estava no trabalho. Por sorte, Lorenzo trabalhava muito, me dando bastante tempo para receber prazer do jovem Anthony.)

Já mencionei antes que uma mulher precisa de tempo, paciência e um amante atencioso para se tornar boa de cama. Me apaixonar por Anthony Roccella enfim me deu acesso a tudo isso.

Anthony e eu fomos para a cama de Lorenzo na noite em que nos conhecemos. Depois que as audições terminaram, ele subiu para assinar o contrato e pegar uma cópia do roteiro com Billy. Anthony foi embora e os adultos continuaram conduzindo seus negócios, mas poucos minutos depois Peg me instruiu a correr atrás dele para falar sobre o figurino. Parti direto ao dever, sim, senhora. Nunca tinha descido a escada do Lily tão rápido.

Alcancei Anthony na calçada, o segurei pelo braço e me apresentei, ofegante.

Na verdade, não havia muito que eu precisasse discutir com ele. O terno que tinha usado na audição estava perfeito. Era um pouco moderno para nossa peça, mas os suspensórios certos e uma gravata larga e berrante dariam conta do recado. Parecia barato o bastante e bonitinho o bastante para Lucky Bobby. E embora talvez não fosse a coisa mais *diplomática* a fazer, eu disse a Anthony que seu terno seria perfeito para o personagem exatamente por ser tão barato e tão bonitinho.

"Você está me chamando de barato e bonitinho?", ele indagou, enrugando os olhos, entretidos.

Seus olhos eram extremamente agradáveis — castanho-escuros e cheios de vida. Parecia que passava a maior parte da vida entretido. Ao examiná-lo de perto, percebi que era mais velho do que parecia do palco — menos um garoto magro e mais um rapaz esguio. Parecia mais ter vinte e nove do que dezenove anos. Só que sua magreza e seus passos despreocupados lhe davam uma aparência mais jovem.

"Talvez eu esteja mesmo", declarei. "Mas não existe nada errado com barato e bonitinho."

"Você, por outro lado, tem cara de rica", ele disse, e me avaliou lentamente.

"Mas bonitinha?", perguntei.

"Muito."

Ficamos um tempo nos fitando. Bastante informação foi transmitida por aquele silêncio — uma conversa inteira, pode-se dizer. Era flerte sob a forma mais pura — uma conversa sem palavras. Flerte em uma série de perguntas silenciosas que uma pessoa faz à outra com os olhos. E a resposta para essas perguntas é sempre a mesma:

Talvez.

Portanto, Anthony e eu nos olhamos por bastante tempo, fazendo perguntas tácitas, e silenciosamente respondendo um ao outro: *talvez, talvez, talvez.* O silêncio se prolongou por tanto tempo que se tornou incômodo. Com minha teimosia, entretanto, eu não falaria, mas tampouco romperia o contato visual. Por fim, ele caiu na risada, e eu também.

"Como você se chama, boneca?", ele perguntou.

"Vivian Morris."

"Está livre para passar um tempinho comigo esta noite, Vivian Morris?"

"Talvez", declarei.

"Sim?", ele questionou.

Dei de ombros.

Anthony inclinou a cabeça e me examinou com mais atenção, ainda sorridente. "Sim?", perguntou de novo.

"Sim", decidi, e esse foi o fim do *talvez*.

Ele tornou a perguntar: "Sim?".

"Sim!", declarei, achando que talvez não tivesse me escutado.

"Sim?", Anthony perguntou outra vez, e eu entendi que estava me perguntando outra coisa. Não estávamos falando de sair para jantar e ir ao cinema. Ele estava me perguntando se eu estava *mesmo* livre naquela noite.

Em um tom completamente diferente, declarei: "*Sim*".

Meia hora depois, já estávamos na cama do irmão dele.

Eu soube de imediato que aquela não seria uma experiência sexual do tipo a que estava acostumada. Em primeiro lugar, eu não estava bêbada, nem ele. E não estávamos de pé na chapelaria de uma boate, ou tateando no banco traseiro de um táxi. Não havia por que tatear ali. Anthony Roccella não tinha pressa. E gostava de falar à medida que a coisa andava, mas não de um jeito horrível como o dr. Kellogg. Gostava de me fazer perguntas galhofeiras, que eu amava. Acho que ele simplesmente gostava de me ouvir dizer *sim* repetidas vezes, e fiquei muitíssimo feliz em satisfazê-lo.

"Você sabe como é linda, não sabe?", Anthony indagou, depois de trancar a porta.

"Sim", respondi.

"Você vai vir se sentar aqui nesta cama comigo, não vai?"

"Sim."

"Você sabe que vou ter que te beijar, você sendo tão linda assim, não?"

"Sim."

E, Nossa Senhora, aquele garoto sabia *beijar*. Uma mão em cada lado do meu rosto, os dedos longos atrás do meu crânio, me segurando com delicadeza enquanto testava minha boca. Na minha experiência, essa parte do sexo — a parte dos beijos, que eu sempre adorava — geralmente era rápida demais. Só que Anthony não parecia estar em busca de algo mais. Era a primeira vez que eu era beijada por alguém que obtinha tanto prazer de beijar quanto eu.

Após um longo período — um ótimo longo período —, ele se afastou. "Vou te falar o que vamos fazer agora, Vivian Morris. Vou me sentar aqui nesta cama e você vai ficar de pé ali, debaixo da luz, e tirar o vestido para mim."

"Sim", concordei. (Depois que você começa a falar isso, é tão fácil continuar!)

Andei até o meio do cômodo e fiquei parada — assim como ordenado — bem embaixo da lâmpada. Tirei o vestido e saí da luz, disfarçando meu nervosismo jogando os braços para cima. *Tá-dá!* Assim que meu vestido caiu, no entanto, Anthony riu e fui catapultada à vergonha — pensando em como era magra e meus seios eram pequenos. Ao ver a expressão no meu rosto, ele abrandou a risada e disse: "Ah, não, boneca. Não estou rindo de você. Só estou rindo porque gosto muito de você. Você é uma executora rapidinha, é uma fofura".

Ele se levantou e recolheu meu vestido do chão.

"Por que não põe o vestido de volta, boneca?"

"Ah, me desculpa", eu disse. "Tudo bem, não me importo." O que eu dizia não fazia sentido, mas eu pensava: *Estraguei tudo, acabou.*

"Não, me escuta, querida. Você vai pôr o vestido de volta para mim e vou pedir que você o tire de novo. Mas, dessa vez, você vai fazer com que ele desça *bem* devagar, está bem? Não tenha pressa."

"Você é louco."

"Só quero ver você fazer isso de novo. Vamos, boneca. Passei a vida inteira esperando por este momento. Não se apresse."

"Não, você *não* passou a vida inteira esperando por este momento!"

Ele sorriu. "É, você tem razão. Não passei, não. Mas estou gostando bastante, agora que está acontecendo. Então que tal fazer isso por mim de novo? Mas bem devagar."

Ele voltou a se sentar na cama e pus o vestido. Me aproximei e deixei que fechasse os botões das costas, o que ele fez lenta e cuidadosamente. Eu conseguia alcançar os botões, é claro, e em poucos momentos tornaria a desabotoá-los, mas queria lhe dar essa tarefa. Francamente, ter aquele rapaz abotoando meu vestido era a sensação mais erótica e íntima da minha vida — embora fosse ser superada logo.

Virei e voltei ao centro do cômodo, totalmente vestida. Amassei o cabelo um pouquinho. Sorríamos um para o outro que nem bobos.

"Agora tenta de novo", ele pediu. "Faz bem devagarzinho para mim. Finge que eu nem estou aqui."

Essa foi minha primeira experiência sendo *observada*. Embora vários homens tivessem posto as mãos no meu corpo inteiro nos últimos meses, poucos haviam me avaliado com os olhos. Virei as costas para ele, como se fosse tímida. Na verdade, estava um pouco tímida mesmo. Nunca havia me sentido tão nua, e ainda estava vestida! Estendi o braço para trás e desabotoei o vestido. Deixei que escorregasse pelos meus ombros, mas ficou preso no quadril. Deixei que ficasse. Abri o sutiã e o tirei. Deixei na cadeira ao meu lado. Parei e deixei que olhasse minhas costas nuas. Sentia seu olhar em mim, e era como uma corrente subindo pela minha coluna. Passei um bom tempo parada, esperando que ele falasse alguma coisa, mas Anthony não se manifestou. Havia algo de emocionante em não poder ver o rosto dele — não saber o que estava fazendo atrás de mim, na cama. Ainda hoje consigo sentir o ar do quarto. Aquele ar frio, fresco, outonal.

Virei devagar, mas mantive o olhar baixo. Meu vestido ainda estava solto em torno do quadril, porém meus seios estavam à mostra. Ele continuou sem dizer nada. Fechei os olhos e me permiti ser inspecionada e contemplada. A voltagem que eu sentira subir por minha coluna tinha feito a volta até minha frente. Minha cabeça ficou aérea e zonza. A perspectiva de me mexer ou falar me parecia impossível.

"Isso mesmo", ele disse por fim. "Era disso que eu estava falando. *Agora* você pode vir aqui para o meu lado."

Anthony me conduziu até a cama e afastou meu cabelo dos olhos. Esperava que ele atacasse meus seios e minha boca àquela altura, mas não chegou nem perto deles. Sua falta de urgência me deixou meio enlouquecida. Ele nem sequer tornou a me beijar. Apenas sorria para mim. "Ei, Vivian Morris. Tenho uma grande ideia. Quer ouvir?"

"Sim."

"Vou te falar o que vamos fazer. Você vai se deitar nesta cama e deixar que eu tire o resto das suas roupas. E depois vai fechar seus olhinhos lindos. E sabe o que vou fazer depois?"

"Não", respondi.

"Vou te mostrar como é."

Talvez seja difícil para alguém da sua idade, Angela, entender como o conceito de sexo oral era radical para uma moça da minha geração. É claro que eu sabia da outra via (o que hoje chamamos de "boquete" — eu havia feito algumas vezes e não sabia direito se eu gostava ou sequer entendia), mas a ideia de um homem pôr a boca na genitália de *uma mulher*? Isso não era feito.

Me permita corrigir: sem dúvida era feito. Toda geração gosta de imaginar que descobriu o sexo, mas tenho certeza de que pessoas bem mais sofisticadas que eu experimentavam tudo em 1940, Nova York afora — sobretudo no Village. Mas eu nunca tinha ouvido falar. Só Deus sabe que tudo o mais fora feito à flor da minha feminilidade naquele verão. Tinha sido empalmada, esfregada, penetrada e certamente dedada e cutucada (céus, como os garotos gostavam de *cutucar*, e de forma vigorosa) — mas *aquilo* nunca.

A boca dele foi parar entre minhas pernas tão rápido, e a súbita percepção de seu destino e intenção me chocaram a tal ponto que eu soltei um "Ah!" e tentei me sentar, mas Antony levantou um de seus longos braços, pôs a palma da mão no meu peito e me pressionou para baixo com firmeza, sem interromper o que fazia.

"Ah!", eu repeti.

Então senti. Eu não sabia que aquela sensação era possível. Tomei o maior fôlego da minha vida e tenho certeza de que expirei por dez minutos. De fato sinto que perdi minha capacidade de ver e ouvir por um tempo e que algo deve ter entrado em curto-circuito no meu cérebro — algo que provavelmente não se regenerou por completo desde então. Todo o meu ser ficou surpreso. Eu me ouvia soltar sons como um animal, minhas pernas tremiam descontroladamente (não que eu tentasse controlá-las), minhas mãos se agarravam com tanta força ao meu rosto que deixei marcas de unha.

Então veio *mais*.

E depois disso, veio *ainda mais*.

Em seguida, gritei como se estivesse sendo atropelada por um trem, e aquele braço comprido dele de novo se esticava para tampar minha boca. Mordi sua mão assim como um soldado ferido morde sua arma.

E aí foi o *máximo*, e quase morri.

Quando tudo acabou, eu estava ofegando, chorando e rindo, e não conseguia parar de estremecer. Mas Anthony Roccella apenas dava aquele mesmo sorriso presunçoso de sempre.

"É, querida", disse o rapaz magricela que agora eu amava do fundo do coração. "É assim."

Bem, uma garota nunca volta a ser a mesma depois de algo do tipo, não é verdade?

Porém, o extraordinário é: naquela noite do nosso incrível primeiro encontro, Anthony e eu nem chegamos além daquilo. No que quero dizer que não houve penetração. Tampouco fiz alguma coisa com Anthony para retribuir com prazer a potente revelação que ele acabava de me propiciar. Anthony não dava a impressão de precisar que eu fizesse algo. Ele não parecia dar a mínima importância ao fato de que eu ficasse deitada ali, paralisada como se eu tivesse acabado de cair de um avião.

De novo, aquilo era parte do charme de Anthony Roccella — a incrível falta de urgência. O jeito como podia pegar ou largar. Eu começava a entender a origem de sua imensa autoconfiança. Agora eu achava que fazia todo o sentido esse rapaz sem um tostão furado andar empertigado como se fosse o dono da cidade: se você é um cara capaz de fazer *isso* com uma mulher sem nem precisar de nada em troca, como não se achar o máximo?

Depois de me abraçar por um tempo e zombar um pouco de mim por ter gritado e berrado de prazer, ele foi à geladeira e trouxe uma cerveja para cada um.

"Você vai precisar de uma bebida, Vivian Morris", Anthony disse, e tinha razão.

Ele nem sequer tirou a roupa naquela noite.

O garoto tinha me destruído a ponto de eu desmaiar sem nem tirar o paletó barato e bonitinho.

É claro que eu estava de volta na noite seguinte para me debater outra vez sob os poderes magníficos de sua boca. E na outra noite também. Ele continuou totalmente vestido, sem exigir reciprocidade. Na terceira noite, enfim ousei perguntar: "Mas e você? Não precisa...?".

Ele sorriu. "A gente chega lá, querida", declarou. "Não se preocupa."

E tinha razão nisso também. Chegamos lá — ora, se chegamos —, mas ele esperou até eu estar faminta por aquilo.

Não me importo em lhe contar, Angela: ele esperou até eu *suplicar*.

Essa parte foi um bocado complicada da minha parte, pois eu não sabia como suplicar por sexo. Que tipo de linguajar uma moça bem-criada usava para acessar aquele órgão masculino inominável que tanto desejava?

Poderia me fazer a gentileza...?
Se não for um problema...

Eu simplesmente não tinha a terminologia necessária para esse tipo de conversa. Claro, vinha fazendo muitas coisas obscenas, desde minha chegada a Nova York, mas no fundo ainda era uma moça fina, e moças finas não pedem coisas. De modo geral, o que eu andava fazendo nos últimos meses era *permitir* que coisas obscenas me acontecessem, nas mãos de homens que estavam sempre com pressa de acabar logo. Mas agora era diferente. Queria Anthony, e ele não tinha pressa de me dar o que eu queria, o que só me fazia querer mais.

Quando atingimos um ponto em que eu gaguejava coisas ao estilo "Acha que um dia a gente...?", ele interrompia o que estava fazendo, se apoiava no cotovelo, sorria para mim e perguntava: "Como é que é?".

"Se um dia você quisesse…"

"Se um dia eu quisesse o quê, querida? Diz logo."

Eu não dizia nada (porque não conseguia), e ele apenas dava um sorriso mais largo e falava: "Desculpa, querida, não estou te ouvindo. Você tem que falar".

Mas eu não conseguia dizer — pelo menos até ele me ensinar como.

"Tem umas palavras que você precisa aprender, querida", ele me disse uma noite, enquanto brincava comigo na cama. "E não vamos fazer mais nada até eu escutar você usando."

Então Anthony me ensinou as palavras mais imundas que já escutei. Palavras que me faziam enrubescer e queimar. Ele me fez repetir, e apreciava o desconforto que me causavam. Em seguida, voltou a trabalhar no meu corpo, me deixando torta e esfolada de desejo. Quando cheguei ao clímax e mal conseguia respirar, ele parou o que estava fazendo e acendeu a luz.

"Bem, vou te falar o que vamos fazer agora, Vivian Morris", Anthony começou. "Você vai olhar no fundo dos meus olhos e vai me dizer *exatamente* o que você quer que eu faça, usando as palavras que acabei de te ensinar. É só assim que vai acontecer, boneca."

E, Angela, valha-me Deus, eu disse.

Olhei no fundo dos olhos dele e supliquei.

Depois disso, foi um Deus nos acuda.

Agora que estava apaixonada por Anthony, a última coisa que eu queria era sair pela cidade com Celia, abordando estranhos em busca de emoções baratas, rápidas, desprovidas de prazer. Não queria fazer mais nada além de ficar com *ele* — grudada à cama de seu irmão, Lorenzo — sempre que possível. Em outras palavras: receio ter largado Celia sem fazer cerimônia nenhuma quando Anthony apareceu.

Não sei se ela sentiu minha falta. Nunca deu sinais. Tampouco se afastou de mim de um jeito notável. Simplesmente seguiu a vida, e era simpática comigo sempre que nos esbarrávamos (geralmente na cama, quando ela chegava cambaleando de bêbada, no horário de praxe). Agora, olhando para trás, sinto que não fui uma amiga muito leal — na verdade, eu a abandonei *duas vezes*: primeiro por Edna e depois por Anthony. Mas talvez os jovens sejam apenas animais selvagens no modo tão caprichoso como deslocam suas afeições e seus laços. Celia certamente também era assim. Hoje percebo que precisava sempre de alguém por quem estar apaixonada quando tinha vinte anos, e não interessava *quem*, ao que consta. Qualquer um com mais carisma que eu dava para o gasto. (E Nova York estava cheia de gente mais carismática que eu.) Era tão indefinida como ser humano, tão insegura de mim, que estava sempre buscando me apegar a outra pessoa, estava sempre me ancorando ao fascínio alheio. Mas, evidentemente, só podia me apaixonar por uma pessoa de cada vez.

E, naquele momento, era por Anthony.

Vivia com os olhos vidrados de paixão. Estava emudecida de amor. Tinha sido praticamente liquidada por ele. Mal conseguia me concentrar nos meus deveres no teatro, porque, sinceramente, quem *ligava*? Acho que a única razão que eu ainda tinha para ir ao teatro era que Anthony estava lá todo dia, ensaiando por horas a fio, e eu podia vê-lo. Queria apenas ficar em sua órbita. Eu o esperava após cada ensaio como uma pateta, seguindo-o de um lado para outro no camarim, saindo às pressas para lhe comprar um sanduíche de língua no pão de centeio sempre que ele queria. Eu me gabava com quem estivesse disposto a ouvir que eu tinha um namorado, e que seria *para sempre*.

Assim como tantas outras meninas tolas no decorrer da história, estava doente de amor e tesão — além do mais, achava que Anthony Roccella havia inventado aquelas coisas.

Mas então tive uma conversa com Edna um dia, durante a prova de um chapéu que ela usaria no espetáculo.

Ela disse: "Você está distraída. Essa fita não é da cor que combinamos".

"Não é?"

Edna tocou na fita em questão, escarlate, e indagou: "Isso lhe parece esmeralda?".

"Acho que não", respondi.

"É aquele garoto", disse Edna. "Está sugando toda a sua atenção."

Foi impossível não sorrir. "Está mesmo", confirmei.

Edna sorriu, mas com leniência. "Quando você está perto dele, Vivian, querida, é bom que saiba que fica igualzinha a uma cadela no cio."

Retribuí sua franqueza com uma alfinetada acidental no pescoço. "Perdão!", berrei, e se foi por conta da alfinetada ou de parecer uma cadela no cio, não saberia dizer.

Edna calmamente deu palmadinhas no pingo de sangue no pescoço com o lenço e disse: "Deixe isso pra lá. Não é a primeira vez que levo uma alfinetada, minha querida, e ela provavelmente foi muito merecida. Mas me escute, porque tenho idade suficiente para ser uma *relíquia* arqueológica e sei algumas coisas sobre a vida. Não é que eu não comemore sua afeição pelo Anthony. É delicioso ver uma jovem se apaixonar pela primeira vez. Ficar seguindo o menino de um lado para outro, como você faz, é uma doçura".

"Bem, ele é um sonho, Edna", declarei. "É um sonho de carne e osso."

"Claro que é, querida. Eles sempre são. Mas tenho um conselho. Não deixe de levar o rapaz esperto para a cama e escrever sobre ele nas suas memórias quando ficar famosa, mas tem uma coisa que você *não pode* fazer."

Imaginei que ela fosse dizer "Não se case" ou "Não engravide".

Mas não. A preocupação de Edna era outra.

"Não deixe isso derrubar o espetáculo", ela pediu.

"Perdão?"

"A essa altura da produção, Vivian, precisamos contar uns com os outros para manter certo grau de juízo e profissionalismo. Pode parecer que estamos só de farra, e tem farra, mas muita coisa está em jogo. Sua tia está botando tudo o que tem nessa peça: o coração, a alma e o dinheiro. Não queremos que o espetáculo vá ribanceira abaixo. Essa é a solidariedade das pessoas boas do teatro, Vivian: tentamos não arruinar o espetáculo alheio e tentamos não arruinar a vida alheia."

Eu não entendia aonde ela queria chegar, e minha expressão deve ter demonstrado, pois Edna fez outra tentativa.

"O que eu estou tentando dizer, Vivian, é o seguinte: se você vai se apaixonar pelo Anthony, então se apaixone por ele, e quem criticaria você por querer tirar umas lasquinhas? Mas prometa para mim que vai ficar com ele até o fim da temporada. Ele é um bom ator, bem acima da média, e é necessário para esta produção. Não quero nenhum contratempo. Se um partir o coração do outro, vou perder não só um protagonista surpreendentemente excelente, mas uma ótima figurinista. Preciso dos dois agora, e preciso dos dois em perfeito juízo. Sua tia também precisa."

Ainda devo ter parecido tremendamente idiota, pois ela disse: "Vou explicar da forma mais direta possível, Vivian. Como meu pior ex-marido, aquele diretor horrível, vivia me dizendo: 'Viva como você bem entender, minha belezura, mas não deixe a merda explodir em cima do espetáculo'".

15

Os ensaios de *Cidade das garotas* estavam a pleno vapor, e a data de estreia estava marcada para 29 de novembro de 1940. Entraríamos em cartaz na semana após o Dia de Ação de Graças, na tentativa de arrebatar o pessoal em clima de festa.

De modo geral, corria bem. A música era sensacional e os figurinos eram *excelentes*, modéstia à parte. A melhor coisa do espetáculo, óbvio, era Anthony Roccella — pelo menos na minha opinião. Meu namorado cantava, atuava e dançava à beça. (Entreouvi Billy dizendo a Peg: "Moças que dançam feito anjos é fácil de encontrar, e meninos também. Mas conseguir um homem que dança feito *homem*, isso é complicado. O garoto correspondeu às minhas expectativas".)

Além do mais, Anthony era um humorista nato e era totalmente convincente como um delinquente esperto capaz de forçar uma velha rica a criar um bar clandestino e bordel em sua mansão. E as cenas dele com Celia eram fantásticas. Formavam um casal lindíssimo no palco. Tinham uma cena especialmente incrível juntos, na qual dançavam tango enquanto Anthony sedutoramente cantava para Celia sobre "Um cantinho em Yonkers" que queria lhe mostrar. Pelo jeito como cantava, Anthony fazia "Um cantinho em Yonkers" soar como uma zona erógena do corpo feminino — e Celia sem dúvida reagia como se fosse mesmo. Era o momento mais sexy da peça. Qualquer mulher com pulsação teria concordado. Ou ao menos era o que eu imaginava.

Outros, é claro, teriam alegado que a melhor parte da peça era o desempenho de Edna Parker Watson — e tenho certeza de que tinham razão. Até eu, no meu deslumbramento apaixonado, sabia que Edna estava brilhante. Eu já tinha visto muitas peças na vida, mas nunca tinha visto uma atriz de verdade em ação. Todas as atrizes que conhecera até ali eram bonecas com quatro ou cinco expressões faciais diferentes — tristeza, medo, raiva, amor, felicidade — que se revezavam até que as cortinas descessem. Edna, porém, tinha acesso a todos os matizes da emoção humana. Era natural, simpática, nobre. Conseguia interpretar uma cena de nove maneiras diferentes no intervalo de uma hora e de algum modo fazer com que cada uma das variações parecesse ser a perfeita.

Também era uma atriz generosa. Fazia a atuação de todo mundo parecer melhor com sua mera presença no palco. Tirava de todos o que tinham de melhor. Gostava de recuar um pouco no ensaio e deixar a luz brilhar sobre outro ator, olhando para todos com alegria enquanto interpretavam seus papéis. Grandes atrizes normalmente não têm esse grau de gentileza. Mas Edna sempre pensava nos outros. Lembro um dia em que Celia chegou para ensaiar usando cílios falsos. Edna a chamou num canto para advertir que não os usasse em espetáculos, pois fariam sombra e a deixariam com cara "de cadáver, querida, o que você não quer que aconteça jamais".

Uma estrela mais invejosa não teria chamado a atenção para aquilo. Mas Edna nunca era invejosa.

Com o tempo, ela fez da sra. Alabaster uma personagem bem mais sutil do que o roteiro sugeria. Transformou-a em uma mulher *consciente* — consciente de como sua vida era ridícula quando era rica, depois consciente de como era ridículo estar dura, depois consciente de como era ridículo gerir um cassino na sala de estar de sua casa. No entanto, era uma mulher que jogava corajosamente o jogo da vida — e que deixava que o jogo da vida de certo modo jogasse com ela. Era irônica, mas não fria. O resultado era uma sobrevivente que não havia perdido a capacidade de sentir.

Todo santo dia em que cantava seu solo romântico — uma balada simples chamada "Estou pensando em me apaixonar" —, ela provocava um estado de estupefação silenciosa. Não interessava quantas vezes já tivéssemos escutado: todos interrompíamos o que estávamos fazendo para ouvi-la. Não que Edna tivesse a melhor das vozes (ela se arriscava nas notas altas), mas conferia tamanha pungência ao momento que era impossível a pessoa não se empertigar na cadeira e prestar atenção.

A música falava de uma mulher mais velha que decidia se entregar ao romance mais uma vez, contrariando o próprio juízo. Quando

Billy compusera a letra, seu intuito não era de que fosse tão triste. A ideia original, acho, era criar algo leve e divertido: *Olha que fofo! Os mais velhos também podem se apaixonar!* Mas Edna pediu a Benjamin que diminuísse o ritmo da canção de modo que adquirisse um tom mais sombrio, o que mudou tudo. Agora, quando chegava ao último verso ("Sou apenas uma amadora/ Mas estamos aqui para quê?/ Estou pensando em me apaixonar") dava para sentir que aquela mulher *já estava* apaixonada, e que era um caso terminal. Dava para sentir o medo do que poderia acontecer com seu coração, agora que havia perdido o domínio de si. Mas também dava para sentir sua esperança.

Acho que Edna nunca cantou aquela música no ensaio sem que aplaudíssemos no fim.

"Ela é o máximo, mocinha", Peg me disse uma vez, da coxia. "A Edna é sem dúvida o máximo. Tenha a idade que tiver, jamais se esqueça de que teve a sorte de ver uma mestra em ação."

Um ator mais problemático, infelizmente, era Arthur Watson.

O marido de Edna não sabia fazer nada. Não sabia interpretar — não conseguia nem decorar as falas! — e não sabia cantar nem por decreto. ("Ouvir esse sujeito cantar", Billy diagnosticou, "é ter o raro prazer de invejar os surdos.") Sua dança tinha tudo de errado que poderia haver em uma dança que ainda queria ser chamada de dança. E não conseguia andar pelo palco sem dar a impressão de estar prestes a derrubar alguma coisa. Eu me perguntava como conseguira ser carpinteiro sem serrar o próprio braço por acidente. Devo admitir que Arthur ficava tremendamente bonito no figurino, fraque e cartola, mas é a única coisa que posso dizer em seu favor.

Quando ficou claro que ele não dava conta do papel, Billy cortou as falas do personagem ao máximo, a fim de tornar mais simples para que o pobre coitado terminasse uma frase. (Por exemplo, Billy mudou a primeira fala de Arthur de "Sou o primo em terceiro grau do seu finado marido, Barchester Headley Wentworth, o quinto conde de Addington" para "Sou seu primo da Inglaterra".) Também tirou o solo de Arthur. Tirou até mesmo o número de dança que ele devia fazer com Edna enquanto tentava seduzir a personagem dela.

"Esses dois dançam como se nunca tivessem sido apresentados", Billy comentou com Peg antes de enfim abrir mão da ideia de botar os dois para dançar. "Como é possível que sejam *casados*?"

Edna tentava ajudar o marido, mas ele não seguia instruções muito bem e ficava veementemente ofendido diante de qualquer tentativa de refinamento de sua atuação.

"Nunca entendo do que você está falando, minha querida, e vai ser assim para sempre!", ele estourou uma vez, insensível, quando ela tentou lhe explicar a diferença entre direita e esquerda pela décima vez.

O que nos deixava mais loucos era que Arthur não parava de assobiar junto com a música que vinha do fosso da orquestra — mesmo quando estava no palco e no personagem. Ninguém conseguia fazê-lo parar.

Uma tarde, Billy finalmente berrou: "Arthur! Seu personagem não *escuta* a música! É o tema da abertura!".

"É claro que eu escuto!", Arthur protestou. "Os músicos estão bem *aqui*!"

Isso levou o exasperado Billy a entabular um longa arenga sobre a diferença no teatro entre música *diegética* (que os personagens no palco escutam) e música *não diegética* (que só a plateia ouve).

"Para de falar grego!", Arthur pediu.

Billy tentou outra vez: "Imagine, Arthur, que você esteja assistindo a um filme de faroeste com John Wayne. Lá está John Wayne, sozinho, montando seu cavalo em um planalto escarpado, e de repente ele começa a *assobiar junto com a música-tema*. Entende como seria ridículo?".

"Não entendo por que hoje em dia o cara não pode assobiar sem ser *atacado*", fungou Arthur.

(Mais tarde, eu o ouvi perguntando a uma das dançarinas: "Que diabos quer dizer *planalto escarpado*?".)

Eu olhava para Edna e Arthur Watson e tentava com todas as minhas forças imaginar como ela o aguentava.

A única explicação que arranjei foi que Edna genuinamente amava a beleza — e a beleza de Arthur era inegável. (Ele parecia Apolo, se

Apolo fosse o açougueiro do bairro. Mas, sim, ele era lindo.) Isso fazia sentido em certa medida, porque não havia nada na vida de Edna que não fosse lindo. Nunca vi ninguém que ligasse mais para estética do que ela. Nunca a vi sem que estivesse perfeitamente arrumada, e eu a via em todos os momentos do dia e da noite. (Ser o tipo de mulher que está perfeitamente arrumada à mesa do café da manhã ou na privacidade do próprio quarto exige certo grau de esforço e compromisso, mas assim era Edna, sempre pronta a se dedicar.)

Seus cosméticos eram lindos. A bolsinha de seda com cordão onde guardava as moedas era linda. O jeito de ler suas falas e cantar no palco era lindo. A forma de dobrar as luvas era linda. Era tanto uma entendida como uma irradiadora de beleza pura sob todas as formas.

A bem da verdade, acho que parte do motivo para Edna gostar tanto de ficar perto de mim e de Celia era que também éramos lindas. Em vez de competir conosco — como muitas mulheres mais velhas fariam —, ela parecia ser aprimorada e revigorada por nós. Lembro um dia em que nós três estávamos andando na rua juntas, com Edna no meio. De repente, ela nos pegou pelo braço, sorriu e disse: "Quando estou andando pela cidade com duas jovens imponentes do meu lado, me sinto uma pérola perfeita entre dois rubis".

Faltava uma semana para a estreia e todo mundo estava doente. Todos tínhamos o mesmo resfriado, e metade das meninas do coral estava com conjuntivite depois de usar o mesmo rímel infectado. (A outra metade estava com chato por ter dividido as calças do figurino, *coisa que eu havia pedido centenas de vezes que não fizessem.*) Peg queria dar aos artistas um dia de folga para que descansassem e se recuperassem, mas Billy não queria nem saber. Ele ainda achava que os primeiros dez minutos da peça estavam "esponjosos" — não transcorriam em um ritmo rápido o bastante.

"Vocês não têm muito tempo para ganhar a plateia, meninos", ele disse ao elenco em uma tarde em que todo mundo estava empurrando o número de abertura com a barriga. "É preciso cativá-la imediatamente. Não interessa se o segundo ato é bom se o primeiro for lento. As pessoas não voltam para o segundo ato se detestarem o primeiro."

"Eles estão cansados, Billy", disse Peg.

E *estavam* mesmo: grande parte do elenco ainda fazia dois espetáculos por noite, mantendo a agenda normal do Lily em andamento até nossa grande peça estrear.

"Bom, comédia é difícil", disse Billy. "Manter as coisas leves é trabalho pesado. Não posso deixar que esmoreçam agora."

Ele os forçou a repetir o número de abertura mais três vezes naquele dia, mas sempre ficava um pouco diferente e um pouco pior. O coral aguentou firme, mas algumas das garotas pareciam lamentar ter sido escolhidas para o elenco.

O teatro havia ficado imundo durante os ensaios — cheio de cadeiras dobráveis, fumaça de cigarro e copos de papel com restos de café frio. Bernadette, a empregada, tentava conservar tudo limpo, mas sempre havia lixo espalhado, além de um zunido contínuo e um fedor impressionante. Todo mundo estava de mau humor, estourando com os outros. Não havia glamour. Até nossas dançarinas mais lindas estavam desmazeladas com seus vários laços e turbantes, o rosto exausto, os lábios e bochechas descamados por conta do resfriado.

Em uma tarde chuvosa na última semana de ensaios, Billy saiu às pressas para comprar sanduíches para o almoço e voltou ao teatro ensopado, com os braços repletos de sacos encharcados.

"Meu Deus, como eu odeio Nova York", ele declarou, tirando a água gelada do paletó.

"Só por curiosidade, Billy", Edna disse, "o que você estaria fazendo agora caso estivesse em Hollywood?"

"Que dia é hoje, terça?", ele indagou. Então olhou para o relógio, suspirou e disse: "Neste momento, estaria jogando tênis com Dolores del Rio".

"Que bom, mas você comprou meu cigarro?", Anthony perguntou. Ao mesmo tempo, Arthur Watson desembrulhava um dos sanduíches e dizia: "Como assim? Não tem mostarda?". Por um instante, achei que Billy fosse bater nos dois.

Peg passara a beber durante o dia — não a ponto da embriaguez visível, mas reparei que sempre tinha um cantil à mão e dava goles frequentes. Por mais relaxada que eu fosse na época quanto ao álcool, tenho que confessar que isso assustou até a mim. E havia mais situações agora — algumas vezes por semana — em que deparava com ela apagada na sala de estar em meio a um monte de garrafas, sem nunca conseguir chegar na sua cama, no andar de cima.

Para piorar, a embriaguez de Peg não servia para relaxá-la, deixando-a ainda mais tensa. Ela me flagrou de chamego com Anthony na coxia uma vez, no meio do ensaio, e explodiu comigo pela primeira vez na vida.

"*Caramba*, Vivian, será que não consegue ficar *dez minutos* com a boca longe do meu protagonista?"

(A resposta sincera? Não. Eu não conseguia. Mas, ainda assim, não era típico de Peg ser tão crítica, e ela feriu meus sentimentos.)

E houve ainda o dia da explosão dos ingressos.

Peg e Billy queriam comprar rolos de ingressos novos para o Lily Playhouse, para refletir os novos preços. Queriam que fossem grandes e coloridos, e com *Cidade das garotas* escrito. Olive queria usar os rolos de ingressos antigos (que não diziam nada além de INGRESSO), mas também queria usar o antigo preço. Peg se empenhou, dizendo: "Não vou cobrar o mesmo preço para as pessoas verem a Edna Parker Watson no palco que eu cobraria para verem um dos meus espetáculos idiotas com moças seminuas".

Olive se empenhou ainda mais: "Nossa plateia não pode bancar quatro dólares por uma cadeira mais perto do palco, e nós não podemos bancar rolos novos de ingressos".

Peg: "Se não podem pagar um ingresso de quatro dólares, podem pagar um lugar no balcão por três dólares".

"Nossa plateia não pode."

"Então talvez não seja mais nossa plateia, Olive. Quem sabe agora a gente não consegue uma plateia nova? Quem sabe a gente não consegue uma plateia de mais classe, para variar?"

"Não servimos à elite", rebateu Olive. "Servimos aos trabalhadores, será que preciso te lembrar disso?"

"Bom, talvez pelo menos uma vez na vida os *trabalhadores* deste bairro queiram ver um espetáculo de qualidade, Olive. Talvez não gostem de ser tratados como pobres de mau gosto. Talvez achem que vale a pena pagar um pouco mais para ver uma coisa boa. Já pensou *nisso*?"

As duas estavam brigando por isso havia dias, mas o ponto crítico foi quando Olive irrompeu no ensaio uma tarde — interrompendo Peg, que conversava com uma dançarina sobre uma confusão referente a posicionamento — e anunciou: "Acabei de chegar da copiadora. Vai custar duzentos e cinquenta dólares imprimir os cinco mil ingressos novos que você quer, e me recuso a pagar".

Peg se virou e gritou: "Caramba, Olive, quanto você quer que eu te pague para você *parar de falar da porra do dinheiro?*".

O teatro inteiro fez silêncio. Todo mundo gelou, estancando onde estava.

Talvez você se recorde, Angela, do impacto enorme que a palavra "porra" tinha na nossa sociedade — antes de todo mundo começar a repeti-la dez vezes por dia antes do café da manhã. Essa já foi uma palavra *muito* forte. Jamais era ouvida saindo da boca de uma mulher respeitável. Nem mesmo Celia a usava. Ou Billy. (Eu usava, claro, mas somente na privacidade da cama do irmão de Anthony, e somente porque meu namorado me obrigava a dizê-la antes de transar comigo — e eu ainda enrubescia toda vez.)

Mas ouvi-la *berrada*?

Eu nunca a tinha ouvido berrada.

Por um instante, me ocorreu questionar onde minha agradável tia Peg tinha aprendido aquela palavra — embora suponha que quem cuidou de soldados feridos na linha de frente da guerra de trincheiras provavelmente ouviu de tudo.

Olive ficou parada ali, com a fatura na mão. Tinha uma expressão distintivamente esbofeteada, algo terrível de ver em alguém que era sempre tão imperiosa. Ela tampou a boca com a mão e seus olhos se encheram de lágrimas.

No momento seguinte, o rosto de Peg se encheu de remorso.

"Olive, me perdoe! Mil perdões. Não foi minha intenção. Sou uma idiota."

Ela deu um passo em direção à secretária, mas Olive fez que não e sumiu nos bastidores. Peg correu atrás dela. O restante de nós olhava ao redor, em choque. O próprio ar parecia morto e duro.

Foi Edna quem se recobrou primeiro, o que talvez não surpreenda.

"Minha sugestão, Billy", ela disse em tom firme, "é que você peça à companhia que recomece o número de dança do início. Acho que agora a Ruby sabe onde ficar, não sabe, minha querida?"

A pequenina dançarina assentiu em silêncio.

"Do começo?", indagou Billy, um pouco inseguro. Ele parecia mais desconfortável do que nunca.

"Isso mesmo", confirmou Edna, com a elegância de praxe. "Do começo. E, Billy, se você puder lembrar ao elenco que fique atento aos respectivos papéis e à tarefa em questão, seria o ideal. Vamos tomar o cuidado de manter o tom leve. Sei que estamos todos cansados, mas vamos dar conta. Conforme estão percebendo, meus amigos, fazer comédia pode ser difícil."

O incidente dos ingressos poderia ter se dissolvido na minha mente se não fosse uma coisa.

Naquela noite, fui ao apartamento de Anthony como de hábito, preparada para minha costumeira atividade noturna de devassidão sensual. Porém, o irmão dele, Lorenzo, chegou em casa na imperdoável hora precoce da meia-noite, de modo que tive que bater em retirada para o Lily Playhouse me sentindo bastante frustrada e exilada. Também estava irritada, porque Anthony não me acompanhou até em casa — mas ele era assim. Tinha muitas qualidades incríveis, mas cavalheirismo não era uma delas.

Está bem, talvez ele só tivesse *uma* qualidade incrível.

De qualquer forma, estava nervosa e distraída quando cheguei no Lily, e é provável que minha blusa estivesse do avesso. Ao subir a escada até o terceiro andar, ouvi a música. Benjamin estava ao piano. Tocava "Stardust" em tom melancólico — nunca tinha ouvido nada mais lento e mais doce. Por mais antiquada e piegas que a música fosse já na época, sempre foi uma das minhas preferidas. Abri a porta da sala com cuidado, sem querer interromper. A única luz no ambiente era do abajur sobre o piano. Lá estava Benjamin, tocando com tamanha suavidade que seus dedos mal encostavam nas teclas.

E ali, paradas no meio da sala escura, estavam Peg e Olive. Dançavam juntas. Era uma dança meio lenta — mais um abraço embalado do que qualquer outra coisa. Olive apertava o rosto contra o colo de Peg, que repousava a face sobre a cabeça de Olive. Ambas estavam de olhos bem fechados. Agarravam-se uma à outra, espremidas em um aperto silencioso de carência. Qualquer que fosse o mundo onde estivessem — qualquer que fosse a era da história em que estivessem, qualquer que fosse a memória na qual estivessem, qualquer que fosse a história que tricotasseem juntas na solidez do abraço — era um mundinho delas. Estavam juntas em algum lugar, mas não era *ali*.

Eu as observei, incapaz de me mexer, incapaz de compreender o que eu testemunhava — e, ao mesmo tempo, incapaz de *não* compreender.

Passado um tempo, Benjamin deu uma olhada para a porta e me notou. Não sei como desconfiou de que havia alguém ali. Não parou de tocar e sua expressão não mudou, mas continuou de olho em mim. Também fiquei olhando para ele — talvez em busca de alguma explicação ou instrução, mas Benjamin não me deu nenhuma. Eu me sentia presa à porta pelo olhar dele. Algo em seus olhos dizia: *Não dê mais nem um passo para dentro.*

Tive medo de me mexer, fazer barulho e alertar Peg e Olive da minha presença. Não queria constrangê-las ou me rebaixar. Mas quando senti que a música chegava ao final, não me restava alternativa: ou escapulia ou seria pega.

Portanto, recuei e fechei a porta com delicadeza — o olhar de Benjamin continuava fixo em mim enquanto ele terminava de tocar, vigiando para garantir que eu tivesse sumido antes que tocasse a última nota, nostálgica.

Passei as duas horas seguintes em uma lanchonete da Times Square que ficava aberta a noite inteira sem saber quando seria seguro voltar para casa. Não tinha mais aonde ir. Não podia voltar para o apartamento de Anthony e ainda sentia o poder do olhar de Benjamin me advertindo a não cruzar o limiar da porta — *Agora não, Vivian.*

Nunca tinha saído sozinha na cidade àquela hora, e fiquei mais amedrontada do que gostaria de admitir. Não sabia o que fazer sem Celia, Anthony ou Peg como guia. Ainda não era uma nova-iorquina de verdade, entende? Era uma turista. Você só se torna nova-iorquino de verdade quando sabe lidar com a cidade por conta própria.

Portanto, tinha ido ao lugar mais iluminado que conseguira achar, onde uma velha garçonete cansada não parava de encher minha xícara de café sem comentários ou reclamações. Assisti a um marinheiro e sua namorada brigarem na mesa à minha frente. Ambos estavam embriagados. A briga era sobre uma Miriam. A garota desconfiava de Miriam; o marinheiro ficava na defensiva. Os dois davam argumentos convincentes para os respectivos pontos de vista. Eu ia e voltava entre acreditar no marinheiro e na moça. A sensação era de que precisava ver como era Miriam antes de dar um veredicto quanto à possível deslealdade dele.

Peg e Olive eram *lésbicas*?

Só que não podia ser. Peg era casada. E Olive era... *Olive*. Um ser assexuado, se é que aquilo existia. Olive era feita de naftalina. Mas haveria outra explicação para aquelas duas mulheres de meia-idade tão grudadas na escuridão enquanto Benjamin tocava a canção de amor mais triste do mundo?

Eu sabia que haviam brigado naquele dia, mas era assim que a pessoa fazia as pazes com a secretária? Não havia testemunhado muitas relações comerciais na vida, mas aquele abraço não parecia profissional. Tampouco parecia algo que aconteceria entre duas amigas. Eu dormia em uma cama com uma mulher todas as noites — não uma mulher qualquer, mas uma das mulheres mais lindas de Nova York —, e não nos abraçávamos daquele jeito.

E se eram lésbicas... bem, desde *quando*? Olive vinha trabalhando para Peg desde a Grande Guerra. Conhecera minha tia antes de Billy. Seria um desdobramento recente ou sempre fora assim? Quem sabia? Edna? Minha família? Billy?

Benjamin sem dúvida sabia. A única coisa que o perturbava naquela cena era minha presença. Será que volta e meia tocava piano para elas, para que dançassem? O que estava *acontecendo* naquele teatro a portas fechadas? E era aquela a verdadeira fonte das farpas constantes e da tensão entre Billy, Peg e Olive? Será que a discussão subjacente não dizia respeito a dinheiro, bebida ou controle, mas à competição sexual? (Minha mente voltou correndo para aquele dia, nas audições, em que Billy disse a Olive: "Seria um tédio se você e eu sempre tivéssemos o mesmo gosto para mulher".) Será que Olive Thompson — com seus terninhos quadrados de lã, sua hipocrisia moralista e aquela boca fina — era *rival* de Billy Buell?

Alguém poderia ser rival de um homem como Billy Buell?

Pensei em Edna falando de Peg: "Hoje, ela quer mais lealdade do que diversão".

Bem, Olive era leal. Era preciso admitir. E se a pessoa não precisasse se divertir, era o lugar certo, imagino.

Eu não conseguia avaliar o que aquilo tudo significava.

Voltei andando para casa por volta das duas e meia.

Abri com tranquilidade a porta da sala de estar, e não havia ninguém. Todas as luzes estavam apagadas. Por um lado, era como se a cena jamais tivesse acontecido. Ao mesmo tempo, eu tinha a impressão de ainda ver a sombra das duas mulheres dançando no meio da sala.

Fugi para a cama e fui acordada algumas horas depois pelo conhecido calor alcoolizado de Celia, que desmoronou ao meu lado no colchão.

"Celia", sussurrei, depois que ela se acomodou. "Preciso te fazer uma pergunta."

"Dormindo", ela disse, em tom grudento.

Eu a cutuquei, sacudi, fiz com que gemesse e se virasse, então disse mais alto: "Vamos, Celia. É importante. Acorda. Me escuta. Minha tia é lésbica?".

"Cachorro late?", Celia retrucou, e dormiu profundamente no instante seguinte.

16

Da crítica de Brooks Atkinson à *Cidade das garotas* publicada no *New York Times* em 30 de novembro de 1940:

> Se a peça é desprovida de veracidade, não é de jeito nenhum desprovida de charme. A escrita é ágil e afiada, e o elenco é quase todo excelente. [...] Mas o grande prazer de *Cidade das garotas* está na rara oportunidade de testemunhar Edna Parker Watson em ação. A celebrada atriz britânica possui um talento para a comicidade que não seria esperado de uma atriz trágica tão ilustre. Assistir à sra. Watson ficar de lado para apreciar o circo em que sua personagem frequentemente se vê é uma maravilha. Suas reações são tão engraçadas e sutis que ela se sai perfeitamente bem com essa pecinha satírica deliciosa.

A noite de estreia foi apavorante — e belicosa.

Billy havia enchido a plateia de amigos de longa data e fanfarrões, colunistas e ex-namoradas, e todos os relações-públicas, críticos e jornalistas que conhecia por nome ou reputação. (E Billy conhecia *todo mundo*.) Peg e Olive tinham se oposto à ideia, e com veemência.

"Não sei se estamos prontos para isso", Peg disse, soando exatamente como uma mulher em pânico ao descobrir que o marido convidou o patrão para jantar naquela noite e espera uma refeição perfeita em pouco tempo.

"É melhor estarmos prontos", rebateu Billy. "Vamos estrear daqui a uma semana."

"Não quero críticos neste teatro", declarou Olive. "Não gosto de críticos. Eles são muito *cruéis*."

"Você ao menos acredita na nossa peça, Olive?", Billy questionou. "Você ao menos gosta da peça?"

"Não", ela respondeu. "A não ser por alguns trechos."

"Não resisto à pergunta, apesar de saber que vou me arrepender: *quais* trechos?"

Olive ponderou com cuidado. "Acho que gosto um pouco da abertura."

Billy revirou os olhos. "Você é uma adversidade viva, Olive." Em seguida, voltou sua atenção para Peg. "Temos que arriscar, querida. Temos que espalhar a notícia. Não quero que a única pessoa importante na plateia na nossa primeira noite seja eu."

"Nos dê pelo menos uma semana para resolver os problemas", pediu Peg.

"Não faz a menor diferença, Pegsy. Se o espetáculo for um fiasco, vai continuar sendo um fiasco uma semana depois. Então vamos descobrir de uma vez por todas se desperdiçamos ou não nosso tempo e nosso dinheiro. Precisamos de gente graúda na plateia, senão não vai dar certo nunca. Precisamos que eles amem, e precisamos que digam aos amigos que venham ver, porque é assim que se entra no jogo. A Olive não deixa que eu gaste dinheiro em propaganda, então precisamos alardear a coisa até não poder mais. Quanto antes vendermos todos os assentos da casa, mais cedo a Olive vai parar de me olhar como se eu fosse um assassino. E os ingressos não vão esgotar se as pessoas não souberem que estamos *aqui*."

"Acho vulgar convidar os amigos para seu local de trabalho e esperar que eles façam publicidade de graça", disse Olive.

"Então como espera que a gente alerte as pessoas para o fato de que estamos com um espetáculo, Olive? Quer que eu fique na esquina com um cartaz pendurado no corpo?"

Ela não parecia ser contra a ideia.

"Contanto que o cartaz não diga O FIM ESTÁ PRÓXIMO", declarou Peg, que não parecia ter certeza de que não estava.

"Pegsy", disse Billy. "Cadê sua confiança? Essa mula dá coice. Você sabe que dá. *Sabe* que o espetáculo é bom. Consegue sentir, como eu."

Mas Peg continuava nervosa. "Tantas vezes ao longo dos anos você me disse que eu sentia algo. E geralmente era só a sensação incômoda de que eu tinha acabado de perder minha carteira."

"Estou prestes a *rechear* sua carteira, moça", disse Billy. "Fique só olhando."

De Heywood Broun, no *New York Post*:

```
Faz tempo que Edna Parker Watson é uma joia dos
palcos britânicos, mas após assistir à Cidade
das garotas, é de se lamentar que ela não tenha
vindo abrilhantar nossa Costa antes. O que po-
deria ser mera curiosidade se transforma em uma
noite teatral memorável graças ao raro talento
e à espirituosidade da sra. Watson ao retratar
uma decana da alta sociedade que anda sem sorte e
precisa abrir um bordel a fim de salvar a mansão
da família. [...] As canções de Benjamin Wilson são
deliciosas, e os dançarinos estão em uma brilhante
crescente. [...] O novato Anthony Roccella reluz
como um Romeu urbano flamejante, e a sensualidade
distrativa de Celia Ray confere ao espetáculo, de
modo geral, um sabor adulto.
```

Nos últimos dias antes da estreia, Billy gastou dinheiro como um louco — mais que o de hábito. Levou duas massagistas norueguesas para nossos dançarinos e astros. (Peg ficou estarrecida com a despesa, mas Billy disse: "Em Hollywood, a gente faz isso o tempo todo, com as estrelas mais agitadas. Você vai ver, todos se acalmam rapidinho".) Pediu a um médico que fosse ao Lily Playhouse e desse em todos injeções de vitaminas. Disse a Bernadette que trouxesse todos os primos que tinha — e os filhos deles também — para faxinar o teatro até que ficasse irreconhecível. Contratou homens da vizinhança para lavar a fachada do Lily e para garantir que todas as lâmpadas do enorme letreiro funcionassem a pleno vapor, e trocou o filtro de todas as luzes do palco.

Para o último ensaio geral, chamou um bufê do Toots Shor's — com caviar, peixe defumado, minissanduíches e tudo a que tínhamos direito. Contratou alguém para tirar fotos publicitárias do elenco com o figurino completo. Encheu o saguão de enormes cascatas de orquídeas, que provavelmente custaram mais que meu primeiro semestre de faculdade (e devem ter sido um investimento melhor). Levou uma massagista facial, uma manicure e uma maquiadora para Edna e Celia.

No dia da estreia, contratou umas crianças e desempregados do bairro (por cinquenta centavos cada, um ótimo honorário, pelo menos para as crianças) para perambular na frente do teatro, dando a impressão de que algo tremendamente empolgante estava para acontecer. E pagou a criança mais barulhenta para gritar sem parar: "Esgotado! Esgotado! Esgotado!".

Na noite da estreia, Billy surpreendeu Edna, Peg e Olive com presentes — para dar sorte, ele explicou. Deu a Edna uma pulseira fina de ouro da Cartier que era a cara dela. Para Peg, deu uma bela carteira de couro da Mark Cross. "Você vai precisar logo, Pegsy", ele disse, com uma piscadela. "Quando a bilheteria começar a entrar, as costuras da sua carteira antiga vão estourar.") Quanto a Olive, com muita pompa, ele lhe entregou uma caixa de presente excessivamente embrulhada, contendo — quando ela enfim tirou todo o papel e os laços — uma garrafa de gim.

"Seu próprio estoque", ele disse. "Para te ajudar a se anestesiar contra o tédio profundo de que parece sofrer por causa desta produção."

De Dwight Miller, no *New York World-Telegram*:

```
Os frequentadores de teatro são instados a ignorar
as cadeiras bambas e puídas do Lily Playhouse,
as lascas do teto que podem cair em seu cabe-
lo enquanto as dançarinas bailam no palco, e os
cenários inadequados e as luzes tremeluzentes.
Sim, são instados a ignorar todos os incômodos
e inconveniências e se dirigirem à Nona Avenida
para ver Edna Parker Watson em Cidade das garotas!
```

Enquanto a plateia entrava no teatro, todos nos reunimos nos bastidores — de figurino e maquiagem completos — e ficamos escutando o zumbido glorioso da casa lotada.

"Juntem-se", pediu Billy. "Este momento é de vocês."

Os atores e dançarinos nervosos e tensos formaram um círculo aberto em torno de Billy. Fiquei ao lado de Anthony, segurando sua mão, mais orgulhosa do que nunca. Ele me deu um beijão, depois largou minha mão e ficou balançando o corpo para a frente e para trás, golpeando o ar como um boxeador antes da luta.

Billy tirou um cantil do bolso, se serviu de um trago generoso e o passou para Peg, que fez a mesma coisa.

"Pois bem, não sou de fazer discursos", disse Billy, "visto que não sei muito bem como enfileirar as palavras e não gosto de ser o centro das atenções." O elenco riu com satisfação. "Mas quero dizer a vocês, pessoal, que o que fizeram aqui nesse breve período e com um orçamento apertado é teatro de primeira qualidade. Não existe nada em cartaz na Broadway agora, ou em Londres, aposto, que seja melhor do que os artigos que temos a proporcionar a essa turma aqui esta noite."

"Não sei se tem alguma coisa em cartaz lá no momento, querido", Edna corrigiu em tom seco, "à exceção, talvez, de *Bombas à beça…*"

O elenco tornou a rir.

"Obrigado, Edna", disse Billy. "Você me lembrou de te mencionar. Me escutem, vocês todos. Se ficarem nervosos ou agitados no palco, olhem para Edna. A partir deste momento, ela é a capitã, e vocês não poderiam estar em mãos melhores. A Edna é a atriz de cabeça mais fria com quem terão o privilégio de dividir o palco. Nada abala essa mulher. Assim, deixem que a firmeza dela lhes sirva de guia. Relaxem ao ver como está relaxada. Lembrem que a plateia perdoa o ator por qualquer coisa, menos por não estar à vontade. E se vocês se esquecerem das falas, falem bobagem que a Edna dá um jeito. Confiem nela, que trabalha nisso desde a Armada Espanhola, não é, Edna?"

"Desde um pouco antes, acho", ela disse, sorrindo.

Edna estava incandescente em seu longo vermelho Lanvin antigo achado na caixa do Lowtsky's. Eu tinha adaptado o vestido com enorme cuidado. Estava muito orgulhosa de como a vestira bem para o papel. A maquiagem dela também estava linda. (Mas é claro que estava.) Ainda parecia ela mesma, mas era uma versão mais vívida, mais régia de si. Com o cabelo preto brilhoso e curto, e aquele vestido vermelho suntuoso, parecia uma peça de laca chinesa — imaculada, esmaltada, extremamente preciosa.

"Mais uma coisinha antes de entregar vocês à sua fiel produtora", declarou Billy. "Lembrem que a plateia não veio aqui para detestar vocês. Ela veio para amar. Peg e eu já montamos milhares de espetáculos ao longo dos anos, para tudo quanto é tipo de plateia, e eu sei o que ela quer: se apaixonar. Dou a dica de um velho ator de vaudeville: se amarem a plateia primeiro, ela não vai ter como não se apaixonar por vocês. Então vão lá e amem a plateia com força, esse é meu conselho."

Ele parou um instante, enxugou os olhos e tornou a falar.

"Agora, escutem", Billy pediu. "Parei de acreditar em Deus na Grande Guerra, e vocês também teriam parado se vissem o que eu vi. Mas às vezes tenho recaídas, geralmente quando estou muito bêbado ou emotivo demais, e neste momento estou um pouco de cada, então, me perdoem, mas aqui vai. Vamos baixar a cabeça e fazer uma oração."

Não acreditei, mas ele estava falando sério.

Baixamos a cabeça. Anthony voltou a segurar minha mão e eu senti a comoção que sempre sentia com suas atenções, por menores que fossem. Alguém pegou minha outra mão e a apertou. Percebi pelo toque familiar que era Celia.

Não sei se vivi outro momento mais feliz que esse.

"Querido Deus, da natureza que seja", disse Billy. "Jogue sua luz sobre estes humildes atores. Jogue sua luz sobre esses vagabundos lá fora e faça com que nos amem. Jogue sua luz sobre esta nossa empreitada inútil. O que estamos fazendo aqui, esta noite, não tem nenhuma relevância no contexto cruel do mundo, mas estamos fazendo assim mesmo. Faça valer a pena. Pedimos em seu nome, quem quer que você seja, e acreditando ou não em ti, sendo que a maioria não acredita. Amém."

"Amém", todos repetimos.

Billy tomou outro gole do cantil. "Quer acrescentar alguma coisa, Peg?"

Minha tia sorriu, e nesse momento pareceu ter vinte anos. "Vão lá, meninos", ela disse, "e botem pra quebrar."

De Walter Winchell, no *New York Daily Mirror*:

```
Não me importa a peça na qual Edna Parker Watson
esteja atuando, contanto que ela esteja no palco!
Ela é superior às atrizes que imaginam saber o
que estão fazendo! [...] Parece ser da realeza, mas
sabe o feijão com arroz! [...] Cidade das garotas
é uma obra-prima do disparate — e se parece que
estou reclamando, acreditem, camaradas, não es-
tou. Nesta época sombria, bom seria se tivéssemos
mais disparates. [...] Celia Ray — e buuu para quem
escondeu a moça esses anos todos — é uma sapeca
iridescente. Você não vai querer deixá-la a sós
com seu namorado ou marido, mas isso lá é maneira
de se julgar uma estrela em ascensão? [...] Não se
preocupem, meninas, o espetáculo também tem algo
delicioso para vocês: ouvi todas as senhoras da
plateia suspirarem por Anthony Roccella, que pre-
cisa virar artista de cinema. [...] Donald Herbert
está hilário como um batedor de carteiras cego
— e é assim que chamo certos políticos de hoje!
[...] Agora, no que se refere a Arthur Watson, ele
é jovem demais para a esposa, mas ela é boa demais
para ele, então aposto que é assim que os dois
fazem a relação funcionar! Não sei se ele é fora
do palco um sujeito tão desajeitado quanto é na
ribalta, mas, se for, me compadeço de sua esposa
encantadora!
```

Edna conquistou a primeira risada do espetáculo.

Ato 1, cena 1: a sra. Alabaster está em um chá com outras damas opulentas. Em meio ao ruído geral de fofocas superficiais, ela menciona em tom casual que o marido bateu o carro na véspera. As senhoras ficam boquiabertas, em choque, e uma pergunta: "Crítico, minha querida?".

"*Sempre*", responde a sra. Alabaster.

Há uma longa pausa. As senhoras a fitam com ar confuso. A sra. Alabaster mistura o chá com calma, o mindinho levantado. Então levanta o rosto com a maior inocência: "Perdão, estava se referindo ao estado do meu marido? Ah, ele faleceu".

A plateia veio abaixo.

Na coxia, Billy segurou a mão da minha tia e disse: "Pegamos eles, Pegsy".

De Thomas Lessig, no *Morning Telegraph*:

```
O sex appeal de alta voltagem da srta. Celia Ray
deixará muitos cavalheiros grudados ao assento,
mas os sábios da plateia farão bem em apontar
os olhos para Edna Parker Watson — uma sensação
internacional que se anuncia em Cidade das garo-
tas como uma estrela cujo grande dia nos Estados
Unidos finalmente chegou.
```

Mais adiante no ato 1, Lucky Bobby tenta convencer a sra. Alabaster a penhorar seus objetos de valor a fim de custear o bar clandestino.

"Não posso vender este relógio!", ela exclama, exibindo o objeto de ouro com um lindo cordão. "Comprei para meu marido!"

"Fez um bom negócio, senhora." Meu namorado assente num gesto de aprovação.

Edna e Anthony lançavam suas piadas como jogadores de badminton na ribalta — e não perdiam nenhuma tacada.

"Mas meu pai me ensinou a jamais mentir, trair ou roubar!", diz a sra. Alabaster.

"O meu também!" Lucky Bobby leva a mão ao coração. "Meu pai me ensinou que a única coisa que um homem tem neste mundo é a honra, *a não ser* que tenha a oportunidade de ganhar uma bolada, aí tudo bem depenar o irmão e vender a irmã a um prostíbulo."

"Espero que para um prostíbulo *de qualidade*", retruca a sra. Alabaster.

"Você e eu somos o mesmo tipo de gente, senhora!", declara Lucky Bobby, então eles entabulam o dueto "Nossos modos vis, espúrios" — e ah, o *empenho* que tivemos ao brigar com Olive pelo direito de usarmos a palavra "espúrios" na música!

Aquele era meu momento predileto do espetáculo. Anthony fazia um solo de sapateado no meio do número, durante o qual iluminava o salão como um sinalizador. Ainda vejo seu sorriso predatório naquele holofote, dançando como se quisesse criar um buraco no palco. A plateia — a nata escolhida a dedo da sociedade frequentadora de teatro de Nova York — batia os pés com ele como um bando de simplórios. Eu sentia que meu coração ia explodir. *Eles o amam*. Então, em algum canto sob a alegria por seu sucesso, senti uma pontada de apreensão: *Ele está prestes a virar um astro e eu estou prestes a perdê-lo*.

Mas quando o número acabou e Anthony correu para a coxia, ele me segurou com o figurino suado, me empurrou contra a parede e me beijou com toda a sua força e glória — e me esqueci, por um instantinho, dos meus temores.

"Sou o *máximo*", ele rosnou. "Você me viu lá, querida? Sou o máximo. Sou o *melhor* que já existiu!"

"É mesmo, é mesmo! Você é o melhor que já existiu no mundo!", berrei, pois é isso que garotas de vinte anos dizem ao namorado quando estão enlouquecidas de amor.

(Para ser justa com Anthony e comigo, ele era realmente eletrizante.)

Em seguida, Celia fez seu striptease — cantando melancolicamente naquele seu sotaque do Bronx sobre seu enorme desejo de ter um bebê — e deixou a plateia simplesmente *enrodilhada*. Sabe-se lá como, ela conseguiu ser adorável e pornográfica ao mesmo tempo, o que não é fácil. No final de sua dança, a plateia gritava e assobiava feito bêbados em um espetáculo burlesco. E não foram só os homens que ficaram caidinhos: juro que ouvi algumas vozes femininas nos gritos de aprovação.

Depois veio o zunido agradável do intervalo — os homens acendendo cigarros no saguão e a multidão de mulheres acetinadas no banheiro. Billy me pediu para sair e me misturar com o público para sentir a reação. "Eu mesmo faria isso", ele disse, "mas tem muita gente que me conhece. Não quero as reações diplomáticas, quero as verdadeiras. Procure as reações *verdadeiras*."

"O que eu tenho que procurar?", perguntei.

"Se estiverem falando da peça, é bom. Se estiverem falando de onde estacionaram o carro, é ruim. Mas preste atenção, acima de tudo, nos sinais de orgulho. Quando a plateia está feliz com o que vê, parece estar muito orgulhosa de si. Como se eles mesmos tivessem criado a peça, canalhas egoístas. Vá lá fora e me diga se parecem orgulhosos."

Abri caminho em meio ao público e examinei os rostos felizes e rosados ao meu redor. Todos pareciam ricos, bem nutridos e muito satisfeitos. Falavam da peça sem parar — da silhueta de Celia, do charme de Edna, dos dançarinos, das canções. Repetiam piadas e faziam os outros rirem de novo.

"Nunca vi tanta gente parecendo orgulhosa", relatei a Billy.

"Que bom", ele disse. "O público tem mais é que estar assim mesmo."

Ele fez outro discurso para o elenco, mais breve, antes do segundo ato.

"A única coisa que interessa agora é o que o público vai levar quando sair", Billy explicou. "Se vocês deixarem a bola cair no meio do segundo ato, eles vão esquecer que já amaram vocês. É preciso conquistar o público de novo. Quando chegar ao final, não dá para ser só bom: tem que ser *estupendo*. Mantenham a vitalidade, crianças."

Ato 2, cena 1: o prefeito chega à mansão da sra. Alabaster decidido a fechar a casa de jogos ilegal e o bordel que dizem que ela gerencia. Ele vai disfarçado, mas Lucky Bobby está de olho e soa o alarme. As coristas vestem roupas de empregada por cima dos collants de paetês e os crupiês passam por mordomos. Os clientes fingem ser visitantes em um passeio pelo jardim, e toalhas de mesa bordadas são jogadas sobre as mesas de jogos. O sr. Herbert, como batedor de carteiras cego, faz a gentileza de pegar o casaco do prefeito e se serve da carteira dele. A sra. Alabaster convida o prefeito para tomar um chá com ela no solário, escondendo uma pilha de fichas de jogo no corpete durante o processo.

"Que casa de alto nível tem aqui, sra. Alabaster", diz o prefeito enquanto espia o lugar, procurando indícios de atividades ilegais. "Muito sofisticada. Sua família veio no *Mayflower*, por acaso?"

"Não, valha-me Deus", diz Edna com seu sotaque no tom mais agudo enquanto se abana elegantemente com uma mão de cartas de pôquer. "Minha família sempre teve o próprio barco."

Já mais para o final do espetáculo, quando Edna cantou sua balada de partir o coração "Estou pensando em me apaixonar", o teatro foi tomado por tamanho silêncio que poderia estar vazio. Quando ela proferiu a última nota melancólica, a plateia se levantou e a aplaudiu. Fizeram Edna voltar ao palco para *quatro agradecimentos* após a música antes que a peça pudesse continuar. Eu já tinha ouvido falar na expressão "de parar o espetáculo", mas nunca havia de fato visto na vida real.

Edna Parker Watson havia literalmente parado o espetáculo.

Quando chegou a hora do grande final, o número "O nosso vai ser um duplo", fiquei irritada e distraída assistindo a Arthur Watson. Ele tentava acompanhar os passos de dança dos outros membros do elenco, mas se saía mal. Felizmente, sua péssima atuação não parecia causar muito incômodo na plateia, e era impossível escutar seu canto desafinado acima da orquestra. De qualquer forma, a plateia cantava e batia palmas com o refrão ("Pecado, amores, gim, amores/ Podem ir entrando, amores!"). O Lily Playhouse resplandecia com o brilho da alegria pura compartilhada.

Então chegou o fim.

Seguiram-se chamados do elenco ao palco para receber os aplausos — muitos chamados. Mesuras e mais mesuras. Buquês de flores atirados ao palco. Depois as luzes da casa finalmente diminuíram de intensidade, a plateia pegou seus casacos e sumiu feito fumaça.

Todos nós, elenco e equipe, exaustos, fomos para o palco vazio e ficamos ali um instante, na poeira do que tínhamos criado — emudecidos pela incredulidade desconcertante do que acabáramos de nos ver fazer.

De Nichols T. Flint, no *New York Daily News*:

```
O dramaturgo e diretor William Buell deu um pas-
so astucioso ao escalar Edna Parker Watson em um
papel tão leve. A sra. Watson se joga nessa peça
açucarada mas engenhosa com a alegria de uma boa
companheira por natureza. Assim, ela se cobre de
glórias ao mesmo tempo que eleva os colegas de
palco. É impossível um espetáculo mais divertido
que esse — pelo menos nesta época sombria. A sra.
Watson nos lembra de por que devíamos importar
mais atores de Londres para Nova York — e talvez
impedi-los de voltar!
```

Passamos o resto da noite no Sardi's, aguardando as críticas saírem e bebendo até quase não conseguir mais enxergar. É desnecessário dizer que os atores do Lily não formavam uma companhia teatral habituada a esperar as críticas no Sardi's — ou a sequer receber críticas —, mas aquele não era um espetáculo normal.

"Tudo depende do que disserem Atkinson e Winchell", Billy nos explicou. "Se conseguirmos o elogio tanto do segmento superior quanto do inferior, temos um sucesso nas mãos."

"Nem sei quem é Atkinson", declarou Celia.

"Bom, docinho de coco, desta noite em diante ele sabe quem *você* é, isso eu te prometo. Não conseguia tirar os olhos de você."

"Atkinson é famoso? Tem grana?"

"Ele é jornalista. Não tem grana nenhuma. A única coisa que tem é poder."

Então vi uma coisa incrível acontecer. Olive se aproximou de Billy trazendo nas mãos dois martínis. Ela lhe ofereceu um. Ele o aceitou, e sua surpresa só se intensificou quando Olive levantou a taça em sua direção para fazer um brinde.

"Você foi bem habilidoso nesse espetáculo, William", ela disse. "Habilidosíssimo."

Billy caiu na risada. "*Habilidosíssimo!* Vou aceitar, vindo de você, como o maior elogio já feito a um diretor!"

Edna foi a última pessoa do elenco a chegar. Fora cercada na porta lateral por admiradores que queriam seu autógrafo. Poderia tê-los evitado, subindo até seu apartamento para esperar um pouco, mas deleitou o populacho com sua presença. Depois, devia ter tomado um banho rápido e trocado de roupa, pois entrara parecendo asseada e renovada, usando um terninho azul que parecia o mais caro que eu já tinha visto (só parecia caro se você soubesse o que olhar, e eu sabia), com uma estola de raposa jogada casualmente sobre o ombro. No braço, trazia aquele belo marido idiota que quase arruinara nosso final com sua dança tenebrosa. Ele sorria como se fosse o astro da noite.

"A muito elogiada Edna Parker Watson!", Billy exclamou, e todos aplaudimos.

"Cuidado, Billy", disse Edna. "O elogio ainda não veio. Arthur, querido, será que pode me arrumar o coquetel mais *gelado* que existir?"

Arthur saiu perambulando à procura do bar e me perguntei se ele teria inteligência suficiente para achar o caminho de volta.

"Você transformou tudo em um enorme sucesso, Edna", disse Peg.

"Foram vocês que fizeram tudo, meus amores", afirmou Edna, olhando para Billy e Peg. "São os gênios e os criadores da peça. Sou apenas uma humilde refugiada de guerra, grata por ter trabalho."

"Estou com um desejo horrível de cair de bêbada", declarou Peg. "Não estou aguentando esperar os comentários. Como você faz para ficar tão tranquila, Edna?"

"Como é que você sabe que já não estou caindo de bêbada?"

"Esta noite preciso ter juízo e vigiar meu consumo", disse Peg. "Não, deixa pra lá, não estou a fim. Vivian, você poderia ir atrás do Arthur e pedir que ele multiplique por três o número de drinques que tinha planejado trazer?"

Se ele conseguir fazer as contas, pensei.

Eu me dirigi ao bar. Estava tentando chamar o bartender com um aceno quando uma voz masculina disse: "Posso te pagar um drinque, moça?". Virei com um sorriso coquete e ali estava meu irmão, Walter.

Levei um instante para reconhecê-lo, pois era tão incompatível vê-lo em Nova York — no meu universo, rodeado pela minha turma. Além disso, a semelhança familiar me tirou de órbita. O rosto dele e o meu eram tão parecidos que por um instante fiquei desorientada e quase achei que tinha topado com um espelho.

Que diabos *Walter* fazia ali?

"Você não parece estar feliz em me ver", ele disse, com um sorriso cauteloso.

Eu não sabia se estava feliz; estava apenas tremendamente desorientada. Só conseguia pensar que tinha me metido em alguma encrenca. Talvez meus pais tivessem ouvido falar do meu comportamento imoral e mandado meu irmão mais velho me buscar. Eu me peguei olhando por cima do ombro de Walter para verificar se estavam com ele, o que definitivamente indicaria o fim de uma época divertida.

"Não fique tão nervosa, Vee", ele disse. "Sou só eu." Era como se Walter lesse minha mente. O que não serviu para me deixar mais relaxada. "Vim para ver a sua pecinha. Gostei. Vocês fizeram um bom trabalho."

"Mas por que está em Nova York, Walter?" De repente me dei conta de que meu vestido revelava muito os seios e de que havia um resquício de chupão no meu pescoço.

"Larguei a faculdade, Vee."

"Você largou *Princeton*?"

"Pois é."

"O papai sabe?"

"Sabe, sim."

Nada daquilo fazia sentido. Eu era a rebelde da família, não Walter. E agora ele havia abandonado Princeton? De repente tive uma visão de meu irmão perdendo as estribeiras — jogando fora todos os anos de bom comportamento para ficar comigo em Nova York em um carnaval de bebedeira e boemia, dançando até não poder mais no Stork Club. Talvez eu o tivesse inspirado a ser perverso!

"Me alistei na Marinha", ele explicou.

Ah. Eu devia ter imaginado.

"Começo na Escola de Cadetes daqui a três semanas, Vee. Vou treinar aqui mesmo, em Nova York, só que rio acima, no Upper West Side. A Marinha atracou um encouraçado desativado no Hudson, para usar como escola. No momento, faltam oficiais, e eles aceitam qualquer um que tenha dois anos de faculdade. Vão nos treinar em apenas três meses, Vee. Começo logo depois do Natal. Quando me formar, vou ser guarda-marinha. Meu navio parte na primavera. Vou para onde me mandarem."

"O que o papai achou de você largar Princeton?", perguntei.

Minha voz soava esquisita e pomposa aos meus ouvidos. A bizarrice daquele encontro continuava me desconcertando, mas eu me esforçava para manter a conversa, fingindo que tudo estava completamente normal — fingindo que Walter e eu batíamos papo no Sardi's toda semana.

"Ele detestou", disse Walter. "Mas a decisão não cabe a ele. Já sou maior de idade e posso fazer minhas próprias escolhas. Liguei para Peg e avisei que estava vindo para cá. Ela falou que eu podia ficar algumas semanas com vocês até o treinamento começar. Conhecer um pouco de Nova York, ir aos pontos turísticos."

Walter ia se hospedar no Lily? Conosco, os *degenerados*?

"Mas você não precisava se alistar na Marinha", afirmei, como uma tola.

(Na minha cabeça, Angela, só garotos da classe operária sem outra opção de progresso na vida entravam na Marinha. Acho que tinha ouvido meu pai dizer isso em algum momento.)

"Tem uma guerra rolando, Vee", retrucou Walter. "Os Estados Unidos vão estar envolvidos mais cedo ou mais tarde."

"Mas *você* não precisa estar", rebati.

Ele me olhou com uma expressão ao mesmo tempo confusa e reprobatória. "É o meu país, Vee. Claro que preciso."

Houve uma comemoração extravagante do outro lado do salão. Um entregador de jornal tinha acabado de entrar com um punhado de primeiras edições.

Os elogios já estavam chegando.

E veja só, Angela, guardei minha predileta para o fim.
De Kit Yardley, no *New York Sun*, 30 de novembro de 1940:

Vale muito a pena assistir à Cidade das garotas, *nem que seja só pelos figurinos de Edna Parker Watson, que são encantadores do princípio ao fim.*

17

Tínhamos um sucesso nas mãos.

Em uma semana, passamos de implorar às pessoas que fossem ver nossa pecinha a lhes negar entrada. No Natal, tanto Peg quanto Billy já tinham recuperado todo o dinheiro investido, e agora a grana entrava para valer — ou foi o que ele disse.

Talvez você imagine que, com o sucesso do espetáculo, as tensões teriam se aplacado entre Peg, Olive e Billy, mas não foi o caso. Mesmo com todos os elogios e a casa sempre lotada, Olive ainda ficava ansiosa em relação ao dinheiro (sua breve celebração parecia ter se encerrado no dia seguinte à estreia).

A preocupação de Olive — conforme ela diligentemente nos lembrava todos os dias — era que o sucesso era sempre fugaz. *Cidade das garotas* podia nos financiar naquele momento, mas o que o Lily Playhouse ia fazer quando a peça saísse de cartaz? Havíamos perdido o público da vizinhança. O pessoal da classe operária que divertíramos humildemente por anos a fio tinha se afastado devido ao preço alto dos ingressos e à comédia cosmopolita — como ter certeza de que voltaria depois que retomássemos os negócios normais? Porque sem dúvida *retomaríamos* os negócios normais, mais cedo ou mais tarde. Não era como se Billy fosse ficar em Nova York para sempre. Ele tampouco havia prometido escrever mais espetáculos de sucesso para nós. E depois que Edna fosse seduzida por uma montagem nova de uma companhia teatral melhor — o que aconteceria em algum momento —, perderíamos *Cidade das garotas*. Não podíamos contar que alguém com o prestígio dela ficasse eternamente no nosso teatrinho descuidado. E não podíamos nos dar ao luxo de atrair outros atores de seu calibre quando fosse embora. Na verdade, aquela abundância toda era baseada nos talentos de uma só mulher, e era uma maneira terrivelmente instável de dirigir um negócio.

Olive reclamava sem parar, dia após dia. Tanta melancolia. Tanto fatalismo. Era uma Cassandra incansável, sempre nos lembrando de que a ruína estava logo ali na esquina, embora todos estivéssemos inebriados pela vitória.

"Cuidado, Olive", disse Billy. "Não vá desfrutar nem *um minuto* dessa sorte. E não deixe que ninguém mais desfrute."

Mas até eu percebia que Olive tinha razão quanto a uma coisa: nosso sucesso atual se devia integralmente a Edna, que jamais deixava de ser extraordinária. Eu assistia à peça todas as noites e posso informar que ela sempre dava um jeito de reinventar o papel de sra. Alabaster. Certos atores acertam o personagem e congelam a interpretação, repetindo expressões e reações automáticas. Mas a sra. Alabaster de Edna nunca cessava de parecer nova. Não se restringia a dizer suas falas: ela as *reinventava* — ou era o que parecia. E como estava sempre brincando com seu modo de falar e mudando de tom, os outros atores também tinham que se manter atentos e vibrantes.

E Nova York sem dúvida recompensava Edna por seus dons.

Fazia séculos que ela era atriz, mas com o sucesso fantástico de *Cidade das garotas*, agora era uma estrela.

O termo "estrela", Angela, é uma designação vital mas complexa que só pode ser concedida a um artista pelo público. Os críticos não podem transformar alguém em estrela. A bilheteria não pode transformar alguém em estrela. A mera excelência não pode transformar alguém em estrela. Uma pessoa só vira uma estrela quando o povo resolve amá-la coletivamente. Quando as pessoas estão dispostas a formar fila diante da porta lateral por horas a fio após um espetáculo só por um vislumbre seu, isso faz de você uma estrela. Quando Judy Garland lança uma gravação de "Estou pensando em me apaixonar", mas todo mundo que assistiu à *Cidade das garotas* declara que a outra versão era melhor, *isso* faz de você uma estrela. Quando Walter Winchell começa a publicar fofocas sobre você em sua coluna toda semana, isso faz de você uma estrela.

Também reservavam uma mesa para ela no Sardi's toda noite após o espetáculo.

E Helena Rubinstein batizou uma sombra de olhos em homenagem a ela ("O alabastro de Edna").

E saiu uma longa matéria no *Woman's Day* sobre onde Edna Parker Watson comprava seus chapéus.

E os fãs a inundaram de cartas, com perguntas como: "Minha tentativa de fazer uma carreira no palco foi interrompida pelos revezes financeiros do meu marido. Será que você cogitaria me adotar como sua protegida? Creio que ficará surpresa ao descobrir que temos basicamente o mesmo estilo de interpretação".

E houve também uma carta incrível (e bastante atípica) de ninguém mais ninguém menos que Katharine Hepburn. Dizia: "Queridérrima Edna, acabo de ver sua performance e fiquei enlouquecida. É claro que terei de vê-la mais umas quatro vezes e em seguida me atirar no rio, pois *jamais* serei tão boa quanto você!".

Sei de todas essas cartas porque Edna pediu que eu as lesse e respondesse por ela, já que eu tinha ótima caligrafia. Foi uma tarefa fácil para mim, agora que não tinha figurinos para criar. Como o Lily apresentava a mesma montagem semana após semana, meus talentos não eram mais necessários. Afora consertos e manutenção, meus deveres estavam terminados. Por esse motivo, na esteira do sucesso do nosso espetáculo, eu meio que me tornei secretária de Edna.

Era eu quem recusava todos os convites e pedidos. Fui eu quem providenciei a sessão de fotos para a *Vogue*. Fui eu quem levei o repórter da *Time* em uma excursão pelo Lily para um artigo intitulado "Como fazer um sucesso". E fui eu quem acompanhou o crítico teatral assustadoramente áspero Alexander Woollcott quando fez um perfil de Edna para a *New Yorker*. Estávamos todos preocupados com a possibilidade de que ele destruísse Edna no texto ("Alec nunca tira um pedacinho da pessoa se pode arrancar um naco", declarou Peg), mas nem precisávamos nos preocupar, no final das contas. Eis o que ele escreveu sobre Edna:

```
Edna Parker Watson possui o rosto de uma mulher
que viveu sua vida em um estado de sonho ascen-
dente. Um número suficiente desses sonhos virou
realidade, ao que parece, para manter sua testa
sem marcas de preocupações ou tristezas, e os
olhos brilham com a expectativa de mais boas no-
```

vas por vir. [...] O que essa atriz possui agora é algo além da mera sinceridade de sentimentos; ela tem um catálogo inesgotável de humanidade à sua disposição. [...] Artista vigorosa demais para se limitar a Shakespeare e Shaw, recentemente doou seus talentos a *Cidade das garotas* — o espetáculo mais vertiginoso e empolgante que Nova York vê há anos. [...] Vê-la se tornar a sra. Alabaster é ver a comédia se metamorfosear em arte. [...] Quando um fã esbaforido na porta lateral agradeceu por finalmente se apresentar em Nova York, a sra. Watson respondeu: "Bem, meu querido, também não é como se eu estivesse assoberbada no momento". Se a Broadway tiver sensatez, essa situação será remediada em breve.

    Anthony também estava virando um astro graças a *Cidade das garotas*. Tinha sido escalado para algumas peças radiofônicas, que podia gravar à tarde sem interferência em sua agenda de espetáculos. Também fora contratado como novo porta-voz e modelo da Companhia de Tabaco Miles ("Para que suar se você pode fumar?"). Portanto, pela primeira vez na vida, agora entrava uma boa grana. Mas sua situação de moradia ainda não tinha melhorado.
    Comecei a pressioná-lo, a tentar convencê-lo a arrumar um lugar só para si. Por que um jovem astro tão promissor ainda dividia um apartamento com o irmão em um cortiço velho e úmido que cheirava a óleo de cozinha e cebola? Eu o persuadia a alugar um apartamento melhor, com elevador e porteiro, e talvez até um jardim nos fundos — certamente fora de Hell's Kitchen. Mas ele nem cogitava a possibilidade. Não sei por que ele resistia tanto a sair daquele apartamento imundo no quarto andar de um prédio sem elevador. Só me resta imaginar que desconfiasse de que eu estava tentando torná-lo mais *casável*.
    O que, é claro, era exatamente o que eu estava fazendo.

O problema era que agora meu irmão conhecia Anthony — e nem preciso dizer que não o aprovava.

Se ao menos existisse uma forma de esconder de Walter o fato de que eu namorava Anthony Roccella! Mas Anthony e eu éramos bem transparentes na nossa lascívia, e meu irmão era observador demais para não notar. Além disso, como Walter estava hospedado no Lily, era fácil para ele acompanhar o que acontecia na minha vida. Walter viu tudo — a bebedeira, os flertes, as réplicas estrepitosas, a depravação geral do pessoal do teatro. Eu esperava que fosse tragado pela diversão (claro que as coristas tentaram atrair meu lindo irmão para seus braços inúmeras vezes), mas ele era muito careta para morder a isca do prazer. É óbvio que tomava um drinque ou outro, mas não *dançava*. Em vez de nos acompanhar, parecia nos monitorar.

Eu poderia ter pedido a Anthony que moderasse as atenções carnais que dedicava a mim, para não incitar a desaprovação de Walter, mas meu namorado não era o tipo de cara que mudava de comportamento para deixar alguém mais confortável. Portanto, Anthony continuava a me agarrar e beijar, e a estapear meu bumbum como sempre — estando Walter por perto ou não.

Meu irmão observou, julgou e finalmente exprimiu sua análise condenatória do meu namorado: "O Anthony não parece ser muito para casar, Vee".

E agora eu não conseguia tirar aquela expressão — *para casar* — da cabeça. Preciso dizer que nunca tinha pensado em me casar com Anthony, tampouco tinha certeza se um dia teria vontade. Mas, de repente, com a desaprovação de Walter pendendo sobre minha cabeça, importava que meu namorado não fosse considerado *para casar*. Eu me sentia ofendida pela expressão, e talvez um pouco desafiada. Achava que devia resolver o problema.

Deixar meu homem mais aceitável, sabe?

Com isso em mente, comecei a fazer sugestões a Anthony — não com muita sutileza, infelizmente — de como ele poderia elevar seu status no mundo. Não ia se sentir mais adulto se não dormisse no sofá? Não ia se sentir mais atraente se usasse um pouco menos de gel no cabelo? Não ia se sentir mais refinado se não estivesse sempre mascando chiclete? E se sua fala fosse um pouco menos coalhada de gírias? Por exemplo, quando meu irmão Walter perguntou a Anthony se ele tinha aspirações profissionais fora do show business, Anthony sorriu e disse: "Não a rodo". Será que não haveria um jeito mais culto de responder à pergunta?

Anthony sabia muito bem o que eu estava fazendo — não era nenhum idiota — e odiava. Ele me acusou de tentar "encaretá-lo" para agradar meu irmão, e não queria saber daquilo. E é claro que Walter não era benquisto por ele, dada a situação.

Nas poucas semanas em que Walter ficou no Lily, a tensão entre meu irmão e meu namorado se tornou tão densa que daria para estourá-la com uma marreta. Era uma questão de classe, uma questão de educação, uma questão de ameaça sexual, uma questão de irmão contra amante. Mas em certa medida, desconfio, era apenas um caso de masculinidade jovem e competitividade. Ambos eram muito arrogantes e muito machistas, o que tornava todos os ambientes de Nova York pequenos demais para eles.

A situação chegou ao auge uma noite, quando alguns de nós fomos beber no Sardi's após o espetáculo. Anthony estava me apalpando forte no bar (para meu deleite e prazer, é claro), e notou Walter lhe lançar um olhar de ódio. Quando dei por mim, os dois estavam peito com peito.

"Você quer que eu recue nesse troço com sua irmã, não é?", Anthony disse, invadindo o espaço de Walter. "Bom, tenta me obrigar, capitão."

A forma como Anthony sorria para Walter naquele momento — com malícia — tinha uma inequívoca pitada de ameaça. Pela primeira vez, vi o lutador de rua de Hell's Kitchen no meu namorado. Também era a primeira vez que tive a impressão de que ele se importava com alguma coisa. Mas, naquele instante, não era comigo — era com esmurrar a cara do meu irmão.

Walter olhou fixo para ele e rebateu com a voz grave: "Se está querendo me encarar, garoto, deixe as palavras de lado".

Vi Anthony medir meu irmão — reparando nos ombros de jogador de futebol americano e no pescoço de lutador romano — e pensar melhor. Ele baixou os olhos e recuou. Soltou uma risada indiferente e disse: "Não tem rixa nenhuma aqui, capitão. Está tudo na paz, tudo na paz".

Então voltou ao costumeiro ar de desinteresse e se afastou.

Anthony agira certo. Meu irmão, Walter, era muitas coisas (elitista, puritano e careta à beça), mas não era fracote ou covarde.

Ele poderia ter espancado meu namorado e o deixado no chão.

Qualquer um veria aquilo.

No dia seguinte, Walter me levou para almoçar no Colony para que pudéssemos "ter uma conversa".

Eu sabia exatamente sobre o que (ou melhor, *quem*) seria a conversa, e fiquei apreensiva.

"Por favor, não conte do Anthony para a mamãe e o papai", pedi assim que nos sentamos à mesa. Detestava tocar no assunto do meu namorado, mas sabia que Walter faria aquilo e imaginei que minha melhor opção seria começar suplicando pela minha vida. Meu maior medo era que ele contasse minhas transgressões aos dois, que cortariam minhas asas.

Meu irmão demorou um tempo para responder.

"Quero ser justo quanto ao assunto, Vee", ele disse.

Claro que queria. Walter sempre queria ser justo.

Aguardei, sentindo como volta e meia me sentia com meu irmão — como uma criança que acaba de ser chamada à sala do diretor. Meu Deus, como eu desejava que Walter fosse meu aliado! Mas ele nunca foi. Mesmo quando menino, nunca guardava segredos meus ou conspirava comigo contra os adultos. Sempre fora uma extensão dos meus pais. Sempre se comportara mais como meu pai do que como meu igual. E eu mesma o tratava como tal.

Por fim, ele disse: "Você não pode ficar vadiando para sempre, sabe?".

"Ah, eu sei", respondi, embora meu plano verdadeiro fosse vadiar daquele jeito para sempre.

"Existe um mundo real lá fora, Vee. Uma hora você vai ter que guardar os balões e as serpentinas e crescer."

"Sem dúvida", concordei.

"Você foi bem-criada. Tenho que confiar nisso. Quando a hora chegar, isso vai se mostrar. Agora você está brincando de boêmia, mas uma hora ou outra vai se acalmar e se casar com o tipo certo de pessoa."

"Claro que vou." Assenti como se esse fosse exatamente meu plano.

"Se eu não acreditasse no seu bom senso, mandaria você de volta para Clinton agora mesmo."

"Não te tiro a razão!", berrei, de pleníssimo acordo. "Se eu não acreditasse que tenho bom senso, eu *mesma* ia me mandar para Clinton agora mesmo."

O que no fundo não fazia sentido, mas pareceu apaziguá-lo. Conhecia meu irmão bem o bastante, graças a Deus, para saber que minha única esperança de salvação era concordar totalmente com ele.

"É que nem quando fui a Delaware", ele disse, amolecendo um pouco, após outro longo silêncio.

Fui pega de surpresa. *Delaware?* Então lembrei que meu irmão tinha passado algumas semanas do verão anterior lá. Trabalhara em uma usina hidrelétrica, se eu lembrava bem, para aprender algo sobre o tema.

"É claro!", exclamei. "Delaware!" Eu queria incentivar aquela trilha, que soava positiva, embora nem imaginasse a que ele estava se referindo.

"Algumas pessoas com quem passei um tempo em Delaware eram bem rudes", ele disse. "Mas você sabe como é. Às vezes a gente tem vontade de travar contato com gente que não foi criada do mesmo jeito. Expandir os horizontes. Pode construir caráter."

Bem, *aquilo* era presunçoso.

Ele sorriu, o que foi animador.

Também sorri. Tentei parecer alguém preocupada em expandir os horizontes e construir caráter por meio da confraternização intencional com seus subalternos sociais. Era algo difícil de colocar em uma única expressão facial, mas fiz o que pude.

"Você está só aproveitando a vida", Walter decidiu, parecendo estar *quase* convencido do diagnóstico. "É inofensivo."

"Isso mesmo, Walter. Estou só aproveitando a vida. Não precisa se preocupar comigo."

Seu rosto ficou pesaroso. Cometi um erro tático: eu o contradisse.

"Bem, eu preciso, *sim*, me preocupar com você, Vee, porque vou começar a Escola de Cadetes daqui a uns dias. Vou me mudar para o encouraçado e não vou mais estar por perto para ficar de olho em você."

Aleluia, pensei ao mesmo tempo que assentia com seriedade.

"Não gosto do rumo que sua vida parece estar tomando", ele disse. "Era isso que eu queria te dizer hoje. Não gosto nem um pouco."

"Entendo perfeitamente!", declarei, voltando à minha estratégia original de concordância absoluta.

"Me diz que você não leva esse tal de Anthony a sério."

"Não levo", menti.

"Você não cruzou a linha com ele?"

Senti meu rosto enrubescendo. Não era um rubor de recato, mas de culpa. Porém, funcionou a meu favor. Devo ter parecido uma menina inocente, constrangida porque o irmão abordou o assunto do sexo — apesar de indiretamente.

Walter também ficou vermelho. "Me desculpe por ter perguntado", ele disse, protegendo minha suposta ingenuidade. "Mas eu precisava saber."

"Entendo", eu disse. "Mas jamais... não com esse tipo de cara. Nem com *ninguém*, Walter."

"Então tudo bem. Se você diz, eu acredito. Não vou falar nada sobre o Anthony para a mamãe e o papai", ele declarou. (Pela primeira vez naquele dia, respirei tranquila.) "Mas você tem que me prometer uma coisa."

"O que você quiser."

"Se tiver *algum* problema com esse cara, vai me ligar."

"Vou, sim", jurei. "Mas não vou me meter em problema. Juro."

De repente, Walter pareceu velho. Não devia ser fácil ser um estadista idoso de vinte e dois anos a caminho da guerra. Tentando cumprir os deveres familiares e os deveres patrióticos ao mesmo tempo.

"Sei que você vai terminar esse negócio com o Anthony em breve, Vee. Me promete só que vai ser inteligente. Sei que você é uma menina inteligente. Não tomaria nenhuma atitude imprudente. É centrada demais para fazer uma coisa dessas."

Meu coração se partiu um pouco naquele momento — observando meu irmão cavar tão fundo na sua imaginação cristalina, procurando desesperadamente formas de pensar o melhor de mim.

18

Angela, não quero lhe contar esta próxima parte da história.
Acho que venho protelando.
É dolorosa.
Me permita protelar um pouco mais.
Não, vou acabar logo com isso.

Estávamos no final de março de 1941.
Tinha sido um longo inverno. Nova York fora atingida por uma tempestade de neve assassina no começo do mês e levara semanas para se desenterrar. Estávamos todos cansados de sentir frio. O Lily era um edifício antigo cheio de correntes de ar, você vai ficar pasma em saber, e os camarins eram mais adequados para guardar peles do que aquecer seres humanos.
Todos tivemos frieiras e herpes labial. Todas nós, garotas, ansiávamos pelo dia em que usaríamos nossos lindos vestidos primaveris e mostraríamos a silhueta novamente, em vez de ficarmos mumificadas debaixo de sobretudos, botas e cachecóis. Vi algumas de nossas dançarinas saindo pela cidade com roupas de baixo compridas sob os vestidos — que tiravam furtivamente nos banheiros das boates e vestiam furtivamente no fim da noite, antes de encarar o ar noturno gélido. Acredite, não existe nenhum glamour em uma garota de vestido de seda e calças compridas. Passei o inverno todo costurando febrilmente minhas roupas novas para a primavera — na esperança irracional de que, se fosse verão no meu guarda-roupa, lá fora também seria.
Enfim, mais para o final do mês, o clima mudou e o frio deu uma trégua.

Era um daqueles dias claros e agradáveis de primavera em Nova York que enganam as pessoas, levando-as a imaginar que talvez o verão tenha chegado. Eu não tinha tempo suficiente na cidade para não cair no engodo (nunca confie no mês de março em Nova York!), portanto me permiti sentir uma onda de alegria com a aparição do sol.

Era uma segunda-feira. O teatro estava na escuridão. Recebi um convite para Edna pelo correio matinal. Uma organização chamada Aliança Britânico-Americana pela Proteção de Senhoras faria um evento beneficente no Waldorf naquela noite. Toda a renda arrecadada seria dedicada ao lobby para convencer os Estados Unidos a entrar na guerra.

Apesar do aviso de última hora, tinham escrito os organizadores, será que a sra. Watson cogitaria agraciar o evento com sua presença? Seu nome traria muito prestígio à ocasião. Além disso, será que a sra. Watson faria a gentileza de perguntar a seu jovem colega de elenco Anthony Roccella se ele poderia acompanhá-la ao evento? E o par pensaria na possibilidade de cantar o célebre dueto de *Cidade das garotas* para a diversão das senhoras reunidas?

Eu recusava a maioria dos convites feitos a Edna sem passá-los por ela. Sua rigorosa agenda de apresentações tornava impossível a maioria das socializações, e, no momento, o mundo queria mais de Edna do que ela tinha para dividir. Portanto, quase recusei também aquele convite. Mas pensei duas vezes. Se havia uma causa com que Edna se preocupava, era a campanha para engajar os Estados Unidos na guerra. Muitas noites, eu a escutara conversar com Olive sobre a questão. E parecia um pedido bastante comedido — uma música, uma dança, um jantar. Assim, chamei a atenção dela para o convite.

Edna imediatamente resolveu comparecer. Ficara tão irritada com o inverno pavoroso, declarou, que se alegrava com a oportunidade de sair. E, claro, faria qualquer coisa pela pobre Inglaterra! Então pediu que eu ligasse para Anthony e visse se ele poderia acompanhá-la ao evento beneficente e cantar o dueto com ela. Um tanto para minha surpresa, mas não totalmente, ele concordou. (Anthony não ligava a mínima para política — perto dele, até *eu* parecia Fiorello La Guardia —, mas adorava Edna. Se não mencionei antes essa adoração, por favor, me perdoe. Seria um tédio se eu tivesse que fazer uma lista completa de todo mundo que adorava Edna Parker Watson. É melhor supor que todo mundo adorava.)

"Claro, querida, eu arrasto a Edna até lá", ele disse. "Vamos nos divertir à beça."

"*Muito* obrigada, querida", Edna me disse, quando confirmei que Anthony ia acompanhá-la naquela noite. "Juntos, vamos enfim derrotar Hitler, e estaremos em casa na hora de ir para a cama."

O assunto deveria ter se encerrado ali.

Deveria ter sido uma interação simples — uma decisão inocente de dois artistas populares de comparecer a um evento político no fundo inexpressivo, criado por um grupo de mulheres abastadas e bem-intencionadas de Manhattan que não podiam fazer nada para vencer a guerra na Europa.

Mas aquele não foi o fim. Pois, quando eu estava ajudando Edna a se vestir para aquela noite, seu marido, Arthur, apareceu. Ele viu Edna se arrumando de forma tão arrasadora que perguntou aonde ela ia. Edna contou que ia ao Waldorf para cantar em um pequeno evento beneficente pela Inglaterra que algumas senhoras estavam montando. Arthur ficou amuado. Ele lembrou que queria que eles fossem assistir a um filme naquela noite. ("A gente só tem uma noite de folga por semana, poxa!") Ela se desculpou ("Mas é pela Inglaterra, querido!"), e assim pareceu se encerrar a briguinha conjugal.

Porém, quando Anthony apareceu uma hora depois para buscar Edna e Arthur viu o rapaz de smoking (traje exagerado, se me permite dizer), voltou a se zangar.

"O que esse cara está fazendo aqui?", indagou, fitando Anthony com uma desconfiança clara.

"Ele vai me acompanhar ao evento, querido", explicou Edna.

"Mas por que *ele* vai te acompanhar ao evento?"

"Porque ele foi *convidado*, querido."

"Você não me falou que era um *encontro*."

"Não é um encontro, querido. É uma *apresentação*. As senhoras querem que eu e Anthony cantemos nosso dueto para elas."

"Por que então *eu* não vou ao evento e faço um dueto com você?"

"Porque nós não temos um dueto, querido."

Anthony cometeu o erro de rir, e Arthur se virou para encará-lo outra vez. "Acha engraçado levar a esposa de outro ao Waldorf?"

Sempre diplomático, Anthony estourou o chiclete e respondeu: "Acho *um pouco* engraçado, sim".

Arthur dava a impressão de que partiria para cima dele, mas Edna energicamente saltou entre os dois e pôs sua mãozinha bem manicurada no peito largo do marido. "Arthur, querido, se acalme. É um compromisso profissional, nada mais."

"Profissional, é? Você vai ser *paga*?"

"Querido, é um evento *beneficente*. Ninguém vai ser pago."

"Não vai *me* beneficiar!", berrou Arthur, e Anthony — mais uma vez, com todo aquele tato — riu.

Perguntei: "Edna, quer que eu e Anthony esperemos lá fora?".

"Estou muito confortável aqui, querida", declarou Anthony.

"Podem ficar", Edna disse. "Não é nada preocupante." Ela se virou de novo para o marido. O rosto paciente e amoroso que vinha lhe mostrando até ali havia sido substituído por uma expressão mais fria. "Arthur, eu vou a esse evento e o Anthony vai me acompanhar. Vamos cantar nosso dueto para senhorinhas inofensivas de cabelo azul para arrecadar um pouco de dinheiro para a Inglaterra. Vejo você quando chegar em casa."

"Cheguei ao meu limite com essa situação!", ele se queixou. "Não basta todos os jornais de Nova York esquecerem que sou o seu marido, agora você também esquece? Você não vai, ora essa. Não deixo!"

"Olha só esse cara", disse Anthony, para ajudar.

"Olha só *você*", rebateu Arthur. "Está parecendo um garçom com esse smoking!"

Anthony deu de ombros. "Eu *sou* garçom, de vez em quando. Pelo menos não preciso que minha mulher compre minhas roupas."

"Cai fora daqui agora!", Arthur gritou para Anthony.

"Sem chance, colega. A moça me convidou. É ela quem decide."

"Minha esposa não vai a lugar *nenhum* sem mim!", respondeu Arthur, com um quê de ridículo, já que, conforme eu havia testemunhado ao longo dos últimos meses, ela ia a *muitos* lugares sem ele.

"Você não manda nela, cara", disse Anthony.

"Anthony, por favor", eu disse, dando um passo à frente e botando a mão no braço dele. "Vamos lá para fora. A gente não tem motivo nenhum para se envolver nisso."

"*Você* não manda em *mim*", Anthony disse, se desvencilhando da minha mão e me lançando um olhar cruel.

Eu me encolhi como se tivesse levado um chute. Ele nunca tinha estourado comigo.

Edna olhou de um para o outro.

"Vocês são todos crianças", anunciou com brandura. Em seguida, jogou outro colar de pérolas em volta do pescoço e pegou o chapéu, as luvas e a bolsinha. "Arthur, vejo você às dez."

"Não vê coisíssima nenhuma!", ele gritou. "Não vou estar aqui! O que acha *disso*, hein?"

Ela o ignorou.

"Vivian, obrigada pela ajuda com a roupa", ela disse. "Aproveita sua noite de folga. Anthony, venha."

Edna partiu com meu namorado, me deixando a sós com seu marido — ambos abalados e intimidados.

Acho sinceramente que, se Anthony não tivesse gritado comigo, eu teria ignorado o incidente todo, considerando-o uma briga insignificante entre Edna e seu marido infantil e enciumado. Eu teria entendido a situação como ela era: um problema que não tinha nada a ver comigo. Provavelmente teria ido embora na mesma hora e saído para beber com Peg e Billy.

No entanto, a reação de Anthony me chocara, e fiquei enraizada onde estava. O que eu tinha feito para merecer tamanha virulência? *Você não manda em mim!* O que ele queria dizer com aquilo? Que eu estava tentando mandar nele? (Isto é, afora incentivá-lo constantemente a se mudar para outro apartamento. E querer que se vestisse e falasse de outro jeito. E instigá-lo a parar de usar tanta gíria. E pedir que penteasse o cabelo em um estilo mais conservador. E tentar convencê-lo a parar de mascar chiclete o tempo todo. E discutir com ele sempre que o via flertando com uma dançarina. Mas, afora isso, eu nunca dera ao garoto nada além de liberdade.)

"Essa mulher está me destruindo", disse Arthur, alguns instantes depois de Edna e Anthony saírem. "Ela é uma *destruidora* de homens."

"Perdão?", indaguei quando achei minha voz.

"Você devia ficar de olho naquele seu vira-lata ensebado, se gosta dele. Edna vai jantar ele. Ela gosta dos mais novos."

De novo, se não fosse pela explosão de Anthony, eu não daria atenção a nem uma palavra que Arthur Watson estava falando. O mundo, como hábito coletivo, não dava atenção a nem uma palavra que Arthur Watson falava. Eu devia ter sido mais sensata.

"Ah, ela não faria..." Eu nem sabia como terminar a frase.

"Ah, faria sim", declarou Arthur. "Pode ter certeza. Ela sempre faz. Já *está fazendo*, sua bobinha."

Uma nuvem de partículas negras passou pelos meus olhos.

Edna e *Anthony*?

Fiquei tonta e estendi o braço para a cadeira que havia atrás de mim.

"Vou sair", Arthur declarou. "Cadê a Celia?"

Aquela pergunta não fez sentido para mim. O que Celia tinha a ver com a situação?

"Cadê *a Celia*?", repeti.

"Ela está no seu quarto?"

"É provável."

"Então vamos lá buscar ela. A gente vai dar o fora daqui. Vamos, Vivian. Pega suas coisas."

E o que foi que eu fiz?

Segui aquele parvo.

E por que segui aquele parvo?

Porque eu era uma criança idiota, Angela, e naquela idade eu teria seguido uma placa de trânsito.

Foi assim, portanto, que acabei passando aquela bela noite de falsa primavera com Celia Ray e Arthur Watson.

Mas não somente com Celia e Arthur, no final das contas. Também passamos a noite com dois novos amigos improváveis de Celia — Brenda Frazier e Shipwreck Kelly.

Angela, você nunca deve ter ouvido falar em Brenda Frazier e Shipwreck Kelly. Pelo menos espero que não. Eles já ganhavam atenção demais quando eram jovens e famosos. Formaram um casal célebre durante alguns minutinhos nos idos de 1941. Brenda era herdeira e debutante; Shipwreck era um astro do futebol americano. Os tabloides os seguiam para cima e para baixo. Walter Winchell cunhou a detestável palavra "celebutante" para descrever Brenda.

Se você está se perguntando o que essas pessoas sofisticadas estavam fazendo com minha amiga Celia Ray, eu também me perguntava. Mas logo no começo daquela noitada entendi tudo. Consta que o casal mais famoso de Nova York tinha visto *Cidade das garotas*, amado e adotado Celia como acessório — basicamente da mesma forma que compravam carros conversíveis e colares de diamantes sem mais nem menos. Evidentemente, vinham saltitando juntos havia semanas. Perdi tudo, é claro, porque estava muito envolvida com Anthony. Mas parecia que Celia arrumara novos melhores amigos quando eu não estava olhando.

Não que eu estivesse com ciúmes, é claro.

Quer dizer — não a ponto de ser perceptível.

Naquela noite passeamos em um opulento conversível Packard creme feito sob encomenda. Shipwreck dirigia, Brenda ocupava o banco do passageiro e Arthur, Celia e eu íamos no banco de trás. Celia se sentou no meio.

Não gostei de Brenda Frazier instantaneamente. Diziam os boatos que era a menina mais rica do mundo — então imagine só como achei esse dado fascinante e intimidante. Como a menina mais rica do mundo *se veste*? Não conseguia parar de encará-la para tentar desvendar tudo — fascinada por ela, ainda que não gostasse dela.

Brenda era uma morena muito bonita vestida com um amontoado de visom e uma aliança de noivado com um diamante mais ou menos do tamanho de um supositório. Debaixo de toda aquela pele havia uma quantidade bastante descomunal de tafetá e renda preta. Ela parecia estar a caminho de um baile ou voltando de um. Tinha o rosto branco cheio de pó e lábios bem vermelhos. As madeixas estavam penteadas em ondas viçosas, e ela usava um tricórnio preto com um véu simples (o tipo de coisa que Edna chamava de "ninho de passarinho vacilando perigosamente em uma montanha gigantesca de cabelo"). Não acolhi seu estilo exatamente, mas tinha que admitir: ela sem dúvida parecia rica. Brenda não falava muito, mas quando falava, era com um sotaque pomposo de escola particular para moças que me irritava. Ficava tentando convencer Shipwreck a levantar o teto do carro, pois a brisa arruinava seu penteado. Ela não parecia divertida.

Eu tampouco gostava de Shipwreck Kelly. Não gostava de seu apelido, e não gostava de suas bochechas vermelhas e salientes. Não gostava de suas provocações ruidosas. Era o tipo de homem que dava tapinhas nas costas. Nunca gostei de quem dá tapinhas nas costas.

Eu não gostava *nem um pouco* do fato de que Brenda e Shipwreck pareciam conhecer Celia e Arthur muito bem. Isto é, eles pareciam conhecer Celia e Arthur juntos. Como se Celia e Arthur fossem um casal. A noção foi imediatamente evidenciada pelo grito de Shipwreck para o banco de trás do carro: "Meninos, vocês querem ir naquele lugar do Harlem outra vez?".

"Não queremos ir ao Harlem hoje", declarou Celia. "Está frio demais."

"Bem, vocês sabem o que dizem sobre o mês de março!", disse Arthur. "Se acende como um leão, se apaga como uma lâmpada."

Idiota.

Foi impossível não perceber que Arthur de repente estava num humor tremendamente agradável, com o braço firme em volta de Celia.

Por que ele estava com o braço firme em volta de Celia?

O que estava acontecendo ali?

"Vamos para a rua", anunciou Brenda. "Estou com frio demais para a gente ir até o Harlem de teto abaixado."

Ela se referia à rua 52, todo mundo sabia. A rua do ritmo. A central do jazz.

"Jimmy Ryan's ou o Famous Door? Ou o Spotlite?", indagou Shipwreck.

"Spotlite", disse Celia. "O Louis Prima está tocando lá."

E assim ficou resolvido. Passeamos naquele carro ridiculamente caro por meros onze quarteirões — o que deu a todo mundo na região tempo suficiente para nos ver e espalhar a notícia de que Brenda Frazier e Shipwreck Kelly se dirigiam à rua 52 no Packard conversível, de modo que havia vários fotógrafos esperando para tirar fotos nossas assim que pisamos no meio-fio em frente à casa.

(Dessa parte, tenho que confessar, eu gostei.)

Eu me embebedei em questão de minutos. Se você acha que os garçons daquela época agiam rápido na hora de servir drinques a moças como Celia e eu, devia ver a velocidade com que os drinques pousavam diante de pessoas como Brenda Frazier.

Eu não tinha jantado e estava emotiva por conta da briga com Anthony. (Na minha cabeça, era a pior conflagração da era moderna, e eu tinha sido praticamente aniquilada por ela.) O álcool subiu direto à minha cabeça. A banda batucava sem parar, alta e vigorosa. Quando Louis Prima se aproximou para apresentar seus cumprimentos à nossa mesa, eu estava apagada. Não ligava a mínima para ele.

"O que é que está acontecendo entre você e Arthur?", perguntei à Celia.

"Nada de relevante", ela disse.

"Você está de bobeira com ele?"

Celia deu de ombros.

"Nada de evasivas comigo, Celia!"

Percebi que ela pesava suas opções, e que se resolveu pela verdade.

"Guarda segredo? Sim. Ele é um imprestável, mas sim."

"Mas, Celia, ele é *casado*. E com *a* Edna." Eu disse aquilo um pouco alto demais, e várias pessoas — quem se importava com quem eram elas? — se viraram para nós.

"Vamos lá fora pegar um ar, só eu e você", disse Celia.

Instantes depois, estávamos paradas no vento gélido de março. Eu estava sem casaco. Não era um dia quente de primavera, afinal. Tinha sido enganada até pelo clima. Tinha sido enganada por *todos*.

"Mas e a Edna?", perguntei.

"O que tem ela?"

"Edna ama Arthur."

"Ela ama macho novo, de todo jeito. Sempre tem um do lado. Um novo para cada peça. Foi o que ele me falou."

Macho novo. Macho novo feito Anthony.

Ao ver meu rosto, Celia disse: "Seja esperta! Acha que o casamento deles é de verdade? Acha que a Edna não está mais em circulação? Uma estrela grandiosa que nem ela, controlando a grana toda? Famosa como é? Acha que ela fica sentada esperando o canastrão chegar em casa? Acho que não! E ela não ganhou na loteria com esse cara, por mais bonitinho que ele seja. Ele tampouco fica sentado esperando. Os dois são *ingleses*, Vivvie. É assim que todo mundo vive lá".

"Lá onde?", indaguei.

"Na Europa", foi sua resposta, enquanto fazia um gesto vago em direção a um lugar imenso e distante em que todas as regras eram diferentes.

Meu choque ultrapassava qualquer razão. Ao longo de meses, eu sofrera de uma inveja mesquinha sempre que Anthony flertava com as lindas dançarinas, mas nunca tinha me passado pela cabeça desconfiar de Edna. Ela era minha amiga — além do mais, era *velha*. Por que ficaria com meu Anthony? Por que ele ficaria com ela? E o que aconteceria agora com meu rufo precioso de amor? Minha cabeça dava cambalhotas nauseantes em meio à mágoa e à preocupação. Como eu tinha errado tanto em relação a Edna? E a Anthony? Nunca havia percebido o menor sinal. E como não tinha notado que minha amiga estava dormindo com Arthur Watson? Por que Celia não me contara antes?

Então tive um lampejo de Peg e Olive dançando na sala de estar naquela noite, ao som de "Stardust", e me lembrei do choque que fora. O que *mais* eu não sabia? Quando deixaria de ser surpreendida pelas pessoas e pelos segredos que guardavam?

Edna me chamara de criança.

Era como eu me sentia.

"Ah, Vivvie, deixa de ser boba", Celia disse ao ver minha expressão. Ela me puxou para seus braços compridos. Quando achei que ia desabar em seu peito e soltar um rio de lágrimas aflitas, embriagadas e patéticas, ouvi uma voz conhecida e irritante.

"Achei melhor dar uma olhada em vocês duas", disse Arthur Watson. "Se é para escoltar duas beldades como essas pela cidade, não posso deixá-las sozinhas, não é?"

Comecei a me afastar dos braços de Celia, mas Arthur disse: "Ora bolas, Vivian. Você não precisa interromper o que estava fazendo só porque estou aqui".

Ele passou os braços em torno de nós duas ao mesmo tempo. Agora nosso abraço estava totalmente contido no dele. Éramos mulheres altas, mas Arthur era um homem grande e atlético — e facilmente apertou nós duas em um abraço forte. Celia riu e Arthur também.

"Melhor assim", ele murmurou no meu cabelo. "Não é melhor assim?"

A bem da verdade, algo naquilo *era* melhor.

Bem melhor.

Em primeiro lugar, estava quente em seus braços. Eu congelava ali fora, parada na rua 52 ao vento gelado e sem casaco. O frio pinicava meus pés e mãos. (Ou talvez — pobre de mim — todo o sangue tivesse fluido para meu coração dilacerado!) Agora eu estava quentinha, ao menos em certa medida. Uma lateral estava apertada contra o corpo monumentalmente denso de Arthur, e minha frente estava grudada ao peito escandalosamente macio de Celia. Meu rosto afundava em seu pescoço de aroma familiar. Senti minha amiga se mexer, levantando o rosto para Arthur e o beijando.

Depois que me dei conta do que estava acontecendo, fiz um minúsculo esforço — meramente por decoro — para escapar dos braços deles. Mas foi minúsculo mesmo. Estava muito confortável ali, e a sensação era agradável.

"A Vivvie está um filhotinho tristonho hoje", Celia disse a Arthur bem no meu ouvido, depois de se beijarem com uma paixão considerável durante um bom tempo.

"Quem é o filhotinho tristonho?", disse Arthur. "Esta aqui?"

Então ele *me* beijou — sem largar nenhuma de nós.

Aquela era uma linha de conduta peculiar.

Eu já tinha beijado namorados de Celia, mas não com o rosto dela a um centímetro do meu. E não era um namorado qualquer — era Arthur Watson, que eu detestava. E cuja esposa eu amava muito.

Mas a dita esposa provavelmente estava transando naquele mesmo momento com meu namorado. Se Anthony estivesse usando sua boca talentosa naquele instante, fazendo com *Edna* o que fazia comigo…

Eu não suportaria aquilo.

Senti um soluço subir pela minha garganta. Afastei minha boca da de Arthur para tomar fôlego. No instante seguinte, os lábios de Celia estavam nos meus.

"Agora você captou a ideia", disse Arthur.

Em todos os meus meses de aventuras sensuais, nunca tinha beijado uma mulher — tampouco havia pensado em fazê-lo. Seria de imaginar que àquela altura da minha jornada eu já não ficaria mais tão perplexa com as reviravoltas e as idiossincrasias da vida, mas o beijo de Celia me surpreendeu. E continuou me surpreendendo à medida que ela cavava mais fundo.

Minha primeira impressão foi de que beijar Celia era uma *extravagância* aterradora. Havia *tanto* dela. Tanta suavidade. Tanto em termos de lábios. Tanto em termos de calor. Tudo nela era macio e cativante. Entre a boca enormemente suave, a abundância de seus seios e a fragrância floral que me era familiar, me senti subordinada a tudo. Não era nada parecido com beijar um homem — nem mesmo como beijar Anthony, que sabia como beijar com rara ternura. Até o beijo mais delicado de um homem seria grosseiro em comparação com os lábios de Celia. Era uma areia movediça de veludo. Eu não conseguia me afastar. Quem em seu perfeito juízo teria vontade de se afastar?

Durante oníricos milhares de anos, mais ou menos, fiquei ali sob o poste de luz, deixando que ela me beijasse e retribuindo o beijo. Olhando nos olhos ah-tão-lindos e ah-tão-parecidos uma da outra, beijando os lábios ah-tão-fascinantes e ah-tão-parecidos uma da outra, Celia Ray e eu finalmente atingimos o absoluto apogeu de nosso total e mútuo narcisismo.

Então Arthur rompeu o transe.

"Bom, meninas, detesto parar vocês, mas está na hora de cair fora daqui e partir para um ótimo hotel que eu conheço", ele anunciou.

Sorria como um homem que tivesse acabado de ganhar o grande prêmio, o que imagino que fosse verdade.

* * *

Não é tudo o que dizem ser, Angela.

Sei que seria uma fantasia para muitas mulheres se ver em uma cama enorme de um quarto de hotel chique com um homem lindo e uma bela garota à disposição. Mas, do ponto de vista da logística, descobri logo que três pessoas envolvidas em explorações sexuais pode ser ao mesmo tempo problemático e árduo. Nunca se sabe para onde voltar a atenção, entende? São tantos membros a organizar! Pode haver um bocado de: *Ai, perdão, não vi que você estava aí.* E quando você está se acostumando com algo agradável, alguém novo aparece para interromper. Também nunca se sabe quando terminou. No instante em que você atinge o prazer máximo, descobre que alguém ainda não terminou, e lá vai você entrar na dinâmica de novo.

Entretanto, talvez essa tríade tivesse sido mais satisfatória se o homem em questão não fosse Arthur Watson. Ele era experiente e vigoroso no esporte da cópula, sem dúvida, mas era tão repelente na cama quanto no mundo — e pelas mesmas razões. Estava sempre olhando para si ou pensando em si, o que era irritante. Minha impressão era de que tinha um profundo e agudo apreço pelo próprio físico, portanto gostava de posições que ressaltavam sua própria musculatura e beleza. Nem por um instante tive a sensação de que ele parou de posar para nós ou de se admirar. (E imagine só que ridículo, se for capaz! Imagine estar na cama com gente como Celia Ray e uma versão *minha* aos vinte anos e não prestar atenção em nada além do próprio corpo! Que homem burro!)

Quanto a Celia, eu não sabia o que fazer com ela. Era areia demais para meu caminhãozinho, vulcânica no arrebatamento e labiríntica nos segredos de suas necessidades. Era um raio bifurcado. Minha sensação era de que não a conhecia. Sim, eu vinha dormindo na mesma cama de Celia e me aconchegando a ela havia quase um ano, mas esse era um tipo bem diferente de cama, e um tipo bem diferente de Celia. Aquela era um país que eu nunca tinha visitado, uma língua que eu não sabia falar. Não conseguia achar minha *amiga* escondida em nenhum lugar daquela estranha sombria, cujos olhos nunca se abriam e cujo corpo nunca parava de se mexer — levado, ao que parecia, por um pesadelo sexual violento que era igualmente febre e ira.

No meio daquilo tudo — na verdade, bem no meio do clarão incandescente — me senti mais perdida e solitária do que nunca.

Preciso dizer, Angela, que *quase* voltei atrás na porta do quarto do hotel. Quase. Mas então me lembrei da promessa que tinha feito a mim mesma uns meses antes — de que jamais deixaria de participar de algo perigoso com Celia Ray.

Se ela estava envolvida, eu também estaria.

Apesar de agora a promessa me parecer rançosa e até confusa (já que tantas coisas haviam mudado nos meses anteriores, por que era importante acompanhar as explorações da minha amiga?), cumpri minha promessa mesmo assim. Aguentei firme. Com uma bela dose de ironia, posso dizer: considere isso uma manifestação da minha honra imatura.

Eu provavelmente também tinha outras motivações.

Ainda sentia Anthony afastando minha mão e dizendo que eu não mandava nele. Falando naquele tom desdenhoso.

Ainda ouvia Celia falando do acordo conjugal de Edna e Arthur — "Eles são *ingleses*, Vivvie" — e me olhando como se eu fosse a criatura mais ingênua e digna de pena que tivesse conhecido na vida.

Ainda ouvia a voz de Edna me chamando de criança.

Quem quer ser criança?

Portanto, segui em frente. Fui de um canto daquela cama ao outro, tentando ser continental, tentando não ser uma *criança* —, cavando e espalmando os corpos olímpicos de Arthur e Celia em busca de provas de algo necessário em mim mesma.

Mas, durante todo esse tempo, em algum lugar do único canto do meu cérebro que não estava bêbado ou pesaroso, que não era lascivo ou idiota, eu percebia com uma clareza límpida que a decisão não ia me causar nada além de dor.

E, nossa, como eu tinha razão.

19

Posso contar rapidamente o que se abateu sobre mim.

Uma hora ou outra, nossas atividades acabaram. Arthur, Celia e eu caímos no sono logo — ou desmaiamos. Um tempo depois (eu tinha perdido a noção), me levantei e pus minha roupa. Deixei os dois dormindo no hotel e corri os onze quarteirões até chegar em casa, me agarrando ao meu corpo trêmulo, parcamente vestido, tentando me manter aquecida, apesar do vento cruel de março, e fracassando.

Já passava muito da meia-noite quando abri a porta do terceiro andar do Lily Playhouse e entrei apressada.

Percebi imediatamente que havia algo errado.

Em primeiro lugar, todas as luzes do ambiente brilhavam.

Em segundo lugar, havia pessoas ali — e todas me fitavam.

Olive, Peg e Billy estavam sentados na sala de estar, cercados por uma nuvem de fumaça densa de cigarro e cachimbo. Com eles, estava um homem que eu não reconhecia.

"Aí está ela!", berrou Olive, saltando do sofá. "A gente estava esperando você."

"Não importa", disse Peg. "É tarde demais." (Isso não fez sentido para mim, mas não dei muita atenção ao comentário. Como dava para perceber pela voz de Peg que ela estava muito embriagada, eu não esperava que fizesse muito sentido. Estava muito mais preocupada com o motivo para Olive estar acordada à minha espera e em saber quem era aquele homem estranho.)

"Olá", cumprimentei. (Pois o que mais diria? É sempre bom começar pelo começo.)

"É uma emergência, Vivian", Olive anunciou.

Era visível pela serenidade de Olive que algo realmente terrível havia acontecido. Ela só ficava histérica com questões insignificantes. Sempre que estava tranquila, a crise era real.

Só me restava supor que alguém tinha morrido.

Meus pais? Meu irmão? Anthony?

Fiquei ali com as pernas tremendo, cheirando a sexo, esperando meu mundo desabar — o que aconteceu subsequentemente, mas não da maneira que eu esperava.

"Este é o Stan Weinberg", disse Olive, me apresentando ao estranho. "Um amigo de longa data da Peg."

Boa moça que eu era, me aproximei do cavalheiro para apertar sua mão, a coisa educada a fazer. Mas o sr. Weinberg enrubesceu quando me viu chegando perto e desviou o rosto. Seu óbvio incômodo com minha presença me pegou de surpresa.

"O Stan é editor do *Mirror*", Olive prosseguiu, no mesmo tom monocórdio desconcertante. "Ele chegou com más notícias faz algumas horas. Stan nos fez a cortesia de avisar o que vai sair na tarde de amanhã na coluna de Walter Winchell."

Ela me encarou sem expressão, como se aquilo explicasse tudo.

"E o que vai sair?", indaguei.

"O que aconteceu esta noite entre você, Arthur e Celia."

"Mas...", gaguejei um pouco. Depois disse: "Mas o que foi que aconteceu?".

Eu juro, Angela, que não estava sendo evasiva. Por um instante, realmente não sabia o que havia acontecido. Era como se tivesse acabado de surgir naquela cena, uma estranha para mim mesma e uma estranha à história que era contada ali. Quem eram aquelas pessoas de que todo mundo falava? Arthur, Vivian e Celia? Teriam a ver comigo?

"Vivian, eles têm fotos."

Fiquei sóbria.

Em pânico, pensei: *Havia um fotógrafo no quarto do hotel?!* Em seguida me recordei dos beijos que Celia, Arthur e eu tínhamos trocado na rua 52. Bem debaixo do poste de luz. Lindamente iluminados. Em plena vista dos fotógrafos de tabloides que abundavam diante do Spotlite no começo da noite, esperando relances de Brenda Frazier e Shipwreck Kelly.

Devíamos ter oferecido um espetáculo e tanto.

Foi quando vi a pasta no colo do sr. Weinberg. Imaginei que contivesse as fotos. *Ah, meu Deus.*

"Estamos tentando descobrir como evitar que isso aconteça, Vivian", disse Olive.

"É inevitável." Billy se manifestou pela primeira vez — e provou pela pronúncia indistinta que também estava embriagado. "Edna é famosa e Arthur Watson é o marido dela. O que torna isso *notícia*. E que notícia! Um homem — quase um astro, casado com uma estrela de verdade — é flagrado beijando o que parecem ser duas coristas na frente de uma boate. Depois vemos esse homem — quase um astro, casado com uma estrela de verdade — dando entrada em um hotel não com uma, mas com *duas* mulheres que não são a esposa. É *notícia*, querida. Nada assim suculento pode ser refreado. O Winchell janta esse tipo de ruína. Jesus, o Winchell é um *réptil*! Insuportável. Eu o odeio desde que o conheci no circuito de vaudeville. Nunca devia ter deixado que assistisse ao nosso espetáculo. Ah, pobre Edna."

Edna. O som de seu nome me doeu até as entranhas.

"A Edna sabe?", indaguei.

"Sabe, Vivian", disse Olive. "A Edna sabe. Ela estava aqui quando o Stan chegou com as fotos. Já foi para a cama."

Senti vontade de vomitar. "E o Anthony…?"

"Ele também sabe, Vivian. Foi pra casa."

Todo mundo sabia. Portanto, não havia nenhuma esperança de salvação.

Olive prosseguiu: "Mas o Anthony e a Edna são o menor dos seus problemas neste momento, se me permite dizer. Você tem algo muito maior para enfrentar agora, Vivian. O Stan disse que você foi identificada".

"Identificada?"

"Isso, identificada. Eles sabem quem é você lá no jornal. Alguém na boate te reconheceu. Isso significa que seu nome — seu nome completo — vai ser impresso na coluna do Winchell. Meu objetivo esta noite é impedir que isso aconteça."

Desesperada, olhei para Peg — em busca de quê, eu não saberia dizer. Talvez quisesse o consolo ou a orientação da minha tia. Mas Peg estava recostada no sofá de olhos fechados. Queria ir até ela e sacudi-la, implorar que tomasse conta de mim, que me salvasse.

"É inevitável", Peg repetiu com a voz arrastada.

Stan Weinberg assentiu cerimoniosamente. Não levantou os olhos das mãos, fechadas em torno daquela pasta horrivelmente inofensiva. Parecia um diretor de casa funerária, tentando manter a dignidade e a discrição enquanto era cercado por uma família de luto desmoronando.

"Não temos como impedir que o Winchell noticie o flerte do Arthur", declarou Olive. "E é claro que ele vai fazer fofoca sobre a Edna, porque ela é a estrela. Mas a Vivian é sua *sobrinha*, Peg. Não podemos permitir que o nome dela apareça no jornal em um escândalo desse. O nome dela é desnecessário para a história. Vai destruir a vida da pobre coitada. Se você pudesse ligar para seu pessoal no estúdio, Billy, e pedir que interferiram..."

"Eu já te falei dez vezes que o estúdio não pode fazer nada", Billy retrucou. "Em primeiro lugar, é fofoca de Nova York, não fofoca de Hollywood. Eles não têm esse tipo de influência aqui. E mesmo que *pudessem* dar um jeito nisso, não tenho o que fazer. Para quem você quer que eu ligue? Direto para o Zanuck? Acordar o cara a esta hora e dizer: 'Ei, Darryl, dá para você tirar a sobrinha da minha esposa dessa enrascada?'. Talvez um dia eu mesmo precise de um favor da parte do Zanuck. Não tenho como mexer meus pauzinhos lá. Pare com isso de ficar cuidando de todo mundo, Olive. Deixe as coisas acontecerem. Vai ser um horror nas primeiras semanas, mas vai passar. Sempre passa. Todo mundo vai sobreviver. É só uma notinha nos jornais. Que importância tem?"

"Eu vou dar um jeito na situação, prometo", afirmei como uma idiota.

"É impossível", rebateu Billy. "E talvez por enquanto seja melhor só ficar de boca fechada. Você já causou estrago demais para uma noite, moça."

"Peg", disse Olive, indo até o sofá para acordar minha tia com uma sacudidela. "*Pensa*. Você precisa ter alguma ideia. Você conhece gente."

Mas Peg apenas repetia: "É inevitável".

Fui até uma cadeira e me sentei. Tinha feito uma coisa horrorosa, e amanhã ela seria exibida nas páginas de fofocas, o que era inevitável. Minha família ficaria sabendo. Meu irmão ficaria sabendo. Todo mundo com quem eu havia crescido e estudado ficaria sabendo. A cidade de Nova York inteira ficaria sabendo.

Conforme Olive dissera, minha vida seria destruída.

Eu não tinha cuidado muito bem da minha vida até então, sem dúvida, mas ainda me importava com ela a ponto de não querer que fosse *destruída*. Por mais imprudente que tivesse sido minha conduta no último ano, acho que sempre mantive a ideia distante de que provavelmente acabaria me corrigindo e voltaria a ser respeitável (que minha "criação" entraria em ação, como meu irmão dissera). Mas esse nível de escândalo, com esse nível de publicidade, impossibilitaria a respeitabilidade para sempre.

E havia também a Edna. *Ela já sabia*. Senti outra onda de náusea.

"Como a Edna reagiu?", ousei perguntar, em uma voz perigosamente trêmula.

Olive me olhou com pena, mas não respondeu.

"Como acha que ela reagiu?", indagou Billy, que não tinha a mesma pena. "A mulher é dura na queda, mas o coração dela é feito de um composto de materiais mais frágeis, então ela está arrasada com a situação, Vivian. Se fosse só uma vagabunda com o marido dela, talvez aguentasse. Mas duas? E uma delas sendo *você*? O que você imagina, Vivian? Como acha que ela está se sentindo?"

Levei as mãos ao rosto.

A melhor coisa que poderia me acontecer, ponderei, seria jamais ter nascido.

"Você está assumindo uma postura tremendamente hipócrita, William", escutei Olive dizer em voz baixa, de advertência. "Para um homem com seu histórico."

"Jesus, que ódio que eu tenho daquele Winchell." Billy ignorou o comentário de Olive. "E ele me odeia na mesma medida. Acho que jogaria um fósforo aceso em mim se achasse que ia ganhar o dinheiro de seguro com isso."

"Ligue para o estúdio, Billy", Olive suplicou de novo. "Ligue para eles e peça que interfiram. Aqueles homens podem tudo."

"Não, o estúdio *não pode* tudo, Olive", contestou Billy. "Não em uma situação quente que nem essa. Estamos em 1941, não em 1931.

Ninguém mais tem esse peso todo. O Winchell tem mais poder do que o maldito presidente. Eu e você podemos ficar brigando quanto a isso até o Natal, mas a resposta vai ser sempre a mesma: não tenho como ajudar, e o estúdio tampouco."

"É inevitável", Peg disse novamente, e soltou um suspiro profundo, doente.

Me balancei na cadeira de olhos fechados, nauseada pela repugnância que sentia por mim mesma e pelo álcool.

Minutos transcorreram, imagino. Sempre é o caso.

Quando tornei a olhar para cima, Olive estava voltando para a sala com casaco, chapéu e bolsa. Supus que tivesse saído um instante sem que eu percebesse. Stan Weinberg havia ido embora, deixando suas notícias horríveis para trás. Peg continuava curvada no sofá com a cabeça afundada no estofado, murmurando algo insensível de vez em quando.

"Vivian", disse Olive, "preciso que ponha uma roupa mais recatada. Rápido, por favor. Um daqueles vestidos floridos que você trouxe de Clinton. Pegue um casaco e um chapéu. Está frio lá fora. A gente vai sair. Não sei quando vai voltar."

"A gente vai sair?" *Jesus, esta noite de horrores não vai terminar nunca?*

"Vamos ao Stork Club. Vou achar o Walter Winchell e conversar com ele eu mesma."

Billy riu. "A Olive vai ao Stork Club! Para exigir uma reunião com o grande Winchell! Não é uma graça? Eu nem sabia que você já tinha *ouvido falar* no Stork Club! Seria de imaginar que você acharia que é uma maternidade!"

Olive ignorou o comentário, dizendo apenas: "Não deixe a Peg beber mais esta noite, Billy, por favor. Precisamos da lucidez dela para lidar com essa bagunça toda assim que possível".

"Ela *não consegue* beber mais", exclamou Billy, gesticulando para a silhueta prostrada da esposa. "Olhe só para ela!"

"Vivian, corra", pediu Olive. "Vá se arrumar. Lembre: você é uma menina recatada, então se vista como tal. E aproveite para arrumar o cabelo. Tire também um pouco da maquiagem. Se arrume da melhor forma que der. E lave as mãos com uma dose generosa de sabão. Você está cheirando a bordel, e assim não vai dar."

Acho incrível, Angela, constatar que tanta gente hoje se esqueceu de Walter Winchell. Ele já foi o homem mais poderoso da mídia americana, o que o tornava um dos homens mais poderosos do mundo. Escrevia sobre os ricos e famosos, claro, mas era tão rico e famoso quanto eles. (Ainda mais, na maioria dos casos.) Era amado por seu público e temido por suas presas. Construía e destruía reputações alheias a seu bel-prazer, como uma criança brincando com castelos de areia. Alguns chegaram a alegar que Winchell foi a razão de Roosevelt ter sido eleito — já que Winchell (um fervoroso defensor de que a América participasse da guerra e derrotasse Hitler) ordenou sem rodeios que seus seguidores votassem nele. E milhões obedeceram.

Winchell era famoso fazia bastante tempo por fazer nada mais que vender mexericos sobre os outros e por ser um escritor bastante mordaz. Minha avó e eu líamos suas colunas juntas. Nos apegávamos a cada palavra. Ele sabia tudo sobre todos. Tinha tentáculos em todos os cantos.

Em 1941, o Stork Club era praticamente seu escritório. O mundo inteiro sabia daquilo. Eu mesma sabia, porque já o vira lá dezenas de vezes nas minhas saídas com Celia. Via Winchell sendo cortejado no trono que ficava reservado para ele, a mesa cinquenta. O homem era encontrado ali todos os dias, das onze da noite às cinco da manhã. Era lá que fazia seu trabalho sujo. Os habitantes de seu reino chegavam deslizando como os embaixadores de Kublai Khan, de todos os cantos do império, para pedir favores ou trazer as fofocas de que precisava para alimentar a barriga monstruosa de sua coluna de jornal.

Winchell gostava de estar rodeado por belas coristas (quem não gosta?), portanto Celia havia se sentado à sua mesa algumas vezes. Ele a conhecia pelo nome. Não raro dançavam juntos — eu mesma já os tinha visto. (Não importava o que mais Billy dizia sobre ele, o sujeito dançava bem.) Mas, apesar de todas as noites que passei no Stork, jamais tive a audácia de me sentar à mesa de Winchell. Para começar, não era corista, atriz ou herdeira, portanto não era de seu interesse. Além disso, eu morria de medo do cara — ainda que na época não tivesse razão para tal.

Mas agora eu tinha.

Olive e eu não conversamos no táxi. Eu estava muito absorta no medo e na vergonha para puxar papo, e ela nunca foi de conversa fiada. Devo dizer que seu comportamento em relação a mim não foi degradante. Ela não me repreendia como uma professorinha de escola — embora tivesse motivo. A atitude de Olive naquela noite foi puro negócio. Era uma mulher com uma missão, seu único foco. Se eu estivesse com a cabeça no lugar, talvez ficasse comovida e maravilhada que fosse Olive — não Peg nem mesmo Billy — a arriscar o próprio pescoço por mim. Mas eu estava perturbada demais para registrar o ato de clemência. Só conseguia sentir a ruína.

A única coisa que Olive me disse quando descíamos do táxi foi: "Não quero que você diga nem uma *palavra* para o Winchell. Nem uma palavra. Fique linda e quieta. Essa é sua única função. Vem comigo".

Na entrada do Stork, fomos paradas por dois leões de chácara que eu conhecia bem. James e Nick. Eles também me conheciam, apesar de não terem se dado conta disso de imediato. Os dois me conheciam como a moça glamorosa que estava sempre com Celia Ray, e eu não aparentava ser tal pessoa naquela noite. Não estava vestida para dançar no Stork. Não estava de vestido longo, de pele ou com joias emprestadas de Celia. Pelo contrário, seguindo as orientações de Olive de recato, que felizmente tive o bom senso de obedecer, estava usando o vestidinho simples com que chegara a Nova York muitos meses antes. E usava o casaco com que ia às aulas. Meu rosto estava despido de maquiagem. Eu devia aparentar ter uns quinze anos.

Além disso, tinha um tipo diferente de companhia naquela noite (no mínimo) daquela a que os leões de chácara estavam acostumados. Em vez de entrar de braço dado com a sensual corista Celia Ray, estava acompanhada da srta. Olive Thompson — uma senhora sorumbática de óculos com armação de metal e sobretudo marrom velho.

Ela parecia uma bibliotecária escolar. Parecia a *mãe* da bibliotecária. Certamente não éramos clientes que elevariam o tom de um lugar como o Stork, portanto James e Nick levantaram as mãos para nos parar quando estávamos marchando porta adentro.

"Precisamos falar com o sr. Winchell, por favor", Olive anunciou rispidamente. "É uma emergência."

"Me desculpe, madame, mas a boate está cheia e não podemos mais aceitar clientes esta noite."

Ele estava mentindo, é claro. Se fôssemos Celia e eu tentando entrar — vestidas com toda a nossa glória — as portas teriam se escancarado tão rápido que talvez perdessem as dobradiças.

"O sr. Sherman Billingsley está lá dentro?", Olive indagou, sem se deixar intimidar.

Os leões de chácara trocaram olhares. O que aquela bibliotecária simplória sabia a respeito de Sherman Billingsley, o dono da boate?

Aproveitando-se da hesitação deles, Olive pressionou.

"Por favor, avisem a ele que a gerente do Lily Playhouse veio falar com o sr. Winchell e que se trata de uma emergência. Digam também que venho como representante de sua grande amiga Peg Buell. Não temos muito tempo. Diz respeito à publicação destas fotografias."

Olive enfiou a mão na despretensiosa bolsa listrada e tirou a arma que poderia destruir minha vida — a pasta —, então a entregou ao leão de chácara. Era uma tática ousada, mas momentos de desespero exigem medidas desesperadas. Nick pegou a pasta, abriu, olhou as fotos e deu um assobio baixinho. Depois olhou das fotos para mim e de novo para as fotos. Algo mudou em seu rosto. *Agora* ele me reconhecia.

O leão de chácara ergueu as sobrancelhas para mim e me deu um sorrisinho lúbrico. Disse: "Faz um tempo que não vemos você, Vivian. Mas agora entendi o porquê. Acho que anda meio ocupada, né?".

Queimei de vergonha, ao mesmo tempo que compreendia que aquilo era só o começo.

"Vou pedir que olhe bem como fala com minha sobrinha, meu senhor", Olive disse em uma voz tão dura que teria feito um buraco em um cofre de banco.

Minha sobrinha?

Desde quando Olive me chamava de sobrinha?

Nick se desculpou, intimidado, mas Olive não tinha acabado. Ela disse: "Meu jovem, ou você nos leva para falar com o sr. Billingsley, que não vai gostar do tratamento rude que você está dispensando a duas pessoas que ele considera praticamente da família, ou pode nos levar direto à mesa do sr. Winchell. Ou faz um ou faz outro, mas daqui eu não saio. Minha sugestão é de que nos leve direto à mesa do sr. Winchell porque é lá que vou encerrar a noite, independente do que eu precise fazer para chegar lá ou de quem perca o emprego tentando me impedir".

É incrível como rapazes sempre ficam com medo de mulheres desalinhadas de meia-idade com voz grave, mas é a verdade: eles têm *pavor* delas. (São parecidas demais com sua mãe ou com freiras e professoras da escola dominical, imagino. O trauma das repressões e surras deve calar bem fundo.)

James e Nick se entreolharam, depois voltaram para Olive e decidiram ao mesmo tempo: *Dê à velha raposa o que ela quer.*

Fomos encaminhadas direto à mesa do sr. Winchell.

Olive se sentou com aquele grande homem, e com um gesto mandou que eu permanecesse de pé atrás dela. Era como se usasse seu corpinho atarracado como escudo entre mim e o jornalista mais perigoso do mundo. Ou talvez quisesse apenas que eu mantivesse distância suficiente para não falar e arruinar sua estratégia.

Ela empurrou o cinzeiro de Winchell para o lado e pôs a pasta na frente dele. "Vim discutir *isto aqui*."

Winchell abriu a pasta e fez um leque com as fotos diante de si. Pela primeira vez eu via as fotos — embora não estivesse tão próxima a ponto de distinguir os detalhes. Mas ali estava. Duas moças e um homem, enredados uns nos outros. Detalhes eram desnecessários para entender o que acontecia.

Ele deu de ombros. "Eu já vi. E comprei. Não tenho como ajudar."

"Eu sei", disse Olive. "Sei que vai publicar essas fotos na edição vespertina de amanhã."

"Bem, senhora, quem diabos é você?"

"Meu nome é Olive Thompson. Sou a gerente do Lily Playhouse."

Dava para ver o ábaco da mente dele fazendo cálculos rápidos, então compreender. "O chiqueiro onde está a montagem de *Cidade das garotas*", o homem constatou, acendendo um novo cigarro com a brasa ainda incandescente do anterior.

"Isso mesmo", confirmou Olive. (Ela não questionou a palavra "chiqueiro" aplicada ao nosso teatro — mas, francamente, quem questionaria?)

"É um bom espetáculo", disse Winchell. "Elogiei com entusiasmo."

Ele parecia querer crédito por isso, mas Olive não era do tipo que dava crédito de graça — nem mesmo em uma situação como aquela, em que estava basicamente se ajoelhando diante de Winchell.

"Quem é essa coelhinha escondida atrás de você?", ele indagou.

"Minha sobrinha."

Então acho que íamos insistir naquela história.

"Já passou um pouco da hora de ir dormir, não é?", disse Winchell, me olhando de cima a baixo.

Eu nunca tinha chegado tão perto dele, e não estava gostando nem um pouco. Era um homem alto e linha-dura de quarenta e poucos anos, com pele de bebê rosada e maxilar agitado. Usava terno azul-marinho (passado até nos vincos dilacerantes) com camisa azul-celeste, sapatos com a ponta marrom e um chapéu de feltro cinza moderno. Era rico e poderoso, e parecia rico e poderoso. Suas mãos nunca paravam de se mexer, mas os olhos incomodavam pela impassibilidade com que me avaliava. Tinha um olhar de predador. Seria possível dizer que era boa-pinta, caso a pessoa renunciasse às preocupações relativas a quando teria suas estranhas arrancadas por ele.

Um instante depois, entretanto, Winchell tirou os olhos de mim. Eu não conseguira prender seu interesse. Ele tinha me avaliado e analisado rapidamente — *sexo feminino, jovem, desligada, indiferente* — e me preterido como uma pessoa inútil às suas necessidades.

Olive apontou para uma das fotos à sua frente. "O cavalheiro dessas fotos é casado com nossa estrela."

"Sei exatamente quem é ele, senhora. Arthur Watson. Insosso e sem talento. Burro feito uma porta. Melhor correndo atrás de rabo de saia do que atuando, tendo em vista os indícios. E vai levar um belo baile da esposa quando ela vir essas fotos."

"Ela já viu", disse Olive.

Agora Winchell estava francamente irritado. "Como foi que *você* as viu, é o que eu quero saber. Essas fotos são de minha propriedade. E o que você está fazendo, mostrando para a cidade toda? O que é isso? Está vendendo ingressos para as fotos?"

Olive não respondeu, só fixou o olhar com mais firmeza em Winchell.

Um garçom se aproximou e perguntou se as damas gostariam de tomar um drinque.

"Não, obrigada", disse Olive. "Somos abstêmias." (Uma declaração que seria inteiramente refutada caso alguém estivesse perto o suficiente para sentir meu bafo.)

"Se vai me pedir para matar a história, pode esquecer", decretou Winchell. "É notícia, e eu sou jornalista. Se é verdadeiro ou é interessante, não tenho alternativa a não ser publicar. E isso é ao mesmo tempo verdadeiro *e* interessante. O marido da Edna Parker Watson vadiando por aí, e com duas mulheres? O que quer que eu faça, senhora? Que olhe com recato para meus sapatos enquanto gente famosa festeja com coristas no meio da rua? Como todo mundo sabe, não gosto de publicar coisas sobre gente casada, mas se a pessoa é tão indiscreta quanto às suas indiscrições, o que é que eu posso fazer?"

Olive continuou a encará-lo com seu olhar de iceberg. "Pode ter alguma decência."

"Sabe, você é curiosa. Não se amedronta fácil, não é? Estou começando a entender. Trabalha para o Billy e a Peg Buell, não é?"

"Isso mesmo."

"É um milagre que aquele teatro ordinário ainda esteja em funcionamento. Como é que seguram a plateia, ano após ano? Pagam para irem lá? Subornam?"

"Coagimos", rebateu Olive. "Proporcionando excelente entretenimento. E o público retribui comprando ingresso."

Winchell riu, batucou os dedos na mesa e levantou o rosto. "Gostei de você. Apesar do fato de trabalhar para aquele piolho arrogante do Billy Buell, gostei de você. Você é ousada. Seria uma boa secretária para mim."

"Você já tem uma secretária excelente, na figura da srta. Rose Bigman, que considero minha amiga. Duvido que ela fosse gostar se me contratasse."

Winchell riu de novo. "Você sabe mais de todo mundo do que eu!" Então seu riso sumiu, sem ter sido alcançado pelos olhos. "Olha, não posso fazer nada por você. Sinto muito pela sua estrela e pelos sentimentos dela, mas não vou matar a história."

"Não estou pedindo para matar a história."

"Então o que é que quer de mim? Já ofereci um emprego. Já ofereci um drinque."

"É importante que não ponha o nome *desta menina* no seu jornal." Olive apontou para uma das fotografias novamente. Lá estava eu, no retrato tirado apenas algumas horas (e alguns séculos) antes, com a cabeça para trás em arrebatamento.

"Por que não dar o nome da menina?"

"Porque ela é ingênua."

"Que jeito engraçado de demonstrar." Ali estava a risada fria e úmida outra vez.

"Pôr o nome dessa coitada no seu jornal não tem nenhuma serventia para a história", disse Olive. "Os outros envolvidos são figuras públicas, um ator e uma corista. Já são conhecidos pelo público em geral. Ser expostos assim foi o risco que assumiram ao ingressar no show business. Vão ser prejudicados pela sua matéria, sem dúvida, mas vão sobreviver. Faz parte da fama. Mas esta jovem aqui" — de novo, ela indicou meu rosto arrebatado na foto — "é apenas uma universitária, uma menina de boa família. E vai ser destruída por isso. Se você publicar seu nome, vai condenar o futuro dela."

"Espera aí, é *essa* menina?" Winchell apontava para mim. Ver aquilo me dava a sensação de ser escolhida do meio da multidão por um carrasco.

"Isso mesmo", disse Olive. "É minha sobrinha. Uma jovem ótima. Estuda na Vassar."

(Aqui, Olive pesava a mão: eu tinha *frequentado* a Vassar, sim, mas acho que ninguém poderia me acusar de ter *estudado* lá.)

Ele continuava me fitando. "Então por que você não está na faculdade, menina?"

Naquele exato momento, desejei estar. Minhas pernas e meus pulmões pareciam prestes a desmoronar. Nunca me senti mais feliz em ficar de boca fechada. Fiz o que pude para tentar parecer uma menina direita que estudava literatura em uma faculdade respeitável e que não estava embriagada — um papel para o qual estava peculiarmente despreparada naquela noite.

"Ela só está visitando a cidade", justificou Olive. "É de uma cidade pequena, de uma boa família. Tem andado com umas companhias duvidosas. É o tipo de coisa que acontece o tempo todo com jovens direitas. Ela cometeu um erro, só isso."

"E você não quer que eu a mande para o caixão por causa disso."

"Isso mesmo. Estou pedindo que reconsidere. Publique a história se for preciso, publique até mesmo as fotos. Mas não ponha o nome de uma jovem ingênua nos jornais."

Winchell olhou as fotos de novo. Apontou para uma foto minha devorando o rosto de Celia, com meu braço passado — como uma serpente — em torno do pescoço de Arthur Watson.

"Muito ingênua", ele proclamou.

"Ela foi seduzida", disse Olive. "Cometeu um erro. Poderia acontecer com qualquer menina."

"E como você sugere que eu continue dando casacos de visom para minha esposa e minha filha se eu parar de publicar fofocas só porque pessoas ingênuas cometem erros?"

"Gosto do nome da sua filha", soltei naquele instante, sem pensar.

O som da minha voz me espantou. Eu realmente não planejava me manifestar. Mas saltou da minha boca. Minha voz também assustou Winchell e Olive. Ela se virou e me fuzilou com os olhos enquanto ele recuava, meio confuso.

"O que foi que você disse?", Winchell indagou.

"Não estamos aqui para ouvir você, Vivian", declarou Olive.

"Quieta", Winchell disse a Olive. "O que foi que você falou, menina?"

"Gosto do nome da sua filha", repeti, incapaz de escapar de seu olhar. "Walda."

"E o que sabe sobre minha Walda?", ele interpelou.

Se eu estivesse com a cabeça no lugar, ou se tivesse sido capaz de bolar uma história curiosa, talvez desse uma resposta diferente — mas do jeito que estava, apavorada, só conseguia dizer a verdade.

"Sempre gostei do nome dela. Sabe, o nome do meu irmão é Walter, que nem o seu. O nome do pai da minha avó também era Walter. Foi minha avó quem batizou meu irmão. Ela queria que levassem o nome adiante. Começou a ouvir seus programas de rádio porque gostava do seu nome. Também lia todas as suas colunas. Líamos juntas, na *Graphic*. Walter era o nome preferido dela. Ficou muito feliz quando você deu a seus filhos os nomes de Walter e Walda. Ela fez com que meus pais me chamassem de Vivian porque a letra V é metade do W, e assim ficava parecido com Walter. Mas, depois que você deu à sua filha o nome de Walda, ela dizia que gostaria que fosse meu nome também. Era um nome astucioso, minha avó dizia, e um bom augúrio. Ouvíamos o senhor o tempo todo no *Lucky Strike Dance Hour*. Ela sempre gostou do seu nome. Eu também queria que meu nome fosse Walda. Deixaria minha avó feliz."

Eu estava perdendo o ímpeto — esgotando minhas frases maltrapilhas. E de que diabos eu estava falando?

"Quem convidou essa enciclopédia?", Winchell brincou, de novo apontando para mim.

"Não precisa dar atenção", disse Olive. "Ela está nervosa."

"Não preciso dar atenção *a você*", ele disse a Olive, e voltou sua atenção arrepiante para mim. "Tenho a impressão de que já te vi, menina. Você já esteve aqui neste salão antes, não é? Com a Celia Ray?"

Fiz que sim, derrotada. Vi os ombros de Olive caírem.

"É, eu imaginei. Você aparece aqui hoje, vestida toda doce e graciosa como uma menininha, mas é assim que me lembro de você. Já te vi em tudo que é tipo de promiscuidade neste salão. Então acho uma graça *você* tentando *me* convencer de que é uma mocinha decente. Escutem, vocês duas, já entendi a tramoia. Sei o que estão fazendo, estão querendo me adular. E não há nada que eu odeie mais do que ser adulado." Winchell apontou para Olive. "A única coisa que não entendo é por que está se esforçando tanto para salvar essa menina. Todas as almas desta boate podem atestar que ela não é uma virgem tímida, e sei com absoluta certeza que não é sua sobrinha. Caramba, vocês não são nem do mesmo país. Nem falam parecido."

"Ela é, sim, minha sobrinha", insistiu Olive.

"Menina, você é sobrinha desta senhora?", Winchell perguntou diretamente a mim.

Fiquei apavorada de mentir para ele, mas igualmente apavorada de não mentir. Minha solução foi berrar "Me desculpe!" e me debulhar em lágrimas.

"Argh! Estou ficando com dor de cabeça por causa de vocês duas", ele disse. Mas me passou um lenço e instruiu: "Senta aqui, menina, assim eu fico parecendo terrível. As únicas garotas que quero chorando perto de mim são as coristas e as jovens estrelas cujo coração acabo de partir".

Ele acendeu dois cigarros e me ofereceu um. "A não ser que você seja *abstêmia*", Winchell disse com um sorriso cínico.

Agradecida, peguei o cigarro e dei alguns tragos profundos e trêmulos.

"Quantos anos você tem?", ele perguntou.

"Vinte."

"Idade suficiente para saber como se comportar. Não que um dia as pessoas saibam. Agora, escuta: você disse que me lia na *Graphic*? É nova demais para isso, não?"

Assenti. "Você era o colunista predileto da minha avó. Ela lia seus textos para mim quando eu era pequena."

"Eu era o colunista predileto dela, é? Por que ela gostava de mim? Quer dizer, afora meu belo nome, sobre o qual você já nos proporcionou um monólogo memorável."

Não era uma pergunta difícil. Eu conhecia os gostos da minha avó. "Ela gostava das suas gírias. Gostava quando chamava as pessoas casadas de *munidas* em vez de *unidas*. Gostava das brigas que comprava. Gostava das críticas teatrais. Dizia que você assistia aos espetáculos de verdade, que se importava com eles, e que a maioria dos críticos não é assim."

"Ela dizia tudo isso, sua avó? Que bom pra ela. Onde está essa mulher genial agora?"

"Ela faleceu", declarei, e quase tornei a chorar.

"Que pena. Detesto perder leitores fiéis. E o tal do seu irmão, o que foi batizado em minha homenagem. Walter. Qual é a história dele?"

Não sabia de onde Walter Winchell havia tirado a ideia de que minha família batizara meu irmão em homenagem *a ele*, mas eu não ia questioná-lo.

"Meu irmão Walter está na Marinha. Está treinando para ser oficial."

"Ele se alistou por vontade própria?"

"Sim, senhor", eu disse. "Ele largou Princeton."

"É disso que precisamos agora", afirmou Winchell. "De mais garotos assim. Mais garotos com coragem suficiente para se voluntariar a combater Hitler antes que alguém lhes diga que é o que têm que fazer. Ele é um garoto bonito?"

"Sim, senhor."

"Claro que é. Com um nome desses."

O garçom se aproximou para perguntar se precisávamos de alguma coisa, e *por um triz* não pedi um gim duplo com soda e limão — mas tive a presença de espírito de conter o hábito a tempo. O nome do garçom era Louie. Eu já o tinha beijado. Tive a impressão de que não me reconheceu, graças a Deus.

"Olha", disse Winchell, "preciso que vocês duas sumam. Estão deixando esta mesa com cara de ordinária. Nem sei como foi que conseguiram entrar aqui, com essa aparência."

"A gente vai embora quando tiver a garantia de que você não vai pôr o nome da Vivian no jornal de amanhã", disse Olive, que sempre sabia como pressionar as pessoas *um pouquinho mais*.

"Ei, você não pode vir até a mesa 50 do Stork Club e me dizer o que precisa que eu faça", explodiu Winchell. "Não te devo nada. Essa é a única garantia que vai receber."

Em seguida, ele se virou para mim. "Eu poderia te dizer para ficar longe de encrenca daqui em diante, mas sei que não vai fazer isso. A acusação ainda vale: você fez uma coisa horrível, menina, e foi pega no flagra. Provavelmente fez um bando de outras coisas horríveis, só que teve a sorte de não ter sido pega. Bom, sua sorte terminou esta noite. Se envolver com o marido vagabundo de outra mulher e uma lasciva... não é assim que uma moça de boa família deve viver. Você vai fazer mais idiotices no futuro, se eu conheço bem as pessoas. Portanto, a única coisa que posso te dizer é: se uma pretensa menina de boa índole como você vai continuar fazendo confusão com alguém como a Celia Ray, vai ter que aprender a defender seu próprio pescoço. Essa megera aqui é insuportável, mas tem muita firmeza, batalhando por você desse jeito. Não sei por que se importa com você ou por que você merece isso. Mas, daqui para a frente, menina, trave suas próprias batalhas. Agora caiam fora daqui, vocês duas, e parem de arruinar minha noite. Vocês estão afugentando todas as pessoas importantes."

20

No dia seguinte, me escondi no quarto pelo máximo de tempo possível. Fiquei esperando Celia voltar para casa para discutirmos tudo, mas ela não apareceu. Eu não tinha dormido e meus nervos eram um pesadelo ruidoso. Parecia que havia milhares de campainhas presas ao meu cérebro e todas tocavam ao mesmo tempo. Sentia muito medo de esbarrar em alguém — principalmente em Edna — para me arriscar a ir à cozinha tomar café ou almoçar.

À tarde, me esgueirei para fora do teatro para comprar o jornal e ler a coluna de Winchell. Eu o abri bem ali na banca, lutando contra o vento de março que queria soprar minhas más notícias para longe.

Lá estava a foto de Arthur, Celia e eu, em nosso abraço. Dava para distinguir ligeiramente meu perfil, mas seria impossível ter certeza de que era eu. (À meia-luz, todas as morenas bonitas são iguais.) Os rostos de Arthur e de Celia, no entanto, estavam claros como o dia. Eram eles que importavam, suponho.

Engoli em seco e me obriguei a ler.

De Walter Winchell, no *New York Daily Mirror*, edição da tarde, 25 de março de 1941:

> Aqui está uma conduta inadequada e nada cavalheiresca da parte do "sr. Edna Parker Watson". Que tal duas coristas americanas para deixá-lo quentinho, seu inglês guloso, se uma só não basta? [...] Isso mesmo, flagramos Arthur Watson aos beijos entusiasmados na porta do Spotlite com sua colega de elenco em *Cidade das garotas*, Celia Ray, e

outra pernuda habitante de Lesbos. [...] Chamo isso de um belo jeito de matar o tempo, meu senhor, enquanto seus compatriotas lutam contra Hitler e morrem. [...] Que comoção na calçada ontem à noite! [...] Vamos torcer para que esses três estúpidos cupidos tenham se divertido atuando para as câmeras, pois qualquer um com neurônios vê: lá vem outro casamento do show business com votos renovados! [...] Arthur Watson provavelmente levou uns belos tapinhas da esposa ontem à noite. [...] Que dia péssimo para os Watson! Não deviam ter saído da cama! [...] Foi o que o passarinho me contou!

"Outra pernuda habitante de Lesbos."
Mas sem nome.
Olive me salvara.

Por volta das seis da tarde, bateram na minha porta. Era Peg, com a cara tão verde e horrível quanto a minha deveria estar.
Minha tia se sentou na minha cama cheia de roupas.
"Merda", ela disse, e pareceu sincera.
Passamos um bom tempo em silêncio.
"Bem, mocinha, você sem dúvida estragou as coisas", Peg constatou por fim.
"Desculpe."
"Quieta. Não vou me fazer de superior. Mas sem sombra de dúvida isso nos trouxe problemas, e de todos os gêneros. Estou desde que o sol nasceu sentada com a Olive, tentando pôr ordem nos escombros."
"Desculpe *mesmo*", repeti.
"Você devia ficar quieta. Guarde seus pedidos de desculpas para os outros. Não desperdice comigo. Mas temos, sim, que discutir algumas questões. Em primeiro lugar, quero que você saiba que a Celia foi demitida."
Demitida! Nunca tinha ouvido falar em alguém ser demitido do Lily.

"Mas para onde ela vai?", indaguei.

"Para outro lugar. Acabou para ela. Está na lata de lixo. Pedi que Celia viesse pegar as coisas dela hoje à noite, durante o espetáculo. Prefiro que você não esteja aqui quando ela chegar. Não quero mais alvoroço."

Celia iria embora e eu nem teria a chance de me despedir! Mas *para onde*? Eu sabia que ela não tinha nem um centavo no bolso. Não tinha onde ficar. Não tinha família. Seria jogada fora.

"Tive que agir assim", Peg declarou. "Não podia obrigar a Edna a dividir o palco com a garota de novo. E se não me livrasse da Celia depois dessa confusão, teríamos uma revolução palaciana por parte do resto do elenco. Está todo mundo morrendo de raiva. Não podemos arriscar. Então pus a Gladys no lugar dela. Não é tão boa, mas vai se sair bem. Eu queria poder demitir o Arthur também, mas a Edna não ia gostar. Talvez ela acabe demitindo mais para a frente, mas a decisão cabe a ela. O cara é um encrenqueiro. Mas fazer o quê? Ela o ama."

"A Edna vai subir ao palco esta noite?", perguntei, admirada.

"Claro que sim. Por que não subiria? *Ela* não fez nada de errado."

Estremeci. Fiquei genuinamente chocada porque ela ia se apresentar. Imaginei que Edna fosse se esconder — dar entrada em um sanatório em algum lugar, ou no mínimo ficar chorando a portas fechadas. Imaginei que a peça inteira fosse ser cancelada.

"Não vai ser uma noite agradável para ela", disse Peg. "Todo mundo leu o Winchell, claro. Vai ter muito cochicho. A plateia vai ficar olhando para ela querendo sangue, esperando que tropece e se debata. Mas ela é guerreira, vai encarar. Melhor acabar logo com isso, é a opinião dela. O espetáculo tem que continuar e tudo o mais. Temos sorte pela força dela. Se não fosse tão determinada, ou se não fosse tão boa amiga, provavelmente teria largado o espetáculo. E aí, o que seria de nós? Felizmente, Edna sabe como triunfar. E é isso que vai fazer."

Ela acendeu um cigarro e prosseguiu: "Também tive uma conversa com seu namorado. Ele queria largar a peça. Disse que perdeu a graça. Disse que a gente o estava 'amolando', sabe-se lá como. Disse que você principalmente o estava amolando. Consegui convencê-lo a ficar, mas temos que pagar, e Anthony estipulou que não quer mais você 'mexendo' com ele. Porque você 'jogou sujo' com ele. Anthony disse que já chega. Não quer você nem 'tagarelando' com ele. Estou só repassando, Vivvie. Acho que transmiti o recado dele na íntegra. Não sei se Anthony vai se sair bem hoje, mas a gente vai descobrir logo. A Olive teve uma longa conversa com ele de manhã, para que se mantivesse nos trilhos. É melhor você ficar longe dele. Daqui para a frente, finja que Anthony não existe."

Senti vontade de vomitar. Celia tinha sido banida. Anthony não queria falar comigo nunca mais. E por minha causa naquela noite Edna teria que encarar uma plateia louca para vê-la passando a corda no pescoço.

Peg disse: "Vou te perguntar sem rodeios, Vivvie. Há quanto tempo anda flertando com o Arthur Watson?".

"Não ando flertando. Foi só ontem à noite. Foi só essa vez."

Minha tia me analisou como se tentasse decidir se era verdade ou não. No final, deu de ombros. Talvez tenha acreditado em mim, talvez não. Talvez tenha chegado à conclusão de que, de uma forma ou de outra, não importava. Quanto a mim, não tinha energia para defender meu argumento. Não havia bem um argumento, por sinal.

"Por que você fez isso?" Seu tom era mais confuso do que crítico. Como não respondi de imediato, Peg disse: "Deixa pra lá. As pessoas sempre fazem isso pela mesma razão".

"Achei que a Edna estava tendo um caso com o Anthony", justifiquei, sem convicção.

"Bem, não é verdade. Conheço a Edna e juro que não é verdade. Ela nunca foi desse tipo e nunca vai ser. E, mesmo *se fosse*, não é uma razão boa o bastante, Vivian."

"Desculpe", repeti.

"Essa história vai ser publicada em todos os jornalecos da cidade, sabia? De todas as cidades. A *Variety* vai publicar. Todos os tabloides de Hollywood vão. De Londres também. Os repórteres passaram a tarde inteira ligando para a Olive atrás de declarações. Tem fotógrafos na nossa porta lateral. É uma queda brusca para uma mulher como a Edna, para alguém com a dignidade dela."

"Peg. Me diz o que eu posso fazer. *Por favor.*"

"Você não pode fazer nada", ela disse. "Nada além de ser humilde, ficar de boca fechada e torcer para todo mundo ser caridoso com você. Ouvi dizer que você e a Olive foram ao Stork ontem à noite."

Fiz que sim.

"Não quero ser melodramática, Vivvie, mas você entende que ela te salvou da ruína, não?"

"Entendo, sim."

"Imagina o que os seus pais diriam sobre isso? Em uma comunidade como a sua? Ter esse tipo de reputação? E com fotos, para piorar?"

Eu imaginava. *Já tinha* imaginado.

"Não é muito justo, Vivvie. Todo mundo vai pagar o pato, principalmente a Edna, mas você está escapando ilesa."

"Eu sei", declarei. "Desculpe."

Peg suspirou. "Bem. De novo, a Olive evita o desastre. Já perdi a conta de quantas vezes ela nos salvou — *me* salvou — ao longo dos anos. É a mulher mais incrível e mais honrada que já conheci. Espero que tenha agradecido a ela."

"Agradeci", afirmei, embora não tivesse certeza daquilo.

"Queria ter acompanhado você e a Olive ontem à noite, Vivvie, mas parece que eu não estava bem. Tenho passado muitas noites assim ultimamente. Tomando gim como se fosse água com gás. Nem me lembro de chegar em casa. Mas vamos falar sério: devia ter sido eu pedindo a Winchell que ajudasse você. Não a Olive. Sou sua tia, afinal. É o dever familiar. Teria sido bom o Billy dar uma mão, mas nunca que ele vai arriscar o pescoço por alguém. Não que fosse responsabilidade dele. Não, a missão era minha, e eu a abandonei. Me sinto mal por tudo isso, mocinha. Eu devia ter ficado de olho em você esse tempo todo."

"A culpa não é sua", decretei, e era verdade. "É toda minha."

"Bem, agora não há nada que a gente possa fazer. Parece que minha volta com a bebida seguiu seu curso natural. Sempre termina do mesmo jeito quando o Billy aparece, trazendo diversão e confetes. Sempre começo me divertindo à vera com ele, então uma manhã acordo e descubro que o mundo desabou enquanto eu estava desmaiada, e que nesse meio-tempo a Olive se desdobrou para arrumar tudo pelas minhas costas. Não sei por que nunca aprendo."

Eu nem sabia o que dizer.

"Bem, tente manter o ânimo, Vivvie. Não é o fim do mundo, como se diz. É difícil de acreditar nisso em um dia que nem esse, mas realmente não é o fim do mundo. Tem coisas piores. Tem gente sem perna."

"Estou demitida?"

Ela riu. "Demitida do quê? Você nem emprego tem!" Ela olhou para o relógio e se levantou. "Mais uma coisa. A Edna não quer te ver hoje antes do espetáculo. A Gladys vai ajudá-la a se vestir. Mas ela quer te ver depois da peça. Me pediu para te avisar que é para você ir ao camarim."

"Meu Deus, Peg", exclamei. Senti náusea de novo.

"Uma hora ou outra, você vai ter que encarar Edna. É melhor que seja agora. Ela não vai ser delicada com você, ouso dizer. Merece a oportunidade de te repreender, e você merece o que vier. Vá lá e peça desculpas, se Edna deixar. Assuma o que fez. Arque com as consequências. Quanto antes for pisoteada, mais cedo vai poder começar a reconstruir sua vida. Essa sempre foi a minha experiência, em todo caso. Aprenda com uma velha profissional."

Fiquei de pé nos fundos do teatro e assisti ao espetáculo das sombras, lugar que me cabia.

Se a plateia tinha comparecido ao Lily Playhouse naquela noite a fim de ver Edna Parker Watson se contorcer de incômodo, ficou frustrada. Ela não se contorceu nem por um segundo. Pregada ao palco como uma borboleta por aquele holofote quente e branco — analisada por centenas de olhos, alvo de cochichos e risadinhas —, Edna interpretou seu papel na voltagem máxima. Nem um vacilo dos nervos aquela mulher revelou para a satisfação da turba louca por sangue. Sua sra. Alabaster estava engraçada, ela foi charmosa e estava relaxada. Na verdade, Edna se moveu pelo palco naquela noite com mais economia e graça do que nunca. Demonstrou uma autoconfiança inabalada, seu rosto sem demonstrar nada além do prazer que era ser a estrela daquele espetáculo leve e alegre.

O restante da companhia, por outro lado, de início estava visivelmente inquieto — perdendo suas deixas e gaguejando as falas até a atuação firme de Edna acabar corrigindo a dos outros. Ela foi a força gravitacional que manteve todo mundo estável naquela noite. O que a estabilizava, eu não saberia dizer.

Não creio ter imaginado que a atuação de Anthony no primeiro ato teve um quê mais raivoso do que o habitual, mas Edna conseguiu pôr até ele na linha.

Minha amiga Gladys — assumindo o papel de Celia e o figurino de Celia — estava perfeita em termos de aparência e dançou sem erros. Faltava-lhe a dicção cômica e lânguida que tornara Celia um sucesso. Mas cumpriu a tarefa habilidosamente, e era só o que precisava fazer.

Arthur foi horrível, mas era sempre horrível. A única diferença naquela noite era que também estava com uma aparência horrível. Tinha olheiras sob os olhos e passou boa parte da apresentação enxugando o suor de sua nuca e fitando a esposa do outro lado do palco com um olhar patético de cão de caça. Ele nem tentou fingir que não estava chateado. A única redenção era que seu papel havia sido tão reduzido que ele não tinha muitos minutos no palco para arruinar tudo.

Edna fez uma alteração relevante no espetáculo naquela noite. Ao cantar sua balada, espontaneamente mudou seu posicionamento. Em vez de virar o rosto e a voz para os céus, como costumava fazer, foi até a beirada do palco. Cantou diretamente para a plateia, fitando-a, escolhendo algumas pessoas e cantando para elas — e de fato *para* elas. Manteve o contato visual, olhando fixo para o público enquanto cantava do fundo do coração. Sua voz nunca foi mais magnífica, mais desafiadora. ("Sei que desta vez vai me destruir/ Vou acabar sendo deixada pra trás/ Mas estou pensando em me apaixonar.")

A maneira como cantou naquela noite era como se provocasse a plateia, pessoa a pessoa. Era como se exigisse saber: *E você nunca foi magoado? Seu coração nunca foi partido? Você nunca se arriscou por amor?*

No fim, fez todo mundo chorar — enquanto ela mesma recebeu de olhos secos as ovações.

Até hoje, nunca conheci mulher mais poderosa.

Bati na porta do camarim com uma mão que parecia, ela mesma, um pedaço de madeira.

"Entra", Edna disse.

Meu coração parecia de algodão. Meus ouvidos estavam tapados e entorpecidos. Minha boca tinha gosto de fubá com sabor de cigarro. Meus olhos estavam secos e doloridos — tanto da falta de sono quanto do choro. Fazia vinte e quatro horas que eu não comia nem conseguia me imaginar comendo de novo. Estava com o mesmo vestido que usara para ir ao Stork Club. Negligenciara meu cabelo o dia inteiro. (Não fora capaz de confrontar o espelho.) Minhas pernas pareciam curiosamente destacadas do resto do meu corpo: eu nem entendia como sabiam andar. Por um instante, não souberam. Então me forcei a entrar na sala como uma pessoa se atirando de um penhasco no mar frio lá embaixo.

Edna estava diante do espelho do camarim, aureolada pelas luzes fulgurantes. Seus braços estavam cruzados, sua postura parecia relaxada. Ela estava me aguardando. Ainda usava o figurino — o vestido longo sensacional que eu tinha feito para sua cena final tantos meses antes. De seda azul cintilante e pedrarias.

Parei diante dela, com a cabeça baixa. Eu era uns trinta centímetros mais alta do que a mulher, mas, naquele momento, era uma roedora a seus pés.

"Por que você não fala primeiro?", ela sugeriu.

Bem, eu não havia exatamente preparado nada…

Porém, seu convite não era de fato um *convite*: era uma ordem. Abri minha boca e comecei a soltar frases esfarrapadas, infelizes, desorientadas. Era uma liturgia de desculpas, contidas em uma inundação de desculpas patéticas. Eram súplicas de perdão. Eram ofertas sôfregas para melhorar a situação. Mas também eram covardias e negações ("Foi uma vez só, Edna!"). E sinto muito em dizer que a certa altura do meu discurso bagunçado citei Arthur Watson falando de sua esposa: "Ela gosta dos mais novos".

Desfiei todas as palavras idiotas que tinha em mente e Edna me deixou fazê-lo sem interromper ou reagir. Gaguejei até terminar, tossindo meus últimos nacos de lixo verbal. Fiquei em silêncio outra vez, me sentindo fraca sob seu olhar fixo.

Enfim, Edna declarou em um tom brando perturbador: "Seu problema, Vivian, é que você não é uma pessoa interessante. Você é bonita, sim, mas só porque é jovem. A beleza vai desaparecer logo.

Mas você nunca vai ser uma pessoa interessante. Estou te dizendo isso porque acredito que você tem trabalhado com a ideia errônea de que *é* interessante, ou de que sua vida é relevante. Mas você não é, nem sua vida é. Achei que você tinha potencial para virar uma pessoa interessante, mas estava enganada. Sua tia Peg é uma pessoa interessante. Eu sou uma pessoa interessante. Mas você não é uma pessoa interessante. Está me entendendo?".

Fiz que sim.

"O que você é, Vivian, é certo *tipo* de pessoa. Para ser mais específica, certo *tipo* de mulher. Certo tipo de mulher tediosamente comum. Acha que nunca deparei com seu tipo? Você está sempre por perto, fazendo seus joguinhos enfadonhos e vulgares, causando seus probleminhas enfadonhos e vulgares. É o tipo de mulher que não consegue ser amiga de outra mulher, Vivian, porque vai sempre brincar com brinquedos que não são seus. Uma mulher do seu tipo volta e meia acredita ser uma pessoa relevante por conseguir arrumar encrenca e estragar as coisas para os outros. Mas não é nem importante nem interessante."

Abri a boca para falar, pronta para cuspir mais um pouco de lixo desconexo, mas Edna levantou a mão. "Talvez você queira cogitar a possibilidade de preservar a pouca dignidade que ainda lhe resta não falando mais nada, minha querida."

O fato de Edna ter dito aquilo com um esboço de sorriso — até mesmo com um toque mínimo de carinho — me destruiu.

"Tem mais uma coisa que você precisa saber, Vivian. Sua amiga Celia passava tanto tempo com você porque imaginava que você fosse uma aristocrata, mas não é. E você passava tanto tempo com ela porque imaginava que ela fosse uma estrela, mas ela não é. Celia jamais será uma estrela, assim como você jamais será uma aristocrata. Vocês duas são apenas um par de moças terrivelmente medíocres. *Tipos* de moças. Que nem vocês, existem milhões."

Senti meu coração se reduzir à menor dimensão possível, até se tornar um cubo amassado de alumínio, esmagado em seu punho delicado.

"Quer saber o que você tem que fazer agora, Vivian, para deixar de ser um *tipo* de pessoa e se tornar uma pessoa de verdade?"

Devo ter assentido.

"Então vou dizer. Não tem nada que você possa fazer. Você pode se empenhar muito para adquirir conteúdo ao longo da vida, mas nunca vai dar certo. Você nunca vai ser *nada*, Vivian. Nunca vai ter a menor relevância."

Ela sorriu ternamente.

"E a não ser que eu esteja enganada", ela concluiu, "você provavelmente vai voltar para a casa dos seus pais muito em breve. Para o lugar que lhe cabe. Não é, querida?"

21

Passei a hora seguinte em uma cabine telefônica no canto dos fundos de um mercadinho próximo que ficava aberto a noite inteira, tentando falar com meu irmão.

A dor era frenética.

Poderia ter ligado para Walter do telefone do Lily, mas não queria que ninguém me escutasse, e estava envergonhada demais para ficar mostrando a cara no teatro. Portanto, corri para o mercadinho.

Tinha em minha posse o número de telefone do quartel de cadetes do Upper West Side, que Walter me dera em caso de emergência. Bem, era uma emergência. Mas também era onze horas da noite e ninguém atendia. Aquilo não me dissuadiu. Continuei enfiando a ficha na ranhura e escutando o telefone tocar infinitamente do outro lado. Deixava chamar vinte e cinco vezes, desligava e recomeçava com o mesmo número e a mesma ficha. Soluçando e chorando o tempo todo.

Tornou-se algo hipnótico — discar, contar os toques, desligar, ouvir a ficha cair, pôr a ficha de novo, discar, contar os toques, desligar. Soluçando, lamentando.

De repente havia uma voz na outra ponta. Furiosa. "O QUE É?!", alguém berrou no meu ouvido. "Caramba, O QUE É?!"

Quase deixei o telefone cair. Tinha entrado em tamanho transe a ponto de esquecer *para que* os telefones serviam.

"Preciso falar com o Walter Morris", declarei, quando recobrei os sentidos. "Por favor, senhor. É uma emergência familiar."

O homem da outra ponta cuspiu uma cantilena de xingamentos ("Sua imbecil mijada, sem Jesus no coração!"), bem como o sermão esperado ("Você faz ideia de que horas são?"). Mas a raiva dele não era páreo para meu desespero. Eu estava fazendo uma excelente versão da parente histérica — o que, a bem da verdade, era justamente o que eu era. Meus soluços facilmente subjugavam seu ultraje. Os berros dele sobre protocolos não me diziam nada. Uma hora ou outra, ele devia ter percebido que suas regras não faziam frente ao meu caos, e foi procurar meu irmão.

Esperei bastante tempo, botando mais fichas no telefone, tentando me recompor e escutando o som da minha própria respiração irregular na cabine.

Então, enfim, Walter atendeu. "O que foi que aconteceu, Vee?", ele indagou.

Ao ouvir a voz do meu irmão, me desintegrei toda de novo, virando milhares de caquinhos da menininha perdida. Em meio às minhas ondas de arfadas soluçantes, eu lhe contei tudinho.

"Você tem que me tirar daqui", implorei, depois que ele finalmente ouviu a história inteira. "Você tem que me levar pra casa."

Não sabia como Walter tinha conseguido providenciar tudo tão rápido — e de madrugada, ainda por cima. Não sabia como aquelas coisas funcionavam no Exército — tirar licença e tal. Mas meu irmão era a pessoa mais engenhosa que eu conhecia, então resolveu de alguma forma. Eu sabia que resolveria. Walter era capaz de solucionar qualquer coisa.

Enquanto ele elaborava meu plano de fuga (tirando licença e pegando um carro emprestado), eu arrumava minhas coisas — enfiava as roupas e os sapatos nas malas e guardava minha máquina de costura com os dedos trêmulos. Em seguida, escrevi uma carta longa, borrada por lágrimas, autodilacerante, para Peg e Olive, e a deixei na mesa da cozinha. Não me lembro de tudo o que dizia, mas era repleta de histeria. Em retrospecto, gostaria de ter escrito apenas "Obrigada por ter cuidado de mim e me desculpem por ter sido uma idiota" e deixado por isso mesmo. Peg e Olive já tinham muito com que lidar. Não precisavam de uma confissão idiota de vinte páginas, além de tudo.

Mas foi o que tiveram.

Logo antes do amanhecer, Walter parou o carro na frente do Lily Playhouse para me pegar e me levar para casa.

Ele não estava sozinho. Conseguira pegar um carro emprestado, sim, mas sob uma condição. Para ser mais específica, o carro vinha com motorista. Havia um rapaz magro e alto na direção, usando o mesmo uniforme de Walter. Um colega de classe na Escola de Cadetes. Ele tinha aparência italiana e sotaque carregado do Brooklyn. Faria a viagem comigo. Ao que constava, o velho Ford dilapidado era dele.

Não me importava. Não me importava quem era ele, ou quem me via naquele meu estado destroçado. A única coisa que eu sentia era desespero. Só precisava ir embora do Lily Playhouse *naquele instante*, antes que alguém acordasse e visse minha cara. Não podia morar no mesmo prédio que Edna por nem mais um minuto sequer. Ela tinha, à sua maneira serena, ordenado que eu me retirasse, e eu a ouvira em alto e bom som. Precisava ir.

Naquele instante.

Só me tira daqui era tudo o que me interessava.

Atravessamos a ponte George Washington quando o sol estava surgindo. Nem conseguia olhar a vista de Nova York se afastando às minhas costas. Não aguentava. Embora estivesse me retirando da cidade, experimentava a sensação diametralmente oposta — de que a cidade estava sendo retirada *de mim*. Já que estava provado que não podiam confiá-la a mim, Nova York era tirada do meu alcance, como um objeto de valor é tirado das mãos de uma criança.

Quando já estávamos do outro lado da ponte, seguros longe da cidade, Walter partiu para o ataque. Nunca o vi tão bravo. Não era um cara que ficava de mau humor, mas sem dúvida agora estava. Ele deixou claro a desgraça que eu era para o nome da família. Lembrou o quanto eu recebera na vida e a indiferença com que desperdiçara as oportunidades. Ressaltou o desperdício que fora meus pais terem investido na minha educação e criação, quando eu era tão indigna daquilo. Ele me disse o que acontece com garotas como eu ao longo do tempo — que somos usadas e depois que ficamos velhas nos jogam fora. Disse que eu tinha sorte de não estar na cadeia, grávida ou morta na sarjeta, pelo jeito como andava me comportando. Afirmou que eu jamais encontraria um marido respeitável: quem ia me aceitar se soubesse uma parte que fosse da minha história? Depois de todos os vira-latas com os quais eu estivera, eu agora era parte vira-lata também. Meu irmão me informou que jamais poderia contar aos meus pais o que eu tinha feito em Nova York, ou o nível de calamidade que tinha provocado. Não era para *me* proteger (eu não merecia proteção), mas para proteger *os dois*. Eles nunca aguentariam o golpe se soubessem como a filha tinha se degenerado. Deixou claro que seria a última vez que ia me salvar. E disse: "Você tem sorte de eu não te levar direto para o reformatório".

Walter falou tudo isso na frente do rapaz que dirigia, como se o cara fosse invisível, surdo ou irrelevante.

Ou como se eu fosse tão asquerosa que meu irmão não ligava para quem ficava sabendo.

Walter despejou sua virulência sobre mim, e nosso motorista escutou todos os detalhes, enquanto eu simplesmente ficava sentada no banco de trás e aguentava calada. Era ruim. Mas tenho que admitir, em comparação com meu recente confronto com Edna, não era *tão* ruim assim. (Pelo menos Walter me respeitava a ponto de ficar bravo; o sangue-frio inabalável de Edna fora *humilhante*. Eu preferia o fogo dele ao gelo dela.)

Além do mais, àquela altura eu estava basicamente insensível a toda a dor. Fazia mais de trinta e seis horas que estava acordada. No último dia e meio, estivera bêbada e ferrada e assustada, fora aviltada e abandonada e repreendida. Tinha perdido minha melhor amiga, meu namorado, minha comunidade, meu trabalho divertido, o respeito por mim mesma e a cidade de Nova York. Tinha acabado de ser informada por Edna, uma mulher que eu amava e admirava, de que eu era uma nulidade como ser humano — e sobretudo de que eu sempre seria uma nulidade. Tinha sido forçada a suplicar ao meu irmão mais velho que me salvasse e a permitir que ele soubesse a pessoa desprezível que eu era. Tinha sido exposta, entalhada e totalmente perseguida. Não havia muito que Walter pudesse dizer para aumentar minha vergonha e me ferir ainda mais.

Porém — ao que se revelou — havia algo que nosso *motorista* podia dizer.

Porque cerca de uma hora depois de iniciada a viagem, quando Walter parou de me dar sermão por um instante (só para tomar fôlego, imagino), o garoto magricelo ao volante se manifestou pela primeira vez. Ele disse: "Deve ser muito frustrante para um cara correto que nem você, Walt, ter uma irmã que é uma putinha imunda".

Isso, sim, eu senti.

Essas palavras não apenas me alfinetaram: elas me queimaram até o centro do meu ser, como se eu tivesse engolido ácido.

Não era só que eu nem acreditasse que ele tivesse dito aquilo; era que ele tinha dito *na frente do meu irmão*. Ele já tinha *visto* meu irmão? O metro e noventa de Walter Morris? Todos aqueles músculos e autoridade?

Com a respiração entalada na garganta, esperei Walter bater no cara — ou pelo menos repreendê-lo.

Mas meu irmão não disse nada.

Parecia que deixaria a acusação vigorar. Porque concordava.

À medida que seguíamos em frente, as palavras brutais ecoavam e ricocheteavam pelo espaço pequeno e fechado do carro — e pelo espaço ainda menor e ainda mais fechado da minha mente.

Putinha imunda, putinha imunda, putinha imunda...

As palavras enfim derreteram em um silêncio ainda mais brutal que cercou todos nós como água escura.

Fechei os olhos e me deixei afogar.

Meus pais — que não tinham sido avisados de que estávamos para chegar — ficaram primeiro eufóricos em ver Walter e depois atônitos e preocupados com o que eu estaria fazendo ali e por que ele estava *comigo*. Mas meu irmão não ofereceu muita coisa em termos de explicação. Disse que eu estava com saudades de casa, portanto resolvera me levar de volta. Deixou por aquilo mesmo, e eu não acrescentei nada à história. Nem nos esforçamos para agir normalmente perto dos nossos pais confusos.

"Mas quanto tempo você vai ficar, Walter?", minha mãe quis saber.

"Nem para o jantar", ele respondeu. Tinha que voltar para a cidade, explicou, para não perder outro dia de treinamento.

"E quanto tempo a Vivian vai ficar?"

"Vocês que sabem", disse Walter, dando de ombros como se não desse a mínima para o que me acontecesse, onde eu ficasse ou por quanto tempo.

Em outro tipo de família, mais sondagens viriam em seguida. Mas me deixe explicar minha cultura de origem a você, Angela, caso nunca tenha convivido com brancos protestantes anglo-saxões. Você precisa entender que temos apenas uma regra fundamental na família, que é a seguinte:

Essa questão nunca mais deve ser abordada.

Podemos aplicar essa regra a qualquer coisa — de um momento embaraçoso à mesa de jantar ao suicídio de um parente.

Não perguntar nada é a canção do meu povo.

Então, quando meus pais captaram a mensagem de que nem Walter nem eu estávamos dispostos a compartilhar informações sobre a visita misteriosa — desembarque misterioso, na verdade —, não se alongaram mais no assunto.

Quanto ao meu irmão, ele me depositou na minha casa de nascença, descarregou meus pertences, deu um beijo de despedida na minha mãe, apertou a mão do meu pai e — sem me dirigir outra palavra — voltou direto para a cidade, para se preparar para outra guerra, mais importante.

22

O que se seguiu foi um período de infelicidade turva e sem contornos.

Algum motor dentro de mim havia enguiçado, e como resultado fiquei sem energia. Meus atos me traíam, então parei de agir. Agora que estava morando em casa, permitia que meus pais organizassem minha rotina por mim, e sem dizer nada acatava tudo o que me propunham.

Eu tomava o café da manhã com eles, com direito a jornais e café preto, e ajudava minha mãe a fazer sanduíches para o almoço. O jantar (feito pela empregada, é claro) era às cinco e meia, seguido pela leitura dos jornais vespertinos, por jogos de cartas e ouvir rádio.

Meu pai sugeriu que eu trabalhasse em sua empresa, e eu concordei. Ele me colocou no escritório principal, onde eu organizava papéis durante sete horas por dia e atendia telefonemas quando ninguém mais estava livre para fazê-lo. Aprendi a arquivar, mais ou menos. Devia ter sido presa por representar uma secretária, mas pelo menos tinha o que fazer com grande parte dos meus dias, e meu pai me pagava um salário pequeno pelo meu "trabalho".

Papai e eu íamos para o trabalho juntos todas as manhãs, e voltávamos juntos para casa todas as tardes. Sua conversa durante esses trajetos de carro era mais uma coleção de discursos de como os Estados Unidos tinham que ficar fora da guerra, de como Roosevelt era uma marionete dos sindicatos trabalhistas e de como os comunistas logo tomariam o país. (Sempre mais receoso dos comunistas do que dos fascistas, meu querido pai.) Eu ouvia suas palavras, mas não podia dizer que prestava atenção.

Eu estava sempre distraída. Algo terrível coxeava dentro da minha cabeça com sapatos pesados, sempre me lembrando que eu era uma putinha imunda.

Sentia a insignificância de tudo. Meu quarto da infância com sua pequena cama de menina. As vigas que eram baixas demais. O som metálico da conversa entre meus pais de manhã. O número escasso de carros no estacionamento da igreja aos domingos. O velho mercado com seu acervo limitado de alimentos conhecidos. A lanchonete que fechava às duas da tarde. Meu armário cheio de roupas de adolescente. Minhas bonecas de infância. Tudo aquilo me assoberbava e me enchia de tristeza.

Todas as palavras que saíam do rádio me pareciam fantasmagóricas e assombradas. Tanto as canções animadoras como as melancólicas me enchiam de desalento. As radionovelas mal prendiam minha atenção. Às vezes eu ouvia a voz de Walter Winchell no ar, soltando suas fofocas ou divulgando convocações urgentes de intervenção na Europa. Meu estômago dava um nó, então meu pai interrompia o rádio, declarando: "Esse cara só vai descansar quando todos os bons rapazes americanos forem mandados para o estrangeiro para ser mortos pelos alemães!".

Quando a revista *Life* chegou em meados de agosto, havia um artigo sobre a peça nova-iorquina de sucesso *Cidade das garotas*, que incluía fotos da famosa atriz britânica Edna Parker Watson. Ela estava fantástica. No retrato principal, usava um dos conjuntos que eu fizera para ela no ano anterior — peças cinza com a cintura minúscula, pregueada, e a gola de tafetá vermelho-sangue ferozmente chique. Havia também uma foto dela e de Arthur andando pelo Central Park de mãos dadas. ("A sra. Watson, apesar de todo o sucesso, ainda exalta o casamento como seu papel predileto. 'Muitas atrizes se dizem casadas com o trabalho', conta a estilosa estrela. 'Mas prefiro estar casada com um homem, se tiver opção!'")

Na época, o artigo fez minha consciência parecer um barquinho a remo apodrecido afundando em um lago de lama. Mas, pensando nele hoje, tenho que admitir que sinto raiva. Arthur Watson tinha saído totalmente ileso de seus delitos e mentiras. Celia fora banida por Peg e eu fora banida por Edna, mas Arthur pudera seguir em frente com sua adorável vida e sua adorável esposa como se nada tivesse acontecido.

As putinhas imundas tinham sido descartadas; o homem pudera permanecer.

Claro que eu não percebia a hipocrisia naquela época.
Mas como percebo agora.

Nas noites de sábado, meus pais e eu íamos aos bailes do country club. Eu reparava que aquilo que sempre havíamos chamado com pompa de "salão de baile" era apenas uma sala de jantar de tamanho médio com as mesas empurradas para o canto. Os músicos não eram exímios. Eu só pensava que, lá em Nova York, o Viennese Roof do Hotel St. Regis estava aberto para o verão, e nunca mais dançaria lá.

Nos bailes do country club, eu falava com amigos de longa data e vizinhos. Dava meu máximo. Alguns sabiam que eu tinha morado em Nova York e tentavam conversar sobre o assunto. ("Não entendo como as pessoas podem gostar de viver encaixotadas uma em cima da outra daquele jeito!") Tentei puxar papo com essas pessoas, também, a respeito de suas casas no lago, de suas dálias, de suas receitas de bolo, ou o que parecesse interessar a elas. Não compreendia mais por que algo importava para alguém. A música se arrastava. Eu dançava com quem me convidasse sem reparar em qualquer especificidade dos meus parceiros.

Nos fins de semana, minha mãe ia a concursos de hipismo. Eu a acompanhava quando ela me pedia. Sentava na arquibancada com as mãos frias e as botas enlameadas para ver os cavalos rodando pela pista, enquanto me perguntava por que alguém ia querer gastar tempo com aquilo.

Minha mãe recebia regularmente cartas de Walter, que agora estava estacionado em um porta-aviões em Norfolk, Virgínia. Ele dizia que a comida era melhor do que seria de esperar e que se dava bem com todos os caras. Mandava lembranças aos amigos da cidade. Nunca mencionava meu nome.

Eu tinha um número um bocado doloroso de casamentos aos quais comparecer naquela primavera. Garotas com que eu estudara estavam se casando e engravidando — nessa ordem, dá para acreditar? Um dia esbarrei com uma amiga de infância na calçada. Seu nome era Bess Farmer, e ela também estudara na Emma Willard. Já tinha um filho de um ano, que empurrava em um carrinho de bebê, e estava grávida outra vez. Bess era um amor — uma moça genuinamente inteligente com uma risada sincera e talento para a natação. Era bastante talentosa nas ciências. Seria ofensivo e aviltante dizer para Bess que agora ela não passava de uma dona de casa. Mas ver seu corpo grávido me fez transpirar.

Garotas com que eu nadava nua nos riachos atrás de nossas casas quando éramos crianças (tão magras, ativas e assexuadas) agora eram matronas robustas, cheias de bebês, com leite vazando dos seios. Eu não conseguia entender.

Mas Bess parecia estar feliz.

Quanto a mim, eu era uma putinha imunda.

Eu fizera uma coisa *muito* podre com Edna Parker Watson. Trair uma pessoa que me ajudara e fora amável comigo era o cúmulo da vergonha.

Atravessei dias mais agitados e tive um sono entrecortado em noites ainda piores.

Fiz tudo o que mandavam e não causei encrenca, mas ainda não sabia resolver o problema de como me aguentar.

Conheci Jim Larsen através do meu pai.

Ele era um homem sério, respeitável, de vinte e sete anos, que trabalhava para a companhia de mineração do meu pai. Era gerente de cargas. Se você quer saber o que isso significa, ele era responsável por manifestos, faturas e encomendas. Também gerenciava os despachos. Era bom de matemática, e usava esse talento para lidar com as complexidades das tarifas dos itinerários, dos custos de estocagem e do rastreamento da carga. (Apenas escrevi todas essas palavras, Angela, mas eu mesma não sei direito o que significavam de fato. Decorei-as na época em que Jim Larsen estava me cortejando para conseguir explicar seu trabalho aos outros.)

Meu pai tinha Jim em alta conta apesar de suas raízes humildes. Ele o considerava um rapaz determinado em ascensão — uma versão do seu próprio filho oriunda da classe operária. Gostava que Jim tivesse começado como maquinista, mas pela perseverança e pelo mérito tivesse logo se alçado a um posto de chefia. Meu pai pretendia fazer dele o gerente-geral da empresa um dia. "O garoto é melhor contador do que a maioria dos meus contadores, e é melhor contramestre do que a maioria dos meus contramestres", dizia.

Ou então: "Jim Larsen não é um líder, mas é o tipo de homem de confiança que um líder quer ter a seu lado".

Jim era tão educado que perguntou ao meu pai se podia me levar para sair antes de falar comigo. Meu pai concordou. Na verdade, foi ele quem me disse que Jim Larsen ia me levar para sair. Isso foi antes de eu saber quem era Jim Larsen. Mas os dois já tinham combinado tudo sem me consultar, portanto apenas segui o plano.

No nosso primeiro encontro, Jim me levou para tomar um sundae na lanchonete. Ele me observava atentamente enquanto eu comia o sorvete, para verificar se eu estava satisfeita. Jim se importava com minha satisfação, o que já era alguma coisa. Nem todos os homens são assim.

No fim de semana seguinte, ele me levou de carro até o lago, onde passeamos e vimos os patos.

No outro fim de semana, fomos a uma feirinha agrícola, e ele me deu um quadrinho de girassol que fiquei admirando. ("Para você pendurar na parede", Jim disse.)

Estou dando a impressão de que ele era mais entediante do que era.

Não, não estou.

Jim era um cara muito legal. Tenho que admitir. (Mas tenha cuidado aí, Angela. Sempre que uma mulher diz que seu pretendente "é um homem muito legal", pode ter certeza de que ela não está apaixonada.) Mas Jim *era* legal. E, para ser justa, era mais que apenas legal. Tinha enorme inteligência matemática, integridade e engenhosidade. Não era astuto, mas era esperto. E era boa-pinta segundo o estilo "totalmente americano" — cabelo claro, olhos zuis e boa forma. Louro e sincero não é meu tipo, se eu tiver escolha, mas não havia nada de errado com o rosto dele. Qualquer mulher consideraria Jim bonito.

Minha nossa! Estou tentando descrevê-lo e mal consigo me lembrar dele.

O que mais posso lhe dizer a respeito de Jim Larsen? Ele tocava banjo e cantava no coral da igreja. Trabalhava meio período como recenseador e era bombeiro voluntário. Era capaz de consertar qualquer coisa, de portas de tela a esteiras industriais da mina de hematita.

Jim dirigia um Buick, que um dia seria trocado por um Cadillac, mas não antes que juntasse o dinheiro e não antes de comprar uma casa maior para a mãe, com quem ele morava. A santa mãe de Jim era uma viúva desamparada que cheirava a bálsamos medicinais e mantinha a Bíblia a seu lado o tempo inteiro. Ela passava os dias espiando os vizinhos pelas janelas, esperando que escorregassem e pecassem. Jim me instruiu a chamá-la de "mãe", e assim fiz, apesar de nem por um instante ter me sentido à vontade perto da mulher.

Fazia anos que o pai dele havia falecido, portanto Jim cuidava da mãe desde que estava no colégio. O pai era um imigrante norueguês, um ferreiro que não havia exatamente produzido um filho, mas *forjado*, moldando o garoto para ser um sujeito responsável e digno. Fizera um bom trabalho em transformá-lo em homem bem cedo. E então o pai falecera, obrigando o filho a se tornar um adulto completo aos catorze anos.

Jim parecia gostar de mim. Ele me achava engraçada. Não tinha sido muito exposto à ironia na vida, mas minhas piadinhas e alfinetadas o divertiam.

Após algumas semanas de cortejo, ele me beijou. Foi agradável, mas Jim não tomou outras liberdades com meu corpo. Tampouco lhe pedi algo mais. Não o tocava com fome, mas não só porque não tinha fome dele. Não tinha fome de mais nada. Não tinha mais acesso ao meu apetite. Era como se todos os meus anseios e entusiasmo tivessem sido guardados em um depósito — em um lugar bem longe. Talvez na Grand Central Station. Só conseguia acompanhar o que Jim estava fazendo. O que ele quisesse estava bom.

Ele era solícito. Perguntava se eu estava confortável com diversas temperaturas em diversos ambientes. Carinhosamente passara a me chamar de "Vee" — mas só depois de me pedir permissão para tal. (Fiquei incomodada por sem querer ter se decidido pelo mesmo apelido que meu irmão sempre usara, mas não falei nada e permiti.)

Jim ajudou minha mãe a consertar um obstáculo de cavalo, e ela o estimava por isso. Ajudou meu pai a transplantar algumas roseiras.

Ele começou a aparecer no fim da tarde para jogar cartas com minha família. Não era desagradável. Suas visitas eram uma boa pausa do rádio ou da leitura de jornais vespertinos. Eu tinha consciência de que meus pais estavam rompendo um tabu social para meu bem, a saber: conviver com um empregado na casa deles. Porém, recebiam Jim de bom grado. Havia naquelas tardes algo de amistoso e seguro.

Meu pai gostava cada vez mais dele.

"Esse tal de Jim Larsen", dizia, "tem a cabeça mais centrada desta cidade inteira."

Quanto à minha mãe, ela provavelmente desejava que Jim tivesse uma posição social melhor, mas fazer o quê? Ela mesma não tinha casado nem acima nem abaixo de sua classe, mas exatamente ao nível dos olhos, encontrando no meu pai um homem da mesma idade, formação, riqueza e criação que a dela. Tenho certeza de que almejava que eu fizesse a mesma coisa. Mas aceitava Jim, e no tocante à minha mãe a aceitação sempre estaria à altura do entusiasmo.

Jim não era vistoso, mas era romântico à sua própria maneira. Um dia, quando estávamos passeando de carro pela cidade, ele disse: "Com você no carro, sinto que sou invejado por todos".

De onde ele tirara uma cantada daquelas? Um doce, não é?

Quando me dei conta, estávamos noivos.

Não sei por que concordei em casar com Jim Larsen, Angela. Não, não é verdade.

Sei por que concordei em me casar com Jim Larsen — porque me sentia nojenta e desprezível, e ele era imaculado e honrado. Imaginei que talvez pudesse apagar meus malfeitos com seu bom nome. (Uma estratégia que nunca funcionou para ninguém, aliás — não que as pessoas tenham deixado de tentar.)

Eu gostava de Jim, em certos aspectos. Gostava dele porque não era como ninguém do ano anterior. Não me lembrava de Nova York. Não me lembrava do Stork Club, do Harlem ou de um bar enfumaçado em Greenwich Village. Não me lembrava de Billy Buell,

Celia Ray ou Parker Watson. E não me lembrava de jeito nenhum de Anthony Roccella. (*Suspiro.*) Melhor que tudo, não me lembrava de *mim mesma* — uma putinha imunda.

Quando estava com Jim, podia ser exatamente quem estava fingindo ser — uma boa moça que trabalhava no escritório do pai e não tinha um histórico digno de nota. Só precisava seguir a direção de Jim e agir como ele que me tornava a última pessoa do mundo em que tinha que pensar — e era justamente o que eu queria.

E assim escorreguei rumo ao casamento como um carro escorrega da pista para um amontoado de pedregulhos.

Àquela altura, estávamos no outono de 1941. Nosso plano era casar na primavera seguinte, quando Jim teria poupado dinheiro suficiente para comprar uma casa que pudéssemos dividir confortavelmente com sua mãe. Ele tinha comprado uma aliança de noivado pequena e bastante bonita, mas que fazia minha mão parecer de uma desconhecida.

Agora que estávamos noivos, nossas atividades sexuais se intensificaram. Quando estacionávamos o Buick à beira do lago, Jim tirava minha blusa e se deleitava com meus seios — se assegurando a cada movimento, é claro, de que eu estava à vontade. Nós nos deitávamos juntos no banco de trás espaçoso e nos roçávamos um no outro — ou melhor, ele roçava em mim e eu deixava. (Eu não ousava ser avançada a ponto de me roçar nele. Tampouco tinha *vontade* de roçar nele.)

"Ah, Vee", Jim dizia, num arrebatamento singelo. "Você é a garota mais linda deste mundo inteiro."

Então, uma noite, o roça-roça ficou mais ardoroso. Até que ele se afastou de mim num esforço considerável e esfregou o rosto, se recompondo.

"Não quero fazer mais nada com você antes de estarmos casados", declarou ele quando conseguiu voltar a falar.

Eu estava deitada com a saia na cintura e meus seios expostos ao ar fresco de outono. Sentia que a pulsação dele estava desenfreada, mas não a minha.

"Jamais conseguiria olhar nos olhos do seu pai se tirasse sua virgindade antes de você ser minha esposa", Jim disse.

Ofeguei. Foi uma reação sincera e incontida. Ofeguei de forma *audível*. A simples menção à palavra "virgindade" me deixou chocada. Não tinha pensado naquilo! Embora estivesse interpretando o papel de menina pura, não achava que ele realmente *imaginava* que eu fosse assim, de cabo a rabo. Mas por que não imaginaria? Que sinal eu lhe dera de que era algo senão pura?

Era um problema. Ele saberia. Íamos nos casar e ele ia querer me possuir na noite de núpcias — então *saberia*. No momento em que transássemos pela primeira vez, Jim *saberia* que não era a *minha* primeira vez.

"O que foi, Vee?", ele indagou. "Qual é o problema?"

Angela, eu não era a favor de dizer a verdade naquela época. Dizer a verdade não era meu primeiro instinto em nenhuma situação — principalmente envolvendo estresse. Levei muitos anos para me tornar uma pessoa sincera, e sei o porquê: porque a verdade muitas vezes é apavorante. Depois que você a apresenta a um ambiente, ele pode nunca mais voltar a ser como antes.

Contudo, eu falei.

"Não sou virgem, Jim."

Não sei por que eu disse isso. Talvez porque estivesse em pânico. Talvez porque não tivesse esperteza suficiente para bolar uma mentira plausível. Ou talvez porque existe um limite no tempo que uma pessoa aguenta usar uma máscara de falsidade antes de um traço da personalidade verdadeira começar a se mostrar.

Ele me fitou por bastante tempo antes de perguntar: "O que você quer dizer com isso?".

O que ele *achava* que eu queria dizer?

"Não sou virgem, Jim", repeti, como se o problema fosse ele não ter me escutado bem da primeira vez.

Jim se sentou e ficou muito tempo olhando para a frente, se recompondo.

Em silêncio, vesti a blusa. Não era o tipo de conversa que se queira travar com os seios de fora.

"Por quê?", ele indagou por fim, o rosto endurecido pela dor e pelo sentimento de que fora traído. "Por que você não é virgem, Vee?"

Foi quando caí no choro.

* * *

Angela, preciso me interromper aqui por um instante para lhe contar uma coisa.

Agora sou uma mulher velha. Portanto, cheguei a uma idade em que não *suporto* as lágrimas de mulheres jovens. Me deixam totalmente exasperada. Acho insuportáveis sobretudo as lágrimas das moças bonitas — moças bonitas e ricas são as piores de todas — que nunca tiveram que batalhar ou trabalhar por nada na vida, portanto desmoronam à menor perturbação. Hoje, quando vejo moças bonitas chorando sem aviso prévio, tenho vontade de estrangulá-las.

Mas desmoronar é algo que todas as moças bonitas parecem saber instintivamente como fazer — e isso porque *funciona*. Funciona pela mesma razão que um polvo consegue escapar em uma nuvem de tinta: porque as lágrimas são uma distração. Baldes de lágrimas podem desviar conversas difíceis e alterar o fluxo das consequências naturais. A razão para isso é que a maioria das pessoas (principalmente os homens) detesta ver uma moça bonita chorar e automaticamente corre para consolá-la — se esquecendo do que estavam falando um segundo antes. No mínimo, uma abundância de lágrimas cria um *intervalo*, de modo que a moça bonita pode ganhar tempo.

Quero que você saiba, Angela, que houve um momento na minha vida em que parei com isso — em que parei de reagir aos desafios da vida com torrentes de lágrimas. Porque é sério: não existe dignidade nisso. Hoje, sou o tipo de velha briguenta e casca-grossa que prefere ficar de olhos secos e vulnerável no matagal mais hostil da verdade a rebaixar a si mesma e a todo mundo desabando em um charco de lágrimas manipuladoras.

Mas, no outono de 1941, ainda não tinha me tornado essa mulher.

Portanto, chorei sem parar no banco de trás do Buick de Jim Larsen — as lágrimas mais lindas e mais copiosas que já se viu.

"O que foi, Vee?", a voz de Jim traía uma contracorrente de desespero. Ele nunca tinha me visto chorar. No mesmo instante, sua atenção se desviou do próprio choque para o cuidado comigo. "Por que está chorando, querida?"

Sua solicitude só me fez soluçar ainda mais forte.
Ele era tão bondoso, e eu era um lixo!

Jim me segurou nos braços, suplicando que eu parasse. Como eu não conseguia falar, e como não conseguia parar de chorar, ele foi em frente e criou para si uma história explicando por que eu não era virgem.

Jim disse: "Fizeram uma coisa horrível com você, não foi, Vee? Foi alguém em Nova York?".

Bem, Jim, muitas pessoas fizeram muitas coisas comigo em Nova York, mas não posso dizer que alguma tenha sido particularmente horrível.

Essa seria a resposta correta e sincera. Mas já que não poderia dá-la, não falei nada, fiquei só soluçando em seus braços competentes, e meu silêncio arfante lhe dando muito tempo para florear seus próprios detalhes.

"Foi por isso que você voltou, não foi?", ele disse, como se de repente se desse conta. "Porque alguém violou você. É por isso que é sempre tão dócil. Ah, Vee. Pobrezinha."

Ofeguei um pouco mais.

"É só fazer que sim se for verdade", ele disse.

Ai. Como sair *dessa*?

Não dá. Não tem como escapar dessa. A não ser que você consiga ser sincero, o que é claro que não consegui. Ao assumir que não era virgem, já tinha jogado minha única carta de honestidade do ano, não tinha outra na manga. A história dele era preferível, de qualquer modo.

Deus me perdoe, mas eu assenti.

(Eu sei. Foi horrível da minha parte. E é tão horrível para mim escrever esta frase quanto é para você lê-la. Mas não vim aqui mentir para você, Angela. Quero que saiba exatamente quem eu era naquela época, e foi isso que aconteceu.)

"Não vou obrigar você a falar disso", ele disse, afagando minha cabeça e olhando fixo a meia distância.

Assenti em meio às lágrimas. *Isso, por favor, não me obrigue a falar a respeito.*

No mínimo, ele parecia aliviado por não ouvir os detalhes.

Jim me abraçou por bastante tempo, até meu choro se apaziguar. Então sorriu valorosamente para mim (ainda que meio vacilante) e disse: "Vai ficar tudo bem, Vee. Agora você está a salvo. Quero que você saiba que *jamais* vou te tratar como se você tivesse sido corrompida. E você não precisa se preocupar: nunca vou contar pra ninguém. Eu te amo, Vee. Vou me casar com você apesar disso".

Suas palavras eram nobres, mas sua expressão dizia: *Vou achar um jeito de aprender a suportar esse naco repugnante de atrocidade.*

"Também te amo, Jim", menti, e o beijei com algo que poderia ser interpretado como gratidão e alívio.

Mas se você quer saber quando — em todos os anos da minha vida — me senti mais nojenta e desprezível, foi naquele momento.

O inverno chegou.

Os dias se tornaram mais curtos e frios. O percurso até o trabalho com meu pai era realizado tanto de manhã como de noite no breu total.

Eu estava tricotando um suéter para dar a Jim de Natal. Não tinha desempacotado minha máquina de costura desde a volta para casa, nove meses antes — até olhar seu estojo me deixava triste e carrancuda —, mas ultimamente andava tricotando. Eu era boa com as mãos, e manejar a lã grossa era fácil para mim. Tinha encomendado pelos correios um molde do clássico suéter norueguês — azul e branco, com desenho de floco de neve — e trabalhava nele sempre que estava sozinha. Jim se orgulhava de sua ascendência norueguesa, e imaginei que gostaria de um presente que o lembrasse da terra natal do pai. Exigi de mim mesma o nível de excelência que minha avó teria me exigido, desfazendo filas inteiras de pontos quando não ficavam perfeitos e tentando refazê-las várias vezes. Seria meu primeiro suéter, sim, mas sua excelência seria irrepreensível.

Além disso, eu não fazia nada além de ir aonde me mandavam, arquivar o que era preciso arquivar (mais ou menos em ordem alfabética) e fazer o que todo mundo fazia.

Era domingo. Jim e eu fomos juntos à igreja e depois assistimos à matinê de *Dumbo*. Quando saímos do cinema, a notícia já havia se espalhado pela cidade inteira: os japoneses tinham acabado de atacar a base naval americana de Pearl Harbor.

No dia seguinte, estávamos em guerra.

* * *

Jim não precisava se alistar.

Poderia ter evitado a guerra por inúmeras razões. Para começar, tinha idade suficiente para que o recrutamento não necessariamente o abarcasse. Em segundo lugar, era o único provedor de uma mãe enviuvada. Por fim, trabalhava em um cargo de autoridade na mina de hematita, uma indústria essencial ao esforço de guerra. Seria dispensado por inúmeros motivos, caso o quisesse.

No entanto, é impossível para um homem do temperamento de Jim Larsen deixar outros garotos irem à guerra em seu lugar. Não era como ele tinha sido *forjado*. Em 9 de dezembro, Jim se sentou comigo para falar sobre o assunto. Estávamos a sós na casa dele — a mãe estava almoçando com a irmã em outra cidade —, e Jim me perguntou se podíamos conversar a sério. Estava decidido a se alistar, declarou. Era seu dever, declarou. Jamais conseguiria conviver com a própria consciência se não ajudasse seu país naquele momento de necessidade, declarou.

Acho que esperava que eu tentasse dissuadi-lo, mas não tentei.

"Entendo", eu disse.

"E tem outra coisa que precisamos discutir." Jim respirou fundo. "Não quero abalar você, Vee. Mas pensei muito no assunto. Dadas as circunstâncias da guerra, acho que devíamos cancelar nosso noivado."

De novo, ele me olhou com atenção, aguardando que eu protestasse.

"Continue", pedi.

"Não posso pedir para me esperar, Vee. Não seria certo. Não sei quanto tempo essa guerra vai durar ou o que será de mim. Posso voltar lesionado ou nem sequer voltar. Você é jovem. Não devia interromper sua vida por minha causa."

Agora me permita ressaltar alguns pontos.

Em primeiro lugar, eu não era jovem. Tinha vinte e um anos — o que, segundo os padrões da época, praticamente fazia de mim uma velha encarquilhada. (Nos idos de 1941, não era brincadeira uma mulher de vinte e um anos ter o noivado desfeito, acredite.) Em segundo lugar, naquela semana muitos jovens casais de todo o país enfrentavam os mesmos dilemas que Jim e eu. Milhões de garotos americanos foram despachados para a guerra na esteira do Pearl Harbor. Uma quantidade imensa deles, no entanto, *correu* para se casar antes de partir. Parte dessa corrida ao altar sem dúvida tinha a ver com romantismo, com medo ou com o desejo de fazer sexo antes de encarar a possível morte. Ou talvez com certa ansiedade acerca da gravidez, para casais que já transavam. Parte provavelmente tinha a ver com o ímpeto incontrolável de viver o máximo possível em pouco tempo. (Seu pai, Angela, foi um dos muitos rapazes americanos que se encerrou em um matrimônio rápido com a namorada da vizinhança antes de ser atirado na batalha. Mas você já sabia disso, claro.)

E havia milhões de garotas americanas ávidas por amarrar o namorado antes que a guerra levasse todos os garotos embora. Houve até as que casavam com soldados que mal conheciam, prevendo que o rapaz poderia ser morto em combate, caso em que a viúva recebia dez mil dólares de indenização. (Esse tipo de moça recebeu o apelido de "Allotment Annies". Quando ouvi falar delas, senti certo alívio por saber que havia pessoas piores do que eu por aí.)

O que estou dizendo é: a tendência geral entre as pessoas naquelas circunstâncias era correr para casar, não cancelar o noivado. Por toda a América, naquela semana, jovens de olhares sonhadores seguiam o mesmo roteiro romântico, dizendo: "Sempre vou te amar! Vou provar me casando com você agora! Vou te amar eternamente, aconteça o que acontecer!".

Porém, não era aquilo que Jim estava dizendo. Ele não estava seguindo o roteiro. Nem eu.

Perguntei: "Quer a aliança de volta, Jim?".

A não ser que estivesse sonhando — e não creio que estivesse —, uma expressão de imenso alívio passou por seu rosto. Naquele instante, eu sabia o que estava vendo. Estava vendo um homem que acabava de se dar conta de que tinha uma *saída* — que agora não precisava se casar com uma garota assustadoramente corrompida. *E* que podia manter sua honra. Jim estava despudoradamente grato. Durou apenas um instante, mas eu vi.

Em seguida, ele se recompôs. "Você sabe que sempre vou te amar, Vee."

"E eu também sempre vou te amar, Jim", respondi por educação.

Agora havíamos retomado o roteiro.

Tirei a aliança do dedo e a depositei com firmeza na palma dele. Até hoje acredito que para Jim a sensação de receber a aliança de volta foi tão boa quanto a minha de me livrar dela.

E assim nos salvamos um do outro.

Veja só, Angela, a história não está tão atarefada moldando nações a ponto de não poder dedicar um tempo para moldar a vida de duas pessoas insignificantes. Entre as muitas revisões e transformações que a Segunda Guerra Mundial traria ao planeta se incluiu essa pequenina reviravolta: Jim Larsen e Vivian Morris foram misericordiosamente poupados do matrimônio.

Uma hora após rompermos o noivado, tivemos a transa mais afrontosa, memorável e extenuante que se pode imaginar.

Suponho ter tomado a iniciativa.

Tudo bem, vou assumir categoricamente: tomei a iniciativa.

Depois de devolver a aliança, Jim me ofereceu um beijo terno e um abraço carinhoso. Existe uma forma de um homem abraçar uma mulher que diz "Não quero ferir seus delicados sentimentos, querida", e era assim que ele estava me abraçando. Mas meus delicados sentimentos não tinham sido feridos. Na verdade, sentia que uma rolha tinha sido arrancada do meu crânio e agora explodia em uma onda inebriante de liberdade. Jim ia *sumir* — e por vontade própria, para melhorar! Eu sairia da situação parecendo não ter culpa nenhuma, e ele também. (Mas o mais importante: eu!) A ameaça fora suspensa. Não havia nada mais para fingir, nada mais para disfarçar. Com a aliança fora do dedo, o noivado cancelado e a reputação intacta, eu não tinha nada a perder.

Ele me deu outros daqueles beijos ternos do tipo "Desculpe se você está sofrendo, meu bem", e não me importo em dizer que reagi enfiando a língua tão no fundo da goela do cara que é um milagre eu não ter lambido o quadrante inferior de seu coração.

Jim era boa pessoa. Frequentava a igreja. Era um homem respeitoso. Mas continuava sendo *homem*, e depois que virei a chave para a completa permissividade sexual, ele reagiu. (Não conheço nenhum homem que *não teria* reagido, posso dizer com modéstia.) E quem sabe? Talvez estivesse embriagado pelo mesmo espírito de liberdade que eu. Só sei que, em poucos minutos, eu tinha conseguido empurrá-lo e puxá-lo pela casa inteira rumo ao quarto dele e o lançado na cama estreita de pinho, onde agora podia arrancar tanto suas roupas quanto as minhas com uma desenvoltura irrestrita.

Devo dizer que eu sabia muito mais sobre o ato amoroso do que Jim. Isso ficou imediatamente óbvio. Se ele já tinha transado, estava claro que não tinha sido muitas vezes. Jim circulava pelo meu corpo assim como alguém dirige um carro em um bairro desconhecido — lenta e cuidadosamente enquanto procura com nervosismo placas de trânsito e pontos de referência. Não daria certo. Logo ficou evidente que teria que ser eu a dirigir o carro, por assim dizer. Tinha aprendido algumas coisas em Nova York e, num piscar de olhos, usei minhas habilidades enferrujadas e assumi o controle da operação. Fiz isso com rapidez e sem dizer nada, de modo que ele não tivesse a chance de questionar o que eu estava fazendo.

Conduzi o cara como uma mula, Angela, é isso que quero dizer. Não queria lhe dar a menor oportunidade de repensar ou de diminuir meu ritmo. Ele ficou sem fôlego, se deixou levar, foi totalmente consumido — e o mantive assim o máximo de tempo possível. Mas vou lhe dar um crédito: ele tinha os ombros mais lindos que já vi.

Que falta eu sentira de sexo!

O que nunca vou esquecer é de olhar para o rosto tipicamente americano de Jim enquanto o cavalgava até o esquecimento e ver — quase perdido em meio a outras expressões de paixão e abandono — uma expressão de terror confuso, enquanto me olhava com uma admiração excitada e assustada. Seus cândidos olhos azuis, naquele momento, pareciam perguntar: "*Quem* é você?".

Se tivesse que palpitar, eu diria que meus olhos respondiam: "Sei lá, amigo, mas não te interessa".

Quando terminamos, Jim mal conseguia me olhar ou falar comigo.

Foi incrível quão pouco me importei.

Jim partiu no dia seguinte para fazer o treinamento básico.

Quanto a mim, fiquei contentíssima ao descobrir, três semanas depois, que não tinha engravidado. Foi um grande risco que corri ali — fazendo sexo sem tomar nenhuma precaução —, mas acredito que tenha valido a pena.

No tocante ao suéter norueguês que vinha tricotando, eu o terminei e enviei para meu irmão como presente de Natal. Como Walter estava baseado no Pacífico Sul, não tenho certeza de qual utilidade teria um suéter de lã grossa, mas ele me escreveu uma mensagem educada agradecendo. Era a primeira vez que se comunicava diretamente comigo desde nossa pavorosa viagem até em casa. Portanto, fora um avanço bem-vindo. Um abrandamento de relações, pode-se dizer.

Anos depois, descobri que Jim Larsen havia ganhado a Cruz de Serviço Distinto pela extrema bravura e por correr risco de vida real no combate com uma tropa inimiga armada. Acabou fixando moradia no Novo México, casou com uma mulher rica e atuou como senador. Isso porque meu pai achava que ele não era um líder.

Bom para Jim.

No fim das contas, ambos nos saímos bem.

Está vendo, Angela? As guerras não são necessariamente ruins para todo mundo.

23

Depois que Jim foi embora, me tornei recebedora de muita compaixão da minha família e dos vizinhos. Todos supunham que eu estava de coração partido por ter perdido um noivo. Eu não merecia a compaixão deles, mas a aceitei mesmo assim. Era melhor do que censura e desconfiança. Era bem melhor do que tentar explicar o que quer que fosse.

Meu pai ficou furioso por Jim Larsen ter abandonado tanto a mina de hematita quanto a filha (nessa ordem de fúria, sem dúvida). Minha mãe ficou medianamente decepcionada porque eu não ia me casar em abril, no final das contas, mas tudo indicava que sobreviveria ao golpe. Tinha outras coisas para fazer naquele fim de semana, me disse. Abril é um momento importante nas competições de hipismo no norte de Nova York.

Quanto a mim, me sentia como se tivesse acabado de despertar de uma letargia de narcóticos. Agora, meu único desejo era achar algo interessante para fazer. Por um breve instante cogitei perguntar aos meus pais se poderia voltar à faculdade, mas não era o que meu coração pedia. Queria ir embora de Clinton, entretanto. Sabia que não podia voltar a Nova York, depois de queimar todas as pontes, mas também sabia que outras cidades poderiam ser consideradas. Os boatos eram de que Filadélfia e Boston eram bacanas, e talvez eu pudesse me estabelecer em um desses lugares.

Eu tinha noção suficiente para entender que, se quisesse me mudar, precisaria de dinheiro, portanto finalmente tirei a máquina de costura do estojo e montei um negócio no nosso quarto de hóspedes. Deixei que espalhassem a notícia de que estava disponível para fazer roupas sob medida e reformas. Em pouco tempo já tinha muito o que fazer. A época dos casamentos estava chegando outra vez. As pessoas precisavam de roupas, mas tal necessidade gerava problemas — a saber, escassez de tecidos. Não se conseguiam mais rendas e sedas de boa qualidade vindas da França, além disso era considerado antipatriótico gastar muito dinheiro em um luxo extravagante como um vestido de noiva. Portanto, eu usava as habilidades de catadora que tinha aperfeiçoado no Lily Playhouse para criar belas obras com bagatelas valiosas.

Uma das minhas amigas de infância — uma garota brilhante chamada Madeleine — ia se casar no final de maio. Sua família atravessava um período de dificuldade após a coronária do pai, no ano anterior. Se ela não podia bancar um vestido bom em tempos de paz, agora seria impossível. Assim, exploramos o sótão de sua casa e confeccionei para ela a mistura mais romântica que já se viu, feita dos vestidos de noiva de *ambas* as avós, desmontados e remontados em uma estrutura totalmente nova, de renda antiga e com cauda longa. Não foi um vestido fácil de fazer (a seda antiga era tão frágil que tive de manuseá-la como nitroglicerina), mas deu certo.

Madeleine ficou tão grata que me designou sua dama de honra. Para sua festa de casamento, fiz um moderno terninho verde com jaqueta peplum usando uma seda bruta que tinha herdado da minha avó e guardado debaixo da cama fazia anos. (Desde o momento em que conheci Edna Parker Watson, tentava usar terninhos sempre que possível. Entre várias lições, aquela mulher tinha me ensinado que um terninho sempre nos dá um visual mais chique e poderoso do que um vestido. E a não usar muitas joias. "Na maioria das vezes", declarara Edna, "a joia é uma tentativa de disfarçar uma roupa mal escolhida ou de caimento ruim." Era verdade. Eu não conseguia parar de pensar em Edna.)

Madeleine e eu estávamos esplêndidas. Ela era uma garota popular, e muitas pessoas compareceram ao casamento. Ganhei um monte de clientes com ele. Também ganhei um beijo de um dos primos de Madeleine na festa — do lado de fora, apoiada contra uma cerca coberta de madressilva.

Começava a me sentir mais eu mesma.

Uma tarde, ávida por quinquilharias, pus um par de óculos de sol que tinha comprado em Nova York meses antes, só porque Celia se encantara por eles. A armação preta gigantesca era salpicada por conchas pequenininhas. Eu ficava parecendo um enorme inseto de férias na praia, mas era louca por eles.

Achar aqueles óculos escuros me deixou com saudades de Celia. Eu sentia falta do glorioso espetáculo que ela era. Sentia falta de nos arrumarmos juntas, de nos maquiarmos juntas, de conquistarmos Nova York juntas. Sentia falta da sensação de entrar em uma boate com ela e ver todos os homens se arquejarem. (Que diabos, Angela, talvez eu ainda sinta falta dessa sensação, setenta anos depois!) O que teria sido de Celia?, eu me perguntava. Teria se reerguido em algum lugar? Eu esperava que sim, mas temia o pior. Temia que estivesse passando aperto e enfrentando dificuldades, dura e desamparada.

Desci a escada usando meus óculos ridículos. Minha mãe estancou ao me ver. "Pelo amor dos meus filhinhos, Vivian, o que é *isso*?"

"Se chama moda", eu lhe disse. "Essa armação está muito em voga em Nova York."

"Não tenho certeza se estou feliz de ter vivido para ver isso", ela declarou.

Fiquei com eles mesmo assim.

Como poderia explicar que os usava em homenagem a uma companheira tombada, perdida atrás das linhas inimigas?

Em junho, perguntei ao meu pai se podia parar de trabalhar no escritório dele. Estava ganhando tanto dinheiro costurando quanto podia ganhar fingindo arquivar documentos e atender ao telefone, e costurar era mais satisfatório. E o que era melhor, como disse ao meu pai: meus clientes me pagavam em dinheiro, portanto eu não precisava informar meus lucros ao governo. Aquilo fechou o acordo, e ele deixou que eu saísse. Meu pai fazia qualquer coisa para dar a volta no governo.

Pela primeira vez na vida, eu tinha dinheiro guardado.

Não sabia o que fazer com ele, mas tinha.

Ter dinheiro guardado não equivale a ter um plano, veja bem, mas dá à garota a sensação de que um plano pode um dia ser possível. Os dias ficavam mais longos.

Em meados de julho, eu estava sentada, jantando com meus pais, quando escutamos um carro estacionar na entrada. Os dois levantaram a cabeça, assustados — sempre se assustavam quando algo perturbava mesmo que ligeiramente a rotina deles.

"Hora do jantar", meu pai disse, conseguindo transformar as três palavras em um sermão macabro sobre a inevitável queda da civilização.

Fui à porta. Era tia Peg. Estava de rosto vermelho e suada por conta do calor do verão. Sua roupa não combinava (camisa masculina xadrez grandalhona, culotes de brim largos e um chapéu de palha velho com uma pena de peru na borda), mas acho que nunca fiquei tão surpresa ou feliz de ver alguém na vida. Tão surpresa e feliz, na verdade, que a princípio me esqueci de ficar constrangida com a sua presença. Abri os braços em uma alegria flagrante.

"Mocinha!", ela disse com um sorriso. "Você está ótima!"

Meus pais tiveram uma reação menos entusiástica à chegada de Peg, mas se adaptaram da melhor forma possível à situação inesperada. A empregada respeitosamente pôs outro prato à mesa. Meu pai ofereceu um coquetel a Peg, mas para minha surpresa ela declarou preferir um chá gelado, se possível.

Minha tia desabou à mesa de jantar, esfregou a testa úmida com um guardanapo fino de linho irlandês, olhou para todos nós e sorriu. "Então! Como vai todo mundo aqui no interior?"

"Não sabia que você tinha carro", meu pai disse a título de resposta.

"Não tenho. É de um coreógrafo que conheço. Ele foi para Vineyard com o Cadillac do namorado, então deixou que eu pegasse esse emprestado. É um Chrysler. Para uma máquina velha, até que não é ruim. Tenho certeza de que ele deixaria você dar uma voltinha, se quiser."

"Como driblou o racionamento de gasolina?", meu pai perguntou à irmã que ele não via fazia mais de dois anos. (Talvez você se pergunte por que aquela era sua linha de investigação preferencial, em vez da saudação mais clássica, mas papai tinha seus motivos. O racionamento de gasolina tinha se tornado compulsório no estado de Nova York alguns meses antes, e ele estava irritadíssimo com aquilo. *Não tinha dado o duro que dera para viver sob um governo totalitário! Qual seria o próximo passo? Dizer ao sujeito a que horas ele tinha que ir para a cama?* Eu rezava para que o assunto fosse logo mudado.)

"Juntei uns selos com um bocadinho de suborno e um bocadinho de contatos no mercado ilegal. Na cidade, não é tão difícil assim conseguir. As pessoas não precisam de carro tanto quanto vocês aqui." Em seguida, Peg se voltou para minha mãe e perguntou com carinho: "Louise, como vai você?".

"Estou bem, Peg", disse minha mãe, que olhava a cunhada com uma expressão que não era mais de cautela que de desconfiança. (Eu não tirava sua razão. Não fazia sentido Peg estar em Clinton. Não era Natal e ninguém tinha falecido.) "E você, como está?"

"Infame como sempre. Mas é bom fugir da confusão da cidade e vir para cá. Eu devia fazer disso um hábito. Desculpe por não ter avisado que estava a caminho. Foi uma decisão repentina. Seus cavalos estão bem, Louise?"

"Muito bem. Não temos muitos concursos desde que a guerra começou, é claro. E eles não gostam desse calorão. Mas estão bem."

"Mas o que te traz aqui?", meu pai indagou.

Meu pai não *detestava* a irmã, mas nutria um desdém bastante violento por ela. Achava que Peg não tinha feito nada da vida além de festejar com imprudência (bem parecido com a impressão que Walter tinha de mim, agora que penso nisso), e suponho que tivesse certa razão. Porém, poderia ter sido um pouquinho mais hospitaleiro em sua acolhida.

"Bem, Douglas, vou te dizer. Vim perguntar a Vivian se ela não voltaria para Nova York comigo."

Ao escutar essas palavras, uma porta empoeirada no centro do meu coração se escancarou e milhares de pombas brancas saíram voando. Eu nem sequer ousava me manifestar. Tinha medo de que, se abrisse a boca, o convite evaporaria.

"Por quê?", perguntou meu pai.

"Preciso dela. Fui encarregada pelo Exército de montar uma série de espetáculos no horário de almoço para os trabalhadores do estaleiro naval do Brooklyn. Um pouco de propaganda, uns números de canto e dança, uns dramas românticos e tal. Para dar ânimo. Esse tipo de coisa. Não tenho funcionários suficientes para administrar o teatro e lidar com a encomenda da Marinha. A Vivian seria de grande serventia."

"Mas o que a Vivian sabe de dramas românticos e afins?", minha mãe indagou.

"Mais do que você imagina", respondeu Peg.

Por sorte, ela não olhou para mim ao dizer aquilo. Senti meu pescoço ficando vermelho mesmo assim.

"Mas ela acabou de se reinstalar aqui", disse minha mãe. "E no ano passado ficou morrendo de saudades de casa quando estava em Nova York. A cidade não fez bem a ela."

"Você ficou *com saudades de casa*?" Agora Peg olhava nos meus olhos, com um leve indício de sorriso. "Então foi isso que aconteceu?"

Meu rubor se espalhou pescoço acima. De novo, não tive a audácia de me manifestar.

"Olha", disse Peg, "não precisa ser para sempre. A Vivian pode voltar para Clinton se ficar com saudades outra vez. Mas estou em apuros. É dificílimo achar trabalhadores esses dias. Todos os homens foram embora. Até minhas coristas foram trabalhar em fábricas. Todo mundo consegue pagar melhor que eu. Só preciso de mãos. Mãos de confiança."

Ela dissera. Ela falara em "confiança".

"Para mim também está difícil achar trabalhadores", declarou meu pai.

"O quê, a Vivian está trabalhando pra você?", Peg perguntou.

"Não, mas trabalhou durante um tempo, e pode ser que eu precise dela em algum momento. Acho que poderia aprender muito trabalhando para mim de novo."

"Ah, a Vivian tem vocação para a indústria da mineração?"

"É que me parece que você viajou bastante para achar uma trabalhadora insignificante. Tenho a sensação de que poderia ocupar a vaga com alguém da cidade. Mas, em todo caso, nunca entendi por que sempre resiste a qualquer coisa que possa facilitar sua vida."

"A Vivian não é uma trabalhadora insignificante", retrucou Peg. "Ela é uma figurinista sensacional."

"O que te leva a dizer isso?"

"Anos de pesquisa exaustiva no ramo teatral, Douglas."

"Rá. O *ramo* teatral."

"Eu gostaria de ir", declarei, achando enfim minha voz.

"Por quê?", meu pai me questionou. "Por que quer voltar para aquela cidade onde as pessoas vivem empilhadas umas em cima das outras e nem conseguem ver a luz do dia?"

"Diz o homem que passou boa parte da vida em uma *mina*", retorquiu Peg.

Sinceramente, eles eram como duas crianças. Não ficaria surpresa se começassem a trocar chutes debaixo da mesa.

Mas agora estavam todos olhando para mim, esperando uma resposta. Por que eu queria ir para Nova York? Como explicar? Como explicar a sensação que o pedido me causava em comparação com o pedido de casamento que Jim Larsen me fizera recentemente? Era a diferença entre xarope para tosse e champanhe.

"Quero voltar para Nova York", anunciei, "porque quero expandir minhas perspectivas de vida."

Disse aquilo com certo grau de autoridade, e obtive a atenção de todos. (Tenho que confessar que ouvira a frase "quero expandir minhas perspectivas de vida" em uma ópera radiofônica recente, e ela ficara na minha memória. Mas não interessava, o que importava era que dera certo. E era verdade.)

"Se você for", disse minha mãe, "não vamos te sustentar. Não podemos continuar te mandando dinheiro. Não na sua idade."

"Não preciso de dinheiro. Vou ganhar meu próprio sustento."

Aquela conversa me constrangeu. Não queria passar por isso nunca mais.

"Você vai ter que arrumar um emprego", meu pai explicou.

Peg fitou o irmão com perplexidade. "É incrível, Douglas, como você nunca escuta o que eu digo. Faz alguns instantes, nesta mesma mesa, que eu falei que tenho um emprego para a Vivian."

"Ela vai precisar de um emprego *de verdade*", disse meu pai.

"Ela *vai ter* um emprego de verdade. Vai trabalhar para a Marinha dos Estados Unidos, assim como o irmão dela. A Marinha me deu verba suficiente para contratar alguém. Vivian vai ser funcionária do governo."

Agora fui eu quem chutou Peg debaixo da mesa. Para meu pai, não havia pior combinação de palavras do que "funcionária do governo". Seria melhor se Peg tivesse dito que eu trabalharia como "ladra".

"Você não pode ficar indo e voltando eternamente, sabe?", minha mãe disse.

"Não vou", prometi. E eu falava sério.

"Não quero que a minha filha passe a vida inteira trabalhando no teatro", disse meu pai.

Peg revirou os olhos. "É, seria *um horror.*"

"Não gosto de Nova York", ele disse. "É uma cidade cheia de gente que chega em segundo lugar."

"Sim, notoriamente", Peg revidou. "Ninguém que tenha sido bem-sucedido em alguma coisa jamais morou em Manhattan."

Meu pai não deve ter dado muita importância ao argumento, entretanto, porque não disse nada.

Com toda a franqueza, acho que meus pais estavam dispostos a pensar em permitir minha partida porque estavam cansados de mim. Aos olhos deles, eu não devia mais estar habitando aquela casa, de qualquer modo — era a casa *deles*. Eu devia ter saído muito tempo antes — na melhor das hipóteses, através do portal da faculdade, seguido pelo matrimônio. Não vinha de uma cultura em que os filhos podiam ficar à vontade na casa da família após a infância. (Meus pais não me queriam muito por perto nem durante a infância, aliás, se você pensar na quantidade de tempo que passei no internato e em colônias de férias.)

Meu pai só precisava provocar tia Peg um pouquinho mais antes de enfim concordar.

"Não tenho certeza se Nova York seria uma boa influência para a Vivian", ele disse. "Detestaria ver filha minha se tornando democrata."

"Eu não me preocuparia com isso", disse Peg, com um enorme sorriso de satisfação. "Já tratei dessa questão. Ao que consta, não permitem que democratas registrados virem membros do Partido Anarquista."

Essa declaração levou minha mãe a rir — é preciso dizer isso a seu favor.

"Eu vou", proclamei. "Tenho quase vinte e dois anos. Não tenho nada para fazer aqui em Clinton. Daqui para a frente, cabe a mim decidir onde vou morar."

"Você está exagerando, Vivian", disse minha mãe. "Só completa vinte e dois em outubro, e nunca pagou por nada na vida. Não tem a menor noção de como funciona qualquer coisa neste mundo."

Ainda assim, dava para perceber que estava contente com o tom determinado da minha voz. Minha mãe, afinal, era uma mulher que tinha passado a vida montada a cavalo, pulando fossos e cercas. Talvez fosse da opinião de que, quando deparasse com os desafios e obstáculos da vida, uma mulher deveria *saltar*.

"Se aceitar esse compromisso", disse meu pai, "esperamos que, no mínimo, o leve a cabo. Na vida, não podemos nos permitir fazer menos do que o prometido."

Meu coração acelerou.

Aquele último comentário vacilante era o modo de meu pai dizer sim.

Peg e eu fomos embora para Nova York na manhã seguinte.

Levamos uma eternidade para chegar, já que ela insistia em dirigir o carro emprestado na velocidade patriota, poupadora de gasolina, de sessenta quilômetros por hora. Mas eu não me importava com o tempo que levaria. A sensação de ser arrastada de volta ao lugar que eu amava — um lugar que eu não imaginava que tornaria a me acolher — era tão saborosa que eu não ligava de prolongá-la. Para mim, a viagem foi tão fascinante quanto a montanha-russa de Coney Island. Fazia mais de um ano que não ficava tão empolgada. E nervosa.

O que eu encontraria lá em Nova York?

Quem eu encontraria?

"Você tomou uma grande decisão", disse Peg, assim que pegamos a estrada. "Bom para você, mocinha."

"Precisa mesmo que eu volte para a cidade, Peg?" Era uma pergunta que eu não ousara fazer diante dos meus pais.

Ela deu de ombros. "Eu acho uma serventia para você." Então sorriu. "Não, Vivian, é verdade. Meu olho foi maior que a barriga com essa encomenda do estaleiro naval. Eu poderia ter procurado você antes, mas queria que os ânimos esfriassem mais. Na minha experiência, é sempre bom dar um tempo entre catástrofes. Você levou um golpe duro na cidade no ano passado. Imaginei que precisaria de um tempo para se recuperar."

A referência à minha *catástrofe* fez meu estômago revirar.

"Quanto a isso, Peg...", comecei.

"Não vamos mais mencionar a questão."

"Lamento muito pelo que fiz."

"Claro que lamenta. Também lamento por muitas das coisas que fiz. Todo mundo lamenta. É bom lamentar, mas não faça disso um talismã. O bom de ser protestante é que não existe a expectativa de que a gente passe a eternidade encolhida de arrependimento. Seu pecado foi venial, Vivian, mas não foi mortal."

"Não sei o que isso quer dizer."

"Não sei bem se entendo também. É uma frase que li uma vez. Mas o que sei é o seguinte: os pecados da carne não geram castigos na vida após a morte. Só geram castigos *nesta* vida. Como você descobriu."

"Só queria não ter causado tanto problema para todo mundo."

"É fácil ser sensata depois do acontecido. Mas qual é a finalidade de ter vinte anos se não cometer erros grosseiros?"

"Você cometeu erros grosseiros quando tinha vinte anos?"

"Claro que cometi. Nenhum tão horrível quanto o seu, mas tive minha época."

Ela sorriu para demonstrar que estava brincando. Ou talvez não estivesse. Não importava. Minha tia me aceitara de volta.

"Obrigada por ter vindo me buscar, Peg."

"Bem, estávamos com saudades. Gosto de você, mocinha, e quando isso acontece só me resta gostar dessa pessoa para sempre. É uma regra de vida."

Aquela era a coisa mais maravilhosa que já tinham me dito. Fiquei marinando a declaração por um tempo. E então, aos poucos, o marinado azedou, quando lembrei que nem todo mundo era tão clemente quanto ela.

"Estou tensa porque vou ver a Edna", eu disse por fim.

Peg pareceu surpresa. "Por que você veria a Edna?"

"Por que eu *não* veria a Edna? Se vou para o Lily…"

"Mocinha, a Edna já não está mais conosco. No momento, está ensaiando *Como gostais* no Mansfield. Ela e o Arthur saíram do Lily na primavera. Estão morando no Savoy. Não ficou sabendo?"

"Mas e *Cidade das garotas*?"

"Ih, menina. Você não ficou sabendo de nada mesmo?"

"Do quê?"

"Em março, o Billy recebeu uma proposta para transferir o *Cidade das garotas* para o Morosco Theatre. Ele aceitou, empacotou o espetáculo e foi."

"Ele levou *o espetáculo*?"

"Isso mesmo."

"Como assim? Ele tirou a peça do Lily?"

"Bom, foi ele quem escreveu e dirigiu, então, tecnicamente, tinha o direito. Esse foi o argumento dele, em todo caso. Não que eu tenha discutido com Billy por causa disso. Não tinha como ganhar."

"Mas e…?" Não consegui terminar.

Mas e tudo e *todos?*, era o que eu queria perguntar.

"Sim", disse Peg. "Mas e? Bem, é assim que o Billy age, mocinha. Foi um bom negócio para ele. Você conhece o Morosco. Tem milhares de assentos, então a grana é melhor. A Edna foi junto, é claro. Fizeram o espetáculo por alguns meses, igual a antes, até Edna se cansar dele. Agora ela voltou a Shakespeare. Billy a substituiu por Helen Hayes, mas não está dando certo, pelo que estou vendo. Gosto da Helen, não me entenda mal. Ela tem tudo o que a Edna tem, menos aquela *coisa* que a Edna tem. Ninguém tem isso. Gertrude Lawrence talvez conseguisse fazer jus ao papel. Ela tem sua própria versão da *coisa*. Mas não está na cidade. É sério, ninguém sabe fazer o que a Edna sabe fazer. Mas continuam enchendo a casa noite após noite. Parece que o Billy obteve uma licença para imprimir dinheiro."

Eu nem sabia o que dizer. Fiquei estarrecida.

"Fecha a boca, mocinha", disse Peg. "Você está parecendo um cachorro que caiu do caminhão de mudança."

"Mas e o Lily? E você e a Olive?"

"O de sempre. Vamos nos virando. Estamos montando nossas produções bobas de novo. Tentando atrair nossa plateia humilde de gente da vizinhança. Agora que a guerra está em andamento, é mais difícil, e metade dos nossos espectadores está longe daqui, em combate. Hoje, recebemos mais avós e crianças. Por isso que aceitei a encomenda do estaleiro naval: precisamos do dinheiro. A Olive estava coberta de razão, é claro. Ela sabia que a gente ficaria de chapéu na mão depois que o Billy recolhesse seus brinquedos e fosse embora. Acho que eu também sabia. Com ele, é sempre assim. E levou nossos melhores artistas junto, claro. A Gladys foi com ele. A Jennie e o Roland também."

Tia Peg contou tudo isso em um tom brando. Como se traição e ruína fossem as coisas mais mundanas imagináveis.

"E o Benjamin?", indaguei.

"Infelizmente, foi convocado. Não posso pôr essa culpa em Billy. Mas dá pra imaginar o Benjamin no Exército? Em botar uma arma naquelas mãos talentosas? Um desperdício. Odeio isso."

"E o sr. Herbert?"

"Continua comigo. Ele e a Olive nunca vão me abandonar."

"Mas nem sinal da Celia?"

Não era de fato uma pergunta. Eu já sabia a resposta.

"Nem sinal da Celia", confirmou Peg. "Mas tenho certeza de que ela está bem. Aquela gata ainda tem mais umas seis vidas, acredite. Mas vou te contar uma coisa interessante", Peg prosseguiu, claramente despreocupada com o destino de Celia Ray. "O Billy também tinha razão. Ele disse que éramos capazes de criar uma peça de sucesso juntos, e foi o que fizemos. Conseguimos! A Olive nunca acreditou em *Cidade das garotas*. Achou que seria uma bomba, mas estava redondamente enganada. Foi um espetáculo fabuloso. Acertei, creio, ao assumir o risco com Billy. Foi divertido à beça enquanto durou."

Enquanto me dizia tudo aquilo, eu fitava seu perfil, buscando indícios de perturbação ou sofrimento — que inexistiam.

Tia Peg virou o rosto, me pegou olhando fixo para ela e riu. "Tente não mostrar tanta surpresa, Vivian. Faz com que você pareça simplória."

"Mas o Billy te prometeu os direitos da peça! Eu estava lá! Ouvi quando ele disse isso, na cozinha, na manhã em que apareceu no Lily."

"O Billy promete montes de coisas. Acontece que acabou nunca pondo isso no papel."

"Não consigo acreditar que ele fez isso com você", declarei.

"Olha, mocinha, eu sempre soube como o Billy é, e o convidei mesmo assim. Não me arrependo. Foi uma aventura. Você precisa aprender a encarar as coisas com mais leveza, minha querida. O mundo está sempre mudando. Aprenda a levar isso em consideração. Alguém faz uma promessa e depois quebra. Uma peça recebe críticas boas e depois se encerra. Um casamento parece ser forte e então vem o divórcio. Por um tempo não há guerra e depois há outra. Se você se chatear demais com isso tudo, vai se tornar uma pessoa infeliz, cansativa. E que bem isso traz? Agora chega do Billy. Como foi seu ano? Onde você estava quando Pearl Harbor aconteceu?"

"No cinema. Vendo *Dumbo*. E você?"

"No estádio Polo Grounds, vendo futebol americano. A última partida do Giants na temporada. Então, de repente, no final do segundo quarto, começaram a fazer uns anúncios estranhos, pedindo que todos os militares da ativa se apresentassem imediatamente à base. Eu soube na mesma hora que alguma coisa ruim tinha acontecido. Então o Sonny Franck se lesionou. Isso me distraiu. Não que o Sonny Franck tivesse alguma coisa a ver com o ocorrido. Mas é um grande jogador. Que dia trágico. Você estava no cinema com aquele cara de quem ficou noiva? Qual era o nome dele?"

"Jim Larsen. Como soube que fiquei noiva?"

"Sua mãe me contou ontem à noite, enquanto você fazia as malas. Parece que você escapou por um triz. Parece que até sua mãe ficou aliviada, apesar de ser difícil ler os sentimentos dela. Sua mãe era da opinião de que você não gostava muito dele."

Isso me surpreendeu. Minha mãe e eu jamais tivemos uma conversa íntima sobre Jim — ou sobre o que quer que fosse, para falar a verdade. Como ela sabia?

"Ele era um cara legal", declarei sem convicção.

"Bom pra ele. Dê ao rapaz um troféu por isso, mas não se case com alguém só por ele ser legal. E tente não adquirir o hábito de noivar, para começo de conversa, Vivvie. Se não tomar cuidado, pode levar ao casamento. Mas por que disse sim para ele?"

"Eu não sabia o que fazer da vida. Como disse, ele era legal."

"Tantas garotas se casam por esse motivo. Ache outra coisa pra fazer da vida, é o meu conselho. Poxa, tenham um hobby!"

"Por que *você* se casou?", indaguei.

"Porque eu gostava dele, Vivvie. Gostava muito do Billy. Esse é o único motivo para você casar com alguém, amar a pessoa, ou pelo menos gostar dela. Ainda gosto de Billy, sabe? Jantei com ele na semana passada."

"*Jantou?*"

"Claro que sim. Olha, eu entendo que você esteja chateada com o Billy agora, muita gente está. Mas sabe o que te falei antes, sobre minha regra de vida?"

Já que não respondi, porque não lembrava, ela recordou: "Quando gosto de uma pessoa, só me resta gostar para sempre".

"Ah, sim", eu disse, mas ela ainda não havia me convencido.

Peg sorriu de novo. "Vamos lá, Vivvie? Acha que essa regra só devia se aplicar a você?"

Era noite quando chegamos em Nova York.

Em 15 de julho de 1942.

A cidade estava empertigada, orgulhosa e maciça em seu ninho de granito, enfiada entre seus dois rios escuros. As pilhas de arranha-céus brilhavam como colunas de vaga-lumes no ar aveludado de verão. Cruzamos a ponte silenciosa e imponente — ampla e comprida como as asas de um condor —, e entramos na cidade. Aquele lugar denso. Significativo. A maior metrópole que o mundo já conheceu — ou pelo menos foi o que sempre pensei.

Fui tomada pela reverência.

Plantaria minha vidinha ali para nunca mais abandoná-la.

24

Na manhã seguinte, acordei de novo no quarto antigo de Billy. Dessa vez, só estava eu na cama. Nada de Celia, nada de ressaca, nada de desastres.

Precisava confessar: era bom ter o colchão só para mim.

Passei um tempo escutando os sons do Lily Playhouse ganhando vida. Sons que achei que nunca mais ouviria. Alguém devia estar tomando banho, pois os canos estrepitavam em protesto. Dois telefones já tocavam: um no andar de cima e outro no escritório, embaixo. Eu me sentia tão feliz que fiquei zonza.

Vesti meu robe e fui preparar meu café. Deparei com o sr. Herbert sentado à mesa da cozinha como sempre: de regata, olhando fixo para o caderno, tomando café instantâneo e elaborando piadas para o próximo espetáculo.

"Bom dia, sr. Herbert!", eu disse.

Ele ergueu o rosto na minha direção e, para meu espanto, sorriu.

"Estou vendo que você foi reintegrada, srta. Morris", constatou. "*Que bom.*"

Ao meio-dia, eu já estava no estaleiro naval do Brooklyn com Peg e Olive, recebendo orientações sobre a tarefa.

Tínhamos pegado o metrô até a estação York Street, depois havíamos pegado um bonde. Ao longo dos próximos três anos, eu faria aquele trajeto quase todo dia, sob todo tipo de clima. Dividiria a viagem com dezenas de milhares de trabalhadores, todos trocando de turno, precisos como um relógio. O percurso ia se tornar entediante e às vezes exaustivo a ponto de acabar com qualquer ânimo. Mas, naquele dia, era tudo novidade, e eu estava empolgada. Estava vestida com um elegante terninho lilás (embora nunca mais fosse usar peças tão boas para ir àquele destino imundo e engordurado) e meu cabelo estava limpo e exuberante. Minha documentação estava em ordem para eu poder ser oficialmente empossada como funcionária da Marinha (do Escritório de Estaleiros e Docas, como trabalhadora especializada). O emprego viera com um salário de setenta centavos por hora, uma fortuna para uma garota da minha idade. Chegaram a me dar óculos de segurança — apesar de meus olhos nunca terem sido ameaçados por nada mais sério que as cinzas dos cigarros de Peg voando na minha cara.

Aquele era meu primeiro emprego de verdade — sem contar com o trabalho no escritório do meu pai em Clinton, que não deveria mesmo contar.

Estava tensa por rever Olive. Ainda sentia muita vergonha pelas minhas travessuras e por ter precisado dela para me salvar das garras de Walter Winchell. Temia que ela me repreendesse ou me olhasse com desprezo. Tivera meu primeiro momento a sós com ela naquela manhã. Estávamos descendo a escada do Lily antes da nossa viagem rumo ao Brooklyn. Como Peg tivera que voltar para pegar a garrafa térmica que havia esquecido, por um instante ficamos apenas Olive e eu no patamar entre o segundo e o terceiro andares do teatro. Resolvi que era minha chance de pedir desculpas e lhe agradecer por ter corajosamente me salvado.

"Olive", comecei. "Tenho uma grande dívida com você..."

"Ah, Vivian", ela interrompeu, "pare com essa *sofreguidão* toda."

E assim se encerrou o assunto.

Tínhamos uma missão a cumprir e não havia tempo para bobagens.

Mas devo explicitar nossa missão.

Tínhamos sido designadas pelo Exército para montar dois espetáculos por dia no estaleiro naval do Brooklyn, em um refeitório movimentado localizado na baía de Wallabout. Você tem que entender, Angela, que o estaleiro era *enorme* — o mais movimentado do mundo —, com mais de oitenta hectares de prédios e quase cem mil funcionários trabalhando dia e noite durante os anos de guerra. Tinha mais de quarenta refeitórios ativos e fomos incumbidas de "entretenimento e educação" em apenas um deles. Nosso refeitório era o de número 24, mas todo mundo o chamava de "Sammy". (Nunca soube ao certo o motivo. Talvez porque o chefe de cozinha se chamasse sr. Samuelson?) Sammy alimentava milhares de pessoas por dia — servindo enormes pilhas de comida sem graça a trabalhadores igualmente sem graça.

Nossa missão era divertir aqueles trabalhadores esgotados enquanto comiam. Mas não éramos apenas animadoras: éramos responsáveis pela propaganda. A Marinha transmitia informações e inspiração através de nós. Tínhamos que conservar todo mundo, e todos estavam com raiva, exaltados contra Hitler e Hirohito o tempo inteiro (matamos Hitler tantas vezes, em diferentes esquetes, que nem acredito que o sujeito não tivesse pesadelos conosco lá na Alemanha). Mas também tínhamos que manter nossos trabalhadores preocupados com o bem-estar dos rapazes no estrangeiro — lembrando que sempre que faziam corpo mole no trabalho punham marinheiros americanos em risco. Tínhamos que lançar advertências de que havia espiões por todos os lados, e de que línguas soltas afundavam navios. Tínhamos que dar lições de segurança e notícias atualizadas. Além de tudo, tínhamos que lidar com censores do Exército que volta e meia se sentavam na primeira fila das nossas apresentações para verificar se não estávamos nos desviando das diretivas. (Meu censor preferido era um homem simpático chamado sr. Gershon. Passávamos tanto tempo juntos que ele virou como da família para mim. Fui ao bar mitzvá do filho dele.)

Tínhamos que transmitir todas essas informações aos nossos trabalhadores em trinta minutos, duas vezes por dia.

Durante três anos.

E tínhamos que manter nosso material novo e divertido, ou a plateia começaria a atirar comida em nós. ("É bom voltar à linha de frente", Peg disse com alegria na primeira vez em que nossos espectadores nos vaiaram — e acho que ela estava falando sério.) Era um trabalho dificílimo, ingrato, exaustivo, e a Marinha nos dava poucas coisas com que trabalhar, em termos de "teatro". Na frente do refeitório havia um palco pequeno — um estrado, na verdade, feito de pinho pouco uniforme. Não havia cortina ou iluminação, e nossa "orquestra" consistia em um piano de cabaré tocado por uma baixinha chamada sra. Levinson que (absurdamente) conseguia martelar aquelas teclas com tanta força que se ouvia a música da Sands Street. Nossos acessórios eram engradados de legumes e nosso "camarim" era o canto da cozinha, bem ao lado do posto do lavador de pratos. Quanto aos nossos atores, eles não eram exatamente a fina flor. A maior parte da comunidade do show business de Nova York ou partira para a batalha ou tinha ido trabalhar na indústria. Ou seja, as únicas pessoas que nos restava recrutar eram os tipos que Olive, não muito delicada, chamava de "incapazes ou capengas". (Ao que Peg rebatia, também sem muita delicadeza: "Qual é a diferença de qualquer outra companhia teatral?".)

Portanto, improvisávamos. Colocávamos homens de sessenta anos para interpretar jovens pretendentes. Mulheres corpulentas de meia-idade faziam o papel de ingênuas ou de meninos. Não podíamos pagar a nossos atores nem de longe o que ganhavam em outros lugares, portanto vivíamos perdendo atores e dançarinos para o próprio estaleiro naval. Uma moça bonita estava cantando no palco um dia e no dia seguinte era vista almoçando no Sammy, de macacão e com uma bandana no cabelo, com uma chave inglesa no bolso e um cheque substancial a caminho. É complicado fazer alguém voltar aos holofotes depois que vê um cheque substancial — e nem sequer *tínhamos* holofotes.

Arrumar os figurinos era, claro, minha função principal, mas às vezes eu também escrevia o roteiro, e de vez em quando compunha até uma letra de música ou outra. Meu trabalho nunca fora tão difícil. Praticamente não tínhamos verba e, por causa da guerra, havia uma escassez nacional de todos os materiais de que precisava. Não eram apenas os tecidos que estavam em falta: não se conseguia botões, zíperes, colchetes ou ganchos. Eu me tornei ferozmente criativa. No meu momento mais brilhante, criei um colete para o personagem do rei Vitório Emanuel III, da Itália, usando um damasco de jacquard de dois tons que arranquei de um sofá apodrecido, achado uma manhã na esquina da Décima Avenida com a rua 44, esperando a retirada para o lixão. (Não vou fingir que o figurino cheirava bem, mas nosso rei de fato parecia um rei — e isso já é algo incrível, dado que era interpretado por um senhor de peito encovado que uma hora antes do espetáculo estava cozinhando feijão na cozinha do Sammy.)

Nem é preciso dizer, mas eu vivia no Lowtsky's — ainda mais do que antes da guerra. Marjorie Lowtsky, agora no ensino médio, virou minha sócia nos figurinos. Era minha fornecedora, na verdade. O Lowtsky's agora tinha contrato para vender têxteis e panos para o Exército, portanto nem eles tinham mais tanto volume ou variedade à nossa escolha — mas ainda era o melhor estabelecimento da cidade. Eu dava a Marjorie um pequeno quinhão do meu salário e ela separava e guardava os melhores materiais para mim. Eu não teria conseguido fazer meu trabalho sem a ajuda dela. Apesar da diferença de idade, nós duas nos afeiçoamos genuinamente à medida que a guerra se arrastava, e em pouco tempo passei a considerá-la uma amiga — apesar de ímpar.

Ainda me lembro da primeira vez que dividi um cigarro com Marjorie. Eu estava de pé na plataforma de carga do depósito dos pais dela, no auge do inverno, dando uma pausa no exame dos cestos a fim de fumar sossegada.

"Deixa eu dar um trago?", ouvi alguém dizer ao meu lado.

Olhei para baixo e ali estava a pequena Marjorie Lowtsky — com todos os seus quarenta e poucos quilos —, embrulhada em um daqueles casacos absurdamente gigantescos de pele de guaxinim que rapazes de fraternidade usavam para ver futebol americano na década de 1920. Na cabeça, tinha um chapéu da polícia montada canadense.

"Não vou te dar cigarro", respondi. "Você tem só dezesseis anos!"

"Exatamente", ela disse. "Já faz dez anos que fumo."

Encantada, cedi a seus pedidos e lhe passei o cigarro. Ela inalou com uma competência impressionante e disse: "Essa guerra não está me agradando, Vivian". Marjorie olhava para a ruela com um ar de cansaço do mundo que não consegui não achar cômico. "Me desagrada."

"Te desagrada, é?" Eu tentava não sorrir. "Bom, então você devia fazer alguma coisa! Escreva uma carta com palavras fortes para seu deputado. Vá falar com o presidente. Ponha um ponto-final nisso."

"É que eu esperei tanto tempo para crescer e agora não existe nada que faça esse crescimento valer a pena", ela explicou. "Só esse monte de guerra, guerra, guerra, e trabalho, trabalho, trabalho. Cansa a pessoa."

"Isso tudo vai acabar logo", declarei, embora eu mesma não tivesse certeza.

Marjorie deu outra tragada profunda no cigarro e disse em um tom bem diferente: "Todos os meus parentes da Europa estão com problemas sérios, sabe? Hitler não vai descansar enquanto não se livrar deles. A mamãe nem sabe mais onde estão as irmãs dela, nem os sobrinhos. Meu pai passa o dia no telefone com as embaixadas, tentando trazer a família dele para cá. Tenho que traduzir para ele em boa parte do tempo. Mas parece que não tem jeito nenhum de entrarem."

"Ah, Marjorie. Lamento muito. Que horror."

Eu não sabia mais o que dizer. Parecia uma situação séria demais para uma secundarista encarar. Queria lhe dar um abraço, mas ela não era do tipo que gostava de abraços.

"Estou decepcionada com todo mundo", Marjorie disse depois de uma longa pausa.

"Com quem exatamente?" Imaginei que fosse falar dos nazistas.

"Os adultos", ela declarou. "Todos eles. Como foi que deixaram o mundo sair do controle dessa forma?"

"Não sei, meu bem. Não sei se alguém realmente sabe o que está fazendo."

"*Parece que não*", ela pronunciou com um desdém teatral, jogando o cigarro gasto no beco. "E é por isso que fico tão ávida pra crescer, entende? Para não ficar mais à mercê de gente que não tem ideia do que está fazendo. Imagino que quanto antes eu tiver controle total das coisas, melhor minha vida vai ser."

"Me parece um excelente plano, Marjorie", respondi. "Claro que eu mesma nunca tive um plano de vida, então não tenho como dizer. Mas minha impressão é de que você já organizou tudo."

"Você nunca teve um *plano*?" Marjorie me olhou com horror. "Como *sobrevive*?"

"Nossa, Marjorie, você está falando igualzinho a minha mãe!"

"Bem, se você não é capaz de traçar um plano para sua vida, Vivian, então *alguém* precisa ser sua mãe!"

Foi impossível não rir. "Pare de me dar sermão, menina. Tenho idade suficiente para ser sua babá."

"Rá! Meus pais nunca iam me deixar com uma pessoa irresponsável como você."

"Bem, seus pais provavelmente teriam toda a razão."

"Estou só caçoando de você", ela disse. "Sabe disso, não sabe? Sempre gostei de você."

"*Sério?* Você sempre gostou de mim? Desde que estava o quê, na oitava série?"

"Ei, me dá outro cigarro?", ela pediu. "Para depois?"

"Eu não deveria dar", declarei, mas lhe entreguei alguns mesmo assim. "Não deixe sua mãe descobrir que sou eu que estou fornecendo."

"Desde quando meus pais precisam saber o que ando fazendo?", perguntou a estranha adolescente. Ela escondeu os cigarros nas dobras do enorme casaco de pele e me deu uma piscadela. "Agora me fala que tipo de figurino está procurando hoje, Vivian, que eu arrumo o que você precisar."

Nova York era um lugar diferente agora.

A frivolidade estava morta — a não ser a frivolidade útil e patriótica, como dançar com soldados e marinheiros no Stage Door Canteen. A cidade era oprimida pela seriedade. Em todos os momentos, esperávamos ser atacados ou invadidos — certos de que os alemães iam nos transformar em pó com bombas, assim como tinham feito com Londres. Havia blecautes obrigatórios. Algumas noites, as autoridades desligavam até as luzes da Times Square e o caminho branco da Broadway virava um coágulo preto — brilhando, opulento e negro, na noite, como uma poça de mercúrio. Todos estavam de farda, ou prontos para servir. O sr. Herbert se voluntariou como vigilante da Defesa Aérea, perambulando pelo nosso bairro à noite com seu capacete branco licenciado pelo município e a braçadeira vermelha. (Quando ele estava de saída, Peg dizia: "Caro sr. Hitler: por favor, não nos bombardeie até o sr. Herbert acabar de alertar todos os vizinhos. Atenciosamente, Pegsy Buell".)

Minha mais forte lembrança dos anos de guerra é da sensação constante de *aspereza*. Não sofremos em Nova York como muita gente mundo afora sofria, mas não havia mais nada de *bom* — não havia manteiga, cortes de carne caros, maquiagem de qualidade, roupas vindas da Europa. Nada era suave. Nada era uma iguaria. A guerra foi um colosso faminto que precisava de tudo o que tínhamos — não só nosso tempo e nossa mão de obra, mas de nosso óleo de cozinha, nossa borracha, nossos metais, nosso papel, nosso carvão. Conosco ficavam os restos. Eu escovava os dentes com bicarbonato de sódio. Tratava meu último par de meias de náilon com tamanho zelo que seria de imaginar que eram bebês prematuros. (E quando essas meias de náilon enfim morreram, em meados de 1943, desisti e passei a usar calças o tempo todo.) Fiquei tão ocupada — e ficou tão difícil conseguir xampu —, que cortei meu cabelo curtinho (bem ao estilo do chanel moderno de Edna Parker Watson, tenho que admitir) e nunca mais o deixei crescer.

Foi durante a guerra que enfim me tornei nova-iorquina. Aprendi a me virar na cidade. Abri uma conta bancária e obtive meu próprio cartão da biblioteca pública. Agora tinha um sapateiro preferido (e precisava ter um por conta do racionamento de couro) e um dentista. Fiz amizade com meus colegas de trabalho no estaleiro, e saíamos para comer juntos no Cumberland Diner após o expediente. (Ficava orgulhosa de poder contribuir no final dessas refeições, quando o sr. Gershon dizia: "Pessoal, vamos passar o chapéu".) Também foi durante a guerra que aprendi a ficar à vontade me sentando sozinha em um bar ou restaurante. Para muitas mulheres, é uma coisa estranhamente difícil de se fazer, mas acabei aprendendo. (O truque é levar um livro ou jornal, ficar na melhor mesa, do lado da janela, e pedir seu drinque assim que você se sentar.) Depois que peguei o jeito, descobri que comer sozinha junto à janela em um restaurante sossegado é um dos maiores prazeres secretos da vida.

Comprei uma bicicleta por três dólares de um menino de Hell's Kitchen, e a aquisição expandiu meu mundo consideravelmente. Liberdade de movimento era tudo, eu estava descobrindo. Queria saber que poderia sair de Nova York rapidamente em caso de ataque. Pedalava pela cidade inteira — a bicicleta era barata e eficaz para resolver pendências —, mas em algum lugar no fundo da minha mente acreditava que conseguiria ser mais ligeira que a Luftwaffe se necessário. Aquilo me dava certo senso ilusório de segurança.

Me tornei uma exploradora dos meus vastos arredores urbanos. Zanzava muito pela cidade, em horários bem esquisitos. Adorava sobretudo passear à noite e vislumbrar pelas janelas a vida de desconhecidos. Tantas horas do jantar diferentes, tantos horários de expediente diferentes. Todo mundo era de diferentes idades, diferentes raças. Algumas pessoas descansavam, algumas trabalhavam, algumas ficavam totalmente sós, algumas celebravam em companhias barulhentas. Eu nunca me cansava de passar pelas cenas. Apreciava a sensação de ser um pontinho de humanidade em um oceano mais amplo de almas.

Quando era mais nova, queria ser o centro de todas as atividades de Nova York, mas aos poucos me dei conta de que não *existe* um centro. Ele está em todos os lugares — onde quer que as pessoas vivam. É uma cidade com milhões de centros.

De certa maneira, era ainda mais mágico saber aquilo.

Não corri atrás de homem nenhum durante a guerra.

Para começar, era difícil encontrá-los: quase todo mundo estava no exterior. Além do mais, não tinha vontade de namorico. Alinhada ao novo espírito de seriedade e sacrifício que cobriu Nova York, guardei meu desejo sexual de 1942 a 1945 — assim como alguém cobre com lençóis os móveis quando sai de férias. (Só que eu não estava de férias, só fazia trabalhar.) Logo me acostumei a circular pela cidade sem um companheiro do sexo masculino. Esqueci que era preciso estar nos braços de um homem à noite se fosse uma boa moça. Era uma regra que agora parecia arcaica, além de impossível de pôr em prática.

Simplesmente não havia homens suficientes, Angela.

Não havia braços suficientes.

Em uma tarde no começo de 1944, eu estava andando de bicicleta quando deparei com meu ex-namorado Anthony Roccella saindo de um fliperama. Ver seu rosto foi um choque, mas eu devia ter imaginado que esbarraria com ele um dia. Como qualquer nova-iorquino pode lhe dizer, você acaba esbarrando com *todo mundo* nas calçadas da cidade. Por essa razão, é um péssimo lugar para se ter inimigos.

Anthony estava igualzinho. Gel no cabelo, chiclete na boca, sorriso arrogante no rosto. Não estava fardado, o que era incomum para um homem de sua idade com boa saúde. Devia ter dado um jeito de escapar do serviço militar. (Claro.) Estava com uma garota — baixinha, bonita, loura. Meu coração dançou uma rumba quando o vi. Era o primeiro homem em anos em que eu botava os olhos que me levava a sentir uma onda de desejo — mas, claro, fazia sentido. Freei cantando pneu a poucos centímetros dele e o olhei nos olhos. Algo em mim queria ser visto por ele. Mas Anthony não me viu. Ou não me reconheceu. (De cabelo curto e calça, eu não parecia mais a moça que ele conhecera.) A última possibilidade, claro, é de que tenha me reconhecido e escolhido não me dar nenhuma atenção.

Naquela noite, ardi de solidão. Também ardi de desejo, não vou mentir. Mas cuidei de mim mesma. Felizmente, havia aprendido a fazer aquilo. (Toda mulher deve aprender.)

Quanto a Anthony, nunca mais o vi ou escutei seu nome. Walter Winchell previra que o garoto seria um astro de cinema. Mas ele nunca teve sucesso.

Mas quem sabe? Talvez nunca tenha se dado ao trabalho de tentar.

Apenas algumas semanas depois, fui convidada por um de nossos atores para um evento beneficente para arrecadar dinheiro para os órfãos de guerra no Savoy Hotel. Harry James e sua orquestra tocariam, o que era um chamariz divertido, portanto venci o cansaço e fui à festa. Fiquei pouco tempo, porque não conhecia ninguém por lá e não havia nenhum homem interessante com quem dançar. Resolvi que seria mais divertido ir para casa dormir. Mas quando estava saindo do salão de baile, esbarrei em Edna Parker Watson.

"Perdão", sussurrei, mas no instante seguinte minha mente se deu conta de que era *ela*.

Tinha esquecido que Edna morava no Savoy. Nunca teria comparecido ao evento se tivesse lembrado.

Ela ergueu o rosto na minha direção e fixou seu olhar em mim. Usava um terninho de gabardine marrom-claro com uma blusa tangerina atrevida. Tinha uma estola de coelho cinza casualmente jogada no ombro. Como sempre, estava impecável.

"Está perdoada", ela disse com um sorriso educado.

Daquela vez não havia como fingir que eu não havia sido identificada. Ela sabia exatamente quem eu era. Eu tinha familiaridade suficiente com o rosto de Edna para perceber o breve vislumbre de incômodo por trás da máscara de serenidade convicta.

Ao longo de quase quatro anos, havia ponderado o que lhe diria se nossos caminhos se cruzassem um dia. Mas só consegui dizer "Edna" e tocar seu braço.

"Sinto muitíssimo", ela disse, "mas não creio que conheço você."

Então ela se afastou.

Quando jovens, Angela, podemos nos tornar vítimas do mito de que o tempo cura todas as feridas e que uma hora tudo acaba se resolvendo. Mas, à medida que envelhecemos, aprendemos a triste verdade: certas coisas jamais podem ser consertadas. Certos erros jamais podem ser remediados, nem pela passagem do tempo nem pelos nossos desejos mais fervorosos.

Na minha experiência, essa é a lição mais dura de todas.

Após certa idade, estamos todos passeando por este mundo em corpos feitos de segredos, vergonha, tristeza e feridas antigas não curadas. Nossos corações ficam inflamados e disformes em torno de toda essa dor — porém, sabe-se lá como, seguimos em frente.

25

Estávamos no final de 1944. Eu tinha completado vinte e quatro anos.

Continuava trabalhando dia e noite no estaleiro. Não me lembro de ter tirado um dia de folga. Economizava um bom dinheiro do salário, também porque ficava exausta e não tinha com que gastar. Mal tinha energia para jogar cartas com Peg e Olive à noite. Não foi só uma vez que dormi no trajeto de volta e acordei no Harlem.

Todo mundo estava morto de cansaço.

O sono se tornara um artigo de luxo que todo mundo almejava, mas ninguém tinha.

Sabíamos que estávamos ganhando a guerra — havia muita ostentação sobre a surra que estávamos dando nos alemães e nos japoneses —, mas não sabíamos quando aquilo tudo terminaria. Não saber, é claro, não impediu ninguém de falar sem parar, espalhando boatos e especulações infrutíferas.

A guerra acabaria até o Dia de Ação de Graças, todos diziam.

Até o Natal, todos diziam.

Porém, 1945 chegou e a guerra ainda não tinha acabado.

No refeitório, continuávamos matando Hitler dezenas de vezes por semana nas nossas peças propagandísticas, mas aquilo parecia não diminuir seu ritmo.

Não se preocupe, todos diziam — tudo vai estar resolvido até o fim de fevereiro.

No começo de março, meus pais receberam uma carta do meu irmão de seu porta-aviões em algum lugar do Pacífico Sul, dizendo: "Vocês vão ouvir falar de capitulação em breve. Tenho certeza".

Foi a última vez que tivemos notícias dele.

Angela, sei que você — mais do que ninguém — sabe do USS *Franklin*. Mas me envergonha admitir que eu nem sabia o nome do navio do meu irmão antes de ouvirmos que ele tinha sido atingido por um piloto camicase em 19 de março de 1945, matando Walter e mais de oitocentos homens. Sempre responsável, meu irmão nunca mencionava o nome do navio na correspondência, para o caso de cair em mãos inimigas e segredos de Estado serem revelados. Eu só sabia que ele estava em um porta-aviões grande em algum lugar da Ásia, e que tinha prometido que a guerra acabaria logo.

Foi minha mãe quem recebeu o aviso de sua morte. Estava cavalgando em um campo próximo quando viu um carro preto antigo com uma porta branca, incompatível. Passou correndo por ela, rápido demais para a pista de cascalho, e parou na frente da nossa casa. Era incomum: pessoas do interior sabem que não devem acelerar em pistas de cascalho ao lado de cavalos pastando. Mas não era um carro que ela reconhecesse. Era de Mike Roemer, o operador de telégrafo da Western Union. Minha mãe parou o que estava fazendo e ficou observando enquanto Mike e a esposa desciam do carro e batiam à porta.

Os Roemer não eram do tipo com quem minha mãe socializava. Só havia um motivo para que batessem à porta: devia ter chegado um telegrama, e o conteúdo devia ser tão terrível que o operador achara melhor dar a notícia pessoalmente — junto com a esposa, que supostamente vinha oferecer um consolo feminino à família enlutada.

Minha mãe pensou nisso tudo e *soube*.

Sempre me perguntei se naquele momento teve o ímpeto de dar meia-volta com o cavalo e cavalgar a todo vapor na direção oposta — simplesmente fugir daquela notícia horrível. Mas minha mãe não fazia o tipo. O que fez, na verdade, foi desmontar e andar lentamente até a casa, conduzindo o cavalo atrás de si. Ela me contou depois que não achou que seria prudente estar montada em um momento emotivo como aquele. Consigo até vê-la, escolhendo seus passos com zelo, manuseando o cavalo com seu típico escrúpulo. Sabia exatamente o que a esperava na soleira da porta e não tinha pressa para ir a seu encontro. Até que o telegrama fosse entregue, seu filho ainda estaria vivo.

Os Roemer podiam aguardá-la. E aguardaram.

Quando minha mãe chegou à soleira da porta, a sra. Roemer — com lágrimas escorrendo pelo rosto — estava de braços abertos para um abraço.

Que minha mãe, nem preciso dizer, recusou.

Meus pais nem sequer fizeram um funeral para Walter.

Em primeiro lugar, não havia corpo a enterrar. O telegrama nos avisava que o tenente Walter Morris havia sido enterrado no mar com todas as honrarias militares. Também solicitava que não divulgássemos o nome do navio de Walter ou sua estação a nossos amigos e parentes para não correr o risco de acidentalmente "ajudar o inimigo" — como se nossos vizinhos de Clinton fossem sabotadores e espiões.

Minha mãe não queria serviço fúnebre sem o corpo. Achava muito macabro. E meu pai estava abalado demais pela ira e pela tristeza para encarar a comunidade em meio ao luto. Tinha ralhado com amargor contra o envolvimento dos Estados Unidos na guerra e tinha lutado contra o alistamento de Walter. Agora se recusava a fazer uma cerimônia para honrar o fato de que o governo lhe roubara seu maior tesouro.

Fui para casa e passei uma semana com eles. Fiz o que pude pelos meus pais, mas eles mal falavam comigo. Perguntei se queriam que eu ficasse em Clinton — e eu teria feito aquilo —, mas me olharam como se eu fosse uma desconhecida. *Que serventia eu teria para eles se ficasse em Clinton?* Na verdade, tive a impressão de que queriam que eu fosse embora, assim não passaria o dia inteiro fitando seu luto. Minha presença parecia apenas lembrá-los de que Walter estava morto.

Se em algum momento pensaram que o filho errado lhes fora arrancado — que o filho melhor e mais nobre havia partido enquanto a filha menos digna permanecia —, posso perdoá-los por isso. Eu mesmo pensava isso às vezes.

Depois que fui embora, eles puderam desmoronar de novo no silêncio.

Provavelmente não preciso lhe dizer que nunca mais foram os mesmos.

A morte de Walter teve um impacto enorme em mim.

Juro para você, Angela, que nem por um instante cogitei que meu irmão pudesse se ferir ou morrer naquela guerra. Pode parecer burrice ou ingenuidade minha, mas se você conhecesse Walter, teria entendido minha segurança. Ele sempre foi muito competente, muito forte. Tinha um instinto magnífico. Nunca havia se machucado, apesar de todos os anos de atletismo. Mesmo entre os colegas, era considerado quase lendário. Que mal poderia se abater sobre ele?

Não só isso: eu nunca me preocupava com ninguém que estivesse sob as ordens de Walter — embora ele se preocupasse. (O único assunto preocupante que meu irmão mencionou nas cartas que mandava para casa era a inquietação com a segurança e o moral de seus soldados.) Eu imaginava que qualquer um sob as ordens de Walter Morris estaria a salvo. Ele ia se encarregar daquilo.

Mas o problema, claro, é que Walter não estava no comando. Já era tenente na época, mas o navio não estava em suas mãos. Na dianteira estava o capitão Leslie Gehres. E o problema era ele.

Mas você já sabe disso, não sabe, Angela?

Pelo menos suponho que saiba.

Perdão, querida, mas realmente não sei o que seu pai lhe contou de tudo aquilo.

Peg e eu fizemos nossa própria cerimônia por Walter em Nova York, na igrejinha metodista perto do Lily Playhouse. Ela tinha ficado amiga do pastor ao longo dos anos, e ele concordou em conduzir um breve culto em homenagem ao meu irmão, havendo ou não cadáver. Havia apenas um punhado de gente, mas era importante para mim que algo fosse feito em nome de Walter, e minha tia entendeu.

Peg e Olive estavam presentes, é claro, me ladeando como os pilares que eram. O sr. Herbert estava lá. Billy não compareceu, pois havia voltado para Hollywood um ano antes, quando sua montagem de *Cidade das garotas* na Broadway enfim saiu de cartaz. O sr. Gershon, meu censor na Marinha, foi. A pianista do refeitório, a sra. Levinson, também. A família Lowtsky inteira estava lá. ("Nunca vi tanto judeu em um funeral metodista", disse Marjorie, examinando o ambiente. O comentário me fez rir. Obrigada, Marjorie.) Alguns amigos de velha data de Peg apareceram. Edna e Arthur Watson não. Imagino que não devesse me causar surpresa, mas preciso confessar que achava que Edna talvez aparecesse em apoio a Peg.

O coral cantou "His Eye Is on the Sparrow", e eu não conseguia parar de chorar. Tinha uma sensação estranha, não tanto pelo irmão que perdi, mas pelo irmão que nunca tive. Afora algumas lembranças doces, rajadas de sol, da primeira infância, de nós dois andando juntos de pônei (e vai saber se tais lembranças sequer eram precisas), não tinha recordações ternas da figura imponente com que supostamente havia dividido minha juventude. Talvez se meus pais tivessem menos expectativas para ele — se tivessem lhe permitido ser um menino normal, em vez de um *herdeiro* —, pudéssemos ter virado amigos no decorrer dos anos, ou confidentes. Mas não aconteceu. E agora ele estava morto.

Chorei a noite inteira, mas voltei ao trabalho no dia seguinte.

Muitas pessoas tiveram de fazer esse tipo de coisa naqueles anos. Nós chorávamos, Angela, depois trabalhávamos.

No dia 12 de abril de 1945, Franklin Delano Roosevelt morreu.

Para mim, parecia que outro membro da família havia partido. Mal conseguia me lembrar de ter existido outro presidente. Apesar do que meu pai pensava do sujeito, eu o amava. Muitos amavam. Sem dúvida, em Nova York, todos amávamos.

No dia seguinte, a atmosfera no estaleiro era lúgubre. No refeitório Sammy, dependurei no palco um pano (um blecaute, na verdade) e pedi aos atores que lessem discursos de Roosevelt. No fim do espetáculo, um dos trabalhadores da siderúrgica — um homem caribenho, de pele negra e barba branca — se levantou da cadeira e começou a cantar "The Battle Hymn of the Republic". A voz dele parecia com a de Paul Robeson. O resto de nós fez silêncio enquanto a música sacudia as paredes numa tristeza sombria.

O presidente Truman foi rápida e silenciosamente empossado, sem grandiosidade.

Todos trabalhamos mais ainda.

Ainda assim, a guerra não terminou.

Em 28 de abril de 1945, o casco retorcido e queimado do porta-aviões do meu irmão entrou no estaleiro naval do Brooklyn com sua própria força. O USS *Franklin* tinha conseguido, sabe-se lá como, avançar e querenar meio mundo e atravessar o Canal do Panamá — pilotado por uma tripulação de esqueletos — para chegar agora ao nosso "hospital". Dois terços da tripulação estavam mortos, desaparecidos ou feridos.

O *Franklin* foi recebido na doca por uma banda da Marinha que tocava um hino fúnebre, e por mim e Peg.

Estávamos de pé na doca e saudamos o navio ferido — que eu considerava o caixão do meu irmão —, que chegava em casa para ser consertado da melhor forma possível. Mas até eu sabia, só de olhar para aquele amontoado de aço enegrecido, destripado, que ninguém jamais conseguiria arrumar *aquilo*.

Em 7 de maio de 1945, a Alemanha finalmente se rendeu.

Mas os japoneses continuavam resistindo, e duramente.

Naquela semana, a sra. Levinson e eu compusemos uma canção para os funcionários do estaleiro chamada "Um já foi, falta mais um".

Continuamos trabalhando.

Em 20 de junho de 1945, o *Queen Mary* chegou ao porto de Nova York carregando catorze mil soldados americanos que voltavam da Europa para casa. Peg e eu fomos recebê-los no Pier 90, no Upper West Side. Ela pintou um cartaz no verso de um pedaço de cenário antigo, onde se lia: "Ei, você! Bem-vindo ao seu país!".

"A quem você está dando as boas-vindas, exatamente?", perguntei.

"A todos eles", ela respondeu.

De início, hesitei em acompanhá-la. A ideia de ver milhares de rapazes voltando para casa — nenhum deles Walter — me parecia triste demais para suportar. Mas minha tia insistiu.

"Vai ser bom pra você", ela previu. "E o mais importante: vai ser bom pra *eles*. Esses rapazes precisam ver nossa cara."

Fiquei contente de ter ido, no final das contas. Muito contente. Estava um dia delicioso de começo de verão. Fazia três anos que eu tinha voltado a Nova York, mas não era imune à beleza da minha cidade em uma tarde de céu perfeitamente azul — um daqueles dias suaves, quentes, em que é inevitável sentir que a cidade inteira te ama e não quer nada além da sua felicidade.

Os marinheiros e soldados (e as enfermeiras!) escorriam pelo cais em uma onda delirante de celebração. Foram recebidos por uma enorme multidão eufórica, da qual Peg e eu éramos uma delegação pequena, mas entusiástica. Nos revezávamos levantando o cartaz e gritamos até ficar com a garganta dolorida. Uma banda na doca martelava versões altas das canções populares daquele ano. Os soldados jogavam balões no ar, que logo percebi que não eram balões, mas camisinhas infladas. (Não fui a única que percebeu; foi impossível não rir ao ver as mães ao meu redor tentando impedir os filhos de pegá-los.)

Um marinheiro magricela, de olhar sonolento, interrompeu os passos para dar uma longa olhada em mim quando passou ao meu lado.

Ele sorriu e disse com um sotaque obviamente sulista: "Me diga, meu doce, qual é o nome desta cidade mesmo?".

Sorri de volta. "Nós a chamamos de Nova York, marinheiro."

Ele apontou para uns guindastes do outro lado do cais e disse: "Parece que vai ser um lugarzinho agradável quando ficar pronto".

Em seguida, passou o braço na minha cintura e me beijou — assim como naquela foto famosa da Times Square, no dia da vitória sobre o Japão. (Tinha muita coisa rolando naquele ano.) Mas o que você nunca viu na foto foi a reação da moça. Sempre me perguntei como ela se sentia com aquele beijo. Jamais saberemos, imagino. Mas posso lhe dizer o que eu senti com *meu* beijo — que foi longo, habilidoso e razoavelmente ardente.

Bem, Angela, eu gostei.

Gostei *muito*. Retribuí o beijo de imediato, mas então — do nada — comecei a chorar e não conseguia parar. Enterrei meu rosto no pescoço dele, me agarrei a ele e o banhei em lágrimas. Chorei pelo meu irmão e por todos os jovens que nunca voltaram. Chorei por todas as garotas que perderam o namorado e a juventude. Chorei porque tínhamos dado tantos anos por aquela guerra infernal e eterna. Chorei porque sentia um cansaço enorme. Chorei porque tinha *saudade* de beijar garotos — e queria beijar tantos outros! —, mas agora eu era uma bruxa velha de vinte e quatro anos, e o que seria de mim? Chorei porque o dia estava tão lindo, e o sol brilhava, e tudo aquilo era glorioso, e nada daquilo era justo.

Não era exatamente o que o marinheiro esperava, tenho certeza, no momento em que me segurara. Mas foi admirável como se mostrou à altura dos acontecimentos.

"Meu doce", ele disse no meu ouvido, "você não precisa chorar mais. Nós demos sorte."

Ele me abraçou com força e deixou que eu vertesse minhas lágrimas até enfim retomar o autocontrole. Então ele recuou do abraço, sorriu e disse: "Agora, que tal você me deixar te dar outro?".

E nos beijamos de novo.

Faltavam três meses para que os japoneses se entregassem.

Mas na minha cabeça — na minha lembrança nebulosa, cor de pêssego, em dia de verão — a guerra terminou naquele exato momento.

26

O mais rápido possível, Angela, me permita contar sobre os vinte anos seguintes da minha vida.

Permaneci em Nova York (claro que sim, aonde mais iria?), mas a cidade não era a mesma. Tanto havia mudado, e tão rápido. A tia Peg tinha me advertido daquela inevitabilidade já em 1945. Ela dissera: "Tudo sempre fica diferente depois que uma guerra termina. Já vi isso antes. Se tivermos bom senso, estaremos todos preparados para fazer ajustes".

Bem, ela sem dúvida tinha razão.

A Nova York pós-guerra era um animal esplêndido, faminto, impaciente e crescente — principalmente Midtown, onde vizinhanças inteiras de casas de arenito pardo e empresas foram derrubadas para abrir espaço para novos complexos comerciais e prédios residenciais modernos. Era preciso revirar escombros onde quer que se andasse — quase como se a cidade *tivesse* sido bombardeada, no final das contas. Ao longo dos anos seguintes, muitos dos lugares glamorosos que eu frequentava com Celia Ray fecharam as portas e foram substituídos por torres comerciais de vinte andares. O Spotlite fechou. O Downbeat Club fechou. O Stork Club fechou. Inúmeros teatros se fecharam. Tais vizinhanças outrora reluzentes agora pareciam bocas estranhas, cheias de falhas, com metade dos dentes antigos quebrados e alguns fajutos lustrosos enfiados fortuitamente.

Mas a maior mudança aconteceu em 1950 — pelo menos no nosso pequeno círculo. Foi quando o Lily Playhouse fechou.

Veja bem, o Lily não apenas fechou: foi demolido. A bela, sinuosa e prepotente fortaleza que era nosso teatro foi destruída pela prefeitura naquele ano a fim de abrir espaço para o terminal rodoviário Port Authority. Na verdade, a vizinhança inteira foi derrubada. Dentro do raio condenado do que um dia ia se tornar o terminal rodoviário mais feio do mundo, todos os teatros, igrejas, casas geminadas, restaurantes, bares, lavanderias chinesas, fliperamas, floristas, estúdios de tatuagem e escolas foram abaixo. Até o Lowtsky's.

Tudo virou pó diante dos nossos olhos.

Pelo menos a prefeitura tratou Peg de forma justa. Ofereceram-lhe cinquenta e cinco mil dólares pelo edifício — uma grana ótima naqueles tempos em que a maior parte da nossa vizinhança vivia com quatro mil dólares por ano. Eu queria que ela brigasse, mas Peg disse: "Não tenho por que brigar".

"Não acredito que você vai dar as costas para isso tudo!", choraminguei.

"Você não faz ideia das coisas para as quais sou capaz de dar as costas, mocinha."

Ela tinha toda a razão quanto ao fato de não ter por que brigar. Ao tomar posse da vizinhança, a prefeitura exerce um direito público chamado "poder de condenação" — tão sinistro e inescapável quanto parece. Fiquei bastante emburrada por aquilo, mas Peg disse: "Resista a mudanças por sua conta e risco, Vivian. Quando uma coisa terminar, deixe. O Lily já teve seus anos de glória, de qualquer forma".

"Não é verdade, Peg", corrigiu Olive. "O Lily nunca teve glória nenhuma."

Ambas tínhamos razão, cada uma a seu modo. Persistíamos aos trancos e barrancos desde o fim da guerra, mal conseguindo tirar nosso sustento do teatro. Nossos espetáculos tinham um público mais esparso do que nunca e nossos maiores talentos nunca voltaram depois da guerra. (Por exemplo: Benjamin, nosso compositor, optou por continuar na Europa, se estabelecendo em Lyon com uma francesa dona de uma boate. Adorávamos ler suas cartas — ele estava definitivamente prosperando como empresário teatral e líder de uma banda —, mas é claro que sentíamos falta de sua música.) Além disso, a plateia formada por nossos vizinhos tinha nos deixado para trás. Agora as pessoas eram mais sofisticadas — mesmo em Hell's Kitchen. A guerra escancarara o mundo e enchera a atmosfera de novos gostos e ideias. Nossos espetáculos pareciam datados até mesmo na época em que cheguei na cidade, mas agora pareciam ter saído do Pleistoceno.

Ninguém mais queria assistir a números de canto e dança simplórios, ao estilo vaudeville.

Portanto, sim: a ligeira glória que nosso teatro possa haver tido já expirara fazia bastante tempo em 1950.

Ainda assim, foi doloroso para mim.

Só queria amar terminais rodoviários tanto quanto amava o Lily Playhouse.

Quando chegou o dia da demolição, Peg insistiu em estar presente. ("Você não pode ter medo dessas coisas, Vivian", ela disse. "Tem que ir até o fim.") Assim, fiquei de pé ao lado de Peg e Olive naquele dia fatídico, vendo o Lily desmoronar. Não fui nem de longe tão estoica quanto elas. Ver uma bola de demolição mirar na sua casa e história, no lugar que a *deu à luz*... Bem, é preciso um grau de firmeza que eu ainda não tinha. Foi impossível não chorar.

A pior parte não foi quando a fachada do prédio veio abaixo, mas quando a parede interna do saguão foi demolida. De repente, via-se o velho palco como jamais deveria ser visto — nu e exposto sob o sol cruel e impassível de inverno. Sua decadência foi arrastada à luz para que todos testemunhassem.

Peg teve força para aguentar, entretanto. Ela nem estremeceu. Era feita de um material tremendamente austero, aquela mulher. Quando a bola de demolição tinha feito todo o estrago que poderia fazer naquele dia, minha tia sorriu e disse: "Vou te contar uma coisa, Vivian. Não me arrependo de nada. Quando era jovem, acreditava de todo coração que uma vida dedicada ao teatro não seria nada além de divertida. E, meu Deus, mocinha, foi *mesmo*".

Usando o dinheiro do acordo com a prefeitura, Peg e Olive compraram um belo apartamento em Sutton Place. Ainda sobrou dinheiro suficiente para dar uma espécie de aposentadoria ao sr. Herbert, que foi para a Virgínia para morar com a filha.

Peg e Olive gostavam da vida nova. Olive arrumou um emprego no colégio das redondezas como secretária do diretor — um cargo que nascera para assumir. Peg foi contratada pela mesma escola para ajudar a dirigir o departamento de teatro. As duas pareciam bem com as mudanças. O prédio em que agora moravam (novinho em folha, devo dizer) tinha até elevador, o que era bom para elas, que estavam envelhecendo. Também tinha um porteiro com quem Peg fofocava sobre beisebol. ("Os únicos porteiros que tive na vida eram os vagabundos que dormiam debaixo do proscênio do Lily!", ela brincava.)

Veteranas que eram, as duas se adaptaram. Certamente não reclamaram. Porém, existe para mim uma pungência no fato de que o Lily Playhouse foi destruído em 1950 — mesmo ano em que Peg e Olive compraram o primeiro aparelho televisor para seu apartamento moderno. Ficava claro que a era de ouro do teatro estava encerrada. Mas Peg também previra esse desdobramento.

"No fim, a televisão vai expulsar todos nós da cidade", dissera na primeira vez em que vira uma em ação.

"Como você sabe?", indaguei.

"Porque até *eu* gosto mais dela do que de teatro", foi sua resposta sincera.

Quanto a mim, com a morte do Lily Playhouse eu já não tinha nem casa nem emprego — ou família com a qual dividir meu cotidiano, aliás. Não podia ir morar com Peg e Olive. Não na minha idade. Teria sido constrangedor. Precisava de uma vida própria. Mas agora eu era uma mulher de vinte e nove anos solteira e sem ensino superior. Portanto, *qual* vida poderia *ter*?

Eu não estava muito preocupada com meu sustento. Tinha economizado uma quantia razoável de dinheiro e sabia como trabalhar. Àquela altura, já tinha aprendido que, contanto que tivesse minha máquina de costura, minha tesoura, uma fita métrica no pescoço e uma alfineteira no punho, sempre teria como ganhar a vida. Mas a pergunta era: que tipo de existência eu levaria agora?

No fim das contas, fui salva por Marjorie Lowtsky.

Em 1950, ela e eu já havíamos nos tornado melhores amigas.

Éramos um par improvável, mas Marjorie nunca deixou de cuidar de mim — em termos de guardar preciosidades dos cestos sem fundo do Lowtsky's. Já eu havia me deleitado observando aquela menina crescer e virar uma moça carismática e fascinante. Havia algo de muito especial nela. Marjorie sempre fora especial, claro, mas depois dos anos de guerra ela floresceu em uma força criativa atomicamente dinâmica. Ainda se vestia com extravagância — parecendo um bandido mexicano num dia e uma gueixa japonesa no outro —, mas havia se tornado ela mesma. Estudara arte na Parsons enquanto morava na casa dos pais e gerenciava o negócio da família — ao mesmo tempo que ganhava dinheiro por fora como desenhista. Passara anos trabalhando no Bonwit Teller, desenhando ilustrações românticas para os anúncios de moda no jornal. Também fazia diagramas para periódicos de medicina, e uma — memorável — vez foi contratada por uma agência de viagens para ilustrar um guia turístico de Baltimore com o título: *Você está a caminho de Baltimore!* Na verdade, Marjorie era capaz de qualquer coisa, e estava sempre com pressa.

Marjorie tinha virado uma moça não apenas criativa, excêntrica e trabalhadora, mas também ousada. Quando a prefeitura anunciou que derrubaria nossa vizinhança e os pais de Marjorie resolveram aceitar aquilo e se aposentar no Queens, de repente ela estava na mesma situação que eu: sem casa e sem trabalho. Em vez de chorar, Marjorie veio a mim com uma proposta simples e bem pensada. Sugeriu que uníssemos forças, morando e trabalhando juntas.

Seu plano — e tenho que lhe dar todo o crédito por isso — era: *vestidos de noiva.*

Sua proposta exata foi esta: "Está todo mundo se casando, Vivian, e a gente tem que fazer alguma coisa quanto a isso".

Ela tinha me levado para almoçar no Automat para conversar sobre a ideia. Era o verão de 1950, o terminal rodoviário Port Authority era inevitável e nosso mundinho inteiro estava prestes a ruir. Mas Marjorie (vestida naquele dia como uma camponesa peruana, usando cerca de cinco tipos diferentes de coletes e saias bordados ao mesmo tempo) estava radiante de foco e empolgação.

"O que você quer que *eu* faça se está todo mundo se casando?", indaguei. "Impeça?"

"Não. Que *ajude*. Então a gente pode lucrar com isso. Olha, eu passei a semana inteira no Bonwit Teller fazendo desenhos para o departamento de noivas. Fiquei *escutando*. Os vendedores dizem que não estão conseguindo atender todas as encomendas. Também passei a semana inteira ouvindo clientes reclamarem da falta de variedade. Ninguém quer um vestido igual ao das outras, mas não tem muitas opções. Entreouvi uma menina outro dia que disse que, se soubesse como, costuraria o próprio vestido só para que fosse único."

"Você quer que eu ensine garotas a costurar o próprio vestido de noiva?", perguntei. "A maioria não saberia costurar nem um pano de prato."

"Não. Acho que *nós* devíamos fazer vestidos de noiva."

"Já tem muita gente fazendo vestido de noiva, Marjorie. Existe toda uma indústria."

"É, mas a gente pode fazer uns mais bonitos. Posso fazer os croquis e você costura. Nós duas conhecemos tecidos melhor do que ninguém, não é? Podemos criar vestidos novos a partir de antigos. Ambas sabemos que seda e cetim antigos são melhores do que qualquer tecido que andam importando. Com os contatos que eu tenho, posso achar tecidos antigos espalhados pela cidade inteira. Ora, posso até comprar a granel da França. Eles estão vendendo tudo, estão passando fome por lá. Você pode usar esse material para fazer vestidos mais finos do que os vendidos na Bonwit Teller. Já te vi tirar rendas boas de toalhas de mesa para bolar figurinos. Não poderia fazer os acabamentos e véus desse jeito? A gente podia criar vestidos de noiva singulares para garotas que não querem ficar iguaizinhas a todo mundo das lojas de departamento. Nossos vestidos não seriam *industriais*: seriam feitos sob medida. Clássicos. Você conseguiria fazer, não?"

"Ninguém quer usar um vestido de noiva velho", declarei.

Mas, assim que proferi essas palavras, me lembrei da minha amiga Madeleine, de Clinton, no início da guerra. Madeleine, cujo vestido eu criara desmanchando os vestidos de seda das duas avós e juntando-os em um só. O resultado fora estonteante.

Ao perceber que eu começava a entender, Marjorie disse: "O que estou imaginando é o seguinte: a gente abre uma butique. Usamos nossa classe para deixar o espaço com cara de pomposo e exclusivo. Vamos ressaltar o fato de que importamos tecidos de Paris. As pessoas adoram isso. Elas compram qualquer coisa se você disser que é de Paris. Não vai ser uma mentira cabal: algumas das coisas *vão mesmo* vir da França. Em barris cheios de trapos, claro, mas ninguém precisa saber disso. Eu separo as preciosidades e você as transforma em mais preciosas ainda".

"Você está falando de ter uma *loja*?"

"Uma butique, Vivian. Se acostume a dizer essa palavra, querida. Judeus têm *lojas*; nós teremos uma *butique*."

"Mas você é judia."

"Butique, Vivian. Butique. Repita comigo. *Butique*. Fale naturalmente."

"Onde você quer que seja?", indaguei.

"Perto do Gramercy Park", ela disse. "Aquela área sempre vai ser sofisticada. Eu queria ver a prefeitura tentar derrubar *aqueles* casarões! É isso o que a gente vai vender para as pessoas, a ideia de sofisticação. De clássico. Quero que se chame L'Atelier. Tem um prédio lá em que estou de olho. Meus pais disseram que vão me dar metade do pagamento da prefeitura quando o Lowtsky's for demolido. E têm mais é que me dar *mesmo*, já que trabalhei feito uma estivadora desde que era bebê. Minha parte vai dar certinho para comprar o ponto em que estou de olho."

Eu observava sua mente funcionar e saltar — sinceramente, era meio assustador. Marjorie avançava numa rapidez tenebrosa.

"O prédio que eu quero fica na rua 18, a um quarteirão do parque", ela continuou. "Tem três andares, com uma loja com vitrine no térreo. Dois apartamentos em cima. É pequeno, mas charmoso. Dá para fingir que é uma butique pequena em uma ruazinha pitoresca de Paris. É essa a sensação que a gente quer criar. Não está em mau estado. Tenho como achar quem dê um jeito. Você pode morar no último andar. Sabe como eu detesto subir escada. Você vai gostar, tem claraboia no seu apartamento. Duas, na verdade."

"Você quer que a gente compre *um prédio*, Marjorie?"

"Não, querida, *eu* quero comprar um prédio. Sei quanto dinheiro você tem no banco, e sem querer ofender, você não teria como bancar um imóvel em Nova Jersey, quem dirá em Manhattan. No entanto, você pode arcar com uma sociedade na butique, então o negócio vai ser meio a meio. Mas o prédio vai ser meu. Vai me custar cada centavo que tenho, mas estou disposta a gastar tudo nisso. E não vou alugar um ponto de jeito nenhum. Sou uma *imigrante*, por acaso?"

"Sim", eu disse. "Você é uma imigrante."

"Imigrante ou não, a única forma de ganhar dinheiro no varejo nesta cidade é tendo imóveis, não vendendo roupa. Pergunta para a família Saks se não é verdade. Eles sabem disso. Pergunta para a família Gimbel. Se bem que a gente também *vai* ganhar dinheiro vendendo roupa, porque seus vestidos de noiva vão ser simplesmente lindos, graças ao seu talento e ao meu. Então, sim, Vivian, concluindo: *eu* quero comprar um prédio. Quero que *você* faça vestidos de noiva, quero que *nós* gerenciemos uma butique e quero que *nós duas* moremos em cima dela. Esse é o plano. Vamos morar e trabalhar juntas. Não é como se tivéssemos alternativa. Basta você dizer que sim."

Refleti profunda e seriamente sobre a proposta por cerca de três segundos, então disse: "Claro. Vamos lá".

Caso você esteja se perguntando se essa decisão se revelou um erro gigantesco, Angela, adianto que não. Na verdade, posso lhe dizer de uma vez como tudo se desenrolou: Marjorie e eu fizemos vestidos de noiva sublimes juntas por décadas, ganhamos dinheiro suficiente para nos sustentar sem aperto, cuidamos uma da outra como se fôssemos família, e eu moro no mesmo prédio até hoje. (Sei que estou velha, mas não se preocupe — ainda consigo subir as escadas.)

Nunca tomei decisão mais acertada do que arriscar a sorte com Marjorie Lowtsky e acompanhá-la nos negócios.

Às vezes outras pessoas têm ideias melhores para sua vida do que você.

Dito tudo isso, não era um trabalho fácil.

Assim como acontecia com os figurinos, vestidos de noiva não são costurados, mas *construídos*. O objetivo é que sejam monumentais, e portanto é necessário um grau monumental de empenho para fazê-los. Meus vestidos consumiam muitíssimo tempo porque eu não começava com rolos de tecidos novos. É mais complicado fazer um vestido novo a partir de um vestido velho (ou de vários vestidos velhos, como no meu caso), pois é preciso primeiro desmontar o vestido velho, depois suas opções ficam limitadas pela quantidade de tecido que você consegue aproveitar dele. Além do mais, eu trabalhava com tecidos envelhecidos e frágeis — sedas e cetins antigos, rendas arcaicas —, o que queria dizer que precisava ser muito cuidadosa com as mãos.

Marjorie me trazia sacas de vestidos de noiva e de batismo antigos que desenterrava sabe-se lá de onde, e eu os examinava criteriosamente, para ver com o que conseguiria trabalhar. Volta e meia os tecidos estavam amarelados pelo tempo ou manchados no corpete. (Jamais dê à noiva uma taça de vinho tinto!) Assim, minha primeira missão era deixar a peça de molho em água gelada e vinagre para limpá-la. Se houvesse uma mancha que não conseguisse tirar, eu tinha que cortá-la e verificar em que medida poderia salvar o tecido antigo. Talvez pudesse usar o pedaço do avesso, ou como forro. Não raro me sentia uma lapidária — tentando preservar ao máximo o valor do material original enquanto extraía as partes defeituosas.

Depois era uma questão de como criar um vestido que fosse único. De certo modo, um vestido de noiva é apenas um *vestido* — e, assim como todos os vestidos, é feito de três ingredientes simples: o corpete, a saia e as mangas. Mas, ao longo dos anos, com esses três ingredientes limitados, fiz milhares de vestidos que não tinham nada em comum. Precisava fazê-lo, pois nenhuma noiva quer ficar parecida com outra.

Portanto, era um trabalho desafiador, sim — tanto física quanto criativamente. Tive assistentes no decorrer dos anos, o que foi de certa serventia, mas nunca achei ninguém que conseguisse fazer o que eu conseguia. E como eu não suportava criar um vestido L'Atelier que fosse algo menos que impecável, trabalhava muitas horas para garantir que todos fossem um exemplo de perfeição. Se a noiva dissesse — na noite da véspera do casamento — que queria mais pérolas no corpete, ou menos renda, era eu quem ficava acordada até depois da meia-noite fazendo as reformas. A pessoa precisa ter uma paciência de monge para fazer um trabalho tão detalhista. É preciso acreditar que aquilo que se está criando é sagrado.

Felizmente, eu acreditava.

Claro que o maior desafio na construção de vestidos de noiva é aprender a lidar com as clientes.

Após oferecer meu serviço a tantas noivas ao longo dos anos, me tornei delicadamente antenada com as sutilezas de família, dinheiro e poder — mas, sobretudo, aprendi a entender o *medo*. Aprendi que as garotas prestes a se casar estão sempre com medo. Têm medo de não amar suficientemente o noivo ou de amá-lo demais. Têm medo do sexo que está por vir ou do sexo que estão deixando para trás. Têm medo de que a cerimônia dê errado. Têm medo de ser vistas por centenas de olhos — e têm medo de *não* ser vistas, caso o vestido esteja todo errado ou a dama de honra seja mais bonita.

Admito, Angela, que no contexto geral, essas não são preocupações monumentais. Tínhamos acabado de sobreviver a uma guerra mundial em que milhões haviam morrido e outros milhões tiveram a vida destruída. É claro que a ansiedade de uma noiva nervosa não é uma questão cataclísmica em comparação. Mas medos são medos, e provocam tensões na mente agitada da pessoa. Passei a ver como tarefa minha aplacar o medo e a tensão daquelas meninas na medida do possível. Mais do que tudo, o que aprendi no decorrer dos anos no L'Atelier foi como ajudar mulheres amedrontadas — como me rebaixar diante de suas necessidades e como me entregar a seus desejos.

Para mim, o aprendizado começou assim que abrimos as portas.

Na primeira semana da butique, uma moça entrou na loja agarrada ao nosso anúncio no *New York Times*. (Tratava-se de um desenho de Marjorie retratando duas convidadas de um casamento admirando uma noiva esbelta. Uma das mulheres dizia: "O vestido é tão poético! Ela trouxe de Paris?". A segunda respondia: "Olha, foi quase isso! Veio do L'Atelier. Os vestidos feitos lá são lindíssimos!".)

Dava para notar que a moça estava nervosa. Eu lhe dei um copo de água e mostrei exemplos de vestidos nos quais estava trabalhando naquele momento. Bem rápido, ela se aproximou de um amontoado enorme que mais parecia um suspiro — um vestido que lembrava uma nuvem inflada de verão. Na verdade, era exatamente o vestido de noiva que a modelo magra como um cisne do nosso anúncio estava usando. A garota tocou em seu vestido dos sonhos e seu rosto foi suavizado pelo desejo. Meu coração apertou. Eu sabia que aquela peça não era indicada para ela. Era baixinha e gorducha, ficaria parecendo um marshmallow dentro dele.

"Posso provar?", a noiva pediu.

Mas eu não podia permitir que ela o fizesse. Caso se visse no espelho usando o vestido, perceberia como ficava ridícula, sairia da minha butique e jamais voltaria. Mas era ainda pior. Eu não me importava tanto em perder a venda. O que me importava era: eu sabia que os sentimentos da moça ficariam feridos ao se ver com aquele vestido — profundamente feridos — e queria poupá-la da dor.

"Meu bem", eu disse com o máximo de delicadeza, "você é uma moça linda. E acho que esse vestido em especial vai ser uma amarga decepção para você."

Ela desmoronou. Em seguida, aprumou os ombrinhos e declarou com valentia: "Eu sei. Sou muito baixinha, não é? E gorda. Eu sabia. Vou parecer uma idiota no meu casamento".

Algo nesse momento atingiu meu âmago em cheio. Não há nada parecido com a vulnerabilidade de uma moça insegura em uma loja de vestidos de noiva para fazer você sentir as dores triviais e horríveis da vida. No mesmo instante eu já não sentia nada além de preocupação pela garota, e não queria que ela sofresse nem por um segundo mais.

Além disso, lembre-se de que, até ali, eu não tinha trabalhado com civis. Por anos a fio, vinha costurando peças de roupa para dançarinos e atores profissionais. Não estava acostumada a moças de aparência normal, corriqueira, com toda a sua inibição e seus supostos defeitos. Muitas das mulheres que eu havia atendido até então tinham uma paixão fervorosa pela própria silhueta (com bons motivos) e desejavam ser vistas. Estava habituada a mulheres que tirariam a roupa e dançariam na frente do espelho com alegria — não a mulheres que estremeciam diante do próprio reflexo.

Tinha esquecido que as mulheres podiam *não ser* vaidosas.

O que aquela moça me ensinou na minha própria butique naquele dia foi que o ramo de vestidos de noiva seria bem diferente do ramo do entretenimento. Aquela pequena humana parada diante dos meus olhos não era uma corista suntuosa, era apenas uma pessoa normal que queria estar suntuosa no dia do casamento e não sabia como chegar lá.

Mas eu sabia como levá-la.

Sabia que ela precisava de um vestido que fosse ajustado ao corpo e simples para não sumir dentro dele. Sabia que teria que ser de crepe de cetim para o drapejo não enrolar. Tampouco poderia ser de um tom branco vívido por conta de sua tez um bocado rosada. Não, seu vestido precisava ser de um tom de creme mais suave, que deixaria sua pele com um aspecto mais macio. Sabia que ela precisava de uma coroa de flores simples, em vez de um véu longo que ia — de novo — escondê-la. Sabia que precisava de mangas três-quartos para exibir seus belos punhos e mãos. Nada de luvas para ela! Além disso, dava para ver só de olhá-la em suas roupas do dia a dia onde sua cintura natural estava (e não era onde pusera o cinto do vestido). Eu sabia que o vestido teria que afinar naquele ponto a fim de criar a ilusão de uma silhueta em forma de ampulheta. E eu percebia que ela era tão recatada — tão impiedosa em seu acanhamento e em suas autocríticas —, que não aguentaria se a mínima insinuação de colo fosse revelada. Mas seus tornozelos poderíamos mostrar, e faríamos aquilo. Eu sabia *exatamente* como vesti-la.

"Ah, meu bem", eu disse, e literalmente a pus debaixo das minhas asas. "Não se preocupe. Vamos cuidar de você. Vai ser uma noiva espetacular, prometo."

E ela foi mesmo.

Angela, lhe digo o seguinte: passei a amar todas as garotas que atendi no L'Atelier. Todas, sem exceção. Essa foi uma das maiores surpresas da minha vida — o afloramento do amor e do senso de proteção por todas as mulheres que vestia para o casamento. Mesmo quando eram exigentes e histéricas, eu as amava. Mesmo quando não eram tão lindas, para mim pareciam assim.

Marjorie e eu entramos no ramo basicamente para ganhar dinheiro. Meu motivo secundário era exercer meu ofício, que sempre me trouxera satisfação. A terceira razão era que eu não sabia o que fazer da vida. Mas nunca teria previsto o maior benefício que aquele negócio traria: a onda de carinho e ternura que eu sentia *todas as vezes* que outra futura noiva nervosa cruzava a soleira da porta e me confiava sua preciosa vida.

Em outras palavras, a butique me deu *amor*.

Eu não conseguia evitar, entende?

Elas todas eram jovens, tinham muito medo e eram adoráveis.

27

A grande ironia, claro, é que nem Marjorie nem eu éramos casadas.

Ao longo dos anos em que administramos o L'Atelier, ficávamos até o pescoço com vestidos de noiva, ajudando milhares de garotas a se preparar para as núpcias — mas ninguém nunca se casou conosco, e nunca nos casamos com ninguém. Existe um velho ditado: *Uma vez dama de honra, sempre dama de honra.* Mas não éramos nem sequer damas de honra! No máximo, Marjorie e eu éramos cuidadoras de noivas.

Nós duas éramos esquisitas demais, esse era o problema. Foi o diagnóstico que nos demos, em todo caso: esquisitas demais para casar. (Podia ser o slogan do nosso próximo negócio, brincávamos volta e meia.)

A esquisitice de Marjorie não era difícil de ver. Ela era bem excêntrica. Não era apenas sua maneira de se vestir (embora suas escolhas estilísticas fossem patentemente estranhas), mas também seus interesses. Vivia fazendo aulas de coisas como caligrafia oriental e *respiração* no templo budista na rua 94. Ou aprendia a fazer o próprio iogurte — e deixava o prédio inteiro com cheiro de leite estragado. Gostava de arte de vanguarda e ouvia música (para meus ouvidos, pelo menos) difícil dos Andes. Ela se inscreveu para ser hipnotizada por alunos de pós-graduação em psicologia e se submeteu à análise. Lia tarô e runas e jogava I Ching. Ia a um curandeiro chinês que manipulava seus pés, coisa que sempre contava às pessoas, por mais que eu lhe implorasse para não falar com os outros sobre seus *pés*. Estava sempre fazendo alguma dieta da moda — não necessariamente para perder peso, mas para ficar mais saudável ou transcender. Passou um verão, segundo me lembro, comendo somente pêssego em calda, o que ela havia lido que fazia bem à respiração. Em seguida foi broto de soja e sanduíches de gérmen de trigo.

Ninguém quer se casar com uma garota bizarra que come broto de soja e sanduíches de gérmen de trigo.

E eu também era esquisita. É melhor assumir logo.

Por exemplo: tinha um jeito bizarro de me vestir. Havia ficado tão acostumada a calças durante a guerra que agora as usava sempre. Gostava de poder circular pela cidade de bicicleta com liberdade, só que era mais que aquilo: eu *gostava* de usar roupas que pareciam masculinas. Achava (e ainda acho) que não existe maneira melhor de uma mulher parecer chique do que usar um terno. Roupas de lã boas ainda eram difíceis de encontrar no período imediatamente após a guerra, mas descobri que se comprasse ternos usados de qualidade — estou falando dos modelos da Savile Row das décadas de 1920 e 1930 —, podia ajustá-los ao meu corpo e bolar combinações que me deixavam igual (eu gostava de imaginar) a Greta Garbo.

Não estava na moda após a guerra, devo admitir, uma mulher se vestir dessa forma. Claro, nos anos 1940 uma mulher podia usar um terno masculino. Considerava-se quase patriótico. Mas depois que as hostilidades terminaram, a feminilidade retornou com a corda toda. Por volta de 1947, o mundo da moda foi tomado de assalto por Christian Dior e seus decadentes vestidos New Look, com cintura ajustada e saia volumosa, busto bem empinado e uma linha suave nos ombros. O New Look queria provar ao mundo que a escassez dos tempos de guerra havia acabado e agora podíamos esbanjar toda a seda e malha que quiséssemos, só para ficar lindas, femininas e enfeitadas. Até vinte e três metros de tecido podiam ser necessários para fazer apenas um vestido assim. Tente descer de um táxi usando *isso*.

Eu detestava. Não tinha o tipo de silhueta certa para esse estilo de vestido, para começar. Minhas pernas compridas, o torso magricela e os seios pequenos ficavam sempre melhores em calças e blusas. Também havia a questão da praticidade. Não podia trabalhar em um vestido rodado como aqueles. Passava boa parte do expediente no chão, ajoelhada diante de moldes e me arrastando em torno das mulheres que estava vestindo. Precisava de calças e sapatos baixos para ter liberdade.

Portanto, rejeitava as tendências da moda e seguia meu próprio estilo — assim como Edna Parker Watson me ensinara. Aquilo me tornava um pouco excêntrica para a época. Não tão excêntrica quanto Marjorie, é claro, mas ainda incomum. No entanto, descobri que meu uniforme de calça e paletó funcionava bem no que dizia respeito a servir minhas clientes mulheres. Meu cabelo curto também era psicologicamente vantajoso. Ao tirar a feminilidade do meu visual, eu mandava a mensagem às jovens noivas (e suas mães) de que não era nenhuma ameaça ou rival. Aquilo era importante porque eu era uma mulher atraente, e para os intentos da minha profissão era melhor não ser atraente *demais*. Nem mesmo na privacidade da cabine de provas alguém deve eclipsar a noiva. Aquelas meninas não queriam ver uma mulher sexy atrás delas enquanto escolhiam o vestido mais importante de sua vida, queriam ver uma alfaiate quieta e respeitosa, toda vestida de preto, a seu dispor. Portanto, me tornei essa alfaiate de bom grado.

O outro fator estranho a meu respeito era o quanto eu passara a amar minha independência. Nunca houve uma época nos Estados Unidos em que o casamento fosse mais fetiche do que na década de 1950, mas me dei conta de que simplesmente não tinha interesse nele. Aquilo fazia de mim uma aberração — quase uma perdida. Mas o sofrimento tinha me transformado em uma pessoa criativa e confiante, e abrir um negócio com Marjorie me encheu de um senso de autodeterminação, então talvez eu não acreditasse mais que *precisava* de um homem para vários fins. (Precisava para um fim somente, na verdade, se for sincera.)

Eu havia descoberto que preferia viver sozinha no meu charmoso apartamento em cima da butique. Gostava da minha casinha, com as duas alegres claraboias, com o quartinho minúsculo (com vista para a magnólia do beco atrás do prédio) e a copa e cozinha que eu mesma havia pintado de cereja. Depois de me apossar do meu próprio espaço, me acostumei logo com meus hábitos estranhos — como bater as cinzas dos cigarros no vaso de flores sob a janela da cozinha, me levantar no meio da noite e acender todas as luzes para ler um livro de suspense ou comer espaguete frio de café da manhã. Gostava de passear pela minha casa dando passos suaves de chinelo, nunca encostando os sapatos no carpete. Gostava de deixar as frutas de qualquer jeito na fruteira, mas organizadas na bancada reluzente da cozinha em uma fileira agradável. Se você me dissesse que um homem ia morar no meu belo apartamento, sentiria como se fosse uma invasão.

Além do mais, começava a achar que talvez o casamento não fosse um bom negócio para as mulheres, no final das contas. Quando olhava para todas as minhas conhecidas casadas havia mais de cinco ou dez anos, não via ninguém cuja vida eu invejasse. Depois que o romantismo murchava, todas aquelas mulheres pareciam viver sempre a serviço do marido. (Umas serviam a seus homens com alegria, outras com rancor, mas todas *serviam*.)

Os maridos tampouco pareciam entusiasmados com o arranjo, preciso dizer.

Eu não trocaria de lugar com nenhum deles.

Está bem, está bem — para ser justa, tampouco alguém me *pedira* em casamento.

Não depois de Jim Larsen, de qualquer forma.

Acho que escapei por um triz de um pedido de casamento em 1957, por parte de um financista veterano do Brow Brothers Harriman, um banco privado de Wall Street encoberto por uma discrição sussurrada e uma riqueza trovejante. Era um templo de dinheiro, e Roger Alderman era um de seus sumos sacerdotes. Ele tinha um hidroavião, dá para imaginar? (Qual serventia uma pessoa pode achar para um hidroavião? Será que o cara era um *espião*? Tinha que atirar provisões às tropas em uma *ilha*? Era ridículo.) O que posso dizer sobre ele é que usava ternos divinos, e tem alguma coisa em um homem bonito de terno bem passado e com bom caimento que me deixa meio fraca.

Seus ternos me deixavam tão fraca, na verdade, que me convenci a namorar o sujeito por mais de um ano — apesar do fato de que, toda vez que procurava no meu coração indícios de amor por Roger Alderman, não conseguia achar nem rastro. Certo dia ele começou a falar do estilo de casa em que gostaríamos de morar em New Rochelle, caso resolvêssemos sair daquela cidade atroz. Foi quando despertei.

(Não há nada intrinsecamente errado com New Rochelle, veja bem, mas tenho a absoluta certeza de que não poderia morar em New Rochelle nem por um dia sem ter vontade de quebrar meu pescoço com minhas próprias mãos.)

Pouco depois, delicadamente me dispensei do nosso arranjo.

Mas eu gostava do sexo com Roger. Não era a transa mais eletrizante ou a mais criativa do mundo, mas dava para o gasto. Me levava "além do teto", como Celia e eu dizíamos. Sempre me espantou, Angela, a facilidade com que eu podia convencer meu corpo a ser livre e *descolado* durante o sexo — mesmo com os homens mais desestimulantes. Roger não era desestimulante em termos de beleza, é claro. Era bem vistoso, na verdade (e embora às vezes eu deseje não ser *tão* suscetível à beleza, não há escapatória: simplesmente sou assim). Mas ele não animava meu coração. Ainda assim, meu corpo ficava agradecido pelos encontros com ele. Aliás, descobri com o passar do tempo que eu sempre era capaz de alcançar um final grandioso na cama — não só com Roger Alderman, mas com todo mundo. Por mais indiferente que minha cabeça e meu coração fossem ao homem, meu corpo sempre conseguia reagir com entusiasmo e deleite.

Mas, depois que terminávamos, sempre queria que o homem fosse para casa.

Talvez eu deva voltar um pouco e explicar que retomei minhas atividades sexuais quando a guerra acabou — e com grande entusiasmo. Apesar do retrato que talvez esteja pintando de mim mesma nos anos 1950 como uma solteirona travestida, de cabelo curto, que vivia sozinha, vou deixar uma coisa clara: não é porque não queria me casar que não queria transar.

Além disso, eu ainda era linda. (Sempre fiquei incrível de cabelo curto, Angela. Não vim aqui para mentir para você.)

A verdade é que emergi da guerra com uma fome de sexo mais intensa do que nunca. Estava cansada da privação, entende? Aqueles três anos severos de trabalho árduo no estaleiro naval (e, por conseguinte, três anos secos de celibato) tinham deixado meu corpo não só cansado como insatisfeito. A impressão que tinha depois da guerra era que não era para aquilo que meu corpo *servia*. Eu não era feita apenas para trabalhar, depois dormir, depois trabalhar de novo no dia seguinte — sem prazer ou emoção.

Portanto, meu apetite voltou junto com a paz mundial. Além do mais, percebi que, à medida que amadurecia, ele se tornava mais específico, mais curioso e mais autoconfiante. Queria *explorar*. Estava fascinada pelas diferenças da lascívia masculina — pelas maneiras curiosas com que cada um deles se expressava na cama. Nunca me cansava da intimidade profunda de descobrir quem era acanhado no ato sexual e quem não era. (Dica: nunca é quem você espera.) Ficava comovida com os barulhos surpreendentes que os homens faziam em seus momentos de despreocupação. Tinha curiosidade pelas variações infinitas em suas fantasias. Ficava encantada com o fato de que um homem podia me apressar em um instante, a pleno vapor, só para ser tomado no instante seguinte pela ternura e pela incerteza.

Mas agora eu também tinha regras de conduta diferentes. Ou melhor, tinha uma regra: me negava a ter relações sexuais com homens casados. Tenho certeza, Angela, de que não preciso lhe explicar o porquê. (Mas, caso precise, eis o motivo: depois da catástrofe com Edna Parker Watson, me negava a fazer mal a outra mulher em consequência das minhas atividades sexuais.)

Eu nem sequer me entregava a atos sexuais com homens que alegavam estar se divorciando, porque vai saber... Já conheci muitos homens que pareciam estar sempre se divorciando, mas que nunca foram até o fim. Uma vez, fui jantar com um homem que me confessou durante a sobremesa que era casado, mas que afirmava que não contava, pois estava na quarta esposa, e não dava para dizer com franqueza que aquilo era *ser casado*.

Eu entendia seu argumento, até certo ponto. Mas, mesmo assim, *não*.

Se você está se perguntando onde achava homens, Angela, eu lhe informo que nunca na história da humanidade foi difícil para uma mulher achar um homem para transar, se ela for *fácil*.

Portanto, em termos gerais, eu achava meus homens em todos os lugares. Mas, caso queira os pormenores, o mais comum era achá-los no bar do Grosvenor Hotel, na esquina da Quinta Avenida com a rua

10. Sempre gostei do Grosvenor. Era antigo, sossegado e despretensioso — elegante, mas não a ponto de ser desagradável. O bar tinha algumas mesas com toalhas brancas ao lado da janela. Gostava de ir lá no final da tarde, depois dos meus longos dias de costura, me sentar a uma das mesas junto à janela, ler um romance e curtir um martíni.

Nove em cada dez vezes, eu só lia, bebia meu drinque e relaxava. Mas de vez em quando um cliente do bar me mandava um drinque. E então algo acontecia ou não entre nós, dependendo de como as coisas transcorriam.

Geralmente, eu sabia bem rápido se o cavalheiro era alguém com quem desejava me envolver. Depois de saber, gostava de avançar logo. Nunca fui de manipular homem ou de me fazer de tímida. Além disso, para ser franca, não raro eu achava as conversas enfadonhas. A época do pós-guerra nos Estados Unidos foi um período terrível, Angela, no que diz respeito ao problema dos homens se jactando de si. Aqueles homens não tinham apenas vencido a guerra: tinham vencido *o mundo* e estavam muito orgulhosos de si mesmos. Eles gostavam de falar do assunto. Tornei-me exímia em cortar todo o papo furado sendo sexualmente objetiva. ("Achei você atraente. Vamos para algum lugar onde possamos ficar a sós?") Também gostava de ver a surpresa e a alegria dos homens ao receber uma proposta tão direta de uma mulher bonita. Ficavam radiantes. Sempre amei esse momento. É como levar o Natal a um orfanato.

O bartender do Grosvenor se chamava Bobby e era muito cortês comigo. Sempre que me via sair do bar com um dos hóspedes do hotel — indo para os elevadores com um homem que havia conhecido uma hora antes —, ele curvava a cabeça discretamente diante de seu jornal, sem notar nada. Por trás do uniforme grã-fino e da atitude profissional, veja só, Bobby era bastante boêmio. Morava no Village e passava duas semanas do verão em Catskills para pintar aquarelas e andar nu no retiro artístico de "naturistas". Desnecessário dizer que Bobby não era do tipo que tecia juízos. E se um homem me fazia galanteios indesejáveis, ele interferia e pedia ao cavalheiro que fizesse o favor de deixar a senhora em paz. Eu adorava Bobby e provavelmente teria tido um caso com ele em algum momento no decorrer dos anos, mas precisava mais de uma sentinela do que precisava de um amante.

No tocante aos homens nos quartos de hotel, vivíamos nossas aventuras e em geral eu não os via nunca mais.

Gostava de deixar a cama antes que começassem a me contar coisas sobre eles que eu não desejava saber.

Caso você esteja se perguntando se me apaixonei por algum desses cavalheiros, Angela, a resposta é não. Eu tinha amantes, mas não *amores*. Alguns desses amantes viraram namorados, e um punhado valioso desses namorados viraram amigos (o melhor resultado de todos). Mas nada avançou até o âmbito do que se pode chamar de amor verdadeiro. Talvez eu simplesmente não estivesse procurando. Ou talvez estivesse sendo poupada. Nada desenraíza sua vida com mais violência do que o amor verdadeiro — pelo menos até onde pude testemunhar.

Em muitos casos eu tinha bastante carinho por eles, no entanto. Por um tempo, tive um caso com um jovem — *muito* jovem — pintor húngaro, que conheci numa exposição de arte no Park Avenue Armory. Seu nome era Botond e ele era totalmente simplório. Eu o levei para meu apartamento na noite em que o conheci, e bem na iminência do sexo ele me disse que não precisava usar prevenção porque "você é uma mulher bacana e tenho certeza de que é limpa". Sentei-me na cama, acendi a luz e disse a esse garoto que ele era praticamente jovem o bastante para ser meu filho: "Botond, me escute. Eu *sou* uma mulher bacana. Mas preciso dizer uma coisa importante, que você não deve esquecer nunca mais: se uma mulher está disposta a ir para casa e transar uma hora depois que conhece você, *ela já fez isso antes*. Sempre, sempre, *sempre* use proteção".

Doce Botond, com suas bochechas redondas e seu terrível corte de cabelo!

E teve também o Hugh — um viúvo quieto, de rosto gentil, que um dia apareceu com a filha para comprar um vestido de noiva. Eu o achei tão querido e atraente que, depois que nossa relação comercial se encerrou, lhe passei meu telefone particular, dizendo: "Por favor, ligue quando tiver vontade de passar uma noite comigo".

Deu para notar que eu o constrangera, mas não queria que ele escapasse!

Cerca de dois anos depois, recebi um telefonema em um sábado à tarde. Era o Hugh! Depois que ele se reapresentou — gaguejando com nervosismo —, ficou claro que não fazia ideia de como continuar a conversa. Sorrindo ao telefone, eu o salvei o mais rápido possível. "Hugh", eu disse, "que maravilha ter notícias suas. E não precisa ficar constrangido. Eu disse mesmo que era para ligar *quando você tivesse vontade*. Por que não vem logo aqui?"

Se você está se perguntando se algum desses homens se apaixonou por mim — bem, alguns se apaixonaram. Mas eu sempre conseguia convencê-los a esquecer aquilo. É fácil para um homem que acabou de ter uma transa boa acreditar estar apaixonado. E eu *era* boa de cama, Angela, àquela altura. Sem dúvida, tinha bastante prática. (Conforme eu disse uma vez para Marjorie: "As únicas duas coisas em que sou boa neste mundo são sexo e costura". No que ela respondeu: "Bem, querida, pelo menos você escolheu a opção certa para monetizar".) Quando os homens usavam um olhar sentimental demais comigo, eu apenas lhes explicava que não estavam apaixonados *por mim*, mas pelo ato sexual em si, e geralmente eles se acalmavam.

Se você está se perguntando se já corri algum risco físico em meus encontros noturnos com todos esses homens desconhecidos, a única resposta sincera é *sim*. Mas isso não me segurou. Eu tomava o máximo de cuidado possível, mas não tinha em que me basear além do meu instinto ao escolhê-los. De vez em quando, escolhia errado. Isso é inevitável. Houve momentos, a portas fechadas, em que as coisas ficaram mais brutas e mais perigosas do que eu gostaria. Não era comum, mas acontecia às vezes. Nesses casos, eu sobrevivia como uma marinheira experiente em um temporal horrível. Não tenho outra forma de explicar. Embora tivesse noites desagradáveis vez por outra, nunca me senti *duradouramente* ferida. Tampouco a ameaça de riscos me deteve. Eram riscos que eu estava disposta a correr. Era mais importante eu me sentir livre do que segura.

E se você está se perguntando se tive crises de consciência devido à minha promiscuidade, posso lhe dizer sinceramente: não. Eu acreditava que meu comportamento me tornava *incomum* — porque não parecia coincidir com o comportamento de outras mulheres —, mas não *ruim*.

Veja bem, antes eu costumava pensar que era ruim. Durante os anos de seca da guerra, ainda carregava o enorme fardo da vergonha por causa do incidente com Edna Parker Watson, e as palavras "putinha imunda" nunca saíram totalmente da minha consciência. Mas quando a guerra terminou, eu já tinha posto um ponto-final em tudo aquilo. Acho que teve algo a ver com meu irmão ter morrido e com a crença sofrida de que aquilo havia acontecido sem que ele nunca tivesse aproveitado a vida. A guerra havia me incutido o entendimento de que a vida é ao mesmo tempo perigosa e fugaz, e portanto não faz sentido se negar a ter prazeres ou aventuras enquanto se está aqui.

Poderia ter passado o resto da minha vida tentando provar que era uma *boa moça* — mas teria sido infiel a quem eu era de fato. Acreditava ser uma boa pessoa, se não uma *boa moça*. Mas meu apetite era o que era. Assim, desisti da ideia de me recusar o que eu realmente queria. E procurava formas de me deleitar. Contanto que mantivesse distância de homens casados, sentia que não estava fazendo nenhum mal.

De qualquer modo, a certa altura da vida de uma mulher, ela se cansa de sentir vergonha o tempo inteiro.

Então está livre para se tornar quem é de verdade.

28

Quanto a amigas mulheres, eu tinha muitas.

Claro que Marjorie era minha melhor amiga, e Peg e Olive sempre seriam minha família. Mas Marjorie e eu vivíamos rodeadas por outras mulheres.

Havia Marty — uma doutoranda em literatura na NYU brilhante e divertida, que conheci em um concerto gratuito no Rutherford Place. Havia Karen — recepcionista do Museu de Arte Moderna, que queria ser pintora e fora colega de Marjorie na Parsons. Havia Rowan, que era ginecologista — o que todas nós achávamos extremamente admirável e útil. Havia Susan — uma professora de primário apaixonada por dança moderna. Havia Callie, dona da floricultura da esquina. Havia Anita, que tinha família endinheirada e nunca fez nada, mas nos arrumou uma chave pirateada do Gramercy Park, portanto a estimamos para sempre.

Havia também outras mulheres que entravam e saíam da minha vida. Às vezes Marjorie e eu perdíamos uma amiga para o casamento; outras vezes ganhávamos uma amiga após o divórcio. Às vezes uma mulher se mudava para outra cidade, às vezes se mudava de volta para Nova York. As marés da vida iam e vinham. Os círculos de amizade cresciam, depois encolhiam, então tornavam a crescer.

Mas o lugar de reunião para nós, mulheres, era sempre o mesmo — nosso terraço na rua 18, que acessávamos pela escada de incêndio da janela do meu quarto. Marjorie e eu arrastávamos um bando de cadeiras dobráveis baratas até lá em cima e passávamos as noites no telhado com nossas amigas sempre que o clima estava bom. Verão após verão, nosso grupinho se sentava sob o que se passa por luz das estrelas em Nova York, fumando, tomando vinho barato, escutando música em um rádio transistor e dividindo com as outras as grandes e pequenas preocupações das nossas vidas.

Durante uma onda de calor brutalmente abafada em agosto, Marjorie conseguiu puxar um enorme ventilador de pé até o terraço. Ela o ligou na tomada da minha cozinha usando uma extensão industrial comprida. No que dizia respeito a todas nós, aquilo fazia dela um gênio do nível de Leonardo da Vinci. Sentávamos diante da brisa artificial, levantando a blusa para resfriar os seios, e fingíamos estar na praia de algum lugar exótico.

Essas são algumas das minhas lembranças mais felizes da década de 1950.

Foi no telhado na nossa pequena butique de noivas que descobri esta verdade: quando as mulheres se reúnem sem homens por perto, elas não precisam ser nada específico: podem apenas *ser*.

Então, em 1955, Marjorie engravidou.

Sempre temi que fosse eu quem acabaria grávida — essa seria a aposta mais inteligente, claro —, mas foi a pobre Marjorie a atingida.

O culpado foi um professor de arte casado e velho, com quem ela tinha um caso havia anos. (Marjorie diria que a culpada tinha sido ela mesma, por desperdiçar tanto da sua vida com um homem casado que vivia prometendo que largaria a esposa se ela "largasse mão de ser tão judia".)

Um punhado de nós estava no terraço na noite em que Marjorie contou a novidade.

"Tem certeza?", indagou Rowan, a ginecologista. "Você não quer ir ao meu consultório para fazer um teste?"

"Não preciso de teste", declarou Marjorie. "Minha menstruação sumiu, sumiu, sumiu."

"Sumiu faz quanto tempo?", perguntou Rowan.

"Bom, nunca fui regular, mas deve fazer uns três meses."

Há um silêncio tenso em que as mulheres recaem quando ouvem que uma das suas engravidou por acidente. É uma questão de suprema gravidade. Dava para sentir que nenhuma de nós queria dar mais um pio até que Marjorie falasse mais. Queríamos saber qual era seu plano, assim poderíamos apoiá-lo, fosse qual fosse. Mas ela ficou sentada em silêncio depois de soltar essa bomba, sem dar mais informações.

Por fim, perguntei: "O que o George falou sobre isso?". George, claro, era o professor de arte casado e antissemita que parecia adorar transar com garotas judias.

"Por que você parte do princípio de que é do George?", ela brincou.

Todas sabíamos que era do George. Era sempre George. Claro que era do George. Ela era apaixonada por George desde que fora uma aluna de olhos arregalados em sua disciplina sobre escultura na Europa Moderna, tantos anos antes.

Em seguida, ela disse: "Não, eu não contei pra ele. Acho que não vou contar. Vou simplesmente parar de sair com ele. Daqui pra frente chega. No mínimo, finalmente tenho uma boa desculpa para deixar de dormir com o George".

Rowan foi direto ao ponto: "Você cogitou interromper?".

"Não. Eu não faria isso. Ou melhor, talvez fizesse. Mas é tarde demais."

Ela acendeu outro cigarro e tomou outro gole de vinho — pois assim era uma gravidez na década de 1950.

Marjorie disse: "Eu soube de um lugar no Canadá. É tipo uma casa para mães solteiras, só que mais luxuosa. Cada uma tem seu quarto e tudo mais. Minha impressão é de que a clientela é um pouco mais velha. Mulheres com algum dinheiro. Pensei em ir para lá mais no fim, quando já não der para esconder. Posso dizer para as pessoas que vou tirar férias. Como nunca tirei férias na vida, ninguém vai acreditar em mim, mas é o que me resta fazer. Eles disseram que posso até dar o bebê a uma família judia. Mas vai saber onde eles pretendem achar uma família judia no Canadá. Em todo caso, não ligo pra religião, vocês sabem disso. Contanto que vá para uma casa boa. Me pareceu uma instituição ótima. Muito cara, mas dou um jeito. Vou usar o dinheiro de Paris".

Era típico de Marjorie ter resolvido o problema por conta própria antes de buscar a ajuda das amigas, e sem dúvida seu plano era sensato. Porém, meu coração doía. Ela não queria nada daquilo. Fazia anos que economizávamos, planejando uma viagem juntas para Paris. Assim que juntássemos dinheiro suficiente, a ideia era fechar a butique durante o mês de agosto inteiro e embarcar no *Queen Elizabeth* rumo à França. Era nosso sonho em comum. E estávamos quase lá em termos de dinheiro. Tínhamos trabalhado por anos sem um fim de semana de folga. E agora aquilo.

Eu soube de imediato que iria para o Canadá com ela. Fecharíamos o L'Atelier pelo tempo que fosse necessário. Aonde quer que Marjorie fosse, eu iria junto. Ficaria com ela até o nascimento do bebê. Gastaria minha parte do dinheiro de Paris para comprar um carro. O que ela precisasse.

Puxei minha cadeira para o lado de Marjorie e segurei sua mão. "Tudo me parece bem sensato, querida", declarei. "Vou estar do seu lado."

"Parece mesmo sensato, não é?" Marjorie deu outro trago no cigarro e percorreu com o olhar seu círculo de amigas. Todas estávamos com a mesma expressão amorosa, piedosa e um bocado assustada.

Então a coisa mais inesperada aconteceu. De repente Marjorie sorriu para mim, de um jeito meio insano, torto. Ela disse: "O diabo que me carregue, mas acho que não vou para o Canadá. Ai, Vivian, devo estar ficando doida, mas acabei de decidir. Tenho um plano melhor. Não, não é um plano melhor. Mas é um plano diferente. Vou ficar com ele".

"Você vai ficar *com o bebê*?", Karen indagou, nitidamente chocada.

"E o George?", Anita perguntou.

Marjorie ergueu o queixo como a lutadora peso-galo que sempre tinha sido. "Não preciso da porcaria do George. A Vivian e eu vamos criar essa criança sozinhas. Não é, Vivian?"

Pensei apenas por um instante. Eu conhecia minha amiga. Depois que decidia alguma coisa, o assunto estava encerrado. Ela dava um jeito de fazer com que funcionasse. E eu daria um jeito de fazer com que funcionasse com ela, como sempre.

Portanto, mais uma vez eu disse a Marjorie Lowtsky: "Claro. Vamos lá".

E, de novo, minha vida mudou completamente.

Então foi o que fizemos, Angela.
Tivemos um filho.
E esse filho foi nosso lindo, difícil e meigo Nathan.

* * *

    Tudo foi difícil.
    A gravidez não foi tão ruim, mas o parto em si foi um filme de terror. Acabaram fazendo uma cesárea, mas não sem que antes ela passasse dezoito horas em trabalho de parto. Também a cortaram para valer durante a operação. Marjorie não parava de sangrar e havia a preocupação de que a perderíamos. Eles cortaram o rosto do bebê com o bisturi durante a cesárea e quase arrancaram o olho dele. Depois Marjorie teve uma infecção e ficou perto de quatro semanas no hospital.
    Ainda afirmo que todo esse descuido no hospital se deveu ao fato de que Nathan era o que chamavam de "infante não conjugal" (terminologia educadamente sinistra dos anos 1950 para "bastardo"). Em consequência, os médicos não foram especialmente atenciosos com Marjorie durante o parto, e as enfermeiras não foram especialmente gentis.
    Foram nossas amigas que tomaram conta de Marjorie quando ela estava se recuperando. A família — pela mesma razão que as enfermeiras — não queria nada com ela e o bebê. Talvez soe muito cruel (e foi), mas você nem imagina o estigma que era para uma mulher naquela época ter um filho fora do casamento — mesmo na liberal Nova York. Até para alguém madura como Marjorie, que tinha o próprio negócio e era dona do próprio prédio, passar por uma gravidez sem um marido grudado era *deplorável*.
    Portanto ela foi valente, é o que estou querendo dizer. E estava por conta própria. Assim, coube ao nosso círculo cuidar de Marjorie e de Nathan da melhor forma possível. Era bom que tivéssemos tanto respaldo. Eu não podia ficar com Marjorie no hospital o tempo inteiro, pois era eu quem cuidava do bebê enquanto ela se recuperava. Foi outro filme de terror, já que eu não fazia ideia do que estava fazendo. Não havia crescido com bebês, tampouco sentira vontade de ter filhos. Não tinha instinto ou aptidão para tal. Além do mais, não tinha me preocupado em aprender muita coisa sobre bebês enquanto Marjorie estava grávida. Nem sequer sabia direito o que comiam. O plano jamais foi de que Nathan fosse meu bebê, em todo caso: o plano

era que seria o bebê de Marjorie e que eu trabalharia em dobro para sustentar nós três. Mas, naquele primeiro mês, ele foi meu bebê, e não estava nas mãos mais habilidosas, sinto dizer.

Além do mais, Nathan não era fácil. Tinha muita cólica e estava abaixo do peso. Era uma luta fazê-lo tomar a mamadeira. Ele tinha dermatite seborreica e assaduras violentas ("Catástrofes nas duas pontas", Marjorie dizia), que eu não conseguia fazer com que sumissem. Nossas assistentes no L'Atelier gerenciaram a butique da melhor forma possível, mas era junho — temporada de casamentos —, e eu tinha que estar no trabalho pelo menos às vezes, ou o negócio não funcionava. Eu também precisava fazer o trabalho de Marjorie enquanto ela estava ausente. Mas toda vez que eu soltava Nathan para cumprir meus deveres, ele berrava até eu pegá-lo no colo de novo.

A mãe de uma das minhas futuras noivas me viu lutando com o bebê uma manhã e me deu o nome de uma senhora italiana que ajudara sua filha quando seus netos gêmeos tinham nascido. O nome da babá mais velha era Palma, e ela se revelou são Miguel e todos os santos. Palma foi por anos babá de Nathan, e realmente nos salvou — sobretudo no brutal primeiro ano. Mas ela era cara. Na verdade, tudo o que dizia respeito a Nathan era caro. Ele foi um recém-nascido de saúde frágil, depois um bebê de saúde frágil, depois um menino de saúde frágil. Juro que passou mais tempo no consultório médico naqueles primeiros cinco anos de vida do que passou em casa. Se havia algo que uma criança pudesse ter, Nathan tinha. Sempre teve problemas respiratórios e vivia tomando penicilina, o que fazia mal para seu estômago, portanto não se conseguia alimentá-lo, o que também gerava seus problemas.

Marjorie e eu tínhamos que trabalhar mais duro do que nunca para pagar as contas, agora que éramos três — e um estava sempre doente. Então trabalhar mais duro foi o que fizemos.

Você nem acreditaria no número de vestidos de noiva que produzimos naqueles anos. Graças a Deus as pessoas estavam se casando como nunca.

Nenhuma de nós falava mais em ir a Paris.

O tempo passou e Nathan avançou em idade, mas não muito em tamanho. Era um pingo de gente — muito querido nos afetos, muito sensível e delicado, mas também muito nervoso e assustadiço. E *sempre* doente.

Nós o amávamos de todo o coração. Era impossível *não* o amar: ele era um doce. Era impossível existir uma pessoinha mais amável. Nathan nunca se metia em encrenca ou desobedecia. O problema era unicamente ser tão frágil. Talvez o tenhamos mimado demais. É quase certeza que sim. Sejamos claras: o menino cresceu em uma butique de noivas, cercado de hordas de mulheres (clientes e funcionárias, sem distinção) totalmente dispostas a ceder a seus medos e seu grude. ("Ah, meu Deus, Vivian, ele vai ser tão *bicha*", Marjorie me disse uma vez, quando viu o filho rodopiando em um véu de noiva diante do espelho. Talvez soe meio cruel, mas, para ser justa com Marjorie, era difícil imaginar como Nathan poderia crescer e se tornar outra coisa. Nós brincávamos que Olive era a única figura masculina na vida dele.)

Quando Nathan foi chegando aos cinco anos, nos demos conta de que não seria possível matriculá-lo na escola pública. Ele pesava cerca de dez quilos quando encharcado e a presença de outras crianças o assustava. Não era do tipo que jogava beisebol, subia em árvores, atirava pedras e ralava o joelho. Nathan gostava de quebra-cabeças. Gostava de livros, mas nada muito apavorante. (*A família Robinson* era muito assustador. *Branca de Neve* era muito assustador. *Abram caminho para os patinhos* era quase bom.) Era o tipo de criança que seria barbarizada em uma escola pública de Nova York. Nós o imaginávamos sendo socado que nem massa de pão pelos valentões robustos da cidade, e a ideia nos era insuportável. Portanto, fizemos sua matrícula no Friends Seminary (ao custo de dois mil dólares por ano, muito obrigada), para que os pacíficos quacres pegassem todo o nosso dinheiro suado e ensinassem nosso menino a não ser violento, o que jamais aconteceria, em todo caso.

Quando as outras crianças perguntavam a Nathan onde estava o papai dele, nós o ensinamos a dizer "Meu pai foi morto na guerra" — o que nem sequer fazia sentido, pois Nathan tinha nascido em 1956. Mas como imaginávamos que alunos do jardim de infância eram burros demais para fazer as contas, a resposta tiraria os colegas do seu pé por um tempo. Quando Nathan crescesse, inventaríamos uma história melhor.

Em um dia claro de inverno, quando Nathan tinha uns seis anos, Marjorie e eu estávamos sentadas no Gramercy Park com ele. Eu estava bordando as contas de um corpete e Marjorie tentava ler o *New York Review of Books*, apesar do vento que não parava de chicotear as folhas. Ela usava poncho (com um xadrez confuso de tons violeta e mostarda) e uns sapatos turcos doidos com o bico enrolado. Tinha na cabeça um lenço de seda branca. Parecia um membro de uma agremiação medieval com dor de dente.

A certa altura, ambas interrompemos o que estávamos fazendo para observar Nathan. Ele cuidadosamente desenhava bonequinhos com giz na trilha. Mas em seguida ficou com medo dos pombos — uns bem inócuos, que estavam cuidando da própria vida e bicando o chão a alguns metros de onde Nathan estava sentado. Ele parou de desenhar e gelou. Ficamos observando enquanto o garoto arregalava os olhos de terror e fitava os pombos.

Bem baixinho, Marjorie disse: "Olha só pra ele. Tem medo de tudo".

"Verdade", concordei, pois era fato. Ele realmente tinha.

Ela continuou: "Não posso nem dar banho nele sem que ache que vai se afogar. Onde foi que ele escutou que tem mãe que afoga os filhos? Por que essa ideia nem sequer passa pela cabeça dele? Você nunca tentou afogar o menino na banheira, tentou, Vivian?".

"Tenho quase certeza de que não. Mas você sabe como fico quando estou brava…"

Eu estava tentando fazê-la rir, mas não deu certo.

"Não sei o que fazer com esse menino", Marjorie declarou, o rosto tomado pela preocupação. "Nathan tem medo até do chapéu vermelho dele. Acho que é a cor. Tentei pôr nele hoje de manhã e Nathan caiu no choro. Tive que deixar que usasse o azul. Quer saber de uma coisa, Vivian? Ele estragou a minha vida."

"Poxa, Marjorie, não fala uma coisa dessas", eu disse, rindo.

"Não, é verdade, Vivian. Ele estragou tudo. Vamos admitir. Eu devia ter ido para o Canadá e tê-lo entregado à adoção. Assim a gente ainda teria dinheiro e eu teria um pouco de liberdade. Poderia dormir a noite inteira sem ficar prestando atenção se ele está tossindo. Não seria vista como uma mulher desgraçada com um filho bastardo. Não estaria tão cansada. Talvez tivesse tempo pra pintar. Ainda teria um corpo legal. Talvez pudesse até ter um namorado. Vamos dar nome aos bois: eu nunca devia ter tido esse filho."

"Marjorie! Para com isso. Você não está falando sério."

Mas ela ainda não tinha acabado. "Não, eu *estou* falando sério, Vivian. Ele foi a pior decisão que tomei na vida. Você não pode negar. Ninguém pode."

Estava começando a ficar tremendamente preocupada, mas então ela disse: "O único problema é que amo tanto Nathan que mal me aguento. Quer dizer, *olha só pra ele*".

E ali estava ele. Ali estava a estatuazinha despedaçada que era aquele menino, tentando ficar o mais longe possível de todo e qualquer pombo (o que não é fácil em uma praça de Nova York). Ali estava nosso pequeno Nathan, em seu casaco de neve, com os lábios rachados e as bochechas todas vermelhas de eczema. Ali estava seu rosto doce, macilento — olhando ao redor em pânico para que alguém o protegesse de uns pássaros de duzentos e cinquenta gramas que o ignoravam totalmente. Ele era perfeito. Era feito de fibra de vidro. Era um pequeno desastre fracote, e eu o adorava.

Dei uma olhada em Marjorie e reparei que ela estava chorando. Aquilo era relevante, porque Marjorie nunca chorava. (Esse sempre foi meu departamento.) Nunca a tinha visto tão infeliz e cansada.

Marjorie disse: "Acha que talvez um dia o pai do Nathan venha reclamar o filho se ele largar mão de ser tão judeu?".

Esmurrei seu braço. "Para com isso, Marjorie!"

"Eu estou *esgotada*, Vivian. Mas amo tanto esse menino que às vezes acho que vou partir ao meio. É esse o truque sujo? É assim que eles obrigam as mães a destruir sua vida pelos filhos? Fazendo com que elas os amem tanto?"

"Pode ser. Não é uma estratégia ruim."

Observamos Nathan por mais um tempo, enfrentando os espectros dos pombos inofensivos, alheios, recolhidos.

"Ei, não esquece que meu filho também estragou *a sua* vida", Marjorie completou depois de um longo silêncio.

Dei de ombros. "Um pouquinho, sim. Mas eu não me preocupo com isso. Não tinha nada mais importante para tratar."

Os anos passaram.

A cidade continuou mudando. Midtown Manhattan ficou murcha, bolorenta, sinistra e abjeta. Nunca nos aproximávamos da Times Square. Era uma latrina.

Em 1963, Walter Winchell perdeu sua coluna de jornal.

A morte começou a implicar com minha comunidade.

Em 1964, tio Billy morreu em Hollywood de um infarto súbito enquanto jantava com uma estrela em ascensão no Beverly Hills Hotel. Todos tivemos que admitir que era *exatamente* a morte que Billy Buell ia querer. ("Ele foi embora boiando em um rio de champanhe", foi a tirada de Peg.)

Apenas dez meses depois, meu pai faleceu. Receio que a morte dele não tenha sido tão pacata. Ao voltar dirigindo do country club para casa, uma tarde, ele passou por uma camada de gelo e bateu numa árvore. Viveu mais alguns dias, mas sucumbiu a complicações após uma cirurgia de emergência na coluna.

Meu pai morreu zangado. Não era mais um capitão de indústria — já fazia anos que não era. Tinha perdido a mina de hematita após a guerra. Entrara em uma batalha tão feroz contra sindicalistas militantes que botara a empresa abaixo — gastando quase toda sua fortuna em batalhas jurídicas contra os trabalhadores. A política de negociação dele era a de terra arrasada: *Se eu não posso controlar esse negócio, ninguém mais pode.* Ele morreu sem nunca ter perdoado o governo americano por ter levado seu filho na guerra, ou os sindicatos por terem levado seu negócio, ou o mundo moderno por ter contestado cada uma de suas crenças estimadas, tacanhas e antiquadas.

Todos fomos a Clinton para o funeral: eu, Peg, Olive, Marjorie e Nathan. Minha mãe ficou silenciosamente estarrecida com o espetáculo que era minha amiga de roupas esquisitas com seu filho esquisito. Minha mãe havia se tornado uma mulher profundamente infeliz ao longo dos anos e não reagia a gestos de bondade de mais ninguém. Não nos queria ali.

Ficamos apenas uma noite e voltamos correndo para a cidade o mais rápido possível.

Minha terra agora era Nova York, de todo modo. Já fazia anos.

Mais tempo se passou.

Depois de certa idade, Angela, o tempo garoa na sua cabeça feito chuva no mês de março: você sempre se surpreende com o quanto acumula, e a que velocidade.

Uma noite, em 1964, eu estava vendo Jack Parr na televisão. Prestava pouca atenção, porque me empenhava em desmontar um vestido de noiva belga antigo sem destruir os tecidos arcaicos no processo. Então vieram os anúncios e ouvi uma voz feminina conhecida — brusca, vigorosa e sarcástica. A voz rasgada pelo cigarro de uma verdadeira mulher de Nova York. Antes que tivesse a chance de compreender racionalmente, aquela voz deflagrou uma bomba no meu estômago.

Olhei para a tela e vislumbrei uma mulher atarracada, de cabelo castanho, com seios que eram uma grande proa, gritando com um sotaque engraçado do Bronx sobre todos os seus problemas com cera para assoalhos. ("Como se já não bastasse eu ter que lidar com esses meus filhos malucos, agora meu chão está grudento?!") Poderia ser qualquer morena de meia-idade, pela aparência. Mas eu reconheceria aquela voz aonde quer que fosse: era Celia Ray!

Tinha pensado nela muitas vezes ao longo dos anos — com culpa, com curiosidade, com angústia. Só o que conseguia imaginar para sua vida eram situações ruins. Nas minhas fantasias mais sombrias, a história era a seguinte: depois de banida do Lily Playhouse, Celia tivera uma vida de perdição e ruína. Talvez tivesse morrido nas ruas a certa altura, barbarizada pelo tipo de homem que outrora dominava sem esforço. Outras vezes, eu a imaginava como uma prostituta velha. Às vezes, passava por uma mulher de meia-idade bêbada na rua de aparência *ordinária* (não existe outra palavra para isso) e eu me perguntava se seria Celia. Teria pintado o cabelo tão louro que ele ficara quebradiço e alaranjado? Seria aquela mulher ali cambaleando no salto, de pernas nuas e varicosas? Seria aquela ali, com hematomas sob os olhos? Seria aquela, remexendo a lixeira? Seria seu batom vermelho naquela boca caída?

Mas estava errada: Celia estava bem. Melhor do que bem — estava vendendo cera na tevê! Ah, aquela sobrevivente teimosa e determinada. Ainda lutando para chegar aos holofotes.

Nunca mais vi o anúncio, e nunca tentei achar Celia. Não queria interferir na sua vida, e sabia muito bem que não devia pressupor que ela e eu ainda teríamos algo em comum. Nunca havíamos tido nada em comum, para começo de conversa. Com ou sem escândalo, creio que nossa amizade estivesse fadada a ser passageira — a colisão de duas jovens vaidosas que se cruzaram no apogeu da beleza e no nadir da inteligência, e que tinham flagrantemente se usado para ganhar status e virar a cabeça dos homens. Era só isso que tinha sido, na verdade, e era perfeito. Era só o que precisava ser. Tinha feito amizades femininas mais sinceras e mais férteis depois, e esperava que também fosse o caso de Celia.

Portanto, não, nunca a procurei.

No entanto, me é impossível transmitir a alegria e o orgulho que me deu ouvir sua voz saindo do meu aparelho de televisão naquela noite.

Tive vontade de aplaudir.

Um quarto de século depois e Celia Ray ainda estava no show business!

29

No final do verão de 1965, tia Peg recebeu uma carta curiosa pelos correios.

Era do comissário do estaleiro naval do Brooklyn. A carta explicava que em breve o estaleiro seria fechado para sempre. A cidade se transformava e a Marinha havia decidido que não era mais factível manter uma indústria de construção naval em uma área urbana tão cara. Antes que fechasse, no entanto, o estaleiro promoveria uma reunião cerimonial — escancarando os portões mais uma vez, em comemoração a todos os moradores do Brooklyn que haviam labutado ali com tamanho heroísmo durante a Segunda Guerra Mundial. Como era o vigésimo aniversário do fim da guerra, aquele tipo de celebração parecia muitíssimo conveniente.

Os funcionários tinham revirado os arquivos e descoberto o nome de Peg em algum documento velho, listando-a como uma "fornecedora independente de entretenimento". Tinham conseguido achá-la por meio dos registros fiscais do município e agora se perguntavam se cogitaria produzir um pequeno espetáculo comemorativo no dia da reunião do estaleiro naval, para celebrar as realizações dos trabalhadores dos tempos de guerra. Estavam querendo uma peça nostálgica — só uns vinte minutos de canto e dança à moda antiga, ao estilo da época da guerra.

Peg teria adorado assumir o encargo. O único problema era que não estava mais bem de saúde. Aquele seu corpo grande e alto começava a se decompor. Sofria de enfisema — nada surpreendente após uma vida inteira fumando feito chaminé. Também tinha artrite e sua visão começava a ir embora. Conforme explicou: "O médico diz que não tem nada muito errado comigo, mocinha, mas tampouco tem algo muito certo".

Ela havia se afastado do emprego na escola poucos anos antes, devido à saúde frágil, e não circulava mais com facilidade. Marjorie, Nathan e eu jantávamos com Peg e Olive algumas vezes por semana, mas aquilo era o máximo que ela aguentava em termos de animação. Na maioria das noites, Peg apenas se esticava no sofá de olhos fechados, tentando tomar fôlego, enquanto Olive lia o caderno de esportes para ela. Portanto, não, infelizmente, não seria possível para ela produzir um espetáculo comemorativo no estaleiro naval do Brooklyn.

Mas seria possível para mim.

Acabou sendo mais fácil do que eu imaginara — e bem mais divertido.

Tinha ajudado a bolar centenas de esquetes nos velhos tempos e acho que nunca perdi o tino. Contratei alguns dos alunos de teatro da escola de Olive como atores e dançarinos. Susan (minha amiga apaixonada por dança moderna) se encarregou da coreografia, embora não precisasse ser nada complexo. Peguei emprestado o organista da igreja da rua e colaborei com ele na composição de algumas músicas rudimentares e piegas. E, é claro, criei os figurinos, que eram básicos: só um bando de macacões e jalecos. Pus também uns lenços vermelhos na cabeça das meninas e os mesmos lenços vermelhos no pescoço dos meninos e *voilà* — agora eles eram trabalhadores industriais da década de 1940.

Em 18 de setembro de 1965, carregamos todos os nossos apetrechos teatrais até o estaleiro naval velho e cheio de ratos e nos aprontamos para o espetáculo. Era uma manhã clara de ventania na zona portuária, e rajadas emergiam da baía e derrubavam chapéus. Uma plateia de tamanho bastante digno tinha aparecido, e havia um sentimento carnavalesco nas festividades. Uma banda da Marinha tocava músicas antigas e um grupo de auxiliares servia biscoitos e refrigerantes. Alguns oficiais de alta patente da Marinha falavam de como havíamos vencido a guerra e de como poderíamos vencer todas as guerras futuras até o fim dos tempos. A primeira mulher com licença para trabalhar como soldador no estaleiro durante a Segunda Guerra Mundial fez um discurso curto, nervoso, em uma voz bem mais meiga do que seria de esperar de uma senhora de tamanha realização. E uma menina de dez anos com joelhos rachados cantou o Hino Nacional usando um vestido que não caberia nela no verão seguinte e não a mantinha aquecida naquele momento.

E então era hora do nosso showzinho.

Eu recebera o pedido do comissário do estaleiro naval de que me apresentasse e explicasse nosso esquete. Não gosto de falar em público, mas consegui sobreviver sem que a ruína se abatesse sobre minha cabeça. Disse à plateia quem eu era e qual tinha sido meu papel no estaleiro durante a guerra. Fiz piada sobre a má qualidade da comida do refeitório Sammy, o que suscitou algumas risadas esparsas de quem lembrava. Agradeci aos veteranos da plateia pelo serviço e às famílias do Brooklyn pelo sacrifício. Contei que meu próprio irmão tinha sido um oficial da Marinha que perdera a vida nos últimos dias da guerra. (Temi que não conseguisse chegar ao fim dessa parte sem perder a compostura, mas consegui.) Depois expliquei que íamos recriar um típico esquete de propaganda, que eu esperava que elevasse o moral da plateia atual assim como animava os trabalhadores no horário do almoço.

O espetáculo que eu tinha escrito tratava de um dia típico nas fileiras do estaleiro naval, construindo encouraçados no Brooklyn. Os meninos da escola, vestidos com seus macacões, interpretaram os trabalhadores que cantavam e dançavam com alegria enquanto faziam o que lhes cabia para manter o mundo a salvo para a democracia. Cedendo ao meu público, eu apimentara o roteiro com diálogos repletos de gírias que torcia para que os antigos trabalhadores do estaleiro naval lembrassem.

"Passando com o carro do general!", berrou uma das minhas jovens atrizes, empurrando um carrinho de mão.

"Sem resmungo!", gritou outra menina para um personagem que reclamava dos longos expedientes e das condições terríveis.

Dei ao gerente da fábrica o nome de sr. Tijolouro, pois sabia que todos os trabalhadores antigos gostariam ("tijolouro" era o termo predileto no estaleiro para quem fazia corpo mole no trabalho).

Olha, eu não era exatamente um Tennessee Williams, mas a plateia pareceu gostar. Além disso, o clube de teatro da escola se divertiu interpretando o esquete. Para mim, no entanto, a melhor parte foi ver o pequeno Nathan — meu docinho de dez anos, meu menino querido — sentado na primeira fila com a mãe, vendo a produção com tamanho encantamento e admiração que parecia estar no circo.

Nosso grande final era um número chamado "Sem tempo para um café!", sobre a importância que seguir o cronograma a qualquer custo tinha no estaleiro naval. A canção continha os versos grudentos: "Mesmo se tomássemos café, não podia ser com leite!/ Com o racionamento, o café era valioso que nem o azeite!". (Não gosto de me gabar, mas escrevi esse bocadinho de brilhantismo elegante sozinha. Chega pra lá, Cole Porter.)

Depois matamos Hitler e o espetáculo terminou. Todo mundo ficou feliz.

Enquanto botávamos nosso elenco e nossos acessórios de cena no ônibus escolar que tínhamos pegado emprestado, um policial uniformizado me abordou.

"Posso dar uma palavrinha com a senhora?", ele pediu.

"Claro", eu disse. "Desculpe por termos parado aqui, mas vai ser rapidinho."

"Poderia se afastar do veículo, por favor?"

Ele estava seríssimo, o que me deixou preocupada. O que eu tinha feito de errado? Será que não deveríamos ter montado um palco? Supunha que houvesse licença para aquilo tudo.

Eu o segui até a radiopatrulha. Ele se apoiou na porta e me fitou com um olhar grave.

"Ouvi seu discurso mais cedo", o homem disse. "Entendi direito quando a senhora disse que seu nome é Vivian Morris?" O sotaque era Brooklyn puro. O policial poderia ter nascido exatamente ali, a julgar por ele.

"Isso mesmo."

"A senhora disse que seu irmão foi morto na guerra?"

"Correto."

O policial tirou o quepe e passou a mão pelo cabelo. Ela tremia. Fiquei imaginando se não era ele mesmo um veterano. Tinha a idade certa. Às vezes eram trêmulos daquele jeito. Eu o examinei com mais atenção. Era um homem alto de quarenta e tantos anos. De uma magreza penosa. Pele oliva e olhos castanho-escuros e grandes — ainda mais escurecidos pelas olheiras abaixo e pelas rugas de preocupação acima. Em seguida, vi o que pareciam ser cicatrizes de queimaduras subindo pelo lado direito de seu pescoço. Filas de cicatrizes, trançadas em pele vermelha, rosa e amarelada. Agora *sabia* que ele era um veterano. Tinha a impressão de que estava prestes a ouvir uma história de guerra e de que seria uma das difíceis.

Mas então ele me deixou em choque.

"Seu irmão era o Walter Morris, não era?", ele indagou.

Agora era *eu* quem estava trêmula. Meus joelhos quase encerraram suas atividades. Eu não mencionara Walter pelo nome durante o discurso.

Antes que pudesse me manifestar, o policial disse: "Conheci seu irmão. Servi com ele no *Franklin*".

Tapei a boca com a mão para evitar o soluço involuntário que me subia à garganta.

"Conheceu o Walter?" Apesar do esforço para controlar minha voz, as palavras saíram sufocadas. "Estava *lá*?"

Não desenvolvi a questão, mas ele claramente sabia a que eu me referia. Estava lhe perguntando: *Você estava lá no dia 19 de março de 1945? Estava lá quando o piloto camicase se precipitou no convés de voo do USS* Franklin, *detonando os estoques de combustível, incendiando o avião a bordo e transformando o navio em uma bomba? Estava lá quando meu irmão e mais de oitocentos homens morreram? Estava lá quando Walter foi enterrado no mar?*

Ele assentiu várias vezes — um movimento nervoso, espasmódico.

Sim. Estava lá.

Eu disse aos meus olhos que não focassem de novo nas marcas de queimaduras no pescoço dele.

Meus olhos o miraram de qualquer modo.

Desviei o olhar. Não sabia onde focar.

Percebendo que eu estava muito desconfortável, o homem só ficou mais nervoso. Seu rosto parecia quase tomado pelo pânico. Genuinamente atormentado. Ou ele estava apavorado com a ideia de me abalar ou revivia o próprio pesadelo. Talvez ambos. Ao testemunhar aquilo, recobrei os sentidos, respirei fundo e me incumbi da tarefa de deixar o pobre coitado à vontade. O que era a minha dor, afinal de contas, se comparada ao que ele havia sobrevivido?

"Obrigada por me contar", eu disse, com a voz um pouco mais firme. "Desculpe minha reação. É um choque ouvir o nome do meu irmão depois de todos esses anos. Mas é uma honra conhecer você."

Pus a mão no braço dele, para apertá-lo levemente em gratidão. O homem estremeceu como se eu o tivesse atacado. Tirei a mão, devagar. Ele me lembrava do tipo de cavalo com que minha mãe sempre foi boa. Os assustados, agitados. Os temerosos e perturbados com que ninguém além dela era capaz de lidar. Instintivamente, dei um passo mínimo para trás e deixei meus braços penderem ao lado do corpo. Queria lhe mostrar que não era uma ameaça.

Tentei outro rumo.

"Qual é seu nome, marinheiro?", perguntei em um tom mais delicado, quase de brincadeira.

"Frank Grecco."

Como ele não esticou o braço para um aperto de mãos, tampouco o fiz.

"Você conhecia bem meu irmão, Frank?"

Ele fez que sim. De novo, aquela anuência nervosa. "Éramos oficiais no convés de voo. O Walter era o comandante da minha divisão. Nos graduamos juntos como milagres dos noventa dias. A princípio seguimos caminhos diferentes, mas acabamos no mesmo navio no fim da guerra. Àquela altura, ele tinha uma patente mais alta que a minha."

"Ah. Entendi."

Eu não sabia direito o que aquelas palavras todas queriam dizer, mas não queria que ele parasse de falar. Havia alguém parado à minha frente que conhecera meu *irmão*. Queria descobrir tudo a respeito do sujeito.

"Você cresceu por aqui, Frank?", perguntei, já sabendo da resposta por conta do sotaque dele. Mas estava tentando deixá-lo o mais tranquilo possível. Primeiro faria as perguntas simples.

De novo, a anuência trêmula. "Sul do Brooklyn."

"E você e meu irmão eram bons amigos?"

Ele se retraiu.

"Tenho que lhe contar uma coisa." O policial tirou o quepe outra vez e passou os dedos trêmulos pelo cabelo. "Não está me reconhecendo, não é?"

"Por que reconheceria?"

"Porque conheço você e você me conhece. Por favor, não vá embora."

"Por que diabos eu iria embora?"

"Porque nos conhecemos em 1941", ele declarou. "Era eu quem dirigia o carro quando você voltou para a casa dos seus pais."

O passado voltou rugindo no meu rosto como um dragão acordado de uma letargia profunda. Fiquei zonza com o calor e a força. Em uma série vertiginosa de lampejos, vi o rosto de Edna, o rosto de Arthur, o rosto de Celia, o rosto de Winchell. Vi meu próprio rosto jovem no banco traseiro daquele Ford velho, envergonhada e destruída.

Ele era o *motorista*.

Era o cara que havia me chamado de putinha imunda na frente do meu irmão.

Agora era ele quem segurava o *meu* braço. "Por favor, não vá embora."

"Pare de dizer isso." Minha voz saiu áspera. Por que repetia aquilo, se eu não ia a lugar nenhum? Queria apenas que parasse com aquela história.

Mas ele repetiu: "Por favor, não vá embora. Preciso conversar com você".

Fiz que não. "Não posso..."

"A senhora tem que entender... Peço mil desculpas", ele declarou.

"Pode largar o meu braço, por favor?"

"Desculpe", ele repetiu, mas soltou meu braço.

O que eu sentia?

Repulsa. Pura repulsa.

Não saberia dizer, entretanto, se era dele ou de mim. O que quer que fosse, brotava de uma mina de vergonha que eu imaginava ter enterrado muito tempo antes.

Eu odiava o cara. Era isso que eu sentia: *ódio*.

"Eu era um garoto idiota", ele disse. "Não sabia como me comportar."

"Agora eu preciso ir mesmo."

"Por favor, não vá embora, Vivian."

A voz dele ficou mais alta, o que me perturbou. Mas ouvi-lo me chamar pelo nome era ainda pior. Eu detestava que soubesse meu nome. Detestava que tivesse me visto no palco naquele dia e soubesse quem eu era o tempo inteiro — que soubesse tanto a meu respeito. Detestava que tivesse me visto comovida por causa do meu irmão. Detestava o fato de que provavelmente havia conhecido meu irmão melhor que eu. Detestava que Walter tivesse me atacado na frente dele. Detestava que aquele homem já tivesse me chamado de putinha imunda. Quem ele achava que era, me abordando agora, depois de tantos anos? A sensação de ira e aversão cresceu e reforçou algo na minha mente: eu precisava ir embora *imediatamente*.

"Tem um ônibus cheio de crianças me esperando", declarei.

Comecei a me afastar.

"Preciso conversar com você, Vivian!", ele berrou atrás de mim. "*Por favor.*"

Mas entrei no ônibus e o deixei com a radiopatrulha e o quepe na mão, como um homem implorando uma esmola.

E foi assim, Angela, que conheci seu pai oficialmente.

Sabe-se lá como, consegui fazer tudo o que precisava naquele dia.

Deixei as crianças na escola e ajudei a descarregar os apetrechos. Devolvemos o ônibus à sua vaga no estacionamento. Marjorie e eu fomos andando para casa com Nathan, que não parava de falar do quanto amara o espetáculo e que quando crescesse ia trabalhar no estaleiro naval do Brooklyn.

Claro que Marjorie percebeu que eu estava aborrecida. Ficava me lançando olhares por cima da cabeça do filho. Mas eu só assentia para indicar que estava bem. O que definitivamente não era verdade.

Então, assim que fiquei livre, fui correndo para a casa da tia Peg.

Nunca tinha contado a ninguém sobre aquela viagem de carro para Clinton nos idos de 1941.

Ninguém sabia que meu irmão tinha me agredido de ponta a ponta — me eviscerando com repreensões e permitindo que sua repulsa me banhasse aos baldes. Óbvio que nunca tinha contado a ninguém da desgraça dupla de que o ataque ocorresse diante de uma testemunha — *um estranho* — que então acrescentou seu golpe de misericórdia ao meu castigo me chamando de putinha imunda. Ninguém sabia que Walter não tinha exatamente me resgatado de Nova York, mas me jogado como um saco de lixo na porta dos meus pais, revoltado demais com o meu comportamento para sequer olhar na minha cara um instante além do necessário.

Mas agora eu corria para Sutton Place para contar a história para Peg.

Encontrei minha tia esticada no sofá, como costumava acontecer naquela época, se alternando entre fumar e tossir. Escutava a cobertura radiofônica dos Yankees. Assim que entrei, ela me disse que era Dia de Mickey Mantle no estádio — estavam homenageando seus quinze anos de carreira estelar no beisebol. Na verdade, quando irrompi no apartamento e comecei a falar, Peg levantou a mão: Joe DiMaggio estava falando e não queria que ele fosse interrompido.

"Tenha mais respeito, Vivvie", ela ordenou, muito séria.

Portanto, calei a boca e deixei que minha tia curtisse o momento. Sabia que gostaria de estar no estádio, mas já não tinha força para uma excursão tão fatigante. Porém, o rosto de Peg foi tomado pelo êxtase e pela emoção enquanto ouvia DiMaggio homenageando Mantle. Ao final do discurso, lágrimas gordas caíam pelas suas bochechas. (Peg aguentava tudo — guerra, catástrofe, fracasso, morte de parentes, marido traidor, a demolição de seu amado teatro — sem verter lágrimas, mas os momentos grandiosos da história do esporte sempre a deixavam chorosa.)

Volta e meia me pergunto se nossa conversa teria tomado outro rumo caso não estivesse tão impregnada de emoção por conta dos Yankees naquele dia. Não há como saber. Tive a sensação de que foi frustrante para ela desligar o rádio após o discurso de DiMaggio e me dar toda a sua atenção — mas ela era uma pessoa generosa, portanto o fez mesmo assim. Minha tia enxugou os olhos e assoou o nariz. Tossiu um pouco mais. Acendeu outro cigarro. Em seguida, ouviu com muita concentração quando comecei a lhe contar minha história dolorosa.

No meio da minha saga, Olive apareceu. Havia ido ao mercado. Parei de falar para ajudá-la a guardar as compras, então Peg disse: "Vivvie, volte ao começo. Conte para a Olive tudo o que você estava me contando".

Não era o que eu queria. Tinha aprendido a amar Olive Thompson ao longo dos anos, mas ela não seria a primeira a quem eu recorreria se precisasse de um ombro para chorar. Olive não era exatamente um colo macio de empatia transbordante. Porém, estava *ali*, e ela e Peg — à medida que envelheciam — cada vez mais se tornavam minhas figuras maternas.

Percebendo minha hesitação, Peg disse: "Conte logo para ela, Vivvie. Confie em mim, a Olive é melhor para esse tipo de coisa do que qualquer um de nós".

Portanto, reiniciei minha saga inteira. A viagem de carro de 1941, Walter me desonrando, o motorista me chamando de putinha imunda, minha época sombria de vergonha e exílio no interior do estado, e agora o retorno do motorista — um policial com cicatrizes de queimadura que estivera no *Franklin*. Que conhecera meu irmão. Que sabia *de tudo*.

As duas me escutaram com atenção. Quando cheguei ao fim da história continuaram atentas — como se esperassem mais.

"E o que foi que aconteceu depois?", indagou Peg, quando percebeu que eu havia me calado.

"Nada. Depois disso, fui embora."

"Você *foi embora*?"

"Não queria falar com ele. Não queria olhar para ele."

"Vivian, ele conhecia *seu irmão*. Estava no *Franklin*. Pelo que você está descrevendo, parece que ficou gravemente ferido no ataque. E você não quis conversar com ele?"

"Ele me magoou", declarei.

"Ele magoou você? Ele feriu seus sentimentos vinte e cinco anos atrás e você simplesmente virou as costas? Para uma pessoa que conhecia seu irmão? Um *veterano*?"

Eu justifiquei: "Aquela viagem de carro foi a pior coisa que me aconteceu na vida, Peg".

"Ah, foi?", repreendeu Peg. "Você não pensou em perguntar ao cara qual foi a pior coisa que aconteceu na vida *dele*?"

Ela estava se agitando de uma forma que não era típica dela. Não era para aquilo que eu tinha ido até lá. Queria consolo, mas estava sendo criticada. Começava a me sentir tola e constrangida.

"Deixa pra lá", pedi. "Não é nada. Não devia ter incomodado vocês."

"Não seja idiota. É algo, sim."

Ela nunca tinha sido tão ríspida comigo.

"Eu não devia ter trazido o assunto à tona", declarei. "Interrompi seu jogo. Você está irritada comigo por conta disso. Desculpe ter aparecido aqui de repente."

"Estou pouco me lixando para o maldito jogo de beisebol, Vivian."

"Me desculpe. Estou chateada e queria conversar com alguém."

"*Você* está chateada? Você deu as costas para um veterano ferido e veio me procurar porque queria conversar sobre *sua vida difícil*?"

"Nossa, Peg, não precisa me atacar desse jeito. É só esquecer. Esquece que eu falei alguma coisa."

"Como eu *poderia esquecer*?"

Então ela começou a tossir — um de seus acessos terríveis, irregulares, de tosse. Seus pulmões pareciam farpados e quebradiços. Ela se sentou e Olive deu palmadinhas nas suas costas. Em seguida, acendeu outro cigarro para Peg, que deu os maiores tragos que conseguia, entremeados de mais acessos de tosse.

Minha tia se recompôs. Boba como eu era, torcia para que pedisse desculpas por ter sido tão cruel comigo. Mas ela disse: "Olha, mocinha, eu desisto. Não estou entendendo o que você quer com essa situação. Não estou te entendendo nem um pouco no momento. Estou muito decepcionada com você".

Minha tia *nunca* tinha dito aquilo. Nem mesmo anos atrás, quando traí sua amiga e quase derrubei seu espetáculo de sucesso.

Virou-se para Olive e disse: "Sei lá. O que é que *você* acha, chefe?".

Olive se sentou calmamente e ficou olhando para o chão, com as mãos entrelaçadas no colo. Escutei a respiração árdua de Peg e o som de uma veneziana do outro lado da sala, batendo com a brisa. Não sabia se queria saber o que Olive achava. Mas ali estávamos.

Por fim, Olive ergueu os olhos para mim. Sua expressão era séria como de praxe. Mas, à medida que escolhia as palavras, eu notava que o fazia com cuidado para não causar um dano desnecessário.

"O campo da honra é dolorido, Vivian", ela disse.

Esperei que ela falasse mais, mas não falou.

Peg caiu na risada e de novo tossiu. "Bem, obrigada pela contribuição, Olive. Isso resolve tudo."

Ficamos ali em silêncio por bastante tempo. Eu me levantei e peguei um cigarro de Peg, apesar de ter parado de fumar semanas antes. Ou meio que parado.

"O campo da honra é dolorido", Olive repetiu, como se Peg não tivesse se pronunciado. "Foi o que meu pai me ensinou quando eu era nova. Ele me ensinou que o campo da honra não é um lugar onde as crianças podem brincar. Crianças não têm honra, e não se espera isso delas, porque é difícil demais. É doído demais. Mas, para virar adulta, a pessoa tem que entrar no campo da honra. Agora tudo será esperado de você. Você vai ter que ser vigilante com seus princípios. Terá que fazer sacrifícios. Será julgada. Se cometer erros, terá que se responsabilizar por eles. Vai ter vezes em que você vai ter que deixar de lado seus impulsos e assumir uma posição superior à que outra pessoa, uma pessoa sem honra, talvez assuma. Talvez você se magoe com essas situações, e é por isso que a honra é um campo dolorido. Entendeu?"

Fiz que sim. As palavras, eu entendia. O que aquilo tinha a ver com Walter e Frank Grecco e comigo não fazia ideia. Mas estava escutando. Tinha a impressão de que as palavras fariam mais sentido depois que eu tivesse tempo para refletir sobre elas. Mas, conforme eu disse, estava escutando. Era o discurso mais longo que já tinha visto Olive proferir, então sabia que era um momento importante. Na verdade, acho que nunca escutei ninguém com tamanha atenção.

"Claro que ninguém é obrigado a ficar parado no campo da honra", Olive prosseguiu. "Se achar desafiador demais, você pode sair dele e continuar uma criança. Mas, se quiser ser uma pessoa de caráter, receio que esse seja o único caminho. Mas ele pode ser dolorido."

Olive virou as mãos sobre o colo, expondo as palmas.

"Tudo isso meu pai me ensinou quando eu era nova. É só o que sei. Tento aplicar à minha própria vida. Nem sempre sou bem-sucedida, mas tento. Se algo do que eu disse for útil para você, Vivian, fique à vontade para pôr em prática."

Levei mais de uma semana para entrar em contato com ele.

A dificuldade não foi encontrá-lo — essa parte foi fácil. O irmão mais velho do porteiro da Peg era capitão na polícia e nem precisou de tempo para confirmar que, sim, havia um policial chamado Francis Grecco na 76ª Delegacia do Brooklyn. Consegui o número do balcão da delegacia e pronto.

Pegar o telefone foi a parte difícil.

Sempre é.

Confesso que, das primeiras vezes que liguei, desliguei assim que alguém atendeu. No dia seguinte, me convenci a não telefonar. Nos dias subsequentes também. Quando reuni coragem para tentar de novo e ficar mesmo na linha, me disseram que o policial Grecco não estava. Estava trabalhando na rua. Eu queria deixar recado? *Não.*

Tentei mais algumas vezes nos dias seguintes e sempre ouvia a mesma mensagem: estava na rua, patrulhando. Estava claro que ele não tinha um cargo burocrático. Por fim, concordei em deixar recado. Dei meu nome e deixei o número do L'Atelier. (Seus colegas policiais deviam se perguntar por que uma moça nervosa de uma loja de vestidos de noiva telefonava com tamanha insistência.)

Nem uma hora se passou e o telefone tocou. Era ele.

Trocamos saudações sem jeito. Eu lhe disse que gostaria de encontrá-lo pessoalmente, caso ele fosse receptivo à ideia. Ele aceitou. Perguntei se seria mais fácil que eu fosse ao Brooklyn ou que ele fosse a Manhattan. Ele disse que Manhattan estava bom: tinha carro e gostava de dirigir. Perguntei quando estaria livre. Disse que no fim daquela tarde. Sugeri que ele me encontrasse na Pete's Tavern às cinco horas. Ele vacilou, depois disse: "Desculpe, Vivian, mas não sou bom com restaurantes".

Não sabia ao certo o que ele queria dizer, mas não queria colocá-lo contra a parede.

Eu disse: "Que tal a gente se encontrar na Stuyvesant Square, então? No lado oeste da praça. Seria melhor?".

Ele disse que seria.

"Do lado do chafariz", decretei, e ele concordou — sim, do lado do chafariz.

Eu não sabia como lidar com a situação. Na verdade, não queria vê-lo de novo, Angela. Mas não parava de pensar no que Olive me dissera: *Você pode continuar uma criança...*

Crianças correm dos problemas. Crianças se escondem.

Eu não queria continuar sendo uma criança.

Era impossível não relembrar quando Olive me salvara de Walter Winchell. Agora me dava conta de que ela havia feito aquilo em 1941 porque sabia que eu ainda era uma criança. Ela percebia que eu ainda não era alguém que se responsabilizava pelos próprios atos. Quando Olive disse a Winchell que eu era uma ingênua que fora seduzida, não era um estratagema. Falava sério. Olive tinha me visto como eu era de fato — uma menina imatura e amorfa, de quem ainda não se podia esperar que ficasse de pé no campo dolorido da honra. Eu precisara de um adulto sensato e cuidadoso para me salvar, e Olive fora aquela pessoa. Ficara de pé no campo da honra em meu favor.

Mas eu era jovem na época. Agora não era mais. Teria que lidar com aquilo sozinha. Mas o que um adulto — uma pessoa *formada*, uma pessoa honrada — faria naquela circunstância?

Encararia as consequências, imagino. Defenderia seu pescoço, como dissera Winchell. Perdoaria alguém, talvez.

Mas como?

Então me recordei do que Peg contara anos atrás, sobre os engenheiros do Exército britânico durante a Grande Guerra, que costumavam dizer: "A gente consegue, sendo possível ou impossível".

Uma hora ou outra, todos seremos instados a fazer o que não pode ser feito.

Esse é o campo dolorido, Angela.

Foi isso o que me fez pegar o telefone.

Seu pai já estava na praça quando cheguei, Angela — e cheguei cedo, porque só precisava andar três quarteirões.

Ele andava de um lado para outro diante do chafariz. Tenho certeza de que você lembra como ele andava de um lado para outro. Estava de roupas civis: calça de lã marrom, camiseta de náilon azul-clara e uma jaqueta de zíper verde-musgo. As peças estavam largas no corpo. Era tremendamente magro.

Eu me aproximei dele. "Olá."

"Oi", seu pai disse.

Não sabia se devia apertar a mão dele. Como Frank tampouco parecia saber qual era o protocolo, não fizemos nada além de ficar parados com as mãos no bolso. Nunca tinha visto um homem tão desconfortável.

Gesticulei para o banco e perguntei: "Não quer sentar e conversar um pouco?".

Eu me senti idiota — como se lhe oferecesse uma cadeira na minha própria casa em vez de um assento em uma praça pública.

Ele disse: "Não sou bom de sentar. Se você não se incomodar, que tal darmos uma caminhada?".

"Não me incomoda nem um pouco."

Começamos a circular pelo perímetro da praça, sob as tílias e os olmos. Ele dava passos longos, mas tudo bem — eu também dava.

"Frank", eu disse, "peço desculpas por ter ido embora naquele dia."

"Não, eu que peço desculpas."

"Não, eu devia ter ficado e ouvido você. Teria sido uma atitude mais madura. Mas você tem que entender: foi um baita susto te encontrar depois de todos esses anos."

"Eu sabia que você iria embora quando descobrisse quem eu era. E fez bem."

"Olha, Frank, aquilo tudo aconteceu faz tempo."

"Eu era um garoto *idiota*", ele justificou. Então parou e se virou para me fitar. "Quem diabos eu pensava que era, falando com você daquele jeito?"

"Já não tem importância."

"Eu não tinha o direito. Era um garoto pra lá de idiota."

"Se a gente vai chegar ao cerne da questão", eu disse, "eu também era uma garota idiota. Sem dúvida fui a garota mais idiota de Nova York naquela semana. Talvez você se lembre dos detalhes da situação em que eu estava."

Eu tentava introduzir certa frivolidade à conversa, mas Frank era só seriedade.

"Eu estava tentando impressionar seu irmão, Vivian. Você tem que acreditar nisso. Ele nunca tinha falado comigo antes daquele dia, nunca tinha me notado. E por que falaria comigo, um cara popular que nem ele? Então, do nada, Walter me acordou no meio da noite. *Frank, preciso do seu carro*. Eu era o único da Escola de Cadetes que tinha carro. Walter sabia daquilo. Todo mundo sabia. O pessoal vivia querendo pegar meu carro emprestado. Bem, a questão é que o carro não era meu, Vivian. Era do meu pai. Eu podia usar, mas não podia emprestar. Ali estava eu, de madrugada, falando com Walter Morris pela primeira vez, um cara que eu admirava de todo coração. E tive que dizer que não podia entregar as chaves do carro. Tentei explicar aquilo morrendo de sono, nem sabia do que se tratava."

À medida que Frank falava, seu sotaque se adensava. Era como se, ao voltar no tempo, ele mergulhasse mais fundo em si mesmo — mais fundo ainda em sua origem.

"Está tudo bem, Frank", eu disse. "Acabou."

"Vivian, você tem que me deixar dizer isso. Tem que me deixar dizer o quanto me arrependo. Por anos a fio, quis te achar, te pedir desculpas. Mas não tive coragem de ir atrás de você. Por favor, tem que me deixar contar como foi que aconteceu. Veja, eu disse ao Walter: *Não tenho como ajudar, colega*. Então ele me deu os fatos. Me contou que a irmã tinha se metido em apuros. Que precisava tirar você da cidade imediatamente. Ele disse que eu tinha que ajudar. O que eu ia fazer, Vivian? Dizer não? Era o *Walter Morris*. Você sabe como ele era."

É verdade. Eu sabia como ele era.

Ninguém dizia não ao meu irmão.

"Então eu disse para ele que a única forma de usar o carro era se eu dirigisse. Pensei comigo mesmo: *Como é que eu vou explicar a quilometragem ao meu pai?* Pensei comigo mesmo: *Quem sabe eu e o Walter não viramos amigos depois disso?* Pensei: *Como é que a gente vai sair da Escola de Cadetes assim, no meio da noite?* Mas Walter já tinha resolvido tudo. Conseguira permissão do comandante para que nós dois tirássemos o dia de folga. Ninguém além do Walter conseguiria aquela licença de madrugada, mas ele conseguiu. Não sei o que ele tivera que falar ou prometer, mas conseguira. Quando dei por mim, estava em Midtown, jogando suas malas no carro e me preparando para dirigir por seis horas até uma cidade de que nunca tinha ouvido falar, sem saber o motivo. Eu nem sabia quem era você, mas era a mulher mais linda que já tinha visto na vida."

Não havia galanteio na sua forma de falar. Ele estava apenas relatando os fatos, como o policial que era.

"Aí estávamos no carro, eu dirigindo, e o Walter começou a te passar um sermão. Nunca tinha ouvido ninguém pegar tão pesado. O que eu devia fazer enquanto ele repreendia você? Onde enfiaria a cara? Eu não podia ficar ouvindo aquilo tudo. Nunca tinha passado por uma situação daquelas. Nasci no sul do Brooklyn, Vivian, e o bairro é barra-pesada, mas você tem que entender: eu era um garoto dos livros, um garoto tímido. Não me envolvia em brigas. Era do tipo que ficava de cabeça baixa. Se algo acontecia e as pessoas começavam a gritar, eu saía de cena. Mas não podia sair de cena daquela vez, porque estava *dirigindo*. E ele não estava gritando, ainda que talvez fosse melhor se estivesse. O Walter estava desmontando você, com frieza. Se lembra disso?"

Ah, se lembrava.

"Além de tudo, eu não sabia nada de mulher. As coisas de que ele estava falando, as coisas que ele disse que você fazia… Eu não sabia nada a respeito. Então ele anunciou que sua foto estava nos jornais, uma foto de você flertando com *duas* pessoas? Uma delas sendo um astro de cinema? A outra uma *corista*? Eu nunca tinha ouvido nada parecido. Mas ele ficava te atacando sem parar, e você lá no banco de trás, fumando e aguentando. Olhei pelo retrovisor e você nem pestanejava. Era como se não te atingisse nada do que ele te dizia. Deu para perceber que o Walter estava ficando louco com aquilo. Instigava seu irmão cada vez mais. Mas juro por Deus que nunca vi ninguém tão tranquilo quanto você."

"Eu não estava tranquila, Frank", declarei. "Estava em estado de choque."

"Bom, fosse o que fosse, você manteve a calma. Como se nem ligasse. Enquanto isso, eu suava em bicas, me perguntando: é assim que eles falam o tempo todo? É assim que os ricos são?"

Os ricos, pensei. *Como foi que Frank soube que Walter e eu éramos ricos?* E então me dei conta: *Ah, sim, é claro. Do mesmo jeito que sabíamos que ele era pobre. Alguém cuja existência nem valia a pena reconhecer.*

Frank prosseguiu: "E eu fiquei pensando: eles nem percebem que eu estou aqui. Não sou nada para essa gente. O Walter Morris não é meu amigo. Está só me usando. E você... você nem sequer olhou para mim. Você tinha me dito: 'Leva essas duas malas lá para baixo'. Como se eu fosse um porteiro ou coisa do gênero. O Walter nem me apresentou. Quer dizer, eu sei que vocês dois estavam sob pressão, mas é como se, aos olhos dele, eu não fosse ninguém, entende? Só um instrumento de que ele precisava, alguém para dirigir a máquina. Eu queria descobrir como não ser tão invisível, sabe? Então pensei: *Ei, vou embarcar na onda*. Entrar na conversa. Tentar agir que nem *ele*, falar que nem o Walter está falando, imitar os ataques a você. Foi então que falei aquilo. Foi quando te chamei daquilo que chamei. Para ver como vocês encarariam. Então olhei pelo retrovisor e vi sua cara. Vi o que minhas palavras te provocaram. Era como se eu tivesse te matado. Depois vi a cara dele, e era como se acabasse de ter levado um golpe de taco de beisebol. Imaginei que não fosse ser nada, eu falar aquilo. Achei que eu também pudesse tirar de bacana. Mas não, foi tipo gás mostarda. Porque, apesar de ser péssima a forma como seu irmão te criticava, ele não tinha usado uma palavra *daquelas*. Vi que ele pensou no que fazer com aquilo. E vi quando resolveu não fazer nada. Foi a pior parte".

"Foi a pior parte", concordei.

"Preciso te dizer, Vivian, juro pela Bíblia que nunca usei uma palavra daquelas com ninguém na vida. *Nunca*. Nem antes nem depois. Não faço esse tipo. De onde veio aquilo, naquele dia? Ao longo dos anos, revi a cena milhares de vezes na minha cabeça. Me vejo dizendo aquilo, e penso: Frank, *o que* há com você? Mas as palavras, juro por Deus, saltaram da minha boca. Então o Walter emudeceu. Lembra?"

"Lembro."

"Ele não te defendeu, não me mandou calar a boca. E a gente teve que viajar horas em silêncio. Não podia te pedir desculpas, porque a sensação era de que não devia mais abrir a boca perto de vocês dois. Como se não tivesse sido contratado para abrir a boca perto de vocês, para começo de conversa. Não que tivesse sido *contratado*, mas você entende o que quero dizer. Então chegamos na casa da sua família. Eu nunca tinha visto uma casa daquelas na vida, e o Walter nem me apresentou aos seus pais. Como se eu não existisse. De volta ao carro, no percurso inteiro de volta à Escola de Cadetes, ele não me dirigiu a palavra. Não me disse nada no resto do treinamento. Agia como se nunca tivesse acontecido. Me olhava como se nunca tivesse me visto. Então nos graduamos e graças a Deus não tinha mais que ver o Walter. Mas, ainda assim, pensava naquilo sempre, mas não havia nada que eu pudesse fazer para consertar a situação. Então, dois anos depois, acabei sendo transferido para o mesmo navio que ele. Olha que sorte! Ele tinha uma patente mais alta que a minha, nenhuma surpresa naquilo. Agia como se não me conhecesse. E eu tinha que ficar em paz com aquilo. Tinha que conviver com aquilo de novo, todo dia."

Àquela altura, Frank pareceu ficar sem palavras.

Havia alguém de quem ele me lembrava ao desenrolar sua história e se esforçar para se explicar. Então me dei conta de que era *eu mesma*. Ele me lembrava de mim naquela noite no camarim de Edna Parker Watson, quando em desespero tentei me justificar por algo que jamais poderia ser consertado. Frank estava fazendo a mesma coisa que eu havia feito. Estava tentando obter absolvição se justificando.

Naquele momento, fui dominada por um sentimento de compaixão — não só por Frank, mas também por minha versão mais jovem.

Senti compaixão até por Walter, com todo o seu orgulho e toda a sua reprovação. A humilhação que meu irmão devia ter sentido por minha conta, o horror que devia ter sido se sentir exposto daquele jeito na frente de alguém que considerava um subordinado, porque Walter considerava todo mundo subordinado. A raiva que devia ter sentido, tendo que arrumar minha bagunça de madrugada. Em seguida, minha compaixão inflou, e por apenas um instante senti compaixão por todo mundo que havia se envolvido em uma história extremamente conturbada. Por todos os apuros em que nós, humanos, nos vemos. Apuros que nunca prevemos, não sabemos como enfrentar e depois não temos como arrumar.

"Você vem mesmo pensando nisso desde então, Frank?", indaguei.

"Venho."

"Bem, sinto muito em saber disso", declarei, e falava sério.

"Não é você quem deve sentir, Vivian."

"De certo modo, sou eu, sim. Tem muita coisa sobre a qual sinto muitíssimo no que diz respeito a esse incidente. Até mais agora que ouvi tudo isso."

"*Você* pensa nisso?", ele perguntou.

"Pensei naquela viagem de carro por muito tempo", admiti. "Sobretudo nas suas palavras. Foi difícil para mim. Não vou fingir que não. Mas deixei isso de lado alguns anos atrás e fazia um bom tempo que não pensava a respeito. Então não se preocupe, Frank Grecco: você não estragou a minha vida nem nada. Que tal a gente concordar em apagar esse triste acontecimento dos livros?"

De repente, ele parou de andar. Virou e olhou para mim, com os olhos arregalados. "Não sei se é possível."

"Claro que é", declarei. "Vamos atribuir ao fato de que éramos jovens e não sabíamos como nos comportar."

Pus a mão no braço dele, querendo que sentisse que agora tudo ficaria bem, que havia terminado.

Como fizera no dia em que nos encontramos, ele tirou o braço de forma quase violenta.

Daquela vez, devo ter sido eu a estremecer.

Ele ainda me acha repulsiva, pensei ao interpretar sua atitude. *Uma vez uma putinha imunda, sempre uma putinha imunda.*

Vendo minha expressão, Frank fez uma careta e disse: "Ah, meu Deus, Vivian, me desculpe. Tenho que te dizer: não é você. Não consigo…". Ele se calou, percorrendo a praça com o olhar, desesperançado, como se procurasse alguém que o salvasse daquele momento ou o explicasse a mim. Corajosamente, tentou outra vez. "Não sei como dizer isso. Odeio falar a respeito. Mas não deixo que encostem em mim, Vivian. É um problema que eu tenho."

"Ah." Recuei.

"Não é você", ele disse. "É todo mundo. Não deixo que ninguém encoste em mim. É assim desde que *isso* aconteceu." Ele apontou com a mão de modo generalizado para o lado direito do corpo, onde as cicatrizes de queimaduras se arrastavam pescoço acima.

"Você foi ferido", constatei, como uma idiota. Claro que sim. "Desculpe. Não tinha entendido."

"Ah, tudo bem, por que você entenderia?"

"Não, peço *mil* desculpas, Frank."

"Quer saber? Não foi você que fez isso comigo."

"Ainda assim."

"Outros caras também ficaram feridos naquele dia. Acordei em um navio-hospital com centenas deles, alguns com queimaduras tão sérias quanto as minhas. Tínhamos sido tirados da água fervendo. Mas muitos estão bem hoje. Não entendo. Não têm esse negócio que eu tenho."

"Esse negócio", repeti.

"Esse negócio de não deixar que os outros me toquem. Não conseguir sentar e parar quieto. Esse negócio que eu tenho com lugares fechados. Não suporto. Fico bem dentro do carro, contanto que esteja no banco do motorista, mas, de resto, se tiver que passar muito tempo sentado, quieto, não aguento. Tenho que ficar de pé o tempo todo."

Era por isso que ele não queria me encontrar em um restaurante ou mesmo se sentar no banco da praça. Não conseguia ficar em lugares fechados e não conseguia parar quieto. Não deixava que encostassem nele. Devia ser o motivo pelo qual era tão magro — de andar o tempo inteiro.

Santo Deus, o pobre coitado.

Como percebi que Frank estava ficando agitado, perguntei: "Quer dar mais uma volta comigo pela praça? A noite está agradável, e eu gosto de caminhar".

"Por favor", ele disse.

Então foi o que fizemos, Angela.

Simplesmente andamos e andamos e andamos.

30

Claro que me apaixonei pelo seu pai, Angela.

Eu me apaixonei por ele, o que não fez sentido nenhum para mim. Não tínhamos como ser mais diferentes. Mas talvez seja aí que o amor cresça melhor — no espaço fundo que existe entre polaridades.

Eu era uma mulher que sempre tinha vivido no privilégio e no conforto, e portanto tivera a sorte de deslizar com leveza pela vida. Durante o século mais violento da história da humanidade, nunca tinha de fato sofrido nenhum dano — além dos pequenos problemas que eu mesma tinha feito com que caíssem na minha cabeça por meio do meu descuido. (Sorte da alma cujos únicos problemas são infligidos por ela mesma.) Sim, eu tinha trabalhado muito, mas muitas pessoas fazem isso — e meu trabalho era a tarefa relativamente irrelevante de costurar vestidos bonitos para moças bonitas. Além de tudo, eu era uma livre-pensadora, desenfreada, que fazia da busca pelo prazer sexual uma das forças motrizes de sua vida.

E então surgiu Frank.

Ele era uma pessoa tão *pesada* — com o que quero dizer pesado na própria essência. Era uma pessoa cuja vida tinha sido difícil desde o começo. Era um homem que não fazia nada por acaso, sem refletir ou se preocupar. Era de uma família de imigrantes pobres, não podia se dar ao luxo de cometer erros. Era um católico devoto, um policial, um veterano que enfrentara o inferno a serviço de seu país. Não havia nele nada de sensualista. Não aguentava ser tocado, mas não era só aquilo. Não havia em Frank nenhum traço de hedonismo. Usava roupas puramente utilitárias. Comia apenas para recarregar o corpo. Não socializava, não saía para se divertir, nunca tinha assistido a uma peça teatral na vida. Não bebia. Não dançava. Não fumava. Nunca tinha se envolvido em uma briga. Era frugal e responsável. Não compactuava com ironias, brincadeiras ou tolices. Só dizia a verdade.

E, claro, era casado e fiel — com uma filha linda a quem dera o nome dos anjos de Deus.

Em um mundo são ou racional, como um homem sério como Frank Grecco um dia cruzaria o caminho de uma pessoa superficial como eu? O que nos unira? Além da ligação em comum com meu irmão — uma pessoa que deixava ambos intimidados e apequenados —, não tínhamos mais afinidades. E nossa única história em comum era triste. Tínhamos passado um dia horrível juntos em 1941 — um dia que deixara os dois envergonhados e marcados.

Por que aquele dia nos levaria a nos apaixonar vinte anos depois? Não sei.

Só sei que não vivíamos em um mundo são e racional, Angela.

Vou lhe contar o que aconteceu.

O policial Frank Grecco me ligou alguns dias depois e perguntou se poderíamos dar outra caminhada.

Ele ligara para o L'Atelier tarde da noite — bem depois das nove horas. Eu me assustara ao ouvir o telefone da butique tocar. Por acaso estava lá, pois tinha acabado de terminar algumas reformas. Me sentia estagnada e sonolenta. Meu plano era subir para ver televisão com Marjorie e Nathan, depois dar a noite por encerrada. Quase ignorei o toque do telefone. Mas atendi e era Frank na linha, perguntando se eu daria outra caminhada com ele.

"Agora?", indaguei. "Você quer sair para caminhar *agora*?"

"Se possível. Estou inquieto esta noite. Vou sair para andar, de qualquer forma, mas esperava que você me acompanhasse."

Algo me intrigou e me comoveu. Já tinha recebido montes de telefonemas de homens àquela hora da noite — mas não porque quisessem sair para dar uma caminhada.

"Claro", respondi. "Por que não?"

"Daqui a vinte minutos estou aí. Vou por dentro em vez de pegar a via expressa."

Acabamos caminhando até o East River naquela noite — passando por bairros que não eram muito seguros na época, aliás — e continuamos pela zona portuária decadente até chegar à Brooklyn Bridge. Então a atravessamos. Estava frio, mas não havia brisa, e o exercício nos mantinha aquecidos. Com a lua nova, quase dava para ver algumas estrelas.

Aquela foi a noite em que contamos tudo a respeito um do outro.

Aquela foi a noite em que descobri que Frank se tornara policial expressamente pela incapacidade de ficar parado. Precisava andar em linha reta oito horas por dia, ele declarou, para não enlouquecer. Era também o motivo pelo qual aceitava tantos turnos extras — sempre se voluntariando para cobrir policiais que precisavam de um dia de folga. Se tivesse a sorte grande de conseguir um turno dobrado, era capaz de andar em linha reta durante dezesseis horas sem parar. Só assim tinha a chance de estar cansado o bastante para dormir a noite inteira. Sempre que lhe ofereciam uma promoção na força policial, ele recusava. Significaria um trabalho burocrático, e Frank não daria conta.

Ele me disse: "Ser policial é a única função além de varredor de rua que tenho qualificação para exercer".

Mas era uma função muito aquém de suas capacidades mentais. Seu pai era um homem brilhante, Angela. Não sei se sabe disso, já que ele era muito modesto. Mas Frank era quase um gênio. Era filho de pais analfabetos, claro, e fora negligenciado em meio a vários irmãos, mas era um prodígio da matemática. Quando pequeno, talvez parecesse mais uma entre os milhares de crianças da paróquia do Sagrado Coração — todos filhos de estivadores e pedreiros, criados para também ser estivadores e pedreiros —, mas Frank era diferente. Era *excepcionalmente* inteligente.

Desde cedo, fora escolhido pelas freiras como alguém especial. Seus pais acreditavam que escola era uma perda de tempo — *Pra que estudar se você pode trabalhar?* —, e quando de fato o mandavam para a escola, eram supersticiosos a ponto de amarrar um dente de alho no pescoço dele para espantar os espíritos ruins. Mas Frank vicejava na escola. E as freiras irlandesas que lecionavam, por mais distraídas e duronas que fossem, e muitas vezes brutalmente preconceituosas com crianças italianas, não tinham como não reparar na inteligência do menino. Fizeram-no pular algumas séries, davam-no tarefas extras e se admiravam com sua habilidade com os números. Ele se destacava em todos os níveis.

Seu pai conseguiu uma vaga no Brooklyn Technical High School sem dificuldades. Terminou como um dos primeiros da classe. Em seguida, foi passar dois anos na Cooper Union, estudando engenharia aeronáutica antes de se alistar na Escola de Cadetes e entrar para a Marinha. E por que havia entrado para a Marinha? Ele tinha fascínio por aviões e os estudava; seria de imaginar que quisesse ser aviador. Mas ele entrou na Marinha porque queria ver o mar.

Imagine só, Angela. Imagine ser um garoto do Brooklyn — um lugar quase totalmente cercado pelo mar — e crescer com o sonho de um dia *ver* o mar. Mas a questão é que ele nunca o tinha visto. Não devidamente, de qualquer modo. Só o que tinha visto do Brooklyn eram as ruas sujas, os cortiços e as docas imundas de Red Hook, onde seu pai trabalhava com um bando de estivadores. Mas ele tinha sonhos românticos com navios e heróis navais. Largou a faculdade e se alistou na Marinha, assim como fizera meu irmão, antes que a guerra tivesse sequer sido declarada.

"Que desperdício", Frank me disse naquela noite. "Se eu queria ver o mar, era só ter caminhado até Coney Island. Não fazia ideia de que ficava tão perto."

Sua intenção sempre fora retomar os estudos após a guerra, obter o diploma e arrumar um emprego. Mas então veio o ataque ao seu navio e ele chegou pertíssimo de ser queimado vivo. A dor física foi o de menos, segundo a impressão que dava ao contar a história. Enquanto se recuperava em Pearl Harbor, no hospital da Marinha, com queimaduras de terceiro grau em metade do corpo, ele recebeu uma ordem da corte marcial. O capitão Gehres, capitão do USS *Franklin*, tinha convocado todos os homens que haviam acabado na água no dia do ataque. Ele alegava que haviam desertado, contrariando ordens diretas. Aqueles homens — muitos dos quais, como Frank, tinham sido jogados para fora do navio em chamas — foram acusados de covardes.

Aquela foi a pior parte para Frank. A marca de "covarde" ardeu ainda mais do que as marcas do fogo. E embora a Marinha no fim tenha arquivado o caso, reconhecendo-o pelo que realmente era (uma tentativa por parte de um capitão incompetente de desviar a atenção de seus inúmeros erros naquele dia fatídico botando a culpa em homens inocentes), o dano psicológico já estava feito. Frank sabia que muitos dos que tinham permanecido a bordo do navio durante o ataque ainda consideravam os homens na água desertores. Os outros sobreviventes ganharam medalhas de honra. Os mortos foram chamados de heróis. Mas não os homens na água — não os que tinham caído no mar em chamas. Eles eram covardes. A vergonha nunca o abandonou.

Seu pai voltou para o Brooklyn depois da guerra. Mas, devido às feridas e ao trauma (chamavam de "estado neuropsicopático" na época, e não havia tratamento), nunca mais foi o mesmo. Ele não tinha como voltar à faculdade. Não podia mais ficar sentado na sala de aula. Tentou terminar o curso, mas tinha que sair do prédio o tempo todo, correr para a área aberta e respirar fundo. ("Não consigo ficar em salas com pessoas", nas palavras dele.) E mesmo se tivesse conseguido terminar o curso, que tipo de emprego poderia ter? Seu pai não poderia ficar sentado em um escritório. Não poderia ficar sentado em uma reunião. Mal conseguia ficar parado durante um telefonema sem sentir que o peito ia implodir de agitação e apreensão.

Como podia eu — na minha vida tranquila e confortável — entender uma dor como aquela?

Não podia.

Mas podia escutar.

Estou lhe contando tudo isso agora, Angela, porque prometi a mim mesma que contaria tudo. Mas também porque tenho quase certeza de que Frank nunca lhe contou nada disso.

Seu pai tinha orgulho de você e a amava. Mas não queria que soubesse certos detalhes da vida dele. Tinha vergonha de nunca ter atingido seu precoce potencial acadêmico. Ficava constrangido em exercer uma função tão abaixo de sua capacidade intelectual. Ficava de coração aflito porque nunca havia se formado. E se sentia constantemente humilhado pelo distúrbio psicológico que tinha. Sentia nojo de si mesmo por não conseguir ficar parado, dormir a noite toda, ser tocado ou ter uma carreira de verdade.

Seu pai guardou segredo de tudo isso na medida do possível porque queria que você tivesse sua própria vida — livre da história lúgubre dele. Frank a enxergava como uma criatura original e pura. Achou que seria melhor se ficasse distante de você para que não fosse contagiada por suas sombras. Foi o que ele me disse, em todo caso, e não tenho motivos para não acreditar. Seu pai não queria que você o conhecesse muito bem, Angela, pois não queria que a vida dele prejudicasse a *sua*.

Não raro eu me perguntava como era ter um pai que se importava com você, mas que conscientemente se afastara da sua existência cotidiana. Quando cogitei a possibilidade de você querer mais atenção da parte dele, Frank disse que era provável que quisesse. Mas ele não ia se aproximar a ponto de lhe fazer mal. Seu pai se considerava uma pessoa daninha.

Foi o que ele me disse, de qualquer modo.

Seu pai achava melhor deixá-la aos cuidados da sua mãe.

Ainda não mencionei sua mãe, Angela.

Quero que você saiba que não foi por desrespeito, mas pelo exato oposto. Não sei bem como falar da sua mãe ou do casamento dos seus pais. Vou pisar em ovos aqui para não ofender ou magoar você. Mas também tentarei ser minuciosa no meu relato. No mínimo, você merece saber de tudo que sei.

Tenho que começar dizendo que nunca conheci sua mãe — nunca sequer vi foto dela —, portanto nada sei sobre ela além do que Frank me contou. Tendo a acreditar que as descrições que seu pai fazia eram verdadeiras só porque *ele* era muito verdadeiro. Mas só porque descreveu sua mãe de forma verdadeira não quer dizer necessariamente que a tenha descrito *com precisão*. Suponho que sua mãe era como todos nós — um ser complicado, composto por mais que apenas as impressões de um homem.

Talvez você tenha conhecido uma mulher totalmente diferente da pessoa que seu pai me descreveu, é isso que estou dizendo. Sinto muito se minha versão, portanto, colidir com a sua.

Mas vou transmiti-la a você mesmo assim.

Soube por meio de Frank que o nome da esposa dele era Rosella, que ela era da vizinhança e que seus pais (também imigrantes sicilianos) eram donos do mercado na rua onde Frank crescera. Assim, a família de Rosella era de posição social superior à dele, constituída de trabalhadores braçais.

Sei que Frank começou a trabalhar para os pais de Rosella como entregador quando estava na oitava série. Sempre gostou de seus avós e os admirou. Eram pessoas mais afáveis e refinadas que os parentes dele. E foi ali que conheceu sua mãe — no mercado. Ela era três anos mais nova. Trabalhava muito. Era uma menina séria. Eles se casaram quando ele tinha vinte anos e ela, dezessete.

Quando perguntei se os dois estavam apaixonados quando se casaram, Frank disse: "Todo mundo no meu bairro nasceu no mesmo quarteirão, foi criado no mesmo quarteirão e se casou com alguém do mesmo quarteirão. Era o que se fazia. Rosella era uma boa pessoa, e eu gostava da família dela".

"Mas você a amava?", repeti.

"Ela era o tipo certo para casar. Eu confiava nela. Rosella sabia que eu seria um bom provedor. A gente não ligava muito para luxos como o amor."

Eles se casaram logo após Pearl Harbor, como tantos casais, e pelos mesmos motivos.

E é claro que você, Angela, nasceu em 1942.

Sei que Frank não conseguiu tirar muitas licenças nos últimos anos de guerra, por isso ficou muito tempo sem ver Rosella e você. (Não era fácil para a Marinha mandar as pessoas do Pacífico Sul até o Brooklyn; muitos ficaram anos sem ver a família.) Frank passou três Natais seguidos em um porta-aviões. Enviava cartas para Rosella, que raramente eram respondidas. Ela não havia terminado a escola e tinha vergonha de sua letra e ortografia. Como a família de Frank mal era alfabetizada, ele era um dos marinheiros do porta-aviões que nunca recebia correspondência.

"Foi doído pra você?", eu lhe perguntei. "Nunca ter notícias de casa?"

"Não levei a mal", ele disse. "Minha gente não era do tipo que escrevia cartas. Mas, apesar de Rosella nunca me escrever, sabia que ela era fiel e que estava cuidando bem da Angela. Nunca foi do tipo que saía com outros garotos. Já era mais do que muitos dos caras do navio podia dizer da esposa."

Então aconteceu o ataque camicase e mais de sessenta por cento do corpo de Frank sofreu queimaduras. (Apesar de todo o papo de que outros caras do navio tinham se ferido tanto quanto ele, a verdade é que ninguém mais com queimaduras tão sérias havia sobrevivido. As pessoas não sobreviviam a queimaduras em mais de sessenta por cento do corpo naquela época, Angela — mas seu pai sobreviveu.) Depois vieram longos meses de recuperação torturante no hospital naval. Quando Frank voltou para casa, era 1946. Era um homem transformado. Um homem destruído. Você tinha quatro anos e não o conhecia para além de uma foto. Seu pai me contou que, ao reencontrá-la após todos aqueles anos, você estava tão linda, esperta e amável que ele nem acreditava que era filha dele. Não conseguia acreditar que algo relacionado a ele pudesse ser tão puro quanto você. Mas você também tinha um pouco de medo de Frank. Não tanto, entretanto, quanto ele tinha de você.

A esposa também lhe parecia uma estranha. Ao longo daqueles anos perdidos, Rosella se transformara de moça bonita em matrona — corpulenta e séria, vestida sempre de preto. Era o tipo de mulher que ia à missa todas as manhãs e rezava para os santos o dia inteiro. Queria ter mais filhos. Mas claro que agora era impossível, já que Frank não suportava ser tocado.

Naquela noite, enquanto caminhávamos até o Brooklyn, Frank me disse: "Depois da guerra, passei a dormir em um catre no barracão atrás de casa. Montei um espaço para mim lá, com um fogão a carvão. Faz anos que fico lá. É melhor assim. Não impeço ninguém de dormir com meus horários estranhos. Às vezes acordo gritando, esse tipo de coisa. Minha esposa e minha filha não precisavam ouvir. Para mim, no que diz respeito ao sono, o processo todo é um desastre. É melhor eu lidar com isso sozinho".

Ele respeitava sua mãe, Angela. Quero que você saiba disso.

Frank nunca disse uma palavra ruim sobre ela. Pelo contrário — aprovava totalmente a criação que dera a você e admirava o estoicismo dela apesar das muitas decepções da vida. Os dois nunca brigavam. Um nunca pulou no pescoço do outro. Mas, após a guerra, mal se falavam além do necessário para tratar de assuntos da família. Ele a obedecia em todas as questões e lhe entregava seu salário sem fazer perguntas. Ela havia assumido a gerência da quitanda dos pais e herdado o prédio onde ficava a loja. Era uma boa mulher de negócios, ele disse. Seu pai ficava feliz por você, Angela, ter crescido na loja, batendo papo com todo mundo. ("A luz do bairro", ele a chamava.) Estava sempre de olho em sinais de que você também um dia fosse se tornar uma reclusa excêntrica (que era como seu pai se via), mas você parecia normal e sociável. De qualquer modo, Frank confiava totalmente nas escolhas que sua mãe fazia para você. Ele estava sempre trabalhando, ou andando pela cidade à noite. Rosella estava sempre trabalhando na quitanda ou cuidando de você. Eram casados apenas no papel.

A certa altura, Frank me disse, ele sugeriu uma separação, para que ela tivesse a chance de talvez achar um homem mais adequado. Com sua incapacidade de cumprir seus deveres de união e companhia matrimonial, Frank tinha a certeza de que poderiam conseguir o divórcio. Ela ainda era jovem. Com outro homem, talvez tivesse a família numerosa que sempre desejara. Porém, mesmo se a Igreja católica permitisse aquilo, Rosella jamais levaria a ideia adiante.

"Ela é mais religiosa do que a Igreja", ele explicou. "Não é do tipo que romperia os votos. E ninguém no nosso bairro se divorcia, Vivian, mesmo que a situação seja ruim. E comigo e com Rosella a situação nunca foi *ruim*. Só temos vidas separadas. O que você tem que entender sobre o sul do Brooklyn é que a vizinhança em si é uma família. Não dá para se separar dela. Na verdade, minha esposa é casada com a vizinhança. Foi a vizinhança que tomou conta dela enquanto eu servia. A vizinhança ainda cuida, e da Angela também."

"Mas você gosta do bairro?", indaguei.

Ele me deu um sorriso pesaroso. "Não é uma questão de escolha, Vivian. A vizinhança é quem eu sou. Vou sempre ser parte dela. Ao mesmo tempo, *não* sou mais parte dela desde a guerra. Você volta e todo mundo espera que você seja o mesmo que era antes de ser explodido. Eu tinha interesses que nem todo mundo: beisebol, cinema, sei lá mais o quê. As festas da Igreja na rua 4, os feriados importantes. Não tenho mais. Já não me enquadro lá. Não é culpa do bairro. São boas pessoas. Queriam cuidar de nós, dos caras que voltaram da guerra. Todo mundo quer pagar uma cerveja para caras como eu, com uma condecoração, cumprimentar, dar ingressos para um show. Mas não tenho o que fazer com nada disso. Depois de um tempo, as pessoas aprenderam a me deixar em paz. Agora sou como um fantasma quando ando pelas ruas. Ainda assim, é o meu lugar. É difícil explicar se você não é de lá."

Perguntei: "Você já pensou em se mudar do Brooklyn?".

Ele respondeu: "Só todos os dias dos últimos vinte anos. Mas não seria justo com Rosella e Angela. De qualquer forma, não sei se eu ficaria melhor em outro canto".

Enquanto voltávamos pela Brooklyn Bridge, naquela noite, ele me perguntou: "E você, Vivian? Nunca se casou?".

"Quase. Mas fui salva pela guerra."

"O que isso quer dizer?"

"Pearl Harbor aconteceu, ele se alistou e nós rompemos o noivado."

"Sinto muito em saber disso."

"Não sinta. Ele não era o cara certo para mim e eu teria sido um desastre para ele. Era um cara legal e merecia algo melhor."

"E você nunca encontrou outro homem?"

Passei um tempo calada, tentando pensar em como responder. Por fim, decidi ser sincera.

"Encontrei muitos homens, Frank. Mais do que você conseguiria contar."

"Ah", ele disse.

Frank ficou em silêncio depois disso, e eu não sabia direito como ele havia recebido a informação. Outro tipo de mulher optaria por ser discreta naquele momento. Mas um toque de teimosia meu insistia que eu fosse ainda mais clara.

"Dormi com muitos homens, Frank, é o que eu estou querendo dizer."

"Eu entendi", ele disse.

"E vou dormir com muitos mais no futuro, espero. Dormir com homens, muitos deles, é mais ou menos a minha vida."

"Tudo bem", ele disse. "Entendo."

Frank não parecia perturbado. Apenas pensativo. Mas eu estava nervosa, dividindo aquela verdade a meu respeito. E, por alguma razão, não conseguia parar de falar.

"Só queria te dizer isso", declarei, "porque você precisa saber que tipo de mulher eu sou. Se vamos ser amigos, não quero nenhum julgamento da sua parte. Se esse aspecto da minha vida vai ser um problema…"

Ele estancou o passo de repente. "Por que eu julgaria você?"

"Pense no ponto de partida aqui, Frank. Pense em como nos conhecemos."

"É, entendo", ele disse. "Mas você não precisa se preocupar com isso."

"Que bom."

"Não sou desse tipo, Vivian. Nunca fui."

"Obrigada. Só queria ser sincera."

"Obrigado por me presentear com sua sinceridade", ele disse, o que foi, e ainda é, uma das coisas mais elegantes que já tinha ouvido alguém dizer.

"Estou velha demais para esconder quem sou, Frank. E estou velha demais para alguém tentar me deixar com vergonha de mim mesma. Entende?"

"Entendo."

"Mas o que você acha disso?", indaguei. Nem acreditei que estivesse estendendo o assunto. Mas foi inevitável perguntar. A postura dele — sua falta de reação impactada quanto à questão — era desconcertante.

"O que eu acho de você dormir com muitos homens?"

"É."

Ele pensou por um instante e depois disse: "Tem uma coisa que eu sei agora, Vivian, que não sabia quando era jovem".

"O quê?"

"O mundo não é plano. Você cresce achando que as coisas são de certa maneira. Acha que existem regras. Que as coisas têm que ser de um jeito. E você tenta viver em linha reta. Mas o mundo não liga para as suas regras ou as suas crenças. O mundo não é plano, Vivian. Nunca vai ser. Nossas regras não significam nada. O mundo simplesmente *acontece* com você de vez em quando, é isso que eu acho. E as pessoas têm que seguir por ele da melhor forma possível."

"Acho que eu nunca acreditei que o mundo fosse plano", declarei.

"Bom, eu acreditei. E estava enganado."

Continuamos andando. Abaixo de nós, o East River — negro e frio — seguia em direção ao mar, carregando a poluição da cidade inteira com sua corrente.

"Posso te perguntar uma coisa, Vivian?", ele indagou depois de um tempo.

"Sem dúvida."

"Te faz feliz?"

"Estar com todos esses homens?"

"Isso."

Refleti sobre a questão. Ele não havia perguntado em tom acusatório. Acho que genuinamente queria me compreender. E não tenho certeza se eu já tinha refletido sobre aquilo. Não queria responder com leviandade.

"Me deixa *satisfeita*, Frank", declarei por fim. "Acredito que tenho certa escuridão dentro de mim, que ninguém vê. Está sempre lá, bem distante. E estar com todos esses homens diferentes satisfaz a escuridão."

"Está bem", Frank disse. "Acho que talvez eu consiga entender."

Eu nunca tinha falado de mim mesma com tamanha vulnerabilidade. Nunca tinha tentado pôr em palavras minha experiência. Mas, ainda assim, sentia que elas eram insuficientes. Como explicar que "escuridão" não queria dizer "pecado" ou "maldade" — só queria dizer que havia um espaço na minha imaginação de profundidade tão insondável que a luz do mundo real jamais conseguiria tocá-lo? Nada além de sexo conseguiria tocá-lo. Aquele espaço dentro de mim era quase pré-humano. Certamente era pré-civilização. Era um espaço que escapava à linguagem. A amizade não o alcançava. Minhas atividades criativas não o alcançavam. O assombro e a alegria não o alcançavam. Aquela parte oculta de mim só podia ser atingida por meio da relação sexual. E quando um homem ia ao espaço mais escuro, secreto, dentro de mim, eu sentia como se tivesse pousado bem no início de mim mesma.

Curiosamente, era naquele espaço de abandono sombrio que me sentia menos maculada e mais verdadeira.

"Mas quanto a felicidade...", continuei. "Acho que não me faz feliz, não. Outras coisas na minha vida me fazem feliz. Meu trabalho me faz feliz. Minhas amizades e a família que eu criei me fazem feliz. A cidade de Nova York me faz feliz. Atravessar esta ponte com você neste momento me faz feliz. Mas estar com esses homens todos, isso me deixa *satisfeita*, Frank. E acabei aprendendo que esse tipo de satisfação é algo de que necessito, senão fico infeliz. Não estou dizendo que é certo. Só estou dizendo que é assim para mim, e não é uma coisa que vá mudar um dia. Estou em paz. O mundo não é plano, como você diz."

Frank assentiu, prestando atenção. Querendo entender. Conseguindo entender.

Após outro longo silêncio, ele disse: "Bem, acho que você tem sorte, então".

"Por quê?", perguntei.

"Porque não são muitas as pessoas que sabem como ficar satisfeitas."

31

Nunca amei as pessoas que deveria amar, Angela.

Nada que foi providenciado para mim se desenvolveu conforme o planejado. Meus pais me apontaram uma direção específica — um colégio interno respeitável e uma faculdade de elite — para que eu conhecesse a comunidade da qual deveria fazer parte. Mas, ao que parece, meu lugar não era aquele, pois não tenho nem um único amigo daquele mundo. Não achei marido em nenhum dos meus muitos bailes de escola.

Também jamais senti que de fato pertencia aos meus pais, ou que deveria residir na cidadezinha onde cresci. Não tenho contato com ninguém de Clinton. Minha mãe e eu mantivemos a mais superficial das relações até o momento de sua morte. E meu pai, é claro, nunca foi muito mais que um comentarista político resmungão na cabeceira mais distante da mesa de jantar.

Mas então me mudei para Nova York e conheci melhor minha tia, uma lésbica pouco convencional e irresponsável, que bebia demais e gastava dinheiro demais, e que só queria saltitar pela vida numa espécie de *pulo-salto-tralalá* — e eu *a amei*. Ela me deu nada mais nada menos que meu mundo inteiro.

Também conheci Olive, que não parecia amável, mas que passei a amar ainda assim. Muito mais do que amava minha mãe ou meu pai. Ela não era carinhosa ou afetuosa, mas era leal e bondosa. Era uma espécie de guarda-costas. Era nossa ermitã. Me ensinou tudo o que sei sobre moral.

Depois conheci Marjorie Lowtsky — uma excêntrica adolescente de Hell's Kitchen cujos pais imigrantes atuavam no ramo da confecção. Não era de jeito nenhum o tipo de gente com quem eu deveria fazer amizade. Mas ela se tornou não só minha sócia como minha irmã.

Passei a amá-la, Angela, de todo o coração. Faria qualquer coisa por ela e ela por mim.

Em seguida, veio o filho de Marjorie, Nathan — um menino fracote que era alérgico à própria vida. Era filho da Marjorie, mas também meu. Se a perspectiva dos meus pais para minha vida tivesse corrido segundo os planos, sem dúvida eu teria meus próprios filhos — futuros capitães da indústria, grandes e fortes, que montassem a cavalo —, mas na realidade ganhei Nathan, e foi melhor assim. Escolhi Nathan e ele me escolheu. Passei a amá-lo também.

Essas pessoas que parecem aleatórias se tornaram minha família, Angela. Se tornaram minha família *de verdade*. Estou lhe dizendo tudo isso porque quero que você entenda que — no decorrer dos anos seguintes — passei a amar seu pai tanto quanto amava todas essas pessoas.

Meu coração não poderia lhe fazer elogio maior do que esse. Ele se tornou tão próximo de mim quanto minha família linda, aleatória e *verdadeira*.

Um amor assim é um poço fundo com laterais íngremes.

Depois que você cai, acabou — vai amar a pessoa para sempre.

Algumas noites por semana, por anos, seu pai me ligava num horário estranho e dizia: "Quer dar uma saída? Não estou conseguindo dormir".

Eu rebatia: "Você nunca consegue dormir, Frank".

E ele dizia: "É, mas hoje minha incapacidade de dormir está pior que nunca".

Não interessava que estação fosse, ou que horas da madrugada. Eu sempre dizia sim. Sempre gostara de explorar a cidade e sempre gostara da noite. Além disso, nunca fui do tipo que precisasse de muitas horas de sono. Mas, acima de tudo, simplesmente amava estar com Frank. Portanto, ele me ligava e eu concordava em vê-lo. Seu pai vinha dirigindo do Brooklyn, me buscava e íamos a algum lugar juntos caminhar.

Não levamos muito tempo para percorrer todos os bairros de Manhattan, então em pouco tempo começamos a explorar os outros distritos. Nunca conheci ninguém que conhecesse melhor a cidade. Ele me levou a bairros de que eu nunca tinha ouvido falar, e os explorávamos a pé até as primeiras horas da manhã, conversando o tempo inteiro. Percorremos todos os cemitérios e todos os pátios industriais. Varremos os portos. Passamos por casas geminadas e conjuntos habitacionais. Acabamos cruzando todas as pontes da grande área metropolitana de Nova York — e são muitas.

Ninguém nos incomodava. Era estranhíssimo. A cidade não era segura naquela época, mas andávamos como se fôssemos intocáveis. Não raro estávamos tão absortos na conversa que era normal não prestarmos atenção no nosso entorno. Por milagre, as ruas nos mantinham a salvo e as pessoas nos deixavam em paz. Às vezes eu me perguntava se sequer nos viam. No entanto, de vez em quando a polícia nos parava e perguntava o que estávamos fazendo, e Frank mostrava seu distintivo. Ele dizia: "Estou acompanhando esta senhora até a casa dela". Ainda que estivéssemos no bairro jamaicano em Crown Heights. Frank vivia me acompanhando até minha casa. A história era sempre essa.

Vez por outra, tarde da noite, ele me levava de carro até Long Island para comprar mariscos fritos em um lugar que conhecia — uma lanchonete vinte e quatro horas onde você parava ao lado de uma janela e pedia a comida de dentro do carro. Ou íamos a Sheepshead Bay para comer mexilhões. Nós os comíamos no carro estacionado na doca, observando os barcos de pesca saindo para o mar. Na primavera, Frank me levava à zona rural de Nova Jersey para catar folhas de dente-de-leão ao luar e depois fazermos uma salada amarga. Os sicilianos gostavam, ele me ensinou.

Dirigir e caminhar — essas eram as coisas que ele conseguia fazer sem ficar ansioso demais.

Seu pai sempre me escutava. Tornou-se o amigo íntimo mais confiável da minha vida. Havia nele uma clareza — uma integridade profunda e inabalável. Era reconfortante estar com um homem que nunca se gabava (tão raro, nos homens daquela geração!) e que não se impunha ao mundo de forma alguma. Se falhava sob algum aspecto, se cometia um erro, ele dizia antes que eu percebesse. E não havia nada que eu contasse a meu respeito que Frank julgasse ou criticasse. Meus lampejos de escuridão não o amedrontavam: ele tinha tamanha escuridão dentro de si que não havia por quê.

Acima de tudo, entretanto, seu pai *escutava*.
Eu lhe contava tudo. Quando estava com um amante novo. Quando tinha algum medo. Quando obtinha uma vitória. Não estava acostumada, Angela, a que homens me escutassem.
Quanto ao seu pai, ele não estava acostumado a estar com uma mulher que andaria oito quilômetros com ele de madrugada, na chuva, no Queens, só para lhe fazer companhia quando não conseguia dormir.

Frank jamais largaria esposa e filha. Eu sabia disso, Angela. Ele não era do tipo. E eu jamais o levaria para a cama. Além do fato de que suas feridas e seu trauma tornavam uma vida sexual com ele impossível, eu não era o tipo de mulher capaz de ter um caso com um homem casado. Não mais.
Além disso, não posso dizer que fantasiava sobre casar com ele. De modo geral, a ideia de casamento me dava uma sensação de encarceramento, e não ansiava por aquilo com ninguém. Mas sobretudo não com Frank. Não conseguia nos imaginar sentados à mesa tomando o café da manhã, conversando enquanto líamos o jornal. Planejando as férias. Não parecia ser um retrato nosso.
Por fim, não tenho como saber se Frank e eu teríamos compartilhado a mesma intensidade de amor e ternura um pelo outro caso o sexo fizesse parte da história. Sexo volta e meia é uma enganação, um atalho para a intimidade. Uma forma de evitar conhecer o coração de alguém conhecendo seu corpo no lugar.
Éramos afeiçoados um ao outro, à nossa própria maneira, mas mantínhamos nossas vidas separadas. O único bairro de Nova York que nunca exploramos juntos à pé foi o dele — o sul do Brooklyn. (Ou Carroll Gardens, como os corretores acabaram por batizá-lo, embora seu pai nunca tenha se referido à sua vizinhança dessa forma.) Era onde vivia sua família — sua gente, na verdade. Por respeito, nós o deixamos silenciosamente intocado.
Frank nunca conheceu minha gente e eu nunca conheci a dele.
Eu o apresentei brevemente a Marjorie — e claro que meus amigos sabiam *sobre* ele —, mas Frank não era do tipo que socializava. (O que eu poderia fazer, dar um jantar e exibi-lo? Esperar que um

homem naquele estado nervoso ficasse em uma sala cheia de gente e entabulasse conversas fiadas com estranhos enquanto segurava seu coquetel? Não.) Para meus amigos, Frank era apenas um fantasma ambulante. Aceitavam que fosse importante para mim porque eu dizia que ele era importante para mim. Mas nunca o entenderam. Como poderiam entender?

Por um tempo, confesso, me perdi em fantasias de que Nathan um dia o conhecesse e ele virasse uma figura paterna para meu querido menininho. Mas não daria certo. Frank mal conseguia ser uma figura paterna para *você*, Angela — sua filha de fato, a quem ele amava do fundo do coração. Por que pedir que assumisse outra criança pela qual se sentir culpado?

Eu não pedia nada a seu pai, Angela. E ele não me pedia nada. (Além de "Quer sair para dar uma caminhada?".)

Então, o que éramos um para o outro? Do que você chamaria? Éramos algo mais que amigos, isso sem dúvida. Seria ele meu namorado? Seria eu sua amante?

Todas essas palavras não fazem jus.

Todas essas palavras descrevem algo que não éramos.

Porém, posso lhe dizer que havia um canto solitário e desocupado do meu coração que eu nunca soubera que existia — e Frank foi morar nele. Tê-lo ali me dava a sensação de que eu pertencia ao amor. Apesar de nunca termos morado juntos ou dividido a cama, Frank era parte de mim. Eu guardava histórias a semana inteira para ter coisas legais para lhe contar. Pedia sua opinião porque respeitava seus princípios morais. Passei a estimar seu rosto exatamente por ser dele. Até suas cicatrizes de queimadura eram belas a meus olhos. (Sua pele parecia a encadernação castigada pelo tempo de um livro antigo e sagrado.) Ficava encantada com nossos horários e com os lugares misteriosos aonde íamos — tanto no curso de nossas conversas como na cidade em si.

O tempo que passávamos juntos acontecia fora do mundo, era essa a impressão.

Nada em nós era normal.

Sempre comíamos no carro.

O que *éramos*?

Éramos Frank e Vivian, percorrendo Nova York juntos, enquanto todos dormiam.

Normalmente, Frank me ligava à noite, mas em um dia escaldante no verão de 1966, recebi um telefonema dele no meio da tarde, perguntando se poderia vê-lo naquele instante. Seu pai me pareceu desesperado, e ao chegar saltou do carro e começou a andar de um lado para outro na frente da butique, nervoso como nunca o tinha visto. Logo passei meu trabalho a uma assistente e pulei para dentro do carro, dizendo: "Vamos, Frank. Vamos agora. Dirija".

Ele foi direto para o Floyd Bennett Field, no Brooklyn — sempre acelerando e sem dar um pio. Parou o carro em um trecho de terra no fim da pista, de onde podíamos ver os aviões da Reserva Aérea Naval chegarem para aterrissar. Sabia que ele devia estar extremamente agitado: sempre ia ao Floyd Bennett Field ver os aviões pousando quando nada mais o acalmava. O ronco dos motores aplacava seus nervos.

Eu sabia que era melhor não lhe perguntar qual era o problema. Em algum momento, quando retomasse o fôlego, Frank contaria.

Ficamos sentados no calor esmagador de julho com o carro desligado, escutando o motor estalar e esfriar. Silêncio, depois um avião aterrissando, depois silêncio outra vez. Abaixei o vidro, para que o ar entrasse, mas Frank não pareceu reparar. Ainda não tinha afastado as mãos do volante, e os nós de seus dedos estavam brancos. Usava seu uniforme de policial, que devia estar sufocante. Mas tampouco parecia notar aquilo. Outro avião aterrissou e fez tremer o chão.

"Fui ao tribunal hoje", ele disse.

"Sim", eu disse, só para ele saber que estava prestando atenção.

"Tive que testemunhar sobre uma invasão no ano passado. Uma loja de ferragens. Uns garotos drogados, procurando coisas pra vender. Eles espancaram o dono, então houve queixa de agressão. Fui o primeiro policial a aparecer."

"Entendo."

Seu pai volta e meia tinha que ir ao tribunal, Angela, por causa de uma ou outra questão policial. Ele não gostava (ficar sentado em uma sala cheia era um inferno para ele, claro), mas nunca tivera um ataque de pânico como aquele. Algo mais perturbador devia ter acontecido.

Esperei.

"Hoje vi uma pessoa que eu conhecia, Vivian", ele declarou por fim. Suas mãos ainda não tinham largado o volante, e ele continuava com o olhar fixo à frente. "Um cara da Marinha. Um sulista. Estava no *Franklin* comigo. Tom Denno. Fazia anos que eu não pensava nesse nome. Era do Tennessee. Nem sabia que morava por aqui. Você acharia que o pessoal do sul voltou para casa depois da guerra, né? Mas ele não voltou. Se mudou para Nova York. Mora naquela West End Avenue dos infernos. É advogado. Estava no tribunal hoje, representando um dos meninos que invadiu a loja de ferragens. Imagino que os pais do garoto tenham grana, já que ele tem advogado. E Tom Denno. Logo ele."

"Você deve ter levado um susto." De novo, eu só dava a entender que estava ali.

"Ainda me lembro de Tom quando tinha acabado de chegar no navio", Frank prosseguiu. "Não sei a data, não garanto o que estou falando, mas ele chegou cedo, tipo no início de 44. Veio direto da fazenda. Um garoto do interior. Se você acha que os meninos da cidade são durões, devia ver os do interior. A maioria deles vinha de uma miséria como você nunca tinha visto. Achava que *eu* tinha crescido na pobreza, mas não era nada em comparação. Eles nunca tinham visto comida, não na quantidade do navio. Comiam como se estivessem morrendo de fome. Pela primeira vez na vida não dividiam a janta com dez irmãos. Alguns mal tinham usado sapato. Havia sotaques diferentes de tudo o que eu já tinha ouvido. Mal se entendia o que eles falavam. Mas eram ótimos em combate. Mesmo quando não estávamos sob ataque, eram durões. Brigavam entre si o tempo todo, ou vociferavam contra os fuzileiros navais que protegiam o almirante quando ele estava a bordo. Não sabiam o que fazer além de se lançar na vida com força, sabe? Tom Denno era o mais durão deles."

Assenti. Frank raramente entrava em tantos detalhes sobre a vida a bordo do navio ou sobre qualquer pessoa que tivesse conhecido na guerra. Não via aonde ele queria chegar, mas sabia que era importante.

"Vivian, eu nunca fui durão que nem esses caras." Ele continuava segurando o volante como se fosse um bote salva-vidas — como se fosse a única coisa do mundo que o mantivesse à tona. "Um dia, no convés de voo, um dos meus soldados, um garoto de Maryland, parou de prestar atenção por um segundo. Deu um passo na direção errada e a cabeça foi puxada do corpo, pegou na hélice do avião. A cabeça dele foi arrancada bem na minha frente. Não estávamos nem sob ataque, era só um dia rotineiro no convés. Tínhamos um corpo decapitado ali, e era melhor correr para limpar logo, porque havia mais aviões chegando, aterrissando a cada dois minutos. Era preciso manter o convés de voo desimpedido sempre. Mas eu gelei. Então chega Tom Denno, pega o corpo e o arrasta dali, provavelmente do mesmo jeito que arrastava carcaças na fazenda. Ele nem vacila, sabe bem o que é pra fazer. Já eu não conseguia me mexer. Então o Tom tem que vir e me tirar do caminho também, para eu não ser o próximo morto. Eu era um oficial! Ele era um garoto alistado. Nunca tinha ido ao *dentista*, Vivian. Como foi que acabou sendo um advogado em Manhattan?"

"Tem certeza de que foi ele que você viu hoje?", indaguei.

"Foi *ele*. Tom me reconheceu. Veio conversar comigo. Vivian, ele é do Clube 704. Jesus!" Frank me lançou um olhar torturado.

"Não sei o que isso quer dizer", comentei com a maior delicadeza possível.

"Setecentos e quatro homens ficaram no *Franklin* quando fomos atingidos. O capitão Gehres deu a eles o nome de Clube 704. Tornou todos heróis. Droga, talvez *fossem* mesmo heróis. Os Vivos Heroicos, Gehres os chamava. Os que não desertaram. Eles se encontram todos os anos e fazem reuniões. Revivem as glórias."

"Você não desertou, Frank. Até a Marinha sabe disso. Você foi lançado ao mar em chamas."

"Vivian, não importa", ele disse. "Eu já era um covarde bem antes disso."

O pânico tinha se esvaído de sua voz. Agora falava com uma serenidade pavorosa.

"Não era, não", retruquei.

"Não é uma discussão, Vivian. Eu era. Naquele dia, já fazia meses que estávamos sob ataque. Eu não aguentava. *Nunca* consegui aguentar. Guam em julho de 44, o bombardeio sem parar. Nem imagino como foi possível restar uma única lâmina de vidro naquela ilha, consideramos a chuva infernal que soltamos naquele lugar. Mas, quando as nossas tropas aterrissaram no fim de julho, surgiu um bando de soldados e tanques japoneses. Como foi que eles sobreviveram? Nem imagino. Nossos fuzileiros navais eram valentes, os soldados japoneses eram valentes, mas eu não era valente. Não aguentava o barulho dos armamentos, Vivian, e não estavam nem sendo acionados *contra mim*. Foi quando comecei a ficar *deste jeito*. Os nervos, os tremores. Os soldados começaram a me chamar de Tremelique."

"Isso foi horrível da parte deles", comentei.

"Mas tinham razão. Eu era uma pilha de nervos. Um dia, uma bomba falhou ao ser lançada de um dos nossos aviões. Uma bomba de cinquenta quilos ficou emperrada no compartimento aberto. O piloto avisou pelo rádio que tinha uma bomba emperrada no compartimento e que ia ter que aterrissar daquele jeito, dá pra imaginar? Então, durante a aterrissagem, a bomba meio que sacode e *cai*. De repente temos uma bomba de cinquenta quilos deslizando pelo convés de voo. Seu irmão e alguns outros caras correram na direção dela e a empurraram até a beirada do navio como se não fosse nada. E, de novo, eu fico congelado. Não ajudei, não agi, não fiz nada."

"Não importa, Frank." Mas de novo, era como se ele não me ouvisse.

"Então chega agosto de 1944", ele prosseguiu. "Estamos no meio de um tufão, mas continuamos com os voos de reconhecimento, fazendo aterrissagens apesar das ondas quebrando no convés de voo. E aqueles pilotos, pousando em um selo postal no meio do Pacífico, a despeito do vendaval, nunca nem *vacilam*. E aqui estou eu, minhas mãos não param de tremer, e nem estou *pilotando* os malditos aviões, Vivian. Eles chamavam nosso comboio de 'fila de assassinos'. Diziam que éramos os caras mais durões ali. Mas eu não era durão."

"Frank", eu disse, "não faz mal."

"Então os japoneses começam a fazer ataques suicidas contra nós em outubro. Como sabem que vão perder a guerra, resolvem afundar com glória. Levar tantos de nós quanto possível, por qualquer meio necessário. Eles investem contra nós sem parar, Vivian. Um dia, em outubro, havia *cinquenta* vindo na nossa direção. Cinquenta aviões camicases em um só dia. Dá pra imaginar?"

"Não", respondi. "Não dá."

"Nossos soldados os derrubaram no ar, um depois do outro, mas eles mandaram mais aviões no dia seguinte. Eu sabia que era questão de tempo para que um deles nos atingisse. Todo mundo sabia que éramos um alvo fácil, a menos de oitenta quilômetros da costa do Japão, mas os caras eram indiferentes àquilo. Se pavoneavam como se não fosse nada. E a Rosa de Tóquio aparecia no rádio toda noite, dizendo ao mundo que o *Franklin* já tinha afundado. Foi quando parei de dormir. Não conseguia comer, não conseguia dormir. Ficava apavorado, o tempo inteiro. Nunca mais dormi bem. Quando os camicases eram derrubados a tiros, nós os pescávamos da água como prisioneiros. Um desses pilotos japoneses teve que marchar pelo convés de voo rumo ao brigue, mas escapou e correu até a beirada do navio. Pulou e se matou para não virar prisioneiro. Morreu com honra, bem na minha frente. Fiquei olhando o rosto dele ao correr para a beirada, Vivian. Juro por Deus, ele não parecia nem de longe tão assustado quanto eu estava."

Sentia Frank girar rumo ao passado, com força e rapidez, o que não era bom. Precisava trazê-lo de volta para casa, de volta a si mesmo. De volta ao presente.

"O que foi que aconteceu hoje, Frank?", indaguei. "O que aconteceu com Tom Denno no tribunal?"

Seu pai expirou, mas segurou o volante com ainda mais força.

"Ele se aproxima de mim, Vivian, logo antes de chegar minha hora de testemunhar. Lembra meu nome. Pergunta como estou. Me diz que agora é advogado, que mora no Upper West Side, conta onde fez faculdade, onde os filhos estudam. Me fez um discurso sobre seu sucesso. Ele foi da tripulação que trouxe o *Franklin* de volta para o estaleiro naval do Brooklyn depois do ataque, e acho que nunca mais deixou Nova York. Mas ainda tem aquele sotaque de quem saiu da fazenda. Só que usava um terno que provavelmente custa mais caro que a minha casa. Então ele olha para mim e para minha farda, e diz: 'Um policial de bairro? É isso que os oficiais da Marinha fazem hoje?'. Meu Deus, Vivian, era para eu responder o quê? Só fiz que sim. Então ele me pergunta: 'Pelo menos te deixam andar armado?'. E eu digo alguma idiotice tipo: 'Deixam, mas nunca usei o revólver'. E ele diz: 'Bom, você sempre foi um molenga, Tremelique'. E sai andando."

"Ele que vá direto para o inferno", declarei. Sentia meus próprios punhos se fechando. Uma onda de ira me dominou com tamanha ferocidade que o ruído nos meus ouvidos — um zunido de sangue correndo — foi, por um instante, mais alto do que o ronco do avião aterrissando à nossa frente. Queria caçar Tom Denno e cortar sua garganta. *Como ele ousava?* Também queria pegar Frank nos braços, embalá-lo e confortá-lo — mas não podia, pois a guerra tinha bloqueado sua mente e seu corpo de tal modo que ele não aguentava nem ser segurado por uma mulher que o amava.

Era tudo tão cruel e tão *errado*.

Pensei no fato de que Frank uma vez me contara que, depois de ser atirado do navio, emergira em um mundo completamente em chamas. Até a água do mar ao seu redor estava pegando fogo, coberta por combustível queimando. E os motores do porta-aviões atingido só atiçavam as brasas, queimando os homens da água de forma ainda mais grave. Frank percebeu que, se abanasse os braços com força, conseguia empurrar o fogo para longe e criar um pequeno ponto no Pacífico que não queimava. Foi o que fez ao longo de duas horas, mesmo com queimaduras em grande parte do corpo, até ser resgatado. Ficou empurrando as chamas para longe, tentando manter uma pequena área de seu mundo livre do inferno. Tantos anos depois, eu tinha a impressão de que ele *ainda* tentava fazer aquilo. Ainda tentava achar um espaço seguro em algum lugar do mundo. Onde não estivesse queimando.

"O Tom Denno tem razão, Vivian", ele disse. "Sempre fui molenga."

Queria tanto consolá-lo, Angela, mas como? Além da minha presença no carro naquele dia — como pessoa disposta a escutar sua história terrível —, o que poderia lhe dar? Eu queria afirmar que seu pai era heroico, forte e corajoso, que Tom Denno e o resto do Clube 704 estavam *enganados*. Mas sabia que não funcionaria. Ele não prestaria atenção. Não acreditaria nas minhas palavras. No entanto, eu precisava falar alguma coisa, pois Frank sofria muito. Fechei os olhos e implorei à minha mente por algo de útil a lhe oferecer. Então abri a boca e simplesmente falei — confiando cegamente que o destino e o amor me concederiam as palavras certas.

"E se for verdade?", questionei.

Minha voz saiu mais ríspida do que eu esperava. Frank se virou para me olhar, surpreso.

"E se for verdade, Frank, que você é molenga? E se for verdade que você não nasceu para o combate e não aguenta guerra?"

"*É* verdade."

"Então está bem. Vamos concordar que é verdade, pelo bem da discussão. Mas o que isso significaria?"

Ele não disse nada.

"O que isso *significaria*, Frank?", pressionei. "Me responda. E tire as mãos desse maldito volante. A gente não vai a lugar nenhum."

Ele obedeceu, pondo ambas as mãos delicadamente no colo e fitando-as.

"O que isso significaria, Frank? Você ser um molenga. Me diz."

"Significaria que sou covarde."

"E o que *isso* significaria?", instiguei.

"Significaria que fracassei como homem." Sua voz estava tão baixa que mal o escutava.

"Não, você está *enganado*", declarei, e nunca na vida tive mais certeza de alguma coisa. "Você está enganado, Frank. Não significaria que você fracassou como homem. Quer saber o que significaria de verdade? *Nada*."

Ele pestanejou, confuso. Nunca tinha me visto falar em tom tão ríspido.

"Escute o que estou te falando, Frank Grecco", continuei. "Se você é covarde, e vamos dizer que seja, pelo argumento, isso não quer dizer nada. Minha tia é alcoólatra. Não sabe beber. Isso estraga a vida dela e a transforma em uma boba. Sabe o que isso significa? *Nada*. Acha que faz dela uma pessoa ruim, não ter controle diante da bebida? Um fracasso? É claro que não, ela só é assim. O alcoolismo simplesmente aconteceu com ela, Frank. Coisas acontecem com as pessoas. Somos o que somos, não temos o que fazer. Meu tio Billy não conseguia cumprir suas promessas ou ser fiel a uma mulher. Não significava *nada*. Ele era uma pessoa maravilhosa, Frank, e era totalmente indigno de confiança. Era simplesmente assim. Não queria dizer nada. Todos o amávamos."

"Mas um homem tem que ser corajoso", declarou Frank.

"E daí?", quase gritei. "Uma mulher tem que ser *pura*, e olha só pra mim. Transei com inúmeros homens, Frank, e quer saber o que isso diz de mim? *Nada*. As coisas são assim. Você mesmo disse, Frank: *O mundo não é plano*. Foi o que me falou na nossa primeira noite. Entenda sua própria vida com suas próprias palavras. O mundo não é plano. As pessoas têm certa natureza e a vida é assim. Coisas acontecem com elas, coisas que fogem ao seu controle. A guerra *aconteceu* com você. E você não nasceu para o combate. E daí? Não quer dizer nada. Pare de fazer isso com você mesmo."

"Mas caras durões feito o Tom Denno..."

"Você não sabe nada sobre Tom Denno. Alguma coisa aconteceu com ele também, eu garanto. Por que um homem-feito atacaria você desse jeito? Com tamanha crueldade? Ah, eu juro pra você, a vida também aconteceu com ele. Alguma coisa deixou o cara destruído. Não que eu ligue para o babaca, mas o mundo dele tampouco é plano, Frank. Pode apostar."

Frank caiu no choro. Quando percebi, quase chorei também. Mas contive minhas lágrimas porque as dele eram muito mais importantes, muito mais raras. Naquele momento, seria capaz de abrir mão de anos da minha vida para poder abraçá-lo, Angela, naquele momento mais do que nunca. Mas não era possível.

"Não é *justo*", ele disse, em meio a soluços que devastavam seu corpo.

"Não, não é, querido", concordei. "Não é justo. Mas *aconteceu*. É assim que as coisas são, Frank, e elas não significam *nada*. Você é um homem maravilhoso. Não é um fracasso. É o melhor homem que conheci na vida. Só isso importa."

Ele continuou chorando, separado de mim por uma distância segura, como sempre. Mas pelo menos havia afastado as mãos do volante. Pelo menos tinha conseguido me contar o que havia acontecido. Ali, na privacidade de seu carro escaldante, no único canto do mundo dele que não estava em chamas naquele instante, pelo menos seu pai fora capaz de falar a verdade.

Eu ficaria ao lado dele até que estivesse bem outra vez. Sabia que ficaria sentada ali o tempo que fosse. Era o que me restava fazer. Era minha única função no mundo naquele dia — ficar sentada ao lado daquele homem bom. Cuidar dele até que se acalmasse do outro lado do carro.

Quando finalmente retomou o domínio de si, Frank olhou pela janela com a expressão mais triste que já vi. Disse: "O que vamos fazer quanto a tudo isso?".

"Não sei, Frank. Talvez nada. Mas eu estou aqui."

Foi quando ele se virou para me olhar. "Não sei viver sem você, Vivian", declarou.

"Que bom. Você nunca vai precisar."

E isso, Angela, foi o mais perto que seu pai e eu chegamos de dizer *eu te amo*.

32

Os anos passaram como sempre passam.

Minha tia faleceu em 1969, de enfisema. Fumou até o fim. Foi uma morte difícil. É um jeito brutal de morrer. Ninguém consegue ser totalmente quem é quando enfrenta tamanha dor, tamanho incômodo, mas Peg deu tudo de si para continuar *Peg* — otimista, conformada, entusiástica. Mas aos poucos perdia a capacidade de respirar. É uma coisa horrível ver alguém lutar para tomar ar. É como assistir a um afogamento vagaroso. No fim, por mais triste que fosse, ficamos contentes que tivesse partido em paz. Não aguentávamos mais vê-la sofrer.

Existe um limite, descobri, para o quanto podemos considerar "trágica" a morte de uma pessoa idosa que teve uma vida magnífica e que tem o grande privilégio de morrer rodeada de pessoas queridas. Há diversas maneiras piores de viver, afinal, e diversas maneiras piores de morrer. Do nascimento à morte, Peg foi uma das afortunadas da vida — e ninguém sabia daquilo melhor que ela. ("Temos sorte", ela costumava dizer.) Mas ainda assim, Angela, ela tinha sido a figura mais importante e influente na minha vida, e sua perda doeu. Até hoje, mesmo tantos anos depois, ainda acredito que o mundo é um lugar mais pobre sem Peg Buell.

O único lado positivo de sua morte foi que ela me levou enfim a parar de fumar definitivamente — e é provável que eu ainda esteja viva hoje por isso.

Mais um presente generoso que aquela mulher bondosa me deu.

Após a morte de Peg, minha maior preocupação era com o que seria de Olive. Ela tinha passado tantos anos cuidando da minha tia — como preencheria seu tempo agora? Mas não precisava ter me preocupado. Havia uma igreja presbiteriana perto de Sutton Place que sempre precisava de voluntários, então Olive achou uma utilidade para si dirigindo a escola dominical, organizando arrecadações de fundos e basicamente dizendo aos outros o que fazer. Ela ficou *bem*.

Nathan cresceu, porém não ficou maior. Nós o mantivemos em escolas quacres durante toda a sua formação. Era o único ambiente delicado o bastante para ele. Marjorie e eu continuamos tentando achar uma paixão dele (música, arte, teatro, literatura), mas Nathan não era dado a paixões. O que ele gostava mais do que tudo era de se sentir seguro e aconchegado. Portanto, mantivemos seu universo ameno, abrigando-o dentro no nosso pequeno universo pacato. Nunca exigimos muito de Nathan. Nós o achávamos bom o bastante como era. Às vezes, nos orgulhávamos dele simplesmente por chegar ao fim do dia.

Como dizia Marjorie: "Nem todo mundo é feito para avançar pelo mundo carregando uma lança".

"Isso mesmo, Marjorie", eu concordava. "Vamos deixar o carregamento da lança para você."

O L'Atelier continuou estável ainda que a sociedade mudasse, nos anos 1960, e menos pessoas se casassem. Tínhamos sorte em um aspecto: como nunca fomos uma butique "tradicional" de vestidos de noiva, quando a tradição saiu de moda, continuamos por dentro. Sempre tínhamos vendido vestidos de inspiração vintage — muito antes que isso se tornasse moda. Assim, quando a contracultura surgiu e todos os hippies vestiam roupas doidas e velhas, não fomos rejeitadas. Na verdade, achamos uma nova clientela. Virei a costureira de muitas hippies bem de vida. Costurei para todas as filhas hippies de banqueiros afluentes que queriam vestidos de noiva que dessem a impressão de que haviam brotado já adultas na zona rural em vez de ter nascido no Upper East Side e estudado na Brearley School.

Amei a década de 1960, Angela.

Pela lógica, não deveria ter amado aquele período. Na minha idade, deveria ter sido uma daquelas bruxas antiquadas lamentando a decadência da sociedade. Mas nunca fui uma fã ardorosa da sociedade, portanto não fazia objeções a que fosse contestada. Na verdade, me deleitava com todo o motim, a rebelião, a expressão criativa. E, claro, amava as roupas. Que fabuloso que aqueles hippies transformassem as ruas da nossa cidade em um circo! Era tudo tão libertador e divertido.

Mas os anos 1960 também me orgulharam, pois em certa medida minha comunidade já tinha prenunciado todas aquelas transformações e revoltas.

A revolução sexual? Eu vinha agindo daquele jeito a vida inteira.

Casais homossexuais vivendo juntos como esposos? Peg e Olive haviam praticamente inventado aquilo.

Feminismo? Ser mãe solteira? Marjorie trilhara aquele caminho fazia eras.

O ódio ao conflito e o entusiasmo pela não violência? Bem, gostaria de lhe apresentar um doce menino chamado Nathan Lowtsky.

Com o máximo de orgulho, consegui observar todas as agitações e transformações dos anos 1960 e saber o seguinte:

Minha gente chegou lá primeiro.

Então, em 1971, Frank me pediu um favor.

Ele me perguntou, Angela, se eu faria seu vestido de noiva.

Isso me espantou em diversos níveis.

Para começar, fiquei genuinamente surpresa ao saber que você ia se casar. Não me parecia condizente com o que seu pai sempre me dissera a seu respeito. Ele ficou muito orgulhoso quando você terminou o mestrado no Brooklyn College e obteve o doutorado em Columbia — em psicologia, é claro. ("Com um histórico familiar como o nosso", ele vivia dizendo, "o que mais ela estudaria?") Seu pai ficou fascinado com sua decisão de não abrir um consultório particular e trabalhar em Bellevue — se expondo todos os dias aos casos mais graves e tormentosos de transtornos mentais.

Seu trabalho havia se tornado sua vida, ele dizia. Seu pai aprovava totalmente. Estava contente por você não ter se casado cedo, como ele havia feito. Sabia que você não era uma pessoa tradicional e que era uma intelectual. Tinha muito orgulho da sua mente. Ficou emocionado quando você começou sua pesquisa de pós-doutorado sobre trauma de memórias suprimidas. Disse que vocês dois finalmente tinham algum assunto sobre o qual conversar, e que de vez em quando a ajudava a classificar dados.

Frank costumava dizer: "A Angela é boa demais e atenciosa demais para qualquer homem que eu conheça".

Mas um dia ele me contou que você tinha um namorado.

Frank não esperava aquilo. Você tinha vinte e nove anos na época, e ele talvez imaginasse que ficaria solteira para sempre. Não ria, mas acho que talvez tenha pensado que você era lésbica! Mas você tinha conhecido alguém de quem gostava e queria levá-lo para o jantar de domingo. Seu namorado era o chefe de segurança de Bellevue. Um veterano recém-chegado do Vietnã. Natural de Brownsville, Brooklyn. Ele retomaria os estudos no City College, cursando direito. Era um homem negro chamado Winston.

Frank não ficou chateado por você estar namorando um negro, Angela. Nem por um segundo. Espero que saiba. Acima de tudo, ficou perplexo com sua coragem e segurança ao levar Winston ao sul do Brooklyn. Ele viu a expressão no rosto dos vizinhos. Causou-lhe satisfação ver como você havia incomodado a vizinhança — e ver que a opinião dos outros não ia detê-la. Mas, acima de tudo, ele gostava de Winston e o respeitava.

"Bom pra ela", Frank disse. "A Angela sempre soube o que queria e nunca teve medo de seguir o próprio caminho. Escolheu bem."

Pelo que entendo, sua mãe ficou menos feliz com você e Winston.

Segundo seu pai, seu namorado era o único assunto sobre o qual os dois brigaram. Frank sempre acatara a opinião dela quanto ao que seria melhor para você. Ali, no entanto, eles se afastaram. Não sei de detalhes da discussão. Não tem importância. No final, entretanto, sua mãe mudou de ideia. Ou pelo menos foi o que eu soube.

(De novo, Angela, peço desculpas se algo do que estou dizendo aqui estiver incorreto. Tenho ciência de que a essa altura estou lhe transmitindo sua própria história, e isso me deixa pouco à vontade. Você com certeza sabe o que aconteceu melhor que ninguém — ou talvez não saiba. De novo, não sei em que medida percebeu a discórdia dos seus pais. Só não quero omitir nada que talvez não saiba.)

E então, no início da primavera de 1971, Frank me contou que você ia se casar com Winston em uma cerimônia pequena e me pediu para lhe fazer um vestido.

"É isso o que a Angela quer?", perguntei.

"Angela ainda não sabe", ele disse. "Vou falar com ela sobre o assunto. Vou pedir para vir te ver."

"Você quer que ela me conheça?"

"Só tenho uma filha, Vivian. E, conhecendo a Angela, ela só vai ter um casamento. Quero que você faça o vestido de noiva dela. Seria muito importante para mim. Então, sim, quero que a Angela conheça você."

Você chegou à butique em uma manhã de terça-feira — cedo, pois tinha que estar no trabalho às nove. Seu pai parou o carro na frente e vocês dois entraram juntos.

"Angela", disse Frank, "esta é Vivian, a amiga de longa data da qual falei. Vivian, esta é minha filha. Bem, vou deixar vocês duas conversarem."

E ele foi embora.

Nunca fiquei tão nervosa ao conhecer uma cliente.

O pior é que imediatamente percebi sua relutância. Mais que isso: vi que você estava muito impaciente. Notei sua confusão quanto ao motivo de seu pai — que nunca tinha interferido em sua vida — ter insistido em levá-la até ali. Vi que você não queria estar ali. E dava para notar (porque tenho instinto para essas coisas) que tampouco *queria* um vestido de noiva. Estava disposta a apostar que você achava vestidos de noiva piegas, antiquados e degradantes para as mulheres. Eu diria que havia grandes chances de que você planejasse usar a mesmíssima roupa que estava usando naquele momento no dia do seu casamento: blusa, saia jeans transpassada e tamanco.

"Dra. Grecco", eu disse, "é um prazer conhecer você."

Eu esperava que ficasse contente por eu tê-la chamado pelo título. (Perdão, mas depois de ter ouvido tantas histórias sobre você ao longo dos anos, eu mesma tinha certo orgulho!)

Seus modos eram impecáveis. "O prazer é todo meu, Vivian", você disse, sorrindo da forma mais afável que conseguiu, dado que obviamente queria estar em qualquer outro lugar que não ali.

Eu a achei uma mulher formidável, Angela. Você não tinha a altura do seu pai, mas tinha a intensidade dele. Possuía os mesmos olhos pretos, penetrantes, que indicavam tanto curiosidade como desconfiança. Quase vibrava de inteligência. Suas sobrancelhas eram grossas e sérias, e gostei do fato de que parecia nunca as ter tirado. E tinha uma energia irrequieta, assim como seu pai. (Não tão irrequieta quanto a dele, claro — sorte sua! —, mas ainda assim, digna de nota.)

"Fiquei sabendo que você vai se casar", eu disse. "Parabéns."

Você foi direto ao ponto. "Não sou muito de casamentos…"

"Entendo totalmente", declarei. "Acredite se quiser, mas também não sou muito de casamentos."

"Então escolheu um ramo engraçado", você disse, e ambas rimos.

"Escuta, Angela. Você não precisa ficar aqui. Não vou ficar nem um pouco magoada se não tiver interesse em comprar um vestido de noiva."

Você pareceu retroceder, talvez temendo ter me ofendido.

"Não, estou feliz de estar aqui", declarou. "É importante para meu pai."

"Isso é verdade", concordei. "Seu pai é um grande amigo, nunca conheci homem melhor que ele. Mas, na minha loja, não interessa muito o que os pais têm a dizer. Nem as mães, aliás. Só ligo para a noiva."

Você estremeceu um pouco ao ouvir a palavra "noiva". Na minha experiência, só há dois tipos de mulheres que se casam: as que adoram a ideia de ser noivas e as que detestam mas seguem em frente mesmo assim. Era óbvio com que tipo de mulher eu estava lidando.

"Angela, me deixe falar uma coisa", eu disse. "E tudo bem eu chamar você só de Angela?"

Achei tão estranho dizer esse nome para você — o nome mais íntimo, o nome que ouvia havia anos!

"Tudo bem", você disse.

"Posso supor que tudo no casamento tradicional é repugnante e desagradável para você?"

"Correto."

"E que, se dependesse de você, seria uma ida rápida ao cartório, no seu horário de almoço? Ou nem haveria uma troca de votos, só uma relação estável, sem envolver o governo?"

Você sorriu. De novo, vi aquele lampejo de inteligência. Você disse: "Devia estar lendo cartas, Vivian".

"Tem alguém na sua vida que quer uma cerimônia de casamento como manda o figurino, então. Quem é? Sua mãe?"

"Winston."

"Ah. Seu noivo." Outra vez, o estremecimento. Eu tinha escolhido a palavra errada. "Seu parceiro, talvez eu deva dizer."

"Obrigada", você disse. "Sim. Ele quer a cerimônia. Quer que a gente fique na frente do mundo inteiro, é o que diz, e declare o nosso amor."

"Que doce."

"Acho que sim. Eu o amo de verdade. Só queria poder mandar uma substituta no dia para cumprir essa função por mim."

"Você odeia ser o centro das atenções", constatei. "Seu pai sempre me disse isso."

"Odeio mesmo. Nem quero me vestir de branco. Acho ridículo, na minha idade. Mas o Winston quer me ver de branco."

"A maioria dos noivos quer. Tem alguma coisa no vestido branco, deixando de lado a questão detestável da virgindade, que sinaliza para o homem que não é um dia como outro qualquer. Que mostra a ele que é o *escolhido*. É muito importante para os homens, fui descobrindo com o tempo, ver a noiva andando ao encontro deles vestida de branco. Ajuda a apaziguar suas inseguranças. E você ia se surpreender se soubesse como os homens são inseguros."

"Interessante", você comentou.

"Bem, eu já vi muito na vida."

Àquela altura, você relaxou a ponto de vasculhar o ambiente. Foi até um cabideiro, cheio de vagalhões de crinolinas, cetins e bordados. Examinou os vestidos com uma expressão de martírio.

"Angela", chamei, "posso ir logo te dizendo que não vai gostar de nenhum desses vestidos. Na verdade, vai odiar todos."

Você abaixou os braços, derrotada. "É mesmo?"

"Olha, no momento, não tenho nada aqui que combine com você. Nem te *deixaria* chegar perto desses vestidos. Não você, a menina que consertava a própria bicicleta quando tinha dez anos. Só sou uma costureira à moda antiga em um aspecto, minha querida: acredito que o vestido deve incensar não só a silhueta da mulher, mas também sua inteligência. Nada em exposição é inteligente o bastante para você. Mas tenho uma ideia. Venha sentar comigo na minha sala de costura. Que tal tomarmos um chá, se tiver um tempinho?"

Nunca tinha levado uma noiva à minha sala de costura, que ficava nos fundos da loja, era toda bagunçada e caótica. Preferia que as clientes ficassem no ambiente lindo, mágico, que Marjorie e eu havíamos criado na frente do edifício — com paredes cor de creme e uma graciosa mobília francesa, além do sol mosqueado que vinha das vitrines. Queria manter minhas noivas na ilusão da feminilidade, entende? — que é onde a maioria das noivas gosta de permanecer. Mas dava para perceber que você não era do tipo que gostava de permanecer na ilusão. Imaginei que ficaria mais à vontade onde o trabalho de verdade era feito. E havia um livro que queria lhe mostrar que eu sabia que estava ali atrás.

Assim, fomos para a sala de costura e preparei nossas xícaras de chá. Foi então que lhe passei o livro — uma coleção de fotos de casamento antigas que Marjorie me dera de Natal. Abri no retrato de uma noiva francesa de 1916. Ela usava um vestido simples cilíndrico que batia logo acima do tornozelo e era completamente desprovido de adornos.

"Estou pensando em algo assim pra você. Nada parecido com o vestido tradicional. Sem babados, sem fru-frus. Você ficaria à vontade, poderia se mexer sem incômodo. A parte de cima é quase um quimono, está vendo como o corpete consiste apenas em dois pedaços de tecido que se cruzam sobre o busto? Esteve na moda por um tempo, principalmente na França, para imitar as roupas japonesas. Sempre achei esse formato lindo. Não é muito mais complexo do que um robe, na verdade. Tão elegante. É simples demais para a maioria das pessoas, mas sou uma admiradora. Acho que cairia bem em você. Está vendo como a cintura é alta? E tem também a faixa larga de cetim com um laço na lateral. Parece um *obi*."

"Um *obi*?" Agora você estava legitimamente interessada.

"É um cinturão cerimonial japonês. Na verdade, eu faria uma versão desse vestido em creme, para satisfazer os tradicionalistas do salão, e acrescentaria um obi japonês vermelho e dourado. Algo ousado e vívido, para sinalizar o caminho pouco convencional que sua vida tomou. Vamos ficar o mais longe possível do lugar-comum, que tal? Posso te mostrar duas formas de amarrar um obi. Tradicionalmente, as japonesas usam nós diferentes quando são casadas ou solteiras. A gente podia começar com o nó das solteiras. Depois, o Winston poderia desamarrar a faixa durante a cerimônia e amarrar de novo com o nó da mulher casada. Talvez essa possa *ser* a cerimônia inteira, na verdade. Você é quem sabe, claro."

"*Muito* interessante", você disse. "Gostei da ideia. E bastante. Obrigada, Vivian."

"O único senão é a possibilidade de perturbar seu pai, ter elementos japoneses no vestido. Por conta da história dele na guerra e tal. Mas não sei. O que você acha?"

"Não acho que ele vá se incomodar. Talvez até goste da referência. Seria quase como se eu estivesse usando algo que representa parte da história dele."

"Entendo", eu disse. "De uma forma ou de outra, vou conversar com ele para que não seja pego de surpresa."

Mas então você me pareceu distraída, e seu rosto ficou feroz e tenso. "Vivian, posso te perguntar uma coisa?", você indagou.

"Claro."

"Como foi que conheceu meu pai?"

Valha-me Deus, Angela, não sei o que meu rosto revelou naquele momento. Se fosse apostar, entretanto, imaginaria que era uma mistura de culpa, medo, tristeza e pânico.

"Você entende minha confusão?", você prosseguiu, percebendo meu incômodo. "Já que meu pai não conhece *ninguém*. Ele não conversa com uma alma sequer. Diz que você é uma amiga querida, mas isso não faz sentido nenhum. Ele não tem amigos. Nem os amigos de longa data da vizinhança convivem com ele. E você nem é da vizinhança. Mas você sabe muita coisa de mim. Sabe que eu consertava bicicleta com dez anos. Por que saberia de uma coisa dessas?"

Você ficou ali sentada, aguardando minha resposta. Eu me senti completamente derrotada. Você era uma psicóloga capacitada, Angela. Era uma desmontadora profissional. Tinha convivido com todo tipo de loucura e mentira no seu trabalho. A sensação que tive era de que você tinha todo o tempo do mundo para me esperar — e que saberia no mesmo instante se eu a estava enganando.

"Pode me falar a verdade, Vivian", você disse.

A expressão no seu rosto não era hostil, mas seu foco era temeroso. Mas como poderia lhe contar a verdade? Não cabia a mim lhe dizer nada, violando a privacidade do seu pai, talvez chateando você pouco antes do seu casamento. E como eu poderia explicar? Você teria acreditado em mim se eu lhe dissesse a verdade — isto é, que eu havia passado algumas noites por semana com seu pai nos últimos seis anos, e que só caminhávamos?

"Ele era amigo do meu irmão", declarei por fim. "Frank e Walter serviram juntos na guerra. Cursaram a Escola de Cadetes juntos. Os dois acabaram no USS *Franklin*. Meu irmão morreu no mesmo ataque que feriu seu pai."

Tudo o que lhe disse era verdade, Angela — menos a parte de que seu pai e meu irmão eram amigos. (Eles se conheciam, mas não eram amigos.) Enquanto eu falava, sentia as lágrimas paradas nos meus olhos. Não por Walter. Nem mesmo por Frank. Lágrimas por aquela *situação* — por estar sentada sozinha com a filha do homem que eu amava, por estar gostando tanto dela, por não conseguir explicar nada. Lágrimas — assim como em vários outros momentos da minha vida — pelos dilemas insolúveis em que nos vemos.

Seu rosto se abrandou. "Ah, Vivian, sinto muito."

Havia tantas outras perguntas que você poderia ter feito naquele momento, mas não fez. Você percebeu que o assunto do meu irmão havia me perturbado. Acredito que fosse compassiva demais para me manter acuada. De qualquer modo, eu lhe dera uma resposta, e ela era plausível *o bastante*. Eu via que você desconfiava que havia algo mais na história, mas, na sua bondade, optou por acreditar no que eu tinha lhe contado — ou pelo menos por não correr atrás de mais nenhuma informação.

Felizmente, você desistiu do assunto e voltamos a planejar seu vestido de noiva.

E que vestido lindo foi.

Passei as duas semanas seguintes trabalhando nele. Fui pessoalmente procurar pela cidade o obi antigo mais estonteante que pudesse achar (largo, vermelho, comprido e enfeitado com fênix douradas). O preço foi criminoso, mas não havia nada parecido em Nova York. (Não cobrei do seu pai, não se preocupe!)

Fiz o vestido com um cetim charmeuse, cor de creme e aderente. Pus uma tira justa com bojo que sutilmente lhe daria a sensação de sustentação. Não permitia que minhas assistentes ou mesmo Marjorie encostassem no vestido. Fiz cada ponto e costura sozinha, debruçada sobre meu trabalho numa espécie de silêncio devoto.

E por mais que soubesse que você detestava enfeites, não me contive. No ponto em que as duas tiras de tecido se cruzavam sobre seu coração, costurei uma perolazinha, tirada de um colar que fora da minha avó.

Um presentinho, Angela — da minha família para a sua.

33

Era dezembro de 1977 quando recebi sua carta dizendo que seu pai havia falecido.

Já tinha a impressão de que algo estava tremendamente errado. Fazia quase duas semanas que não tinha notícias de Frank, o que era bastante atípico. Na verdade, nos doze anos da nossa relação, nunca tinha acontecido. Estava ficando preocupada — *muito* preocupada —, mas não sabia o que fazer. Nunca tinha ligado para a casa de Frank, e como ele se aposentara da força policial, não podia telefonar para a delegacia. Não conhecia nenhum amigo dele, portanto não havia ninguém a quem pudesse perguntar se Frank estava bem. Não podia ir bater à porta dele no Brooklyn.

E então chegou seu recado, dirigido a mim, aos cuidados do L'Atelier.

Eu o guardei todos esses anos.

Querida Vivian,
É de coração abatido que lhe escrevo para contar que meu pai faleceu dez dias atrás. Foi uma morte súbita. Ele estava caminhando pela vizinhança uma noite, como costumava fazer, e caiu na calçada. Parece ter sofrido um infarto, embora não tenhamos pedido autópsia. Foi um grande choque para mim e para minha mãe, como tenho certeza de que pode imaginar. Meu pai tinha suas fragilidades, sem dúvida, mas nunca foram de natureza física. Ele tinha tanta energia! Eu achava que viveria para sempre. Fizemos uma pequena cerimônia em homenagem a ele na igreja onde foi batizado, e ele foi enterrado no cemitério Green-Wood, ao lado dos pais. Vivian, eu lhe peço desculpas. Foi só depois do funeral que me dei conta de que deveria ter avisado imediatamente. Sei que você e

meu pai eram grandes amigos. Certamente o desejo dele seria de que você fosse informada. Por favor, perdoe esta mensagem tardia. Sinto muito por ser a portadora de notícias tão ruins e peço desculpas por não ter avisado antes. Se houver alguma coisa que eu ou minha família possamos fazer por você, por favor, me diga.
 Atenciosamente,
 Angela Grecco

 Você havia continuado com o sobrenome de solteira.
 Não me pergunte o porquê, mas reparei de imediato — antes de sequer absorver totalmente a notícia de que ele havia partido.
 Que bom pra você, Angela, eu pensei. *Sempre mantenha seu próprio nome!*
 Então fui atingida pela notícia de que Frank havia partido, e fiz exatamente o que deve imaginar que fiz: caí no chão e chorei.

 Ninguém quer ouvir sobre o luto alheio (existe certa medida em que o luto de todo mundo é exatamente igual, de qualquer modo), portanto não vou entrar em detalhes a respeito da minha tristeza. Vou dizer apenas que os anos seguintes foram muito difíceis para mim — os mais difíceis e solitários que já vivi.
 Seu pai fora um homem peculiar em vida, Angela, e na morte também. Ele permaneceu tão nítido. Me vinha em sonhos, e me vinha em aromas, sons e sensações de Nova York. Me vinha no cheiro da chuva de verão no macadame quente, ou no perfume doce das nozes açucaradas vendidas pelos camelôs no inverno. Me vinha no odor azedo, leitoso, das árvores de ginkgo floridas na primavera. Me vinha no arrulho borbulhante dos pombos fazendo ninhos e nos berros das sirenes da polícia. Ele estava em todos os cantos da cidade. Porém, sua ausência pesava no meu coração com um silêncio profundo.
 Eu segui com minha vida.
 Boa parte da rotina do meu dia a dia continuou exatamente igual depois que ele se foi. Eu vivia no mesmo lugar, tinha o mesmo trabalho. Passava tempo com os mesmos amigos e familiares. Frank

nunca fizera parte do meu cotidiano, então por que algo mudaria? Meus amigos sabiam que eu tinha perdido alguém que era importante para mim — mas não o haviam conhecido. Ninguém sabia o quanto eu o amava (como eu poderia explicar?), portanto não me foram concedidos os direitos públicos ao luto de uma viúva. Aquele era o posto da sua mãe, não o meu. Como poderia ser a viúva se nunca tinha sido a esposa? Nunca existiu uma palavra certa para o que Frank e eu éramos um para o outro, portanto a ausência que eu sentia após sua morte era tanto íntima como inominada.

Acima de tudo, era o seguinte: eu despertava de madrugada e ficava deitada na cama, esperando o telefone tocar para ouvi-lo dizer: "Você está acordada? Quer sair para dar uma caminhada?".

A cidade de Nova York parecia menor, após a morte de seu pai. Todos aqueles bairros distantes que explorávamos juntos a pé já não estavam mais abertos para mim. Não eram lugares a que uma mulher pudesse ir sozinha — nem mesmo uma mulher independente como eu. E na geografia da minha imaginação, muitos "bairros" íntimos agora também estavam fechados. Havia certos assuntos que só tinha sido capaz de discutir com Frank. Havia lugares dentro de mim que só podia alcançar com sua escuta — eu jamais conseguiria alcançá-los por conta própria.

Ainda assim, quero que você saiba que me saí bem na minha vida sem Frank. Superei a tristeza — assim como as pessoas geralmente superam, uma hora ou outra. Encontrei o caminho de volta para as coisas alegres. Sempre fui uma pessoa de sorte, Angela — sobretudo porque meu temperamento natural não tende à melancolia e ao desespero. Nesse quesito, sempre fui um pouco como minha tia — não propensa à depressão, graças a Deus. E tive pessoas maravilhosas na minha vida nas décadas depois que Frank morreu. Amantes estimulantes, amigos novos, a família que escolhi. Nunca me faltou companhia. Mas nunca deixei de sentir saudades do seu pai.

Outras pessoas sempre foram inteiramente agradáveis e gentis, não me entenda mal, mas ninguém era *ele*. Ninguém jamais poderia ser o poço sem fundo que era aquele homem — aquele confessionário ambulante capaz de absorver qualquer coisa que você lhe dissesse sem julgamentos ou alarmismo.

Ninguém mais poderia ser aquela linda alma sombria, que sempre parecia transpor os mundos da vida e da morte.
Ninguém além de Frank era Frank.

Você esperou muito tempo pela sua resposta, Angela, quanto ao que eu era para seu pai, ou o que ele era para mim.
Tentei responder à sua pergunta com o máximo de sinceridade e detalhes. Estou prestes a me desculpar por me alongar tanto, mas se você for um pouco parecida com seu pai (e creio que seja), sei que é uma boa ouvinte. Você é o tipo de pessoa que gostaria de ouvir a história inteira. Além disso, é importante para mim que saiba de tudo a meu respeito — do bom e do ruim, do leal e do depravado — para que possa decidir sozinha o que acha de mim.
Mas preciso deixar claro mais uma vez, Angela: seu pai e eu nunca nos abraçamos, nunca nos beijamos, nunca fizemos sexo. Entretanto, ele foi o único homem que amei de todo coração. E Frank também me amava. Não falávamos disso porque não precisávamos. Ambos sabíamos.
Dito isso, quero sim lhe contar que, ao longo dos anos, seu pai enfim chegou a um ponto em que se sentia tão à vontade comigo que conseguia pousar as costas da mão na minha palma sem estremecer de dor. Ficávamos sentados no carro dele, no conforto sossegado desse toque, por vários minutos seguidos.
Nunca vi tantas auroras na minha vida quanto com ele.
Se ao fazer isso — segurar a mão de Frank todas aquelas vezes, enquanto o sol se levantava — tirei algo da sua mãe ou de você, imploro seu perdão.
Mas não acho que tenha sido o caso.

Então aqui estamos, Angela.
Sinto muito em saber do falecimento da sua mãe. Minhas condolências. Fico contente em saber que ela teve uma vida longa. Espero que tenha sido uma boa vida também, e que a morte dela tenha sido tranquila. Espero que seu coração seja forte no sofrimento.

Também quero lhe dizer que fico muito feliz por você ter conseguido me localizar. Graças a Deus ainda moro no prédio do L'Atelier! É a coisa boa de nunca mudarmos de nome ou de endereço, acho. As pessoas sempre sabem onde nos encontrar.

Mas devo lhe dizer que o L'Atelier já não é uma butique de vestidos de noiva, mas uma loja de café e sucos administrada por Nathan Lowtsky. O prédio é meu, entretanto. Marjorie o deixou para mim depois de sua morte, treze anos atrás, ciente de que eu me sairia melhor que Nathan no gerenciamento do imóvel. Ela pôs as coisas inteiramente nas minhas mãos, e eu cuidei bem do prédio. Também fui eu quem ajudou Nathan a montar e botar para funcionar o negocinho dele. Ele precisava de toda a ajuda possível, acredite. Por mais querido que seja, Nathan jamais ateará fogo ao mundo. Mas eu o amo de verdade. Ele sempre me chamou de sua "outra mãe". Fico feliz por ter seu afeto e zelo. Na verdade, eu provavelmente tenho essa saúde constrangedora para minha idade avançada porque ele cuida de mim. E eu também cuido dele. Fazemos bem um ao outro.

É por isso que ainda estou aqui — no lugar onde moro desde 1950.
Obrigada por ter vindo me procurar, Angela.
Obrigada por ter me pedido a verdade.
Eu lhe contei ela toda.

Vou me despedir agora, mas tem mais uma coisa que quero dizer.

Muito tempo atrás, Edna Parker Watson me disse que eu nunca seria uma pessoa interessante. Talvez tivesse razão nesse ponto. Não cabe a mim julgar ou saber. Mas ela também disse que eu era o pior tipo de mulher — isto é, o tipo de mulher incapaz de ser amiga de outra mulher, porque sempre brincaria com brinquedos que não eram meus. Nesse aspecto, Edna estava enganada. No decorrer dos anos, fui uma boa amiga de inúmeras mulheres.

Eu costumava dizer que havia somente duas coisas em que era boa: costura e sexo. Mas venho fazendo pouco de mim esse tempo todo, pois o fato é que também sou muito boa como amiga.

Estou lhe dizendo tudo isso, Angela, porque estou lhe oferecendo minha amizade, se a quiser.

Não sei se interessa a você. Talvez nunca mais queira nada comigo depois de ler tudo isso. Talvez me ache uma mulher desprezível. Seria compreensível. Não me considero desprezível (já não acho mais que alguém o seja), mas deixo que decida isso sozinha.

Mas reflita um pouco sobre minha oferta, é minha respeitosa sugestão.

Veja só, durante todo esse tempo que venho lhe escrevendo estas páginas, a imagem que me vem à mente é de você como uma jovem. Para mim, sempre será aquela feminista empedernida, inteligente e prática de vinte e nove anos que entrou na minha loja de vestidos de noiva em 1971. Mas só agora estou me dando conta de que você já não é uma jovem. Pelos meus cálculos, tem quase setenta anos. E eu tampouco sou jovem, obviamente.

Eis o que descobri sobre a vida à medida que envelhecia: você começa a perder pessoas, Angela. Não que já tenha havido uma escassez de gente — ah, de jeito nenhum. É só que com o passar dos anos ocorre uma terrível escassez da *sua* gente. Das pessoas que *você* amou. Das pessoas que conheciam as pessoas que *você* amava. Das pessoas que sabem sua história toda.

Essas pessoas começam a ser apanhadas pela morte, e é tremendamente difícil substituí-las depois que se vão. Após certa idade, pode ser difícil fazer novos amigos. O mundo começa a parecer desolado e esparso, por mais fervilhante que esteja de almas recém-criadas.

Não sei se você já teve essa sensação. Mas eu tive. E talvez um dia você a tenha.

É por causa de tudo isso que quero terminar dizendo que — embora não me deva nada, e eu não espere nada de você — você ainda assim é preciosa para mim. E caso sinta que seu mundo está desolado e esparso, que precisa de uma nova amiga, por favor, lembre-se de que estou aqui.

Não sei por quanto tempo mais estarei aqui, é claro — mas enquanto estiver neste mundo, minha querida Angela, serei sua.

Obrigada por escutar,
Vivian Morris

Agradecimentos

Inúmeros nova-iorquinos generosos (do passado e do presente) me ajudaram a criar este livro.

Margaret Cordi, nascida no Brooklyn — minha brilhante e amada amiga há trinta anos — me guiou ao longo da minha pesquisa, me acompanhou em todas as viagens de campo, localizou minhas fontes e revisou as provas destas páginas em um período insanamente curto. Também instigou minha alegria e empolgação com este projeto quando eu estava com o prazo apertado e sob estresse. Margaret, eu simplesmente não teria escrito esta história sem você. Vamos sempre trabalhar em um romance juntas, combinado?

Serei eternamente grata a Norma Amigo — a nonagenária mais linda e carismática que conheci na vida — por me contar de seus dias e noites como corista de Manhattan. Foram a sensualidade e a independência despudoradas de Norma (bem como sua resposta impublicável à minha pergunta "Por que você nunca teve vontade de se casar?") que possibilitaram que Vivian ganhasse uma existência plena e livre.

Por conta das informações que me deram sobre o universo do entretenimento nova-iorquino nas décadas de 1940 e 1950, também sou grata a Peggy Winslow Baum (atriz), à finada Phyllis Westermann (compositora e produtora), a Paulette Harwood (dançarina) e à encantadora Laurie Sanderson (guardiã da memória de Ziegfeld).

Para que eu entendesse e desencavasse uma Times Square que jamais voltará a existir, David Freeland foi um guia essencial e fascinante.

As sacadas e a sensibilidade de Shareen Mitchell no tocante a vestidos de noiva, moda e como se subjugar em prol de noivas nervosas moldaram totalmente esse aspecto da história de Vivian. Agradeço também a Leah Cahill pelas lições sobre costura e alfaiataria. Jesse Thorn foi um contato de emergência inestimável no que diz respeito às minhas questões acerca de estilo masculino.

Andrew Gustafson me tornou acessíveis as maravilhas do estaleiro naval do Brooklyn. Bernard Whalen, Ricky Conte, e Joe e Lucy De Carlo me ajudaram a compreender a vida de um policial do Brooklyn. Os fregueses do D'Amico Coffee em Carroll Gardens foram meus guias na viagem temporal mais colorida que alguém poderia imaginar. Portanto, agradeço a Joanie D'Amico, Rose Cusumano, Danny Calcaterra e Paul e Nancy Gentile por ter compartilhado sua história. Vocês realmente me fizeram lamentar não ter crescido no sul do Brooklyn daquela época.

Agradeço ao meu pai, John Gilbert (subtenente aposentado do USS *Johnston*), por ter me ajudado a entender detalhes sobre a Marinha. Sou grata à minha mãe, Carole Gilbert, por me ensinar a trabalhar muito e a resistir diante das dificuldades da vida. (Nunca precisei disso mais do que este ano, mãe.) Sou grata a Catherine e James Murdock por suas habilidades aguçadas na preparação de originais. Por causa de vocês, este livro tem cinco mil vírgulas a menos do que o necessário.

Sem a Billy Rose Theatre Division, da New York Public Library, eu não teria conseguido ler os artigos de Katharine Cornell, e sem Katharine Cornell não haveria Edna Parker Watson.

Sou grata à minha tia-avó Lolly por ter me dado aqueles livros antigos de Alexander Woollcott, que me abriram um caminho para esta história. Mas, acima de tudo, Lolly, obrigada por ser o modelo de otimismo extraordinário, alegria e força que me faz querer ser uma pessoa melhor e mais corajosa.

Sou grata à minha equipe extraordinária na editora Riverhead — Geoff Kloske, Sarah McGrath, Jynne Martin, Helen Yentus, Kate Stark, Lydia Hirt, Shailyn Tavella, Alison Fairbrother e à finada e querida Liz Hohenadel — por publicar meus livros de forma tão brilhante e ousada. Agradeço a Markus Dohle e Madeline McIntosh por investir e acreditar em mim. Agradeço também a meus amigos e colegas da editora Bloomsbury — Alexandra Pringle, Tram-Anh Doan, Kathleen Farrar e Ros Ellis — por manter as coisas tão ensolaradas e suaves do outro lado do Atlântico.

Dave Cahill e Anthony Kwasi Adjei, não consigo lidar com meu mundo sem vocês. Espero nunca precisar!

Agradeço a Martha Beck, Karen Gerdes e Rowan Mangan, por ter lido milhares de páginas dos meus escritos nos últimos anos e por me embalar em um enorme abraço de amor coletivo. Obrigada a Glennon Doyle, por ter ficado sentado à minha porta todas aquelas noites. Eu precisava daquilo e lhe sou grata.

Obrigada às minhas irmãs-esposas, Gigi Madl e Stacey Weinberg, pelo amor e pelos sacrifícios durante uma temporada dura de dor e perda. Não teria sobrevivido a 2017 sem vocês.

Obrigada a Sheryl Moller, Jennie Willink, Jonny Miles e Anita Schwartz por terem sido leitores beta entusiasmados destas páginas. Agradeço a Billy Buell por me ceder o uso de seu nome fabuloso.

Sarah Chalfant, como sempre, você é o vento sob minhas asas.

Miriam Feuerle, como sempre, amo rolar com você.

Por fim, um recado a Rayya Elias: sei o quanto você queria estar aqui ao meu lado enquanto eu escrevia este romance. Só posso te dizer, amor, que você *estava*. Você nunca *não* está ao meu lado. Você é meu coração. Vou te amar para sempre.

ESTA OBRA FOI COMPOSTA PELA ABREU'S SYSTEM EM ADOBE GARAMOND
E IMPRESSA EM OFSETE PELA LIS GRÁFICA SOBRE PAPEL PÓLEN SOFT DA SUZANO
PAPEL E CELULOSE PARA A EDITORA SCHWARCZ EM JUNHO DE 2019

A marca FSC® é a garantia de que a madeira utilizada na fabricação do papel deste livro provém de florestas que foram gerenciadas de maneira ambientalmente correta, socialmente justa e economicamente viável, além de outras fontes de origem controlada.